新 潮 文 庫

骨 の 袋

上 巻

スティーヴン・キング
白 石 朗 訳

7235

本書をネイオミに。
いまもなお。

著者まえがき

本書のなかでは、ある程度メイン州における児童監護権の法律的な側面があつかわれている。わたしはこの問題を理解するために、わが友人にして優秀なる弁護士のウォレン・シルヴァーに助力を乞《こ》うた。ウォレンは慎重にわたしの案内役をつとめてくれたばかりか、その途中で〈ステノマスク〉なる昔の奇妙な機械仕掛けのことを教えてくれもした。この〈ステノマスク〉を、わたしはすぐわがおぞましき目的のために小説に採用した。もしこれからはじまる物語で、わたしが法的手続面でのあやまちをおかしているとするなら、その責はあくまでもわたしにあり、わが法律知恵袋にはない。またウォレンは、作品に〝善玉弁護士〟を登場させることは可能だろうかと——かなり悲しげな口調で——わたしにたずねてきた。わたしとしては、その方面で全力を尽くしたとしかいえない。

ニューヨーク州ウッドストックから専門的なことを教えてくれた、わが息子のオーウエンに感謝を。またアイダホ州ケッチャムから専門的なことを教えてくれた、わが友人(にして、ロック・ボトム・リメインダーズのバンド仲間である)リドリー・ピアスンにも感謝する。また同情と洞察をもって第一稿に目を通してくれたパム・ドーマンにも感謝する。チャック・ヴェリルには、この記念碑的ともいえる編集作業への謝意を表したい――きみ個人の最上の仕事だよ、これは。また、わたしの世話と給餌《きゅうじ》にあたってくれた、スクリブナー社のスーザン・モルドウ、ナン・グレアム、ジャック・ロマーノス、およびキャロライン・ライディにも感謝を。そして、またしても難局にさいしてそばにいてくれたタビーにも感謝する。愛しているよ、タビー。

――S・K

いいとも、バートルビー。その衝立《ついたて》のうしろに身をひそめているがいい、わたしは思った。わたしはもう、きみに口出しすまい。きみは、あの手の古い椅子《いす》と同様に無害で静かな存在だ。端的にいうなら、わたしがどんなときにもましてひとりの自分を実感できるのは、きみがここにいるとわかっているときなのだ。

——ハーマン・メルヴィル『バートルビー』

ゆうべ、わたしはまた〈マンダレイ〉に行った夢を見た……そうして、息を殺したまま身じろぎもせず、その場に立っているうちに、わたしはこの屋敷がただの脱けがらではなく、往時とまったくおなじように生きている、呼吸をしていると断言してもいい気持ちになっていた。

——ダフネ・デュ・モーリア『レベッカ』

火星は天国だ。

——レイ・ブラッドベリ

骨の袋

上巻

主要登場人物

マイクル・ヌーナン…………ベストセラー作家
ジョアンナ……………………マイクルの妻
フランク・アーレン…………ジョアンナの兄
ハロルド・オブロウスキー…マイクルのエージェント
ビル・ディーン………………別荘の管理人
ブレンダ・ミザーヴ…………メイド
マックス・デヴォア…………大富豪
ランス…………………………マックスの息子
マッティー……………………ランスの妻
カイラ…………………………マッティーの娘
ロゲット・ホイットモア……マックスの秘書
ジョージ・フットマン………保安官助手
ジョン・ストロウ……………弁護士
ジョージ・ケネディ…………探偵
セーラ・ティドウェル………歌手

1

一九九四年八月のとてつもなく暑い日のこと、妻はわたしに、これから〈ライトエイド〉のデリー支店に行って副鼻腔炎《ふくびこうえん》用の薬の詰め替えをとりにいく、と告げた——昨今では、もう医師の処方箋《しょほうせん》なしでも薬局で直接買うことができる薬だろう。その日、すでに一日分の執筆ノルマをすませていたわたしは、あとでとりにいってあげようと答えた。妻の返事は、その気持ちはうれしいが遠慮する、どのみち帰りがけにとなりのスーパーマーケットで魚を買いたいから、というものだった——一石二鳥というわけだ。妻は手のひらに唇をつけて、わたしに投げキッスをしてから出ていった。つぎに見たとき、妻はテレビ画面のなかにいた。ここデリーでは、これが死者の身元確認の流儀なのだ。壁に緑色のタイルが張られて、天井に細長い蛍光灯がとりつけられた地下廊下を歩いていく必要もなければ、冷えきった抽斗《ひきだし》におさめられた全裸死体が引きだされてくることもない。ただ〝個室〟と書かれた部屋にはいっていき、モニター画面を見て、イエスかノーを口にするだけだ。

ドラッグストア・チェーンの〈ライトエイド〉とスーパーマーケットの〈ショップウエル〉は、どちらもわたしたちの家から一キロ半も離れていない。ふたつの店がある地元のささやかな商店街には、ほかにもレンタルビデオ店があり、〈広げよう読書の輪《スプレッド・イット・アラウンド》〉という名前の古書店があり（ちなみに、わたしの古いペーパーバックはこの店の売れ筋商品だ）、電器店の〈ラジオシャック〉や写真現像店の〈ファーストフォト〉なども軒をつらねていた。商店街があるのはアップマイル・ヒルで、中心はウィチャム・ストリートとジャクスン・ストリートの交差点だ。

妻は〈ブロックバスター・ビデオ〉の前に車をとめて薬局にはいっていき、そのころ薬剤師をつとめていたミスター・ジョー・ワイザーを相手に用事をすませた——その後この薬剤師は、〈ライトエイド〉のバンゴア支店に転勤になった。レジカウンターで妻は、なかにマシュマロの詰まった小さなチョコレート菓子、鼠《ねずみ》の形をしたあの手の菓子をひとつ買った。のちにわたしは、その菓子が妻のショルダーバッグのなかにあるのを見つけることになる。わたしは包装紙をひらいて、その菓子を食べた——キッチンテーブルに腰かけ、妻の赤いバッグの中身を前に広げたまま。聖餐式《せいさんしき》のような気持ちになった。舌とのどにチョコレートのあと味が残るだけになったそのとき、いきなり嗚咽《おえつ》がこみあげてきた。クリネックスと化粧道具とキーホルダーと半分しか残っていない〈サーツ〉のミントキャンディが散らばるなかで、わたしは子どものように両手で目もとを覆《おお》いながら、ただひたすら泣きつづけた。

副鼻腔炎用の吸入薬は、〈ライトエイド〉の袋のなかにあった。価格は十二ドル十八セント。おなじ袋には、べつの品物もはいっていた——こちらの価格は二十二ドル五十セント。わたしは長いあいだ、その品物を見つめていた。目で見てはいたものの、そのじつまったく理解していなかった。驚いていたし、衝撃をうけていたとさえいえるかもしれないが、わが妻ジョアンナ・アーレン・ヌーナンがもうひとつの生活を——夫であるわたしがまったく知らない生活を——送っていたかもしれないという思いは、まったく頭をかすめることはなかった。そのときは、まだ。

ジョーはレジの前を離れると、ふたたび真夏の叩《たた》きつけるような眩《まぶ》しい日ざしのもとに足を踏みだし、同時にいつもの眼鏡を処方箋にしたがってつくったサングラスにとりかえた。そして妻が薬局のわずかにせりだした日よけの下から足を踏みだしたそのとき（ここでわたしはいささか想像力をたくましくして、わずかに小説家の領分に踏みこんでいることと思う。しかし、それほど奥まで踏みこんではいない。わずか数センチといったところで、これについては信用していただきたい）、急ブレーキでロックしたタイヤがあげる耳ざわりな音が響きわたった――事故、もしくは危機一髪の事態が起こることを告げる音だった。

このときは、事故が起こった――あの愚劣なX字形の交差点で、週に最低いちどは起こっているような事故だった。一九八九年型のトヨタがショッピングセンターの駐車場から出てきて左に曲がり、ジャクスン・ストリートにはいっていった。運転していたのはバレッツオーチャード在住のミセス・エスター・イースタリング。同乗者は、おなじくバレッツオーチャードに住む友人のミセス・アイリーン・ディオーシー。この女性はレンタルビデオ店に行ったものの、借りたいビデオをひとつも見つけられなかった。暴力的な映画ばかりでね――アイリーンはいった。ふたりとも、タバコが原因の肺癌《はいがん》で夫をなくした〝シガレット・ウィドウ〟だった。

エスターは、丘をくだってくるオレンジ色の公共事業工事用のダンプトラックの姿を見のがしていたにちがいない――警察にも新聞記者の取材にも否定していたし、事故から二カ月ほどあとでわたしが話をしたときにも否定していたが、この女性はその方向に目をむけることをうっかり忘れていたようだ。わたしの母（おなじく〝シガレット・ウィドウ〟のひとりでもある）は、よくこういっていた――「年寄りにいちばん多い持病は、関節炎と物忘れよ。そのふたつについては、年寄り自身も責任のとりようがないのね」

公共事業工事用のトラックを運転していたのは、オールドケープ在住のウィリアム・フレイカー。ミスター・フレイカーは、わたしの妻が死んだ日には三十八歳で、その日はシャツを脱いでトラックを走らせながら、早く冷たいシャワーを浴びたい、早く冷たいビールを飲みたい、いや、順番は逆でもなんでもいい、と考えていた。フレイカーと三人の仲間たちは、それまで八時間ものあいだ空港近くのハリス・アヴェニューの延長部分にアスファルト舗装をほどこしてきたところだった。暑い日の熱い仕事である。またビル・フレイカーは、自分が多少スピードを出しすぎていたかもしれない、と語った――五十キロ制限区域にもかかわらず、六十五キロ近くで飛ばしていたかもしれない、と。とにかく車庫にもどってトラックの帰庫手続をすませ、エアコン装備の自分のF-一五〇に乗りこみたい一心だった。トラックのブレーキは、検査をパスできないほどではないにしろ、完全にはほど遠い状態でもあった。トヨタが目の前にいきなり飛びだしてくるなり、フレイカーはあわててブレーキを強く踏みこんだ(同時にクラクションも鳴らした)が、遅きに失した。タイヤの絶叫が耳に響いた――自分のトラックのタイヤの音はもちろん、遅まきながら危険を察したエスターの車のタイヤの音もきこえ、同時に一瞬だったがエスターの顔が見えた。

「まあ、あれが最悪だったたな」わたしとふたりでポーチに腰をすえてビールを飲みながら、フレイカーはそう語った――このときにはもう十月になっており、顔にあたる日ざしは暖かかったものの、ふたりともセーターを着ていた。「ダンプの運転席が、どれだけ高いところにあるかは、あんただって知ってるだろう？」

わたしはうなずいた。

「で、あの女はおれを見あげてた──首をぐっと伸ばしてたといってもいいな──で、その顔を日の光が正面から照らしてたんだ。だから、どのくらいの年寄りかもわかった。いまでも覚えてるよ。〝こりゃまずい、なんとかトラックをとめないと、あの婆《ばあ》さんをガラスみたいに粉々にしちまうぞ〟って思ったんだ。でもまあ、年寄りってのはこっちが思うよりも、ずっと頑丈にできてる。そりゃもう驚くほどね。だってそうだろう、さいごはどうなった？　あのふたりの婆さんはいまでもぴんぴんしてて、あんたの奥さんは……」

そこで口をつぐむなり、フレイカーの頬がまぶしいほどの朱に染まった。そのため、学校の校庭で女の子からズボンのチャックがあいていることを指摘された少年のような顔になった。滑稽《こっけい》な表情ではあったが、ここでわたしがほほえんだりすれば、フレイカーをいっそう困惑させただけだったろう。

「ミスター・ヌーナン、申しわけない。その、おれにはいわなくてもいいことまでいっちまう癖があって……」

「いいんだよ」わたしはいった。「いちばんつらい時期は、もう乗り越えたからね」

まっ赤な嘘《うそ》だったが、この言葉で会話がもとの軌道に引きもどされた。

「ともかく――」フレイカーは言葉をついだ。「トラックと車は衝突した。馬鹿《ばか》でかい衝突音がしたし、車の運転席側が凹《へこ》んでひしゃげる音もしたよ。ガラスの割れる音もね。おれはものすごい勢いでハンドルに叩きつけられた――そのあと一週間ばかりは、息を吸うにも吐くにもずっと痛みが残っていたくらいだ。おまけに、ここにでっかい痣《あざ》ができもした」そういって、鎖骨のすぐ下から胸一帯にかけて大きな弧を手で描く。「ガラスにひびがはいるくらいフロントガラスに頭を強くぶっつけたけど、紫色の小さな瘤《こぶ》ができただけでね……血も出なかったし、頭痛さえないくらいだった。女房にいわれるんだよ、あんたは生まれつき面《つら》の皮も頭蓋骨《ずがいこつ》もぶあつくできてるんだってね。見ると、トヨタを運転してた女、ミセス・イースタリングが前のバケットシートのあいだのコンソールボックスのあたりに投げだされてた。そのあと、ようやくトラックとトヨタがとまった――二台がからみあったまま、道路のまんなかでね。おれはトラックを降りて、ふたりの容体を確かめにいった。いまだからいうけど、ふたりとも死んでるものと思いこんでたよ」

ふたりとも死んではいなかったし、意識をうしないさえしていなかった。とはいえミセス・イースタリングは肋骨《ろっこつ》を三本骨折し、腰骨を脱臼《だっきゅう》していた。また両車の衝突部分からシートひとつぶんの間隔をおいてすわっていたミセス・ディオーシーは、窓ガラスに頭を強く打ちつけたことが原因で脳震盪《のうしんとう》を起こしていた。それだけだった――デリー・ニューズ紙がこういった事件を報道するさいの常套句《じょうとうく》を拝借するなら、〝ホーム病院で手当てをうけたのちに帰宅した〟のである。

マサチューセッツ州モールデン出身で、旧姓をアーレンというわが妻ジョアンナは、ショルダーバッグを肩からかけ、片手に処方薬の袋をもった姿で薬局の店先に立ったまま、この事故の一部始終を目撃していた。ビル・フレイカーとおなじように、妻もトヨタに乗っている人間が死んだか、重傷を負ったはずだと考えたにちがいない。衝突と同時に大事故まちがいなしの響きのうつろな衝撃音が、ボウリングのボールを路地に転がしたように熱い午後の空気のなかを転がっていった。ガラスの割れる音がふぞろいなレースとなって、その音を縁どっていた。二台の車はジャクスン・ストリートのまんなかで激しくもつれ、からみあった――汚れたオレンジ色のトラックが薄いブルーの輸入車にのしかかっているさまは、身をすくませている子どもを親が怒鳴りつけている場面を思わせた。

ジョアンナはすぐに走りだし、駐車場を横切って道路のほうへむかった。周囲にいた人々もおなじ行動に出ていた。そのなかに、ミス・ジル・ダンベリーがいた。事故発生当時〈ラジオシャック〉の前でウィンドウショッピングをしていたミス・ダンベリーは、ジョアンナの横を走って通りすぎたような記憶がある、と話してくれた。黄色いスラックスの人間を目にした記憶は確かにある、しかしそれ以上は確実ではない、と。このころにはミセス・イースタリングが、自分も同乗者も怪我《けが》をしている、だれか自分と友人のアイリーンを助けてくれないか、と大声で叫んでいた。

駐車場を半分ほど横切り、新聞の自動販売機が数台ならんでいるあたりで、わたしの妻は地面に倒れこんだ。ショルダーバッグのストラップは肩にかかったままだったが、処方薬の袋は手から離れ、副鼻腔炎用の吸入薬が袋から半分飛びだした。もうひとつの品物は、しっかりと袋におさまっていた。

新聞の自動販売機の横に倒れている妻に気づいた人間は、ひとりもいなかった。だれもがぶつかりあった二台の車やふたりの老女の悲鳴、それに公共事業工事用トラックの破裂したラジエーターから洩《も》れだして広がりつつあった水と不凍液に注意をひきつけられていた（「あれはガソリンだ！」〈ファーストフォト〉の店員が、だれかれかまわずに叫びかけていた。「ガソリンだぞ！　爆発するかもしれないから気をつけろ！」）。本来なら救助者になってくれたかもしれない人のひとりやふたりは、妻がただ気絶しているだけだと考えて、その上を飛び越えていったかもしれない。気温が三十五度近くなっていたような日なら、そういった推測もあながち的はずれではない。

ショッピングセンターから飛びだして事故現場をとりかこんだ人間は、およそ二十人。それ以外にも、野球の試合がおこなわれていたストローフォード公園から五十人ほどの人々が駆けよってきた。想像するに、こういった情況で耳にできるような数々の発言がなされただろうし、そのほとんどがいちどならず口にされたはずだ。右往左往。だれかが、先ほどまで運転席側のドアの窓だった歪《ゆが》んだ穴から手を差し入れ、エスターの年老いたふるえる手を撫《な》でてやった。ジョー・ワイザーが姿を見せると、人々はすぐに場所をあけた――こういった局面では、だれでも白衣さえ着ていれば舞踏会の花形美女になれる。遠くでは救急車のサイレンの音が、焼却炉の上で揺らめく空気のようにふるえながら立ち昇っていた。

そのあいだだれにも気づいてもらえないまま、わたしの妻はショルダーバッグのストラップを（バッグのなかには、アルミフォイルにつつまれたまま、まだだれにも食べられていない鼠形のチョコレート菓子があった）肩にかけ、前方に転がった処方薬の袋のそばに片手を伸ばした姿で、駐車場に倒れ伏していた。妻の姿に気づいたのは、アイリーン・ディオーシーの頭に巻く圧定布をとりにいくために、急ぎ足で薬局に引きかえそうとしていたジョー・ワイザーだった。うつ伏せだったにもかかわらず、わたしの妻だとすぐにわかったという。赤毛と白いブラウスと黄色いスラックスに見覚えがあったからだ。それに店で妻の相手をしてから、まだ十五分とたっていなかったからでもある。

「ミセス・ヌーナン？」ワイザーはたずねた。意識は朦朧《もうろう》としてはいるものの、どう見ても重傷を負ってはいないアイリーンのための圧定布のことは、たちまち念頭から忘れ去られていた。「ミセス・ヌーナン？　大丈夫ですか？」

ワイザーは、妻が大丈夫でないことはもうわかっていながら（とはいえ、これはわたしの想像だから、まちがっているかもしれない）、そうたずねかけた。

つづいてこの薬剤師は、妻を仰向けにした。そのためには両手が必要だったし、かなり努力を要する仕事でもあった——空から焼きつける日ざしが降り注ぎ、アスファルトの照りかえしもあるなかで地面に膝《ひざ》をつき、妻の体を力ずくで仰向けにするという作業は。死ぬと人は重みを増す——肉体の重みも増すし、残された人々の心のなかでも重さを増すのだ。

妻の顔には、赤くなった箇所があった。身元確認のときにも、顔の一部が赤くなっていることはモニター画面ではっきりとわかった。あの赤いところはなにかと監察医の助手に質問しかけたところで、その正体がわかった。八月の後半で、アスファルトは熱く焼けていたんだよ、初歩的なことではないか、ワトソンくん。わたしの妻は太陽に焼かれながら死んだのだ。

立ちあがったワイザーは近づく救急車を目にするなり、そちらに駆けよっていった。人ごみを手でかきわけていき、救急車の運転席から出てきた救急隊員に手をかける。

「あっちで、倒れてる女の人がいるんだ」そういって、ワイザーは駐車場のほうを指さした。

「すまんが、こっちにも女の人がふたりいるし、男の人もいるんでね」救急隊員はそういって手をふりほどこうとしたが、ワイザーは手を放さなかった。

「こっちの三人のことは、とりあえず気にしなくていい」ワイザーはいった。「基本的には無事なんだから。あっちの人は大丈夫じゃない」

〝あっちの人〟はそのときすでに死亡していたし、ワイザーもそのことを知っていたにちがいないと思う……しかし、この薬剤師は優先順位をしっかりと主張した。それだけはいっておかねばなるまい。そのうえワイザーは、エスター・イースタリングが苦痛の悲鳴をあげ、あちこちから言葉のききとれない異議申立てのコーラスがあがったにもかかわらず、もつれあったトラックとトヨタの残骸《ざんがい》の前からふたりの救急隊員を果敢に引き離したほどの固い信念をいだいてもいた。

妻のもとにたどりつくなり、すでにジョー・ワイザーが察していた事実を救急隊員のひとりが確認した。

「なんてこった」もうひとりの隊員がいった。「この人はどうしたんだ？」

「十中八九は心臓だろうな」最初の隊員が応じた。「昂奮《こうふん》しすぎて、それで心臓が音《ね》をあげたってわけだ」

しかし、死因は心臓ではなかった。検屍《けんし》解剖の結果、五年ほど前から妻が——まったく知らないまま——脳内に動脈瘤《どうみやくりゆう》をかかえて生きていたことが判明した。駐車場から事故現場にむかって全力で走りだしたそのとき、大脳皮質内の弱った血管がタイヤのように破裂し、妻の中央制御室を血の海に変えて命を奪ったのだ。監察医助手の話によれば、死が瞬間的なものではなかった可能性もあるが、それでもあっという間の出来ごとだったろうし……妻が苦しむようなことはなかったという。巨大な暗黒超新星が爆発し、体が歩道に倒れるよりも先に、すべての感覚と思考が消えていったはずだ、と。

「なにかお力になれることはありますか、ミスター・ヌーナン？」監察医助手はそういいながらわたしをそっと押し、モニター画面に映っている動かぬ顔と閉ざされた目に背中をむけさせた。「なにかご質問は？　わかる範囲でお答えしますが」

「ひとつだけ質問したいんだ」わたしはそういってから、妻が死ぬ直前に薬局で購入した品物のことを話し、疑問を口にした。

葬儀の前日までのことと葬儀当日のことは、記憶のなかでまるで夢のようになっている――いちばん鮮明な記憶といえば、ジョーが買ったチョコレートの鼠を食べて泣いたことで……いや、ほとんど泣いていたことだけ、というべきか。チョコレートの味がどれほどすばやく消え去っていくものかは、わたしも知っているからだ。妻の埋葬から数日後、わたしはいまいちど涙の発作を起こした。そのときのことについては、まもなくお話しすることになる。

ジョーの家族が来てくれたことはありがたかった——とりわけありがたかったのは、名前はフランク・アーレン——年は五十、赤ら顔のでっぷりと太った男で、頭には黒い毛がふさふさに生えている。葬儀の段どりいっさいを切り盛りしてくれた……そればかりか、葬祭場の経営者にかけあって値引きまでさせたのである。

「そんなことまでしてくれたなんて、信じられないな」あとになってわたしは、フランクと〈ジャックス・パブ〉に行き、ビールを飲みながら話した。

「やつは、おまえさんの足もとを見てたんだよ、マイキー」フランクはいった。「あの手の男には我慢がならなくてね」

そういってフランクはズボンの尻《しり》ポケットからハンカチを抜きだし、心ここにあらずの顔で左右の頰をぬぐった。この男はいちども泣き崩れなかった——わたしが同席していたかぎりでは、アーレン兄弟のだれひとり泣き崩れたことはなかった——が、朝から晩までしじゅう静かに涙を流していた。そのせいで、重症の結膜炎を患《わずら》っている男のように見えた。

アーレン兄妹は総勢で六人。ジョーは末っ子で、ただひとりの女だった。そのせいだろう、生前は兄たちのペットのような存在だった。わたしが妻の死の一因だったら、五人の兄たちから素手で八つ裂きにされたことだろう。ところがじっさいには、五人はわたしをとりかこんで守る楯《たて》になってくれた。これがありがたかった。五人がいなくても、なんとかやりぬけたとは思うものの、具体的にどうなっていたかはまったくわからない。よろしいか、わたしは三十六歳だった。三十六歳で、妻がさらに二歳も年下という身では、自分が妻を埋葬する立場におかれるとは考えもしないものだ。死のことなど、念頭をかすめもしないのである。

「もし他人の車からカーステレオを運びだしてる現場をとっつかまったやつがいたら、そいつは泥棒と呼ばれて刑務所に入れられるだろう？」フランクはいった。アーレン一族はマサチューセッツ州の出身で、フランクの言葉にはいまなおモールデン訛《なま》りがききとれた。〝とっつかまる〟が〝とおつかまる〟になり、〝車〟が〝くうま〟にきこえ、〝泥棒〟が〝どおぼう〟と響いていた。「ところがおんなじ男が悲しみにくれる亭主にむかって、定価三千ドルの棺桶《かんおけ》を四千五百ドルで売りつけようとすると、商売上手だと褒められて、ロータリークラブの昼食会でのスピーチを頼まれるんだ。欲の皮を突っぱらせたクソ野郎め。だから、やつにがつんといってやったんだよ。な？」

「ああ、そうだね。たしかに」

「大丈夫か、マイキー？」

「大丈夫さ」

「ほんとうに大丈夫かい？」

「わかるわけがないだろう?」わたしはいった――近くのボックス席にいた人が何人か、こちらに顔をむけたほどの大きな声だった。それからつづけて――「ジョーは妊娠していたんだ」

フランクの顔が一瞬にして凍りついた。「な、な、なんだって?」

わたしは必死で、声を低く抑えこんだ。「妊娠していたんだよ。六週間から七週間といったところ……その……解剖の結果によればね。あんたは知ってたかい? ジョーから電話があったとか?」

「いいや! 誓ってそんなことはなかった!」とはいうものの、フランクは顔に奇妙な表情を見せていた。ジョーからなにかの話はきかされていた、とでもいうような。「いや、もちろんおまえさん夫婦が子どもを欲しがってたのは知ってたよ……ジョーからきいてたしね……おまえさんの精子の数がすくないから時間はかかるかもしれないけど、でも医者からは遅かれ早かれ……まあいずれは、子宝を授かるといわれたって話も……」そこで言葉を途切らせて、手を見おろす。「そんなことまでわかるのか? というか、いつも調べてるのかな?」

「わかるんだよ。いつも調べているかといわれれば、その検査が決まった手順なのかどうか、そこまでは知らない。ただ、検査してくれるように頼んだんだ」

「どうして?」

「死ぬ前にジョーが買ったのは、副鼻腔炎《ふくびこうえん》用の吸入薬だけじゃなかった。薬といっしょに、自分でできる妊娠判定キットも買ってたんだ」

「まったく知らなかったのかい？　心あたりひとつなかったと？」

わたしはうなずいた。

フランクはテーブルごしに手を伸ばして、わたしの肩をぎゅっと握った。「ジョーはきっと、まちがいないと確かめたかったんだ。その気持ちはわかるだろう？」《副鼻腔炎用の薬と魚を買ってくる》あのときジョーはそういった。いつもとおなじようすだった。女がいくつかの用事をまとめてすませるべく、出かけていくようすそのもの。それまで夫婦で八年間も子どもをつくろうと努力していたにもかかわらず、あのときのジョーはまったくふだんどおりだった。

「ああ」わたしはそういいながら、フランクの手を軽く叩《たた》いた。「わかるとも、義兄《にい》さん。わかるよ」

ジョアンナを送りだす儀式いっさいの手配は——フランクがひきいる——アーレン兄弟がおこなった。わたしは一族の文章書き担当者として、弔辞を書く役目を割り当てられた。ヴァージニア州からは、わたしの兄が母親と叔母をともなってやってきて、なきがらとの対面式の芳名帳係をまかせられた。母は——医師はアルツハイマー病という診断をくだすことを拒んでいたが、齢《よわい》六十六にしてすでにボケきっており——いまは二歳年下で、ほんのすこしだけボケが軽いというだけの妹といっしょに、メンフィスに住んでいた。このふたりには、葬儀の列席者をもてなす席でケーキやパイを切る役目をやってもらうことになった。

それ以外のすべて——なきがらとの対面の儀式から葬儀の式次第にいたるまで——を手配したのは、アーレン兄弟だった。フランクと下から二番めの弟であるヴィクターが、短い弔辞を述べた。またジョーの父親が、娘の魂のために祈りを捧《ささ》げた。そしてさいごに、夏になるとわが家の芝刈りをして、秋には庭の枯葉の掃除をしてくれていた少年、ピート・ブリードラヴが、少女時代のジョーがいちばん好きだった讃美歌《さんびか》〈ああうれし、わが身も〉を歌って会衆の涙を誘った。フランクがどうやってピートをさがしだし、葬儀の席で歌うことに同意させたのか、わたしにはついぞわからなかった。

わたしたちは、さいごまでやりとげた——火曜日の午後と夕方はなきがらとの対面式、水曜の午前中に葬儀をとりおこない、そのあとフェアローン墓地でちょっとした祈りの式をおこなった。記憶に残っているのは、なんと暑いことかと思っていたこと、それに話し相手のジョーがいないと、どれほど途方にくれた気分になるかと考えていたこと、そして、できれば新品の靴を買っておくのだったと思っていたことくらいだ。もしあの場にジョーがいたら、あんな靴を履いていたわたしは叱責《しっせき》で半殺しの目にあわされていたことだろう。

　そのあとで、わたしは兄のシドに話しかけ、母と叔母のフランシーンが完全に〈トワイライト・ゾーン〉の世界に行ってしまう前に、なんらかの手を打つべきだ、といった。とはいえ、ふたりとも老人ホームの厄介になるほどの年齢ではない。兄さんにいい考えはあるかい？

　シドは助言をしてくれたが、どんな助言だったかはさっぱりわからない。賛成したことは記憶にあるのだが、中身をひとつも覚えていないのだ。その日も遅くなってから、シドと母と叔母の三人はシドが借りてきたレンタカーに乗りこんで、ボストンまでのドライブに出発した。ボストンで一泊し、翌日サザン・クレセント線の列車に乗る予定だった。兄のシドは喜んで老人たちの世話を焼いてはいたものの、たとえわたしが旅費をもつといっても、ぜったいに飛行機には乗らなかった。エンジンが停止しても空には緊急避難路がない、というのがシドの言いぶんだった。

　アーレン一家も、翌日にはほとんどが帰っていった。またしても酷暑の一日だった——白熱した空から太陽が容赦なく照りつけ、溶けた真鍮《しんちゅう》のような日ざしがあらゆるものを押しつぶそうとしていた。兄弟はわたしたちの家——このときには、すでにわたしだけの家になっていたが——の前に立ち、その背後の歩道ぎわには三台のタクシーが一列につらなっていた。大柄な男たちはトートバッグの荷物が散乱するなかで、おたがい順番に抱擁をかわしあっては、もっさりしたマサチューセッツ訛りで別れの言葉をいいあっていた。

フランクは、さらにもう一日だけ滞在していった。わたしとフランクは家の裏でたくさんの花を摘んだ――といっても、温室栽培の派手なにおいのする花、わたしの頭のなかで死やオルガンの音色と結びついている香りの花ではなく、ジョーがほんとうに愛していたような花だ。その花を、わたしが奥の食品庫からさがしだしたコーヒー粉の空き缶ふたつにさしいれた。それからわたしたちはフェアローン墓地に行き、できたばかりの墓に花を供えた。そのあともふたりで、叩きつけてくるような強烈な日ざしのもと、なにもいわずしばらく腰をおろしていた。

「昔っからずっと、ジョーのことは世界でいちばんかわいがっていたんだよ」しばらくして、フランクが奇妙にくぐもった声でいった。「子どものころは、みんなでジョーの面倒を見たもんだ。おれたち兄弟はね。ジョーをいじめるやつはひとりもいなかった。いじめようとするやつが出てきたら、おれたちがこてんぱんにしてやったからね」

「ずいぶん、たくさんの話をきかされたよ」

「いい話か？」

「ああ、みんないい話だった」

「ジョーがいなくなって、これから寂しく思うだろうな」

「おなじだよ」わたしはいった。「フランク……それで……ジョーは、義兄さんたちのなかであんたのことがいちばん好きだったんだ。ほんとうに、電話一本なかったのか？ただ、生理がとまっているとか、朝起きたときに気分がわるいとか、そんな話だけでもきかされたことは？　正直に話してほしいんだ。決して怒ったりしないから」

「そうはいうが、電話の一本もなかったよ。神に誓ってほんとうだとも。じゃ、ジョーは朝になると気分がわるくなったりしていたのかい？」

「いや、なにも気づかなかったな」嘘《うそ》偽りのない言葉だった。わたしは、ほんとうになにひとつ気づいていなかった。もちろん執筆に没頭していたというのはある――執筆に没頭しているときのわたしは、完全にトランス状態に陥っているからだ。しかしジョーは、わたしがトランス状態でどこに行くかをわきまえていた。だからジョーならわたしを見つけて、現実世界に引きもどすこともできたはずだ。なぜそうしなかったのか？なぜこんな吉報を隠していたのか？　真偽を自分で確かめるまで、夫に話したくはなかった――この説明もわからないではない。しかし、ジョーがそんなことをするとは、どうしても思えなかった。

「男の子だったのかい？　それとも女の子？」フランクがたずねてきた。

「女の子だったよ」

わたしたちはすでに名前も決めており、結婚当初からずっと子どもを待ち望んでいた。

男の子だったらアンドルー。娘に恵まれたなら、カイアという名前をつけるつもりだった。カイア・ジェイン・ヌーナンと。

フランクがわたしの家に滞在していたのは、六年前に離婚して、独《ひと》り身になっていたからでもあった。家に帰る途中、フランクはこんなことを話してきた。

「おまえさんのことが心配なんだよ、マイキー。おまえさんには、こんなときに頼れるような親戚《しんせき》も多くないし、その多くない親戚もみんな遠くにいるからね」

「わたしなら大丈夫だよ」わたしはいった。

フランクはうなずいた。「おれたちはみんなそう口にする。ちがうか？」

「おれたち？」

「男たちってことさ。〝おれなら大丈夫だ〟ってね。大丈夫じゃないときは、男はそれを人に知られないようにするんだ」フランクはあいかわらず目から涙を流し、日焼けした大きな手にハンカチをもちながら、わたしをじっと見つめてきた。「だから、もしおまえさんが大丈夫じゃなくなって、兄さんには電話をかけたくないとなったら——ああ、おまえさんが兄さんをどんな目で見ていたかはわかっているとも——おれを実の兄貴だと思ってくれ。おまえさん自身のためじゃないとしても、せめてジョーのために」

「わかった」わたしは答えた。この申し出には敬意を払いもしたし、感謝の念を感じもしたが、同時に自分がそんなことをしないこともわかっていた。だれかに電話をして助けをもとめたりはしない。そんなふうに育てられたわけではなく——すくなくとも、自分ではそう思っている——そういう人間だというだけのことだ。以前ジョアンナに、こういわれたことがある。湖畔にわが家の夏別荘があるダークスコア湖で溺《おぼ》れたとしても、わたしなら助けをもとめる叫び声ひとつあげず、公共の遊泳場がある岸辺からわずか十五メートルほどの場所で、静かに溺れ死んでいくはずだ、というのだ。これは愛情や思いやりといった気持ちの問題ではない。わたしにだって、そういった感情を人に与えることも、また人からうけとることもできる。他人の痛みを感じることもできる。人とのふれあいを必要としてもいる。しかし他人から「大丈夫か？」ときかれたら、「大丈夫ではない」と答えることはわたしにはできない。他人に助けを求めることができないのだ。

それから二時間ほどして、フランクは州の南端にある自宅に帰っていった。フランクが車のドアをあけたそのとき、この男がカーステレオでわたしの作品の朗読テープをきいていたことがわかり、わたしは胸を打たれた。フランクはわたしを抱きしめ、唇への突然のキスでわたしを驚かせた——盛大な音があがる本格的なキスだった。

「いいか、もし電話をかけずにいられなくなったら、遠慮なく電話をかけてこい」フランクはいった。「もし人恋しい気持ちがこらえきれなくなったら、遠慮なくおれの家に来るんだ」

わたしはうなずいた。

「それから……くれぐれも気をつけろよ」

この言葉が、わたしを驚かせた。熱気と悲嘆の相互作用だろう、過去数日間は夢のなかで暮らしているような気分だったが、それもこのときにはおわっていた。

「気をつけるとは……なにに？」

「さあね」というのが、フランクの答えだった。「おれにはわからん」

それからフランクは車に乗りこみ——とてつもない巨体の男がとんでもなく小さな車に乗りこんだため、まるでフランクが車の形の服を身にまとっているかに見えた——走り去った。このころには、太陽は沈みかけていた。八月の炎暑の日のおわりに、太陽がどのように見えるかをご存じだろうか？　オレンジ一色になり、それが上から押し潰されているように見える……見えない手が太陽を上から押しており、それがいつ満腹した蚊よろしく破裂して、中身を地平線一帯にぶちまけても不思議はないように見えるのだ。

このときも、そんなふうだった。反対側の東の空はすでに暗くなっており、遠雷を響かせていた。しかし、結局この夜は雨は降らず、ただ毛布のようにぶあつく息苦しい闇《やみ》が降りてきただけにおわった。それにもかかわらず、わたしはワードプロセッサの前にすわり、一時間ばかり仕事をした。いま思い出しても、執筆は順調だった。あえていうまでもないだろうが、たとえ順調に進まないときでも、仕事はいい時間つぶしになる。

　二度めの涙の発作は、葬儀の三日後か四日後にやってきた。自分が夢のなかにいるような感覚は、このときもまだ残っていた。歩き、話し、電話の受け答えをし、長篇の仕事をつづけた――ジョーが死んだ時点で、この作品は八割がた完成していた――ものの、そのあいだずっと自分が世界から切り離されている明確な感覚、すべてがほんとうの自分から遠く離れた場所で展開しており、自分はせいぜい電話でつながっているだけだという感覚がつきまとっていた。

　ピート・ブリードラヴの母親であるデニースが、電話をかけてきた。翌週のいつでもいいから、二、三人の友人たちを引き連れて、いまわたしがひとりで住んでいるこの古い広壮なエドワード様式の屋敷（じっさいのところわたしは、レストラン・サイズの缶のなかに一個だけ残った豆よろしく転がりまわっている状態だった）をおとずれ、隅から隅まで掃除しようと思うのだがどうか、という申し出の電話だった。自分たち三人で百ドルももらえれば掃除をするし、こんな話をしているのも、ひとえに掃除をしないのはわたしにとってよくないことだからだ――デニースはそうつづけた。たとえ死が家のなかでの出来ごとでなかったにしろ、死者が出た家は徹底的に磨きあげる必要がある、と。

すばらしい名案だ——わたしはそう答えた——しかし、六時間かけて掃除をしてもらう代償として、デニースが連れてくる女性ひとりにつき百ドルを支払おう。仕事は、その六時間でおわらせてほしい。もしおわらなくても、働くのはその六時間だけでいい。

「ミスター・ヌーナン、それではいただきすぎになります」デニースはいった。

「そうかもしれないし、ちがうかもしれませんが、それだけの金は払いますよ」わたしはいった。「やっていただけますか？」

ええ、もちろんやらせていただきますとも、ええ——デニースは答えた。

もう予測がつくと思うが、その夜わたしは女たちが来る前に家のなかをひととおりまわって、大掃除前の点検をすませた。わたしとしては、掃除に来る女たち（そのうちふたりは、いちども会ったことのない人だった）がなにかを見つけ、女たち自身やわたしがばつのわるい思いをすることのないようにしたかったのだと思う。ソファのクッションの裏側にジョアンナのシルクのパンティが押しこまれているかもしれないし（「わたしたち、なんどもソファの上で寝たのよ」前にジョーがそう話していたことがある。「あなたは気づいてた？」）、サンポーチのラブシートの下にビールの空き缶が転がっているかもしれず、それどころかトイレの水を流しわすれているかもしれない。とはいえ真実を打ち明けるなら、自分がなにをさがしていたのかはまったく記憶にない。夢のなかで歩きまわっているような感覚は、このときもまだわたしの精神をしっかりと抑えこんでいた。この何日かのあいだでいちばん明晰《めいせき》な思考はといえば、執筆中だった小説の結末（精神異常の殺人鬼がわがヒロインを高層ビルに追いつめていき、屋上から突き落とそうとたくらんでいる、というもの）についての思考か、ジョーがその死の当日に購入していたノルコ社製の自宅用妊娠判定キットにまつわる思考だった。副鼻腔炎《ふくびこうえん》用の薬――ジョーはそういった。夕食用の魚――その話もしていた。そしてジョーの目には、わたしがあらためて見なおしたいと思うような表情はかけらもなかった。

大掃除前点検もあとわずかでおわるというときになって、夫婦のベッドの下をのぞきこんだわたしは、いつもジョーが寝ていた側の床に、ひらいたペーパーバックが落ちているのを見つけた。妻が死んでから長い時間がたっていたわけではない。しかし〈ベッド下の王国〉は、家のなかのほかの場所とは比較にならないほど埃《ほこり》っぽかった。引っぱりだした本が淡い灰色に覆《おお》われているのを目にするなり、棺《ひつぎ》のなかに横たわるジョアンナの顔や手のことが頭に浮かんできた――〈地中の王国〉にいるジョアンナ。棺のなかも、おなじように埃っぽいのだろうか？　まさか。しかし――

あわてて、その思いを頭から押しだした。この思いはいったん立ち去るふりこそ見せたものの、その日一日じゅう――トルストイの有名な白熊《しろくま》のように――こっそりと何回も忍び寄ってきた。

ジョアンナとは、メイン大学英文学部の同窓生だった。仲間の学生の例に洩《も》れず、わたしたちもシェイクスピアの言葉の響きや、エドウィン・アーリントン・ロビンスンのティルベリータウンものの詩に見られる皮相主義のとりこになった。しかし、なみいる大学御用達の詩人やエッセイストを押しのけて、わたしたちを結びつける絆《きずな》となった作家は、ウィリアム・サマセット・モームだった。世界じゅうを旅行したあの初老の作家にして劇作家、爬虫類《はちゆうるい》じみた顔（写真では、いつも葉巻の煙にぼやけているように見える顔）とロマンティストのハートをもった男。だからベッドの下から出てきた本が『月と六ペンス』だとわかっても、そこに驚きはなかった。わたし自身、十代もおわりに近いころにこの長篇を読んでいた――それも二回読んでいた。主人公チャールズ・ストリックランドと自分を情熱的に重ねあわせていたのである（いうまでもなく、当時のわたしが南洋でしたかったのは絵を描くことではなく、小説を書くことだった）。

妻は半端《はんぱ》になったトランプの一枚を、栞《しおり》として本にはさみこんでいた。そのページをひらくと、最初に知りあったときにジョアンナが口にしていた言葉がふっと脳裡《のうり》によみがえってきた。あれはたぶん一九八〇年のこと、二十世紀イギリス文学の授業のときだった。ジョアンナ・アーレンは熱い情熱を滾《たぎ》らせた二年生。わたしは四年生で、この二十世紀イギリス文学の授業も、時間の余裕があったから聴講していただけだった。

「いまから百年後には――」ジョアンナはそのときこういった。「D・H・ロレンスを賞揚してモームを無視したことが、二十世紀中葉の文芸批評家たちにとって不名誉なことになるにちがいないわ」

この発言は、冷笑まじりの愛想笑いに迎えられた(学生たちはみな、ロレンスの『恋する女たち』こそ文学史上の最高傑作だと思っていた)が、わたしは笑わなかった。わたしは恋に落ちた。

トランプは百二ページと百三ページのあいだにはさみこまれていた。ちょうど、妻が自分を捨ててストリックランド――モームがポール・ゴーギャンをモデルにしてつくりあげた主人公――のもとに走ったことを、ダーク・ストローヴが知る場面である。語り手はストローヴを元気づけようとして、こういう。

《わが友人よ、そんなに嘆くものじゃない。奥さんはきっともどってくる……》

「いうだけなら、だれにだっていえる言葉だな」わたしは、いまや自分ひとりの領分となった部屋にむかって小声でつぶやいた。

それからわたしは、ページをめくって先を読み進んだ。

ストリックランドの罪深いとさえいえる冷静な態度を目のあたりにして、ストローヴは自制心をうしなった。目もくらむ怒りにとらえられたストローヴは、自分がなにをしているのかにも気づかぬまま、ストリックランドにむかって身を躍らせていた。不意をつかれたストリックランドは、足をよろめかせはしたものの、いかな病みあがりとはいえ強靭《きようじん》な男であることに変わりはない。つぎの瞬間、なにがどうなったかもわからず、しかし気がつくとストローヴは床に横たわっていた。

「きみもおかしなちび助だな」ストリックランドはいった。

ふと、ジョーは結局このページをめくることがなく、それゆえにストリックランドが哀れなストローヴを〝おかしなちび助〟呼ばわりした声を耳にすることもなかったのだ、という思いが頭をかすめた。そして、輝かしい啓示の一瞬がおとずれた。この瞬間を、わたしは忘れない——忘れられるはずがあろうか？　なんといっても、人生最悪の瞬間のひとつだったのだから。その一瞬で、わたしはこれがやりなおすことのできる手ちがいでもなければ、目覚めれば消える夢でもないことを理解した。ジョアンナは死んだ、と。

悲嘆の念が、全身の力を奪いとっていった。ベッドがそこになければ、そのまま床に倒れこんでいただろう。わたしたちは目から涙を流す。目からしか涙を流せない。しかしこの夜ばかりは、全身の毛穴という毛穴、全身の割れ目や穴のすべてから涙があふれだしている気分だった。わたしはベッドのいつもジョーが寝ていた側にへたりこみ、膝《ひざ》の上に埃だらけになったジョーの『月と六ペンス』のペーパーバックをおいたまま、ひたすらむせび泣いた。いま思えば、そのときは悲しみと同時に驚きも感じていたようだ。高解像度のモニター画面で死体をこの目で見て、身元を確認したにもかかわらず、葬儀を出し、ピート・ブリードラヴが高音の伸びる甘やかなテナーで歌った〈ああうれし、わが身も〉をきいたにもかかわらず、〝灰は灰に、塵《ちり》は塵に〟の祈りがとなえられた墓所での儀式に立ちあったにもかかわらず、このときまでは本心から信じてはいなかった。ペンギン・ブックス版の一冊のペーパーバックは、あの大きな灰色の棺桶《かんおけ》ではおよぼせなかった作用をわたしにおよぼした――ジョアンナは死んだ、と高らかに宣言したのである。

《「きみもおかしなちび助だな」ストリックランドはいった》

わたしはベッドで仰向けになると、組みあわせた前腕で顔を覆って泣き、悲しい目にあった子どものように、いつしか泣きながら寝入っていた。眠ったわたしは、恐ろしい夢を見た。夢のなかでわたしは目を覚まして横をむき、ベッドカバーの上にまだ『月と六ペンス』のペーパーバックがあるのを目にして、最初に見つけたベッドの下にもどしておこうと思いたった。夢の論理が混乱したものであることは、ここでいうまでもないだろう――論理はダリの描いた時計のように柔らかくなり、木の枝にひっかかったラグマットのようにだらんと垂れ下がるのだ。

わたしはトランプの栞を百二ページと百三ページのあいだにもどし――人さし指を動

かして、《「きみもおかしなちび助だな」ストリックランドはいった》という一節に金輪際別れを告げて——寝がえりをうつと、本を最初に見つけたとおりの場所にもどすつもりで、ベッドのへりから頭だけを下にむかって突きだした。

ベッド下の埃の塊のなかに、ジョーが横たわっていた。ボックススプリングの裏側から蜘蛛《くも》の巣の一部が垂れて、羽毛のようにジョーの頬を愛撫《あいぶ》していた。赤毛の輝きは鈍っているようだったが、白い顔のなかで両目は黒く、油断なく、敵意をみなぎらせていた。ジョーが口をひらいたとたん、死がわが妻を狂気に追いやったことがはっきりとわかった。

「早く返してよ」ジョーはかん高くわめいた。「その本はわたしの埃よけなんだから」

そういうなり、ジョーはわたしが本をさしだすよりも早く、本をひったくっていった。一瞬、ふたりの指先がふれあった——ジョーの指先は霜にやられた木の枝ほどにも冷えきっていた。それからジョーは読みかけのところで本をひらき——トランプがひらひらと舞い落ちる——サマセット・モームを自分の顔にかぶせた。言葉が織りあげた屍衣《しい》。胸の上で腕組みをしている妻を見つめるうち、ふっとその青いワンピースが埋葬時に着せた服であることに気がついた。ジョーは墓場から出てきて、夫婦のベッドの下に身を隠したのだ。

わたしはくぐもった悲鳴をあげ、ベッドからあやうく転げ落ちそうになるほど激しく体を痙攣《けいれん》させながら目を覚ました。たいして長いこと眠っていたわけではない――頰はまだ涙で濡《ぬ》れていたし、瞼《まぶた》にはひとしきり泣いたあとの変に引《ひ》き攣《つ》ったような感覚がまだ残っていた。夢があまりにも真に迫っていたので、わたしは寝がえりをうって頭を下に突きだし、ベッドの下をのぞきこんでいた――ジョーが本を顔にかぶせて寝ているにちがいない、手を伸ばしてその冷たい指でわたしにふれてくるにちがいない、と思いながら。

もちろん、ベッドの下にはなにもなかった――夢はしょせん夢だ。にもかかわらず、その夜は朝まで書斎のソファで過ごした。正しい選択だったと思う。なぜなら、その夜はもう夢をまったく見ないですんだからだ。わたしはただ、夢も見ないでぐっすりと熟睡しただけだった。

2

十年におよんだ結婚生活のあいだに、〝ライターズ・ブロック〟と呼ばれる作家のスランプを経験したことはいちどもないし、ジョアンナの死後すぐスランプに陥ることもなかった。じっさいその手のスランプ状態とあまりにも縁遠かったからこそ、尋常ならざることがこの身に起こっていると気づく前に、スランプがしっかり根を張ったといえる。思うに心の底では、ライターズ・ブロックなどに陥るのは、しょせんお高くとまった書評誌のニューヨーク・レビュー・オブ・ブックスの誌面で議論され、脱構築され、ときにはあっさり払いのけられる作品を書く作家だけだ、と信じていたのかもしれない。

わたしの作家としてのキャリアと結婚生活は、ほぼおなじ期間にまたがっている。第一長篇『ふたり』の第一稿を書きあげたのは、ジョーとわたしが正式に婚約した直後で（〈デイズ・ジュエラー〉で百十ドル出して買ったオパールの指輪を、ジョーの左の薬指にはめたのだ。百十ドルという価格は、当時のわたしの懐《ふところ》具合からすれば本来は高嶺《たかね》の花だったが……それでもジョアンナは心の底から喜んでくれていたようだった）、さいごの長篇『頂上からの転落』を書きおえたのは、ジョーが死を宣告されてから約一カ月後のことだった。これは、例の高所愛好癖をもつ異常殺人者をテーマにした作品だ。出版されたのは、一九九五年の秋。それ以降も新作を出版してはいるが——この矛盾については、きちんと説明がつけられる——これから先、見通せる範囲の将来にわたって、どこかの社の出版予定リストにマイクル・ヌーナンの新作長篇が掲載されることはあるまい。いまとなれば、ライターズ・ブロックがどんなものかはよくわかる。そう、いまではわかりたくもないほどわかっているのだ。

わたしが『ふたり』の第一稿をおずおずと見せると、ジョーはひと晩で原稿を読みあげた——メイン州の黒い熊《くま》のイラストのはいったTシャツとパンティだけの姿でお気にいりの椅子《いす》に体を丸めてすわりこみ、アイスティーを何杯も何杯もお代わりしながら。わたしは外のガレージに出ていき（当時わたしたちは、おなじように経済的に不安定だったカップルと共同でバンゴアの一軒家を借りて暮らしていた……いや、ジョーがオパールの指輪をはずすことはなかったとはいえ、この時点ではまだ正式に結婚していたわけではなかった）、あてもなくうろつきながら、ニューヨーカー誌のひとコマ漫画に出てくる男になった気分を味わっていた——産婦人科の分娩室《ぶんべんしつ》の外で出産を待っている男を描いた、あの手のユーモラスな漫画の男だ。いまでも覚えているが、〝お子さまにも簡単につくれます〟というふれこみの巣箱をつくろうとして手先がすべり、カッターで左手の人さし指をざっくりと切りそうになった。二十分にいちどは家のなかに引きかえし、こっそりジョーのようすをうかがった。ジョーはわたしに気づいていたのかもしれないが、そんなようすはみじんも見せなかった。わたしには、これが希望のもてる兆候に思えた。

そうして裏口のポーチに腰かけて星空を見あげながらタバコをふかしていたとき、ジョーが外に出てきてわたしのとなりに腰かけ、うなじに手のひらをおいてきた。

「どうだった？」わたしはたずねた。

「よかったわ」ジョーはいった。「これから家にもどって、わたしにもっといい思いをさせてちょうだい」

わたしが答えを口にもしないうちから、それまでジョーがはいていたパンティがナイロンのかそけきささやきを漏《も》らしながら、わたしの膝《ひざ》に落ちてきた。

ことがおわったあと、ベッドで横になったままオレンジを食べているときに（ちなみに、この悪習はその後克服するにいたった）、わたしはたずねた。「出版してもらえるほどよかったと思うかい？」

「どうかしら」ジョーはいった。「出版界という華麗な世界のことはなにも知らないけど、でも、わたしは生まれてこのかた、ずっと楽しみのために本を読んできた人間よ。ちなみに、知りたければ教えてあげるけど、いちばん最初に熱中したのはおさるのジョージが出てくる『ひとまねこざる』の絵本で――」

「いや、その話はどうでもいい」

ジョーは体を近づけてくると、わたしの口にオレンジのスライスを押しこめた。腕に押しつけられた乳房が、温かく挑発的な感触をつたえてきた。「――で、そのわたしは、あなたの作品を読んで、大いに楽しませてもらったわ。ここで予言をさせてもらえば、いまのデリー・ニューズ紙での仕事は、新米記者の段階の途中でおわるんじゃないかしら。そうね、いずれわたしは作家の妻になるのよ」

その言葉に、わたしは天にも昇る心もちにさせられた――感きわまったせいだろう、腕に鳥肌が立ったくらいだ。たしかにジョーは〝出版界という華麗な世界〟についてなにひとつ知らなかったが、ジョーが信じたことはわたしも信じたし……その信念は、決して見当はずれでなかったことが明らかになった。わたしはかつて教わった創作科の教官を通じてエージェントを見つけ（ちなみにこの教官はわたしの長篇を読んで、口先だけの気のない褒め言葉をかけてよこした――たぶんこの作品の商業的価値を、一種の異端だとしかみなしていなかったのだろう）、このエージェントの尽力で、『ふたり』は原稿を最初に見せた大手のランダムハウス社に売れることになった。

わたしの記者という仕事についても、ジョーの予言が現実になった。花の見本市だのドラッグレース大会だの豆料理の夕食だのを取材し、週に約百ドルを稼ぐ日々が四カ月つづいたのち、ランダムハウス社発行の最初の小切手がとどいた――エージェントの手数料を差し引いても、二万七千ドルという金額だった。報道部での在籍期間は、最初の心ばかりの昇給にさえありつけないほど短いものだったが、それでも会社の人たちは送別会をひらいてくれた。いま思い出したが、会場は〈ジャックス・パブ〉だった。奥の個室のテーブルの上には、《マイクに幸運を――書いて書いて書きまくれ!》という文字のはいった横断幕がかけられていた。会がおわって家に帰ると、ジョアンナがこんなことをいった――もし羨望《せんぼう》の念が酸に変わったとしたら、いまごろあなたは全身が腐食して、ベルトのバックルと三本の歯だけの姿になりはてていたにちがいない、と。

そのあとベッドにはいって明かりを消し――さいごのオレンジを食べて、タバコのさいごの一本をふたりで吸いおわったあと――わたしはいった。「まあ、あの本をウルフの『天使よ故郷を見よ』とまちがえるやつはいないだろうな」

いうまでもなく、〝あの本〟というのはわたしの長篇のことだった。わざわざ教えずともジョーにはそのことがわかっていたし、昔の創作科の教官が『ふたり』に見せた反応で、わたしが内心気落ちしていることも知っていた。

「まさか、この先ずっと〝挫折《ざせつ》した芸術家〟の繰りごとをわたしにきかせるつもりじゃないでしょうね？」ジョーは片肘《かたひじ》をついて体を起こすといった。「もしそのつもりなら、いまのうちにぜんぶきかせてちょうだい。そうしたら、あしたの朝一番で〝ひとりで簡単にできる離婚手続セット〟を買ってくるから」

これには愉快な気分にさせられたが、わずかに傷ついたのも事実だった。

「ランダムハウスが最初に出したプレスリリースを見たかい？」そうたずねたものの、ジョーが見ていることは知っていた。「まったく、あれじゃぼくを〝ペニスのついたV・C・アンドリュース〟と呼んでるも同然だよ」

「そうね」ジョーはいいながら、話題にのぼった部位をそっと握ってきた。「ああ、たしかについてるわね。で、出版社からなんと呼ばれるかという話だけど……あのね、三年生のとき、わたしはパティ・バニングからいつも〝鼻糞《はなくそ》ほじり〟っていわれてたけど、でもちがったわ」

「人からどう見られるかがすべてなんだよ」

「馬鹿《ばか》ばかしい」ジョーはまだわたしのペニスから手を放さず、かなり強い力で握りしめていた。ちょっと痛かったが、同時にすばらしい快感でもあった。あのころ股間《こかん》のわが隻眼《せきがん》入道は、たっぷりもらえさえすればどんな餌《えさ》にでも嬉々《きき》として食らいついたのだ。

「幸せ――それがすべてでしょう？　どうなの、小説を書いているときは幸せ？」

「もちろん」これもまた、いちいち質問しなくてもジョーにはわかっていることだった。

「じゃ、小説を書いているときに良心のとがめを感じる？」

「小説を書いてるときに、それを中断してまでやりたいと思うことなんて……これしかないな」そういってわたしは、ジョーの上にのしかかっていった。

「あら、びっくり」ジョーはかすれた裏声でいった――この声をきくと、わたしの理性はたちまち弾《はじ》け飛んだものだ。「わたしたちの体のあいだにペニスがあるなんて」

そのあと愛をかわしているあいだ、わたしは一、二のすばらしい事実に気がついた。まず、わたしの作品が気にいったというジョーの言葉が本心からのものであること（いや、剝《む》きだしの足を体の下にたくしこむようにしてウィングチェアにすわり、ひたいに前髪を垂らしたまま、一心に原稿を読んでいるあの姿を見ただけで、ジョーが気にいってくれていることはわかっていた）。そして、自分が書いたものを恥じる必要はこれっぽっちもないこと――すくなくともジョーの目の前では。すばらしい事実はそれだけではなかった。ジョーのものの見方がわたし自身の見方とひとつになったとき、結婚生活からしか生まれない真の双眼鏡効果がもたらされるし、重要なのはそれだけだ、という事実である。

ジョーがモームのファンで、ほんとうにありがたいと思えた。

わたしはそれから十年間……いや、ジョアンナがいなくなってからの年月も勘定に入れるなら、十四年間にわたって〝ペニスのついたV・C・アンドリュース〟でありつづけた。最初の五年間の版元はランダムハウス社だったが、パットナム社から巨額の申し込みがエージェントに寄せられ、わたしはその申し込みに飛びついた。

　みなさんも、わたしの名前を多くのベストセラー・リストで目にしていたかもしれない……ただしそれには、お読みの新聞の日曜版掲載のリストが上位十冊だけのものではなく、上位十五冊まで書名の挙がっているものであれば、という条件がつく。トム・クランシーやロバート・ラドラム、ジョン・グリシャムといった作家と同列にならんだことはなかったが、それでもハードカバーでかなりの部数が動く作家ではあったし（V・C・アンドリュースは一回もそんなことがなかったよ——とは、わがエージェントのハロルド・オブロウスキーの言である。かのレディが席捲《せっけん》したのは、ほぼペーパーバック市場だけだった）、いちどだけニューヨーク・タイムズ紙のリストで最高五位を獲得したこともある……あれは、二作めの『赤いシャツを着た男』のときだった。皮肉だったのは、わたしの作品のさらなる上位進出をはばんだのが、サド・ボーモントがジョージ・スターク名義で書いた作品『鋼鉄のマシーン』だったことだ。あのころボーモント夫妻は、ダークスコア湖から南に八十キロばかり行ったところにあるキャッスルロックに夏別荘をもっていた。そのサドも、いまは亡《な》き人である。自殺。その死がライターズ・ブロックに関係しているのかどうかは、わたしの知るところではない。

つまりわたしは、あと一歩でメガ・ベストセラーのつくる魔法のサークルにはいれなかったわけだが、それを気に病んだことはない。三十一歳のときには、わたしたち夫婦は家を二軒所有していた。まずデリーの由緒《ゆいしょ》ある美しいエドワード様式の屋敷。そしてメイン州西部の湖畔に建つ〝山荘〟といってもいい大きさの丸太づくりの別荘。こちらは地元の人々から、かれこれ一世紀近くも〈セーラは笑う《セーラ・ラフス》〉という名前で呼ばれていた。しかも、大多数の人々が最初の家を買うための住宅ローンの承認に四苦八苦している年代にもかかわらず、どちらの家もいっさい借金をせずに購入していた。わたしたち夫婦はどちらも健康で、不貞とは無縁、まだまだ世界を楽しむ気概をもちあわせていた。たしかにわたしはトマス・ウルフではなかった（それをいうなら、トム・ウルフでもトバイアス・ウルフでもなかった）が、好きなことをやって金をもらえる立場にいたし、世界広しといえどもこれ以上うまい話はない。いってみれば、盗みのライセンスをもらったようなものだ。

わたしの作品は、一九四〇年代にそこそこの売上げを誇っていた小説のような存在だった。つまり批評家筋から無視される、ジャンル指向一辺倒の作風だったのだ（わたしの場合は、〝ひとりで生きている若い美女が魅力たっぷりの未知の男と知りあう〟というジャンルだ）。それでも、充分な報酬をそこから得てもいた。世間からは、たとえるならネヴァダ州公認娼館《しょうかん》を見るのとおなじように胡散《うさん》くさい目をむけられていた——人間のもっとも基本的な本能のはけ口なるものは必要だし、だれかが〝その手の仕事〟をする必要がある、というような感じだった。そしてわたしは、〝その手の仕事〟に熱心に打ちこみ（とりわけ厄介なプロット上の交差点にさしかかったおりなどは、ジョーが熱心に見てみぬふりをしてくれたこともあった）、ジョージ・ブッシュが大統領にえらばれた選挙のころには、会計士から百万長者の仲間入りをしたといわれるほどになった。

なるほど、自家用ジェット機を所有したり（グリシャム）、プロのフットボール・チームを買収したり（クランシー）できるほどの財力はなかったが、メイン州デリーの街の基準では、わたしたち夫婦は好景気に沸いていた。わたしたち夫婦は数千回の愛をかわし、数千本の映画を見て、数千冊の本を読んだ（ジョーはしじゅう、読みかけの本をベッドの自分が寝る側の下にしまっていた）。そしてわたしたち夫婦にとって最大の幸福はなんだったかといえば、それは〝残り時間のすくなさ〟を知らなかったことに尽きよう。

習慣を破ったことがライターズ・ブロックを招いたのではないか――そう思ったことは一再ならずある。昼間であれば、こんな考えは役立たずの迷信だと一蹴《いっしゅう》することもできたが、日が落ちたあとはそれもむずかしかった。不愉快なことに、夜のあいだは自分自身の思考が首環《くびわ》からするりと抜けだし、勝手気ままに走りまわるからだ。おまけに成人してからの歳月の大部分を虚構の世界の創造についやしてきたとなれば、首環はなおのことゆるくなり、犬はさらに首環をきらうようになる。作家というのは、みずからの精神に不作法なふるまいを教えこむ人種のことだ――そういったのはバーナード・ショウだっただろうか？　それともオスカー・ワイルド？

　さらにいうなら、習慣を打破したことが、わたしの突然で予想もしていなかった（すくなくとも自分自身では予想もしていなかった）沈黙にひと役買っていたかもしれないというのは、そんなにも突拍子もない考え方といえるだろうか？　想像力の国で日々の糧《かて》を稼ぐ身とあれば、現実と〝現実かもしれない世界〟の両者をへだてる境界線はかなり細いものになる。画家のなかには、ある特定の帽子をかぶらなければぜったいに絵を描かない者もいるし、野球選手のなかには、好調な時期にはストッキングを履きかえない者もいる。

　この習慣がはじまったのは、二作めの作品のときだった。この作品はまた、わたしの記憶にあるかぎり不安に思えた唯一《ゆいいつ》の作品である。おそらく、二作めのジンクスにまつわる不吉な話――最初の一発はまぐれだったという話――をどっさり耳にしたせいだろう。いまでも覚えているが、アメリカ文学の講師がこんな話をしていた。現代アメリカ作家のうちで、〝二作めの憂鬱《ゆううつ》〟を確実に回避できる安全策を見つけだしたのは、『アラバマ物語』のハーパー・リーだけだ、と。

『赤いシャツを着た男』の結末にさしかかったとき、わたしは結末まであとひと息というところで執筆を中断した。その時点では、デリーのベントン・ストリートぞいにあるエドワード様式の屋敷はまだ二年先のことだったが、ダークスコア湖の湖畔に建つ〈セーラ・ラフス〉はすでに購入ずみで（後年とはことなって、まだ家具調度はほとんどととのっていなかったし、ジョーの仕事場《スタジオ》も完成していなかったが、それでも美しかった）、わたしたちはその別荘に滞在していた。

わたしはタイプライター——あのころはまだ、旧式のIBMセレクトリックをしつこくつかいつづけていた——の前から離れると、キッチンに歩いていった。時は九月中旬、避暑客のほとんどはもう引きあげており、湖の上には鷗《かもめ》ほどの大きさで水にもぐるのが得意な鳥、阿比《あび》の鳴き声ばかりがひときわ美しく響きわたっていた。太陽は沈みかけ、湖面そのものが動きも熱もない炎をたたえた皿と化していた。これは、もっとも鮮明な記憶のひとつだ。たまに、ほんとうに記憶の光景に足を踏みこんで、すべてをその時点からやりなおせそうに思うほど鮮明に覚えている。もしやりなおせたとして、まったくちがうことができたら、なにをやりなおしただろうか？　そう思いをめぐらせることもある。

その日の夕方まだ早いうちに、わたしは〈テタンジェ〉のシャンペンひと瓶と二個のフルートグラスを冷蔵庫に入れておいた。それをとりだすと、いつもはキッチンからベランダまでアイスティーや〈クールエイド〉を入れたピッチャーを運ぶのにつかっているブリキのトレイに載せ、前にささげもつようにして居間まで運んでいった。

ジョアンナはがたつく古い安楽椅子《いす》にすわって、読書に没頭していた（その晩はモームではなく、お気にいりの現代作家ウィリアム・デンブロウの本だった）。

「あら、びっくり」ジョーは顔をあげ、自分の場所をさし示しながらいった。「シャンペンなんて、いったいなんのお祝いかしらね？」

もちろん、これは〝おとぼけ〟だった。

「おわったよ」わたしはいった。「ぼくの本が完成した《モン・リーヴル・エ・トゥ・フィニ》んだよ」

「そう」ジョーはそういい、わたしがトレイをもったままかがみこむと、自分のフルートグラスを手にとった。「そういうことなら、ほっとひと息というところね」

いまにして思えば、この儀式のいちばん核心の部分は――山ほどのたわごとにひとつだけ混じった、真に魔術をそなえた単語のように、生命と力をそなえていた部分とは――このジョーの言葉ではなかったか。この儀式のたびに、わたしたち夫婦はほとんどいつもシャンペンを飲んだし、そのあともうひとつのことをするために、ジョーがわたしの仕事場にやってきた。しかし、いつもかならずというわけではなかった。

いちど――ジョーが死ぬ五年ほど前だったと思うが、わたしが長篇を書きあげたとき、ジョーが女友だちといっしょにアイルランドに旅行中だったことがあった。そのときはまずひとりでシャンペンを飲み、さいごの文章をやはり自分ひとりで書き（当時はすでにマッキントッシュをつかっていた。このコンピュータのおよそ十億もの利用法のうち、わたしが利用していたのはひとつだけだった）、しかもそれを思いわずらって眠れなくなることはまったくなかった。それでもわたしは、ジョーと友人のブリンが投宿していた宿屋に電話をかけて、小説を書きおえたことを話し、そもそもこの電話の目的だったジョーの言葉に耳をかたむけた——ジョーの言葉はアイルランドの電話線にするりともぐりこみ、マイクロ波送信機まで旅をしてから、天への祈りのごとくどこかの衛星に駆けのぼり、わたしの耳にまでたどりついた。「そういうことなら、ほっとひと息というところね」

先ほどもいったように、この習慣がはじまったのは二作めの作品のときだった。ふたりが最初のシャンペンを飲み、それぞれお代わりも飲みおえると、わたしはジョーを仕事部屋に連れていった。わたしの深緑色のセレクトリックには、まだタイプ用紙が一枚はさまったままになっていた。湖では、さいごに残った阿比の一羽が闇《やみ》にむかって鳴いていた——この鳥の鳴き声を耳にすると、わたしはいつでも錆《さび》ついた物体が風に吹かれてゆっくり回転しているところを連想する。

「あら、書きおえたといってたんじゃない？」ジョーはたずねた。

「さいごの一文だけが残ってるんだ」わたしは説明した。「この本はきみに捧《ささ》げたものだ。だから、さいごの文章をきみに打ちこんでほしいんだよ」

　ジョアンナは笑いも抵抗もしなかったし、感情を顔に出すこともなかった——わたしが本気かどうかを確かめるような目つきで、じっとわたしを見つめてきただけだった。わたしがうなずいて本気であることを示すと、ジョーはわたしの椅子に腰をおろした。もっと早い時間に泳いでいたせいで、ジョーは髪の毛をうしろでひっつめにして、白いゴムバンドで束ねていた。髪の毛は濡《ぬ》れており、赤毛がいつもより黒っぽい色になっていた。わたしは髪の毛にふれた。濡れた絹のような感触だった。

「いったん改行するの?」ジョーはたずねた。速記者控え室から呼びだされて、これからお偉いさんの口述筆記をはじめようとしている若い女なみに真剣な顔つきだった。

「いや、そのままつづけてくれ」わたしはそういうと、シャンペンを注ぐために立ちあがる前から頭にしまってあった一文を口にした。「〝彼はチェーンを頭から彼女の首にかけ、それからふたりは階段を降りて、車をとめてある場所にむかった〟」

　ジョーはその文章をタイプで打つと、うしろに顔をむけ、期待に満ちた表情でわたしを見あげた。

「それでいい」わたしはいった。「〝完〟という字も打ってもらおうかな」

　ジョーはリターンキーを二回つづけて押してから、キャリッジを用紙の中央にもってきて、さいごの文章の下に〝完〟と打った——IBMのクーリエ書体の活字ボール(いちばん気にいっている書体だった）が忠実にダンスを踊って、紙に文字を打ちだしていった。

「この人が女の首にかけたチェーンというのはなに？」ジョーはわたしにたずねた。

「それを知りたければ、この長篇を読むしかないな」

わたしのデスク前の椅子に腰かけていたジョーは、そのすぐ横にわたしが立っていた関係上、ここぞという場所に顔を押しつけるためには最適の位置にいた。つぎに口をひらいたとき、ジョーの唇はわたしのもっとも敏感な部位の上で動くことになった。ふたりをへだてているのは、コットンのショートパンツだけだった。

「ああたの口を割る方法は、びくつもばるのよ」ジョーのくぐもった声がきこえた。

「その方法をためすつもりなんだろう？」わたしは答えた。

『頂上からの転落』を書きあげた日にも、その儀式をやってみようとはした。うつろな気分だった――実体がごっそりと抜け落ちた魔法の形骸《けいがい》としか感じられなかった。しかし、これは予想していたことだった。そんなことをしたのは迷信からではなく、敬意と愛からだった。一種の追悼といってもらってもかまわない。あるいは、お好みでジョアンナのほんとうの葬儀といいかえてもいい――ジョーが地中に埋められてから一カ月もして、ようやくおこなわれた葬儀だ、と。

九月もあと十日でおわろうというころで、まだまだ暑かった――思い起こせるかぎり、あんなに暑かった晩夏はあの年だけだ。長篇を完成させようとして、さいごの悲しいひと押しに明け暮れているあいだ、頭にあったのは自分がどれほどジョーを恋しく思い、その死を悲しんでいるかということばかりだった……しかし、それで仕事の足が引っぱられることはなかった。それだけではない――デリーが酷暑で、それこそずっとボクサーショーツ一枚の姿で仕事をしていたほどの暑さがつづいていたにもかかわらず、湖の別荘に行こうという考えは、頭をかすめもしなかった。〈セーラ・ラフス〉の記憶という記憶が、脳からきれいさっぱり拭《ぬぐ》いとられたかのようだった。だからこそ、『頂上からの転落』をついに書きあげたそのとき、真実がようやく頭に滲《し》みこんできたのだろう。こんどは、ジョーがただアイルランドに旅行しているだけではないのだ、と。

湖畔の別荘の仕事部屋は狭かったが、景色はすばらしかった。デリーの仕事部屋は細長く、四囲の壁はすべて本棚で、窓はひとつもない。その問題の夜、天井にとりつけられた――ぜんぶで三基の――扇風機が回転し、スープのようにねっとりした空気をかきまわしていた。わたしはショートパンツとTシャツ、それにゴムのサンダルという服装で、コカコーラのロゴがはいったブリキのトレイの上に、シャンペンの瓶と冷やしたふたつのグラスを載せて仕事部屋にもどった。この列車庫のように細長い部屋の奥、椅子から立ちあがるときには、ほとんどしゃがみこむような体勢をとらないと頭をぶつけそうになるほど、天井が低く傾斜しているその下で（長い年月のあいだ、部屋のなかでも最悪の場所にワークステーションを設置したというジョーの抗議に、わたしは耐えるしかなかった）、マッキントッシュのディスプレイが文章を表示して光をはなっていた。

ふっと、自分がまたしても悲しみの嵐《あらし》――おそらくは最大級の嵐――を招き寄せているだけではないか、という思いに駆られたが、それでもわたしは前に足を運んだ……どうだろう、人は自分の感情にいつでも驚かされるものではあるまいか？　この夜ばかりは、嗚咽《おえつ》することも号泣することもなかった――たぶん、そのすべてが涸《か》れはてた体になっていたのだろう。代わって心のなかにあったのは、哀惜に満ちた奥深い喪失感だった――ジョーがいつもすわって本を読んでいた、いまは無人の椅子、ジョーがいつもへりに近い危っかしいところにグラスをおいていた、いまは無人のテーブル。

わたしはグラスのひとつにシャンペンをそそぐと、泡が落ち着くのを待ってから、グラスを手にとった。

「おわったよ、ジョー」そういいながら、わたしは空気をかきまわす扇風機の下に腰をおろした。「そういうことなら、ほっとひと息というところだね」

応じる声はなかった。この先に起こったことすべてを考えあわせるなら、くりかえし書いておく価値はあるだろう――応じる声はなかった、と。一見すると無人のように見える部屋なのに、部屋にいるのが自分ひとりではないと感じるようなこともなかった——のちのち、そういった気分を感じるようになるのだが。

わたしはシャンペンを飲み干すと、グラスをコカコーラのトレイにもどし、もうひとつのグラスにシャンペンを注いだ。そのグラスをもって、わたしはジョアンナがすわっていたはずの椅子——万民が愛してやまない神さえいなければ、いまでもジョアンナがすわっていたはずの椅子——に腰をおろした。嗚咽や号泣こそしなかったものの、こみあげた涙で目がしくしくとした。ディスプレイには、こんな文章が表示されていた。

そうわるい一日ではなかった——彼女はそう思った。芝生を横切って自分の車に歩みよった彼女は、フロントガラスに白い四角形の紙がはさみこまれているのを目にして、思わず声をあげて笑った。キャム・デランシー——肘鉄《ひじてつ》を食らわされても徹頭徹尾無視するあの男、あるいは〝ノー〟という返事を決してうけつけないあの男は、懲《こ》りもせず木曜日夜のワインのテイスティング・パーティーに彼女を誘ってきたのだ。彼女は紙を手にとって破きかけ——そこで気が変わり、その紙をジーンズのうしろのポケットに突き入れた。

「改行はしない。このままつづけてくれ」わたしはそういうと、シャンペンを注ぐために立ちあがる前から頭にしまってあった一文をキーボードで打ちこんでいった。

目の前には全世界が広がっている。キャム・デランシー主催のワインのテイスティング・パーティーは、世界への第一歩をしるす場所として、ほかのどんなところにもひけをとらない場所だった。

わたしは手を休めると、点滅している小さなカーソルをじっと見つめた。涙はまだ目の隅をちくちく刺していたが、もういちど重ねていっておけば、足首のまわりにひんやりと冷たい風が吹きつけてくるのを感じることもなかったし、亡霊の指がわたしのうなじをかすめていくこともなかった。わたしはリターンキーを二回押した。それからセンタリングキーを押し、さいごの文章の下に〝完〟と打ちこむと、ジョーがもつはずだったシャンペンのグラスを手にして、スクリーンにむかって祝杯をかかげた。

「この一杯をきみのために」わたしはいった。「きみがここにいれば、どんなによかったことか。きみがいないことが、心の底から悲しいんだよ」

言葉のさいごの部分で声が若干ふるえたものの、わたしが泣きくずれることはなかった。そのあと〈テタンジェ〉を飲み、さいごの一文を打ちこんだ決定稿をハードディスクに保存し、全文をフロッピーディスクにうつして、さらにバックアップディスクを作成した。これをさいごに、そのあと四年間というもの、メモと食料品の買いだしリストと小切手へのサインをべつにすれば、わたしはおよそなにも書かなかった。

3

版元は知らなかったし、担当編集者のデブラ・ワインストックも知らず、エージェントのハロルド・オブロウスキーも知らなかった。フランク・アーレンも知らなかったが、この義兄にはいちどならず打ち明けたい誘惑に駆られもした。《おれを実の兄貴だと思ってくれ。おまえさん自身のためじゃないとしても、せめてジョーのために》――メイン州南部の街、サンフォードでの印刷工場の仕事と、おおむねひとりきりの孤独な生活に引きかえしていったあの日、フランクはそういった。この申し出に応じようと思ったことは――おそらくフランクの念頭にあったであろう、基本的な〝お願いだ、助けてくれ〟という意味では――いちどもないが、それでも二週間に一回くらいは電話をかけた。男同士のおしゃべりというやつだった――《やあ、どんな調子だ、そうわるくはないよ、こっちは雪女のおっぱいなみの寒さだ、こっちもだ、ブルーインズの試合のチケットを調達したら、ボストンまで出ていく気はあるか、来年になれば行けるが、いまはちょっと忙しい、ああ、事情はよくわかってるとも、じゃあな、マイキー、元気でな、フランク、お洩《も》らししないように気をつけるんだぞ》――まさに男同士のおしゃべり。

これは確かな記憶があるのだが、フランクから一、二回ほど新作にとりかかっているのかと質問されたことがあり、そのたびにわたしは――

ああ、どうだっていい。嘘《うそ》だったんだから。それも、あまりに深く根を張ったものだから、本人であるわたしでさえ真実と思いこんだほどの嘘。なるほど、フランクからそんな質問をされるたびに、わたしは書いていると答えた。いい本になる、かなりいい本になる、と。いちどならず、こう打ち明けたい衝動にも駆られた――《文章をふたつと書かないうちに、身も心も目茶苦茶になるんだよ――心臓の鼓動が二倍になり、三倍になって、息苦しくなって、つぎにほんとに息切れを起こすんだ。目玉がいまにも頭から飛びだして、頬っぺたにだらりと垂れ下がりそうな気分になる。沈みかけた潜水艦に閉じこめられた閉所恐怖症患者の気分なんだ。ああ、そんな調子だよ。きいてくれてありがとう》――しかし、そんな話をしたことはない。わたしは助けを求めて電話をかける人間ではない。助けを求める電話ができない人間なのだ。そのことは、前にもお話ししたと思う。

偏見が混じっていることは認めるが、そのわたしの立場からいわせてもらうなら、成功をおさめた小説家――そこそこの成功をおさめた小説家もふくむ――というのは、およそ創作芸術の世界すべてにおいて最上の仕事をしている人種だと思う。たしかに人々は本よりもCDをたくさん買っているし、たくさんの映画を見てもいるし、それ以上にたくさんテレビを見てもいる。しかし創作の才が描く弧でいえば、小説家たちのほうが長い——その理由は、文字に頼らないほかの芸術のファンにくらべ、本を読む人間のほうが高い知性をもち、そのため記憶力もすぐれているからではないだろうか。テレビドラマ《刑事スタスキー&ハッチ》のデイヴィッド・ソウルはいまやどこに行ったとも知れず、特異な白人のラップシンガーだったヴァニラ・アイスもとんと動向をきかなくなったが、一九九四年の時点では、ハーマン・ウォークやジェイムズ・ミッチェナーやノーマン・メイラーはなお現役で活躍中だった。それこそ恐竜が地球上を闊歩《かっぽ》していた時代から。

アーサー・ヘイリーは新作を書いているし（当時そういう噂《うわさ》が流れており、のちに事実だったことが判明した）、トマス・ハリスはレクター博士ものの前作から七年という間隔をおきながらベストセラーを出せる。J・D・サリンジャーにいたってはもう四十年近くも音沙汰《おとさた》がないが、文学部の教室やコーヒーハウスでの文学雀《すずめ》サークルではいまだにホットな話題でありつづけている。本を読む人々は、ほかのどんな芸術ジャンルでも見つからないような忠誠心をいだきつづける。それを思えば、ガス欠になったような作家がなんとか先に進みつづけられるのも、著書のカバーに刷りこまれる《——の作者の新作！》という魔法の言葉の力にあと押しされてベストセラー・リストに駆けあがれるのも、なんら不思議ではない。

ハードカバーで五十万部、ペーパーバックではさらに百万部売れることが確実な作家に、出版社が要求することはただひとつ——一年に一冊は作品を仕上げるべし。これぞ、ニューヨークの出版業界人たちの定めた鉄則である。糸綴《と》じでも無線綴じでも、とにかく三百八十ページの分量があり、はじめがあって中盤があって結末がちゃんとある本を、十二カ月に一冊出す。キンジー・ミルホーンやケイ・スカーペッタのようなシリーズ主人公を出すかどうかは、あくまでも作家の自由選択だが、強く奨励されてもいる——読者に家族と再会するかのような気分を味わわせる効果があるからだ。

一年に一冊書けないとなると、その作家は出版社の投資をどぶに捨てさせ、作家のクレジットカードが失効することのないように心を砕いているビジネスマネジャーの仕事の足を引っぱり、エージェントが精神分析医に支払う治療費にもこと欠くという深刻な事態を招くことになる。そればかりか、あまり間隔をあけると、一部のファンとのあいだに軋轢《あつれき》さえ生じかねない。いたしかたあるまい。反対にあまり本を出しすぎると、読者たちはこんなことをいいはじめる。「いやはや、こいつの本はしばらくごめんだ。どれをとっても、つまらないよ」

こんな話を書いているのも、わたしが問題の四年のあいだ、コンピュータを世界でいちばん高価なスクラブル・ボードとして利用していただけなのに、だれからも不審に思われなかった事情を理解してもらえると思ったからだ。ライターズ・ブロック？　ライターズ・ブロックとは？　ライターズ・ブロックなどというものはありはしない。だれかが疑惑をいだく道理はなかった——時計仕掛けのように、毎年秋口にはきちんとマイクル・ヌーナンの新作が出版されていたのだから。そう、読者のみなさんの晩夏の読書にぴったりのタイミング。それに、いずれは休暇シーズンになることもお忘れなく。ご親戚《しんせき》のみなさんも、ヌーナンの新作を楽しめること請けあい。お近くのチェーン書店〈ボーダーズ〉でなら、なんとびっくり、定価の三十パーセント引きでお買いもとめいただけます！

秘密は単純だったし、この秘密を知っているアメリカの娯楽作家はわたしひとりではない——もし風評が正しければ、ダニエル・スティール（一例として名前をあげたまでだ）はこの〈ヌーナン方式〉をかれこれ数十年にわたって採用している。そう、たしかに一九八四年に『ふたり』を出版して以来、わたしは一年に一冊の新作を発表してきたが、その十年のうち四年は二冊の本を書きあげ、一冊を出版し、もう一冊をひそかにしまいこんでいたのである。

このことをジョーと話しあった記憶はないが、いちども質問してこないところからも、わたしは妻がこの行為——木の実を溜《た》めこむようなこの行為を理解しているはずだと思っていた。ただしこれは、ライターズ・ブロックを予期しての対策などではなかった。驚くなかれ、ただ楽しみのためだけの行動だったのだ。一九九五年の二月、すばらしいアイデアを最低ふたつは叩《たた》き潰《つぶ》して燃やしたあとのことだが（この手の頭の働き――〝わかった《ユーレカ》！〟現象――が完全に停止することはなかったし、これはこれで独自の地獄をわたしに味わわせてくれた）、わたしはもはや明白な事実を否定することができなくなった。アルツハイマー病も洪水のような心筋梗塞《こうそく》の発作も追いつかないほどの泥沼、作家として考えられる最低最悪の泥沼にはまりこんでいる――それが事実だった。しかし、フィデリティ・ユニオン銀行の貸し金庫には、段ボール箱におさめた四冊ぶんの原稿が保管してあった。それぞれには、『約束』『脅威』『ダーシー』『頂上』と題名の一部が書かれていた。バレンタインデーの前後になると、わがエージェントが電話をかけてきた。かなりの不安をうかがわせる口ぶりだった――例年一月中には最新作の原稿が送られていたのに、もう二月のなかばになっている。このままでは、クリスマス商戦にあわせてマイクル・ヌーナンの新作を発売するには、突貫工事で本をつくらなければならない。どうかね、万事順調に進んでいるか？

わたしにとっては、これが万事順調とはほど遠い状態であることを告白できる最初のチャンスだった。しかし、パーク・アヴェニュー二百二十五番地にオフィスをかまえるミスター・ハロルド・オブロウスキーは、断じてそんな話をきかせられる相手ではない。

優秀なエージェントであり、出版業界内部では好かれもし、きらわれもしている（ときには、おなじ人間が両方の感情を同時にいだくことさえある）人物だったが、製品がじっさいに生産されている薄暗く油ぎった〝現場〟からの不吉なニュースを気丈にうけとめられる人間ではないのだ。そんな話を耳にしようものなら、このエージェントは完全にとりみだし、つぎの飛行機でデリーまでやってきては、このわたしを遁走《とんそう》状態から引きずりださずば帰るまいという不退転の決意も固く、創作世界でのマウス・トゥ・マウス蘇生《そせい》法をわたしにためそうとするに決まっている。それよりハロルドには、あの男の居場所——すなわちマンハッタンのイーストサイドのとんでもなく華麗な景観が楽しめる、あの三十八階のオフィスに尻《しり》を落ち着けていてほしかった。

だからわたしは、こう話した——なんという偶然かな、ハロルド、いやはや驚いた、ちょうど新作を書きあげたその日に電話をもらえるとはね、驚いたよ、これからフェデラルエクスプレスの宅配便で発送するから、あしたにはそっちに到着すると思うよ。ハロルドはまじめくさった口調で、これは偶然などではない、担当作家に関係することでは、自分はテレパシーの力をもっているのだから——と断言し、わたしに祝いの言葉をかけて電話を切った。二時間後、ハロルドからの花束がとどいた。鼻につくほど芝居がかった、わざとらしい手口ではある——本人が締めている〈ジミー・ハリウッド〉のアスコットタイさながらだ。

ジョーが死んで以来ほとんど足を踏みいれていなかった食堂に花束をおくと、わたしはフィデリティ・ユニオン銀行に行った。わたしと銀行の支店長がそれぞれの鍵《かぎ》をつかい、そのあとすぐわたしは『頂上からの転落』の原稿をもって、フェデラルエクスプレスの営業所にむかった。最新作をもちだしたのは、貸金庫のいちばん手前にあったからにすぎない。この作品は十一月、ちょうどクリスマス商戦に間にあう形で出版された。わたしはこの作品を、いまは亡《な》き最愛の妻ジョアンナに捧《ささ》げた。ニューヨーク・タイムズのベストセラー・リストでは最高十一位にまであがり、だれもが満足して家に帰ることができた。わたしでさえ、例外ではなかった。これからは昇り調子になるのだから、幸せになるのも当然ではないか？　不治のライターズ・ブロックにかかった作家などない（いやまあ、ハーパー・リーだけは例外かもしれない）。合唱隊の少女が大司教にいうような科白《せりふ》だが、あとは自分がリラックスすればいいだけ。ありがたいことに勤勉な栗鼠《りす》を演じていたおかげで、わたしには木の実のたくわえがあった。

あくる年、『脅威の行動』の原稿をもってフェデラルエクスプレスの営業所に車を走らせたときにも、わたしはまだ楽観的なままだった。この作品は一九九一年の秋に書いたもので、ジョーがいちばん気にいった長篇でもあった。一九九七年の三月、ぼたん雪の降りしきるなかを『ダーシーの賛美者』の原稿をたずさえて車を走らせているころには、この楽観的な考えにもほんのわずかに翳《かげ》りが見えてきた。とはいえ人々から調子はどうかと質問されると（この質問は、おおむね「最近はいい本を書いているのか？」という形をとることが多かったようだ）、わたしはいつも、ああ、調子は上々だよ、いい本をどっさり書いている、なんというか、牛のケツの穴からクソがあふれてくるみたいに、アイデアがつぎつぎ湧《わ》いてくるんだ、などと答えていた。

ハロルドが『ダーシーの賛美者』を読みおえて、これまでの最高傑作だ、ベストセラーまちがいなしの作品であるだけでなくシリアスな作品でもある、と宣言する電話をかけてきたとき、わたしはおずおずと一年間の休暇をとりたいという話を切りだした。ハロルドは即座に、わたしがなによりもきらっている質問を返してよこした——大丈夫なのか？　ああ、大丈夫だとも、なんの問題もない。わたしはそう答えた。ただ、ちょっと骨休めをしたくなっただけだ。

そのあと、ハロルド・オブロウスキーのトレードマークになっている沈黙がつづいた。これは、ハロルドが〝おまえは最低のクソ野郎の人でなしだ〟と考えているものの、その一方で相手のことが好きでたまらないため、おなじことをもっと穏当に表現する言葉をさがしている最中であることを意味している。これはまた、じつに巧妙なトリックでもあったが、わたしはもう六年も前にこのトリックを見ぬいていた。というか、これを見ぬいたのはジョーだった。

「あの人の同情は口先だけよ」ジョーはそういった。「それどころかあの人は、昔のフィルムノワールに出てきた警官とおんなじ――相手が先に耐えられなくなって口をひらき、一切合財を告白するように、自分はだんまりを決めこんでいるわけね」

　そしてこのときは、わたしがだんまりを決めこんだ――ただ受話器を右の耳から左の耳にうつし、仕事場の椅子《いす》にそれまでよりも多少体をもたせかけただけだったが。その姿勢をとると、コンピュータの上の壁にかかっている写真のフレームが目についた。ダークスコア湖にあるわたしたちの別荘、〈セーラ・ラフス〉の写真だった。そういえば、この別荘にはもう何億年も足を運んでいない。つかのま、なぜ行っていないのだろうかと理由を考えてみた。

　それからハロルドの声が――慎重に相手をなだめすかす声、一時的な錯乱状態にすぎないことを願いながら、正気をうしなっている相手をなんとか説得しようとする人の声が――耳もとにもどってきた。「それは、あまりいい考えじゃないと思うな、マイク――いまが、きみの作家としてのキャリアでどんな段階かを考えるとね」

「いまは〝段階〟なんていうものじゃない」わたしはいった。「作家としてのキャリアのピークは一九九一年だったんだから。それ以来、本の売上は下がりも上がりもしていない。いってみれば、いまは〝安定水準期《プラトー》〟なんだよ、ハロルド」

「そうだね」ハロルドは答えた。「本の売上の面から見た場合、安定期に達した作家が進むべき道は、たったふたつしかない――いまの状態をそのままつづけるか、あるいは売上が下がるかだ」

《じゃ、わたしは下り坂だな》そういおうと思ったが、やはりいえなかった。これがどれほど根ぶかい問題か、わたしの足もとの地盤がどれほど不安定になっているか……そのあたりのことをハロルドに知られたくなかったのだ。〈ワード6〉を起動させて、その空白の画面と点滅するカーソルが目にはいるたびに、心悸《しんき》亢進《こうしん》を起こしていること――そう、これは文字どおりの事実だった――を、ハロルドに知られたくなかった。

「ああ」わたしはいった。「わかったよ。そちらのいいたいことは」

「ほんとうに大丈夫なんだね？」

「その長篇を読んで、わたしが調子を崩していると思ったのかい？」

「まさか――こいつは大傑作だよ。きみの最高傑作だといっただろう？　手に汗握る読物であると同時に、とことんシリアスな本でもあるんだ。ソウル・ベローがロマンティック・サスペンスに手を染めたら、こういう作品になるという見本だよ。しかし……つぎの作品でなにかトラブルをかかえてるというんじゃないだろうね？　たしかに、いまでもジョーの死の悲しみが癒《い》えていないのはわかっているし、それをいうならみんなおなじ気持ちだが……」

「いや」わたしは答えた。「トラブルはなにもないよ」

またしても、例の長時間の沈黙がつづいた。わたしは耐えた。しばらくして、ようやくハロルドは言葉をつづけた。「グリシャムなら、一年の休みをとる余裕もある。クランシーもだ。トマス・ハリスの場合には、長期にわたる沈黙があの作家の神秘的雰囲気の一部にもなっている。しかし、いまのきみの立場ではね……そう、ほんとうの頂点にいる連中よりも人生が厳しいものになるんだ。リストの下のほうの場所ひとつあたりに、五人の作家がひしめいているんだぞ。きみだって、その顔ぶれは知ってるはずだ——そうとも、一年のうち三カ月は隣人同士になっているんだからね。なかには、さらに上位へと進出していく作家がいる。このところの二冊のパトリシア・コーンウェルのようにね。なかには、その地位から転落していく作家もいるし、きみのようにその状態をたもちつづける作家もいる。トム・クランシーなら、五年ばかり休んだところで、ジャック・ライアンものの作品をひっさげてカムバックすれば、大成功まちがいなしだ。きみの場合には、もし五年もあいだをあけたら、二度とカムバックはできない。だからわたしの助言は——」

「お日さまが顔を見せているうちに、干し草をつくっておけ、だろう?」

「わたしのいいたいことを、そのままいってくれたな」

そのあとわたしたちはすこし話をして、電話を切った。わたしは仕事部屋の椅子をさらにうしろに倒して——もちろんひっくりかえるほどではなかったが、その寸前まで——メイン州西部にあるわが家の別荘の写真に目をむけた。〈セーラ・ラフス〉——ホール＆オーツが大昔に歌っていたバラードの曲名みたいな名前だ。たしかにこの別荘への愛情ではジョーにひけをとっていたものの、それだってわずかな差に過ぎない。それならば、どうして別荘をずっと避けていたのだろう？　管理人のビル・ディーンは毎年春になると鎧戸《よろいど》をとりはずし、秋になるとその鎧戸をふたたび設置してくれていた。秋にはパイプの内側を掃除して、春にはポンプが正常に動くことを確認し、発電機を調べ、管理維持の確認票がつねに最新のものになっているかに目を光らせ、毎年五月の最終月曜日の戦歿《せんぼつ》将兵追悼記念日が過ぎると、わたしたちのささやかなプライベートビーチから五十メートルばかり先に、水泳用の浮き台を繫留《けいりゅう》してくれている。

すでに二年以上も煖炉《だんろ》に火を一回も入れていなかったにもかかわらず、ビルは一九九六年の初夏にもきちんと煙突を掃除してくれていた。わたしは、このあたりの別荘管理人への支払い習慣を守って、年四回にわけて報酬を支払っていた。古い北部人《ヤンキー》一家の末裔《まつえい》であるビルは、わたしからの小切手を現金化するだけで、どうしてもう別荘をつかわなくなったのかなどと質問したりはしなかった。ジョーが死んでから足を運んだのは、わずかに二、三回であり、泊まったことはいちどもなかった。ビルが質問してこなくて助かった——はたしてどんな答えを口にしたか、われながらさっぱりわからなかったからだ。それどころか、ハロルドと電話で話したそのときまで、〈セーラ・ラフス〉のことはほとんど考えもしなかったのだ。

ハロルドに思いがおよんだのをきっかけに、わたしの視線は写真からまた電話機にもどった。それから、こんな話をハロルドにきかせている場面を想像した——《では、わたしは下り坂ということなんだな？ それがどうした？ 世界のおわりか？ よしてくれよ。まるで、わたしが妻や家族を養う重荷を背負っているみたいじゃないか。よければ教えてやるが（いや、よくなくても教えてやるが）、妻は薬局の駐車場で死んだんだよ。おまけに、うちの夫婦の念願の子ども、待望の子どもも、妻といっしょにあの世に行ったんだ。それに、名声が欲しいわけでもない——まあ、ニューヨーク・タイムズのリストで下から五位以内にしかはいれない作家が有名人といえるのならね。ブッククラブに本が売れることを夢見ながら、毎晩眠りについてるわけでもない。だったらなぜ？ どうしてわたしが、そんなことを思いわずらう？》

しかし、このさいごの質問には答えが出せる。まず、ただ白旗をかかげるだけの行為に思えるからだ。それから、妻をなくし、さらにこのうえ仕事までなくしたら、自分が代金を払いおえているこの大きな家のなかで、昼食をとりながらクロスワード・パズルをしているだけの無為徒食の輩《やから》になりはてるからでもあった。

わたしは、生活といっても通りそうなものを推し進めていた。〈セーラ・ラフス〉のことも忘れ（あるいは、あの別荘に行きたくないと思っている心の一部が思考を抑圧していたともいえる)、またもやみじめでうだるような夏をデリーで過ごすことになった。マッキントッシュの〈パワーブック〉にクロスワード・パズル作成ソフトをインストールし、自前のパズル作成に手をつけたりもした。また地元YMCAの運営委員会と臨時契約を結んで、ウォーターヴィルで開催された夏の演劇コンテストの審査員をつとめた。さらに財政破綻《はたん》寸前の状態にある地元ホームレス救護所のために、テレビのシリーズCMの仕事も引きうけ、おまけにこの組織の運営委員をしばらくつとめさえした(この委員会の公開集会の席では、ひとりの女から〝堕落人間の味方〟呼ばわりされて、「ありがとう、そういう評価を必要としていました」と答えた。この返答は盛大な拍手喝采《かっさい》で迎えられたが、わたしにはさっぱり意味がわからなかった)。そのほか一対一のカウンセリングをうけてもみたが、五回ばかり通ったところで行くのをやめた。カウンセラーのほうが、わたしよりずっと重大な問題をかかえていることがわかったからだ。アジア系の子どものスポンサーになり、チームでいっしょにボウリングをした。

小説を書こうとしたこともあるが、そのたびに行きづまった。一回、無理やりひとつふたつの文章を叩《たた》きだしてみたことがある(頭から出てきたばかりの適当な焼きたて文章をひとつふたつだ)。そのときは屑《くず》かごをわしづかみにして、吐く羽目におちいった。それこそ嘔吐《おうと》で死ぬのではないかと思うほど吐きつづけて……そのあと、文字どおり這《は》いずってデスクとコンピュータから逃げだすと、体を引きずって毛足の長いラグマットの上に両手両足をついた。仕事部屋の反対側までたどりつくころには、ずいぶん気分が回復してきた。うしろに顔をむけて、ディスプレイを見つめることさえままならなかった。とにかく、近くにも行けなかった。その日はあとになってから、目をつぶったままコンピュータに近づいて電源を落とした。

この晩夏の日々、気がつくとわたしはかつての創作科の教官で、ハロルドとの橋渡し役をつとめてくれたデニスン・カーヴィル——わたしの『ふたり』を形ばかりの褒め言葉でくさした当人——のことをよく思い出すようになっていた。昔カーヴィルが、ヴィクトリア朝の小説家であり詩人でもあったトマス・ハーディのものだといって教えてくれた言葉を、わたしはいまでも忘れていなかった。ハーディがほんとうにそんな発言をした可能性もなくはないが、『バートレット引用句辞典』には見あたらず、また『頂上からの転落』と『脅威の行動』が世に出る合間に目を通したハーディの伝記にも記載はなかった。もしかするとカーヴィルが創作した言葉にすぎず、ただ重みを増すためにハーディの発言だというふれこみにしたのではないかとも思う。恥じる気持ちもなくいうのだが、この手の詐術《さじゅつ》にはわたしもお世話になったことがある。

ともあれ肉体のパニックと精神の凍結現象に四苦八苦し、あの恐ろしい〝行きづまり感覚〟にあえいでいるあいだ、その引用句がしだいに頻繁に頭に浮かぶようになってきた。わたしの絶望感や、もう二度と書けないかもしれないという強まる一方の不安（なんという悲劇か——ペニスのついたV・C・アンドリュースがライターズ・ブロックになるとは！）を、簡潔にいいあらわしている文句に思えた。さらにこの引用句は、いまの自分の情況を改善しようというわたしの努力は——たとえ成功をおさめた場合でも——無意味かもしれない、と示唆《しさ》するものでもあった。

あの陰気な老人、デニスン・カーヴィルによれば、大志をいだく小説家たる者は、そもそもの出発点から小説の目標には永遠に手がとどかず、小説を書くのはむくわれぬ努力であることを肝に銘じるべし、ということだった。

「あらゆる小説のうちでもっとも生彩ゆたかに描きこまれた人間といえども——」ハーディはそういったというのだ。「——地上を歩きまわって影を落としているすべての人間たちのなかで、もっとも生彩を欠く退屈きわまる人間とくらべた場合でさえ、しょせんは骨の袋にすぎない」

じつによく理解できる。なぜなら、世間をごまかしていた出口の見えないこの時期、わたしはまさしく自分が〝骨の袋〟——つまり骸骨《がいこつ》になった気分だったからだ。

《ゆうべ、わたしはまた〈マンダレイ〉に行った夢を見た》

英語で書かれた小説の書きだしの文章のうち、これ以上不気味で忘れがたいものがあるとするなら、わたしはまだそれを読んでいない。しかもこれは、それなりの理由で、一九九七年の秋から冬にかけて、数えきれないほどわたしの脳裡《のうり》に浮かんできた文章でもある。もちろん、わたしが夢見たのは〈マンダレイ〉屋敷ではなく、ジョーが〝隠れ家《が》〟と呼ぶこともあったあの〈セーラ・ラフス〉だ。〝隠れ家〟というのは、妥当な表現だと思う——メイン州西部の森林地帯の奥深く、町とさえ呼べない場所——州の地図には〝TR-九〇〟としか書かれていない併合地区——にある家をさす表現としては。

こうした一連の夢のうち、さいごに見たのは悪夢だった。それまではどの夢も、超現実的な単純さをそなえていた。目が覚めると部屋の明かりをつけ、自分が現実世界でどこにいるのかを確かめないことには、もういちど寝つけないタイプの夢だ。雷雨の前に、空気がどんな感触を帯びるかはご存じだろうか。あらゆるものが動きをとめ、熱病にうかされたときのように、あらゆる色彩が輝きをたたえ、くっきりと見えてくる。冬のあいだに見た〈セーラ・ラフス〉の夢もそんなふうで、夢を見たあとは決して気分がわるくなったりはしなかった。《わたしはまた〈マンダレイ〉の夢を見た》と思うこともあったし、明かりをつけたままベッドに横たわり、外を吹いていく風の音をききながら、寝室の薄暗い隅のあたりを見つめては、レベッカ・デ・ウィンターは海で溺《おぼ》れ死んだのではなく、ほんとうはダークスコア湖で死んだのではないか、などと思いをめぐらせることもあった。レベッカはあの湖に沈んでいったのではないか……口からごぼごぼと泡を吹き、手足をふりまわしてもがき……奇怪な黒い目が水で満たされていく……その一方では、阿比《あび》がなにも知らぬまま夕焼けのなかで鳴いていたのではなかろうか。起きあがって、水を一杯飲むこともあった。自分の居場所をきちんと確かめて明かりを消し、寝がえりをうって横むきになり、また眠りにつくこともあった。

昼のあいだは、〈セーラ・ラフス〉のことをまったく考えなかった。ひとりの人間の生活で、目が覚めている時間と眠っている時間がこれほどまでに分裂していたということ自体、そもそもなにかが徹底的にいかれている証拠ではあるが、それに気づいたのは、もっとずっとあとになってからだった。

夢を見る契機になったのは、私見では一九九七年十月のハロルド・オブロウスキーの電話だったようだ。電話をしてきた表向きの理由は、『ダーシーの賛美者』――エンターテインメントとして目茶苦茶よくできているばかりか、〝とんでもなく深く考えさせる内容〟をふくんでもいる作品――の出版が間近に迫ったことへのお祝いだった。わたしはわたしで、ハロルドが――いつものように――ほかにも最低ひとつは目的があって電話をかけてきたことを察していた。図星だった。ハロルドは前日、わたしの担当編集者であるデブラ・ワインストックと昼食をとり、一九九八年秋の出版予定について話しあったという。

「どうやら混みあっているみたいでね」ハロルドがいったのは、秋の出版リスト――もっとはっきりいえば、秋の小説の分野での出版リストのことだった。「おまけに意外な伏兵も名乗りをあげているんだ。たとえばディーン・クーンツ——」

「クーンツは例年一月に新作を出すんじゃなかったかな？」

「それはそうなんだが、デブラがきいた話だと出版時期を遅らせるらしいんだ。なんでもクーンツが、新しいセクションを書きたしたいとかでね。それにハロルド・ロビンスの新作もある。題名は『プレデターズ』で——」

「どういうことはないね」

「ロビンスには、いまでも固定読者がいるんだよ——いまだにファンがついてるんだ。きみ自身がなんども指摘しているように、小説家は長い寿命のもちぬしなんだな」

「なるほど」わたしは受話器を反対の耳に押しあてると、椅子《いす》の背に思いきりもたれかかった。その拍子にデスク前の壁にかけてある、フレームにおさまった〈セーラ・ラフス〉の写真が目にはいってきた。いずれは長期間にわたってこの別荘に滞在することになったし、またこのあとすぐに夢でもたずねたのだが、電話の時点ではそんなことはまったく知らなかった。そのときわかっていたのは、とにかくなんでもいいからハロルド・オブロウスキーが話のペースを速めて、とっとと本題を切りだしてくれないものか、とそればかり思っていたということだけだった。

「どうもじれったい気分のようだね、マイクル」ハロルドがいった。「デスクについたところだったのかな？　執筆中だったとか？」

「きょうのノルマを書きおえたところさ。ただ、昼食のことを考えていただけでね」

「手短にすませるよ」ハロルドはそう約束した。「だが、話をよくきいてくれ。大事な話なんだ。じつをいうと来年の秋には、こちらが本を出すとは予想もしていなかった作家が、なんと五人も新作を発表することになった。まずケン・フォレット……話では『針の眼』以来の傑作らしい。それにベルヴァ・プレイン……ジョン・ジェイクス……」

「わたしとおなじコートでテニスをしている選手はひとりもいないじゃないか」わたしはいったが、もちろんハロルドがなにをいいたいかは正確に見ぬいていた――ニューヨーク・タイムズのベストセラー・リストは十五位までしかない、といいたいのだ。

「だったら、ジーン・アウルがついに、お得意の〝穴居人の性生活〟ものの新作をひっさげて登場するといったら？」

わたしはすわりなおした。「ジーン・アウルが？　ほんとうに？」

「まあ……百パーセント確実な情報じゃないが、どうもほんとうらしい。名前を挙げるのはさいごになったが、決して軽視できない作家が、メアリ・ヒギンズ・クラークだ。クラークがどんなコートでテニスをしてるかは、わたしも知ってるし、きみも当然知ってるな」

このニュースを六年か七年前、つまりまだ守るべきものがたくさんあると感じていたころにきかされたのなら、わたしは口角泡を飛ばしてしゃべりちらしていたはずだ。メアリ・ヒギンズ・クラークは、まさしくわたしとおなじコートでテニスをして、わたしとおなじ観衆を相手にしている作家だ。だからこそ、これまではそれぞれ相手の邪魔をしないように出版スケジュールが組まれてきた……断言してもいいが、これはクラークよりもわたしの利益につながってきた。同時期の出版となったら、わたしはクラークに完敗するだろう。故ジム・クロウチが賢明にも述べたように、スーパーマンのマントを引っぱることや、風上にむかって唾《つば》を吐くこと、それに昔のローンレンジャーの仮面を引き剝《は》がすことは、どれも愚行である。メアリ・ヒギンズ・クラークの邪魔だてをするのもおなじこと。というか、もしその人間がマイクル・ヌーナンだったら、そういうことになる。

「なんでそんなことになったんだ?」わたしはたずねた。

自分の声がとりわけて不吉だったとは思わない。しかしハロルドは、凶報をつたえた罪でお払い箱にされるばかりか、打ち首にもされかねないと怯《おび》えている男そのまま、歯の根があわずに言葉がずっこけそうな不安たっぷりの口調で答えた。

「わからない。まあ、今年はアイデアをひとつ、よけいに思いついたんだろうな。ままあることだと話にはきいているよ」

それなりに出版業界で禄《ろく》を食《は》んできた身なればこそ、事情はわかった。そこでわたしは、なにをもとめているのかを単刀直入にハロルドにたずねた。それが、電話をおわらせるいちばん手っとりばやい方法だったからだ。返ってきた答えは意外なものではなかった。ハロルドとデブラの両人――わがパットナム社のほかの全社員はいうにおよばず――がもとめていたのは、一九九八年の晩夏に本が出せるような作品の原稿だった。この時期なら、メアリ・ヒギンズ・クラークをはじめ競合作家たちの新作に二カ月先んじることができる。そのあと十一月になったら、こんどはクリスマス商戦を念頭において、パットナムの営業部が二回めの大々的なセールス活動を展開する。

「――と、口ではいっているんだな」わたしは答えた。大多数の小説家の例に洩《も》れず、わたしも決して出版社の約束を信用しなかった（この点についていえば、成功した作家も成功しなかった作家も、変わるところはない。となれば、世間にありふれた根拠のさだかでない妄想とおなじく、この考え方にもそれなりの価値があるようだ）。

「これについては、版元を信用してもいいと思うがね。忘れてはいけないのは、『ダーシーの賛美者』が前の契約のいちばんさいごの本にあたるという事実だ」ハロルドは、パットナム社のデブラ・ワインストックとフィリス・グランを相手にした来たるべき契約更改のための交渉会議が楽しみでたまらないとでもいうのか、妙に快活な声でいった。「肝心なのは、あの会社がいまでもきみの作品を気にいっているという事実だよ。そこで、感謝祭前にきみの名前が書かれた原稿を見せてやれば、もっともっと気にいってもらえるはずだな」

「じゃ、なにか――つぎの作品を十一月にわたせといっているのか？　来月じゃないか！」わたしは、精いっぱいの信じられない気持ちがにじむ口調にきこえることを願いながら声をつくっていった。かれこれ十一年間も、ずっと貸し金庫に『ヘレンの約束』の原稿が眠っているのだが、そんなことはまったくないようにきこえてほしかった。この作品は、わたしが最初に蓄えた木の実だった――そしていまは、わたしに残された唯《ゆい》一《いつ》の木の実になっていた。

「いやいや、原稿は一月十五日までにとどけてもらえればいい」ハロルドは、いかにも度量のあるところを見せようという声だった。ハロルドとデブラは、どこで昼食をとったのだろう？　どうせ洒落《しゃれ》た高級レストランだろう。〈フォーシーズンズ〉あたりか。そういえばジョアンナはあの店のことを、いつもおどけて〈フランキー・ヴァリ&フォーシーズンズ〉と呼んでいた。「となると、版元は突貫工事で本をつくる必要に迫られる。本気の突貫工事だ。しかし、あの会社はそれを望んでるんだよ。ここでほんとうに問題なのは、きみが突貫工事で原稿をあげられるかどうか、その点なんだ」

「できなくはないと思うが、高くつくぞ」わたしはいった。「パットナム社には、クリーニング屋に〝当日仕上げ〟を注文するようなものだと考えてくれ、といってくれ」

「ああ、まったくあの会社も気の毒に！」ハロルドは、いうなればマスをかいていて、イエローストーン公園のかの有名な〈オールドフェイスフル〉が間歇泉《かんけつせん》を噴きあげるがごときクライマックスに達したとたん、だれもかれもがコダックのインスタントカメラのシャッターを切りはじめた、といいたげな口調で答えてきた。

「で、そちらとしてはどのくらいの額が――？」

「そういうことなら、前渡し金に追加額を上乗せするのが妥当な解決策だろうな」ハロルドはいった。「もちろんパットナム社はふくれっ面《つら》をするだろうし、この出版計画がきみの利益になると主張するだろうね。それどころか、きみがいちばんの受益者だといいかねん。しかし、超過労働を強《し》いられると主張し……夜を日についで執筆に打ちこむといい……」

「創作につきものの生みの苦しみに耐え、そのうえ早産の激痛をも味わうことになるといえば……」

「ああ、そうとも……そのとおり……となると、十パーセントの割増金あたりが妥当な線だと思う」ハロルドは、いかにも精いっぱい公平であろうとしている男よろしく、賢者の声音でいった。わたしはといえば、二十万ドルや三十万ドルの報奨金がもらえるからといって、出産を一、二カ月早めることに同意する女がどのくらいいるだろうか、と考えていた。どうやら世の中には、答えを出さないほうがいい疑問もあるらしい。

　それにわたしの場合、それでどんなちがいが出るというのか？　連中が要求している原稿は、もうとっくに仕上がっているではないか。

「じゃ、その線で取引がまとまるかどうかを見てみようか」わたしはいった。

「ああ。しかし、ここで話題になっているのは、たった一冊の本のことだけじゃないと思うんだが、どうかな？　わたしの考えでは――」

「ハロルド、いまのところこっちは、早く昼食をとりたいということしか考えられないんだよ」

「なんだか緊張しているような口調だな。どうなんだ、万事――」

「ああ、万事順調だとも。くれぐれも版元には、今回の一冊だけで話を進めてくれ。わたしが長篇を大突貫で仕上げるためには袖《そで》の下がいる、という話を添えてね」

「わかった」ハロルドは、これまでもいちばん意味深な沈黙ののちに言葉をつづけた。「だがわたしとしては、後日きみに三冊、あるいは四冊まとめての執筆契約のことを考慮してほしいんだ。いいか、お日さまが顔を見せているうちに、干し草をつくっておけ、だよ。それこそが勝者のモットーなんだ」

「勝者のモットーというなら、〝石橋を叩《たた》いてわたれ〟じゃないかな」わたしはそういい、その夜は夢で、またしても〈セーラ・ラフス〉をおとずれていた。

その夢では――というか、その年の秋と冬に見た夢ではひとつ残らず――わたしは別荘に通じる道路をのぼっていた。道路は約三キロにわたって森のなかを曲がりくねっており、片側が州道六八号線につながっている。万一火事が起こって通報するさいに必要になるため、道路の入口と終点には数字が掲示されていたが（念のため書いておけば、四二番だった）、道路そのものにはなんの名前もなかった。ジョーもわたしもこの道路に名前をつけなかったし、夫婦のあいだだけの通り名のようなものさえなかった。道幅は狭かった――じっさいには二本の轍《わだち》というに過ぎず、その中央の盛りあがった部分には大粟反《おおあわがえり》と髢草《かもじぐさ》が生い茂っていた。車で乗り入れていくと、自家用車だろうとトラックだろうと、その手の雑草が車体の裏側をかすめていく、かすかなささやき声がきこえてきた。

ただし、夢では車を走らせてはいない。決して車を走らせない。こうした夢のなかで、わたしはいつもかならず歩いていた。

道路の両側には、すぐそばまで木々が迫っていた。上を見あげても、闇《やみ》が迫りつつある空は、細い隙間《すきま》程度にしかのぞいていない。まもなく、最初に地上をのぞきこんでくる星が見えてくるのだろう。太陽はすでに没している。蟋蟀《こおろぎ》が鳴いている。湖の上では阿比《あび》が鳴いている。小動物たち――たぶん縞栗鼠《しまりす》だろうか、あるいはごくふつうの栗鼠か――が、森のなかでかさこそと動きまわっている。

やがてわたしは、右側にむかって斜面をくだっていく未舗装の道に出る。わたしたちの別荘に通じるドライブウェイだ。〈セーラ・ラフス〉の名前が書いてある小さな木の標識が立っている。わたしはその道の入口に立ってはいるものの、道にそって降りてはいかない。眼下に別荘が見える。丸太づくりで、建増しされた翼棟があり、裏側にはベランダが突きだしている。部屋数はぜんぶで十四——馬鹿《ば か》ばかしいほどの数だ。本来ならぶかっこうで醜い建物のはずが、なぜだかそうは見えない。〈セーラ・ラフス〉には誇り高き老貴婦人めいた雰囲気がある——気高いまま百歳を迎えようとしている貴婦人、腰は関節炎にかかり、膝《ひざ》を痛めて足を引きずるにもかかわらず、堂々と気品のある歩き方をあくまでも崩さない老婦人。

いちばん古いのは中央の部分で、建造されたのは一九〇〇年前後のことだ。それ以外の部分は一九三〇年代、四〇年代、それに六〇年代に増築されている。かつてここは、狩猟小屋だった。そのあと、一九七〇年代初頭には、ごく短期間だが超越瞑想《めいそう》を奉じるヒッピー集団の小規模コミューンとして利用されたこともある。ここが貸しだされていた記録はそれだけだ。一九四〇年代末期から一九八四年まで、ここを所有していたのはダーレンとマリーのヒンガーマン夫妻だった。一九七一年にダーレンが他界したのちは、マリーひとりが所有者となった。わたしたち夫婦が買いとってからの、唯一外からも見える変更点は、中央の屋根の頂点部分にとりつけたDSSの衛星放送受信用のディッシュアンテナだけだ。これはジョアンナの発案だったが、本人がその恩恵に浴して楽しむことはついぞなかった。

別荘のさらに先に目をむけると、湖が夕陽の燦《さん》たる残照に煌《きら》めいている。ドライブウェイには茶色い松葉が絨緞《じゆうたん》のように敷きこめられ、そこかしこに折れて落ちてきた木の枝が散乱している。ドライブウェイの左右の灌木《かんぼく》は伸び放題になっており、しだいに狭まりゆく間隙《かんげき》にいまなおへだてられている恋人同士のように、左右から手を伸ばしあっている。もし車を乗り入れていったら、木々の小枝が車の側面をひっかいて、さぞや耳ざわりな音をたてるだろう。下に目をうつしていくと、主棟の丸太に苔《こけ》が生えているのが見える。さらにドライブウェイ側の小さな玄関ポーチの床板を突き破るようにして、三本の大きな向日葵《ひまわり》がサーチライトのような花を咲かせているのも目についてくる。全体の雰囲気をいいあらわすなら、〝放置〟ではなく〝忘却〟の語こそがふさわしい。

そよ風が吹いてきて、肌がひんやり冷えていくのを感じてはじめて、わたしは自分が汗をかいていたことに気づく。松の香りが鼻をつく——酸《す》っぱいようでいて、同時にさわやかな香りだ。そして、かすかだが圧倒的な存在感をもつ湖の香り。ダークスコア湖は、水の清潔さや深度ではメイン州でも指折りの湖だ。以前マリー・ヒンガーマンからきいた話では、三〇年代後期以前はもっと大きかったという。その時期に西部メイン電力会社がラムフォード周辺の製材所や製紙工場と一致協力して、州からゲッサ川を堰《せ》きとめてダムを建設する承認をとりつけたのだ。マリーからは、白いワンピースを着た女やベストを着た男たちがカヌーに乗っている写真を見せてもらった。どれも第一次世界大戦のころのスナップだ——マリーはそういいながら、ジャズ・エイジのはじっこにひっかかったまま、パドルから水滴をしたたらせた姿で永遠に凍りついている若い女たちを指さして、こうつづけた。

「これがわたしの母親よ。母親がパドルをふりかざして、すぐ横にいる男を脅かしているでしょう？ その男がわたしの父親なの」

阿比が鳴き、その声が迷っているように響きわたる。暮色を強めつつある空に、金星の輝きが見えてくる。空に輝くお星さま、あなたを見あげて願いごと、なにをお願いしようかな……こうした夢のなかで、わたしはいつもジョアンナのことを祈っている。祈りをおえると、わたしはドライブウェイを歩いておりようとする。もちろん、そうするに決まっている。ここは自分の家ではないか。あたりがどんどん暗くなっているうえに、森からきこえる抜き足さし足めいた葉ずれの音が、これまで以上に近くなって、なにか目的さえ秘めているようにきこえているいま、自分の家以外に行き場所があるというのか？ だいたい、どこに行ける？ あたりはもう暗い。そんななかで明かりひとつない家にひとりで足を踏みいれるのは、さぞや恐ろしい経験だろうが（これほど長いあいだなおざりにされたことを、セーラが恨みに思っていると？ セーラが怒っているというのか？）、それでも行かねばなるまい。もし電気が通じていなかったら、キッチンに常備してあるランタンのひとつに火をともせばいい。

それでも、わたしは下にむかえない。足が動いてくれないのだ。いってみれば、頭脳はまだ知らないが、わたしの肉体はあの別荘にまつわるなにかをすでに知っている——そんな感じだった。またしても微風が立ち、わたしの肌を冷やして鳥肌を立たせていく。こんなに汗をかくとは、自分はいったいなにをしていたのかという疑問がふと頭をかすめる。走っていたのか？　もしそうなら、なにを目ざして？　あるいは、なにから逃げていたのか？

　髪の毛も汗で濡《ぬ》れている。ひと房の髪が、ひたいにべったりと貼《は》りついて不快だ。髪の毛を払いのけようとして手をあげた拍子に、かなり最近つくったらしい浅い切り傷があるのが目にとまる。拳《こぶし》の関節のすぐ下あたり、手の甲を横切る形の切り傷。傷が右手にあるときもあれば、左手にあることもある。わたしは思う——《これが夢なら、ずいぶん細部まで凝っていることだな》と。頭をよぎるのは決まってこの《これが夢なら、ずいぶん細部まで凝っていることだな》という思いだ。まぎれもない真実。いわば小説家ならではの細部……しかし夢のなかでは、だれもが小説家なのかもしれない。それを知るすべがあろうか？

　いまや〈セーラ・ラフス〉は、眼下にうずくまっている大きな黒い影にしか見えず、思いなおしてみれば、別荘になど行きたくないというのが本音だ。なんといっても、わたしは自分の精神に不作法なふるまいを教えこむ人間であり、屋内でなにが自分を待ちうけているのかを考えだすと、想像力の歯止めがきかなくなる。キッチンの片隅に、狂犬病をわずらった洗い熊《ぐま》がしゃがみこんでいる。バスルームには蝙蝠《こうもり》の大群——安眠を邪魔されたとなれば、蝙蝠たちは恐怖にすくむわたしの顔めがけて雪崩《なだれ》を打つように押しよせ、かん高く鳴きわめきながら、あの埃《ほこり》っぽい翼をわたしの頬にばたばたと打ちつけてくるにちがいない。あるいは、ウィリアム・デンブロウの有名な〝超大宇宙の彼方《かなた》の怪物たち〟の一匹がポーチの下に身をひそめ、あの膿汁《のうじゅう》に縁どられた、ぬらぬらと光る目でわたしをじっと見まもっているかもしれないではないか。

「いつまでもここにいるわけにはいかないぞ」わたしはいうが、足はいっこうに動こうとせず、どうやらここ、ドライブウェイと小径《こみち》がつながっている場所に自分がこのままいつまでも立っているように思えてくる——その気があろうとなかろうと関係なく、ずっとここにこうして立っているような気が。

背後の森からきこえてくる〝かさかさ〟という音は、もう小動物の物音とは思えない(どのみち小動物の大多数は、夜にそなえて巣や塒《ねぐら》に帰っているころだ)。いまやその音は、近づきつつある足音にきこえる。ふりかえってうしろを見ようとするものの、首をめぐらせることもままならず……

……そして、いつもここで目が覚めるのだった。目が覚めると、最初にまず寝がえりをうってみる——肉体を意思の力で動かせることを自分にむかって実演することで、現実世界にもどってきたことを確認するのだ。ときには――というか、じっさいにはたいていいつも――《〈マンダレイ〉、わたしはまた〈マンダレイ〉の夢を見た》という思いが脳裡《のうり》を去来していることもあった。そこはかとなく不気味だったが（だいたいが、おなじ夢をくりかえし見ることも不気味ではないか――どうにも追い払えないものを、自分の無意識がとり憑《つ》かれたようにつつきまわしている、と知らされるようなものだから）、それでも夢のなかでわたしをつつみこんでいる息づまるような夏の静寂を楽しく思っている部分が自分のなかにないとか、おなじ一部分が目覚めたときの寂しさや恐ろしい気分をも楽しんでいないといったら、それはやはり嘘《うそ》になる。この夢には、目覚めているあいだのわたしの生活――想像力から伸びでている道が全面通行止めになっている生活――に欠けている、ちょっと形容しがたい面妖《めんよう》な肌ざわりが感じられた。

覚えているかぎり心の底からの恐怖を感じたのはただいちどで（ここでいっておかなくてはならないが、わたし自身は自分の記憶をまったく信用していない。なぜなら、かなり長いあいだ、記憶はまったく存在していないように思えたからだ）、ある夜夢から目覚めたわたしははっきりした口調で、寝室の闇にむかってこう話しかけていた。「うしろになにかがいる……あいつにつかまりたくない……森のなかになにかがいる……あいつにつかまりたくない」わたしに恐怖を感じさせたのは、その言葉よりも、その言葉を発したときの口調だった。それは、いままさに本格的なパニックを起こす寸前の人間の声であり、ほとんど自分の声とも思えなかった。

　一九九七年のクリスマスの二日前、わたしはまたもフィデリティ・ユニオン銀行まで車を走らせ、今回も銀行の支店長につきそわれ、蛍光灯に照らされた地下墳墓にある貸し金庫までむかった。肩をならべて階段を降りていくあいだ、支店長はわたしに（これで数十回めになると思うが）妻がわたしの作品の大の字がつくほどのファンであり、これまでの全作品を読んでいるうえに、いくら読んでも飽きないといっている、という話をきかせてくれた。そしてわたしは、これで（すくなくとも）数十回めになるという、おなじ返事をきかせた。ああ、だったらぜひあなたを虜《とりこ》にしないといけませんね。支店長は、いつものふくみ笑いを返してきた。なんどとなくくりかえされてきたこの会話を、わたしは内心〝銀行員との接近遭遇儀式〟と名づけていた。

　支店長のミスター・クィンランが鍵穴《かぎあな》Ａに鍵をさしこんで、回転させた。その仕事をすませるとクィンランは――娼婦《しょうふ》の待つ小部屋に客を案内したポン引きよろしく――こっそりとその場を離れて行った。わたしは鍵穴Ｂに自分の鍵をさしこんでまわし、抽斗《ひきだし》を引きあけた。抽斗のなかが、いまはもう妙に広々と見えた。ひとつだけ残った原稿の箱が、抽斗のいちばん隅で怯《おび》えて縮こまっているようだった――そのたたずまいには、兄弟たちがすべて運び去られて、そのまま毒ガスを嗅《か》がされたことをなぜか知っている捨てられた子犬に通じるものがあった。箱の上面には、太い黒字で『約束』と書いてある。どんな筋立てだったか、ほとんど覚えていなかった。

一九八〇年代からの時間旅行者である原稿の箱を手にとり、貸し金庫の抽斗を勢いよく閉める。もう、なかには埃しか残っていない。

《早く返してよ》夢のなかでジョーがかん高くわめいていたことを、このときわたしは数年ぶりに思い出していた。《その本はわたしの埃よけなんだから》

「ミスター・クィンラン、用事はすみました」わたしは大声でいった。その声は自分自身の耳には荒っぽく不安定に響いたが、クィンランは妙なことをなにひとつ感じていない顔つきだった……いや、もしかしたらそしらぬ顔をよそおっていただけか。なんといっても、財務の世界でのフォレストローン共同墓地ともいうべきこの貸し金庫室に陰々滅々たる気分でやってきた人間は、わたしだけではないのだから。

「本気で、あなたのご本を読ませてもらおうと思ってるんですよ」クィンランはそういいながら、おそらく無意識にだろう、わたしが手にした原稿の箱を一瞥《いちべつ》した（箱を入れるためのブリーフケースをもっていけばよかったのだが、この用事で銀行を訪問するときはいつもから手だった）。「というか、〝新年の誓い〟のひとつにしようと思っているくらいです」

「ぜひとも頼むよ」わたしはいった。「ぜひともね、ミスター・クィンラン」

「マークと呼んでください」クィンランはいった。「お願いですから」この言葉も、このときがはじめてではなかった。

ここに来る前に書いた二通の手紙を原稿の箱にすべりこませると、わたしはフェデラルエクスプレスの営業所にむかった。どちらもコンピュータで作成した手紙だった――起動するのが簡易エディタの〈メモ帳〉であれば、わが肉体はコンピュータの使用を許可してくれた。肉体が大嵐《おおあらし》に見舞われるのは、〈ワード6〉を起動したときだけだった。だからといって、〈メモ帳〉で小説を書こうとしたことはなかった。そんなことをすれば、その選択肢を自分からつぶすだけだということがわかっていたからだし……いうまでもなく、コンピュータを相手にスクラブルをしたり、クロスワード・パズルを作成することも不可能になるとわかっていたからでもある。二回ばかり手書きで書こうとしてもみたが、これは世にもみじめな失敗におわった。以前〝ディスプレイ恐怖症〟という表現をきいたことがあるが、わたしの問題はそれとは無縁だった――いわばわたしは、そのことを自分にむかって証明したのである。

手紙の片方はハロルドにあてたもの、もう一通はデブラ・ワインストックあてのもので、どちらも内容はほぼおなじだった。新作『ヘレンの約束』の原稿を送る、わたし同様に気にいってくれることを祈る、いささか粗削りかもしれないが、早めに仕上げるために大車輪で書かなくてはならなかったせいだ、メリー・クリスマス、ハヌカー祭りにおめでとう、アイルランド万歳、お菓子をくれなきゃいたずらするぞ、くそったれポニーのプレゼントがもらえるといいね、云々《うんぬん》。

わたしは片腕のわきの下に『ヘレンの約束』をはさみこみ、もう一方の手にはネルソン・デミルの『チャーム・スクール』のペーパーバックをもったまま、暗い目つきをしてすり足で先に進む、時節に乗り遅れた宅配便利用者の行列に、小一時間もならんでいた（クリスマスは、かように気苦労もなく急《せ》きたてられることもない季節だ——わたしがクリスマスを好いている理由のひとつがそこにある）。おおよそ五十ページも読み進んだころ、わたしはようやく困りはてた顔つきの係員に、未刊行のさいごの長篇の原稿をあずけおえた。メリー・クリスマスの言葉をかけても、女性係員はぶるっと体をふるわせただけで、まったくの無言だった。

4

玄関から家にはいっていくと、ちょうど電話の呼出音が鳴っていた。かけてきたのはフランク・アーレンで、いっしょにクリスマスを過ごさないかという誘いだった。もちろん、一族といっしょに——という意味だ。フランクの弟たち全員とその家族がやってくるのだ。

わたしは誘いを断わるつもりで口をひらきかけ——いまなにをおいても必要でないものを挙げるとすれば、だれもがウイスキーをがぶ飲みしつつ、ジョーにまつわる涙の思い出話をわたしに吹きこみ、そのかたわら二ダースはいるに決まっている洟《はな》たれ小僧どもがテーブルの下で大騒ぎを演じる、正気の沙汰《さた》でないアイルランド風クリスマス休暇だ——誘いに応じる返事をしている自分の声を耳にした。

フランクはわたしと同様にこれを意外に思っていたようだが、それでも心からうれしそうな声音だった。

「そりゃよかった！」と大声をあげる。「いつこっちに来られる？」

わたしは、長靴からタイルの床に水滴を落としながら廊下に立っていた。立っている場所からは、アーチ状の入口ごしに居間の光景をのぞくことができた。クリスマスツリーは飾っていなかった。ジョーが死んでから、わざわざ飾ることもなくなっていた。わたしの目には、居間が不気味なほど広すぎるように見えた……アーリーアメリカン様式の家具調度がととのえられたローラースケート場だ。

「ついさっきまで、ちょっと用事があって出かけていたんだ」わたしは答えた。「これから急いで下着をバッグにほうりこんで車にとってかえし、暖まったヒーターがまだ温風を吹きだしてるあいだに、一路南に車を走らせるというのはどうかな？」

「文句なしさ」フランクは一瞬の逡巡《しゅんじゅん》もせずに答えた。「それなら、〝モールデン東部の息子たちや娘たち〟が来る前に、まともな独身男の夜を過ごせるってもんだ。この電話を切ったら、さっそくおまえさん用のグラスに酒をついでおこう」

「だとすると、すぐ準備にかかったほうがいいな」わたしはいった。

ジョアンナが死んで以来、文句なく最高のクリスマスになった。唯一《ゆいいつ》の楽しかったクリスマス休暇といっていいだろう。四日のあいだ、わたしはアーレン一族の名誉家族になった。わたしは痛飲し、いやというほどなんどもジョアンナの思い出に乾杯し……なぜかはわからないものの、わたしがそうしていることでジョーも喜んでいるのを察していた。ふたりの赤ん坊にげろを吐かれ、夜の夜中に犬が一匹ベッドにもぐりこんできて、クリスマス翌日の夜にはキッチンでひとり七面鳥のサンドイッチをつくっているところをニッキー・アーレンの義理の妹につかまり、曖昧《あいまい》なモーションをかけられた。どう見てもキスをしてほしそうな顔をしていたので、わたしはこの女性にキスをした。すると冒険心に富む手が（というより、本心からふさわしいと思うのは〝茶目っけたっぷりの手〟という表現だろうか）、ほぼ三年半にわたって自分以外の人間の手がふれたことのない場所を、しばしまさぐってきた。ショックではあったが、まったく不愉快な感触というわけでもなかった。

しかし、それ以上の関係に進むことはなかった――なにせ家にはぎっしりとアーレン一族の人間がおり、スージー・ドナヒューという義妹は正式に離婚が成立したわけではなかったから（わたしと同様、スージーもこの年のクリスマスは名誉家族だったのだ）そんなことになるはずもなかった。それでも、そろそろ引きあげる潮時だとは悟った……煉瓦《れんが》の壁で袋小路《ふくろこうじ》になっているに決まっている狭い道に、猛スピードで突っこんでいきたいのでもないかぎりは。わたしはこの家に来てほんとうによかったと思いながら、二十七日に辞去した。フランクは車まで見おくりに出てきて、わたしを力強く抱擁した。

四日間というもの、フィデリティ・ユニオン銀行の貸し金庫にもはや埃《ほこり》しか残っていないことはいちども脳裡《のうり》をかすめず、また四日間というもの、朝の八時までぐっすり眠って、胃のむかつきとふつか酔いの頭痛を感じはしたが、夜中に頭のなかを《〈マンダレイ〉、わたしはまた〈マンダレイ〉の夢を見た》などという思いが去来したことは一回もなかった。デリーにもどったときのわたしは、生まれ変わって新しい人間になった気分だった。

一九九八年の元日は、雲ひとつない冷えきった空、清澄《せいちょう》で美しい夜明けを迎えた。わたしはベッドから起きあがってシャワーを浴び、そのあと寝室の窓べにたたずんでコーヒーを飲んだ。ふいに――〝上〟とは頭の方向のことで、〝下〟は足の方向のことだとでもいうような、単純かつ強烈な現実感覚のすべてをそなえて――いまなら書けるという思いが突きあげてきた。新年で、なにかが変化し、望みさえすればまた小説を書けるようになった。大岩はどこかに転がっていったのだ。

わたしは仕事部屋に行って椅子《いす》に腰をおろし、コンピュータの電源を入れた。動悸《どうき》は平常どおり、ひたいにもうなじにも脂汗《あぶらあせ》がにじむことはなく、手はぬくもりをたもっていた。アップル社の林檎《りんご》のマークをクリックしてメインメニューを表示させると、わが旧友〈ワード6〉の文字が見えた。そのアイコンをクリックする。ペンと羊皮紙をあしらったマークが表示されてくるなり……呼吸ができなくなった。鋼鉄の帯で胸を強く締めつけられている気分だった。

わたしは激しく咳《せき》こみながら、デスクを押すようにして椅子を転がして遠ざけ、着ていたトレーナーの丸い襟を指で引っぱった。仕事部屋の椅子のキャスターが小さなラッグラグ——ジョーが生涯さいごの一年のあいだに見つけてきた掘り出し物——にひっかかり、わたしは椅子ごとうしろ向きに倒れた。頭が激しく床にぶつかった瞬間、視界一面にまばゆい花火が乱舞した。気絶しなかったのは幸運だったのだろうが、一九九八年元旦《がんたん》の最大の幸運とは、そんなふうにうしろに倒れこんだことにあったと思う。もしデスクを押して身を離しただけなら、そのあともあのマーク——と、世にも忌《い》まわしい空白の編集画面——を見つづけることになったろうし、そうなっていたら窒息死していたかもしれないからだ。

よろけながらも立ちあがると、呼吸だけはできるようになった。のどはストローなみに細くなったように思え、息を吸いこむたびに不気味な悲鳴めいた音が洩《も》れてきたが、とにかく呼吸をしてはいた。わたしは倒れそうになりながらもバスルームにむかい、鏡に吐物の飛沫《ひまつ》が散るほど激しく洗面所のシンクに吐いた。顔はすっかり血の気をうしなって鼠色《ねずみいろ》になり、膝《ひざ》からがくりと力が抜けた。このときには、シンクのへりにひたいをしたたかぶつけた。後頭部からは出血しなかったが（とはいえ、正午にはかなり大きめの瘤《こぶ》ができていた）、ひたいからはわずかに血が出た。ひたいの瘤は紫色の痣《あざ》になり、いうまでもなく、これについては嘘《うそ》をついた……間抜けなことに、夜の夜中にトイレのドアにぶつけたんだよ……人はこうやって、午前二時に明かりをつけないまま起きあがることについての教訓を身につけるんだな……。

完全な意識をとりもどすと（〝完全な意識〟なるものが実在するとして）、わたしは床で身を丸めた。それから立ちあがり、切り傷の消毒をすませ、バスタブのへりに腰かけて頭を両膝のあいだに深く垂れた。そうこうしているうちに、やっと立ちあがれそうな気になってきた。すわっていたのは、かれこれ十五分ほどだっただろうか。そのあいだにわたしは、なにか奇蹟《きせき》でも起こらないかぎり、作家生命はこれで尽きた、と悟っていた。ハロルドは懊悩《おうのう》の叫びをあげ、デブラは信じたくない気持ちでうめき声を洩らす。しかし、あのふたりになにができよう？　出版業界警官を派遣してくるとでも？　ブッククラブ麾下《きか》のゲシュタポを送りこんでくるか？　かりにそんなことができたとして、それでなにが変わる？　煉瓦《れんが》から樹液を搾《しぼ》りだし、石から生血を搾りだすのは、どんな人間にも無理な相談だ。なんらかの奇蹟が起こっていまの状態から全快しないかぎり、わが作家生命はおわりだ。

《もしそのとおりになったら？》わたしは自問した。《残った四十年間でなにをする？　四十年あればスクラブルがいやというほどできるし、無数のクロスワード・パズル大会にも出席できるし、ウイスキーもどっさりと飲める。しかし、それで充分か？　残る四十年という歳月に、それ以外なにをするつもりだ？》

このときはまだ、こうした疑問に本腰で取り組みたくはなかった。これからの四十年間のことは、当の四十年間にまかせておけばいい。わたしは、この一九九八年の元日一日を無事に切り抜けられたら御《おん》の字という心境だった。

なんとか人心地がつくと、わたしは仕事部屋に引きかえし、自分の足もと以外には断固として視線をむけまいとしながら、すり足でコンピュータに近づき、手さぐりで目的のスイッチを見つけだして、マシンの電源を切った。アプリケーションを正常に終了させずにいきなり電源を切ったりすれば、マシンに不具合を生じさせかねないが、いまの情況ではそれが問題になるとは思えなかった。

その夜はまた、〈セーラ・ラフス〉に通じる薄暮の四二番道路を歩いている夢を見た。このときも、わたしは湖の上に響く阿比《あび》の鳴き声をききながら、宵の明星に祈りをかけ、このときも背後の森になにかがひそみ、じりじりと近づいてくるのを感じた。どうやらクリスマス休暇は、完全におわっているようだった。

この年の冬は、雪の多い厳寒の冬だった。二月にはインフルエンザが大流行し、デリーでも大勢の老人たちが命を奪われた。吹雪のあとで氷がびっしり張りついた木が、強い風であっさりと薙《な》ぎ倒されるように、老人たちがばたばたと死んでいった。ただし、わたしは完全に無縁だった。その冬はちょっと洟《はな》が垂れることもなくすんだ。三月には飛行機でロードアイランド州のプロヴィデンスまで行き、〈ウィル・ウェンズ・ニューイングランド・クロスワード・パズル大会〉に出場した。わたしは四位に入賞し、賞金の五十ドルを獲得した。小切手は換金せず、額に入れて居間の壁に飾った。かつてわが〝勝利の証明書〟（これはジョーの表現だ。あらゆる卓抜な表現は、そのすべてがジョーの発案になるものに思える）の数々は仕事部屋の壁を飾っていたものだが、一九九八年の三月にはめったに仕事部屋に足を踏み入れなくなっていたのだ。コンピュータ相手のスクラブルをしたくなったり、トーナメント・レベルのクロスワード・パズルをしたくなったりした場合には、キッチンテーブルにすわって、〈パワーブック〉をつかっていた。

いまでも覚えている――ある日そこにすわって〈パワーブック〉のメインメニューをひらき、クロスワード・パズルのソフトを起動させようとしてカーソルを下げていき……さらにふたつか三つ下までカーソルを降ろしていって、わが懐《なつ》かしの旧友〈ワード6〉の部分が選択状態であることを示す反転表示になったときのことを。

そのとき胸にこみあげてきたのは、もどかしさや無力な気分でも、不完全燃焼の怒りでもなく（どちらの気分も、『頂上からの転落』を完成させてからこっち、いやというほど味わっていた）、寂しさと単純な切望だけだった。〈ワード6〉のアイコンを見つめている行為が、ふいに財布にしまったジョーの写真を見る行為とおなじものに思えはじめた。ジョーの何枚もの写真を見つめているうちに、亡《な》き妻をこの世に呼びもどせるというのなら、自分の魂を売りとばしてもかまわないと思うこともあった……そしてこの三月のある日には、もういちど小説が書けるのなら魂を売ってもいい、わたしはそう考えていた。

《だったら、思いきって実行してみろよ》耳もとでささやく声がした。《そうすれば、事情が変わるかもしれないぞ》

ただし、なにも事情は変わらなかったし、自分でもそのことはわかっていた。わたしは〈ワード6〉を起動させず、代わりにアイコンをディスプレイの右下隅にあるゴミ箱に投げこんだ。さらば、旧友よ。

その冬、パットナム社の編集者であるデブラ・ワインストックはなんども電話をかけてきた。おおむね吉報をつたえるためだった。三月はじめの電話では、『ヘレンの約束』がブッククラブのひとつである〈リテラリーギルド〉の八月推薦本二冊のうちの一冊に選出された、と知らされた。もう一冊は、スティーヴ・マルティニのリーガル・サスペンスだった。この作家もまた、ニューヨーク・タイムズ紙のベストセラー・リストの八位から十五位までの常連である。さらにデブラはイギリスの版元が『ヘレンの約束』をいたく気にいって、これこそ、彼《か》の地でわたしの名前を一躍高める〝突破口作品〟になるにちがいない、と考えているという話を伝えてくれた（これまでイギリスでは、わたしの著作の売上が伸び悩んでいた）。

「こんどの『約束』は、あなたの新境地をしめす作品だと思うの」デブラはそういった。「あなた自身もそう思わない?」

「ああ、そんなようなことを考えていたよ」わたしはそう答える一方で、もし〝わが新境地〟となる作品がじっさいには十年ほど前に執筆されたものであることを正直に打ち明けたら、デブラはどう反応するだろうかと考えていた。

「この作品には……なんといったらいいかしら……そう……作家としての成熟が感じられるのよ」

「ありがとう」

「マイク? なんだか回線の具合がわるくなったみたい。声がくぐもっているんだけど」

そのとおり、わたしの声はくぐもっていた。爆笑しそうになるのをこらえるために、手の側面を嚙《か》んでいたからだ。わたしは慎重に手を口から抜きだして、肌に刻まれた歯型をじっと検分した。「これでよくきこえるかい?」

「ええ、とっても。で、新作はどんな作品になるの? ヒントだけでもいいから教えてちょうだい」

「おやおや、その質問にわたしがどう答えるかは、きみも知ってるはずだろう?」

デブラは笑った。「『それを知りたければ、読むしかないんだよ、ジョセフィン』――

でしょう？」

「ご名答」

「とにかく、つぎもちゃんと書いてね。パットナム社のあなたの仲間たちは、あなたがつぎの段階にあがろうとしてるんで、みんな大喜びしてるから」

わたしは別れの挨拶《あいさつ》を口にして受話器をもどすと、そのまたっぷり十分間も笑い転げた。笑っているうちに、涙があふれてきた。しょせん、わたしはその程度なのだ。いつでも、〝つぎの段階にあがろうとしている〟だけの存在なのである。

この期間にわたしは、ニューズウィーク誌向けに〝ニュー・アメリカン・ゴシック〟(雑誌の売上を数部ばかり増やすキャッチフレーズという以外、なんのことやらさっぱりわからない呼称だが）について記事を書いているというライターからの電話取材をうけ、また権威ある出版業界誌であるパブリッシャーズ・ウィークリイ誌が、『ヘレンの約束』の発売の直前号に掲載するインタビュー記事のための取材を受けもした。このふたつを引きうけたのは、どちらも郵便物に目を通しながら電話に答えればいいだけの簡単な仕事に思えたからだ。従来、この手のPR活動に決して首を縦にふらなかったわたしが引きうけたものだから、デブラは大喜びだった。作家業のなかで、わたしがいちばんきらいなのがこの種の仕事だ——なかでもこれ以上ないほど憎んでいるのが、テレビの生中継のトークショーである。まわりを見まわしても、本をきちんと読んでいる人間は皆無のうえ、開口一番の質問は「あなたはいったいどこで、こんなアイデアを思いつくのですか？」に決まっているからだ。みずからPR活動をするのは、寿司《スシ》バーに行って、自分が寿司になるようなものである。今回はそんなことをせず、しかし上司に報告できるようないいニュースをデブラにあたえられたことで、わたしはいい気分を味わっていた。

「ええ」デブラは上司の前でこういったはずだ。「ヌーナンのPRぎらいはあいかわらずですが、なんとかふたつほど仕事をさせることに成功しました」

そのあいだもずっと、〈セーラ・ラフス〉にまつわる例の夢を見つづけていた――毎晩というわけではなかったが、二、三日に一回はかならず見たし、昼間は夢のことをまったく思い出さない状態もつづいていた。わたしはクロスワード・パズルをやり、アコースティック・スティール・ギターを買って演奏法を勉強しはじめ（といっても、パティ・ラヴレスやアラン・ジャクスンからツアー参加の誘いがかかることはいちどもなかった）、毎日デリー・ニューズ紙のふだんより拡大された死亡記事欄に目を通して、知りあいの名前の有無を確かめた。表現を変えるなら、わたしは立ったまま居眠りをして日々を送っているも同然だった。

このすべてをおわらせたのは、ブッククラブ選定を告げるデブラの電話から三日もおかずにかかってきた、ハロルド・オブロウスキーの電話だった。外は激しい嵐《あらし》だった——強く降っていた雪がやがて激しい氷雨《ひさめ》に変わり、これがこの冬最大規模のさいごの攻撃となった。日が暮れてからはデリーのかなりの地域が停電に見舞われたが、ハロルドが電話をかけてきた午後五時には、まだ事態は端緒についたばかりだった。

「たったいま、きみの担当編集者とすばらしい会話をしたよ」ハロルドはそういった。「いや、じつに有益で、じつに気力を奮いたたせてくれる会話だったな。じつは、その電話を切ったばかりでね」

「ほんとうに？」

「ああ、ほんとうだ。パットナム社内は、こんどのきみの最新作が市場におけるきみの本の売上にまちがいなく貢献する、という意見一色に染まっているんだそうだ。非常に強力な推進力になる、とね」

「そうだね」わたしは答えた。「つまりわたしは、つぎの段階にあがろうとしているわけだ」

「はあ？」

「いや、なんでもない、ただの冗談だよ。話をつづけてくれ」

「とにかく、ヘレン・ニアリングは最高の主人公だし、スケートはきみが生みだした最高の悪役だよ」

わたしはなにもいわなかった。

「デブラは『ヘレンの約束』をとっかかりにして、三冊一括の執筆契約を結んでもいいという意向を見せてきたんだ。とんでもなくおいしい条件での一括契約だ、というんだ。それも、こっちがそんな話をひとことも切りださないうちにね。これまで二冊一括の契約を結びたいといってきた会社はあるが、三冊というのはまったくはじめてだ。だからわたしは、一冊あたり三百万ドル、三冊合計で九百万ドルという線を口にしてみたよ。デブラから笑い飛ばされるのを覚悟のうえでね……まあ、エージェントはどこかで交渉の糸口をつくる必要があるし、わたしはかねがね、手のとどくかぎりいちばん高い場所をまず確保することを心がけているんだ。うちの先祖の家系をずっとさかのぼっていけば、どこかにローマの軍人がいたにちがいないと思うよ」

《それをいうなら、エチオピアの絨緞《じゆうたん》商人だろうが》そう思ったものの、わたしはなにも口にしなかった。このときの気分をたとえるなら、歯医者がノヴォカインをいささか塗りつけすぎたおかげで、この局所麻酔薬が虫歯やそのまわりの歯茎だけでなく、唇や舌にまであふれてしまったときの気分だったといえる。なにかしゃべろうとしても舌を思うように動かせず、唾《つば》を撒《ま》きちらしそうだったのだ。ハロルドは小鳥よろしく、ぴいちくぱあちく囀《さえず》っていた。円熟味をそなえた新たなるマイクル・ヌーナンによる長篇三冊の一括執筆契約。それも目の玉の飛びでるような契約金だぞ。

この電話では、笑いだしたい気分にはならなかった。わめきちらしたい気分だった。ハロルドはわたしの気分などに無頓着のまま、楽しげにしゃべりつづけた。ハロルドは、本のなる木が枯れたことをまだ知らない。ハロルドは、新たなるヌーナンが小説を書こうとするたびに、かならず息切れを起こして、噴水状の嘔吐《おうと》の発作を起こしていることをまだ知らない。

「で、デブラがどう答えたかを知りたいかい？」ハロルドがたずねてきた。

「教えてくれ」

「こういったんだよ――『九百万ドルというのはどう考えても高額だけれど、交渉の叩《たた》き台としては適切だと思うわ。パットナム社では、こんどの新作がヌーナンにとって大いなる前進の一歩になると予想しているから』。これは異例のことだぞ。とびっきり異例のことだ。もちろん、いまの段階ではまだなんとも返事をしていない。なにはさておき、きみに話をつたえたかったからね。しかし、最低でも七百五十万の線は目ざしたいと思ってるよ。はっきりいえば――」

「いやだな」

ハロルドはつかのま黙りこんだ。われながら手が痛くなるほどの力で受話器を握っていたことに、充分気づくだけの長さの沈黙だった。手の力をゆるめるには、意識してそう努力することが必要だった。

「マイク、話をさいごまできいてもらえれば――」

「そんな話はさいごまできたくない。それに新しい契約の話もしたくないんだ」

「異をとなえるのは本意ではないが、こんな絶好のチャンスはもう二度とやってこないぞ。お願いだから、考えてみてくれ。いまは最高金額の話をしているんだよ。『ヘレンの約束』の出版後まで手をこまねいていたなら、向こうがおなじ額を提示してくるとは保証できないし――」

「そんなことは百も承知だよ」わたしは答えた。「保証なんてしてほしくないし、契約金の提示もしてほしくない。とにかく契約の話はしたくないんだ」

「そんな大声を出さなくても、きみの声はちゃんときこえているよ」

わたしは大声を出していたのだろうか？　どうやら、そのようだった。

「パットナム社になにか不満でもあるのか？　そんな話をきかされたら、デブラがさぞや気落ちするだろうな。きみになにか不満があれば、フィリス・グランがおよそあらゆる手段でその不満をとりのぞこうとするはずだぞ」

《あんたはデブラと寝てるんじゃないのか？》その考えが浮かんだ瞬間、これが世界でもいちばん筋の通ったことに思えてきた――ずんぐりした体で、頭の禿《は》げかかった五十代の小男であるハロルド・オブロウスキーが、貴族的な風貌《ふうぼう》をもったスミス大学卒の学歴を誇るわがブロンド編集者とできている。《あんたはデブラと寝てるんだろう？　プラザ・ホテルのベッドでいっしょに寝ながら、わたしの未来についてあれこれ話しあっていたんじゃないのか？　そうやってふたりして、わたしという年寄りのくたびれた鵞《が》鳥《ちょう》の首を絞めてパテにする前に、あとどのくらい金の卵を搾りとれるかを画策していたんだな？　結局は、それが目あてなんだろう？》

「ハロルド、いまはその話はできないし、いまはそんな話をしたくない、い、い、気持ちなんだよ」

「いったいどうした？　なにをそう怒ってる？　いやはや、てっきり喜んでくれると思っていたのにな。大喜びで天にも昇る気持ちになってくれると思ってたのに」

「べつに、なにがどうかしたわけじゃない。ただね、長期にわたる契約の話をするには、都合がわるい時期なんだ。そろそろ電話を切らせてもらうよ。オーブンから出さないといけない料理があるんでね」

「だったら、また話しあおう。来週では――」

「だめだ」わたしはそういって電話を切った。成人してからこっち、電話セールス以外で相手の話をさいごまできかずに受話器をおいたのは、たぶんこれがはじめての経験だろう。

いうまでもなく、オーブンから出すべき料理などなかった。それに心が動揺して、とてもなにかをオーブンに入れる心境でもなかった。わたしは居間に行って少量のウイスキーをグラスにそそぐと、テレビの前に腰をすえた。そのまま四時間もその場所にすわり、ずっと画面に目をむけてはいたものの、なにひとつ見てはいなかった。家の外では、嵐がひたすら勢いを増しつつあった。翌日にはデリー全域で樹木という樹木がのきなみ薙《な》ぎ倒され、世界全体が一夜にして氷の彫刻となった光景が見られるはずだった。

九時十五分過ぎに停電になった。電気は三十秒ほど回復したものの、すぐに供給が途絶え、それっきりになった。わたしはこれを、無用の長物でしかないハロルドの契約話や、もし九百万ドルという金額を耳にしたらジョーがどれほど喜ぶか、といったことをもう考えるなという合図だ、と解釈した。立ちあがり、なにも映さなくなったテレビの電源プラグを引き抜く。夜中の二時に電気が回復して、テレビがいきなり大声でわめきだすようなことがないようにしたかったのだ（これは杞憂《きゆう》だった。デリーの停電はほぼ二日間にわたってつづいた）。それからわたしは二階にあがると、ベッドの足もとに服を脱ぎ散らかしたまま、歯を磨く手間も惜しんでベッドにもぐりこみ、五分とたたないうちに眠りこんでいた。それからどのくらいの時間がたって悪夢がおとずれてきたのか、それはいまもってわからない。

それは、わたしが個人的に〝マンダレイ・シリーズ〟と名づけていた連続ものの夢としては、さいごに見た夢だった。目が覚めても明かりをつけられるかどうかもわからない闇《やみ》のなかだったという条件が、悪夢をさらに耐えがたいものにしたのだと思う。

はじまりは、ほかの夢とおなじだった。わたしは蟋蟀《こおろぎ》と阿比《あび》の声に耳をかたむけ、頭上の闇を深めつつある細い隙間《すきま》を見あげながら、道路を歩いて斜面をのぼっている。そしてドライブウェイにたどりついたところで、これまでと変わっているところに気がつく。だれかが、〈セーラ・ラフス〉の標識に小さなステッカーを貼《は》っていたのだ。顔を近づけると、ラジオ局のステッカーであることがわかる。《WBLM 一〇二・九 ポートランドのロックンロール大将》と書いてあった。ステッカーから空に視線をもどすと、金星が輝いている。いつもどおり金星に祈りをかけ、ジョアンナのことを祈っているうちにも、湖の湿っぽいにおい、そこはかとなく恐ろしげなにおいが鼻をつきはじめる。

なにかが森のなかで動き、朽ちた落葉をざわめかせ、小枝をへし折る。その音が大きく響く。

《別荘まで降りていったほうがいいぞ》頭のなかで語りかけてくる声がある。《なにかが、おまえに契約を押しつけようとしている。三冊一括執筆契約、あらゆる契約のなかでも最悪のやつだ》

《動けない、まったく動けない、ここに立っていることしかできないんだ。ライターズ・ブロックならぬ、ウォーカーズ・ブロックにかかっているから》

しかし、これは言葉のあやだ。わたしはちゃんと歩ける。今回は歩くことができるのだ。うれしさがこみあげる。わたしは、大きな突破口を突き抜けたのだ。夢のなかで、わたしはこう思う。

《これですべてが変わるぞ！　これですべてが変わる！》

わたしはドライブウェイを歩いて、爽快《そうかい》ではあるものの腐った感じのする松の香りの奥深くへと歩いていき、あるときは地面に落ちた枝をまたぎ、あるときは蹴《け》ってどかしながら進んでいく。ひたいから湿った髪をかきあげようとした拍子に、手の甲に走っている小さな傷が目にとまる。わたしは足をとめ、怪訝《けげん》な気持ちで傷を見つめる。

《そんな悠長なことをしている時間はないぞ》例の夢の声がいう。《早く別荘まで行くんだ。おまえは小説を書かなくちゃならないんだから》

《書けないさ》わたしは答える。《もう舞台は幕を降ろしたんだ。あとは四十年の歳月が残されているだけだ》

《ちがうな》声はいう。どこか仮借ないその声の響きに、わたしはふるえあがる。《おまえが陥っていたのはライターズ・ブロックじゃない、ライターズ・ウォークだ。もうわかっていると思うが、その病気はすっかり消えたんだ。だから急いで別荘まで行け》

《怖いんだ》わたしは声に答える。

《なにが怖い？》

《だって……もし別荘にダンヴァース夫人がいたらどうする？》

声はなにも答えなかった。声はわたしがレベッカ・デ・ウィンターのハウスキーパーを怖がっていないことも知っているし、夫人が昔の小説の一登場人物に過ぎないことも、つまるところ骨の袋でしかないことも知っている。だから、わたしはまた歩きはじめる。ほかに選択肢はないように思えるが、一歩足を進めるごとに恐怖心はふくれあがってくるし、大きく伸び広がって影につつまれた塊じみた丸太づくりの別荘まで半分ほどの距離にたどりつくころには、その恐怖はすでに熱病さながら骨にしっかりと食いこんでいる。ここにはいやな雰囲気がただよっている……なにか徹底して邪悪な雰囲気が。

《走って逃げればいい》わたしは思う。《来た道をずっと走って逃げるんだ。ジンジャーブレッド・マンのように走って走って、もし必要ならデリーまで逃げ帰って、二度とここに来なければばいい》

そうはいっても、増大しつつある背後の闇からは、湿っぽい息づかいと悠揚せまらぬ足音がきこえてくる。森にいたものは、すでにドライブウェイに出てきているのだ。それも、わたしのすぐ背後に。いまここでふりかえって、そいつの姿を目にしたら、わたしは大きなノックアウト・パンチを食らい、頭から理性を一気に吹き飛ばされることだろう。そいつは両目を赫耀《かくやく》と燃えあがらせ、体を深く落としこんだ姿勢をとり、腹をすかせている……。

身の安全を確保できる場所は、あの別荘しかない。

わたしは歩きつづける。びっしりと生えた灌木《かんぼく》の茂みが、手のようにつかみかかってくる。あがりかけた月の明かり（これまでの夢では月が見えてくることはなかったが、それはわたしがそれほど長いあいだここにとどまっていなかったからだ）で、さやぎを立てる木々の葉叢《はむら》が凶々《まがまが》しい容貌を帯びてくる。まばたきをする目や、にたにた笑う口もとが見える。見おろすと別荘の黒々とした窓が見え、室内にはいっていっても電気がとまっていること、嵐《あらし》で停電になっていることがわかる。わたしが照明のスイッチをなんどもはじいているさなか、いきなりなにかが手を伸ばしてきて、わたしの手首をつかみ、恋人を引き寄せるようにして、わたしを闇深くに引きずりこむことに……。

ドライブウェイの四分の三はもう歩いている。湖畔に通じている、枕木《まくらぎ》状に木を張ってつくられた階段状の小径《こみち》も見えるし、湖面の浮き台が月明かりのなかに黒い四角形となって浮かんでいるのも見える。ビル・ディーンが出しておいたものだ。さらにドライブウェイの終端、玄関ポーチに通じている部分に、長方形の物体が横たわっているのも見える。そんな場所に長方形の物体があったためしはない。いったいなんだ？

さらに二、三歩足を進めたところで、その正体がわかる。棺桶《かんおけ》だ。フランク・アーレンが《葬儀屋はおまえさんの足もとを見ていたんだ》といって値引き交渉をしてくれた棺桶。ジョーの棺桶。ふたの部分が半分横にずれてあいており、ここからでもなかが無人であることがわかる。

悲鳴をあげたくなったと思う。その場でまわれ右をして、ドライブウェイを走って引きかえしたくなったと思う——それくらいなら、いっそ運を天にまかせ、背後にいるやつにむかっていきたい心境だ。しかしそれもできないうちに、〈セーラ・ラフス〉の裏口がひらき、深まりつつある闇に恐ろしい姿が出現する。この姿は人間でありながら……人間ではない。皺《しわ》だらけの白い姿、ぶかぶかの布につつまれた両腕を高くかかげている。顔があるべき場所には、しかし顔はない。そして、声門からふり絞るようなかん高い悲鳴、阿比《あび》の鳴き声にも似た絶叫をあげている。ジョアンナにちがいない。棺桶からは逃げだせたものの、体に巻きついた屍衣《しい》からは抜けだせないのだ。その全身に屍衣がまとわりついている。

その化物の身ごなしの、なんと忌《い》まわしいほど敏捷であることか！　ふつう幽霊ならすべるように移動すると思うところだが、そんなことはない——飛ぶような勢いで裏口のポーチを横切ったかと思うと、そのままドライブウェイに突進してくる。これまで見たすべての夢、凍りついたように身動きできなくなっていた夢のときにも、あの怪物はわたしをじっと待ちかまえていたのだろう。そしていま、わたしがようやく歩けるようになったと見てとるや、わたしをつかまえる気になったのだ。怪物は絹の両腕でわたしを抱きこみ、わたしは絶叫するだろう。そしてわたしは、腐りかけて蛆《うじ》のわいた肉の悪臭《か》を嗅ぎ、布地の細かな網目ごしにのぞく、こちらを突き刺すように見つめる黝々《くろぐろ》した双眸《そうぼう》を目《ま》のあたりにして、悲鳴をふり絞る。悲鳴をあげているあいだにも、理性は永遠の別れを告げて精神のもとを去っていく……しかし、わたしの声をききつけてくれる者はひとりもいない。きいてくれるのは、阿比だけだ。わたしはまたしても〈マンダレイ〉にやってきた。そして今回は、ここをあとにすることはぜったいにない。

悲鳴をあげる白衣の怪物がわたしにむかって腕を伸ばしてきたところで、わたしは寝室の床に転がったまま、恐怖に満ちたかすれ声で悲鳴をあげ、頭をなにかにくりかえしぶつけながら目を覚ました。自分がもはや眠っていないこと、ここがもう〈セーラ・ラフス〉ではないことに気づくまで、どのくらいの時間が流れたのだろう？　寝ているあいだにベッドから落ち、部屋を這《は》いずっていたことに……両手と両膝《りょうひざ》を床についたまま部屋の隅にいて、施設に収容されている精神病の患者のように、左右の壁がひとつにあわさる箇所に頭をくりかえしぶつけていることに気づくまでに、どのくらいの時間が流れていたのだろう？

まったくわからない――停電で枕もとの時計がとまっていた以上、わかるはずもなかった。まっさきにわかったのは、自分がこの部屋の隅から動けないということだった。広々としたところにいるよりも、隅に縮こまっていたほうが安心だった。さらに目が覚めたあともしばらくのあいだ、夢の力がわたしをとらえていたこともわかった（これは、照明をつけて夢の力を追い払うという手段が封じられていたせいだと思う）。もし部屋の隅から這いでていけば、あの白い怪物が死の絶叫をあげながらバスルームから躍りでてきて、やりかけの仕事をおわらせるにちがいないと思った。全身ががたがたふるえていることもわかったし、体が冷えきって、しかも腰から下が濡《ぬ》れていることもわかった。失禁していたのだ。

　だから部屋の隅から動かず、濡れた体で息をあえがせ、闇を見つめながら、わたしは強烈な力をもつ悪夢が人を狂気に追いやることがあるのだろうかと考えていた。そしてわたしは、この三月の夜にまさにそんな夢をあやうくさいごまで見るところだったのだ、と思った（いまもその考えは変わらない）。

　しばらくしてようやく、部屋の隅から動けるようになった。部屋のまんなかあたりまで行ったところで、わたしは濡れたパジャマのズボンを脱ぎ、脱ぎながら方向感覚をすっかりなくしていた。そのあと、現実感のかけらもないみじめな五分のあいだ、わたしはよく知っているはずの寝室の床をあてどもなく這いずったまま行きつもどりつし、物に頭をぶつけたり、やみくもにふりまわす手がなにかにぶつかるたびに、うめき声をあげていた。どんな物でも、最初に手がふれたときには、例の恐ろしい白い怪物に思えた。どんな物に手がふれても、それが知っている物体の感触には思えなかった。枕もとのデジタル時計の、心をなごませてくれる緑色の数字が消えており、方向感覚を一時的に喪失したこのとき、わたしはエチオピアの首都アディスアベバのモスクのなかを這いずっているも同然だった。

ようやく、肩がベッドにぶつかった。立ちあがって、つかっていない枕からカバーを引き剝《は》がし、それで下腹部や膝から上の部分の水気を拭《ふ》きとる。そのあとベッドに這いもどって毛布を引きあげ、体をふるわせながら、霙《みぞれ》が窓を叩《たた》く規則正しい音に耳をかたむけた。

その晩はもう一睡もできなかったし、いつもなら目覚めとともに消えていくはずの夢も、なぜか消えてはいかなかった。横向きに寝て、体のふるえがしだいにおさまっていくなかで考えていたのは、ドライブウェイにあったジョーの棺桶のことであり、とんでもなく常軌を逸してはいるものの、いちおうは筋の通った話だったということでもあった——なぜならジョーは〈セーラ・ラフス〉をこよなく愛しており、死後幽霊になって出没するなら、あの別荘をおいて考えられないからだ。しかし、なぜジョーがわたしを傷つけようとする？　どうしてわたしのジョーが、このわたしを傷つけようと思う？　思いあたる理由はひとつもなかった。

どうにか時間は過ぎていき、やがてわたしはあたりが濃い灰色に変わってきたことに気がついた。そのなかに家具の輪郭が、まるで霧のあいまに立つ歩哨《ほしょう》の姿のように朦朧《もうろう》と浮かびあがっていた。多少はよくなった。このほうがまだましだ。キッチンの薪《まき》ストーブに火を入れて、濃いコーヒーでも淹《い》れよう。この経験を忘れるための仕事に手をつける潮時だ。

わたしは両足を一気にベッドからおろすと、汗で濡れた髪をひたいから払いのけようとして片手をあげた。その手が目の前にきたとたん、わたしは凍りついた。どうやら暗闇で方向感覚をなくし、ベッドに帰りつこうとしてあちこち這いまわっていたときに、どこかで手をひっかいたらしい。手の甲の関節からすぐ下の部分に、血が固まりかけた浅い切り傷ができていた。

5

いまは昔の十六歳のころ、わたしの頭上で飛行機が超音速に達したことがある。そのときわたしは、森のなかを歩いていた。これから書こうとしている小説のことを考えていたか、あるいは――こちらのほうがありそうだが――金曜日の夜にカッシュマン・ロードの突きあたりにとめた車のなかで、ドリーン・フォーニアーを口説き落とし、パンティを脱がしてもいいと許してもらえたらどんなにいいか、とでも考えていたのだろう。ともあれ、わたしは考えごとに夢中になるあまり道路からずっと離れたところを歩いていた。ものすごい轟音《ごうおん》が炸裂《さくれつ》したその瞬間、わたしは両手で頭をかかえたまま、枯葉の積もった地面に腹ばいになっていた。心臓が激しく鼓動を搏《う》っているあいだ、わたしは自分がここで（しかも童貞のまま）死ぬことになると確信していた。かれこれ四十年生きてきたが、完全な恐怖という点で〝マンダレイ・シリーズ〟の掉尾《ちょうび》を飾る悪夢に比《ひ》肩《けん》する経験は、このときだけだ。

わたしは地面に横たわったまま、天から大槌《おおづち》がふりおろされてくるのを待っていた。

三十秒ほどたち、大槌が天から落ちてくるようなことがないとなってようやく、ブランズウィック海軍航空基地に所属するスピードマニアの戦闘機乗りが、大西洋上空に出るのを待たずにマッハ一のスピードを出したのだ、と気づいた。とはいえ――ええい、いまいましい――あれほどばかでかい音が出ることを、だれが知っていたというのか？

わたしはゆっくり立ちあがった。立ちあがっていくあいだにも、心臓はようやく平常の鼓動をとりもどしていった。そして、わたしは気がついた――青天の霹靂《へきれき》のようなあの大音響に肝をつぶすほど驚いたのは、わたしひとりではなかった。記憶にあるかぎり、プルーツネックのわが家の裏にある森のなかの小径《こみち》が完全な無音状態になったのは、このときがはじめてだった。わたしは森に射《さ》しいって埃《ほこり》の柱をつくりだしている日光を浴びながら、自分がつぶした枯葉がびっしりとついているTシャツとジーンズという姿でたたずみ、じっと息を殺して耳をそばだてた。これほどの静寂を体験したことはなかった。一月の寒い日でさえ、森ではさまざまな会話がかわされていたのだが。

しばらくしてようやく、蒿雀《あおじ》が鳴き声をあげた。二秒か三秒の静けさののち、懸巣《かけす》が応じた。さらに二秒か三秒が流れて、こんどは鴉《からす》が自論を述べた。そして啄木鳥《きつつき》が、昆虫の幼虫をもとめて木をつつきはじめた。わたしの左側の下生えのなかで、縞栗鼠《しまりす》がよろよろ歩きだした。わたしが立ちあがって一分もするころには、森はまたさまざまな小さな音をたてて息を吹きかえしていた。森はいつもの仕事にもどり、わたしも散歩を再開した。しかし、予想もしないときに襲いかかってきた轟音も、それにつづく死そのものの静寂のことも、わたしは忘れはしなかった。

悪夢が過ぎ去っていったあと、わたしはその六月の日のことをよく思いかえすようになったが、このことはさして驚くことでもない。たしかに、なぜだか事態は変わった……というか、変わることも可能になった……しかし最初におとずれてくるのは静寂であり、その静寂のさなかに、人は自分が傷ついてはいないことや、危険が（もしほんとうに危険が存在していたのならの話だが）去ったことを自分に納得させるのである。

デリーの街は、あのあと一週間にもわたって機能を停止していた。嵐《あらし》のあいだに氷と強風がかなりの被害をあちこちにあたえていたし、嵐のあとで気温がいきなり五度以上も下がったせいで、雪を掘り起こしてとりのける作業が遅延を強《し》いられた。おまけに三月の嵐のあとでは毎度のこととはいえ、そのあとも厳しく陰気な天候がつづいた。そんな目にあうのは毎年のことだが（おまけに運がわるければ、四月にもそんなことが二、三回起こるというのに）、わたしたち住民はこれをすっかり忘れている。だから毎回こっぴどい目にあわされるたびに、わたしたちは天を恨むのだ。

その週がおわりかけたある日、ようやく天気が好転するきざしを見せてきた。わたしはこの機会を利用して外に出かけ、ジョーがさいごの買い物をした〈ライトエイド〉から三軒離れた小さなレストランでブランチがてらのペストリーを食べながらコーヒーでも飲もうと思いたった。ゆっくりとコーヒーを飲みながら口を動かし、新聞のクロスワード・パズルに取り組んでいるそのとき、だれかがわたしに声をかけてきた。

「相席をしてもよろしいですかな、ミスター・ヌーナン？　なにせ、きょうは店が混みあっていますのでね」

見あげると、ひとりの老人が立っていた。見覚えはあるものの、どこで見た顔なのかが思い出せなかった。

「ラルフ・ロバーツといいます」老人は名乗った。「赤十字でボランティアをしている者ですよ。妻のロイスといっしょに」

「ああ、そうでしたか。いいですよ」わたしはいった。赤十字では、六週間に一回の割合で献血をしていた。献血をすませると、老人たちがジュースとクッキーを手わたしてくれ、眩暈《めまい》がするようならしばらく横になっていて、急な運動は控えるようにという言葉をかけてよこすが、ラルフ・ロバーツはその老人たちのひとりだった。「おかけください」

ラルフはクロスワード・パズルの面を上にして折りたたまれ、日ざしのなかにおいてあったわたしの新聞に目をむけながら、ボックス席にすべりこんできた。「あなたならデリー・ニューズ紙のクロスワード・パズルも、野球でピッチャーから三振をとるように簡単に解けるんでしょうな？」

わたしは笑ってうなずいた。「わたしがクロスワード・パズルをするのは、人がエヴェレスト山に登るのとおなじことです――そこにあるから解いているだけでね、ミスター・ロバーツ。ただ、この新聞のクロスワード・パズルだったら、だれも転落する恐れはありませんし」

「どうか気やすくラルフと呼んでください」

「わかりました。じゃ、わたしのことはマイクと」

「けっこう」ラルフがにやりと笑うと、ねじくれて、わずかに黄色くなった歯がのぞいたが、その歯はすべて自前のものだった。「ファーストネームで呼びあうほうが好きなんですよ。格式ばらず、ネクタイをはずせる気分になる。それにしても、とんでもなく強い風が吹いたもんですな」

「ええ」わたしは答えた。「でも、きょうはずいぶんいい陽気になりましたね」

温度計は三月ならではの急上昇を見せていた――前の晩は零下五度近くまで下がっていたのに、けさはもう十度近くにまであがっていた。気温の上昇以上にありがたかったのは、顔にあたる日ざしがまた暖かく感じられたことだ。その暖かさが感じられたからこそ、わたしは家の外に出ようかという気分を誘われたのである。

「もうすぐ春が来ますよ。年によっては、ちょっと迷子になることもありますがね、それでも春はちゃんと家を見つけて帰ってくるんですな」ラルフはコーヒーをひと口飲んで、カップを下においた。「そういえば、このところ赤十字でお見かけしませんね」

「いま、血の再充填《じゆうてん》中なんです」と答えたものの、これは嘘《うそ》だった。二週間前から、すでに五百ミリリットルの献血ができる状態にもどっていたのだから。その時期を忘れないための献血カードは、冷蔵庫の扉に貼《は》ってあった。ただ、わたしがうっかり忘れていたにすぎない。「来週にはかならずうかがいますよ」

「こんなことを申しあげたのも、あなたがA型だからです——A型の血液はいつでもいちばん需要がありますからね」

「じゃ、ソファを予約しておいてもらおうかな」

「おまかせあれ。ところで、おかげんはよろしいですかな？　いやね、疲れているようにお見うけしたので、こんなことをきいたんです。もし不眠症にお悩みでしたら、ええ、ほんとうに心からご同情いたしますよ」

なるほど、この老人はたしかに不眠症に悩まされている人間の顔つきをしている——わたしは思った。目のまわりがあまりにも腫《は》れぼったく見えたのだ。しかし、なんといってもラルフは七十代後半の年齢でもある。その年齢になれば、どんな人間でも顔に影響が出てくるものではないか。ちょっと待っていれば、人生が頬や目のあたりに突きを入れてくる。もっと待っていれば、いずれはどんな人間も、十五ラウンドのきつい試合をおえたジェイク・ラ・モッタなみのご面相になるものだ。

わたしは口をひらき、人から〝万事順調か？〟という意味の質問をうけたときの返答の常套句《じょうとうく》を口にしかけ……そこでふと、どうして自分はいつもタフな〝マルボロ・マン〟を気どった使い古しの嘘八百を口にせずにはいられないのか、そんな嘘でだれを騙《だま》そうとしているのか、という疑問が頭をかすめた。赤十字で看護婦が腕から針を抜いたあと、わたしにチョコレートチップ・クッキーをわたしてくれるこの老人にむかって、〝いや、百パーセント順調な気分なんかじゃない〟と口にしたら、いったいなにが起こると思っているのか？　大地震？　火事と洪水？　まさか。

「いや」わたしは答えた。「じつをいえば、あまり気分がすぐれないんですよ、ラルフ」

「流感ですかな？　大流行していますからね」

「いやいや。今年は運よくインフルエンザの魔手を逃れてるんです。それに、夜もぐっすりと寝ていますがね」これは真実だった。くりかえし襲ってきた〈セーラ・ラフス〉にまつわる夢は——レギュラー・タイプだろうと、ハイオク・タイプだろうと——もう見なくなっていた。「ただ、ちょっと気が滅入《めい》っているだけだと思います」

「だったら骨休めに旅行に行くのがいいでしょうな」ラルフはそういって、コーヒーのカップに口をつけた。そのあとこの老人はふたたびわたしを見つめ、眉《まゆ》をひそめながらカップを下においた。「なんです？　どうかしましたか？」

《なんでもありませんよ》いっそ、そう答えようかと思った。《ただ、あなたは静寂の

なかで、最初に鳴き声をあげた鳥だったという、それだけのことです》

「いえ、どうもしません」わたしはそう答え、自分の口から発したその単語の味わいを確かめたい一心で、くりかえし口にだしてみた。「旅行ですね」

「そうですとも」ラルフは破顔一笑した。「どんな人でも、しじゅう旅行に出ているじゃありませんか」

《どんな人でも、しじゅう旅行に出ているじゃありませんか》ラルフのいうとおりだった——それこそ旅行に行くような懐《ふところ》具合の余裕のない人間でさえ、しじゅう休暇をとって旅行に出かけている。疲れたとき。自分の厄介ごとのなかで、二進《にっち》も三進《さっち》も身動きとれなくなったとき。世界があまりにも耐えがたくなって、自分が消耗するばかりになったとき。

わたしはといえば、休暇旅行に出かけるだけの余裕はたしかにあるし、仕事を休んでもさしつかえはない——なんの仕事があるというのか？　え？——が、それにもかかわらず、赤十字のクッキー係の老人から教わるまで、わたしのような大学卒の男には自明のはずの事実が見えていなかった。ジョーが死ぬ前の年の冬に、ふたりでバーミューダ諸島に旅行に行って以来、どこにも出かけていなかった、という事実だ。わたしの特別な創作の碾臼《ひきうす》はもはや動きをとめていたが、それでもわたしは、顔をその碾臼に突きあわせてばかりいた。この老人にどれほどの恩恵をほどこされたかが充分にわかったのは、その年の夏にデリー・ニューズ紙でラルフ・ロバーツの死亡記事を目にしたときだった（車にはねられて死亡したのだ）。いわせてもらうなら、わたしにとってあの老人の助言は、献血のあとでもらったどんなオレンジジュースにも勝《まさ》るものだった。

レストランを出ても、わたしは家に帰らず、半分やりかけのクロスワード・パズルが掲載されている新聞をわきの下にはさんだまま、この街の半分にあたる地域をあてどもなく歩きまわった。気温はあがりつつあったが、それでも体がすっかり冷えるまで歩きつづけた。なにも考えてはいなかったが、あらゆることを考えていたともいえた。ある特殊な思考方法だった——以前は、小説の執筆が近づいたときにかぎって、こんなふうに頭を働かせたものだ。こんなふうに思考を推し進めたことは何年もなかったが、中断期間などまったく存在しなかったかのように、わたしは当然のようにやすやすと以前の流儀で頭を働かせていた。

たとえるなら、大型トラックが自宅のドライブウェイにはいってきて、作業員たちが荷物を地下室に運びこんでいくようなものだった。これ以上的確な比喩《ひゆ》は思いつかない。荷物の中身を見てとることはできない。すべてクッション状のキルトですっぽりつつまれているからだ。しかし、いちいち見る必要はない。とにもかくにも家具——ただの家を〝わが家〟と呼ぶにふさわしい場所に変え、きちんとした場所につくりなおし、望みどおりのところにするために必要な材料——は、すべてそろっているのだから。作業員たちがトラックに飛び乗って帰っていったあとで、人は地下室に降りていって歩きまわり（その日の昼近く、わたしが古い長靴をはいて坂道をのぼったり降りたりしながら、デリーの街を歩きまわったように）、こちらではクッションにつつまれた突起を、あちらではクッションにつつまれた角をさわっていく。これがソファか？　こっちはドレッサーか？　そんなことは問題ではない。すべてはこの地下室にそろっている。引っ越し業者が運び忘れをすることはないし、なるほど上の階に運びあげる仕事は残っているが（その仕事の途中で、老いぼれてくたびれた腰の骨を痛めることもしょっちゅうだが）、それはいい。重要なのは、荷物の運びこみが完了したということに尽きる。

そしてこのときわたしは、引っ越し屋のトラックが今後四十年間のわたしの生活に必要なものを残らず運びこんでくれたものと思っていた——いや、そうであることを願っていたというべきか。その歳月を、わたしは〈小説執筆禁止区域〉で過ごすことになるかもしれないのだ。彼らは地下室のドアの前までやってきて、鄭重《ていちょう》にノックをしてくる。そして数カ月たってもなんの返事もないとわかると、彼らはついに巨大な丸太をもちだす。《おい、あんた。ものすごい音がするけど、あんまり怖がらんでほしいな。すまんね、ドアは壊すことになるよ》

ドアのことは、どうでもよかった。心配なのは家具のことだけだった。壊れたり、紛失したりしている部分はないか？　ないと思う。あとはこの家具を上の階に運びあげて、家具の保護マットをとりさり、所定の場所におけばいいだけだ——わたしはそう考えていた。

家にむかう途中で、デリーの街の小さなリバイバル専門映画館〈シェイド〉の前を通りかかった。ビデオ革命が起こったにもかかわらず（いや、ひょっとしたらビデオ革命のおかげで）この映画館は大繁盛《だいはんじょう》していた。今月は五〇年代SF映画クラシック特集だったが、四月はジョーがいちばん贔屓《ひいき》にしていた俳優であるハンフリー・ボガート特集になる。わたしは映画館の入口の庇《ひさし》の下にしばしたたずみ、近日上映予定の映画のポスターをながめた。それから家に帰り、電話帳で適当に旅行代理店を見つくろって電話をかけ、相手の係員にキーラーゴ島に行きたいと告げた。キーウエストじゃないんですか——係員はいった。いや、そうじゃない——わたしは答えた——キーラーゴ島だ、ボギーとローレン・バコールが出た昔の映画とおんなじにね。三週間だ。そう口にしてから、わたしは考えなおした。金に不自由はない。気軽なひとり身でもあるし、仕事からは引退した身だ。なんで〝三週間〟なんてけちなことをいうんだ？　六週間にしてほしい——わたしはいった——コテージのような場所をさがしてくれ。かなり料金がかかることになります——係員のその言葉には、金のことは気にしていない、と答えた。デリーに帰ってくるころには、この街も春になっているだろう。

それまでのあいだに、わたしは家具の梱包《こんぽう》をいくつかほどいておくとしよう。

最初のひと月はキーラーゴ島に魅せられて夢中になり、さいごの二週間は退屈で正気をうしないそうになった。それでも滞在しつづけたのは、退屈が歓迎すべきものだったからだ。退屈への耐性が高い人間は、それだけたくさんの考えごとをすませることができる。最終的にわたしが食べた海老《えび》は十億匹、飲んだマルガリータは一千杯、読破したジョン・D・マクドナルドの長篇は二十三冊になった。日焼けし、皮が剝《む》けて、さいごには肌が褐色になった。庇が前に長く突きだし、正面に明るい緑色の刺繍《ししゅう》で《頭の中身はオウムなみ》と書いてある帽子を買った。だれに会ってもファーストネームで気やすく話しかけられるようになるまで、毎日毎日ビーチのおなじ場所を散歩しつづけた。そして、家具の荷ほどきをした。気にくわない家具が大多数だったが、すべてが家におさまることに疑いはなかった。

またわたしは、ジョーのことやわたしたちの結婚生活のことを考えた。最初の長篇を『天使よ故郷を見よ』とまちがえるやつはいない、と話したときのことも思い出した。《まさか、この先ずっと〝挫折《ざせつ》した芸術家〟の繰りごとをわたしにきかせるつもりじゃないでしょうね?》あのときジョーはそう答えてきて……キーラーゴ島に滞在しているあいだ、その言葉が――つねにジョーの声で――くりかえし脳裡《のうり》に思い出されてきた。繰りごと。挫折した芸術家の繰りごと。尻《しり》に卵の殻をくっつけたひよこのような、挫折した芸術家の繰りごと。

それから赤く染めたエプロンをつけたジョー、クロラッパタケという茸《きのこ》を帽子に山積みにして、勝ち誇ったように笑いながらわたしのところにやってきたジョーのことも思った。「TRじゅうをさがしたって、今夜のヌーナン家ほど豪華な食事をとる人はいないわ！」あのときジョーはそう大声で宣言した。それから、足の爪《つめ》にペディキュアを塗っているジョーのことも思った。左右の太腿《ふともも》のあいだに上体をかがめるあの姿勢は、足の爪を塗るという特殊な用事をしている女にしかとれない姿勢だ。それから、わたしが新しい髪型を笑ったことを理由に、わたしに本を投げつけてきたジョーのことを思った。バンジョーでテンポの速いブレークダウンの曲を弾こうとして練習に励んでいたジョーのこと、ブラジャーをつけずに薄いセーターを着ていたジョーのことを思った。泣いているジョー、笑っているジョー、怒っているジョーのことを思った。そして、そんな話は繰りごとだ、挫折した芸術家の繰りごとだ、と話しかけてきたときのジョーを思った。

さらには夢のことも、とりわけ何回もくりかえし見たあの夢のことも思った。たやすいことだった――ふつうの夢と異なり、あの夢だけは薄れて消えることがなかったからだ。〈セーラ・ラフス〉にまつわるさいごの夢と、最初に夢精を経験したときの淫夢《いんむ》

（ちなみに全裸の少女がハンモックに横たわって、プラムを食べているという夢だった）、何年あとになっても鮮明に覚えている夢は、このふたつだけだ。それ以外の夢はぼんやりした断片になったか、完全に記憶から消えていた。

〈セーラ・ラフス〉にまつわる夢では、くっきりと鮮明なディテールが数えきれないほどあった——ほんの一例をあげるなら、阿比《あび》や蟋蟀《こおろぎ》、宵の明星とわたしの願かけなど——が、その大部分は迫真性を増すための道具でしかないと思えた。お望みなら、舞台装置といいかえてもいい。となれば、そういった細部は考慮の対象からはずしてもかまわないことになる。となると、残る大きな要素は三つだ——三つの大きな家具が、まだ梱包をとかれないままに残っているのである。

ビーチに腰を降ろし、両足の爪先のあいだに沈みゆく太陽をながめながら、わたしは精神分析医でなくともその三つの要素の組みあわせ方はわかる、と考えていた。

〈セーラ・ラフス〉にまつわる夢の三大要素とは、わたしの背後の森、眼下に見える別荘、そしてその中間地点で凍りついたまま立ちすくむマイクル・ヌーナンその人だ。あたりは暗くなりかけて、森には危険がひそんでいる。下の別荘に足を踏み入れるのは恐ろしいし、そう感じるのは、あまりにも長いあいだ人が足を踏み入れていないからだとわかっているものの、わたしは自分が別荘に行かなくてはならないことを一瞬たりとも疑わない。怖くても怖くなくても、安全を確保できる逃げ場所は別荘しかない。とはいえ、わたしには行けない。足が動かない。ライターズ・ウォークを患《わずら》っているからだ。

　悪夢のなかで、わたしはようやく逃げ場所にむかって歩きだすことができるものの、結局安全な逃げ場所というのが幻想でしかないと思い知らされる。それどころか、これまでわたしが……これまで見てきた……どれほど突拍子もない夢すらおよばぬ危険な場所だと思い知らされるのだ。死んだ妻がいきなり絶叫し、体にまだ屍衣《しい》をからみつかせたまま走りでてきて、わたしに飛びかかってくるのだから。それから五週間もたち、デリーから四千八百キロ近くも離れているというのに、あのゆったりした布にくるまれた両腕を思い出すだけで全身がふるえ、思わずうしろをふりかえりたくなる。

　しかし、あれはほんとうにジョアンナだったのか？　たしかにジョアンナだとわかったわけではないのでは？　あの怪物は全身を布にくるまれていた。なるほど、棺桶《かんおけ》はジョアンナの埋葬につかったものとおなじに見えたが、そのこと自体があれをジョアンナだと思わせるための仕掛けかもしれない。

　ライターズ・ウォーク、ライターズ・ブロック。

《書けないんだ》わたしは、そう夢のなかの声にいった。声は、書けると答えてきた。声は、ライターズ・ブロックはもうなくなったと答えたし、わたしはライターズ・ウォークがなくなったことを理由にこの声を信じて、ようやくドライブウェイを歩きだして、逃げ場所にむかう。それでも、怯《おび》えていることに変わりはない。あの形のさだまらない白い怪物が姿を見せる前から、わたしは怯えている。怖いのはダンヴァース夫人だと口ではいっているが、それはただ夢を見ている精神が〈セーラ・ラフス〉と〈マンダレイ〉をまるっきり混同しているせいだ。わたしが怖がっているのは——「書くことを怖がっているんだ」自分が声に出してそういっているのがきこえた。「書こうとしてみることさえ怖がっているんだ」

これは、飛行機でメイン州に帰る前の晩のことで、わたしはほろ酔い気分を通り越し、酩酊《めいてい》状態に突入しつつあった。休暇旅行がおわりに近づくにつれて、毎晩かなりの酒を飲むようになっていた。

「おれが怖いと思っているのは、ライターズ・ブロックそのものじゃない——ブロックをどけることが怖いんだ。おれはほんとうにいかれてるよ、なあ、おまえたち。とんでもないいかれっぷりだ」

いかれていようといまいと、わたしはようやく問題の核心をとらえたと思えるようになっていた。わたしが怖がっていたのはライターズ・ブロックをとり去ることであり、わが人生の構成要素をつまみだして、その要素なしで生きていくことだったのかもしれない。しかしわたしの深層心理には、ブロックを除去しなくてはならないと信じている部分もあった。それこそが、背後の森からきこえてくる、わたしを威嚇《いかく》するような物音の正体なのだ。信じることには大きな意味がある。想像力に富む人間の場合には、意味がありすぎるかもしれない。想像力に富む人間が精神のトラブルにはまりこんだ場合、空想と現実の境界線が消えることもあるからだ。

森のなかの怪物、そういうことか。そのあたりのことに考えをめぐらしているいま、わたしは怪物の一匹をまさに手にしていた。酒のグラスを西の空にむかってかかげると、沈みつつある太陽がグラスのなかで燃えているように見えた。わたしは大酒を飲んでいた。これ自体、キーラーゴ島では問題のない行為だったのかもしれない——だいたい休暇旅行中の人間は大酒を食らうものと相場が決まっているし、これは法律だとさえいえる。しかし、旅行に出発する前から、飲みすぎだった。こんなふうに酒を飲んでいれば、いずれは手がつけられなくなるのは目に見えている。こんなふうに酒を飲んでいれば、かならずや厄介ごとの泥沼にはまりこむことになるのだ。

森のなかの化物、そして一見したところ安全に思える避難場所……その避難場所を守っているのは、わたしの妻ならぬ不気味な妖魔《ようま》だが、もしかしたらあれは妻の思い出なのかもしれない。それはそれで筋が通る——なぜならジョーが地上でもっとも愛した場所が、ほかならぬ〈セーラ・ラフス〉だからだ。そこから芋づる式につぎの思いがこみあげてきて、わたしは思わずそれまでゆったりと背中をあずけていたソファから、昂奮《こうふん》のあまり一気に立ちあがっていた。〈セーラ・ラフス〉は、あの儀式——シャンペンと長篇のさいごの文章、そしてあの《そういうことなら、ほっとひと息というところね》

という祝福の言葉——がはじまった場所でもある。

わたしは万事順調になって、ほっとひと息つくことを望んでいるのか？　本心からそう望んでいるのだろうか？　これがひと月前、あるいは一年前なら、はっきりと断言はできなかったかもしれない。しかし、いまは断言できる。答えはイエスだ。わたしは先に進みたいと思っていた——亡《な》き妻の呪縛《じゅばく》を解き放って、心のリハビリテーションをすませて、先に進みたいと思っていた。しかしそのためには、引きかえす必要がある。

あの丸太づくりの別荘へ。〈セーラ・ラフス〉へ。

「そうだとも」そう口にしたとたん、全身に鳥肌が立った。「ああ、やっとわかったのか」

行ってはいけない理由があるだろうか？

ラルフ・ロバーツから休暇が必要だと意見されたときとおなじように、この疑問にもわたしは自分の愚かしさを見せつけられた思いを味わっていた。こうして休暇旅行がおわったいま〈セーラ・ラフス〉に引きかえす必要があるとすれば、いますぐ行ってはいけない理由があるか？　最初の一、二夜は怖い思いをするかもしれない——さいごに見たあの夢が残したふつか酔い効果だ——が、あの別荘に滞在しさえすれば、夢はそれだけすばやく溶けて消えていくはずではないか。

そして（このさいごの思考だけは、意識のごくごくつつましい部分だけに封じこめておくことにしたのだが）、わたしの執筆活動になにかが起こってくれるかもしれない。およそありそうもない話だが……完全に否定はできなかった。《奇跡《きせき》でも起こらないかぎり》——新年を迎えたあの日、バスタブに腰かけて濡《ぬ》れタオルをひたいの傷に押しあてながら、わたしはそう考えていたのでなかったか？　そうだ。《奇蹟でも起こらないかぎり》。視力をうしなった人がうっかり転んで頭を強く打ち、その拍子に視力が回復したという話もある。足の不自由な人が、教会の階段をいちばん上まであがりきったとたん、松葉杖《まつばづえ》を投げ捨てた例もある。

ハロルドとデブラが本気で次作についてうるさくいってくるまで、八カ月か九カ月の猶予《ゆうよ》がある。その期間を、わたしは〈セーラ・ラフス〉で過ごすことに決めた。デリーであれこれ用事を片づけたり、ビル・ディーンにいって別荘に通年滞在できるよう準備をととのえてもらったりするのに、多少の日時が必要だろうが、それにしても七月四日までにはまちがいなく行けるようになるはずだ。滞在初日として、この日付がふさわしく思えたのは、この日がわが国の独立記念日だからというだけでなく、メイン州西部ではそのころになれば、まずまちがいなく羽虫の季節がおわっているからでもある。

休暇旅行用の荷物をまとめ（ジョン・D・マクドナルドのペーパーバックは、キャビンのつぎの滞在者のために残しておいた）、もはや自分とは思えないほど褐色に日焼けした顔から一週間分の無精ひげを剃《そ》り落として、飛行機でメイン州にもどったその日には、すでに決意が固まっていた。わが無意識が、迫りくる闇《やみ》から身を守るための安全な隠れ家になると判断した場所に引きかえすのだ。わたしの心が、そうすることには危険がないわけではないと示唆《しさ》しているが、それでも別荘に行こう、と。〈セーラ・ラフス〉が聖母マリアが姿を見せるルルドのような地だと期待して引きかえすわけではないが……しかし、希望をもつことは自分に許すとしよう。そして湖の上の空に宵の明星が最初に姿をのぞかせるそのときには、星に願をかけることを自分に許しもしよう、と。

〈セーラ・ラフス〉の夢をこぎれいに脱構築してはみたものの、ひとつだけうまくおさまらない要素があった。どうしても説明がつかないので、無視することにした。とはいえ、そうは問屋が卸《おろ》してくれなかった。わたしのなかには、まだ作家の部分が残っていたからだろうと思う——作家というのは、みずからの精神に不作法なふるまいを教えこむ人種の謂《いい》なのである。

それは、手の甲にできていた切り傷だ。それまでに見たすべての夢で手に切り傷があったことは誓ってもいい……その傷が現実にも出現したのだ。そんな話はフロイト博士の本にも載っていない。その手の現象は、純粋に〈心霊現象の友ホットライン〉向けと相場が決まっている。

《どうせただの偶然だ》着陸にむけて降下しはじめた飛行機のなかで、わたしはそう思った。わたしがすわっていた座席はA2で（飛行機の最前列にすわることには利点がある——飛行機が墜落すれば、だれよりも先に地上に到達できる）、機がバンゴア国際空港につづく進入路に滑りこんでいくと、眼下を松の林が飛ぶように後方へと過ぎ去っていった。雪は来年にそなえて、すでに消えていた。わたしの休暇のあいだに、雪は息の根をとめられたのだ。《ただの偶然に決まっている。これまでの人生で、いったい何回手を切った？　つまり傷なんていつでもあって、できては消えていくものではないのか？　ほとんど自分から傷をつくってくれといっているようなものでは？》本来ならこれが真実に思えてしかるべきだったが、なぜかまったく真実には思えなかった。真実の響きをそなえるはずなのに……しかし……。地下室の男たちのせいだった。彼らが、その話を信用しなかったのだ。地下室の男たちは、そんな話を頭から信じようとはしなかった。

そこまで考えたところで、ボーイング七三七が着陸する〝ずしん〟という衝撃がつたわってきて、わたしは一切合財の思考を頭から押しのけた。

家に帰ってからまもなく、ある日の午後のこと、わたしはクロゼットをさがしまわって、ジョーの昔の写真が詰まった靴の箱を見つけだした。まず写真を分類してから、ダークスコア湖で撮影した写真を順番に見ていった。かなりの量にのぼる写真があったが、シャッターマニアはジョーのほうだったせいで、ジョーの姿が写っている写真はそれほどなかった。それでも一枚だけ見つかった。記憶によれば、わたしが一九九〇年か九一年に撮影したものだった。

カメラの才能がからきしない撮影者でも、すばらしい写真を撮影することがある——七百匹の猿が七百台のタイプライターを七百年叩《たた》いていれば云々《うんぬん》という話のとおりだ。そして、これはすばらしい写真だった。この写真ではジョーが浮き台の上に立ち、金と赤の入り混じった太陽が背後で沈みかけていた。ジョーは水からあがったばかりで、体から水滴をしたたらせている。身につけているのは、グレイに赤い縦縞《たてじま》模様のはいったセパレート型の水着。わたしのシャッターは、笑いながら、ひたいやこめかみから濡れた髪の毛をかきあげている瞬間のジョーの姿をとらえていた。ホールタートップのカップの上には、くっきりと乳首の形が浮かびあがっていた。その姿はパーティービーチを襲撃する怪物だの、キャンパスを徘徊《はいかい》する連続殺人鬼だのをテーマにした、うしろめたい楽しみを与えてくれるB級映画のポスターにつかわれる女優のようだった。

いきなり殴りかかるようにして、ジョーへの欲望が体の奥から突きあげてきた。この写真に写っているとおりのジョーが、髪の毛をいく筋か頬に貼《は》りつかせて水着をまとった姿のままのジョーが、二階の寝室にいればいいのにと痛切に思った。ホールタートップの上から乳首を吸いたかった。布地を味わい、布地ごしに乳首の固さを感じたかった。

コットンの布地からミルクを吸うように滲《し》みこんだ水を吸いあげ、水着のボトムを力まかせに剝ぎとり、ふたりが爆発の瞬間を迎えるまでファックしまくりたかった。

わたしはかすかにふるえる手でその写真を下におき、気にいっていたほかの写真といっしょにした（とはいえ、おなじような意味で気にいった写真はほかに一枚もなかった）。猛烈に勃起《ぼっき》していた。石の上に皮膚をかぶせたように思えるほどの怒張ぶりだった。これほど勃起した場合、とにかくこれがおさまらないことには、なににも手がつけられなくなる。

まわりに女性がいないときにこの種の勃起に見舞われた場合、問題解決のいちばん手っとりばやい手段はマスターベーションだ。しかしこのときは、そんな考えは頭をかすめもしなかった。代わりにわたしは、ジーンズの股間《こかん》に頭巾《ずきん》状の飾りめいた物体を詰めこまれたような格好のまま、両手の拳《こぶし》を握ったりひらいたりしながら、二階の部屋をそわそわと歩きまわった。

人の死を悲しむうちには、怒りの段階がおとずれるのがふつうかもしれない。その手の話を読んだことがある。しかし、先立ったジョアンナに怒りを感じたことは、これまでいちどもなかった――そう、この写真を見つけたその日までは。そしていざおとずれた怒りは……強烈だった。わたしはいっこうに鎮《しず》まらない勃起状態のまま、ジョーへの憤怒の念をいだきながら、歩きまわった。脳みそのかけらもない馬鹿女《ばかおんな》め。なんで、あんなクソ暑い日に買い物なんかに行った？　脳みそばかりか、思いやりのかけらもない馬鹿女め。おれをこんな状態にしてほうりだしていくとは。おかげで小説も書けなくなったじゃないか。

わたしは階段に腰をおろし、なにをすればいいかを考えた。酒を飲めばいい——そう思った。一杯飲めば、もっといい気分になりたくて二杯めに手が伸びる。じっさいに腰をあげてからようやく、酒を飲むというのが大いなる考えちがいであることに気がついた。

そこで仕事部屋にいってコンピュータを起動し、クロスワード・パズルをやった。その夜ベッドにはいってから、例の水着姿のジョーの写真をもういちどながめようかと考えた。しかしそれも、怒りと憂鬱《ゆううつ》に苛《さいな》まれたまま酒を数杯飲むのとおなじくらいの考えちがいであることに気がついた。

《そうはいっても、今夜はあの夢を見るぞ》わたしはそう思いながら、明かりをけした。《ぜったいにあの夢を見ることになるんだ》

しかし、夢は見なかった。どうやら〈セーラ・ラフス〉にまつわる夢は、完全におわったようだった。

一週間考えをめぐらしたのちも、すくなくとも夏のあいだだけでも湖畔で過ごすというのが、ますますいい考えに思えてきた。そこで五月のある土曜日の午後――まっとうなメイン州在住の別荘管理人ならば自宅でレッドソックスの試合中継をテレビで見ているはずだという計算のもと――わたしはビル・ディーンに電話をかけて、七月四日前後から湖畔の別荘に滞在したいむねを告げた。さらに、事情が許すなら、秋と冬も別荘で過ごしたいと話しもした。

「そりゃいい話だ」ビルはいった。「すごくいい話だよ。こっちじゃ、みんな、あんたの顔を見なくなったってんで寂しがってるからね。奥さんのお悔やみをいいたいって連中もたくさんいるんだよ。知らなかったかい？」

その声には、かすかな怒りの響きが混じってはいなかっただろうか？　それとも、わたしの思い過ごしだろうか？　たしかにジョーとわたしの夫婦は、あの地域にかなりの影響力をもっていた。モットン－カシュウォカマク－キャッスルビューの地域住民のための小さな図書館に多額の寄付をしたし、地域全体を走りまわる移動図書館を実現させるために、ジョーが寄付金あつめの音頭《おんど》をとって見事に成功にみちびきもした。それ以外にもジョーは女性たちの編み物サークルの一員でもあり（ジョーが得意だったのはアフガン編みだ）、キャッスル郡手工芸協会の主要なメンバーでもあった。さらには病人を見舞ったこともある……志願消防隊による年一回恒例の献血キャンペーンに力を貸したこともある……キャッスルロックのサマーフェスティバルのあいだ屋台の売り子をつとめたこともある。しかもどれをとっても、ジョーが自発的にはじめたことばかりだ。それにジョーは、ファーカーの喜劇『伊達男の計略《だておとこのけいりゃく》』に出てくる大盤ぶるまいしかとりえのない金持ち女、バウンティフル夫人の轍《てつ》を踏むことは決してなかった。謹みぶかく、遠慮がちにいつも頭を低くしていたのだ（その姿勢が辛辣《しんらつ》な笑みを隠すためだったことが多かったというのは、つけくわえておくべきだろう——わがジョーは、アンブローズ・ビアスによく似たユーモアのセンスのもちぬしだったのだ）。無理もない——わたしはそう思った——老ビルが口調に怒りをにじませたとしても、それは当然のことではないか。

「みんな、妻が死んで寂しがってるんだね」わたしはいった。

「ああ、そりゃもう大いにな」

「わたしも、ジョーをうしなった悲しみが癒《い》えないよ。だから、あの湖に近づかなかったんだと思う。あそこは、わたしたち夫婦がたくさん楽しい時間を過ごした場所だから」

「その気持ちはわかる。しかし、こっちでまたあんたの顔が見られるとなれば、こんなうれしいことはないね。別荘なら、なんの問題もないとも——その気があれば、きょうの午後来たって、そのまま住める——しかし〈セーラ・ラフス〉くらい長いこと空家になっていると、家のなかが黴《かび》くさくはなってるな」

「ああ、そうだろうね」

「ブレンダ・ミザーヴをやとって、上から下まですっかり掃除させとこう。ほら、いつもあんたが用事を頼んでる女だ、知ってるだろう?」

「徹底的な春の大掃除をさせるには、ブレンダはいささか年寄りすぎないかな」話題になっているブレンダは六十五歳ほど、がっしりした体格をしており、気だてがよく、陽気なまでにがさつな女性である。なかでも好きなのは、行商のセールスマンにまつわるジョークだった——そのセールスマンは、兎《うさぎ》のように夜ごとちがう穴にもぐりこむとか、そんなようなジョークだ。どう考えても、ダンヴァース夫人ではない。

「ブレンダ・ミザーヴのような女は、何歳になろうがお祭りのお目付役をきちんとこなすもんだ」ビルはいった。「それに若い女の子を二、三人連れていって、掃除機をかける仕事だの荷物運びだのは、その子たちにまかせるだろうしな。経費は、そうだな、しめて三百ドルばかりか。それでいいか?」

「出血大サービスのような気がするが……」

「井戸はいっぺん検査したほうがいいだろうし、発電機も確かめたほうがいいだろうな。まあ、どっちも問題ないとは思うがね。ジョーの昔の仕事場《スタジオ》のそばに雀蜂《すずめばち》の巣を見かけたから、薪《まき》が濡れているうちに巣を燻《いぶ》しておこうと思ってる。それから古い棟——ほら、まんなかの部分だけどな——あそこの屋根は葺《ふ》きなおしが必要だ。去年のうちに話しとけばよかったが、あんたが別荘に来ないもんで、ほったらかしだったよ。そっちの出費もかまわないか？」

「ああ、一万ドルまでなら。それ以上かかりそうなときは、事前に電話をくれ」

「一万ドル以上も金がかかるんだったら、この仏頂面《ぶっちょうづら》のおれがにこにこ笑って、豚にキスしちまうぞ」

「とにかく、わたしがそっちに行くまでに修理をおえるようにしてくれ。いいかい？」

「わかった。あんたもプライバシーが欲しいだろうからな……ただ、しばらくのあいだは、まるっきりひとりにはなれないぞ。奥さんがあの若さで死んだんで、みんなショックをうけてる。ひとり残らずね。ショックをうけて、悲しみに胸を痛めてるよ。とってもいい人だったからね」ヤンキー訛《なま》りのあるビルの発音では、〝いい人〟が〝ええ人〟のようにきこえた。

「ありがとう、ビル」涙がちくりと目を刺してくるのが感じられた。悲しみは、すっかり酒に酔った客のようなものだ——なんどでも引きかえしてきて、さいごの抱擁をしてくる。「その言葉にお礼をいわせてくれ」

「きっと、お悔やみの客からどっさり人参ケーキをもらう羽目になるぞ」ビルはそういって笑ったが、その笑い声にはかすかな疑念が感じられた——まるで不適切な言葉をうっかり口にするのを恐れてでもいるように。

「人参ケーキはいくらでも食べられるさ」わたしはいった。「もしもらいすぎても……そうだ、ケニー・オースターはいまでも、あの大きなアイリッシュ・ウルフハウンドを飼ってるのかい？」

「そうか——あのでっかい犬なら、腹がパンクするまでケーキを食うだろうよ」ビルは上機嫌な大声でいうと、けたたましく笑いだし、そのうち咳《せき》こみはじめた。わたしはうっすらと笑みを浮かべながら、咳がおさまるのを待った。「やつはあの犬をブルーベリーと名づけてるんだ。理由なんか知るか。とにかくあいつ以上にがっついてるやつはいないからな！」

ビルがいっているのは犬のことであって、飼い主のことではないのだろうと思った。ケニー・オースターは身長が百五十センチとすこししかない、小づくりの男だ。メイン州独特の形容詞として、不器用とかぶざまとかおなじ意味でつかわれる〝がっついている〟という表現とは、およそ正反対の男である。

突然わたしは、あのあたりに住む人たち——ビルとブレンダ、バディ・ジェリスンやケニー・オースターをはじめ、一年じゅう湖畔地帯に住んでいる人たちに会いたくてたまらない気持ちになっている自分に気がついた。アイリッシュ・ウルフハウンドのブルーベリーさえ、懐《なつか》しくてたまらなくなった——どこに行くにも、脳みそが半分しか詰まっていないような姿勢で頭をもちあげ、下あごから長く伸びた涎《よだれ》を垂らして小走りで歩いていくあの犬さえも。

「おれもあっちに行って、冬のあいだに風で倒れた木を片づけておかないとな」ビルはいった。その声は、いささか気はずかしげだった。「今年は、それほどひどくなかった――さいごの大嵐《おおあらし》は、ありがたいことになにもかも雪で覆《おお》っていったがね。それでも、まだけっこうな量のごみやがらくたを片づけてないんだ。ほんとなら、もっと前に片づけてなくちゃいけなかったのにな。あんたが別荘をつかってないってことは、口実にはならない。おれはずっと、あんたの小切手を金に換えてたんだから」

この白髪頭の役立たずの年寄りが得意そうに弁じ立てているのをきくのは、なにがなし愉快だった。もしジョーがこれを耳にしていれば、きっと足をばたつかせて笑ったにちがいない。

「七月四日までにすべてがちゃんと片づいていれば、わたしは満足だよ」

「だったら、あんたを干潟の蛤《はまぐり》みたいに満足させるとも。約束だ」ビル自身が干潟の蛤も顔負けの満足な口調で話していることが、わたしにはうれしかった。「こっちに来て、湖のほとりで本を書くのかい？　昔みたいに？　いや、このところの二冊がよくなかったというんじゃないぞ。げんにうちの女房は、このあいだの本を読みはじめたらやめられなくて――」

「まだ、どうするかがわからないんだ」わたしは答えた――ありのままの答えだった。

それからふと、あることを思いついた。「ビル、ドライブウェイを掃除して、ブレンダ・ミザーヴを別荘に通す前に、やってほしい仕事がひとつあるんだが」

「おれにできることならなんでもするよ」ビルがそう答え、わたしはやってほしい仕事を説明した。

その四日後、簡潔明瞭《めいりよう》な差出人の記載のある小さな封筒が配達されてきた——《ディーン／普通小包／TR－九〇（ダークスコア）》。封を切って中身をふりだすと、つかい捨てカメラで撮影したとおぼしき二十枚ほどの写真が出てきた。

ビルはフィルムを一本つかって、別荘をさまざまな角度から撮影していた。そのほとんどの写真に、あまりつかわれていない家屋ならではのうち捨てられた雰囲気がとらえられていた。たとえ管理仕事（ビルの用語の借用だ）がなされている家屋でも、長いあいだつかわれていなければ、こういった雰囲気を帯びるようになるのだ。

写真には、ほんのちょっと目を走らせただけだった。もとめていたのは、最初の四枚だけだった。わたしはその四枚を、直射日光がいちばんよくあたるように、キッチンテーブルの上に横一列にならべてみた。四枚とも、ビルがドライブウェイのいちばん高い位置に立ち、下に広がる〈セーラ・ラフス〉につかい捨てカメラをむけて撮影したものだった。写真で見ると、母屋《おもや》の丸太ばかりか、南北の両翼棟の丸太にも苔《こけ》が生えていることがわかった。またドライブウェイに小枝が散乱し、松の枯葉が吹きだまりになっていることもわかった。ビルは本心ではスナップ写真を撮る前に、その手のものを一掃しておきたかったにちがいない。しかしこの管理人は、わたしの要望にきちんと応じて――〝なにがあろうと一切合財を撮影してくれ〟といったのだ――写真をこうして送ってきたのである。

ドライブウェイの左右の灌木《かんぼく》の茂みは、ジョーとふたりで意義ぶかい時間を湖畔で過ごしていたころにくらべると、かなり繁茂していた。まったく野放図に茂っていたわけではないが……たしかに、ほかよりも長い枝が、アスファルトの左右から恋人同士のように腕を伸ばしあっていた。

しかし、わたしがくりかえし目をむけたのは、ドライブウェイの終端から通じている裏口のポーチだった。写真の光景と夢で見た〈セーラ・ラフス〉の光景のあいだの、これ以外の共通点は、どれも偶然だと片づけることができる（さらに作家ならではの驚くほど実務能力のある想像力が働いた結果ともいえる）。しかし、玄関ポーチの床板を突き破って伸びでている向日葵《ひまわり》となると、手の甲についていた切り傷とおなじように、わたしにもまったく説明がつけられなかった。

その写真の一枚を裏返してみる。裏面には、ビルが蜘蛛《くも》の巣じみた筆跡でこう書きつけていた――《こいつらは例年よりも早く顔を出しやがった……おまけに不法侵入だ!》と。

わたしはまた写真をめくって、表側を上にした。ポーチの床板を突き破って、三本の向日葵が高く伸びでている。二本でも四本でもない、きっかり三本の向日葵、サーチライトのような花をつけた向日葵。

夢で見た光景そのままだった。

6

一九九八年七月三日、わたしはふたつのスーツケースと〈パワーブック〉を中型のシボレーのトランクに積みこみ、バックでドライブウェイを進んでいったあと、いったん車をとめて、また家にもどっていった。家はうつろで、捨てられてもその理由さえ理解できないでいる誠実な恋人を思わせる、うら寂しげな雰囲気をたたえていた。家具に覆《おお》いがかかっているわけでもなく、電気も通じたままだったが（今回のわが〈大湖畔実験〉がたちまち完全な失敗におわり、すぐここに帰ってくる可能性も視野に入れていたからだ）、それでもベントン・ストリート十四番地の家は見すてられた風情《ふぜい》をただよわせていた。あまりに家具が多いために音が反響しないと思えた部屋も、わたしが歩くとうつろな音を響かせていたし、どこを見ても埃《ほこり》っぽい光があまりにたくさん目についた。

仕事部屋では、埃よけのカバーをかけられたコンピュータのディスプレイが死刑執行吏のように見えていた。わたしはその前にひざまずき、デスクの抽斗《ひきだし》をあけた。抽斗のなかには、タイプ用紙の束が四つはいっていた。そのひとつを手にとり、わきの下にはさんで歩きだしたわたしは、すぐに考えなおして、また引きかえした。水着姿のジョーをとらえた例の欲望をかきたてる写真を、わたしは中央の幅のある抽斗にしまっておいた。その写真をとりだし、用紙の包装紙を破ってひきあけ、束の中央あたりに栞《しおり》の要領で写真をはさみこむ。万が一、もういちどほんとうに小説が書けるようになったとして、執筆が順調に進めば、二百五十ページ前後でジョーに再会できるはずだ。

わたしは家を出ると、裏口にしっかり鍵《かぎ》をかけ、車に乗りこんで出発した。それ以来、この家には二度ともどらなかった。

それまでにも何回かは湖まで足を運び、仕事――費用は、ビル・ディーンの当初の見積もりを大幅に上まわることが判明していた――の進捗《しんちょく》情況を確認したい誘惑に駆られていた。わたしを引きとめていたのは、意識の部分では明確にされなかったが、それでもかなり強烈なある感覚だった。そういうことをしてはいけない、このつぎ〈セーラ・ラフス〉に行くのは、荷物をほどいて本格的に滞在するときだ、という感覚である。

ビルは屋根の葺《ふ》きなおしの仕事をケニー・オースターに依頼し、ケニーのいとこであるティミー・ラリビーには〝古女房の磨きなおし〟作業を依頼した――これは丸太づくりの家の外側をきれいにするための、鍋《なべ》磨きに似た作業である。ビルはそれ以外にも配管工を雇ってパイプ類を点検させ、古くなった配管と井戸の揚水ポンプの交換許可をわたしにもとめてきた。

ビルは電話で、こういったいっさいの作業にかかる経費のことで文句を垂れどおしだった。わたしは黙ってきいていた。五代めか六代めのヤンキーが支出のことで話しはじめたら、口をつぐんで一歩引きさがり、鬱憤《うっぷん》のありったけをぶちまけさせたほうが賢明だ。同時に、札束を見せびらかすような行動も、なぜかヤンキーの目には公共の場所でのペッティング同様に正しくないことに見えるらしい。わたしはといえば、そんな出費を毛ほども気にかけていなかった。わたしはおおむね質素に暮らしていた。とはいえ、なにも道徳を重んじてのことではない。ほかの分野ではすこぶる活発に働くわが想像力が、こと金の分野ではあまり働かないからだ。わたしにとっての贅沢《ぜいたく》な酒池肉林は、せいぜいボストンで三日間過ごしてレッドソックスの試合を見物し、〈タワーレコード〉と〈タワービデオ〉に足を運んで、ついでにケンブリッジの〈ワーズワース書店〉をおとずれることだ。こんな暮らしぶりでは、利息部分にわずかな凹《へこ》みをつくるだけで、元金部分にはいささかの影響もない。金の管理は、ウォーターヴィルの優秀な専門家に一任してあった。デリーの家の玄関に鍵をかけ、TR-九〇をめざして西に出発したその日、わたしの資産は五百万ドルをわずかにうわまわっていた。ビル・ゲイツの前では吹けば飛ぶような金額だが、この地区では大富豪の範疇《はんちゅう》にはいるし、家の修理費用がかさむことにも楽観的でいられる余裕はあった。

晩春と初夏は、わたしにとって奇妙に感じられる日々だった。わたしがしていたのはおおむね待つことであり、デリーの街のあれこれの用事を片づけることであり、ビル・ディーンが最新の問題について報告する電話をかけてきたときに応答することであり、そしてなにより考えないようにすることだった。パブリッシャーズ・ウィークリイ誌のインタビューもこの期間のことだった。インタビュアーから、〝最愛の人との死別ののちに〟また仕事を再開するのが困難ではなかったかと質問されても、わたしは大真面目《おおまじめ》に、そんなことはなかったと断言した。そう答えていけない道理があるだろうか？　この答えはまぎれもない真実だ。わたしの問題が発生したのは、『頂上からの転落』を書きおえたあとのことだ。それまでは、仕事はしごく快調に進んでいたのだから。

六月の中旬には、〈スターライト・カフェ〉でフランク・アーレンと昼食をともにした。〈スターライト〉はルイストンにあり、ここはわたしとフランクのそれぞれが住む街の中間地点にあたる街だった。デザート（ちなみに〈スターライト〉の名物である苺《いちご》のショートケーキ）を食べているときに、フランクがいきなり、だれかとつきあっているのか、とたずねてきた。わたしは驚いて、まじまじとフランクを見つめた。

「なにもそんな、鳩《はと》が豆鉄砲を食らった顔をしないでもいいじゃないか」フランクはいった。その顔には、名づけられない九百もの感情のひとつが宿っていた——あえていうなら愉快な気持ちと苛立《いらだ》ちの中間の感情だろうか。「だれかとつきあっていたって、ジョーを裏切ることにはならないと思うよ。こんどの八月が来れば、ジョーが死んでもう四年になるんだから」

「いや」わたしは答えた。「べつにだれともつきあってはいないよ」

フランクは無言のまま、わたしの顔を見つめてきた。わたしは二、三秒その顔を見かえしていたが、すぐにスプーンでショートケーキの上のホイップクリームをいじりはじめた。オーブンで焼いたばかりのビスケットはまだ温かく、クリームは溶けかけていた。それを見ていると、だれかがケーキを雨ざらしにしたとかなんとかいう、昔のくだらない歌を思い出した。

「じゃ、だれかとつきあったことはあるのか？」フランクがたずねた。

「そんなことを、いちいちあんたに報告する義務はないと思うんだが……」

「まあまあ、そんなにかまえるな。休暇旅行のあいだには？　だれかとの出会いが――」

わたしは無理をして、溶けゆくホイップクリームから顔をあげた。「いや、そんなことはなにもなかった」

フランクは、またしばし黙りこんでいた。きっと、つぎの話題にうつるための下準備をしているのだろう。そのほうがありがたかった。あにはからんや、フランクはいきなり核心に切りこんできた――ジョーが死んでから、だれかと寝たことがあるのか、と質問してきたのだ。この質問に嘘《うそ》で答えても、フランクは信じてはくれないだろうが、その答えで満足してもくれたはずだ。男というのは、セックスについてはしじゅう嘘をついているものである。しかし、わたしは真実を告げた——それも、いささか天邪鬼《あまのじやく》な喜びさえ感じながら。

「いや」

「一回もないのか?」

「一回もない」

「ファッションマッサージのようなところは? ああいうところに行けば、それなりに——」

「行ってない」

フランクはすわったまま、デザートのはいっているボウルの縁にスプーンを小刻みに叩《たた》きつけているだけで、ひと口も食べていなかった。そうしながら、珍奇な新種の昆虫でも見る目つきでわたしを見つめている。大いに気にくわなかったが、その気持ちもわかるような気がした。

じつをいえば、昨今いうところの〝関係〟ができかけたことは二回ある。キーラーゴ島では、申しわけ程度の布地と触れなば落ちん風情だけを身にまとって歩きまわる美女たちを、ざっと二千人ほども観察したが、この島での経験ではない。一回めは、わたしがよく昼食をとりにいく延長線道路ぞいのレストランにいた、ケリーという赤毛のウェイトレスだ。最初のうちは冗談をかわしたり、おしゃべりをしたりする間柄だったが、そのあとで目と目を見かわす段階にいたった。どんな目つきかはおわかりだろう――ほんのすこしだが、長くとどまりすぎているような目つきだ。やがてわたしは、ケリーの足や、体の向きを変えたときにレストランの制服が張りつめてヒップを浮かびあがらせるさまなどに目をむけはじめ、ケリーもわたしのそんな視線に気がついていた。

それからもうひとりは、わたしが以前トレーニングに行っていたスポーツクラブの〈ニューユー〉で出会った女だ。背が高く、ピンクのジョギングブラと黒いバイクショーツを好んで身につけていた。じつにそそる女だった。気にいっていたのは体つきだけではない――固定されたエアロバイクを漕《こ》ぐという、永遠に目的地に行きつくことのないエアロビ旅行の無聊《ぶりよう》を慰めるため、この女が持参してくる読み物も気にいった。お決まりのマドモアゼル誌やコスモポリタン誌ではなく、ジョン・アーヴィングやエレン・ギルクライストといった作家の長篇をもってきていたのだ。わたしは、ほんとうの本を読む人間が好きだ。かつて自分が小説を書いていたことだけが理由ではない。読書家は、そうではない人たちとおなじで天気の話を会話のきっかけにするが、そこから先に踏みこむ力をそなえてもいるからだ。

ピンクのトップに黒いショートパンツの女は、名前をアドリア・バンディといった。

最初はとなり同士で目的地のないエアロバイクを漕ぎながら、本についての会話をかわすようになり、やがて週に一、二回、午前中にアドリアがウェイトリフティングをするときの介添え役をわたしがつとめるようになった。介添えには、なぜか奇妙にも親密な雰囲気がまとわりついている。リフターが横たわった姿勢をとることにも一因があるのだろうと思うが（とりわけ女性の場合には）、それだけではないし、これが理由の大部分を占めるわけでもなさそうだ。理由の大部分を占めているのは、依存度の問題なのだろう。めったにそんな段階にまでは達しないとはいえ、リフターは介添え役を信頼して命をあずけているのだ。それから、一九九六年の冬のあるとき、例の目つきの時期がはじまった——アドリアがベンチに横になり、わたしがその上に立ちはだかって、上下さかさまになった女の顔を見おろしていたそのときに。ほんのすこしだが、長くとどまりすぎている目つきが。

ケリーは三十前後。アドリアはもうすこし若かった。ケリーは離婚経験者、アドリアには結婚経験はない。どちらの女性を相手にした場合でもかなりの年の差にはなったし、どちらの女もわたしが誘えばすぐベッドにやってきて、かりそめの関係を結んでくれたはずだ。いってみれば、甘いセックスの試乗会というわけだ。しかしわたしは、ケリーの場合は昼食用のレストランをほかに見つけ、ＹＭＣＡから無料でスポーツクラブの実体験コースの案内が来るなり飛びつき、それっきり〈ニューユー〉には足を運ばなかった。いま思い出したが、スポーツクラブを変えてから半年ほどして、いちど街でアドリア・バンディとすれちがったことがある。挨拶《あいさつ》はしたものの、わたしはアドリアのいぶかしげで、わずかに傷ついた色が見え隠れする顔を見ないように努めた。

純粋に肉体的な文脈だけでいえば、わたしはどちらの女も抱きたいと思っていた（それどころか、このふたりと同時におなじベッドにはいって、ふたりを抱く夢さえ見た記憶がうっすらとある）。しかし、どちらの女も欲しくはなかった。小説がまったく書けなくなっていたという事情もある。ただでさえ生活が目茶苦茶になっていたところに、よぶんな厄介ごとを好んで背負《しょ》いこむのはまっぴらだった。さらに、わたしの視線で返事をしてくる女の関心が、はたして自分という男にむけられているのか、それとも銀行口座にむけられているのかを確認するという大仕事も理由だった。

けれども理由の大部分は、頭や胸の奥でのジョーの存在がまだまだ大きなものだったことにあるだろう。四年もたつというのに、ほかの女がはいりこむ余地がなかったのだ。コレステロールにも似た悲しみの心――これをお笑いぐさだとか気味がわるいだとか思うのなら、そういう人は自分の境遇を感謝するべきだ。

「友だちはいるのか？」フランクはようやく苺のショートケーキを食べはじめながら、そう質問してきた。「ちょくちょく顔をあわせる友だちはいるんだろう？」

「いるよ。たくさんね」わたしは答えたが、これは嘘だった。しかし解くべきクロスワード・パズルが山ほどあり、読むべき本が山ほどあり、夜になればビデオデッキで見る映画が山ほどあるのはまぎれもない事実だった。おかげでいまでは、ビデオにかならず挿入されている違法コピーがらみのＦＢＩによる警告の文章さえ、そらで暗誦《あんしょう》できるほどだった。現実に生きている人間の話をするなら、デリーを去る準備ができたときに、電話でそのことを知らせたのは医者と歯医者だけ。またその年の六月にわたしが発送した郵便物の大多数は、ハーパーズ誌やナショナル・ジオグラフィック誌あての住所変更通知だった。

「フランク」わたしはいった。「あんたは、まるで〝ユダヤ人のおっかさん〟みたいな口ぶりだね」

「ああ、おまえさんといっしょにいると、〝ユダヤ人のおっかさん〟になった気分にさせられるんだよ」フランクは答えた。「それも、お団子《マッアボール》じゃなくてベイクトポテトこそが万病の治療薬だと信じている母親みたいな気分になるんだ。しばらく見ないうちに、おまえさんはずいぶん元気そうになったし、体重も増えたみたいで――」

「増えすぎだよ」

「馬鹿《ばか》をいうな。クリスマスにうちに来たときときたら、イカボッド・クレーンなみに痩《や》せこけていたじゃないか。ついでにいっておけば、顔や腕が日焼けしているしな」

「たくさん散歩をしたんだよ」

「だから、ずいぶん元気そうになった……例外はその目だな。ときたま、おまえさんの目に妙な光が浮かぶんだ。その光を見るたびに、おまえさんのことが心配になる。心配してくれる人間がだれかしらいるとなれば、ジョーだって安心すると思うがな」

「どんな光かな？」

「ありがちな〝遠くを見る目〟ってやつかな。掛け値のないところを話そうか？　おまえさんは、なにかにとっつかまって逃げられない人間みたいな目つきをしてるんだ」

デリーを出発したのは午後三時半。途中ラムフォードで早めの夕食をとり、そのあと太陽がかたむいていくあいだ、メイン州西部の丘陵地帯をあがっていく道にのんびりと車を走らせていった。わたしは出発と到着の時刻を——充分に意識していたわけではないにしろ——注意ぶかく設定していた。モットンの街を通りすぎて、ＴＲ‐九〇とだけ名づけられた自治体としての認可をうけていない地区にはいりこんだときには、心臓が激しく動悸《どうき》を搏《う》っていることに気づかされた。車のエアコンはついていたが、顔やわきの下にじっとり汗をかいてもいた。ラジオから流れる声がどれもこれも調子はずれにきこえ、あらゆる音楽が悲鳴にきこえてくるにおよび、わたしはスイッチを切った。

わたしは怯《おび》えていたし、その怯えには充分な根拠があった。夢の世界と現実世界のあいだの相互受粉の問題をわきにおいても（わきにおくこと自体は簡単だった——手の切り傷や裏口ポーチの床板を突き破って伸びでている向日葵《ひまわり》のことを、たんなる偶然か、あるいは心霊学とやらのいかれた話だと一蹴《いっしゅう》するだけでよかったのだから）、それでも怯える充分な理由があった。まず、あの一連の夢がふつうの夢ではなかったこと。そして、しばらく足を運んでいなかった別荘にこうやって行くと決めたことが、ふつうの決意ではなかったこと。かといって、おのれの運命に直面するために探索の旅に出た、現代の〝世紀末人間〟（わたしはOK、あなたもOK。さあ、ウィリアム・アッカーマンの静かな音楽をBGMに、みんな輪になって精神的マスかきを披露しあいましょう）になった気分など感じてはいなかった。むしろ旧約聖書に登場するような頭のいかれた預言者、夢で神から召喚されたという理由だけでわざわざ荒れ野に出ていって、蝗《いなご》を食べ、アルカリの強い水を飲んで暮らす預言者になったような気分だった。

わたしはトラブルの泥沼にはまりこんでいた。わたしの生活は穏健から苛酷《かこく》な状態へと進行しつつあり、小説を書けないという問題はその一部でしかなかった。子どもをレイプしたり、タイムズ・スクエアを走りまわってメガホンで陰謀理論の妄想をまくしたてたりこそしていなかったが、トラブルにはまりこんでいるのは確実だった。いろいろな情況のなかでの自分の立場がわからなくなって、二度と見つけられなかった。それも当然だろう——畢竟《ひっきょう》、人生は本ではないのだから。だから、この暑い七月の夜に実行していたのは、自前のショック療法とでもいうべきものであり、自己の名誉のためにこれだけはいえる――自分でそのことはわかっていた、と。

ダークスコア湖に行くには、以下の経路をもちいることになる。デリーから州間高速道路九五号線でニューポートまで行く。ニューポートで州道二号線にはいり、ベセルまで（途中、ラムフォードで小休止。ここはレーガンが二回めの任期をつとめている時代に製紙工業がほとんど休止状態に追いこまれはしたが、それ以前は地獄の玄関ポーチもかくやという悪臭ふんぷんたる街だった）。ベセルから州道五号線でウォーターフォードまで。そのあとは州道六八号線――旧郡道――でキャッスルビューを通過、モットンを通りすぎ（この街のダウンタウンを構成しているのは、ビデオとビールと中古品のライフルを売っている納屋《なや》を改装した商店だけ）、TR-九〇と書いてある標識を越えると、こんどは《緊急事態にもっとも頼りになる男　ゲーム・ウォーデン　電話番号一-八〇〇-五五五-GAME　あるいは携帯電話で＊七二まで》という看板を通りすぎる。この看板にはだれかがスプレーペイントで、《イーグルスなんかクソくらえ》と悪戯《いたずら》書きをしていた。

この標識から八キロほど行くと、ただ《四二》とのみ書かれた四角いブリキの標識が出ているだけの細い道路が右側にある。数字の上にはウムラウト記号のように、二二口径の弾丸が穿《うが》った穴があいていた。

この細い道に車を乗り入れたのは、ほぼ予想どおりの時間だった――シボレーのダッシュボードの時計によれば、東部標準時で午後七時十六分。

胸にこみあげてきたのは、〝家に帰ってきた〟という気持ちだった。

わたしは路面に生えている雑草が車体下部をこする物音をきき、ときおり木の枝がルーフをかすったり、助手席側の窓を拳《こぶし》のように殴りつけたりしてくる物音をききながら、走行距離計をにらんで、三百二十メートルの距離を進んでいった。

それから車をとめてエンジンを切ると、外に降り立って車体後部にまわり、地面に腹ばいになって、シボレーの熱した排気システムに接触している枯れ草を残らず抜きとりはじめた。夏になってからほとんど雨がふっていないので、注意をしておくに越したことはない。この時間に到着するようにしたのは、夢を正確に再現したかったからだ。そうすれば夢のことでさらなる洞察を得たり、つぎになすべきことがわかったりするのではないかという希望があった。ただし、山火事のきっかけをつくるようなことだけは避けたかった。

それがすむと、立ちあがって、あたりを見まわした。夢とおなじように蟋蟀《こおろぎ》が歌い、夢でいつも見ていたように、道路の両側から木々がすぐ近くまで迫っていた。見あげると、青い色の薄れゆく空が細い隙間《すきま》となって見えていた。

そのあとわたしは、右側に見えている轍《わだち》をたどって歩きはじめた。以前はこの道の突きあたりから右にわかれる道があって、その先にわたしとジョーの隣人が住んでいた。ラース・ウォッシュバーンという老人である。しかしいま、ラースの家に通じるドライブウェイには低い杜松《ねず》の木が茂り、入口は錆《さび》ついた鎖で封じられていた。鎖の左側の木には、《立入禁止》の標識が釘《くぎ》で打ちつけてある。鎖の右側の木には、《管理／ネクスト・センチュリー不動産》という文字と地元の電話番号が記載された看板があった。文字はすでに薄れかけ、深まりゆく暮色のなかでは判読が困難だった。

さらに歩きつづけるうちにも、心臓の激しい鼓動や、顔や腕のまわりを飛びまわっている蚊の羽音などがさらに強く意識されてきた。蚊の最盛期はすでに過ぎていたが、わたしはしとどの汗をかいており、蚊の好む体臭を発散させていたのだ。そのにおいが、蚊に血のことを思い出させたにちがいない。

〈セーラ・ラフス〉に近づいていくあいだ、わたしの心にはどの程度の恐怖心があったのか？ 覚えていない。思うに恐怖というのは――苦痛とおなじで――一定レベルを越えると、人間の心から抜け落ちていくのではあるまいか。わたしがはっきり覚えているのは、以前ここに来たときに――とりわけ、この道をひとりで歩いたときに――感じていた気分である。それは、現実は薄いものだという気分だった。じっさい、現実は薄いものだと思う――そう、雪どけの季節のあとの湖の氷のように薄いものであり、わたしたち人間は騒音だの光だの動きだのを生活に詰めこむことで、その薄さに自分たちが気づかないよう仕向けているのだ。しかし四二番道路のような場所では、煙幕や鏡仕掛けがすべてとり払われた気分になる。あと残るのは……蟋蟀の鳴き声と、しだいに暗くなって黒に近づいていく緑の木の葉……人の顔をつくっているように見えてくる木々の枝……胸の内側にある心臓の音と、眼球を裏側から押してくる血流の圧迫感……そして、昼間の青い血液が頰から抜け落ちた空の景色。

昼の光が消え去ったあとには、ある種の確信がおとずれてくる。皮膚の下には秘密が隠されている、それも黝々《くろぐろ》としていながら同時に光り輝いてもいる秘密が隠されているという確信だ。その秘密は呼吸のひとつひとつに感じられる——あらゆる影のひとつひとつに秘密が見えもするし、一歩足を踏みだすたびに、その秘密に吸いこまれるのではないかという思いにも駆られる。その秘密はここにある——方向転換をするスケーターの演じる一瞬のカーブのあいだに、人はその秘密の上を通りすぎているのだ。

車をおいてきた場所から八百メートルばかり南に歩いたところ——ドライブウェイの入口からは八百メートルほど北にあたる場所——でわたしはつかのま足をとめた。道路はここで急カーブしていた。右手には、急傾斜で湖に通じているなにもない草原が広がっていた。地元の人間はここを〈ティドウェルの草地〉、あるいは〈オールド・キャンプ〉などと呼びならわしている。マリー・ヒンガーマンの話を信じるなら、セーラ・ティドウェルとその不思議な一族はこの草地に小屋を建てたという（ビル・ディーンと話したときにも、ビルはここがその場所にまちがいないと断言していた……ただしそのときビルは、あまりこの話題をつづけたくない顔を見せていたし、当時はそれがいささか奇妙に思えた）。

わたしはしばしその場にたたずんで、ダークスコア湖の北端部分を見おろしていた。静まりかえったガラスのような湖面は、いまだに夕焼けの残照に染まったまま、キャンディの色あいを見せていた。ほんの小さな漣《さざなみ》ひとつ、ほんの小さな船ひとつ見あたらなかった。ボートに乗っていた人々はすでにもうマリーナか、〈ウォリントンズ〉の〈サンセット・バー〉あたりに腰を落ち着け、ロブスターに舌鼓《したつづみ》を打ちながら、大きなグラスでカクテルを飲んでいるのか。しばらくすると、スピードとマティーニに酔いしれた人々のなかから、月明かりのもとで湖に猛スピードで船を飛ばす連中が出てくるのだろう。そのときもまだわたしはこのあたりにいて、彼らの声を耳にすることになるのか？　そのころには、デリーへの帰途についている可能性が高い——わたしは思った。自分が見つけたものの恐怖に恐れおののいているか、結局はなにも見つからなかった幻滅を感じているかはともかくも。

「きみもおかしなちび助だな」ストリックランドはいった」

いざその言葉が口からすべりでてくるまで、自分がなにかしゃべろうとしているとは思ってもいなかったし、なぜそんな言葉を口にしたのかもわからなかった。ジョーがべッドの下で寝ていた悪夢の記憶がよみがえり、全身がぞくりとふるえた。耳もとで蚊の羽音がきこえた。わたしは蚊を平手で叩《たた》き潰《つぶ》すと、前に進んだ。

結局のところ、ドライブウェイの入口には完璧《かんぺき》すぎるほどのタイミングで到着することになった。例の夢の世界にふたたびはいりこんだような感覚もまた、完璧すぎるほどだった。〈セーラ・ラフス〉の標識にくくりつけられたふたつの風船（ひとつは白でもうひとつは青、どちらにも《おかえりなさい、マイク》の文字が黒いインクで丁寧に書きこまれていた）が、いちずなまでに暗くなりつつある木々を背景に浮かんでいる光景さえもが、わたし自身が意図的に心に呼びさましている既視感をなおいっそう強めているように感じられた。なぜなら、そう、おなじ夢はふたつとないというではないか。いくらおなじものをつくろうと精魂かたむけて努力を重ねたところで、心がつくりだしたものと手がじっさいにつくりだしたものが、まったく同一になることは決してない。なぜなら人間は毎日毎日、いや、それをいうなら一瞬一瞬で、つねに変化しつづけているからだ。

わたしは逢魔《おうま》が刻《とき》のこの場所にたちこめる神秘を肌で感じながら、標識に歩みよっていった。上からその板をつかみ、ごつごつした現実の物体の手ざわりを感じ、つぎに親指のつけ根のふくらんだ部分を――木の棘《とげ》が刺さる危険もものともせずに――文字の上にすべらせていきながら、目の不自由な人が点字を読むように、その部分の皮膚で文字をひとつひとつ読んでいった。《セ》と《ー》と《ラ》と《・》と《ラ》と《フ》と《ス》を。

ドライブウェイからは松の落ち葉や風でへし折られて落ちた枝などがとり払われていたが、ダークスコア湖は夢で見たとおり、色褪《いろあ》せた薔薇《ばら》の色に煌《きら》めいており、大きく伸び広がったように見える別荘の黒々とした姿もまた夢そのままだった。ビルがちゃんと配慮してくれていたために裏口ポーチの照明はついていたし、床板を突き破って伸びていた向日葵はとうに刈りとられてなくなっていたが、それ以外はまったく夢とおなじだった。

ふりあおいで、道の上に細い隙間となってのぞく空に目をむける。なにも見えない……わたしは待った……まだなにも見えてこない……そのまま待つ……そして、ついに目的のものが見えた。わたしの視線がむけられていた場所のちょうど中央に。さっきまで暮れなずんでいく空しか見えなかったその場所（滲《し》みこんでいくインクのへりの部分、もっと濃くなっていく寸前の濃紺）に、つぎの瞬間いきなり、金星が確固としたまばゆい輝きを見せていた。世の中には星が空に姿を見せる瞬間を見たと話す人もいるし、そういった人もいるだろうとは思う。しかし、わたしがその瞬間を目撃したのは、生涯このときだけだったようだ。わたしは金星に祈りを捧《ささ》げた。しかし、この現実の時間のなかではジョーのことで願をかけたのではなかった。

「わたしにお助けを」星を見あげながら、わたしはそう口にした。もっとなにかいおうと思ったが、いうべき言葉を思いつかなかった。そう、わたしは自分にどんな種類の助けが必要なのかもわかっていなかったのだ。

《それで充分だ》心のなかの声が不安げに語りかけてきた。《いまのところは充分だ。さあ、もう引きかえして、車に乗ることだな》

ただし、そんな予定ではなかった。予定ではあのさいごに見た夢、さいごに見た悪夢そのままにドライブウェイを歩いていくことになっていた。下に見えるあの大きな丸太づくりの別荘に、屍衣《しい》に身をくるんだ妖魔《ようま》が隠れているようなことはない、と自分自身に証明してみせる予定だった。その予定は、おおむねニューエイジ信者ご愛用の箴言《しんげん》——〝恐怖《FEAR》〟は〝あらゆるものに立ち向かって回復せよ《フェイス・エヴリシング・アンド・リカバー》〟の略である——をもとにつくられていた。しかしいざその場にたって、ポーチの照明の火花（深まりゆく闇《やみ》のなかでは、その明かりがひどくちっぽけに見えた）を見おろしていると、またちがう箴言を思いついた。さきほどの箴言のように、明るく前向きのものではない——〝恐怖《FEAR》〟とは〝すべてを投げだして逃げろ《ファック・エヴリシング・アンド・ラン》〟の略だ、というものである。光が消え去りゆく空のもと、木立ちにかこまれてひとりたたずんでいると、頭文字としての解釈はこちらが正しい、これ以外には考えられない、という気がしてきた。

ふっと下を見おろすと、ふたつあった風船のうちの片方をもってきたことに気づいて、思わずなにがなし愉快な気分になった――考えごとをしながら、気づかないうちに紐《ひも》をほどいたらしい。風船は紐につながれたまま、わたしの手から静かにただよいのぼっていた。そこに書かれた文字は、闇が濃くなったいま、もう読めなくなっていた。

《どのみち、すべては疑問のまま残るのかもしれない――そしてわたしは、ここをずっと動けないのかもしれない。あの忌《い》まわしいライターズ・ウォークがふたたびこの身を支配し、わたしはだれかがここに来て体を引っぱってくれるまで、ここにこうして彫像のように立ちすくんでいるしかないのかもしれない》

しかしこれは、〝ライターズ・ウォーク〟などというものが存在しない現実世界における現実時間だ。わたしは手をひらいた。それまで握っていた紐がふわふわと上に浮かんでいき、わたしは上昇しつつある風船の下をくぐって、ドライブウェイを歩きはじめた。はるか昔、一九五九年ごろに習い覚えた方法を忠実に守って、まず右足を前に出し、つぎに左足を出して着実に歩を進める。歩いていくにつれて、爽快《そうかい》であると同時に腐った感じもする松の香りの奥深くにはいっていく。いちど、ふっと気がつくと、夢のなかにはあっても現実世界には存在しない木から落ちた枝をまたごうとして、大きく足を踏みだしていた。

心臓はいまなお激しい鼓動を刻み、全身から汗がどっさりと噴きだして肌をぬめぬめと濡《ぬ》らし、ひたすらに蚊を引き寄せていた。ひたいから髪の毛をふりはらおうとして片手をあげたものの、指を広げたまま、その手を目の前に引き寄せていた。それから、もう一方の手も横にならべてみる。どちらの手にも、傷ひとつなかった。雪嵐《ゆきあらし》のさなかに寝室を這《は》いずりまわっていたときに自分でつけた傷の痕跡《こんせき》さえ、まったく見あたらなかった。

「大丈夫だ」わたしはいった。「わたしはなんともないんだ」

《きみもおかしなちび助だな、ストリックランドはいった》そう答える声があった。わたしの声でもなければ、ジョーの声でもなかった。それはわたしの夢でナレーターをつとめていたUFO声、わたしが立ちどまっていたいときさえ、わたしを駆りたてて前進をうながしてきたあの声だった。部外者《アウトサイダー》らしき者の声。

わたしはまた歩きはじめた。すでに、ドライブウェイの半分以上を歩いていた。やがてわたしは、夢のなかでその声にむかって、自分が怖いのはダンヴァース夫人だと話した場所にたどりついた。

「わたしが怖いのはD夫人だよ」増しつつある闇のなかに声を大きく響かせることを心がけながら、わたしはいった。「あの性悪な年寄りのハウスキーパーがあそこにいたらどうする？」

湖面の上で阿比《あび》が鳴き声をあげたが、例の声の返答はなかった。答える必要もなかったからだろう。ダンヴァース夫人など、そもそも存在していない――しょせんは昔の本に書かれていた骨の袋であって、声もそのことを充分知っているのだ。

あらためて歩きはじめた。一本の大きな松の木の横を通りすぎる――前にジョーがバックでジープをドライブウェイに進ませていて、この木にぶつけたことがあった。あのときのジョーの罵《のの》しりようといったら！　まるで水夫のようだった！　わたしは精いっぱい真剣な顔を崩すまいとしたのだが、そのうちジョーが「クソったれのクソ坊主《ぼうず》！」と怒鳴るにおよんで、ついに我慢できなくなった。わたしは手首の内側を両のこめかみに押しあてて、ジープの側面に寄りかかったまま、涙が出るまで大声で笑いつづけた。そのあいだジョーはずっと、青く熱い火花が散るような視線をわたしにむけていた。

その木の幹の地面から一メートルほどのところに、いまでもそのときの痕跡が見えていた。闇のなかで、その白い痕跡が黒っぽい木の幹から浮きあがっているように見えた。ほかの夢は一貫して不安に支配されていたが、あの悪夢で不安がもっとわるい方向に変わったのは、まさしくこの場所だった。別荘から屍衣に身をつつんだ妖魔が飛びだしてくる前も、なにかがおかしい、徹底してなにかが歪《ゆが》んでいる、という感じをうけていた。別荘そのものが正気をうしなっているように感じていたのだ。わたしがジンジャーブレッド・マンのように走って逃げ帰りたくなったのは、まさしくここ、傷痕《きずあと》のある木の横を通りすぎたそのときだった。

しかし、いまはそんな気分にならなかった。なるほど怯えてはいたが、恐怖というほどではなかった。たとえば、背後にはなにもいないし、涎《よだれ》の音の混じった息づかいもきこえてはこない。このあたりの森で人間が出会うもっとも恐ろしいものといえば、せいぜいが不機嫌になっている篦鹿《へらじか》くらいだ。あるいは——もしその人間がとことん不幸なめぐりあわせにいた場合には——怒り狂った熊《くま》に出会うかもしれない。

夢では、満月に四分の一ばかり足りない月が出ていたが、今夜は頭上の空に月はなかった。待っていても出てくるはずはない——デリー・ニューズ紙の朝刊の天気予報欄に目を通してきたので、今夜が新月であることはすでに知っていた。

既視感はしょせん既視感、いくら強いといっても脆弱《ぜいじゃく》にはちがいなく、空に月が出ていないことを思っただけで、わたしの既視感はあっけなく砕け散った。悪夢を現実で追体験しているという思いがあまりにも唐突に消えたせいか、なぜ自分がこんなことをしているのか、いったいなにを自分に証明しようとしているのか、あるいはなにを達成しようとしているのか、それさえわからなくなった。ここまで来たからには暗い道路をずっと歩いて引きかえし、車をとってくる必要があった。

それはそれでいい。しかし、それなら別荘から懐中電灯をもっていこう。ドアからすぐの場所に、懐中電灯が一本くらいおいてあるにちがいない——。

いきなり湖の反対側の湖岸から、荒々しい爆発音が立てつづけにきこえてきた。さいごの爆発音は、付近の丘陵に谺《こだま》するほど大きかった。わたしは立ちどまり、急いで息を吸いこんだ。これがちょっと前であれば、予想もしなかった爆発音がきこえてきたとたん、わたしはパニックを起こしてドライブウェイを走って引きかえしていたにちがいない。しかしいまでは、つかのまの驚きを喫したただけだった。もちろん音の正体は花火だったし、さいごの音——ひときわ大きな音——はM‐八〇の銃声だったかもしれない。あしたは七月四日の独立記念日だ。そして湖の対岸では、若者たちが——どこの若者たちの例にも洩《も》れずに——ひと足早くお祭り騒ぎをしているのだ。

わたしは歩きつづけた。灌木《かんぼく》の茂みはあいかわらず手のように伸びてきていたが、短く剪定《せんてい》されているせいで、恐ろしげなほど近くに迫ってくることはなかった。それに、電気が通じていないのではないかという心配も必要はなかった。ここまで近づくと、ビル・ディーンがわたしのために点灯しておいた裏口ポーチの照明のまわりを飛ぶ蛾《が》たちの姿もはっきりと見えた。かりにほんとうに停電になっていたとしても（この州の西部ではいまもって大多数の送電線がまだ地下敷設《ふせつ》ではなく地上を通っており、そのためしじゅう停電した）、その瞬間に発電機が自動的に動きだすはずだった。

自分が夢をくりかえしている——夢を現実で生きなおしている——という強い感情が消え去ったあとになっても、わたしは夢のうちどのくらいの部分が現実にここにあるのかという恐れを感じていた。ジョーの植木鉢は、以前とおなじ場所にあった。〈セーラ・ラフス〉専用の狭いビーチに降りていく遊歩道の左右にならべておいてあったのだ。おそらく地下室に積みあげてあるのをブレンダ・ミザーヴが見つけ、手伝いのひとりにいって以前とおなじように配置させたものだろう。鉢にはまだなにも生えていなかったが、まもなくなにか芽が出てくるはずだと思った。また、夢で見た月は空に出ていなかったが、それでも湖岸から十五メートルほどの湖面にある黒い四角い物体はちゃんと見えた。水泳用の浮き台だ。

しかし、裏口ポーチの前に四角形の物体があったりはしなかった。棺桶《かんおけ》は影も形もない。それでも心臓の鼓動は激しかったし、この瞬間もし湖のカシュウォカマク側の岸辺でまたしても花火があがったら、わたしは悲鳴をあげていたかもしれない。

《きみもおかしなちび助だな、ストリックランドはいった》

《早く返してよ。その本はわたしの埃《ほこり》よけなんだから》

死が人間を狂気の淵《ふち》に突き落とすとしたらどうなる？　かりに生き延びたとしても、死によって狂気に追いやられていたら？　そのときはどうなる？

いよいよわたしは、夢でいきなりドアがあき、例の白い姿の妖魔が屍衣につつまれた腕をかかげてわたしに飛びかかってきた、あの場所にたどりついた。さらに一歩先に進んでから足をとめ、空気を吸いこんでは、乾ききった舌という床の上にその空気を無理やりに押しだすときの自分自身の荒い息づかいに耳を澄ました。既視感はおとずれなかったが、そんなことにおかまいなく、あの化物が——現実世界の現実時間に属することでもまた——姿を見せるにちがいないという思いが一瞬頭をかすめた。汗で濡れた両手を握りしめて、妖魔を待ちかまえる。もういちど乾いた空気を吸いこむと、今回はそのまま空気を押さえこんだ。

岸辺に打ち寄せる静かな波の音。

わたしの顔を叩《たた》き、灌木の茂みをざわつかせるそよ風。

阿比が湖のほうで鳴き声をあげた。蛾たちが裏口ポーチの電球を羽で叩いている。

屍衣をまとった妖魔がドアをいきなりあけることはなかったし、ドアの左右にある大きな窓から室内をのぞきこんでも、動いているものは——白いものだろうとなんだろうと——なにひとつ見えなかった。ただ、ドアノブの上に手紙がはさみこまれていただけ。おそらくビルの手紙だろう。わたしは急いで息を吐きだすと、ドライブウェイの残りの部分を歩いて〈セーラ・ラフス〉に到着した。

にらんだとおり、手紙はビル・ディーンからのものだった。そこには、ブレンダがわたしのために多少の買い物をしたむねが書いてあった——キッチンテーブルの上にスーパーマーケットのレシートがあり、食品庫には缶詰がたっぷりとしまいこまれていた。ブレンダは生鮮食品をほとんど買っていなかったが、ミルクやバター、ハーフ&ハーフ、ハンバーガーといった独身男の食生活の根幹をなす食品は買ってくれていた。
《来週の月曜日に会いにくる》ビルはそう手紙に書いていた。《できれば、あんたがここに来るときには顔を見せて挨拶《あいさつ》したかったんだが、わが愛妻がこんどは自分たちが休暇旅行にいく番だと主張してね。そんなこんなで、独立記念日はヴァージニア州（クソ暑い！）で妻の妹といっしょに過ごすことになった。もしなにか必要なものがあったり、問題が起こったりしたら……》
　そのあとには、ヴァージニア州にあるというビルの義妹の家の電話番号と、町にいるブッチ・ウィギンズの家の電話番号が書いてあった。この町のことを、地元の人間はたんに〝ＴＲ〟と呼んでいる――〝ぼくと母さんはベセルに飽きたんで、トレーラーハウスごとＴＲに引っ越した〟という感じだ。それ以外の電話番号も列挙してあった――配管工や電気業者、ブレンダ・ミザーヴの番号のほか、ＤＳＳ衛星放送受信アンテナの受信状態が最良になるように設置してくれた、ハリスン在住のテレビ会社の人間の番号まで書いてあった。ビルはあらゆることを考慮してくれていた。わたしは手紙をひっくりかえし、書かれてもいない追伸の文章を勝手に想像した。
《それから、もしおれとイヴェットがヴァージニアからこっちに帰ってくる前に核戦争が勃発《ぼっぱつ》した場合には――》
　背後で、なにかが動く気配がした。

すかさず体をひるがえす。手から手紙が落ちていった。手紙は、頭上の電球に体当たりをしている蛾たちをもっと大きくして、色を白くしたような姿で裏口ポーチの床板の上でひらひらはためいていた。あの屍衣《しい》にくるまれた怪物だ、わが妻の腐敗しつつある肉体をかぶって黄泉路《よみじ》を引きかえしてきた狂気の妖魔《ようま》にちがいない――この瞬間、わたしはそう確信していた。

《わたしの埃よけを返してよ。返してったら。よくもまあ、ここに来られたものね。よくもまあ、わたしの安らかな眠りを邪魔できたものね。よくもまあ、またわたしの〈マンダレイ〉に来られたものね。こうやって来たのはいいけれど、どうやって逃げるつもり? さあ、あなたもいっしょに謎《なぞ》のなかに行くのよ、お馬鹿《ばか》なちび助。あなたといっしょに謎のなかにね》

なにもなかった。どうやらまたそよ風が吹いてきて、茂みをちょっとざわつかせただけのようだった……とはいえこのときは、しとどの汗に濡れた肌にさえ、風はまったく感じられなかったが。

「とにかく風に決まっているし、ここにはなにもいないんだ」わたしは声に出していった。

まわりにだれもいないときの自分の声は、あるときは空恐ろしくきこえ、あるときは不安をなだめてくれる響きにきこえる。このときは後者だった。上体をかがめてビルの手紙を拾いあげ、スラックスの尻《しり》ポケットに押しこむ。それから、キーホルダーをひっかきまわした。そうやってポーチの電球に引き寄せられて飛びまわっている蛾の大きな影のなかにたたずんで鍵《かぎ》をよりわけていくうちに、やっと目的の鍵が見つかった。鍵は一見奇妙な、長いあいだつかわれていなかった雰囲気をたたえていた。鍵のぎざぎざになった部分に親指をすべらせていると、ジョーが死んでからこれまでの歳月で——明るい昼間に短時間の用足しに二度ほど来たのをのぞけば——どうして一回もここに来なかったのか、という疑問があらためてこみあげてきた。ジョーが生きていたら、ぜったいにここに来ようと主張したはずで——

しかし、そこまで考えたところで、奇怪な事実に気がついた。〝ジョ、ー、が、死、ん、で、か、ら、〟という言葉だけで片づけられる問題ではない。そんなふうに考えるのは、たしかに簡単だ。その証拠にキーラーゴ島で過ごした六週間というもの、ほかの方向から考えたことはいっぺんもなかった。しかしいま、こうして踊る蛾の群れの影のなかに立ち（たとえるなら、昆虫でつくられた奇怪なディスコのミラーボールの下に立っている気分だった）、湖のほうで鳴く阿比の声に耳をかたむけているうちに、思い出されてきた事実があった。ジョアンナが死んだのは一九九四年の八月だが、死んだのがデリーの街だったという事実だ。あのとき街はとんでもなく暑かった……だったら、なぜわたしたち夫婦は街にいたのだろう？　どうしてわたしたちは、別荘の湖に面したベランダの日陰に腰をおろし、水着姿のままアイスティーを飲みながら、行きかうボートをながめ、水上スキーヤーのフォームをあれこれ論評していなかったのか？　ほかの年の八月であれば、デリーから何十キロも離れた場所にいるのが当然の時期だったというのに、だいたいジョーはあんな〈ライトエイド〉の駐車場でいったいなにをしていたのだろうか？

それだけではない。わたしたち夫婦は、〈セーラ・ラフス〉に九月のおわりまで滞在するのがつねだった――夏とおなじように暖かく、閑静で美しい景色の楽しめる時期だからだ。しかし九三年には、八月最初の一週間を過ごしただけで、ここを立ち去っていた。そんなことがわかっているのも、その八月の後半にジョアンナといっしょにニューヨークに行ったことを覚えているからだ。出版契約上の用事でもあったのか、例によってくだらないPR関係の顔見せが必要だったのか。ともかくマンハッタンは地獄の暑さで、イーストヴィレッジでは消火栓から放水がなされ、アップタウンの道路からは炎熱でゆらゆら陽炎《かげろう》が立ち昇っていた。その旅のあいだ、ある晩わたしたちはミュージカル『オペラ座の怪人』を見物した。終幕近くなって、ジョーがわたしの耳もとに口を寄せてこういった。

「まったく！　あの怪人ったら、また泣きごとをつらねてる！」

それから芝居の幕が降りるまで、わたしは懸命に爆笑の発作をこらえていた。ジョーには、こういった意地のわるい一面もあった。

なぜあの年の八月にかぎって、ジョーはわたしに同行したのか？　たとえニューヨークが過ごしやすい四月だろうと十月だろうと、ジョーはあの街が大きらいだったのに。わからない。思い出せない。わたしが確実に断言できるのは、一九九三年の八月初旬をさいごに、ジョーが〈セーラ・ラフス〉にいちどもやってこなかったということだった……ほどなく、その確信も揺らぐことになるのだが。

わたしは鍵を鍵穴にさしこんで、回転させた。なかにはいったら、キッチンの天井の明かりをともし、懐中電灯を手にとって、すぐ車にとってかえすつもりだった。いますぐ引きかえさないと、あの道の南側のコテージの所有者が酔っぱらって猛スピードで車を走らせてきて、わたしのシボレーに追突したあげく、わたしを訴えて十億ドルの損害賠償を請求してこないともかぎらない。

別荘はいったん空気の入れ替えをされていたせいで、黴《かび》くさいようなことはまったくなかった――淀《よど》んで饐《す》えたにおいがこもっているどころか、室内にはかぐわしい松の香りがほのかにただよっていた。わたしがドアのすぐ内側にある明かりのスイッチに手をかけたそのとき……別荘の奥の暗がりのどこかで、子どもが泣きはじめた。手はその位置で凍りつき、全身が瞬時に冷えた。パニックこそ起こさなかったものの、理性の力はひとかけらも残らず吹き飛んでいた。たしかに泣き声、それも子どもの泣き声だったが……どこからきこえてくるのかは皆目見当もつかなかった。

ついで、その声が薄れはじめた。泣き声がおさまったのではない……薄れはじめたのだ。たとえるなら、だれかがその幼児を抱きあげて、延々とつづく廊下の先へ運び去ってでもいくように……とはいえ、〈セーラ・ラフス〉にはそんな長い廊下はない。別荘の中央部分に通っている廊下、まんなかの母屋《おもや》と左右の翼棟をつないでいる廊下さえ、それほどの長さがあるわけではない。

薄れていく……薄れていく……ほとんど消え去るほどに……。

わたしは全身の冷えきった肌が粟立《あわだ》つような感覚に襲われながら、照明のスイッチに手をおいたまま闇《やみ》に立ちすくんでいた。尻に帆かけて逃げだしたがっている部分もあった。このちっこい足を精いっぱい動かして、ここから走って逃げだしたいと思っている部分もあった。しかしほかの部分——理性が統《す》べている部分——は、早くもみずからをなだめにかかっていた。

わたしはスイッチをはじいた。逃げだしたがっている部分は〝スイッチなんか忘れろ、どうせ故障してるに決まってる、あの夢だよ、馬鹿野郎、あの夢が現実になるんだ〟とわたしに話しかけていた。しかし、驚くなかれ、スイッチはちゃんと作動した。裏口から通じるホールに明かりがともって、一瞬のうちに影を追いはらった。左側にはジョーのずんぐりした小さな陶器のコレクションが、右側には本棚が見えてきた。どれもこれも四年以上目にしていないものだったが、それでも昔と変わらずにそこにあった。本棚のまんなかの棚に、エルモア・レナードの三冊の初期長篇——『スワッグ』『ザ・ビッグ・バウンス』それに『ミスター・マジェスティック』——がならんでいるのが見えた。これは、わたしが雨の日にそなえてとりのけておいた三冊だ。キャンプに行くときには、雨の日への準備をしておく必要がある。いい本が手もとにないと、森林でのキャンプ中にたった二日ばかり雨に祟《たた》られただけで正気をうしないかねないのだ。

かすかなささやき声がさいごにきえたきり……泣き声は途絶えて、あとには静寂がおとずれた。その静寂の奥に、キッチンから響く〝かちこち〟という音がきこえた。レンジ台の横にかかった時計は、ジョーが珍しく悪趣味を発揮して買った品だった——フィリックス・ザ・キャットの尻尾《しっぽ》が振子になっており、それが左右に揺れるのにあわせて、猫の大きな目玉も左右に動くという時計だった。これとおなじ時計は、あらゆる低予算ホラー映画に登場しているのではあるまいか。

「だれなんだ?」わたしは大声で呼びかけながら、ホールの先に浮かびただよっている薄暗い空間のようなキッチンにむかって一歩踏みだし、すぐ足をとめた。闇につつまれたこの別荘は、ひとつの洞窟《どうくつ》だった。先ほどの泣き声がどこからきこえてきたものだとしても、おかしくはなかった。わたし自身の想像力が出所だったという可能性もふくめて。「だれかいるのか?」

答えはなかった……しかしわたしは、先ほどの泣き声が自分の頭のなかにだけ響いたものだとは考えていなかった。そんな錯覚を起こしたのなら、ライターズ・ブロックなどはいちばん小さな心配ごとになる。

本棚のエルモア・レナードの本のとなりに、グリップ部分の長い懐中電灯が立っていた。八本もの乾電池をいれ、まっすぐ目にむければ一時的に視力が奪われるほど強烈な光を出すタイプの品だった。すかさず手にとったものの、その懐中電灯をとり落としかけてはじめて、自分がどれほどたっぷりと汗をかき、本心ではどれほど怯《おび》えていたかにようやく気がついた。すんでのところで懐中電灯をあわててつかんだときにも、心臓が激しく動悸《どうき》を刻んでいたし、頭の半分では例の不気味きわまる泣き声が再開するものと思いこみ、残り半分では闇に沈む居間からいまにも屍衣につつまれた妖魔が、形のない両腕を高々と掲げて飛びだしてくるにちがいないと思いこんでいた。昔々のおいぼれ政治屋が墓からよみがえって、またもひと儲《もう》けたくらんでいる。復活の日への直行チケットをいますぐ買いたまえ、同志たち。そうすれば、きみたちは救われる。

指がスイッチをとらえ、わたしは懐中電灯をともした。懐中電灯から飛びだした光はまっすぐ居間に突き刺さっていった。光が照らしだしたのは、自然石でつくられた煖炉《だんろ》の上に飾ってある箆鹿《へらじか》の頭部だった。光をうけて、箆鹿のふたつの目が水中で燃えるふたつの炎のような輝きを見せた。そのほかにも、籐《とう》と竹でできた椅子《いす》が見えた。古いソファ。それから傷だらけになったダイニングテーブル——がたがきているため、一本の脚の下に折りたたんだトランプかビールのコースターを二枚ほど敷かないことには、つかいものにならない。幽霊は見あたらなかった。にもかかわらず、このすべてがいかれきったカーニバルに思えた。コール・ポーターの不滅の言葉にしたがうなら、〝一切合財、これでおわりにしよう〟というところ。このあと車に引きかえし、そこからすぐに東を目ざせば、夜中の十二時までにはデリーに帰りつけるはずだ。そうすれば自分のベッドで寝られるではないか。

わたしはホールの照明を切り、一条《ひとすじ》の光を闇に投げている懐中電灯をもったまま、その場にたたずんでいた。きこえてくるのは、あのくだらない猫の時計——ビルがセットして動かしたにちがいない——が秒を刻む音、それに冷蔵庫のなじみぶかいゆったりしたモーター音。そのふたつの音に耳をかたむけているあいだに、わたしはどちらの音も二度と耳にするとは思っていなかった自分に気がついた。例の泣き声などは……。

あれはほんとうに泣き声だったのか？　そもそも、現実の音だったのか？　まちがいない。泣き声か……あるいはなにかべつの音。いまのところは、なんともいえない。いま確実にいえるのは、ここに来たのが危険な思いつきであり、みずからの精神に不作法なふるまいを教えこむ人間としては、愚かというほかない行動だった、ということだけに思えた。懐中電灯の光と、窓から射《さ》しこんでくる裏口ポーチの電球の光以外に完全な闇のなかにたたずんでいたこのとき、わたしは現実として知っていた世界と、自分の想像力の産物だと知っていた世界とを分かつ境界線が、ほとんど消滅寸前になっていることを思い知らされていた。

わたしは別荘から外に出ると、ドアにしっかりと鍵をかけたことを確認してから、懐中電灯の光を時計の振子のように——キッチンにあった、昔のフィリックス・ザ・クレイジー・キャットの尻尾のように——左右に揺らしながら、ドライブウェイを歩いて引きかえしはじめた。道にそって北にむかっているさなか、ビル・ディーンにきかせる作り話をでっちあげる必要があることに気がついた。正直に話すわけにはいかない——「じつはね、ビル。あそこまで行くには行ったんだが、鍵のかかっていた別荘の奥から赤ん坊の泣き声がきこえてね。それですっかり怖くなって、ジンジャーブレッド・マンよろしくデリーまで急いで逃げ帰ったんだ。そのときもってきた懐中電灯は、あとできみに送るから、本棚のペーパーバックのとなりにもどしておいてくれ。いいな?」などと話せるものではない。そんなことをいおうものなら、たちまち話が広まって、人々の噂《うわさ》になるからだ——「ま、当然のことだね。あいつは本をいっぱい書きすぎたんだよ。あんなに仕事ばっかりしてりゃ、頭だっておかしくもなるわな。とどのつまり、自分の影にも飛びあがるようになっちまった。職業病というやつだね」

死ぬまで二度とここに来ないとしても、TRの人々にそんなふうに見られたまま——

軽蔑《けいべつ》まじりの、〝ほらね、考えすぎるとああなるんだよ〟的な目で見られたまま――逃げるのは本意ではなかった。世間の多くの人は、想像力を生活の糧《かて》にしている人々をそんなふうに見ているものである。

　ビルには病気になったと話すことにしよう。ある意味では事実だ。あるいは……いや……だれかほかの人間が病気になったと話すのはどうか……友人……デリーでつきあいのある人物……それも女性の友だちではどうか。「ビル、わたしの友人が……女の友人が病気になってね、それで、まあ事情はわかるだろうが……」

　わたしはいきなり足をとめた。懐中電灯の光が、わたしの車の正面を照らしていた。森にあふれる多くの物音にもまったく気づかないまま――さらには、夜の眠りにそなえて身を落ち着ける鹿がたてるもっと大きな物音さえ念頭から払いのけて――二キロ近い道のりを歩いていたのだ。屍衣をまとった妖魔（あるいは泣き声をあげる赤ん坊の亡霊）が追いかけてこないかどうか、わざわざふりかえって確かめることもしなかった。ただひたすら口実をでっちあげ、でっちあげた口実を潤色することに没頭していた。今回は紙の上ではなく頭のなかではあったが、慣れ親しんでいた道を歩いていたという点ではまったくおなじことをしていたのだ。その仕事に熱中するあまり、自分の恐怖心さえ忘れはてていた。心臓の鼓動は平常にもどり、肌を濡《ぬ》らしていた汗は乾き、もう耳もとで蚊が羽音をたてることもなくなっていた。その場に立ちすくんでいると、ひとつの思いが頭をよぎった。肝心かなめの事実をきちんと伝えるために、わたしが冷静さをとりもどすのを、わたしの心が辛抱づよく待っていたかのようだった。

パイプだ。ビルは古い配管の大部分を新品と交換する許可をわたしからとりつけて、配管工にその工事をさせた。しかもその工事は、つい最近のことではないか。

「パイプのなかに空気がはいってたんだ」わたしはそう声に出していいながら、八本の乾電池が生みだす光をシボレーのグリルにそって走らせた。「さっきのは、その空気の音だったんだ」

そのあとでわたしはしばし待って、わが心のもっと奥ぶかい部分から、そんなのは馬鹿げた嘘《うそ》だ、納得したい一心の嘘だ、という声があがってくるかどうかを確かめた。そういった声はあがらなかった……なぜなら、わが心の奥ぶかい部分も、それが真実であることを認めたからだと思う。空気の詰まったパイプは、ときに人の話し声や犬の吠《ほ》え声……そして幼児の泣き声に似た音をたてるものだ。配管工がきちんとパイプの空気抜きをすませており、さっきの音が別物だったということも考えられないではない……しかし、空気抜きをしなかった可能性もある。そしていまの問題は、ストレスにさらされて昂奮《こうふん》した精神状態にあったわたしが、十秒間ばかり（いや、わずか五秒間だったかもしれない）耳にした音だけを理由に、車に飛び乗り、三百メートルばかりバックで走って州道まで引き返したら、そのままデリーに帰ろうとしているのかどうか、という点にあった。

ここで帰ったりはすまい――わたしはそう決心した。あと一回でも不気味な出来ごとがあったなら――たとえば《テイルズ・フロム・ザ・クリプト》の登場人物の口から出るような、わけのわからない声がきこえたなら――それだけでまわれ右をすることになるかもしれない。しかし、さっきホールできこえてきた音だけでは充分とはいえない。〈セーラ・ラフス〉で目標を達成することがこれほど重要になっているいまなればこそ、充分とはいえないのだ。

わたしの頭のなかには、しじゅういろいろな声がきこえてくるし、これは思い起こせるかぎり昔からつづいている。これが作家として必要不可欠の素養かどうかは、わたしの知るところではない。ほかの作家にきいてみたこともない。そんな質問をする必要性も感じなかった。なぜなら、頭のなかできこえる声はすべて、わたし自身のさまざまな意見が声となったものだと知っているからだ。とはいうものの、そういった声が他人の声のように真に迫って響くこともままあったし、なかでもジョーの声ほど真に迫った声――なじみぶかい声――はひとつもなかった。いま、その声がきこえてきた。興味津々《しんしん》の口調であり、皮肉っぽくはあるが、やさしさの混じった楽しんでいる口調でもあり……わたしの決断を是としているような口調でもあった。

《戦うつもりなのね、マイク？》

「ああ、そうとも」闇のなかにたたずみ、懐中電灯の光でクローム鍍金《めっき》の部品を光らせながら、わたしは答えた。「そのつもりだよ」

《そういうことなら、ほっとひと息というところね》

しかり。まさしくそのとおり。わたしは車に乗りこむと、エンジンをかけ、ゆっくりと道を先に進んでいった。ドライブウェイの入口にたどりつくと、わたしはそのまま車を乗りこませた。

二回めに別荘に足を踏み入れたときには、泣き声はきこえなかった。懐中電灯を片時も手から放さずに、ゆっくりと一階すべてを見てまわりながら、わたしは見つかったすべての照明をつけていった。もし湖の北側でまだボート遊びをしている人がいたなら、その人の目に〈セーラ・ラフス〉が、湖上に浮かぶスピルバーグ風の不気味な空飛ぶ円盤と見えたにちがいない。

家屋というものは、その所有者である人間たちの生命が浮かびただよっている時間線とは異なる時間の流れ――人間の時間よりもゆったりと流れる時間――のなかで、独自に息づいているのではなかろうか。家のなかでは――それが古い家ならばなおさら――過去が身近になる。実生活では、このときジョーが死んですでに四年が経過していた。しかし〈セーラ・ラフス〉にとって、ジョーはもっと間近に存在していた。別荘に足を踏み入れて、あらゆる明かりをつけ、懐中電灯を本棚の所定の位置にもどしてはじめて、自分がここにやってくることをどれほど恐れていたかが、はじめて如実《にょじつ》に感じとれてきた。恐れていたのは……ジョアンナの人生が唐突に断ち切られたことを示す証拠を目にして、ふたたび悲嘆の念が目を覚ますことだった。ソファの片側のテーブルの上には、ページの隅を折ったままの本が載っていた。ジョーが好んでゆったりと身を横たえ、プラムをつまみながら本を読んでいたソファだ。食品庫の棚には〈クェーカーオーツ〉印オートミールの厚紙製の箱——ジョーはこれ以外のものを朝食に食べたがらなかった。南翼棟——わたしたちが〈セーラ・ラフス〉を目にする前に建てられた部分だったが、ビル・ディーンにいわせれば〝新しい翼棟〟だった——に行けば、バスルームのドアの裏にジョーの古い緑のバスローブがかかっていた。

ブレンダ・ミザーヴは見事な手ぎわ——と配慮——を発揮して、その種の証拠や合図めいたものを家のなかから消し去ってくれていたが、そのブレンダでさえすべてを除去することは不可能だった。居間の書棚のいちばん目につく位置には、ジョーがそろえたドロシー・L・セイヤーズのピーター・ウィムジー卿《きょう》もののハードカバー・コレクションが鎮座していた。また煖炉《だんろ》の上にかかった箆鹿の頭を、ジョーは前々からバンターと呼んでおり、あるとき——わたしには思い出せない理由から——この鹿の毛むくじゃらの首に鈴をつけた（バンターという名前と不釣り合いなアクセサリーではある）。

天鵞絨《びろうど》のリボンにつながれたその鈴は、いまも鹿の首にかかっていた。鈴をそのままにするべきか、はずすべきかでブレンダは頭を悩ませたかもしれない。なにせブレンダは、わたしとジョーが居間のソファで愛をかわすとき（そのとおり、わたしたちはなんどもソファの上で寝たのだ）、その行為を指して〝バンターの鈴を鳴らす〟と呼んでいたことを知らないのだ。ブレンダは最善をつくしていたが、どの夫婦にも社会の地図の上では白紙にしておくべき秘密の領域がある。他人に知られていないふたりだけの秘密こそが、それぞれの結婚生活を形づくるのだ。

わたしは別荘のなかを歩き、いろいろな物にふれ、いろいろな物をながめ、それぞれを新しい目で見ていった。いたるところにジョーがいるように思えた。しばらくして、わたしはテレビの前におかれた古い籐椅子のひとつにすわりこんだ。体の重みでクッションから空気が抜ける音がしたとたん、ジョーの声がきこえてきた。「ひとこと失礼といったらどうなの、マイクル？」

わたしは両手で顔をおおって、痛哭《つうこく》した。亡き妻を悼《いた》んで涙を流したのはこれがさいごだったと思うが、さいごだからといって、忍びがたき悲しみが忍びやすくなるものではなかった。わたしは泣きに泣き、ここで泣きやまなくては裡《うち》なるなにかが壊れるにちがいないと思えるまで泣いた。顔が涙で濡れそぼち、涙の発作がようやくおさまったと思ったら、こんどはしゃっくりに見舞われた。生まれてこのかた、これほどの疲れを実感したことはない気分だった。全身が緊張にこわばっているのが感じられた——ひとつにはたくさん歩いたせいだったが、その原因の大部分はこの別荘にやってくることに感じていた緊張……そして、別荘に滞在するという決断にともなう緊張にあった。戦うために。最初この別荘に足を踏み入れたときにきこえた、あの鬼気迫る幽鬼じみた幼児の泣き声は——すでにはるか遠い出来ごとのように思えていたが——その緊張をほぐす役には立たなかった。

わたしはキッチンのシンクで顔を洗い、手首のつけ根で顔をごしごしこすって涙を落とすと、鼻水で詰まった鼻をきれいにした。そのあとスーツケースをもって、北翼棟にある来客用の寝室にむかった。南翼棟の寝室、この前さいごに寝たときにはジョーがかたわらに寄りそっていたあの寝室で夜を過ごすつもりはなかった。

わたしが北翼棟の寝室をえらぶことを、ブレンダ・ミザーヴは前もって見こしていた。簞笥《たんす》の上に、野に咲く花の花束と、《お帰《か》りなさい、ミスター・ヌーナン》と書かれたカードがおかれていたのだ。感情の泉が涸れはてていたからよかったようなものの、そうでなければ、ここでブレンダが金釘《かなくぎ》流の文字で書きつけた決まり文句をひと目見ただけで、またもや嗚咽《おえつ》の発作を起こしていたことだろう。わたしは花束に顔を埋め、その香りを深々と胸に吸いこんだ。日ざしのにおいにも通じる、すばらしい芳香。そのあとわたしは服を脱ぎ、床に散らばった服を片づけもしないまま、ベッドカバーをめくった。

新品のシーツ、新品の枕《まくら》カバー。あいも変わらぬ中古品ヌーナンは前者のあいだに体をすべりこませ、後者の上に頭を載せた。

ベッド横のスタンドの明かりをつけたまま、わたしはベッドに横たわり、天井の影をただ見あげていた。自分がこの別荘にいることが、このベッドに横たわっていることが信じられなかった。いうまでもなく、屍衣《しい》に身をつつんだ妖魔《ようま》に出迎えられることはなかった……しかし、いずれあの怪物が夢のなかでわたしを見つけだすような気もした。

覚醒《かくせい》と睡眠のあいだに、はっきりと感知できる境界が存在している場合もある（すくなくとも、わたしの経験では）。しかし、この夜はそんな境界は感じられなかった。それとわからないまま眠りこみ、翌朝目が覚めると、寝室の窓からは陽光が射しいって、ベッド横のスタンドは点灯したままになっていた。記憶に残っているような夢はひとつも見なかったが、夜のあいだに短時間だけふっと目を覚まし、そのときに遠くから響いてくる、ごくごくかすかな鈴の音をきいたような、そんな漠とした思いだけが残っていた。

7

その少女――じっさいには赤ん坊よりもわずかに大きいだけの幼女といったほうがよかった――は、赤い水着を着て黄色いゴムサンダルを履き、ボストン・レッドソックスの帽子を前後逆にかぶった姿で州道六八号線のまんなかを歩いていた。わたしのほうは、地元のスーパーマーケットである〈レイクビュー・ジェネラル〉とディッキー・ブルックスの経営する自動車整備工場〈オールパーパス・ガレージ〉の前を通りすぎたところだった。この地点をさかいに、制限速度はそれまでの時速九十キロから五十五キロに変わる。ありがたいことに、この日は交通法規を守っていたが、そうでなければわたしの車は少女を轢《ひ》き殺していたことだろう。

それは、〈セーラ・ラフス〉にもどってから迎えるはじめての日だった。遅くなってから起きだしたわたしは、午前中の時間のほとんどをついやして湖畔をとりまく森のなかを散策し、以前と変わった点や以前と変わらない点を目にとめていた。湖の水位は例年よりいくぶん低いように思えたし、夏のあいだの最大の祝日だというのに、湖面に出ているボートの数は思っていたよりもすくなかった。しかしそれをべつにすれば、わたしの不在の期間などなかったも同然だった。ぴしゃりと叩《たた》き潰《つぶ》す羽虫さえ、以前とおなじものに思えたくらいである。

十一時ごろになると、わたしの胃が朝食を食べなかったという事実を警告しはじめた。そこでこの警告にしたがうため、〈ヴィレッジカフェ〉に行くことにした。〈ウォリントンズ〉のレストランのほうがはるかに今風ではあるものの、目引き袖《そで》引きされることになる。〈ヴィレッジカフェ〉のほうがずっといい――まだあの店が営業していればの話だが。経営者のバディ・ジェリスンは気の短い難物だが、フライパンをつかう料理となればメイン州西部で右に出る者のいない名コックだ。そしてわたしの胃が求めているのは、まさに〈ヴィレッジカフェ〉ならではの脂《あぶら》っこい巨大ハンバーガーだった。

そこに、この少女が出現した――センターラインの白線の上を、目に見えぬパレードの先頭に立っているバトンガールのように歩いて。

時速五十五キロで走っていたおかげで、少女を目にしてからも時間の余裕があった。しかし、この道路は夏のあいだはかなり交通量が多くなるし、減速区間がもうけてあっても、そんな規則にいちいちしたがう人間はほとんどいない。キャッスル郡にはパトカーが合計で十台ほどあるが、特別にこのあたりから要請があったというのでもないかぎり、わざわざTRに巡回に来ることはぜったいにない。

わたしはシボレーを路肩に寄せてとめると、ギアをパーキングに入れ、車のたてた土埃《つちぼこり》もまだ静まらないうちに外に飛びだしていた。息づまるほど蒸し暑い日で、雲は手を伸ばせばさわれそうなほど低く垂れこめていた。少女――団子鼻で、膝小僧《ひざこぞう》はすりむけてかさぶたになっていた――は綱わたりでもしているかのように白線の上に立ったまま、近づくわたしの姿を子鹿《こじか》ほどの恐怖さえうかがわせず、じっと見つめていた。

「こんにちは」少女はいった。「これから湖に行くの。ほんとはママに連れてってもらうはずだったんだけど、あたし、とっても怒ってるから」

そういって少女は〝とっても怒ってる〟という表現の意味を、だれにも負けないほど知っているとしめすつもりか、その場で地団駄を踏んだ。三歳か四歳というところか。それなりに言葉は達者だし、目茶苦茶愛らしかったが、それでも三歳か四歳だろう。

「そうだね、たしかに湖の岸辺は七月四日に遊びにいくには最高の場所だけど――」わたしはいった。

「七月四日だけじゃなく、花火を見るのにもね」少女はうなずいた。〝だけじゃなく〟という部分はどこか異国風の甘い響きがあり、ヴェトナム語のようにきこえた。

「――でも、こんなふうに広い道路のまんなかを歩いていたら、湖じゃなくて、キャッスルロック病院にかつぎこまれることになるよ」

こんなふうに州道六八号線のまんなかに少女とふたりで立ったまま、テレビで子ども相手に処世術を教えているロジャーズおじさんを演じているわけにはいかない。なにせ南に五十メートル行ったところにはカーブがあって、ほかの車が時速百キロ近い猛スピードでいつ突っこんでこないともかぎらないのだ。じっさい、エンジン音もきこえてきた——それも、かなりの回転数を出しているエンジンの音だった。

わたしは少女を抱きあげると、アイドリングをつづける自分の車のところまで運んでいった。少女はわたしに抱きあげられても不満の顔ひとつ、恐怖の色ひとつ見せなかったが、わたしのほうは少女の尻《しり》の下で両腕を組みあわせたとたん、〝痴漢のチェスター〟になった気分に襲われた。ブルックスの自動車整備工場の事務所兼待合室の窓から、いまの自分の姿をだれかに見られているかもしれないと思うと、気が気でなかった。これは、中年に達したわが世代固有の奇怪な現実のひとつである——他人の子どもに手をふれると、人から好色な手つきだと見られるのではないかという不安を払拭《ふっしょく》できない……そうでないとしても、自分自身の精神の下水道の奥深くには、もしかしたらほんとうに好色な下心が潜んでいるかもしれない、という不安もぬぐえないのだ。それでも、わたしは少女を道路から外に連れだした。そこまでは、たしかにした。もしメイン州西部の〈立ちあがる母親たち〉がわたしを追及して、徹底的に痛めつけたいというのなら——勝手にしやがれ。

「岸まで連れてってくれる？」少女はわたしにたずねた。目をきらきらと輝かせ、顔には笑みをたたえている。十二歳になったときには、もう妊娠していることだろう、と思った——とりわけ小粋《こいき》な帽子のかぶり方を見ていると、そう思えてならなかった。「水着もってきた？」

「残念だけど、水着はうちにおいてきちゃったんだ。それじゃ、いやかな？　そうだ、お母さんはどこにいる？」

その質問に直接答えるかのように、先ほどからエンジン音だけがきこえていた車がカーブの近くの横道から猛然と飛びだしてきた。車体の左右両側高くまで、びっしりと泥はねのついたジープ・スカウトだった。なにかに追いつめられて進退きわまり、それに怒り狂っているかのようにエンジンが咆哮《ほうこう》をあげている。運転席側の窓から、女が顔を突きだしていた。愛らしい少女の母親は、恐怖のあまり座席に腰をおろしていることもできなかったようだ。この女性は、正気とは思えないほど身を乗りだした姿勢で運転していた。そうやって顔を突きだしているところに、六八号線のここのカーブの反対側からじっさいに車が突進してきたら、わが赤い水着の友人はこの場でただちに孤児になってもおかしくなかった。

スカウトは車体後部を左右にふり、突きだされていた頭は車内に引っこんだ。運転者がギアをあげると同時に、金属同士がこすれあう耳ざわりな音が響いた。あの女性がおんぼろのぽんこつを、わずか九秒のあいだに時速ゼロから百キロにまで加速させようとしたのだ。わが子の安全を気づかうあまりの恐怖心がそんな不可能を可能にするのなら、この女性は見事に車を加速させたにちがいない。

「あれがマッティー」水着の少女はいった。「あたし、ほんとに怒ってるんだから。だから湖のほとりで七月四日のお祭りを見ようと思って、逃げてきたの。マッティーが怒ってるんなら、あたし、白いばあやのところに行ってやるんだ」

いったいなんの話か、さっぱりわからなかった。しかし、この一九九八年のミス・ボストン・レッドソックスは事情さえ許せば七月四日を湖畔で過ごせるが、こちらは別荘で全粒粉の食べ物を五分の一ばかりつまむことで妥協するほかはないのだ、という思いはたしかに頭をかすめた。その一方でわたしは、少女の尻をささえていないほうの腕を頭の上で激しく——それこそ少女の細い金髪の房があおられて揺れるほど激しく——前後左右にふりまわしていた。

「おおい！」わたしは叫んだ。「おおい、そこの人！　この子ならここにいるぞ！」

スカウトはあいかわらず加速したまま、あいかわらず怒り狂っているような音を発して通りすぎていった。排気管から青い煙の雲が噴きだしていた。スカウトの古びたトランスミッション装置から、またもや忌《い》まわしい金属のこすれあう音が響いた。それは、昔のテレビ番組《仰天がっぽりクイズ》のいかれた変形版にも思えた——「さあ、マッティー。あなたはギアをセカンドに入れることに成功しました。ここで挑戦をやめて、メイタッグ製の洗濯機をもらって帰りますか？　それともサードギアに挑戦しますか？」

わたしは、この時点で考えついた唯一《ゆいいつ》の行動を実行にうつした——道路に飛びだしていき、急速に遠ざかりつつあるジープのほうにむきなおると（オイルの悪臭は濃密で、鼻を突き刺されるような気分だった）、マッティーなる女性がわたしの姿をバックミラーでとらえてくれることを祈りながら、少女の体を頭上に高々とかかげたのである。もはや、〝痴漢のチェスター〟になった気分ではなかった。ディズニー映画に登場する残酷な競売人になって、生まれたばかりの子豚のうちいちばん愛らしい子豚を最高値で売りさばこうとしている気分だった。しかし、この作戦は成功した。スカウトの泥まみれになったブレーキライトがともり、とことんつかいこまれたブレーキがロックする魔物の咆哮じみた音が響きわたった。それも、ブルックスの整備工場の真正面で。もしほんとうに老人たちが七月四日の祝日にうってつけのゴシップ種を求めて店にたむろしていれば、ネタがどっさり仕入れられたことだろう。母親が金切り声をあげながら、愛娘《まなむすめ》をわたしの手からとりかえす場面でもあれば、そこがゴシップの最高潮になったはずだ。長期の不在期間をあいだにはさんで夏の別荘地にもどってきた人間には、幸先《さいさき》のいいスタートを確保することがなにより大事なのだが。

バックライトがぱっと明るくともり、ジープはたっぷり時速三十キロはあろうかというスピードで道路をバックしてきはじめた。トランスミッションはもはや怒りの声どころか、パニックに陥ったような金切り声をあげていた。お願いだ——その音は叫んでいた——お願いだ、もう車をとめてくれ、でないとおれは死んじまう。スカウトの車体後部は、楽しい気分のときの犬の尻尾《しっぽ》のように左右に揺れ動いていた。わたしは近づくジープを、魅いられたように見つめていた——ジープは北行車線にはいったかと思うと、センターラインの白線をまたいで南行車線にはいりこみ、そこでハンドルの切りすぎによって、左側のタイヤが路肩から盛大に土埃を巻きあげることになった。

「マッティーったら、いつもスピード出しすぎ」わが新しいガールフレンドが、ごくふつうの会話の口調——〝これっておもしろくない？〟的な口調でいった。少女はわたしの首に片腕をしっかりとまわしていた。どこからどう見ても、仲よしふたりづれだ。

しかし、少女の言葉にわたしはわれに返った。マッティーったら、いつもスピード出しすぎ。なるほど、いわれてみればもっともだ。あまりにも速すぎる。このままではマッティーの走らせるジープは、十中八九わたしのシボレーの車体後部に衝突する。そしてわたしがここに突っ立っていれば、この〝あかんべえ少女〟とわたしは二台の車にはさまれて押しつぶされ、歯磨き状のペーストと化すはずだ。

わたしはジープから片時も目を離さないまま、ちょうど車の長さだけあとじさりながら、大声で叫びかけた。「スピードを落とせ、マッティー！　スピードを落とすんだ！」

わがかわい子ちゃんは、この叫び声が気にいったようだった。「スピード落とせ、鬼ばばマッティー！　スピード落とせ、鬼ばばマッティー！」と大声で叫んで笑いはじめたのだ。

またしてもブレーキが苦悶《くもん》の悲鳴をはりあげた。マッティーがクラッチなどおかまいなしにジープをとめると、車体が断末魔の痙攣《けいれん》よろしく苦しげにがくんと後方に一回だけ動いた。このさいごの動きで、スカウトとわたしのシボレーの両者のリアバンパーがぎりぎりまで接近した――それこそ両者のあいだにタバコで橋わたしができるほどのきわどさだった。空気には、いがらっぽい濃厚な油の臭気が立ちこめていた。少女は顔の前でさかんに手をふっては、これ見よがしに咳《せき》をしてみせていた。

運転席側のドアが勢いよくひらき、マッティー・デヴォアが飛びおりてきた。身ごなしは大砲から飛びだすサーカスの軽業師のようだったが、これは、はきふるしたペイズリー柄のショートパンツとコットンのスモックという服装をしたサーカスの軽業師を想像できればの話である。とっさに頭に浮かんできたのは、この少女の姉が子守り役をつとめていたにちがいなく、マッティーと母親は別人だ、という思いだった。幼児がその成長過程で、母親をファーストネームで呼ぶ時期を経験するという話は知っていたものの、血の気の失《う》せた頰を見せているブロンドの女は、せいぜい十二歳か十四歳くらいにしか見えなかったからだ。となると、あの常軌を逸したハンドルさばきは、わが子の安全を気づかうあまりの恐怖のなせるわざではなく(あるいは、その恐怖だけではなく)、運転経験の未熟さに起因したものだったのだろう。

しかし、よろしいか、話はそれだけではなかった。わたしは同時にべつの推測を組み立ててもいた。泥にまみれて汚れた四輪駆動車、ぶかぶかのペイズリー柄のショートパンツ、〈Kマート〉で買った安物だと叫びたてているようなスモック、ありふれた小さな赤いゴムでひっつめにされた長く黄色い髪の毛、そして特筆すべきは、目を離してはならないはずの三歳の少女を好き勝手に歩かせるという事態を招いた迂闊《うかつ》さかげん……そのすべてが、トレーラーハウスでの貧乏暮らしをしている人間だと語りかけてきた。誤解されかねない表現だというのはわかっているが、わたしにも多少の根拠はある。それに、そもそもわたしはアイルランド系の人間だ。トレーラーハウスがまだ馬に牽《ひ》かれていた時分から、わが先祖はこの手のトレーラーハウス暮らしの貧乏人だったのだ。

「くっさい、くっちゃい!」少女はあいかわらず、肉づきのいいその手を顔の前でぱたぱたとふっていた。「スカウティーはくっちゃい!」

《スカウティーの水着はどこだ?》わたしがそう思うと同時に、わが新しいガールフレンドはわたしの腕からひったくられていった。マッティーが近づいてくると、この女性が少女の姉かもしれないという先ほどの推測は、たちまち息の根をとめられた。マッティーは二十一世紀になってもしばらく中年とは呼ばれない年齢ではあったが、十二歳でも十四歳でもなかった。二十歳か、十九歳くらいだろう。わたしから少女を奪いかえしていったとき、左手に結婚指輪が光っているのが見えた。両目の下に黒い隈《くま》があることも、灰色の肌のそこかしこに紫色の染《し》みが散っていることもわかった。なるほど、まだ若い――しかしいま目にしているのが、恐怖と疲労にとり憑《つ》かれた母親であることもわかった。

わたしはマッティーが少女をぶん殴るとばかり思っていた。この手のトレーラー貧民族の母親が怯《おび》えて疲れきった場合には、そうするものと相場が決まっているからだ。この女性がそんな挙に出たら、わたしはどうにかして――必要なら母親としての怒りをこの身にむけさせてでも――やめさせるつもりだった。いいそえるなら、崇高な動機があったわけではない。この女性が少女のお尻をぶったり、肩をがくがく揺さぶったり、顔のまん前で怒鳴りつけたりするのであれば、せめてわたしには見えない場所でやってほしいと思っただけだ。なにせ、この町に帰ってきた初日なのだ――不注意でだらしない女が自分の娘を虐待《ぎゃくたい》する現場を見せつけられることで、その初日の時間をつぶされたくはなかった。

ところがマッティーは、少女の肩を揺さぶったりもしなかったし、〝この馬鹿《ばか》、いったいどこに行く気だったの？〟などと怒鳴ることもしなかった。まず少女の体をしっかりと抱きしめてから（少女のほうも、恐怖心などかけらもうかがわせず、母親を力いっぱい抱きかえしていた)、その顔じゅうにキスの雨を降らせたのだ。

「なんでこんなことをしたの?」マッティーは泣きそうな声で問いかけた。「なにを考えてたの? あんたの姿が見えなくなったものだから、母さん、死んじゃうかと思った」

そういうなりマッティーは、わっと泣きはじめた。水着姿の少女は、あっけにとられた驚きの表情で母親を見つめた——時と場合がちがえば滑稽《こっけい》にさえ思えたような、完全無欠の驚きの表情だった。ついで、少女の顔がくしゃくしゃになった。一歩あとじさって、ふたりがたがいに泣きながら抱きあう姿を見つめているうちに、妙な先入観をいだいた自分が恥ずかしくなってきた。

一台の車が通りかかって、スピードを落とした。年寄りの夫婦——おおかた朝食用シリアルの〈グレープナッツ〉の休日用特大箱でも買いにいく途中の老夫婦だろう——が、目を見ひらいて好奇心たっぷりに見つめてきた。わたしは苛立《いらだ》ちもあらわに、〃いったいなにを見ているんだ? とっとと行け、とっとと自分の用事をすませにいけ〃というように両手をふってみせた。ふたりを乗せた車はスピードをあげたが、こと予想とは異なり、ナンバープレートは州外のものではなかった。あの老夫婦は地元の人間であり、となれば話はあっというまに燎原《りょうげん》の火のごとく広まることだろう。十代の花嫁マッティーとその愛の歓《よろこ》びのあかしである少女(といっても、そのあかしを身ごもったのは正式な結婚式の数カ月前だろうし、場所はおおかた車の後部座席かピックアップ・トラックの荷台の上だろうが）が、道路わきでおいおいと泣いていた。その場にはよそ者の男がひとり立っていた。いや、まったくのよそ者というわけではない。州の北のほうからやってきた作家のマイク・ヌーナンだ……。

「あ、あ、あたし、湖に行って……お、お、泳ぎたかったんだもん」少女は嗚咽《おえつ》しながらいった。〝泳ぐ《スイム》〟というその単語が、このときも異国風に響いた――たぶん、ヴェトナム語で〝歓喜〟をあらわす単語だろうか。

「だから、午後になったら連れていってあげるといったでしょう？」マッティーもまだ鼻をすすりあげてはいたが、早くも自分を抑えているようだった。「もう二度とこんなことをしちゃだめよ。ぜったいにしないでね。母さんはとっても怖かったんだから」

「約束する」少女はいった。「ぜったいしないって」

それから少女は涙を抑えきれないまま、また年上の女を固く抱きしめると、マッティーの首すじに頭をもたせかけた。野球帽が頭から滑り落ちた。わたしはますます部外者になった気分を感じながら、帽子を地面から拾いあげた。青と赤の帽子をマッティーの手に押しつけると、その指がやがてしっかり帽子をつかんだ。

わたしは、この事件がこんな結末を迎えたことでほっとしたし、またそう思って当然だという思いも味わっていた。わたしはいかにも愉快な事件だったように書いているし、またじっさい滑稽な面もあったのだが、そう思えるのはあとからふりかえったときだけだ。事件の最中には、ひたすら恐ろしいとしか思えなかった。もし反対方向からトラックが走ってきたらどうなっていたことか? あのカーブを曲がっていきなり姿をあらわしたら? それも猛スピードで?

そのとき、ほんとうに一台の車がカーブの向こうからやってきた。観光客が走らせることのぜったいにないタイプのトラック。またしてもふたりの地元住民が、目を丸くして通りすぎていった。

「奥さん?」わたしはいった。「マッティー? わたしはそろそろ失礼したほうがよさそうだ。娘さんが無事でよかったね」

そう口にしたとたん、笑いだしたいという抗《あらが》いがたいほどの欲求が衝《つ》きあげてきた。両手の親指を革のカウボーイズボンのベルトにひっかけ、ステットソン帽をちょっと押しあげて、秀《ひい》でたひたいをあらわにしながら、いまとまったくおなじ科白《せりふ》をマッティー(それこそ《許されざる者》や《勇気ある追跡》といった西部劇映画のために考えだされたような名前ではあるまいか)に語りきかせている自分の姿が脳裡《のうり》に浮かんできたのだ。いかれた話ではあるものの、わたしはこんな言葉をつけくわえたい気分にも駆られた。「なんとまあ、きれいなお嬢さんだ。あんたが新しく来たっていう女先生かい?」

マッティーがわたしに顔をむけたので、この女性がほんとうにきれいだということがわかった。両目の下に隈があり、顔の左右にはいく筋もの髪の毛がへばりついてはいたが、それでもきれいな女性にはちがいなかった。さらに、マッティーがおそらくバーでビールを合法的に飲める年齢にも達していない若い母親ではあるものの、立派にやっていることを察してもいた。すくなくとも、自分の娘を折檻《せっかん》したりはしていないのだ。

「ほんとうにありがとうございました」マッティーはいった。「で、この子は車道のなかを歩いてたんですか？」

そうじゃないと答えてほしい――マッティーの目はそう哀願していた――せめて路肩を歩いていたと、そう答えてほしい、と。

「ええと――」

「センターラインの上を歩いてたの」少女はその現場を指さしながら答えた。「おうらんほろうみたいなんだもん」その声に、かすかな自慢めいた調子が混じってきた。「おうらんほろうなら危なくないでしょ？」

すでに蒼白《そうはく》になっていたマッティーの頬から、さらに血の気が引いていった。そんな顔色のマッティーを見ていたくはなかったし、子どもを連れているいま、そんな状態のマッティーが車を運転して家に帰るところを想像したくもなかった。

「お住まいはどちらなんです、ミセス……ええと……」

「デヴォア。マッティー・デヴォアです」そういってマッティーは少女の体をずらし、片手をさしだしてきた。わたしはその手を握った。昼前から暖かな陽気だったし、午後もなかばには暑くなりそうな一日だった——湖畔で過ごすには、なるほど、うってつけの天気だった——にもかかわらず、わたしにふれた指先は氷のように冷えきっていた。

「うちはすぐあそこです」

そういってマッティーは、先ほどスカウトが飛びだしてきた横道の分岐点あたりを指さし、わたしはそちらに目をやった。松林を抜ける狭い支線道路を五、六十メートルばかり山側にあがっていった場所に——意外や意外——ダブルワイド・タイプのトレーラーハウスがあった。その道路の名前がワスプヒル・ロードであることも思い出された。六八号線から湖岸のミドル・ベイの名前で知られている部分まで、ほぼ八百メートルにわたってつづく道路だ。ああ、そういわれてみれば、なにもかも思い出されてきたぞ。かつてはこのわたしも、ダークスコア湖一帯を縄ばりにしていたんだ。なかでもいちばんの得意は、小さな子どもを危険から救うことでね。

それでもわたしは、この女性がすぐ近くに住んでいることがわかって、安堵《あんど》の胸を撫《な》でおろしていた。わたしたちの立派な車が、両者のリアバンパーがぶつかりあう寸前の状態でとまっているこの場所から、五百メートルも離れていないところに家があるのだ。そこまで考えたところで、合点がいったことがあった。この〝水着の女王〟のような幼い子どもが、ひとりでそれほど遠くまで歩いていけるはずはない……しかしこの少女は、意志の強さを実地に示した前科がある。娘がそうした強い意志のもちぬしであることは、むしろ母親の憔悴《しょうすい》ぶりを見れば明らかだった。わたしは、自分が少女の未来のボーイフレンドになるには年を食いすぎていることに安心した。これだけの少女なら、ハイスクールでも大学でも、ボーイフレンドたちにサーカスの輪くぐりなみの苦労を味わわせることになりそうだ——それどころか、火の輪くぐりにも匹敵する苦労を。

いや、その時期はハイスクールだけかもしれない。この町でトレーラーハウスに住んでいるような一家の娘たちは、近場に短大や専門学校があればともかく、大学までは進学しないのが一般的なルールだからだ。そして、ボーイフレンドたちをきりきり舞いさせる日々は、センターラインと〝おうらんほろう〟が別物だということにもまだ気づかないうちに、〈人生の大いなるカーブ〉の向こうから猛スピードで突っこんでくる〝この人しかいない〟少年（じっさいには、〝こいつだけはまずい〟少年になる公算が高いのだが）にハイウェイで轢《ひ》きつぶされておわる——といったほうがいいか。そして、またおなじことのくりかえしになる……。

《後生だから、そんなことを考えるのはやめろ、ヌーナン》わたしは自分にいいきかせた。《この子はまだ三歳なんだぞ。それなのにおまえときたら、三人の子持ちになったこの子のことを想像している——しかも三人のうちふたりは介癬《かいせん》病みで、残るひとりは発達障害児だというところまで！》

「ほんとうに、ほんとうにありがとうございました」マッティーがくりかえした。

「いや、いいんだよ」わたしはそう答えて、少女の鼻の頭をつついた。頬はまだ涙で濡《ぬ》れていたが、少女はお返しにお日さまのような笑みを見せてくれた。「言葉がとっても達者なお子さんだね」

「ええ、言葉も達者なら、意地っぱりももう一人前で」そういってマッティーは少女の体をわずかに揺さぶったが、少女には恐怖の色が微塵《みじん》もなかった。体を揺さぶったり殴ったりする行為が日常的でないことを示す兆候だった。その反対に、少女の笑みがさらに大きくなった。母親が笑みを返す。まちがいない——母娘でともに涙にくれる段階を過ぎたいま、マッティーは抜群の美しさを見せていた。テニスウェアを着せてキャッスルロック・カントリークラブに連れていけば（メイドかウェイトレスとして行く以外、そんな場所には一生縁がないだろうが）、マッティーはいまよりもさらに美しく見えることだろう。たぶん、若き日のグレース・ケリーに匹敵するほどに。

それからマッティーは、わたしに視線をもどした——その目は大きく見ひらかれ、真《しん》摯《し》な光をたたえていた。

「ミスター・ヌーナン、わたしは決して母親失格というわけじゃないんです」

いきなり自分の名前が出たことで驚きはしたものの、その驚きは一過性のものだった。なんといっても、読者としては当然の年齢ではないか。《総合病院》だの《ある人生》

だのといった連続ドラマを見て昼さがりを過ごすよりは、わたしの作品を読んで過ごすほうが楽しいのかもしれない。といっても、その差はたかが知れている。

「いつ湖に行くかで、親子喧嘩《げんか》をしたんです。わたしは、洗濯物をすっかり干して、お昼を食べて、午後になったら行こうといったんですよ。そしたらカイラが——」マッティーが口をつぐんだ。「あれ？　わたし、なにを話してました？」

「この子はカイアという名前だって？　それで——」それ以上の言葉をつづけるより先に、尋常きわまりないことがわが身に起こった——口のなかが水でいっぱいになったのだ。あまりにもいっぱいになったせいで、一瞬パニックにおちいった。たとえるなら、海で泳いでいて突然の波に襲われ、たっぷり水を飲みこんだ人のように。ただし、このときの水は塩からくはなかった——冷たくすっきりした味で、かすかに血のような金《かな》くさい刺戟《しげき》的な味が混じっていた。

わたしは顔を横にむけ、唾《つば》を吐いた。てっきり、口から大量の水が吐きだされるものと思った——溺《おぼ》れかけた人に人工呼吸をほどこすと、口から一気に水が噴きだすことがあるが、あれと同様のことが起こると予測したのだ。しかし口から出てきたのは、暑い日に唾を吐いたときに出てくるのとおなじものだった——小さな白い唾の塊。しかもその小さな唾の塊が路肩の地面に命中するよりも早く、先ほどの感覚はきれいさっぱり消えていた。一瞬ののちには、最初からなにもなかったかのようになっていた。

「あの人、唾吐いたよ」少女がこともなげな口調でいった。

「ごめん」わたしはいった。同時に頭のなかは混乱していた。いったい、さっきのはなんだったというのか？「どうも、時間差でショックが襲ってきたみたいでね」

マッティーは、わたしを四十歳ではなく八十歳の老人あつかいするような、気づかわしげな表情を見せていた。いや、マッティーの年齢からすると、四十歳の人間は八十歳も同然なのだろう。「よかったら、うちで休んでいきませんか？　といっても、お水くらいしかさしあげられませんが」

「いや、もうなんともないから」

「そうですか。それで……ミスター・ヌーナン……さっきの話のつづきですけど、こんなことが起きたのは、まったくはじめてなんです。わたしはシーツを物干しにかけてました……この子はビデオでアニメの《マイティ・マウス》を見てたんです……で、そのあと洗濯ばさみをとりに家のなかに引きかえしてみたら……」マッティーは少女に視線をむけた。少女はもう、笑みを見せてはいなかった。大きく見ひらかれた両目は、いまにも涙をいっぱいにたたえそうになっていた。「この子の姿が消えてたんです。まったく、一瞬、恐怖でそのまま死ぬんじゃないかって思いました」

少女の唇がわななきはじめ、予定どおりその両目に涙がこみあげてきた。それから少女はすすり泣きはじめた。マッティーは愛娘《まなむすめ》の髪の毛に手を走らせ、その小さな頭を撫でて、〈Kマート〉特製スモックの上に引き寄せた。「もういいのよ、カイ」マッティーはいった。「きょうはおまえが無事だったんだから。でもね、もうひとりで道路に出てきてはだめ。危ないから。道路では、おちびさんは轢かれちゃうの。おまえはまだ、おちびさんなのよ。そう、世界でいちばん大切なおちびさんなんだから」

少女はなおも激しく泣きじゃくった。それは湖岸だろうとどこだろうと、さらなる冒険の旅に出る前に昼寝を必要としている、体力をつかいきった子どもの泣き声だった。

「カイア、わるい子だった……カイア、わるい子だった……」少女は母親の首に顔をうずめて、しゃくりあげながら涙声でいった。

「そんなことないわ。まだ三歳の小さな子どもというだけ」マッティーはいった。マッティーが母親失格だという思いが頭のどこかにあったとしても、この光景を前にして、そんな思いは完全に溶けてなくなっていた。いや、そもそもずっと早くに消えていたはずだった——なにせこの少女は快活で、身ぎれいにしており、よく世話をされていることが明白で、体に傷ひとつなかったのだから。

あるレベルでは、わたしはそういった事実を心にとめていた。そしてまたべつのレベルでは、ついさっきこの身を見舞った奇怪な出来ごとについて考え、さらに先ほど耳にした事実――おなじくらい奇怪に思える事実――についても思いをめぐらせていた。わたしがセンターライン上から救出したこの幼い少女の名前が、わたしたち夫婦がもし子宝に恵まれて、それが女の子だったら命名しようと前々から考えていたのとおなじだった、という奇怪な事実に。

「カイア」わたしはいった。心底、驚嘆を禁じえなかった。わたしは自分が手をふれればこの少女が壊れてしまうのではないかと怯えているように、ためらいながら少女の後頭部を静かに撫でた。少女の髪の毛は日ざしに暖められ、なめらかな感触だった。

「ちがうんです」マッティーがいった。「この子はまだ、そんなふうにしか発音できないんですけど、ほんとうはカイアではなくカイラ。ギリシア語からきてるんです。〝貴婦人《レディ》のような〟という意味なんですよ」マッティーはいささかわたしの視線を意識したようなしぐさで体の位置を変えた。「赤ちゃんの名づけ方辞典で見つけた名前です。この子がおなかにいたころは、オプラ・ウィンフリーみたいな珍しい名前がいいと思いこんじゃっていて。でも、通信教育に入れこむよりはましだったと思いますけど」

「かわいらしい名前だね」わたしは答えた。「それに、きみが母親失格だなんて思ってないとも」

そのとき頭をよぎっていったのは、クリスマスに訪問したときにフランク・アーレンが食卓できかせてくれた話だった。話の主人公はいちばん下の弟のピーティ。フランクの披露した話に、満座の人々は腹の皮がよじれるほど笑わされた。そんな出来ごとはまったく記憶にないといいはっていたピーティ本人でさえ、頬に涙を流すほど大笑いさせられていたくらいである。

ピーティがまだ五歳くらいだった、ある年の復活祭のこと——と、フランクは話しはじめた——両親は子どもたちにイースターエッグさがしをやらせた。前の晩、子どもたち全員が祖父の家に出かけたあとで、両親は家じゅうに百個ばかりのイースターエッグを隠していた。昔ながらの楽しい復活祭の日の午前中だったが、それもジョアンナがパティオで自分の収穫を数えながらふと上を見あげ、金切り声の悲鳴をあげた瞬間におわった。家の裏手に張りだした二階の屋根を、ピーティが楽しそうに這《は》いずりまわっていたからだ。それも、あと二メートルも進まないうちに、真下のコンクリートのパティオまで落ちてしまう場所に。

ミスター・アーレンがピーティを救出しているあいだ、ほかの家族は恐怖に凍りついたまま手を握りあって下に立って、その光景に目が釘《くぎ》づけになっていた。ミセス・アーレンはアヴェ・マリアの祈りをなんどもくりかえし唱えていた（フランクがさらにけたたましく笑いながらいいそえたところによれば、「あんまり早く唱えたので、昔の〈ウィッチ・ドクター〉のレコードにあった縞栗鼠《しまりす》のコーラスグループ、チップマンクスのかん高い声そっくりだった」とのこと）。そのうち夫のミスター・アーレンがピーティを腕に抱きかかえ、ひらいたままだった窓から寝室にはいっていって姿を消した。夫人は気絶して地面に倒れこみ、鼻の骨を折った。なんで屋根にあがったかをたずねられたピーティは、雨樋《あまどい》のなかにイースターエッグが隠されていないかどうかを確かめたかった、と答えた。

思うにどこの家族にも、似たような話がひとつはあるのだろう。世界じゅうのピーティやカイラの同類たちが命を救われたという無数の実話こそ——その両親の心のなかだけとはいえ——神が実在するという有力な根拠になる。

「ほんとうに、すっごく怖い思いをしたのよ」マッティーはいった。十四歳の少女に逆もどりしたような顔つきだった。せいぜい十五歳だ。

「でも、もうおわったじゃないか」わたしはいった。「それにカイラだって、もうひとりで道路をふらふら歩いたりはしないさ。そうだろう、カイラ?」

カイラは母親の肩に顔を埋めたまま、〝もうしない〟という意味でうなずいてみせた。それを見てふと、マッティーが住みなれたダブルワイドのトレーラーハウスに帰りつく前に、この少女が寝入ってしまうにちがいないという思いが胸をかすめた。

「これがわたしにどれほど奇妙に思えているか、あなたにはわからないでしょうね」マッティーはいった。「だって、わたしがいちばん好きな作家の人がどこからともなく姿をあらわして、娘の命を救ってくれたんですもの。もちろん、あなたがＴＲに別荘をもってることは知ってます——地元の人たちが〈セーラ・ラフス〉と呼んでいる、あの古くて大きな丸太づくりの別荘でしょ？　でもみんな、奥さんが亡《な》くなって以来、あなたはもう来なくなったって話してましたから」

「もうずいぶん長いこと来てなかったんだ」わたしは答えた。「もし〈セーラ・ラフス〉が家じゃなくて結婚相手だったら、試験的調停期間とでも呼べるかな」

マッティーはうっすらと笑みを見せると、すぐに真剣な顔にもどった。「ひとつお願いがあるんです。きいていただけますか？」

「ああ、いいとも」

「この話を口外しないでください。カイとわたしにとっては、いまは時期がわるいので」

「どうして？」

マッティーは唇を噛《か》みしめ、この質問に答えるべきかどうか迷っている顔を見せた。そもそもこの質問自体、あと一秒でも考えをめぐらせていれば、わたしが控えたはずのものだった。それから、マッティーはかぶりをふった。

「ただ時期がわるいっていうだけです。だから、いまの出来ごとを町で人にしゃべったりしないでもらえると、ほんとうにうれしいんです。たぶん、あなたが想像している以上に」

「ああ、わかった」

「ほんとうに？」

「もちろん。だいたい基本的にわたしは、ここに一時的に滞在している別荘族にすぎない……ということは、話し相手の地元の人だって、そう多くないことになるしね」

もちろんビル・ディーンがいるが、あの男がそばにいるときに口を閉ざしておくことはできる。とはいえ、この一件がビルの耳にはいらないわけはない。愛娘が独力で湖岸に行こうとした一件が地元の人々に知れわたることがないと、この小柄な女性が考えているのなら、それは自分をごまかしていることになる。

「ただ、もう人に見られてると思うよ。ブルックスの整備工場を見てごらん。まじまじと見つめちゃだめだ——横目でこっそりね」

マッティーはいわれたとおりにして……ため息を洩《も》らした。ふたりの老人が、昔ガソリンポンプのあった場所のタールマカダム舗装の上に立っていた。そのひとりは、ブルックス本人らしい。往時にはこの男をテレビの〈道化のボゾー〉そっくりに見せていた乱れきった赤毛の名残りが、ちらりと見えたような気がしたのだ。もうひとりは、ブルックスさえ青二才に思わせるほどの年寄りで、ホモの狐《きつね》を思わせる姿勢で金の握りのついた杖《つえ》に寄りかかって立っていた。

「ああいった人たちのことはどうしようもありませんね」マッティーはいかにも気落ち

しているロ調だった。「わたしにかぎらず、だれだって打つ手がないんですから。きょうが祝日で、あそこにふたりしかいないことだけでも、不幸中のさいわいと思わなくちゃいけないんでしょうね」

「そもそも、あのふたりじゃ、こっちはあまりよく見えていなかったんじゃないか」わたしはいったが、これはふたつの事実を無視した発言だった。ひとつはまず、わたしたちが道路ぎわに立っていたあいだ、すでに五台以上の乗用車やピックアップ・トラックがここを通過していったという事実であり、もうひとつはブルックスとその年上の友人なら、じっさいになにが見えなかったかに関係なく、喜んで話をでっちあげるはずだという事実である。

カイラはと見ると、マッティーの肩に頭をあずけたまま、いかにも貴婦人らしいいびきをかいていた。マッティーはちらりと愛娘に視線を落とし、悲しみと愛情の入り混じった笑顔をむけた。「こんなふうに、どじなところをさらすような場面でしかお会いできなかったのが、かえすがえすも残念です。だってわたし、ほんとうにあなたの大ファンなんですから。そういえばキャッスルロックの本屋さんで話をきいたんですけど、今年の夏には新作をお出しになるんですってね」

わたしはうなずいた。「『ヘレンの約束』という題名なんだ」

マッティーはにっこりと笑った。「すてきな題名だわ」

「ありがとう。それはともかく、娘さんの重みで腕の骨が折れないうちに、そろそろ家に連れて帰ったほうがいいようだね」

「ええ」

世の中には、その気がまったくないにもかかわらず、うっかり口を滑らせて相手を当惑させる不躾《ぶしつけ》な質問を投げかける人種がいる——いうなれば、うっかりドアに体当たりしてしまう才能というべきか。なにを隠そう、わたしもそのひとりだ。スカウトの助手席側のドアに歩みよっていくマッティーの横を歩きながら、わたしはふとある質問を思いついた。だからといって、自分を強く責めるわけにもいくまい。なぜなら、マッティーの左手に結婚指輪があるのが見えたからだ。

「ご主人にはこの話をきかせるのかな？」

笑顔はそのままだったが、マッティーの顔からいくらか血の気が失《う》せたように見えた。しかも、こわばってもいた。小説を書いているときにいったんタイプした文章を消すように、いちど口にした言葉をあとから抹消できるというのなら、わたしは喜んでそうしたはずだ。

「夫は去年の八月に死にました」

「マッティー、すまなかった。うっかり口が滑ってね」

「そんなこと、わかりっこないですよね。そもそも、わたしくらいの年齢の女なら、まだ結婚していなくても当然だし。結婚していたとしても、夫は軍隊にいるとか、その手の事情があるはずですもの」

スカウトの助手席には、ピンク色のチャイルドシートがおいてあった——これも〈Kマート〉の商品らしい。マッティーはカイラをチャイルドシートにきちんとすわらせようとしていたが、かなり苦労しているようすがうかがえた。わたしは手を貸そうと前に進みでた。少女の肉づきのいい足をささえようと手を伸ばしたそのとき、わたしの手の甲がほんの一瞬だがマッティーの胸のふくらみをかすめた。マッティーはカイラがシートからずり落ちて床に転がり落ちる事態を避けたかったのだろう、あわててあとじさるようなことはしなかった。しかしわたしには、マッティーがいまの接触を記憶にとどめていることが感じられた。夫はもう死んでいるのだから、危険なことはなにもない……だからこの大物作家さんは、夏の暑い午前中にちょっとばかり〝おさわり〟をするのもわるくないと、そう思ったんだ……だからといってなにがいえるの?……ミスター大物作家はたまたまここを通りかかって、わたしの娘を道路から救いだしてくれた……それればかりか、たぶん娘の命までも助けてくれたのだから。

《ちがう、そうじゃないんだ。たしかにわたしは調子づいている四十歳の中年男かもしれない。でも、断じて〝おさわり〟を楽しんでたわけじゃないんだ》

そうは思ったものの、言葉を口に出せなかった。そんなことをいっても、事態をさらに紛糾させるだけだ。頬がわずかに火照《ほて》ってくるのが感じられた。

「で、きみのほうは何歳なのかな？」ひとたび幼児がきちんとチャイルドシートにおさまり、ふたりが安全な距離を確保しおえると、わたしはたずねた。

マッティーはわたしを一瞥《いちべつ》した。疲れているかどうかはともかく、この女性は完全に気をとりなおしていた。

「自分がどんな立場にいるかがわかるくらいの年にはなってます」そういって、片手をさしのべる。「ほんとうにありがとうございました、ミスター・ヌーナン。あなたが居あわせてくれたのは、きっと神のお導きなんでしょうね」

「いや、神はただわたしに、〈ヴィレッジカフェ〉でハンバーガーを食べろといっただけさ」わたしは答えた。「いや、そんなことをいってきたのは、神の永遠のライバルのほうかもしれない。バディのやつは、昔ながらのあの店でいまでも商売をしてるんだろうね？」

マッティーは笑顔になった。笑みのせいで表情にぬくもりがもどり、そんなマッティーの顔を見るとうれしい気持ちにさせられた。

「バディのことだもの、カイの子どもが偽造の身分証明書をつかって、こっそりビールを買いにいくようになるころだって、まだ商売をつづけてると思いますよ。そりゃ、だれかが道路からふらっと店にやってきて、シュリンプ・テトラッツィーニとかなんとか、小洒落《こじゃれ》た料理を注文するようになれば話はべつですけど。そんなことがあったら、あの人はきっとその場で心臓発作を起こして死んでしまうでしょうね」

「そうだね。とにかく新作の完成本がこっちにとどきしだい、一冊おたくにとどけさせてもらうよ」

あいかわらずマッティーの顔には笑顔が残っていたものの、そこに一抹の憂慮がかすかな影を落としはじめていた。「そこまでしていただかなくても」

「たしかに——でも、そうさせてくれ。エージェントが著者用として五十冊も送ってくるんだ。年をとるにつれて、その本が年々溜《た》まっていくばかりなんだよ」

もしかするとマッティーは、わたしがこの言葉にこめた真意以上のなにかをききつけていたのかもしれない。世の中には、そういったことのできる人がいるのだ。

「わかりました。楽しみにしてますね」

わたしはもういちど、カイラに目をむけた。カイラは幼児ならではの、あの奇妙な姿勢のままぐっすりと眠っていた。頭を片方の肩にがっくりと垂れ、愛らしいその唇は上下がわかれて、そのあいだから唾《つば》が泡になって飛びだしていた。幼子たちの肌にはいつも驚かされる——あまりにもなめらかで、完璧《かんぺき》なまでに傷ひとつないその肌は、それこそ毛穴さえ存在しないように見えるからだ。そして、ボストン・レッドソックスの帽子がかしいでいた。マッティーに見まもられながら、わたしは帽子に手を伸ばして目庇《まびさし》をおろしてやり、両目を完全に隠してやった。

「カイラ……」わたしはいった。

マッティーはうなずいた。「貴婦人のような」

「カイアというのはアフリカの名前でね」わたしはいった。「〝季節のはじまり〟という意味なんだ」

わたしはそういってマッティーに軽く手をふると、その場を離れて、シボレーの運転席側のドアに歩みよった。マッティーがむけてくる好奇の視線が肌に感じられ、わたしは自分が泣きだすのではないかという、これ以上はない奇妙な感情をおぼえた。

親子ふたりの姿が見えなくなっても、まだしばらくその感情は心にわだかまっていた。さらに〈ヴィレッジカフェ〉に行ってからも、その感情は残っていた。未舗装の駐車場に車を乗り入れて、ノーブランドもののガソリンのポンプの左側に車をとめると、わたしはしばしそのままずわって、ジョアンナのことや、代金二十二ドル五十セント也《なり》の妊娠検査キットのことなどを考えた。まちがいないという確信を得るまでは、自分だけの胸に秘めておこうとジョーが思っていたささやかな秘密。そういう事情にちがいない。それ以外の事情が考えられるというのか？

「カイア」わたしはいった。「季節のはじまり」

しかしその言葉に、またしても泣きたい気持ちがこみあげてきた。そこでわたしは車から降り立つと、力まかせにドアを閉めた——そうすれば悲しみを車内に閉じこめておくことができるとでもいうように。

8

バディ・ジェリスンは、まったく昔のままだった――あいかわらず汚れた調理用の白衣と染《し》みが点々と散ったエプロンという姿で、昔と変わらぬ黒い髪の毛を、牛肉の血だかストロベリー・ソースだかの赤い汚れのついた紙製の帽子にたくしこんでいた。おまけに顔を見たところ、不ぞろいな口ひげにオートミール・クッキーのかけらがついているところもおなじだった。バディは五十五歳にも見えたし、七十歳でも不思議はなかった。遺伝上の恵みをさずかっている男たちの例に洩《も》れず、この男もまだ中年という領域の出口を示すラインの内側にとどまっていたのである。四年前とまったくおなじように、ぶざまに太った巨体――身長は百九十センチほどで、体重は百三十五キロはあっただろう――であり、あいかわらず愛敬《あいきょう》と機転をたっぷりもちあわせ、生の喜び《ジョワ・ド・ヴィーヴル》に満ちあふれてもいた。

「メニューを見るかい？　それとも覚えてるかな？」バディは、わたしがついきのうも店にきたような口ぶりでうなった。

「いまでもヴィレッジバーガー・デラックスをつくってるかい?」

「おいおい。鴉《からす》はいまでも、松の木のてっぺんでクソをしてると思うか?」薄いブルーの瞳《ひとみ》がわたしを見すえた。悔やみの言葉ひとつ口にしない――それはそれでけっこうだった。

「たぶんね。じゃ、ありったけをはさんだそいつをひとつ――ヴィレッジバーガー・デラックスだぞ、鴉じゃない。それからチョコレートフラッペも。また会えてうれしいよ」

わたしは握手の手をさしだした。バディは驚いた顔を見せたものの、わたしの手をとった。白衣やエプロンや帽子とはうって変わって、バディの手は清潔だった。爪《つめ》にさえ、ひとつの汚れさえ見あたらなかった。

「ああ……」それからバディは、レンジ台の横で玉葱《たまねぎ》を切っていた血色のわるい女にむきなおった。「ヴィレッジバーガーひとつだ。超特急でつくってやってくれ」

ふだんならカウンターにひとりですわるのが好きなわたしだが、この日は冷蔵庫近くのボックス席にすわり、料理ができたことを知らせるバディの大声を待った。オードリーは簡単な料理をつくりはするものの、ウェイトレス役はしないのである。わたしは考えをめぐらせたかったし、〈ヴィレッジカフェ〉はそのために最適の場所だった。店内には二、三人の地元の客がいて、サンドイッチを食べたり、缶からじかに炭酸飲料を飲んだりしていたが、客はそれだけだった。このあたりに夏別荘をもっているような人種は、〈ヴィレッジカフェ〉で食事をするくらいなら飢えているほうをえらぶだろうし、たとえ飢えていても、この店に連れてこようとすれば、手足をばたつかせて抵抗するにちがいない。床は色褪《いろあ》せた緑のリノリュームで、そこには丘陵や谷間の地図とも見える無数の線が走っている。バディのユニフォームとおなじく、床も決して清潔とはいえない（夏の別荘族がここに来たとしても、バディの清潔な手までは気づかないに決まっている）。木造部分は油汚れがついて黒くなっていた。さらにその上、石膏《せっこう》ボードの壁がはじまる部分から上には、いくつものバンパーステッカーがべたべた貼《は》りつけてある――これが、バディなりの室内装飾法だった。

《クラクション故障中――だから指のサインにご注目》

《妻と愛犬が失踪《しっそう》中――愛犬を見つけてくれた人に薄謝進呈》

《この町には常習の酔っぱらいはいません――みんな順番当番制》

ユーモアはほぼ例外なく、お化粧をまとった怒りの念にほかならないというのがわが持論だが、こういった小さな町ではその化粧が薄くなる傾向にある。天井にとりつけられた三基の扇風機が熱い空気をものうげにかきまわし、ソフトドリンクのはいった冷蔵庫の左側には蝿取《はえと》り紙が二本吊《つ》りさがっていた。蝿取り紙には野生の昆虫が点々と貼りついており、なかには文字どおり虫の息で弱々しく蠢《うごめ》いている虫さえいた。こうした光景をながめつつ食事ができるなら、その人間の消化器官にはおそらくなんの問題もないだろう。

わたしは名前の類似性について、考えをめぐらせた。あんなものは偶然の一致だ、そうに決まっている。それからわたしは十六歳か十七歳で母親になり、十九歳か二十歳の身空《みそら》で寡婦《かふ》になった愛らしい女のことを考えた。それからさらに、手がうっかりマッティーの乳房をかすめたことを思い、ある日突然に若い女性たちとその付属物がつくりだす魅力たっぷりの世界を発見した中年男を、世間はどう見るだろうか、というところにまで考えがおよんだ。なかでもいちばん集中して考えたのは、マッティーから娘の名前を教えてもらったとき、わが身を見舞ったあの出来ごと——口とのどが、いきなり刺戟《しげき》的なミネラル風味をたたえた冷たい水に満たされたようになったあの出来ごとだった。あの奔流のことだった。

わたしの注文したバーガーができたとき、バディは大声で二回も叫ばなくてはならなかった。カウンターに近づいて料理をうけとろうとすると、バディがいった。「こっちに来たのは住みつくためなのかい？　それとも別荘を引き払うためか？」

「なんでそんなことを？」わたしはいった。「わたしに会えなくて寂しかったかい？」

「まさか」バディは答えた。「ただな、あんたはすくなくともおんなじ州の人間だ。知ってたか？　マサチューセッツっていうのは、ピスカタクォー語で〝馬鹿野郎《ばかやろう》〟っていう意味なんだぞ」

「昔と変わらず、あんたは愉快な男だね」とわたし。

「ああ。くそったれレターマンに追いつけ追い越せがおれのモットーだ。なんで神さまが鴎《かもめ》に翼をくれてやったかを、レターマンのやつに教えてやれよ」

「で、その理由は？」

「くそったれフランス人どもを翼で一撃して、ごみ捨て場に叩《たた》き落とすためさ」

わたしはラックから新聞を一部とり、フラッペ用のストローを一本手にとった。そのあと公衆電話に寄り道をして、新聞をわきの下にはさみこむと、電話帳のページをひらいた。その気になれば、電話帳を手にとって歩きまわることだってできる。チェーンで壁につながれてはいないからだ。いったいだれが、キャッスル郡の電話帳を盗もうという気になるというのだろう？

デヴォア姓の人間は二十人以上掲載されていたが、これにはさしたる驚きはなかった。ペルキーやボウイーやトゥーセイカーといった名字と同様、このあたりに居をかまえればしじゅうお目にかかる名前のひとつだったからだ。きっと、事情はどこでもおなじようなものなのだろう――変わりばえのしない一族がどんどん子孫を増やし、あまり旅行をしなかった、それだけのことだ。

ワスプヒル・ロードに住所をもつデヴォア姓の人間はひとりだけだった。ただし掲載されていたのは、マッティーでもマティルダでもマーサでも、頭文字だけのMでもなかった。ランス・デヴォア。そこで表紙をめくって確かめたところ、これが一九九七年版の電話帳であることがわかった。つまりマッティーの夫がまだ生者の国にいた時分に印刷され、発行されたものなのだ。これでよし……とはいいながら、この名前にはまだなにかひっかかりを感じていた。デヴォア、デヴォア、われらいま高名なるデヴォア家を讃《たた》えまつる……ああ、なにゆえあなたはデヴォアなの？　しかし、なんにせよ、ひっかかりを覚えた原因に思いあたるふしはなかった。

わたしは蠅取り紙につかまっている生き物たちに目をむけないように努力しながら、バーガーを食べ、すっかり溶けたフラッペを飲みおえた。

口数すくなく顔色のわるいオードリーから釣り銭をうけとるのを待っているあいだ（いまのご時世でなお、五十ドルあれば〈ヴィレッジカフェ〉で一週間ぶっつづけで食事がとれる……といっても、それだけの耐久力が血管にあればの話）、わたしはレジに貼りつけてあるステッカーの文句に目を通した。これもまた、バディ・ジェリスン特製ステッカーのひとつだった。

《電脳空間《サイバースペース》おっかない、びびってパンツにど、ば、っとダウンロード！》

この文句を見ても愉快な気分にはならなかったが、これが本日いちばんの謎《なぞ》を解く鍵《かぎ》となったことは事実だった――デヴォアという名前にきき覚えがあるだけでなく、なぜなにかしらひっかかりを感じたのか、という謎を。

一般の人々の物さしにしたがうなら、わたしはかなりの金持ちということになる。しかし、大多数の人々のみならず万民の尺度で金持ちといえる人間が――さらにいえば、この湖周辺に一年を通じて住んでいる人間の物さしでは〝不届きなほどの金持ち〟といえる人間が――すくなくともひとり、このTRとつながりをもっていた。といっても、その人間がいまもまだ食事をして、呼吸をして、あたりを歩きまわっていればの話だが。

「オードリー、マックス・デヴォアはまだ生きてるのかな？」

オードリーは薄笑いを見せてきた。「ああ、生きてるよ。そうはいっても、うちの店にはあんまり顔を出さないけどね」

バディのユーモア・ステッカーをいくら見せられても出てこなかった笑い声が、その返答ひとつでいきなり引きだされてきた。昔からいつも顔が土気色で、いまや肝臓移植手術の候補者めいた容貌《ようぼう》になっているオードリーもまた、しのび笑いを洩らしていた。カウンターの反対側にいたバディは、とりすました図書館員のようなしかめ面《つら》をしてよこした。バディはそこで、休日に開催されるストックカー・レースについてのちらしを読んでいた。

わたしは、来た道を逆にたどって車を走らせていた。大きなハンバーガーは、酷暑の一日の昼日中に食べるのにふさわしい料理ではない。そんなものを腹に入れれば眠気を誘われ、頭が鈍くなる。だからこのときは、ただ家に帰りつきたい（別荘に来てから二十四時間とたっていなかったにもかかわらず、早くもそこを〝家〟と考えるようになっていた）、帰ったら天井に扇風機のある北翼棟の寝室のベッドに倒れこみ、二時間ばかり昼寝をしたい、という一心だった。

ワスプヒル・ロードを通りかかったときには、スピードを落としてみた。物干し紐《ひも》から吊りさがった洗濯物が落ち着きなく風にそよぎ、前庭のそこかしこにはおもちゃが散らばっていたものの、スカウトは見あたらなかった。マッティーとカイラはそれぞれ水着に着替えて、湖岸にある公共の遊泳場に行ったのだろう――わたしはそう思った。あの親子のことが気にいっていた。かなりの好感をいだいたといえる。そしてマッティーの短命におわった結婚生活は、どこかでマックス・デヴォアその人とマッティーのあいだに絆《きずな》をつくっているにちがいない……しかし錆《さび》ついたダブルワイドのトレーラーハウスや未舗装のドライブウェイや、あちこち芝生の剝《は》げている前庭を見たり、マッティーが着ていたゆったりしたショートパンツや〈Kマート〉特製スモックなどを思いかえしたりすれば、その絆が断じて強固なものでないことくらい、いやでもわかった。

八〇年代末期にカリフォルニア州パームスプリングズでの引退生活にはいるまで、マックスウェル・ウィリアム・デヴォアはコンピュータ革命における主導者だった。これは基本的には若者たちによる革命だったが、デヴォアは黄金の古強者《ふるつわもの》として見事に立ちまわった——この男は自分の遊び場を知りつくし、ルールを理解していたのである。デヴォアがこの業界で仕事をはじめた当時、メモリーはコンピュータチップではなく磁気テープに記録されるものであり、最先端のコンピュータといえば、がりがりと音をたてる倉庫ほどの巨大なUNIVAC《ユニヴァック》と呼ばれる機械だった。デヴォアはコンピュータ言語のCOBOL《コボル》を知りつくし、やはりコンピュータ言語のFORTRAN《フォートラン》を母国語のごとくあやつった。やがてこの分野が拡大の一途をたどり、もはや自分が追いつけないほどになると——いいかえるなら、コンピュータ分野が世界を規定するようになると、デヴォアはさらなる成長を確保するために、若い才能を買い入れはじめた。

デヴォアの会社であるヴィジョン社は、ハードコピーをほとんど瞬時にデータ化してフロッピーディスクに落とすためのスキャニング・プログラムを開発した。また、のちに業界でデファクトスタンダードとなった画像処理ソフトも開発した。さらに〈ピクセル・イーゼル〉なるアプリケーションも、この会社が開発したものである。このソフトがあれば、ノートパソコン・ユーザーがマウスで簡単に絵を描けるのだ。いや、そればかりか、かつてジョーが〝クリトリス型カーソル〟と呼んだ周辺機器を接続すれば、文字どおりのフィンガーペインティング、すなわち指先で画面に絵を描くこともできるようになる。こういった近年の産物はどれもデヴォア自身が開発したものではないが、デヴォアはそういったソフトが開発可能であることを見ぬき、開発能力のある人材を雇い入れたのである。デヴォア本人が所有している特許権は数十におよび、共同で所有している特許権はさらに数百にものぼっている。その資産は——科学技術関連の株がその日にどんな値動きをしているかにもよるものの——総額で六億ドルと推定されていた。

TRでは、デヴォアは無愛想で不愉快な人物だという評価がくだされていた。意外ではない。ナザレに住む人々の口から、ナザレ人《びと》について好意的な評価がくだされることがあるだろうか？　いうまでもなく地元民たちは、デヴォアを〝箍《たが》のはずれた人物〟と形容していた。実社会で成功をおさめた金持ちの無軌道な若者時代のことを覚えているという古老の話に耳をかたむけるといい（古老という種族は、そろいもそろって、自分たちはその手の話を覚えていると主張すると決まっている）。そうすれば、〝あいつも若いころは壁紙を食べた〟だの〝犬をファックしていた〟だの、あげくのはては〝染《し》みのついたBVDのパンツ一丁の姿で教会の夕食会にやってきた〟だのという話がきけること請けあいだ。デヴォアの場合にはその手の話が残らず真実だったとしても、さらにはデヴォアが現代の守銭奴スクルージだったとしても、自分の近縁者がダブルワイドのトレーラーハウスに住んでいるのを黙って見ているとは思えなかった。

わたしは湖を見おろす道に車を走らせていき、ドライブウェイの入口で車をとめると、そこに立っている標識に目をむけた。手近の木の一本にニスを塗った材木が釘《くぎ》で打ちつけてあり、その材木に〈セーラ・ラフス〉の名前が焼印で捺《お》してある。このあたりでは、これが通例だ。それを見ているうちに、例のマンダレイ・シリーズでさいごに見た悪夢が思い出されてきた。あの夢のなかでは、だれかがこの標識にラジオ局のステッカーを貼りつけていた——ターンパイクの有料車線においてある通行料金投入箱にべたべたステッカーが貼ってあるが、ちょうどあんな具合だった。

車から降り立って標識に歩みより、しげしげと見つめる。ステッカーは見あたらない。向日葵《ひまわり》は、以前はたしかに裏口のポーチの床板を突き破って生えていた——そのことを証明する写真がスーツケースにはいっている——が、別荘名を書いた標識にはステッカーは貼られていなかった。これはいったいなにを証明するのか？　しっかりしろ、ヌーナン。頭をつかえ。

いったん車に引きかえしかけて——ドアはあいたままになっており、スピーカーからビーチ・ボーイズの歌声が流れでていた——考えをあらため、もういちど標識に近づいてみた。夢のなかでステッカーは、〈セーラ〉の《ラ》と〈ラフス〉の《ラ》の字を覆《おお》う形で貼《は》りつけられていた。その位置に指先をすべらせてみると、ほんのわずかだが、粘りつく感触がつたわってきた気がした。もちろん暑い日にニスを塗った材木にさわれば、そんな感触がすることもあるにちがいない。いや、そもそもすべてが思いすごしだとも考えられる。

わたしは家の前まで車を進めてとめると、サイドブレーキを引き（ダークスコア湖をはじめ、メイン州西部に十ばかりある湖のまわりの傾斜した土地では、サイドブレーキは欠かせない）、〈ドント・ウォーリー・ベイビー〉をさいごまできいた。私見だが、かねてからこの曲こそがビーチ・ボーイズの最高傑作ではないかと思う。甘ったるいだけの歌詞にもかかわらず傑作だと思うのではない――逆にそんな歌詞だからこそ、傑作だと思っているのだ。ぼくの愛がどれだけ深いものかを知っていれば――ブライアン・ウィルソンはそう歌う――きみが不幸な目にあうはずはぜったいにない。ああ、みなさん、世界がそんな場所であったならいいのに。

わたしは車内に腰をすえたまま、裏口ポーチの右側に寄せておいてあるキャビネットを見つめた。付近を徘徊《はいかい》している洗い熊《ぐま》にごみを漁《あさ》られるのを防ぐために、別荘ではこのキャビネットにごみの袋をしまっていた。ラッチつきのふたがついたごみ容器でも、洗い熊たちを防ぐことはできない。それなりに腹をすかせていれば、あの連中はちっこい器用な手をうまく動かして、ごみ容器のラッチを巧みにあけてしまうのである。

《いま考えていることを、まさか実行しようなんて思ってないだろうな？》わたしは自分に語りかけた。《まさかおまえ……本気で……？》

どうやら本気のようだった――というか、ちょっと手をつけてみるくらいの気にはなっていた。ビーチ・ボーイズの曲がおわってレアアースの曲がはじまると同時に、わたしは車を降りてごみ容器保管用キャビネットの扉をひらき、ふたつのプラスティック製のごみ容器をとりだした。スタン・プルークスという男が一週間に二回、このごみの回収にまわってくることになっている(いや、それは四年前のことだ——わたしは自戒した)。スタンは、ビル・ディーンが帳簿に出さずに現金で謝礼を支払って雇っている多数の下働きのひとりだ。しかし休暇のシーズンにはいっているいま、溜《た》まっているごみをスタンが回収にきてはいないだろうという見当はついたし、その見立ては正しかった。どちらの容器にもふたつずつ、ビニールのごみ袋がおさまっていた。わたしは袋をすべて引っぱりだし(そうしながらも、自分を愚か者だと罵《のの》りつづけてもいた)、口を縛ってある黄色い紐をほどきはじめた。

いま考えても、これ以上あとがないところまで追いつめられたところで、濡《ぬ》れた生ごみをすっかりポーチにぶちまけたりはしなかったと思うが(もちろんいまでも確信はもてないし、それでいいとも思う)、そこまで追いつめられはしなかった。よろしいか、この別荘は四年のあいだまったくの無人であり、その手の湿ったごみ——コーヒーの粉から使用ずみの生理用ナプキンにいたるまで——を出すのは家の住人と決まっている。だから袋の中身は、ブレンダ・ミザーヴとその掃除部隊が掃きあつめて流しこんだ、乾いたごみに限定されていた。

まず四十八カ月ぶんの埃《ほこり》や屑《くず》や蠅《はえ》の死骸《しがい》が詰まっているとおぼしき、掃除機用の詰め替え用ごみパックが九個もあった。それから丸めたペーパータオルがいくつもあった――芳香剤のはいった家具磨き剤の香りをさせているものもあれば、もっと鼻を突くものの心地よい〈ウィンデックス〉のにおいをさせているものもある。それから黴《かび》だらけになったマットレス用クッションと、虫たちが盛大に食い物にしたとひと目でわかるシルクの上着。この上着のなれの果てを見せつけられても、悲しみの感情は湧《わ》きあがってこなかった。わが若気のいたり。いま見ると、ビートルズの〈アイ・アム・ザ・ウォルラス〉時代のもののようだ。グー・グー・ジョオォブ、ベイビー。

ガラスの破片が詰まった箱がひとつ……なにとも識別できない（おそらくは時代遅れの）配管設備の箱……汚れて破れたカーペットの切れ端……寿命いっぱいつかいこまれ、色褪《いろあ》せてぼろぼろになった食器用ふきん……バーベキューでわたしがハンバーガーやチキンを調理するときにつかった鍋《なべ》つかみ……。

ふたつめの袋のいちばん下に、例のステッカーがひねって捨てられていた。ステッカーが見つかることはわかっていた――標識に指を走らせて、かすかに粘つく感触をとらえたその瞬間からわかっていた。それでも、現物を目にしないではいられなかった。たぶんそれは、疑り屋のトマスが釘の傷あとに指をふれてみないでは、イエス・キリストの復活を信じようとしなかったのとおなじことだろう。

わたしはみずからの発見物を日ざしに暖められたポーチの床板の上におき、片手でまっすぐに伸ばしてみた。周囲の部分が切り裂かれていた。標識から剝がすのに、ビルがペティナイフをつかったのだろう。四年ぶりで湖岸の別荘にやってくるミスター・ヌーナンの目に、ビールで酔っぱらった若者がドライブウェイに立っている標識に貼ってったラジオ局の宣伝用ステッカーをふれさせまいと配慮したのだ。そりゃそうに決まってる、あたりめえだ、そんなもん見せられっか。そこでステッカーは剝がされて、ごみ袋に落としこまれ……そしていままた出てきた……わたしの悪夢の中身が、またひとつ日の下に出現したわけだ。しかも、さして古びているわけでもない。ステッカーに指先を走らせる。《WBLM 一〇二・九 ポートランドのロックンロール大将》

恐れる必要はない――わたしは自分にいいきかせた。ほかのことがみんな無意味だったのとおなじく、これだって無意味なんだから。そのあとわたしはキャビネットから箒《ほうき》をとりだすと、すべてのごみを袋に掃きもどした。ステッカーも、ほかのごみといっしょに袋行きになった。

最初別荘にもどったときには、シャワーをあびて埃や汚れを洗い流すつもりだったが、ふたをあけたスーツケースのひとつに自分の水着がおいてあるのが目にとまり、予定を変えて泳ぎにいくことにした。水着はキーラーゴ島で買ったもので、潮を吹いている鯨が一面に描かれたユーモラスな雰囲気の品だった。ボストン・レッドソックスの帽子をかぶったわが同志なら、この水着も気にいってくれるだろう。腕時計を見やると、ヴィレッジバーガーを食べおえてから四十五分が経過したことがわかった。政府仕事としては上出来だよ、わが友《キモ・サベ》。〝ごみ袋の宝さがしゲーム〟に、これほど身を入れてとりくんだあとだからなおさらだ。

わたしは水着に着がえると、〈セーラ・ラフス〉から湖畔に通じている、枕木《まくらぎ》状に木を張りわたした階段を降りていった。履いているゴムサンダルが、ぺたんぱたんという音をたてた。季節遅れの蚊が何匹か、羽音をたてていた。前を見やれば湖面が煌《きら》めきを見せ、雲が低く垂れこめて湿気をはらんだ空の下で静かに誘いの手をさしのべていた。

湖の東側の湖岸にそって南北に走っているのは通行自由の道路で（不動産登記簿には〝共有地〟と記されている）、TRに住む地元民たちはたんに〝ストリート〟と呼んでいた。わたしの別荘に通じる階段を降りきったところから左に曲がって歩いていけば、〈ウォリントンズ〉やバディ・ジェリスンの薄汚れた小さな食堂の前を通りながら、最終的にはダークスコア・マリーナに行きつく……いうまでもないが、その途中にはざっと五十軒ばかりの夏別荘が、唐檜《とうひ》や松の林になった斜面の奥にひっそりと人目につかぬように点在している。右に曲がれば、ハーロー・ベイに行くことができる。とはいえ、昨今のようにストリートに雑草が伸び放題になっている状態では、行きつくまでに丸々一日は覚悟しておかねばなるまい。

わたしはしばし道にたたずんでいたが、おもむろに走りだして一気に湖水に飛びこんだ。これ以上はないほど軽々と空中を飛翔《ひしょう》していたあいだも、ふと気がつくと、この前こんなふうに湖に飛びこんだときは、しっかりと妻の手を握りしめていたことを思い出していた。

着水は、あやうく大惨事になりかけた。水はわたしがもはや十四歳ではなく四十歳であるという事実をあらためて思い出すに充分なほど冷たく、胸の奥では心臓が一瞬だけ完全に停止していた。頭の上でダークスコア湖の水面が閉ざされると、このまま生きて浮きあがることはぜったいにあるまいという気分になった。きっとわたしは、浮き台とストリートのわがささやかな一部にはさまれた水面で、うつぶせのまま浮かんでいるところを発見されるのだろう。冷たい水と油っこいヴィレッジバーガーの犠牲となって。そして墓石には、《母親から食後最低一時間は決して泳ぐなかれといわれた男、ここに眠る》とかなんとかいう文字が刻みこまれるに相違ない。

ついで足が石や湖底に生えているぬるぬるした水草にふれ、心臓が〝がくん〟とキックスタートの要領で動きだし、わたしは接戦になったバスケットボールの試合で決定打となるスラムダンク・シュートを決めようとする男なみの勢いで湖面を突き破った。空気の世界にもどるなり、わたしは息をあえがせた。口に水が流れこみ、咳《せき》をしてその水を吐きもどしながら、心臓にすこしでも活を入れようと片手でどんどんと胸を叩《たた》いた

──たのむぜ、ベイビー、しっかり動け、おまえならできる。

それからわたしは、腰まで水につかりながら湖のなかに立っていた。口のなかは、冷たい味でいっぱいになっていた。湖の水には、かすかなミネラル風味があった──洗濯につかうときには中和しないと泡だちがわるくなる水の特徴ではある。そしてまさしくこれこそ、先ほど州道六八号線の路肩に立っていたとき口中にあふれてきた味だった。マッティー・デヴォアから娘の名前をきかされたとたんに舌に感じられてきたのは、この味だったのである。

《頭のなかで、いろんなことの関連づけをしただけ、それだけのことさ。名前が似ているという事実から死んだ妻のことを連想し、そこから湖を連想した。湖の水なら──》

「──これまで一、二回は味わったことがあるからな」わたしは声に出してつづけた。その事実をさらに強調しようという思いがあったのだろうか、わたしは手のひらに水をすくいあげて──わたしをはじめ、州西部湖水地方連盟のメンバー全員が年一回うける報告書によれば、州でいちばん清潔で透明度が高い水のひとつ──その水を飲んだ。神の啓示に恵まれることも、頭のなかでいきなり不気味な閃光《せんこう》がひらめくこともなかった。ただのダークスコア湖……最初は口のなか、そしてつぎは胃のなか。

わたしは浮き台まで泳いでいくと、側面にとりつけられた三段の梯子《はしご》をつかって上にあがり、日に熱く焼けた板の上にごろりと身を横たえた。唐突に、ここに来たことへの歓喜の念が湧《わ》きあがってきた。いろいろあるにせよ、だ。あしたからは、この地での生活を組み立てることにしよう……すくなくとも、その方向にむけて努力くらいはしよう。しかしいまは、曲げた腕の肘《ひじ》のあたりに頭をもたせかけたまま、きょう一日の冒険をすべてすませた満足感をおぼえつつ、うつらうつらとしているだけでも充分だ。ところがじっさいには、これは真実とかけ離れた思いこみだった。

TRで過ごした最初の夏、ジョーとわたしは〈セーラ・ラフス〉の湖を見はるかすベランダに出れば、キャッスルロックで開催されている花火大会を見物できることに気がついた。これを思い出したのは、あたりの薄闇《うすやみ》がどんどん深まっていくあいだのことで、そのときには今年はその時間は居間に腰をすえて、ビデオで映画でも見て過ごそうと考えた。ジョーとふたりでベランダで過ごした独立記念日の黄昏《たそがれ》のすべて、ビールを飲みながら大きな花火が炸裂《さくれつ》するとふたりして笑いあった思い出すべてを頭によみがえらせるのは、あまりいい思いつきとは思えなかったからだ。それでなくても、わたしは孤独だった――デリーにいた時分には意識しなかったような意味あいで、このときは孤独をひしひしと肌で感じていた。それからわたしは、そもそもこの別荘に来た目的について思いをめぐらせた。ジョアンナの思い出――そのすべて――と正面からむかいあい、その思い出を慈愛に満ちた手つきで眠りにつかせることが目的でなかったとしたら、いったいなにが目的だったというのか？　ひとつ確実だったのは、ふたたび小説の筆をとれる可能性がこの晩ほど遠く思われたためしはない、ということだった。

ビールは手もとになかった。〈レイクビュー・ジェネラル〉か〈ヴィレッジカフェ〉で六缶パックを買ってくるつもりが、すっかり忘れていたのだ。しかしブレンダ・ミザーヴのおかげで、ソフトドリンク類はそろっていた。わたしはペプシの缶を手にとると、花火見物のために腰を落ち着けながら、これがあまり胸の痛みをもたらさないことを祈った。涙を誘われることのないように——そうも祈ったはずだ。自分の気持ちを偽っていたわけではない。ここでまた涙を流すことになるのはわかっていた。わたしはただ、それを耐えて切り抜けるほかはなかったのである。

その夜最初の花火があがって消えていったそのとき——きらきらと青い輝きの大輪の花がひらき、かなりの間隔をおいて爆発音がはるばる旅して追いついてきた——電話の呼出音が鳴りはじめた。キャッスルロックからのかぼそい爆発音にも飛びあがらなかったわたしだが、この音にはびくっとした。どうせビル・ディーンからの電話だろう、と思った。わたしが問題なく別荘に落ち着いたかどうかを、長距離電話で確かめようというのだ。

ジョーが死ぬ前年の夏、わたしたちはここにコードレス電話を導入した。これにより、わたしたち夫婦は願いどおり、電話で話をしながら一階をあちこち自由に歩けるようになった。わたしは引戸になったガラスの扉を抜けて居間にはいり、子機の通話ボタンを押して、「もしもし、マイクだが」というと、そのままデッキチェアに引きかえして腰をおろした。湖の対岸、キャッスルビュー上空に低く垂れこめた雲の下で緑と黄色の輝きとともに星々が炸裂し、音のしないまま閃光があとにつづいた——音のほうは、いずれノイズとしてきこえてくるのだろう。

しばらく電話の反対側からは、なんの声もきこえてこなかった。それからしわがれた男の声——年寄りの声ではあったものの、ビル・ディーンの声ではなかった——がこういった。「ヌーナンか？　ミスター・ヌーナンかね？」

「そうだが、そちらは？」巨大な黄金色《こがねいろ》の光輝が西の空を照らし、低い雲をうたかたの金銀細工で飾りたてていった。それを見てわたしは、きらきら輝く服で着飾った美女たちがわんさと出てくる、なにかの授賞式のテレビ中継を思い出した。

「デヴォアだ」

「はい……？」わたしは用心ぶかくたずねた。

「マックス・デヴォアだ」

《うちの店にはあんまり顔を出さないけどね》オードリーはそういっていた。これはてっきりヤンキー流のウィットをきかせた表現だと思いこんでいたが、どうやらあの女性は真剣だったらしい。いやはや、世に驚嘆の種は尽きまじ。

さて、これからどうなる？ 会話で先手をとろうとしても、なにひとつ頭に浮かんでこなかった。非公開になっているここの番号をどうやって知ったのかと質問しようとも思ったが、それがなんになるだろう？ そもそも六億ドルになんなんとする資産があればーというのも、いま話している相手がほんとうに本物のマックス・デヴォアだとしての話だがーどんな非公開の電話番号だろうと、望みのままにさぐりだせるものだ。わたしはもういちど、こんどは語尾をさっきよりも下げ気味にしながら、「はい」とくりかえした。

またしても沈黙がつづいた。ここでわたしが先に口をひらいて質問をはじめたら、デヴォアが会話の主導権を握ることになっただろう……この時点で、わたしとデヴォアが〝会話をかわしていた〟といえるものならば。なかなか巧妙な策略ではあるものの、わたしにはハロルド・オブロウスキーとの長いつきあいという願ってもないうしろ盾があったーハロルドは、意味深な沈黙を有効利用することにかけては達人なのだ。わたしはコードレス電話の洒落《しゃれ》た子機を耳に押しあてて微動だにせずすわったまま、西の空で展開されているショーをながめていた。赤い花火がひらいて青に変わり、緑の花火が金色に変化する。それは、授賞式用の輝くイヴニングドレスをまとった目に見えない美女たちが、雲のなかを歩いていくさまそのものだった。

「きくところによれば、きみはきょう、わたしの義理の娘と顔をあわせたそうだね」とうとうデヴォアが口をひらいた。不興もあらわな口調だった。

「かもしれませんね」わたしは驚きが声に出ないように努めた。「よろしければ、なぜうちに電話をかけてきたのかを教えてもらえませんか、ミスター・デヴォア？」

「ちょっとした事件があったときいたからだよ」

夜空に純白の光輝が踊った——宇宙船を爆発させているといわれても信じこみそうな光だった。つづいて、しばしの間があってから爆発音が響いてきた。

《ついに時間旅行の秘密を発見したぞ》わたしは思った。《聴覚がもたらす現象のひとつなんだ》

子機を握りしめている手にあまりにも力をこめすぎていたので、わたしは強《し》いて力を抜くようにした。マックスウェル・デヴォア。六億ドルの男。こちらの予想とは異なり、パームスプリングズにいたのではなかった。もっと近いところにいる——電話回線に通奏低音のように流れる特徴ある機械音を信じていいのであれば、ほかでもない、ここTRにいるらしい。

「孫娘のことが心配なんだよ」デヴォアの声がこれまで以上にしわがれたものになった。デヴォアは怒っている——怒りが声にありありと出ていた。この男は、もう長年にわたって感情を隠す必要に迫られたことがないのだ。「きいた話によれば、わたしの義理の娘はまたもや注意力散漫になったらしいな。あの女はしじゅうそうなるんだ」

そのとき、半ダースほどの星が夜空をいろどりゆたかな光で照らしだし、昔のディズニー製作の大自然もののドキュメンタリー映画にあった花のように花弁をひらいていった。キャッスルビューにあつまった大勢の見物客たちが、みないちように地面に敷いた毛布の上で胡坐《あぐら》をかき、アイスクリームを食べたりビールを飲んだりしながら、いっせいに〝わあっ〟と感嘆の声をあげている光景が想像できた。それこそ、すぐれた芸術のなしうるわざだろう、とわたしは思った——万民にいっせいに、〝わあっ〟という感嘆の声をあげさせることが。

《電話の相手の男が怖いんじゃないの？》ジョーがたずねた。《たしかにね、怖い思いをしても当然だと思う。自分にはいつでも怒りたいときに、だれでも怒りたい相手に怒りをぶつけることができる、なんて思っている人間がいるとすれば……そんな人間は危険きわまりない存在だから》

つづいてマッティーの声。《ミスター・ヌーナン、わたしは決して母親失格というわけじゃないんです……こんなことが起きたのは、まったくはじめてなんです》

もちろん、あんな立場に立たされれば、世の母親失格族は口をそろえてそういうだろう……しかし、わたしはマッティーの言葉を信じていた。

それに、なんといってもこの別荘の電話番号は非公開になっているではないか。わたしはここでコーラを飲みながら、ひとさまに迷惑をかけもせず、ひっそり花火見物をしていただけだ。それなのにこの男は――。

「ミスター・デヴォア、なんのお話だか、わたしにはさっぱり――」

「そんな返事はしないでもらいたいね。どうか、お願いだから、そんな返事はしないでもらいたい。あの親子ときみが話をしている現場を見た者がいるんだから」これは想像だが、反共委員会に引きだされて〝卑劣なアカ野郎〟というレッテルを貼《は》られる羽目になった哀れな間抜けの耳には、委員長ジョゼフ・マッカーシーの声が、いまのデヴォアの声のように響いていたことだろう。

《油断を欠かしちゃだめよ、マイク》ジョーが語りかけてきた。《ビートルズじゃないけれど、〝マックスウェルの銀のハンマー〟に気をつけてね》

「きょうの午前中、ひとりの女性と小さな女の子のふたりと会って話をしたのは事実ですよ」わたしはいった。「いまお話しになっているのは、そのふたりのことですね」

「いいや、きみは最初に道路をひとりで歩いていた幼児を見かけ、そのあと幼児を追いかけてきた女と会った。ああ、あの古いぽんこつ車を運転していた、わが義理の娘とね。いいか、あの子は車に轢《ひ》き殺されてもおかしくはなかった。なんであの若い女を庇《かば》うんだね、ミスター・ヌーナン？　あの女はきみとなにか約束でもしたのか？　あの女を庇っても、あの子のためにはならない。それくらいはわきまえてほしいな」

《マッティーはあとでわたしをトレーラーハウスに連れていくと約束したし、そのあと世界一周旅行に連れていくとも約束してくれたんだ》いっそ、そう返事をしてやろうかとも思った。《わたしがしっかり口を閉ざしてさえいれば、そのあいだずっと自分の口をあけておくとも約束してくれたよ——そら、こんな返事がききたかったんだろう?》

《そうね》ジョーがいった。《デヴォアがそういう返事をききたがっていることは確実。それどころか、その返事を本気で信じたがってもいるみたい。だからうかうか挑発に乗って、生煮えの皮肉を口走らないように気をつけてね——そんなことをすれば、ぜったい後悔するから》

そもそも、どうしてわたしはマッティー・デヴォアを庇ったりしているのだろうか?わからなかった。それをいうなら、いま自分がどんなことに足を突っこみつつあるのかも皆目わからない。わかっていたのは、マッティーが疲れた顔を見せていたこと、それにあの女の子の体には傷ひとつなく、また女の子は怖がってもいなければ、不機嫌でもなかったということだけだ。

「たしかに車はありましたね。古い型のジープでした」

「そんなところだろうさ」満足の響き。それに鋭い関心。ほとんど貪欲《どんよく》と形容できそうなほど。「それで、いったいなにが——」

「わたしはてっきり、あのふたりが一台の車にいっしょに乗ってきたものと思ったんですよ」わたしはいった。創作の才能がすっかり涸《か》れはてていたわけではなかったとわかって、わたしはなにがなし愉快な気持ちをおぼえた——たとえるなら大観衆の前ではもう投げられなくなったものの、昔なじみの裏庭でならかなり切れのいいスライダーを投げられるピッチャーになった気分だった。「もしかしたら、女の子のほうは雛菊《ひなぎく》を何本かもっていたかもしれませんね」

自宅のベランダにすわっているのではなく、法廷で証言をしているように、慎重のうえにも慎重を期して情報を追加していった。ハロルドがこれをきいたら、さぞやわたしを誇りに思ってくれるだろう。いや、その逆だ。そもそもわたしがこんな会話をかわしていると知れば、ハロルドは骨の髄から恐怖にふるえあがるに決まっている。

「だから、ふたりは野生の花を摘みにいってたんだなと思ったんですよ。あいにく、あの一件についての記憶は、そんなにはっきりと残ってはいないんです。わたしは作家でしてね、ミスター・デヴォア、車を走らせているときには、自分だけの考えごとに没頭しがちで——」

「嘘《うそ》つきめ」怒りの念はいまやあからさまになり、まばゆく輝いて、おできのようにずきずきと脈打っていた。察したとおり、この男をエスコートして社交の場で礼儀正しく挨拶《あいさつ》をさせるのは至難の業だ。

「ミスター・デヴォア……コンピュータの世界では知らぬ者のないデヴォア氏……まち

がいないですね？」

「ああ、そのとおりだ」

ジョーは筋の通った怒りをつのらせていくにつれ、口調や言葉づかいがどんどん冷静になっていくタイプだった。ある意味でそんなジョーの物真似《ものまね》をしている自分の声を耳にすると、率直にいって不気味な気持ちになった。「ミスター・デヴォァア、はばかりながらわたしは、夜分に一面識もない方からの電話をもらうことには慣れていませんし、そんな電話をかけてくる人物から嘘つき呼ばわりされてまで、会話をつづけようとは思いません。失礼します、おやすみなさい」

「なにも問題がなかったというなら、なぜきみは車をとめた？」

「ＴＲに来たのが久しぶりだったもので、〈ヴィレッジカフェ〉がまだ営業しているかどうかを知りたかったんですよ。ああ、ところで――どこでここの電話番号をお知りになったかは知りませんが、電話番号のメモをあなたがどこの穴に突っこめばいいかはわかってます。では、失礼」

親指でボタンを押して通話を終了させてから、わたしはじっと電話の子機を見つめた――こんな機械仕掛けには生まれてはじめてお目にかかった気分だった。子機をもつ手が小刻みにふるえていた。心臓は早鐘のよう――胸だけでなく、首や手首にも搏動《はくどう》があ りありと感じとれるほど――だった。つづいて、こんな疑問が湧きあがってきた――わたしも銀行に数百万ドルの預金があるが、そんな金がない身だったら、〝うちの電話番号のメモなんかケツにでも突っこんでおけ〟とデヴォアに毒づくことができただろうか？

《巨人《タイタン》同士の戦いというわけね》ジョーがもちまえの冷静な口調でいった。《それも、トレーラーハウスに住んでる十代の女の子をめぐる争い。まったく、話題にするほどの胸のふくらみもない女の子なのにね》

わたしは声をあげて笑っていた。巨人同士の戦い？　まさか。世紀の変わり目ごろ、さる新興成金がこんな発言をしたとつたえられている――「昨今ではたかだか百万ドルのはした金がある連中でも、すっかり金持ち気どりだ」おそらくデヴォアも、わたしのことをそんな目で見ていることだろう。そして世間の幅を広くとって考えた場合には、デヴォアのほうが正しいのである。

いまや西の空は、自然界にはありえない光の脈動で明るく輝いていた。花火大会のフィナーレだった。

「いったいどういうことなんだ？」わたしはたずねた。

答えはなかった。ただ湖上の空を突っきるように阿比《あび》が鳴き声をあげただけ。空に響きわたるきき慣れない音すべてに果敢な抗議の意を表していたのか。あるいは、そうかもしれない。

わたしは立ちあがると部屋のなかにもどり、子機を充電機の所定の位置にもどした。いまにも呼出音が鳴りだし、デヴォアが映画の陳腐な科白《せりふ》をまくしたてるにちがいないと思えた。《いいか、わたしの邪魔だては許さん。さもなくば》とか《いいかな、わが朋友《ほうゆう》よ、警告はしたぞ。そんな真似は》とか《さしあたり貴重なアドバイスをしてやる。そのあとでおまえを》とか、その手の文句だ。

電話は鳴らなかった。わたしは残ったコーラを、当然といえば当然なほど渇ききっていたのどに流しこむと、もう寝ようと思いたった。すくなくともベランダで涙を流したり、しゃくりあげて泣いたりするようなことはなかった——デヴォアにすっかり驚かされたからだ。天邪鬼《あまのじゃく》といえばあまりに天邪鬼だが、その意味ではデヴォアに感謝さえしていた。

それから北翼棟の寝室に行って服を脱ぎ、ベッドに横たわった。あのカイラという幼い少女のこと、少女の姉といっても通用する若さの母親のことが頭に浮かんできた。デヴォアがマッティーに怒りをいだいているのは明々白々だった。あの男から見れば、このわたしでさえ財力面で吹けば飛ぶような存在だというのなら、マッティーはどんな存在になることか？　デヴォアに襲いかかられたら、金銭面であれなんであれ、マッティーに対抗手段があるだろうか？　じっさいこれはきわめて陰湿な思いであり、その思いが頭に去来するなかで、わたしは寝入っていた。

その三時間後、わたしは愚かにも寝る前に摂取したコーラを体外に排泄《はいせつ》する必要にかられて目を覚ました。便器の前に立ち、片目だけをあけた状態で小便をしていたそのとき、例のすすり泣きの声がまたきこえてきた。暗闇《くらやみ》のどこかで道を見うしない、怯《おび》えている子どもの泣き声……いや、ただ道を見うしなって怯えているふりをしているだけかもしれない。

「よせ」わたしはいった。「たのむから、また馬鹿《ばか》な考えを起こしたりするんじゃないぞ。気味がわるくなるじゃないか」

一糸まとわぬ姿で便器の前に立っているうちに、背中一面に鳥肌が立ってきた。

前回と同様、こんども泣き声は——その主がトンネルの彼方《かなた》へと運ばれていくかのように——かぼそいものになってきた。わたしはベッドに引きかえすと、横をむいた姿勢で横たわって目を閉じた。

「あれは夢だったんだ」わたしはいった。「また〈マンダレイ〉の夢を見ただけなんだ」

それが偽りだとわかってはいたが、自分がふたたび寝入ることもわかっていたし、このときはそれこそが重要なものに思えていた。眠りにむかってただよい落ちていくあいだ、わたしはまぎれもない自分の声でこんなことを考えていた。

《彼女は……この家は……生きている。セーラは生きている》

それから、ひとつの理解がおとずれた。セーラの名前をもつこの別荘は、わたしに属している。わたしは〈セーラ・ラフス〉をふたたびわが手にとりもどした。吉と出るか凶と出るかはわからなかったが、わたしは〝わが家〟に帰ってきたのである。

9

翌朝の九時、わたしはプラスティック製の水筒にグレープフルーツジュースを入れると、ストリートぞいに南をめざす、のんびりした長距離の散歩に出発した。日ざしは強く、あたりは早くも暑くなっていた。それに、静まりかえってもいた——こんな静けさに出会えるのは、祝日にあたった土曜日の翌朝だけだろう。なにせこの静寂は、半分が神聖な雰囲気で、残り半分がふつか酔いの雰囲気からできているのだ。釣人が二、三人、湖のはるか遠い場所に腰をすえているのは見えたが、エンジン音を響かせるパワーボートは一艘《そう》も見あたらず、大声をあげて水しぶきをはね散らかすようなおふざけをやらかす若者もいなかった。道路よりも高くなった山の斜面に建っている五、六軒の別荘の前を通りすぎる——この季節ならどの別荘にも人が滞在しているはずだが、人間が生活しているあかしとして目にはいってきたのは、パッセンデール家のベランダの手すりにかけて干してある水着と、バチェルダー家の短い桟橋に放置されたまま半分空気が抜けた、蛍光グリーンのタツノオトシゴ形のフロートくらいだった。

とはいえ、パッセンデール家の別荘は、いまでもパッセンデール家の所有なのだろうか？　バチェルダー家の別荘、湖とその先にある山を見わたせるシネラマ・サイズのはめ殺しの窓のある愉快な円形の夏別荘は、いまでもバチェルダー家が所有しているのだろうか？　もちろん、それを知るすべはない。四年の歳月は、数えきれない変化をもたらすからだ。

歩きながらわたしは、強《し》いてなにも考えないようにした——わが作家時代からの古い習慣だった。体を働かせて、頭を休ませろ、仕事は地下室の男たちに進めさせておけ。そこでわたしはジョーとわたしが以前にいちど酒を飲んでバーベキューをした別荘、ときおりはトランプ集会などにも出席した別荘の前を通りすぎ、スポンジのように静寂を吸収し、ジュースで渇きを癒《いや》し、ひたいの汗を腕でぬぐいながら、ひたすらどんな思考が頭に浮かんでくるのかを待ちつづけた。

最初に浮かんできたのは、奇妙な認識だった。夜のあいだに耳にした子どもの泣き声のほうが、マックス・デヴォアからの電話よりもなぜか現実味をそなえている、ということに気づいたのだ。ＴＲにもどって最初にきちんと迎えた夜、はたしてほんとうに、大富豪のコンピュータ業界の大立者が不快の念もあらわな口ぶりでわたしに電話をかけてきたのだろうか？　電話の途中で、この大立者はほんとうにわたしを嘘《うそ》つき呼ばわりしたのだろうか？（いや、じっさい電話でわたしが口にした話を思えば、たしかに嘘つきではあったのだが、それは本質とは関係がない）電話は現実のことだったとわかっていながらも、それよりはキャンプファイアのまわりで〝泣き叫ぶ神秘の赤子〟の名で通っている、〝ダークスコア湖の幽霊〟の実在を信じるほうが、まだしもたやすく思えたのも事実だった。

つぎに浮かんできた思考――ちなみにジュースを飲みおえる直前のことだった――は、マッティー・デヴォアに電話をかけて、なにがあったかを知らせなくてはいけない、というものだった。考えた結果、これは当たり前の衝動ではあるものの、わるい結果を招く行動かもしれない、と思いいたった。わたしくらいの年齢になると、〝悲嘆にくれる美女対よこしまな継父〟――いや、この場合は〝よこしまな義父〟か――などという単純な図式を信じられるものではない。わたしはわたしで、今年の夏の課題をかかえている身だし、ミスター・コンピュータとミズ・トレーラーハウスのあいだで勃発《ぼっぱつ》するかもしれない醜悪な泥仕合に足を突っこんで、いたずらに自分の仕事を紛糾させたいとは思わなかった。たしかにデヴォアは、わたしの逆鱗《げきりん》にふれた――それも思いきり激しく。しかし、それはもしかしたら個人的な怨恨《えんこん》があってのことではなく、あの男が毎日当たり前のようにしていることなのかもしれない。そうとも、世の中にはブラジャーのホックをはずすのが趣味の男だっているのだ。今回の件で、わたしはデヴォアの顔を殴りたいと思っているのか？　まさか。そんなことは本望ではない。わたしは幼いミス・レッドソックスを救い、うっかり手をすべらせた結果、小ぶりではあるものの、うれしくなるほど弾力のある乳房の感触を手の甲に味わい、そのうえカイラという名前がギリシア語で〝貴婦人のような〟という意味であることまで知った。これ以上を好んでもとめるのは、暴飲暴食の誹《そし》りをまぬがれまい。

そこまで考えたところで、わたしは足と頭の働きの双方にストップをかけた——気がつくと、〈ウォリントンズ〉までずっと歩いてきていた。風雪にさらされた大きな木造建築で、地元の住民のなかにはここを〝カントリークラブ〟と呼ぶ向きもある。まあ、一種のカントリークラブとはいえよう——六ホールのゴルフコースがあり、厩舎《きゅうしゃ》と馬場があり、レストランとバーが一軒ずつあり、母屋《おもや》にはほぼ三十人ほどの収容力のある宿泊設備があり、それ以外にも八軒か九軒の離れになったキャビンまでそなえているのだから。さらには、二レーンのボウリング場まである——ただし試合をするとなったら、選手は代わるがわるピンを立てる役目を負わなくてはならない。〈ウォリントンズ〉が建造されたのは、第一次世界大戦がはじまった年である。ということは〈セーラ・ラフス〉よりも新しいことになるが、どのみちさしたる差はない。

細長い桟橋の突きあたりには、〈サンセット・バー〉という名前の小さな建物があった。夏のあいだ〈ウォリントンズ〉に滞在する避暑客たちは、一日のおわりになるとここにあつまって酒を酌《く》みかわす（なかには、一日のはじまりにブラディマリーを飲む者もいる）。その建物のほうに目をやったわたしは、いきなり自分がひとりきりでないことに気づかされた。水上に浮かぶこのバーの左側にある玄関ポーチにひとりの女がたたずんで、じっとわたしを見つめていたのである。

その姿に、わたしはかなり驚いて飛びあがった。たしかにこのとき、わたしの神経系はベストコンディションにあったとはいいがたかったし、それもまた……なにかに関係していたのだろうとは思うが、そうでなくとも、この女性の姿がいきなり目に飛びこんでくれば飛びあがったはずだ。理由のひとつは、そのたたずまいの静けさにあった。また理由の一部は、およそ尋常とは思えないその痩《や》せぶりにあった。そしていちばん大きな理由は、女性の顔だちにあった。エドヴァルト・ムンクの『叫び』という絵をごらんになったことはあるだろうか？　あの叫び声をあげた顔がひと休みしているところを――口を閉じ、目に油断ない光をたたえているところを想像してもらえれば、このとき栈橋の突端にたたずんで、爪《つめ》を長く伸ばした片手を手すりに載せていた女性にかなり似かよったものになるだろう。しかし、いっておかなくてはなるまい――このときとっさに頭に浮かんできた人名はエドヴァルト・ムンクではなくダンヴァース夫人だった。

見たところ年齢は七十歳前後か、黒いタンクスーツ型の水着の上から黒いショートパンツをはいた姿だった。この服装が、なぜだか奇妙にもフォーマルな装《よそお》いに思えた――不動の人気を誇る黒いカクテルドレスをちょっと変形させたものに見えたのである。女

がり、くっきりと目だつあごの線あたりまでとどいている。

は、眼窩《がんか》によどむ黒い影に隠れて見えない。艶《つや》のない白髪が力なく耳のまわりに垂れ下きあがった頬骨と、皺《しわ》一本ない輝くようなひたいだった。迫《せ》りだしたひたいの下の両目つも浮かんでいた。楔形《くさびがた》の顔でいちばん目だつ特徴といえば、頭蓋骨《ずがいこつ》の形そのままに浮った肩のあたりだけは例外だった。そのあたりには、茶色い大きな老人性のしみがいく性の肌はクリームホワイトだったが、平坦《へいたん》といってもいいほどの胸の上の部分と、骨ば

《なんて痩せてるんだ》わたしは思った。《これじゃまるで、骨の袋——》

そう考えたとたん、駆けぬけていくおののきに全身がねじれるような思いを味わった。その強烈さときたら、だれかに針金を肉体にねじこまれたようにさえ思えるほどだった。こんな姿を老女に見せたくはなかった。ひとりの男が自分を見たとたん、目の前で立ちすくみ、全身をふるわせて顔をしかめるほどの苦悶《くもん》にあえぎだす、というのは、夏の一日の幕開けにふさわしいとはいえまい。そこで手をあげて、その手をふってみせたばかりか、笑顔をつくろうともした。やあ、こんにちは、水上バーの横にたたずむご婦人。やあ、こんにちは、お年を召された骨の袋さん、そりゃあんたにはクソをちびるほど怖い思いをさせられましたけど、きょうびそんなことはどうってことないですし、ええ、大目に見てさしあげますとも。クソったれなごきげんいかが？　わたし自身には自分の笑みがしかめ面《つら》としか感じられなかったが、はたして老女にもそう見えていたのだろう

か？

老女が手をふりかえしてくることはなかった。

わたしはいささか馬鹿《ばか》になったような気分で——《ここには村の馬鹿はいません——みんな順番当番制》——ふりかけた手を中途半端《はんぱ》な敬礼のような形でとめると、来た道を引きかえしはじめた。五歩ばかり歩いたところで、ふりかえらずにはいられなくなった——老女がじっと視線をむけてきているという感覚があまりにも強烈で、肩胛骨《けんこうこつ》のあいだを片手で押されているようにすら感じられたからだ。

先ほどまで老女が立っていた桟橋は、まったくの無人だった。わたしはよく見ようとして目を細めた——最初は、老女が小さな酒場の投げかける影の奥に引っこんだだけだと確信していたのだが、老女の姿はどこにもなかった。あの老女が、幽霊そのものだったかのように。

《あの人はバーの店内にはいっていったのよ》ジョーの声がきこえた。《あなただってわかってるでしょう？　だって、ねえ……あなたにもわかってるはず、そうでしょ？》

「そうだ、そうだとも」わたしはつぶやくと、家を目ざしてストリートぞいに北を目ざしはじめた。「もちろんわかってるさ。ほかにどんな説明がある？」

ただしわたしには、老女がそんなことをする充分な時間的余裕はなかったとしか思えなかった。それに、たとえ裸足《はだし》だったとしても、老女が店にはいっていけば足音のひとつもきこえたはずだとも思えた。こんな静かな午前中ならばなおさらではないか。

ふたたびジョー。《もしかすると、あの人は物音をたてずに動けるのかもね》

「そうだな」わたしはつぶやいた。この年の夏がおわりを迎えるまで、わたしはこうやって山ほどのひとりごとをつぶやくことになった。「そうだな、そうかもしれない。あの人はひそやかに動けるのかもしれない」

そうとも。ダンヴァース夫人のように。

わたしはもういちど足をとめて、うしろに顔をむけた。しかし湖岸に沿って走っているこの遊歩道がわずかなりともカーブしていたせいで、もう〈ウォリントンズ〉も〈サンセット・バー〉も見えなくなっていた。そしてわたしは、それならそれでいい、と本心から思っていた。


帰途のあいだ、わたしは〈セーラ・ラフス〉に来るまでに起こった怪異《けい》や、ここへの到着と同時に起こった怪異を総ざらえしてみた。おなじ夢をくりかえし見たこと。向日葵、ラジオ局のステッカー。夜の闇《やみ》からきこえてきた泣き声。さらにマッティーとカイラという親子との出会いと、それにつづくミスター・ピクセル・イーゼルからの電話も奇怪な出来ごとに数えあげてもいい気がした……といっても、夜中に子どものすすり泣きがきこえてきた現象とおなじ意味ではないが。

それに、ジョアンナが死んだときに、わたしたち夫婦がダークスコア湖ではなくデリーにいたという事実は？　これも怪異現象のリストに入れていいのか？　わからなかった。なぜデリーにいたのかも思い出せなかった。一九九三年の秋と冬には、わたしは『赤いシャツを着た男』の映画化にむけてシナリオをいじくりまわしていた。九四年の二月には、『頂上からの転落』の執筆にとりくんでおり、注意力のほとんどを小説に吸いとられていた。それにくわえて、西のＴＲに行こう、〈セーラ・ラフス〉に行こうという決定をくだすのはいつだって……

「ジョーの仕事だった」この日、わたしはそう口に出した。自分の口から出た単語を耳にしたとたん、これがどれほど真実を衝《つ》いているかがわかった。わたしたち夫婦はふたりともこの老婦人のような別荘を心から愛していたが、〝ねえ、二、三日ばかりＴＲに行ってみない？〟という言葉を口にするのは、ジョーの仕事だった。ジョーがその言葉をいつ口にしてもおかしくはなかった……ただし死に先立つあの年、ジョーはいちどもその言葉を口にしなかった。わたしのほうも、妻に代わってそのひと言を口にしようとは考えなかった。季節がめぐって夏になっても、なぜだか〈セーラ・ラフス〉のことはすっかり忘れ去っていたような塩梅《あんばい》だった。作品の執筆にそこまでのめりこんでいたということがありうるだろうか？　とてもそうは思えない……しかし、それ以外に説明がつくか？

この仮説には、どこか大きな欠陥があるとしか思えなかったが、どこに欠陥があるのかはわからなかった。まったく、なにひとつ。

そこでわたしの思いは、セーラ・ティドウェルとセーラのある曲の歌詞におよんだ。録音の形で残っているセーラの歌声はひとつもないが、この曲のことはブルース歌手のブラインド・レモン・ジェファースンがカバーしたバージョンで知っていた。一部はこんな歌詞だ——

こんなのはただのバーンダンスだよ、シュガー
ふたりでまわっているだけの輪舞さ
きみの甘い唇にキスしてもいいかい
なんたって、きみはおれの見つけた宝物

昔から大好きな歌だったし、ウイスキーの飲みすぎで声がしわがれた吟遊詩人のジェファースンではなく、女性歌手が歌ったらどんなふうにきこえるのだろうかと考えもしていた。たとえば……そう、セーラ・ティドウェルが歌ったら？　きっと甘く、やさしく歌ったはずだ。断言したっていい、見事な歌いっぷりを披露してくれたはずだ。

いつしか、わたしは自分の別荘までもどっていた。あたりを見まわしても、目路《めじ》のか

ぎり人っ子ひとり見あたらなかった（ただし、どこか湖上の遠いところを走っている、この日最初の水上スキーヤーのボートのエンジン音はきこえた）。わたしは服を脱いで下着一枚になると、浮き台まで泳いでいった。ただし今回は浮き台にあがらず、片手で梯子《はしご》をつかみ、足でゆったりと水をかきながら、横に浮かんでいるだけにした。これはこれで充分気持ちがよかったが、このあと一日をどのように過ごせばいいだろうか？

考えたすえに、二階の仕事部屋を掃除しようと決めた。それがすんだら、ジョーのスタジオまで出かけて、なかを見てみるとしよう。勇気がまだ残っていればの話だが。

わたしはゆっくりと足で水を蹴《け》りながら、泳いで湖岸にむかって引きかえしはじめた。顔を水面に出し入れするたびに、水は体にそって絹のようになめらかに流れていく。川獺《かわうそ》になった気分だった。あとひと息で湖岸というところで、水滴をしたたらせながら顔をあげたとたん……ストリートにひとりの女が立って、わたしを見つめていることに気がついた。〈ウォリントンズ〉で見かけた女にも負けないほど痩せこけていたものの……こちらの女は全身緑色だった。全身が緑色の女は、道路の北の方角をまっすぐ指さしていた。昔の伝説に出てくる木の精《ドリュアス》のように。

わたしは小さく悲鳴をあげ、その拍子に水を飲んでしまい、あわてて咳《せき》こんで吐きだした。それから胸までの深さの水のなかに立ち、目もとに流れ落ちてくる水を払いのけ……つぎの瞬間には笑いだしていた（とはいえ、その笑いにはいささかの疑念もこもっていたのだが）。女が全身緑色に見えたのも当たり前――女と見えたのは、わたしの別荘からストリートに通じている枕木《まくらぎ》のように板を張りわたした階段状の通路から、ちょっと北側に行った場所に生えている小さな白樺《しらかば》の木だったのである。目から水滴をすっかりとりのけたあとでさえ、黒い筋の走るその象牙色《ぞうげいろ》の木の幹と、幹のまわりの葉叢《はむら》が組みあわさって、こちらをのぞきこんでいる人の顔のように見えるあたりには、いいしれぬ気味のわるさが感じられた。あたりの空気がしんと静まっているせいで、その顔もまったく動かなかったが（微動だにしないという点では、黒いショートパンツと黒い水着姿の女の顔に通じるものがあった）、そよ風の吹く日なら笑顔や渋面に見えただろうし……それをいうなら……哄笑《こうしょう》している顔にさえ見えただろう。白樺のうしろには、枯れそうな松の木が生えていた。松のすっかり葉の落ちた枝の一本が、北にむかって突きだされていた。わたしはこの枝を、細っこい腕とまっすぐに方角を指さす骨ばった手だと錯覚したのだ。

こんなふうに自分の錯覚でふるえあがったのは、なにもこれがはじめてではない。わたしにはいろいろなものが見える――それだけのことだ。それなりの量の小説を書いていれば、床のあらゆる影が人の足跡に見えてくるし、積もった埃《ほこり》に線が走っていれば、ことごとく秘密のメッセージだと思うようにもなる。もちろん、だからといって〈セーラ・ラフス〉にまつわる物事のうち、ほんとうに奇怪な点はどれか、わたしの精神が奇怪だというだけで奇怪に思える点はどれなのか、そのあたりを正確に見さだめる仕事が楽になるわけでもない。

あたりを見まわして、あいかわらず湖のこのあたりにいるのが自分ひとりだとわかると（しかし、これもそう長くはつづかなかった——最初の一艘《そう》のパワーボートのエンジン音にくわえて、二艘め、そして三艘めのボートの音もきこえていたからだ）、わたしは濡《ぬ》れた下着を脱いだ。水気を絞った下着をショートパンツとTシャツの上に載せると、わたしは服をしっかり胸もとにかかえこんだまま、枕木状に板を張りわたした階段をあがっていった。セイヤーズの小説に出てくる貴族探偵のピーター・ウィムジー卿《きょう》に朝食を運んでいく、従僕のマーヴィン・バンターにでもなった気分だった。家のなかにもどったとき、わたしは薄ら馬鹿のようににたにた笑っていた。

窓はあいていたものの、二階にはむっとするほど空気がこもっていた。階段をいちばん上まであがりきると同時に、その理由がわかった。ジョーとわたしは二階をそれぞれの領分にわけていた。ジョーは左側（それもあなぐら同然の狭い部屋がひとつだけ——家の北側にあるスタジオ以外には、それだけで充分用が足りたからだ）、わたしは右側。そして廊下の突きあたりには、この別荘を買ったあと、その年のうちに買いこんだ怪物のように巨大なエアコンディショナーが格子《こうし》つきの鼻づらを突きだしていた。こうして実物を見ていると、このエアコンがたてる特徴のある機械音を、それと気づかぬうちに、自分がどれほど懐《なつ》かしがっているかが実感されてきた。エアコンにはメモ用紙がテープで貼《は》りつけてあった。

《ミスター・ヌーナン。故障しています。スイッチを入れると温風が吹きだしてきて、ガラスの破片が内部に詰まっているような騒音をたてます。ディーンの話では、修理に必要な部品はキャッスルロックの〈ウエスタンオート〉に注文済とのこと。わたしなら、現物をこの目で見るまでは信じませんが。B・ミザーヴ》

さいごの一文ににやりと笑いを誘われてから——これこそブレンダ・ミザーヴ節全開だ——わたしは試しにエアコンのスイッチを入れてみた。以前ジョーがよく主張していたが、電器製品のたぐいは、ペニスを標準装備した人間が近づくことで、好意的な反応を見せることがままあるからだ。しかし、今回は通用しなかった。わたしはエアコンのうなりを五秒ばかりききいたあとで、スイッチを切った。TRの住民たちの口癖にしたがうなら、これは〝泣きっ面《つら》にクソ〟の情況だ。エアコンの修理がすむまでは、二階ではクロスワード・パズルひとつできそうもない。

それでもわたしは、自分の仕事部屋をのぞいてみた。そこで目にする光景に自分がどんな感情をおぼえるかに興味があったからだ。はたしてその答えは、無いも同然だった。デスク——『赤いシャツを着た男』を書きおえ、デビュー作が決してまぐれでなかったことをみずからに証明した場所だった。それからリチャード・ニクソンの写真――両腕を高々とかかげて、両手でVサインを見せつけている写真の下に、《この男から中古車を買う気になるだろうか？》というキャプションが書いてある。それからラッグラグ。ジョーが冬のあいだのわたしのためにかぎ編みでつくってくれたものだが、そのひと冬かふた冬あとには、ジョーはすばらしきアフガン編みの世界を見いだし、かぎ編みのほうはきっぱりと見切りをつけた。

まったくの赤の他人の仕事部屋ではなかったものの、すべての品物が（とりわけ、なにもおかれていない、まっさらのデスクが）ここは一世代前のマイク・ヌーナンがかつて仕事場としていた部屋だと雄弁に物語っていた。前にどこかで読んだのだが、人間の一生はふたつの主要な要素で規定できるという――仕事と結婚だ。わたしの人生に即していうなら、結婚はすでに幕をおろし、執筆活動のほうは永続的中断状態らしき現状だ。それを考えるなら、かつてあれだけたくさんの日々を過ごした場所、いつも真の意味での幸福にひたりながら、想像上の人々の生活を無からつくりあげていたこの部屋が、いまはなんの意味もないように見えるのも無理からぬことではあるまいか。たとえるなら、すでに解雇された従業員のオフィスをのぞいているような……あるいは、急死した人間の部屋を見ているような気分だった。

わたしは仕事部屋をあとにしかけて……ふと、あることを思いついた。部屋の隅のファイルキャビネットには、さまざまな書類が乱雑に詰めこまれている——銀行の口座取引報告書（ほとんどが八年から十年も前の日付だ）、手紙（ほとんどが返事を書かなかったものだ）、それに小説の断片がいくつか。しかし、目あてのものは見つからなかった。わたしはクロゼットに移動した。こちらの気温は、四十度以上あったにちがいない。そしてついに、ブレンダ・ミザーヴが《機械類》と書きつけた段ボール箱のなかから、目的の品を発掘することに成功した。パットナム社での一冊めの本が出たあとで、デブラ・ワインストックがくれたサンヨー製の〈メモスクライバー〉という機械だ。話しはじめると自動的に録音がはじまり、考えるのをやめれば、やはり自動的に一時停止モードになってくれるという仕掛けである。

これに目を引かれたデブラが、はたして〝あら、自尊心のある娯楽小説作家なら、ぜったいにこの手の小さな機械を大喜びでつかうはずだわ〟と思ったのか、それともうちょっと特定の目的……というか、なんらかのヒントの意味でプレゼントしてくれたのか、そのあたりを直接きいたことはない。ねえ、ヌーナン、あなたの深層意識が送ってくるちっちゃなファックスを、新鮮なうちに言葉の形で残しておいたらどう？　真実はわからなかったし、いまもわからなかった。しかしいま、こうしてプロ仕様の口述録音マシンが手にあり、車にはカセットテープが十本ばかりある。どれも車の運転中にきくために、家で音楽を録音したものだ。今夜はそのカセットの一本を〈メモスクライバー〉にセットし、録音レベルのつまみを最大にまであげ、口述録音モードのまま放置しておこう。これまで最低二回くりかえしきこえた音がすれば、その音をテープにおさめることができる。録音されたなら、ビル・ディーンにきかせて、いったいなんの音だと思うかを質問することもできるのだ。
《もし今夜、わたしの耳には子どものすすり泣きがきこえ、この機械がまったく動作しなかったら？》
「それならそれで、確実にわかることもあるさ」わたしはがらんとした、日光の射《さ》しこむ仕事部屋にむかってつぶやいた。わたしは〈メモスクライバー〉を小わきにかかえたまま、部屋の戸口にたたずみ、なにもないデスクを見つめて、豚にも負けないほど汗をかいていた。「あるいは……せめて見当くらいつけられるようになるとも」
廊下の反対側のジョーの塒《ねぐら》とくらべると、わたしの部屋はまだしも雑然としており、家庭的な雰囲気のように思えた。もとから物があふれることもなく、いまは四角い部屋の形をした空間にすぎない。ラッグラグはなくなっていたし、ジョーの写真もなくなり、デスクさえも運び去られていた。部屋はまるで、九割がた作業がおわったところで放棄された日曜大工の産物のように見えた。部屋から、ジョーがすっかり拭《ふ》きとられていた――いや、削りとられていたというべきか。つかのま、ブレンダ・ミザーヴへの理不尽な怒りの念がこみあげてきた。ふと、わたしが子どものころに自分の発案でなにかをして、それが気にくわないと、母親がかならず口にしていた、「あんたって子は、なんでもちょっとばかりやりすぎるのね」という言葉が思い出された。

わたしがジョーの小さな仕事部屋を見ていだいた感想は、まさにその言葉とおなじものだった――部屋にあったものをすべて運びだして壁を剝《む》きだしにしたことで、ブレンダは〝ちょっとやりすぎ〟たのである。

《ここをすっかり片づけたのは、ブレンダじゃないかもしれないぞ》例のUFO声が語りかけてきた。《ジョーが自分でしたことかもしれない。そうは思わないかい、親友？》

「馬鹿《ばか》ばかしい」わたしはいった。「なんでジョーがそんなことをする？　だいたいジョーは、自分が死ぬ予感だってこれっぽっちもなかったはずだぞ。死ぬ直前になにを買ったと思う？　あれは――」

しかし、その品物を具体的に口にしたくはなかった。声に出したくなかったのだ。なぜとは知らず、いいおこないには思えなかったのだ。

部屋を出ようとして体の向きを変えたその瞬間、暑さのなかでは驚くほど冷たく感じられる一陣の微風が、わたしの顔の側面に吹きつけてきた。体ではない――ただ顔だけに。これ以上はないほど特異な感覚だった。まるでだれかがほんの一瞬だけ、しかしやさしくわたしの頰とひたいを撫《な》でていったような感じ。同時に、耳もとでため息がきこえた……いや、この表現は正確ではない。小声で急いで耳打ちされたメッセージのように、あえかなささめきがわたしの耳もとを吹きすぎていったのである。

わたしは窓にかかったカーテンが動いていることを予想しながら、部屋のほうに体を向けた……しかしカーテンは、そよりとも動いてはいなかった。

「ジョー？」わたしはいった。妻の名前が耳に飛びこんでくると、全身が激しくふるえ、そのせいで〈メモスクライバー〉をあやうくとりおとしかけた。「ジョー、きみなんだな？」

なにも起こらなかった。幽霊の手がわたしの肌をかすめていくこともなく、カーテンが動きだすこともなかった……ほんとうに風が吹いたのなら、カーテンはまちがいなくそよいでいたはずなのに。あたりは静まりかえっていた。ただ、背の高い男が小わきにテープレコーダーをかかえ、顔に汗をびっしょりかいたまま、がらんとした部屋の戸口に立っているだけ……しかし、〈セーラ・ラフス〉にいるのがわたしひとりではないと本心から信じる気になったのは、このときが最初だった。

《だからどうした？》わたしは自分に問いかけた。《それが真実だとして、だからどうだというんだ？　幽霊は逆立ちしたって人を傷つけられないんだから》

そう、このときはそう思っていた。

昼食のあとでジョーのスタジオ（エアコン完備のスタジオ）をたずねたときには、ブレンダ・ミザーヴへの評価は大幅に好転していた――まとめていえば、ブレンダはやりすぎてなどいなかったのだ。ジョーの狭い仕事部屋にあったもののなかでも、とりわけて思い出深い品々――ジョーが最初につくったアフガン編みをおさめた四角い額《がく》、緑色のラッグラグ、メイン州の野生の花々を描いた絵を額装したものなど――は、それ以外の思い出の品物すべてとともに、スタジオに運びこまれていた。ブレンダがこんなメッセージを送ってきているかのようだった。

《わたしにはあなたの胸の痛みをやわらげることも、悲しみの時間を短くすることもできませんし、ここに来ることであなたの傷口がふたたびひらくかもしれないのに、それを防いであげることもできません。でも、あなたに胸の痛みを感じさせるかもしれない品物を、ぜんぶまとめて、この部屋にしまっておくことくらいはできます。ここにまとめておけば、あなたが不用意に心の準備もないまま、そういった品物をうっかり目にすることはありません。これがわたしにできる精いっぱいのことです》

ここでは、壁が剝きだしになっているようなことはなかった。ここの壁には、妻の精神と創造性が目白おしになっていた。編み物がいくつもあった（真面目《まじめ》な題材の品もあったが、ほとんどはユーモラスなものだった）。﨟纈《ろうけつ》染めの布。ジョーが〝うちの赤ちゃん大学〟と呼んでいたものから顔を出しているぬいぐるみの人形たち。黄色や黒やオレンジ色の絹の布きれをもちいて制作された砂漠を描いた抽象画。花を写した写真。さらに書棚の上には、建設中の工事現場のようなものまで載っていた——〈セーラ・ラフス〉の屋上部分だった。これは爪楊子《つまようじ》やロリポップ・キャンディの棒を利用してつくられていた。

スタジオの片隅には、小さな織機《しょっき》と木製のキャビネットがあり、扉の把手《とって》に《ジョーの編み物道具！立入禁止！》と書かれた標識が吊《つ》りさげられていた。べつの片隅には、ジョーが弾き方を身につけようとしたものの、指があまりに痛くなるといってあきらめたバンジョーが立てかけてある。三つめの隅には、カヤックのパドルとすり減ったローラーブレードがあり、後者の紐《ひも》の先には小さな紫色の毛糸玉がついていた。

わたしの目を引きつけて放さなかった物は、部屋の中央においてある古い開閉式のライティングデスクの上にあった。わたしたちはここで、数えきれないほどの夏や秋や冬の週末を過ごしたが、そういったおりには、このデスクの上にさまざまな糸巻や紡《つむ》いだ糸を巻きとる綛《かせ》、針刺しやスケッチなどが散らばり、さらにスペイン内乱やアメリカの有名な犬についての本がおいてあることもあった。ジョーはなにをするにも、秩序や手順といったものに頓着《とんちゃく》せず、それが——わたしだけかもしれないが——腹だたしく思えることもあった。そればかりか、なにかいう気も失《う》せるほどになることもあり、さらにはこちらがお手上げになることもあった。いわばジョーはすばらしく頭の切れる粗忽者《そこつもの》であり、デスクはその頭の中身をそのまま反映させていたのだ。

しかし、いまはちがった。ブレンダがこまごました品物をデスクから片づけて、いま上にある品を載せたということも考えられないではないが、とうてい信じられなかった。なぜブレンダがそんなことをする？　まるっきり筋が通らない。

その物体は灰色のビニールカバーで覆《おお》われていた。手を伸ばして指先でカバーにふれ、そのまま数センチばかり動かすと同時に、昔に見た夢の記憶（早く返してよその本はわたしの埃よけなんだから）が頭のなかをよぎっていった——まるで、先ほど顔を撫でていった冷たい風とそっくりに。ついでその思いが消えていき、わたしはビニールカバーを引き剝《は》がした。その下にあったのは、わたしが昔つかっていた緑色のＩＢＭセレクトリックだった。もう何年も目にしていなかったし、このタイプライターのことを考えたこともなかった。上体をかがめて顔を近づけたものの、じっさいに目で確かめる前から、タイプライターにセットされている活字ボールの書体がクーリエ——かつてのわたしのお気にいり——であることはわかっていた。

いったい全体、わたしの古いタイプライターがこんなところでなにをしているのか？　ジョアンナは絵を描いたし（あまり巧みではなかった）、写真を撮りもした（こちらは達人だった）。自作の写真を売ることもあったし、編み物をすることも鉤針《かぎばり》編みをすることもあった。織物や染物をすることもあり、ギターをもたせれば八か十あまりの基本的なコードを押さえられもした。もちろん、ものを書くこともできた、、、――文学部の卒業生ならたいがい文章を書くことはできる。だからこそ文学部を卒業できたのだ。しかしジョーが輝かしい文学的創造力を見せたことがあっただろうか？　いや、なかった。しかも学部生時代に何回か詩作に手を染めてはいたが、この特異な文芸分野の才能がないことがわかって、それっきりあきらめたのだ。

《文章を書く仕事は、ぜんぶあなたにまかせるわ》かつてジョーはそういったことがある。《あなたがふたりぶん書いていいのよ。そのかわりわたしは、それ以外のあらゆることを、ちょっとずつたしなむことにするから》ジョーの詩のレベルをシルクや写真や編み物のレベルとくらべれば、これは賢明な選択だったと思える。

しかし、ここにわたしの昔のＩＢＭがあった。なぜ？

「手紙か」わたしはいった。「地下室かどこかでこのタイプライターを見つけだし、手紙を書くのにつかおうと思って運びあげてきたんだ」

しかし、そんなことをするジョーではなかった。ジョーは自分の書いた手紙をすべてわたしに見せたし、わたしにちょっとでいいから追伸を書きたすようにうながすこともしばしばだった。そのたびにわたしは、靴屋の子どもたちはいつも裸足《はだし》で歩いているという昔の諺《ことわざ》を思って、うしろめたさを感じたものだ（「それに、電話を発明したアレグザンダー・グレアム・ベルがいなかったら、作家の友だちはぜったいに作家から返事をもらえなかったでしょうね」ジョーは如才なくつけくわえた）。結婚していたあいだ、わたしはタイプで打ったジョーの私信を一通も見たことはない――なにはどうあれ、ジョーはこれをエチケットの問題だと思っていたのだ。もちろんタイプを打つことはできた――時間はかかっても、ミスのひとつもないビジネス文書を作成することもできたが、そういうときはわたしのデスクトップ・コンピュータをつかうか、自分自身の〈パワーブック〉をつかうのがつねだった。

「いったいどういうつもりだったんだい？」わたしは問いかけ、つぎにジョーのデスクの抽斗《ひきだし》を漁《あさ》りはじめた。

ブレンダ・ミザーヴは抽斗にも果敢に挑んではいたが、ジョーの性格の前に撤退を余儀なくされていた。表面だけは秩序がたもたれていたが（たとえば糸巻きは糸の色で分類されていた）、たちまちジョーの昔ながらの乱雑さがすべてを支配した。ここの抽斗のなかでは、たくさんのジョーに出会うことになった――百もの思い出が不意討ちのようによみがえって、胸を痛めつけてきた。しかし、わたしの古いＩＢＭで打たれた書類は――クーリエの活字ボールをつかったものだろうと、そうでなかろうと――一枚も見つからなかった。まったく、一枚たりとも。

宝さがしをおえると、わたしは自分の椅子《いす》（ジョーの椅子）に背中をあずけてすわりこみ、デスクに載っているフレームのなかの写真を見つめた。以前に見た記憶のない写真だった。おそらくジョーが自分で焼きつけて（オリジナルは、地元のどこかの家の屋根裏部屋から掘りだされたものらしい）、出来あがった写真に手で着色したものだろう。それによって、テッド・ターナー傘下《さんか》のテレビ局が往年のモノクロ映画をカラー化する流儀で着色した指名手配ポスターといったおもむきの写真が完成していた。

わたしはフレームを手にとると、困惑をおぼえながら親指のつけ根をガラスの上にすべらせてみた。世紀の変わり目ごろに活躍した女性ブルース歌手のセーラ・ティドウェル。この歌手が生前さいごに立ち寄ったのは、このTRであることが知られている。セーラとその仲間たち——なかには友人もいたが、大多数は親戚《しんせき》たちだった——はTRから立ち去ったのち、しばしキャッスルロックに滞在し……そこでふっつりと姿を消した。まるで地平線にかかる雲か、夏の朝靄《あさもや》のように。

写真のセーラはかすかにほほえんでいたが、本心の読みとりにくい笑みだった。目は半眼に閉じられている。片方の肩にはギターをかけている紐《ひも》が——ストラップではなく紐だ——見える。そして背景には、ひとりの黒人男が山高帽を小粋《こいき》にかしげてかぶり（ミュージシャンで確実にいえることがひとつ——連中はほんとうに帽子のかぶり方を心得ている）、洗濯用の盥《たらい》を利用してつくったベースらしきものの横に立っていた。

ジョーはセーラの肌をカフェオレ色に着色していた。たぶん目についたほかの写真を参考にしたのだろうが（かなり多数の写真が出まわってはいた。そのほとんどは、セーラが顔を大きくのけぞらせて、髪の毛を腰のあたりにまで垂らしながら、あの有名な底抜けに明るい大きな笑い声をあげている写真だった）、そういった写真がカラーであったはずはない。世紀の変わり目のころにはカラー写真はなかった。セーラ・ティドウェルが残したのは、写真だけではない。前に〈オールパーパス・ガレージ〉のオーナーであるディッキー・ブルックスからきいた話が思い出されてきた。それによればディッキーの父親はキャッスル郡の農産物品評会の射的ゲームでテディベアを射とめ、それをセーラ・ティドウェルにプレゼントしたのだという。そのおかえしにセーラは、ディッキーの父親にキスをしたという話だった。ディッキーによれば、親父《おやじ》さんはそのことをずっと忘れず、生涯最高のキスだったと話していたという……まあ、妻にきこえるところで公言していたとは思えないが。

この写真では、セーラはただほほえんでいるだけだった。セーラ・ティドウェル、別名〈セーラは笑う《セーラ・ラフス》〉。歌声が録音されたことはなかったが、セーラの歌は生きのびた。その一曲〈ウォーク・ミー・ベイビー〉には、エアロスミスの〈ウォーク・ディス・ウェイ〉と驚くほど似かよった部分がある。今日ではセーラは、〝アフリカ系アメリカ人〟として知られている。一九八四年にジョアンナとわたしがこの別荘を買い、そこから当然のようにセーラに興味をいだいたあのころなら、〝黒人〟として知られていただろう。

本人が生きていた時代なら〝黒女〟とか〝黒奴《こくど》〟、あるいは〝黒白あいのこ〟などという差別的な呼び方をされていただろう。もちろん、〝黒んぼ〟とも。その手の蔑称《べっしょう》をしじゅう口にする人間もおおぜいいたはずだ。そのセーラが白人であるディッキーの父親にキスをした？　それもキャッスル郡の半分の住民が見ている前で？　そんな話が信じられるか？　いや、わたしは信じなかった。しかし、だれに確実なことがいえよう。だれにも断言はできない。だからこそ、過去は興趣つきないものでありつづけるともいえる。

「こんなのはただのバーンダンスだよ、シュガー」わたしはそういいながら、デスクの上に写真のフレームをもどした。「ふたりでまわっているだけの輪舞さ」

ついでタイプライターのカバーを手にとったが、カバーはかけずにおいておくことにした。立ちあがりながら、わたしの目はまたセーラに引きもどされた。目を半分閉じ、ギターのストラップがわりの紐を肩に見せている姿。セーラの顔だちやその微笑にはかねがねどこかで見覚えがあると思っていたのだが、このとき唐突にわかった。ロバート・ジョンソン、そのちょっとした原始的なメロディの断片が、レッド・ツェッペリンやザ・ヤードバーズのこれまで録音された楽曲すべての裏に隠れているあのブルース歌手にしてギタリストと、不思議にも顔だちが似かよっているではないか。伝説によればジョンソンは例の〝十字路〟にさしかかったとき、悪魔に魂を売って、その代わりに疾風怒濤《どとう》の七年間の歳月と強烈に強い酒と旅のつれづれでの行きずりの小娘たちを得たのだという。もちろん、ジュークボックスがある安酒場での永遠の命脈も。それがあの男の得たものだ。ロバート・ジョンソン——ある女に毒を盛られて死んだという噂《うわさ》もある男。

その日の午後遅くに食料品店まで足を運んだわたしは、冷蔵ケースでじつにおいしそうな平目を見つけた。夕食にもってこいに思えた。そして、白ワインといっしょに平目を買うことにしてレジで順番を待っていたときのことだった——背後から老人のふるえる声が語りかけてきた。

「きのう、あんたが知りあいを増やしてるところを見かけたよ」

あまりにも強いヤンキー訛《なま》りのせいで、その言葉はまるでジョークのようにきこえた……いや、訛りそのものは理由のごく一部にすぎない。そう感じられた理由のほとんどは、抑揚のないその単調な語り口にある、とわたしは信じるようになっていた。筋金いりのメイン人は、だれもが競売人のようにしゃべるのだ。

ふりかえると、そこに立っていたのは、前の日にわたしがカイラとマッティー、それに車のスカウトと知りあいになったおり、ディッキー・ブルックスといっしょに整備工場前のタールマカダム舗装部分に立っていた野次馬の老人だった。このときも老人は、例の金の握りのついた杖《つえ》をもっていた。この杖の出所もわかった。一九五〇年代のこと、ボストン・ポスト紙がニューイングランド各州のあらゆる郡や併合地区にこの杖を一本ずつ寄贈したことがあった。杖をもらえたのは各地区で最高齢の住人で、杖は代々の長寿老人にうけつがれていった。笑える話だが、ポスト紙そのものはもう何年も前に寿命を迎えていた。

「正確にいうなら、ふたりの知りあいができたんですけどね」わたしは答えながら、老人の名前を記憶の底から浚《さら》いあげようとした。名前こそ思い出せなかったものの、まだジョーが生きていたころ、この老人がブルックスの店のクッションがききすぎる椅子のひとつに陣どって、ハンマーの〝があん〟という音やコンプレッサーの〝ぶうん〟という音が鳴りわたるなかで、政治と天気の話を、あるいは天気と政治の話をしていた姿が思い出されてきた。常連。もし州道六八号線上でなにかが起これば、この老人はかならずその場で見物しているのだ。

「きいたよ、マッティー・デヴォアはけっこうな別嬪《べっぴん》だってな」老人はいい——〝きいたお、デヴォー、べぴん〟——パンの皮めいた瞼《まぶた》を下に垂らした。わたしも好色なウインクをそれなりにかなりの回数見てきたが、この金の握りがついた杖をついている老人から投げかけられたウインクに匹敵するものはひとつもなかった。なぜとは知らず、老人の蠟《ろう》細工じみた鉤鼻を殴り落としてやりたい衝動がこみあげてきた。顔の一部分が離れていくときには、枯れ枝を膝《ひざ》に叩《たた》きつけてへし折るような音がするだろう。

「ずいぶんいっぱい話をききこんでるんだね、じいさん」わたしはたずねた。

「まあな！」老人はいった。細切りにした肝臓のようにどす黝《ぐろ》い唇が上下にわかれて、にやりと笑みを形づくった。歯茎はあちこちが白く斑《まだら》になっていた。上の歯茎には黄色く変色した歯が二本、下の歯茎にもまだ二本の歯が残っていた。「おまけにあの女、ちびまでこさえてるってな——抜け目がないってのは、このことだ！」

「〝とんずら野良猫《のらねこ》まっ青の抜け目なさ〟ってところだな」わたしはうなずいた。

老人は目をぱちくりさせて、わたしを見つめた——まだ若いとおぼしき歯がそなわったわたしの口から、こんな古めかしい表現が出てきたことにちょっと驚かされたのだろうか。老人のわけ知りな笑みがさらに広がった。

「なのにあの女、娘っ子のことなんかどうでもいいみたいじゃないか」老人はいった。「ちび助が家から逃げだしたのにも気づかなかったみたいだからな」

このあたりでわたしはようやく——遅きに失したといえるだろうが——半ダースほどの人々がわたしたちを見つめ、会話に聞き耳をたてていることに気がついた。

「まあ、わたしはそんな印象をうけなかったけどね」わたしはやや声を高めた。「ああ、ぜんぜんそんな感じには見えなかったな」

老人は無言で、にたにた笑っているばかりだった……その笑みはこういっていた。

《ああ、そうかい。ま、こっちはあんたの倍も物知りだがな》

わたしはマッティー・デヴォアのことを心配に思いながら、店をあとにした。あまりにも多くの人々が、マッティーに関心をむけているように思えた。

家に帰ると、わたしはワインをもってキッチンにはいっていった――ベランダでバーベキューをしているあいだに冷やせるだろうと思ったのだ。わたしは冷蔵庫の扉に手を伸ばして――凍りついた。以前はこの冷蔵庫の扉に、四ダースばかりのさまざまな小さなマグネットが無秩序に貼《は》りつけてあった――野菜や果物の形をしたもの、プラスティック製のアルファベットと数字、それにたくさんの〈カリフォルニア・レーズン〉のおまけまで。それなのに、マグネットはもはや無秩序ではなくなっていた。冷蔵庫の扉で、たくさんのマグネットが輪をつくっていたのだ。何者かがここに来た。何者かがここに侵入し……

……侵入して、冷蔵庫のマグネットをならべなおしていった？ それが真実なら、そんな泥棒は一から職業訓練をやりなおす必要がある。マグネットのひとつにふれてみた――おそるおそる、ほんとうに指先をちょっとふれさせる程度に。いきなり自分に腹が立った。わたしは手を伸ばして、マグネットの配置をまたばらばらにした。手にかなり力がこもっていたので、マグネットがふたつほど床に落ちた。わざわざ拾いあげたりはしなかった。

その夜ベッドにはいる前に、わたしは〈メモスクライバー〉をバンター——偉大なる篦鹿《へらじか》の頭部の剥製《はくせい》——の下においてスイッチを入れ、〝口述録音〟モードにした。それからら音楽をダビングしたカセットテープをセットして、カウンターをゼロにしてからベッドに横たわった。わたしは夢を見ることも、それ以外のことで途中目覚めることもないまま、たっぷり八時間の睡眠をとった。

翌日の月曜日の朝は、まさしくメイン州に来る観光客のいちばんのお目あての見本のような朝だった——空気が明るく澄みわたり、そのせいで湖の対岸の丘陵地帯がわずかに拡大されているかのように見えていたのだ。はるか彼方《かなた》には、ニューイングランドの最高峰であるワシントン山が空中に浮かんでいるかのように威容をのぞかせていた。

わたしはコーヒーメーカーをセットすると、口笛を吹きながら居間にはいっていった。この日の朝、過去数日間のあれこれの想像がすべて愚かしいものに思えた。ついで……口笛がとまった。ゆうべわたしがみずからの手で〝000〟にセットした〈メモスクライバー〉のカウンターが、〝012〟になっていたのだ。

テープを巻きもどしたものの、わたしの指は再生ボタンの上で逡巡《しゅんじゅん》していた。わたしは（ジョーの声で）頭を働かせろと自分を叱咤《しった》してから、ボタンを押しこんだ。

「ああ、マイク」

テープのなかで、そうささやく声がした――悲しみの声をあげた、といったほうがいいだろうか。気がつくとわたしは掌底《しょうてい》を力いっぱい口に押しあてて、悲鳴が洩《も》れるのを懸命に防いでいた。きのうジョーの仕事部屋で突然の微風が両の頬を撫《な》でていったあのとき、耳にきこえてきたのはこの言葉だった……いまはゆっくりした話しぶりなので、やっと言葉がききとれたのである。

「ああ、マイク」

もういちど声がくりかえしたのち、〝かちり〟という音がきこえた。機械が自動的に、しばしの一時停止モードにはいったのだろう。そしてもういちど、わたしが北翼棟の寝室で寝ていたあいだ、この居間に流れていた声が再生されてきた。

「ああ、マイク」

それっきり、声は途絶えた。

10

九時ごろになると、一台のピックアップ・トラックがドライブウェイを走って別荘に近づき、わたしのシボレーのうしろにとまった。トラックは新車だった——車体は清潔で、クローム鍍金《めっき》の部分が輝き、ディーラー用の仮ナンバープレートをこの日の朝はずしたばかりのように見えた。しかし、車体の塗装は前回に見たときとおなじオフホワイトだったし、運転席のドアに書かれていた文字も——《ウィリアム・〝ビル〟・ディーン／キャンプ地点検／別荘管理／簡単な大工仕事》——その下の電話番号も記憶にあるとおりだった。わたしはコーヒーカップを手にしたまま、裏口ポーチに出ていってビルを出迎えた。

「マイク！」ビルが大声でよびかけながら、運転席から外に降り立ってきた。

ヤンキー男は抱擁をかわしたりはしない——タフガイは踊らないとか、真の男はキッシュを食べない《ごまかしをしない》というのと同様の自明の理である。しかしビルはわたしの手を握ると、もう一方の手にもったカップから四分の一しか残っていないコーヒーがこぼれかけるほど激しく手を上下にふり動かし、そのあげくわたしの背中を力いっぱい叩《たた》いてきた。

ビルはにたりと笑って、思わず目を瞠《みは》るほど目だつ義歯を剝《む》きだしにした。シアーズ・ローバック社の通信販売のカタログで注文して買えるため、昔はこの手の義歯を〝ローバッカー〟と呼んでいたものだ。ふと、〈レイクビュー・ジェネラル〉で会話をかわしたあの老人も、この手の義歯をいれればいいのに、という思いが浮かんだ。そうすれば、あの金棒引きの老いぼれももっと楽に食事ができるはずだ。

「マイク、いやはや、ひさしぶりだな！」

「またあんたに会えてうれしいよ」わたしも笑みをたたえながらいった。つくり笑いではなかった——わたしは気分爽快《そうかい》だった。雷が鳴り響く真夜中に人を恐怖でふるえあがらせる力をもつものも、夏の朝の晴れやかな日ざしのもとでは、ちょっとおもしろいだけの存在になりさがる。「ますます元気そうじゃないか」

その言葉に嘘《うそ》はなかった。前に会ったときからくらべるとビルは四歳年をとり、頭のまわりにも白髪がいくらか増えてはいたものの、それ以外にはまったく変化がなかった。六十五歳？　七十歳？　年齢は問題ではなかった。体を病んでいるしるしの蠟《ろう》細工じみた顔つきとはまったく無縁だし、前々から病気が忍び寄ってくる兆候だとわたしが考えていた顔の——とりわけ目のまわりや頰のあたりの——肉の弛《たる》みも、まったく見あたらなかった。

「あんたもな」ビルはそういって、わたしの手を放した。「ジョーのことでは、みんなが胸を痛めてるよ。町の連中はみんな、ジョーのことが大好きだったからね。そりゃもうショックだった――あんなに若かったんだから。女房から、あんたにくれぐれもお悔やみをつたえてほしいって頼まれてきたよ。女房が肺炎にかかった年に、ジョーはアフガン編みをつくってくれたんだ。女房は――イヴェットのやつは、それをずっと覚えててね」

「ありがとう」わたしはいった。ほんの一、二秒のあいだだったが、自分の声が自分の声とは思えなかった。このTRでは、妻が死んではいないように思えたのだ。「イヴェットにも、わたしからのお礼をつたえてくれるかな」

「ああ。家は万事順調かな？　もちろん、あのエアコンは話がべつだ。癪《しゃく》にさわる機械だな、まったく！　おまけに〈ウエスタンオート〉の連中は、部品は先週中にとどくと約束してたのに、いまじゃ早くて八月の第一週になるかもしれないとぬかしやがる」

「いや、いいんだ。〈パワーブック〉をもってきたからね。コンピュータがつかいたくなったら、キッチンテーブルで充分デスクの代わりになるさ」いずれはコンピュータをつかいたくなるはずだった――クロスワード・パズルは山ほどあり、時間はあまりにもかぎられていた。

「お湯はちゃんと出てるかい？」

「まったく支障はないとも――ただ、ひとつだけ問題があるんだ」

そういって、わたしは口を閉じた。家に幽霊が出ると考えているにしろ、管理人にどう話せばいい？ うまく話す方法などないかもしれないし、いちばんいいのは事実をありのままに話すことかもしれない。いくつかの疑問はあったものの、思わせぶりにほのめかすだけで、あとは内気に黙りこむような姑息《こそく》な真似《まね》はしたくなかった。そんなことをすれば、ビルはこちらの内心を読みとるに決まっている。通信販売で入れ歯を買うような男かもしれないが、決して愚か者ではないのだから。

「なにを考えてるんだ？」ビルがいった。「話してみろや」

「こんなことを話せば、どう思われるのかはわからないが――」

ビルは、いきなりすべてを察した男の笑みを見せて、両手をかかげた。「みなまでいわずとも、もう話の先は読めたな」

「ほんとうに？」ずっしりと重い肩の荷が一気に消えたような安堵《あんど》を覚えたわたしは、ビル自身が――たとえば切れた電球を点検している最中とか、屋根が雪の重みに耐えられるかどうかを調べている最中に――〈セーラ・ラフス〉で体験したことを一刻も早く知りたくなった。「で、あんたはなにをきいたんだ？」

「まあ、せいぜいロイス・メリルとディッキー・ブルックスがふれまわっていたような話だけだよ」ビルはいった。「それ以上の話は知らないも同然だ。そら、おれと女房はヴァージニア州に行ってたからね。ゆうべの夜の八時ごろ、こっちに帰ってきたばっかりだ。それでも、あの店じゃその話がいちばんの話題だったぞ」

あまりにも〈セーラ・ラフス〉のことで頭がいっぱいになっていたせいだろう、しばらくはビルがなんの話をしているのか、さっぱりわからなかった。もしや地元の人々が寄ってたかって、わたしの家できこえる奇怪な物音を肴《さかな》に噂話《うわさばなし》の花を咲かせているのか――そんなことしか考えられなかった。ついでロイス・メリルという人名で〝かちり〟とスイッチがはいり、すべてがおさまるべき場所におさまった。メリルというのは、金の握りのついた杖《つえ》をついて好色な笑みを見せたあの狒狒《ひひ》爺《じじ》いの名前だ。歯っかけ爺さん。わが管理人が話していたのは、幽霊じみた物音のことではない。この男はマッティー・デヴォアのことを話していたのだ。

「コーヒーでも飲んでいかないか」わたしはいった。「わたしがいったいなにに足を突っこんだのか、あんたから教えてもらう必要がありそうだ」

ふたりでベランダに腰をおろし、わたしは淹《い》れたてのコーヒーのカップを、ビルが紅茶のカップ(「近ごろはコーヒーを飲むと、体の入口も出口も焼けるように痛むんだ」とはビルの弁)を手にすると、まずわたしがマッティーとカイラと出会ったいきさつについて、ロイス・メリルとディッキー・ブルックスがどんなふうに話しているのかをたずねた。

話の内容は、予想よりもましだということが判明した。どちらの老人も、わたしが幼女を両腕にかかえて路肩に立っていた現場を目にしていたし、わたしのシボレーが運転席のドアをあけっぱなしにしたまま、側溝に車体の半分を突っこむような形でとまっていたところも目撃してはいたが、カイラが州道六八号線の白いセンターラインを〝おうらんほろう〟のように歩いていた現場は、どちらも目にしてはいなかったらしい。ただし、見ていなかったことの埋めあわせのつもりなのか、ロイスはマッティーが英雄を出迎えるようにわたしを熱烈に抱擁し、唇にキスをしたと主張しているようだ。

「じゃ、わたしがマッティーの尻《しり》をわしづかみにして引きよせ、口のなかに舌をねじこんだところも見ていたんだろうな？」わたしはたずねた。

ビルはにやりと笑った。「ロイスは五十の坂を越えたあたりから、めっきり想像力が働かなくなってね。ま、五十の坂を越えたのも、かれこれ四十年以上も昔のことになるな」

「マッティーには指一本ふれてないよ」たしかに……わたしの手の甲が一瞬だけ、胸のふくらみがつくる曲線をかすりはした。しかし――あの若い女性にどう思われたかはいざ知らず――あれは断じて意図的な行動ではなかった。

「そんなこと、いちいちおれに念を押す必要はないって」ビルはいった。「だけど……」

ビルの〝だけど〟という単語は、わたしの母がよく口にしていたような響きを帯びていた。凶運を背負わされた凧《たこ》の尻尾《しっぽ》のように、長く伸びた先でふっつり途切れたのだ。

「だけど……その先は？」

「あの女には近づかないに越したことはないぞ」ビルはいった。「そりゃ気だてのいい娘だ――この町の生まれといっていいくらいだしな――ただ、あの女は厄介ごとそのものだ」そういって、いったん間《ま》をおいた。「いや、そんな言い方じゃ、あの女に不公平だな。マッティー・デヴォアは厄介ごとにはまりこんでるんだ」

「例の老人が、マッティーの娘の監護権を要求しているんじゃないのか？」

ビルはカップをベランダの手すりの上におくと、両眉《りょうまゆ》を吊《つ》りあげた顔でわたしを見つめてきた。湖面の照りかえしがビルの頰に光の漣《さざなみ》を描き、その容貌《ようぼう》をどこか異国風のものに見せていた。

「なんでそんなことを知ってる？」

「臆測《おくそく》だよ――でも、それなりに根拠のある臆測だ。土曜の夜、ちょうど花火をやっているあいだに、マッティーの義理の父親にあたる人物から電話があってね。はっきり本音をさらけだすことも、目的をはっきり口にすることもなかったが、マックス・デヴォアともあろう人物が、ただ義理の娘のジープとトレーラーハウスを差し押さえるためだけに、メイン州西部のＴＲ－九〇くんだりまでわざわざ足を運んできたとは考えられないよ。で、ほんとうのところはどうなんだ?」

しばらくのあいだ、ビルはわたしの顔を見つめているだけだった。それは、こちらが深刻な病気にかかっているのを知っていながら、どこまで話したものか見きわめをつけかねている男の顔にも見えた。そんな顔つきで見つめられたせいで、わたしは心の底から不安になった。さらに、自分がビル・ディーンを困った立場に追いこんでいるのではないかという気もした。なんといっても、デヴォアはこの地に根をおろしている。一方、いくらビルから好かれているとはいえ、わたしはこの地に根をおろしていない。ジョーとわたしは、遠来の人間なのだ。たしかに下を見ればきりがないが——マサチューセッツだのニューヨークだのから来た人間だった可能性もあるのだから——いくらおなじメイン州内といっても、デリーがここから遠い土地である事実に変わりはない。

「ビル……あんたさえよければ、すこしばかり道案内役をしてもらえると、大いに助かるんだが——」

「あの男の邪魔だてはしないほうがいい」ビルはいった。気やすげな笑みはすっかり影をひそめていた。「あの男はとことんいかれてるんだ」

一瞬、ビルの言葉が〝デヴォアはとことん怒《いか》っている〟というふうにきこえた。しかしあらためてビルの顔を見なおし、勘ちがいに気づいた。ちがう、ビルは〝怒《いか》っている〟といったわけではない。〝いかれている〟と、はっきり断言したのだ。

「いかれているというが、どんなふうに？」わたしはたずねた。「チャールズ・マンソンのように？　それともハンニバル・レクター博士なみにか？　どうなんだ？」

「ハワード・ヒューズみたいに——という感じだな」ビルは答えた。「ヒューズの紹介記事のたぐいを読んだことはあるかい？　欲しいものができたときの、あの男の手口を紹介した記事は？　ロサンジェルスでしか売ってない特製ホットドッグだろうと、ロッキード社やマクダネルダグラス社から引き抜きたいと狙《ねら》いをつけた航空機の設計技師だろうと、まったくおんなじ態度だ。とにかく、欲しいものを手に入れずにはいられない。しっかり自分の手におさめるまでは、およそあきらめないんだよ。デヴォアもおなじだ——町なかで耳にする話によれば、ほんのガキの時分から片意地だったんだそうだ。うちの親父《おやじ》がよくきかせてくれた話があってね。子どものころのマックス・デヴォアが、ある年の冬にスキャント・ラリビーの掘ったて小屋に押しいったって話だった。それも、スキャントが息子のスクーターに、クリスマス・プレゼントにあげた〈フレキシブルフライヤー〉って橇《そり》が欲しい一心でね。そうだな、だいたい一九二三年ごろの話さ。そう親父の話だと、デヴォアはガラスの破片で両手をざっくり切りはしたものの、それでも橇を手に入れたんだそうだ。デヴォアが見つかったのは、もう真夜中近い時間だった。シュガーメイプル・ヒルで橇を滑らせてたんだよ。滑りおりるときには、両手をしっかり胸に押しつけててね。手袋もスノースーツも、血でまっ赤になってた。子ども時分のマックス・デヴォアの話は、これ以外にもどっさりとある——きいてまわれば、五十やそこらの話がきけるさ。なかには真実の話もあるかもしらん。だけどな、この橇の話は百パーセント真実だ。全財産を賭《か》けたっていい。うちの親父は、ぜったいに嘘をつかない人間だったからな。嘘をつくのは、信心に反してたんだ」

「バプテストだった？」

「いいや。ヤンキーだよ」

「一九二三年というのは、ずいぶん昔だぞ。長い歳月のあいだには、変わる人間だっているんじゃないかな」

「たしかにね。だけど、たいていの人間は変わらないもんだ。デヴォアがこっちにもどってきて、〈ウォリントンズ〉に住みついてからこっち、やつの姿を見かけちゃいないから、きっぱり断言はできないがね、それなりにあの男が変わったという話をいくつか耳にしたよ——どれもこれも、わるいほうに変わったって話だったな。デヴォアは息ぬきしたさに休暇をとって、アメリカ大陸をはるばる横断してきたわけじゃない。やつは、あの女の子が欲しいんだ。デヴォアにすれば、あの子もスクーター・ラリビーの〈フレキシブルフライヤー〉といっしょなんだよ。だから、あんたには心から助言しておく——後生だから、デヴォアとあの女の子のあいだに立ちはだかるガラス窓になるような真似はよすんだな」

わたしはコーヒーをちびちび飲みながら、湖面に目をやった。ビルは考える時間をあたえてくれた――わたしが考えているあいだ、ベランダの床板に落ちていた鳥の糞《ふん》をワークブーツでこそげ落としていたのだ。鴉《からす》の糞だ――わたしは思った。あんなにたっぷりとした量の長い糞を落としていくのは、鴉しかいない。

ひとつだけ、ぜったいに確実なことがある。マッティー・デヴォアは櫂《かい》の一本ももたずに、クソの濁流が逆巻く川の上流にいるも同然だ。わたしはもう二十歳のころの皮肉屋ではないが――いつまでも皮肉屋でいられる人間がいるだろうか？――ミスター・コンピュータを敵にまわしたミズ・トレーラーハウスを法律が守ってくれると信じるほど世間知らずでもなく、理想主義に燃えているわけでもない……ミスター・コンピュータが、どんな卑劣な手段にでも訴えると決心していればなおさらだ。少年時代のデヴォアは、欲しいと思った橇をまんまと盗みだして、真夜中に橇遊びをしていたという――血を流す手のことなど気にもしないで。一人前の大人になってからは？　そしてそれが、過去四十年ばかりのあいだ、目をつけた橇をひとつ残らず手中におさめてきた老人となったら？

「マッティーの話はどうなんだ、ビル？　そっちをきかせてくれ」

話には、さして時間がかからなかった。田舎の話というのは、一般的にいって単純な話である。だからといって、どれもこれもつまらない話だということにはならない。マッティー・デヴォアは、TRではなく境界線をわずかに越えたところにあるモットンの町で、マッティー・スタンチフィールドとして人生のスタートを切った。父親は樵夫《きこり》で、母親は自宅で美容院をいとなんでいた（不気味な言い方をすれば、この両者の職業が完璧《かんぺき》な山間部の夫婦をつくったといえる）。夫婦には三人の子どもがいた。やがて父のデイヴ・スタンチフィールドがラヴェルで道路のカーブをまわりきれず、パルプ用の丸太をどっさり積んだトラックごとキーワディン湖に転落するという事故が起こると、残された母は――人のいいぐさを借りるなら――〝まったくの腑抜《ふぬ》け〟になり、あとを追うように世を去った。スタンチフィールドがトラックと材木運搬用滑材のために強制的に加入させられていた保険をべつにすれば、一家はなんの保険にもはいっていなかった。

グリム兄弟の童話風に話を綴《つづ》っていこうか？　家の裏手にちらばっていたフィッシャープライス社製の玩具《おもちゃ》をとりのけ、地下の美容院においてあった二基のポール型ヘアドライヤーをとりのけ、ドライブウェイにとめられていた古い錆《さび》だらけのトヨタのトラックをとりのければ、ほら、もうグリム童話の世界だ――《むかしむかしあるところに、ひとりの貧しい後家さんと三人の子どもが暮らしておりました》

この物語の王女さまはマッティーだ――貧しいけれども美しい女の子（マッティーが

まちがいなく美しいという点については、わたしみずから証言してもいい）。そして、この物語に王子さまが登場する。ひょろりと背の高い、言葉につかえがちな赤毛の若者。名前はランス・デヴォア。マックス・デヴォアが人生の黄昏《たそがれ》を迎えた時分につくった息子だ。マッティーと出会ったとき、ランスは弱冠二十一歳。マッティーは、芳紀まさに十七歳を迎えたばかり。出会いの場所は〈ウォリントンズ〉。夏のあいだ、マッティーがウェイトレスの仕事をしていたのだ。

　ランス・デヴォアは湖の対岸、アッパー・ベイのあたりに滞在していたが、毎週火曜日の夜には〈ウォリントンズ〉で町民チーム対避暑客チームでソフトボールの試合がおこなわれており、ランスはそのたびに毎回カヌーで湖を横断してきた。世界じゅうのランス・デヴォアの同類たちにとって、ソフトボールは最高のスポーツである。両手でバットを握ってバッターボックスに立つときには、背がひょろりと高いことも関係ない。言葉につかえがちであることも、まったく関係ないのだから。

「〈ウォリントンズ〉にいた連中は、ランスのあつかいに思案投げ首していたよ」ビルはそういった。「どっちのチームに所属させればいいかがわからなかったんだ――地元チームか、それともよそ者チームかね。でも、ランスは気にしなかった。どっちのチームでもよかったんだな。だから、こっちのチームで試合に出ることもあれば、向こうのチームで試合に出ることもあった。どっちのチームも、ランスを大歓迎してたよ。そりゃそうだ、打席に出ればがんがん打つし、守りをやらせりゃ、天使みたいに飛びまわってたんだから。背の高さを買われたんだろうな、よく一塁を守らされてたが、あれはもったいなかった。二塁やショートについたときといったら……最高だったぞ！　ぴょんと飛び跳ねたり、くるっと体をまわしたり、あのノリエガだってまっ青になるくらいだった」

「それをいうなら、バレエのヌレエフじゃないのか？」わたしはいった。

ビルは肩をすくめた。「肝心なのは、ランスの活躍が見ものだったってことだ。地元の連中も、みんなランスを好いてたよ。やつは馴染《なじ》んだんだな。試合に出てたのはほとんどが若い連中だったからね。若い連中にとっちゃ、どんなプレーをするかってことが大事で、そいつの素性なんか二の次三の次だからね。それにほとんどの選手は、マックス・デヴォアの名前なんぞまったく知らなかったんだ」

「ウォールストリート・ジャーナル紙だのコンピュータ雑誌を読まないかぎりはね」わたしはいった。「その手の新聞や雑誌を見ていれば、しじゅうデヴォアの名前が目に飛びこんでくる——聖書で〝神〟という単語にお目にかかるくらいね」

「冗談じゃないな？」

「たしかにコンピュータ雑誌では、〝神〟という単語をしじゅう〝ゲイツ〟という綴《つづ》りで載せてはいるけれど、わたしのいいたいことはわかるね？」

「まあな。それにしても、マックス・デヴォアがTRの町に暮らしていた時分から、かれこれ六十五年もたってるんだ。やつがこの町を出ていくときにどんな事件があったか、あんたは知ってるか？」

「いいや。知ってるはずがないじゃないか」

ビルは意外な驚きに見舞われた顔で、わたしを見つめた。ついで、一種のヴェールのようなものがその両目を覆《おお》ったが、ビルはまばたきをしてヴェールを追いはらった。

「その話はいずれ教えてやるよ。秘密ってわけじゃないからね。それにおれは、十一時までにハリマンさんの別荘に行って、排水ポンプの具合を調べなくちゃいけなくてね。あそこをお払い箱になりたかないんだ。で、おれがいいたかったのは、煎《せん》じつめればこうだ――ランス・デヴォアはうまくバットを当てさえすれば、ソフトボールを百メートルばかりも森のなかに飛ばすことができる気のいい若者として、みんなに仲間として受け入れられたんだ。父親のことをもちだしてランスを非難するほどの年寄りは、ひとりもいなかった――火曜の夜の〈ウォリントンズ〉にはいなかったし、家がとんでもない金持ちだってことを理由にランスを責める輩《やから》もいなかった。まあ、このあたりには夏になると、どっさり金持ち連中が押し寄せてくるからな。あんたなら知ってるはずだ。そりゃマックス・デヴォアと肩をならべるほどの金持ちはいないが、金持ちかどうかって物さしは、しょせん程度の問題だしね」

この言葉は真実ではないし、わたしはそれがわかる程度には金をもっていた。財力とは、マグニチュードをあらわすリヒタースケールのようなものだ――一定のレベルを越えると、単位がひとつ大きくなるだけでも中身は二倍や三倍どころではなく、驚異的かつ不届きなほど、それこそ考えたくもないほど増えるのである。F・スコット・フィッツジェラルドは、それを端的に表現している――ただし、本人がその洞察を心から信じていたかどうかは疑わしいが――「とてつもない金持ち人種は、あなたやわたしとは劃然と異なる」と。そのことをビルに話そうかと思い、考えなおして口を閉じていることにした。ビルには、排水ポンプの修理という仕事があるからだ。

カイラの両親は、泥の穴にはまりこんだビールの小樽《こだる》の上で顔をあわせた。マッティーはいつもの火曜日のように、〈ウォリントンズ〉の主棟からソフトボール場にビールの小樽を載せた手押し車を押して歩いていった。レストラン棟からの道のりの大半は問題なく運べたのだが、その週のはじめに大雨が降ったせいであちこちがぬかるんでおり、やがてマッティーの押す手押し車が泥にはまりこんで立ち往生する羽目になった。所属チームの攻撃の時間だったので、ランスはベンチに腰をおろして打順を待っていた。そして白いショートパンツに〈ウォリントンズ〉の制服である青いポロシャツを着た若い娘が、立ち往生した手押し車相手に格闘しているのを目にするなり、ランスは立ちあがって手助けをしにいった。三週間後にはふたりは別れがたい仲になっており、マッティーは妊娠していた。十週間後には結婚。そして出会いから三十七カ月後、ランス・デヴォアは棺桶《かんおけ》にはいった——夏の宵のソフトボールとよく冷えたビールともお別れ、アウトドア・ライフともお別れ、父親としての人生ともお別れ、うるわしき王女さまの愛ともお別れ。ありふれた早すぎる結末のひとつのせいで、〝ふたりはいつまでもいつまでも幸せに暮らしました〟とはならなかったのである。

ビル・ディーンは、ふたりの出会いを詳細には語らなかった。ただ、「ふたりはソフトボール場で会ったんだよ——マッティーがビールを運びだしてきて、手押し車がぬかるみで立ち往生したところをランスが助けてやったわけだな」としかいわなかったのだ。またマッティーも、このあたりの話はまったくしてくれなかった。だから、たいした事実を知っているわけではない。それでもわたしは知っている……多少の細部については まちがっているかもしれないが、その大部分が事実どおりであることにかけては、一ドル対百ドルの賭《か》けをしてもいいくらいだ。あの夏のことなら、わたしは自分が知るはずのないことまでも知っている。

まず、あの夏は暑かった——九四年の夏は、九〇年代を通じていちばん暑かった夏であり、そのなかでももっとも暑かったのが七月だ。クリントン大統領はニュート・ギングリッチと共和党にすっかり人気をさらわれていた。〝するりのウィリー〟の異名をとるクリントンは、もしかしたら二期めの大統領選挙には立候補しないのではないかと、もっぱらの噂《うわさ》だった。ボリス・エリツィンは心臓の病気で死にかけているか、そうでなければアルコール中毒の治療施設に入院中だという風評だった。ボストン・レッドソックスは、実力以上の好調ぶりを示していた。そしてデリーでは、ジョアンナ・アーレン・ヌーナンが朝起き抜けにかすかな吐き気を感じはじめていたかもしれない。もしそれが事実であっても、ジョアンナはそのことを夫には話さなかった。

わたしの目には、左の胸のふくらみの上に白い刺繍《ししゅう》で名前のはいった、青いポロシャツを着たマッティーの姿がまざまざと見える。白いショートパンツが、よく日に焼けた足ときわだった対照をなしている。そればかりか、マッティーが長い庇《ひさし》の上に《W》の字がはいった帽子——〈ウォリントンズ〉が宣伝用に無料でくばっている帽子——をかぶっていることもわかる。愛らしいダークブロンドの髪が束ねられ、帽子のうしろにあいた穴を通されて、シャツの襟にかかっている。そのマッティーがビールの小樽を倒さないようにしながら、ぬかるみから手押し車を動かそうと奮闘している姿も見える。マッティーは顔を下にむけている。帽子の庇が長いせいで、その顔だちははっきりわからず、外から見えるのは口もととほっそりしたあごのラインだけだ。

「ぼ、ぼ、ぼくが、て、て、て、手伝ってあ、あ、げる」ランスがいい、マッティーは顔をあげる。帽子の庇が投げかけていた影が消えて、マッティーの大きな青い瞳《ひとみ》がランスの目にとまる——娘にうけつがれたあの青い瞳だ。その瞳をひと目のぞきこんだとたん、一発の銃声も鳴り響くことなく、戦争は幕をおろす。ランスはマッティーの虜《とりこ》になった——史上あらゆる若い男があらゆる若い女の虜になったのとおなじように、しっかりとわかちがたく。

それから先のことは、このあたりでつかわれる表現にならうなら、ありきたりの恋の物語とおなじだ。

マックス・デヴォアには三人の子どもがいたが、愛情の対象は、ランスだけのようだった（「娘がいるにはいるが、便所の鼠《ねずみ》みたいに気のふれた女だよ」ビルはこともなげにいった。「カリフォルニアのどこかの脳病院にいるはずだ。そういや、たしかその娘も癌《がん》になったって話をきいたことがあるかな」）。ランスがコンピュータやソフトウエアに関心のかけらももっていないという事実は、父親を喜ばせていたようだった。そちらの事業を安心してゆだねられる息子が、もうひとりいたからである。ただしランス・デヴォアの腹ちがいの兄は、それ以外の面ではまったく役立たずだった——この兄が子どもを生むことはなかったからである。

「カマ掘り屋だったんだな」ビルはいった。「カリフォルニアのほうにはその手の連中がうようよいるっていうから、わからない話じゃない」

これは想像だが、そういった人種はここTRにもたくさんいるはずである。しかし、わが管理人氏に性教育をほどこすのは、わたしの任ではないと思った。

ランス・デヴォアはオレゴン州のリード大学に通学していた。専攻は林学——緑のフランネルのズボンと赤いサスペンダー、それに夜明けに見るコンドルの姿に惚《ほ》れこむような種類の男である。学問の世界の専門用語をすべてとりさってみれば、じっさいグリム童話に出てくる樵夫《きこり》そのもの。一年生をおえて二年生になる前の夏、ランスは父親からパームスプリングズにある広大な敷地の実家へと呼びだされ、法律家がつかうような四角ばったスーツケースを手わたされた。中身は、地図や航空写真や法律文書など。書類相互の関連はさっぱり見えなかったが、ランスにはそんなことはどうでもよかった。昔の『ドナルド・ダック』の稀少《きしょう》な号がぎっしりと詰まった箱をもらった、コミックブックのコレクターを想像してみるといい。ハンフリー・ボガートとマリリン・モンローが共演した未公開映画のラフカットをもらった映画コレクターを想像してみるといい。そのあとで、自分の父親がメイン州西部の未開の森林を数百ヘクタールほど所有しているばかりか、その地域すべてを所有していると知ったときの、若き熱心な森林学者の胸の裡《うち》を想像してみるといい。

マックス・デヴォアは一九三三年にはTRを去っていたが、自分の生まれ育った地にはそれ以降も強い関心をいだきつづけ、この地域の地方新聞を購読しつづけ、またダウンイースト誌やメイン・タイムズ誌のような雑誌もずっととりよせていた。そして八〇年代の初期からは、メイン州とニューハンプシャー州の州境のすぐ東側にある細長い形の土地をいくつも購入しはじめた。売りに出されている土地はいくらでもあった。そのあたりの土地を所有していた製紙会社はみな不況で倒産寸前の苦境に落ちこみ、ほとんどの会社が事業縮小の最初の一歩として適切なのは、ニューイングランドに所有している財産を手放して、この地区での操業を停止することだという判断をくだしていたのである。かくして、当初はアメリカ先住民から盗みとられた土地、二〇年代と五〇年代には血も涙もない苛烈《かれつ》な伐採の嵐《あらし》が吹き荒れた土地が、マックス・デヴォアの所有地となった。デヴォアが土地を買いこんだのは、ただそこに土地があり、買い叩《たた》ける資産があったから買っただけかもしれない。デヴォアが土地を買ったのは、自分が子ども時代を耐えて生きぬいたこと——もっとはっきりいえば、子ども時代を克服して大人物になったことを満天下に知らしめるためだったのかもしれない。

あるいは、愛する下の息子のおもちゃにするために買ったのかもしれない。デヴォアがメイン州西部で大々的に土地を買い入れていた時分には、ランスはまだ小さな子どもだったはずだ……しかし観察力の鋭い父親なら、息子の興味がむかう方向を見さだめられる年齢ではある。

そしてデヴォアは、大部分が購入してから早くも十年以上がたっていたこの土地を調べることで、一九九四年のひと夏を過ごしてみないか、という話をランスにもちかけた。

デヴォアとしては息子に書類を整頓《せいとん》させたい気持ちもあったが、それ以上の思惑もあった——ランスに土地を見さだめてほしかったのである。もしランスが土地の有効利用について計画を立てたいと考えれば、デヴォアは提案に耳を貸しただろうが、本心ではそんなものを望んではいなかった。デヴォアはただ、自分が買ったものの価値を息子に評価させたかったのだ。どうかね、メイン州西部でひと夏を過ごしながら、おまえなりに土地に評価をくだしてみる仕事をする気はあるか？　ひと月あたり、二千ドルか三千ドルの給料で？

想像するにランスの返答は、バディ・ジェリスンの口癖である〝鴉《からす》は、松の木のてっぺんでクソをするか？〟をもっと丁寧にいいかえたものだったのではないか。

かくして一九九四年の六月に、この若者がダークスコア湖の対岸の家に腰を落ち着けた。予定では八月末にリード大学に帰ることになっていたが、なんとランスは一年間休学することを決意した。父親はこれを愉快には思わなかった。父親自身の表現でいうなら、〝女がらみの問題〟を嗅《か》ぎつけたのである。

「ああ、カリフォルニアにいながらメイン州のことを嗅ぎつけるには、よっぽど長い鼻が必要だ」ビル・ディーンは日に焼けた両腕を組みあわせたまま、トラックの運転席側のドアに寄りかかってそういった。「だからデヴォアは、パームスプリングズよりはもっとここに近い場所に人をおいて、そいつに代理で嗅ぎまわらせてたんだ」

「それはどういうことかな？」わたしはたずねた。

「〝噂話〟だよ。たいていの連中はロハでもおしゃべりする――金がもらえるとなりゃ、大喜びで口をぱくぱくひらくって寸法さ」

「ロイス・メリルみたいな連中のことか？」

「ロイスもそのひとりだったかもしれん」ビルはうなずいた。「でも、あいつだけだったはずはない。このあたりには、好景気と不景気の波なんて最初からないんだ。地元民ならわかるはずだが、不景気ととんでもない不景気の波があるだけなんだよ。だから、マックス・デヴォアみたいな男が手下に五十ドルとか百ドルとかの札束をもたせて、この町に送りこんでくりゃ……」

「その人物とは地元の人間だったのかな？　弁護士とか？」

弁護士ではなかった。リチャード・オスグッドという名前の不動産ブローカー（「欲の皮を突っぱらせた野郎さ」というのがビルの評だった）。モットン在住で、商売ももっぱらモットン市内にかぎられている。やがてこのオスグッドが、ほんとうにキャッスルロック在住の弁護士を雇いいれた。一九九四年の夏がおわり、それでもランス・デヴォアがTRに滞在しつづけるにおよんで、この〝欲の皮を突っぱらせた野郎〟の主たる業務は、なにが起こっているのかを突きとめ、その事態を終熄《しゅうそく》させることになった。

「それから？」わたしはたずねた。

ビルは腕時計に目を落とし、空をちらっと見あげてから、わたしをまっすぐに見すえ、ほんのちょっとだけ、おかしげな形に肩をすくめた。その動作はこういっていた――《おれたちはどっちも、この世界の人間だ――それも、ひっそりと静かに身を落ち着けてる。だから、そんな馬鹿《ばか》な質問をいちいち口にする必要はないんだよ》

「そのあとランス・デヴォアとマッティー・スタンチフィールドは、州道六八号線ぞいにあるグレイス・バプテスト教会で結婚した。ふたりの結婚を阻止するために、オスグッドの野郎がどんな手立てのあれこれをつくしたかって話は、いくつも出まわってたな。野郎がグーチ牧師に袖《そで》の下をやって、ふたりの結婚を拒否させようとまでした、って話も耳にしたよ。だけど、そんな馬鹿なことがあるものか。そうなっても、若いふたりがべつの教会に行けばいいだけの話だからな。なによりかにより、はっきり知らない話を人前でくりかえすほど、おれも分別がないわけじゃない」

ビルは腕組みをほどくと、皮膚がなめし革のようになった右手をつかって、自分が確実に知っている事実を順番に述べはじめた。

「まず、ふたりが一九九四年の九月中旬に結婚したこと、これは知ってる」そういって親指を突き立てる。「結婚式に花婿《はなむこ》の父親が姿を見せるかもしれないというんで、物見高い連中がきょろきょろ目を走らせたものの、父親は来なかった」人さし指を突き立てる。親指と人さし指の二本の指が、ピストルのような形をつくった。「マッティーが赤ん坊を生んだのは一九九五年の四月だ……月足らずの早産だったが、なに、問題になるほどのものじゃなかった。生まれてまだ一週間にも満たないあの子を〈レイクビュー・ジェネラル〉で見かけたがね、なみの赤ん坊に負けない大きさだったさ」そういって中指を突き立てる。「ランス・デヴォアの父親が、若いふたりへの経済的な援助をこばんだかどうか、確実なところは知らない。ただ、おれが確実に知ってるのは、ふたりがディッキー・ブルックスの整備工場の近くのトレーラーハウスで暮らしてたってことだ。だったら、ふたりの暮らしは食うや食わずのものだったろうと想像はつくがな」

「デヴォアはふたりの首に縄をかけて、じりじり絞めあげようとしたわけか」わたしはいった。「ごり押しに慣れきった連中は、その手のやり口をつかうものだよ……しかし、もしあんたが思っているように、デヴォアが息子のことを愛していたのなら、このあたりに直接足を運んできてもよかったように思えるがね」

「来ていたかもしれないし、来なかったかもしれないよ」ビルはまた腕時計に目をむけた。「じゃ、手早く話して、あんたの土地に影を落とすのはやめにさせてもらうよ……ただ、あんたには、あとひとつ、短い話をきかせてやる必要がある。というのも、その話を知れば、どんな情況なのかがすっかりわかるからなんだ。

去年の七月……ということは、寿命があとひと月もなかったころになるが……ランス・デヴォアが〈レイクビュー・ジェネラル〉のなかにある郵便局のカウンターに姿を見せたんだ。やつは一冊のファイルフォルダーを発送したいといったんだが、それにはまず係員のカーラ・デシンシーズに中身を見せる必要があった。カーラがいうには、ランスはぶきっちょそのものだったらしいよ――ほら、まだちっちゃい子どもたちを、うっかり踏みつけそうな若い父親そのものという感じでね」

わたしはうなずいた。ひょろりと背が高くて言葉につかえがちなランス・デヴォアが、ぶきっちょそのものだったというのが妙におかしく思えたのだ。その一方で、わたしの心の目にはランスの姿がありありと見えていたし、その姿はどこか愛らしくもあった。

「中身は、一家がキャッスルロックの写真屋まで行って撮影してきた写真だった。写っていたのはあの赤ん坊で……名前はなんといったかな？　ケイラだっけか？」

「カイラだ」

「そうだった。まったく、近ごろはどんなおかしな名前がついてたって不思議はないもんだ。で、写真のカイラは大きな革ばりの椅子《いす》に腰かけて、ちいちゃな団子鼻の上に滑《こっ》稽《けい》なおもちゃの眼鏡を載せられた姿で、TR‐一〇〇だかTR‐一一〇だかの森を飛行機から写した航空写真を見つめていたんだ――ああ、とにかくあの父親が買った土地の写真をね。カーラの話だと、赤ん坊はびっくり仰天した顔つきだったらしい。世の中に、こんなにたくさんの森があるとは思ってもいなかった、といいたげな顔つきだったとね。い、い、いとんでもなく愛らしい写真だった、とカーラはいってたな」

「〝どんずら野良猫《のらねこ》まっ青の愛らしさ、抜け目なさも野良猫なみ〟か」わたしはつぶやいた。

「で、その封筒——書留速達郵便だった——に書かれていた宛先《あてさき》が、カリフォルニア州パームスプリングズのマックスウェル・デヴォアだったわけさ」

「そこからあんたはこう推理した——父親が孫の写真を息子にねだるくらいには怒りを解いたか、そうでなければ、赤ん坊の写真を送れば父親も怒りを解くかもしれないとランス・デヴォアが考えたか、そのどちらかだ、と」

ビルはうなずき、子どもが首尾よくむずかしい足し算の問題を解いたときの親のような顔を見せた。「はたして写真でデヴォアが怒りをやわらげたかどうかは、結局わからずじまいだった。どっちに転んだかを見きわめるには、時間が足りなかったんだ。ランスは、衛星放送用のディッシュアンテナを買ったんだ——あんたの別荘にあるみたいなやつさ。で、そのアンテナを設置した日というのが、またひどい嵐《あらし》の日でね。雹《ひょう》は降るわ、ものすごい強風が湖岸にそって吹き荒れるわ、おまけにどっさり雷が落ちるわでね。そうなったのは、夕方近くなってからだよ。ランスは午後のうちに、アンテナをしっかりと屋根に設置していたんだが、嵐の勢いがどんどん増しているころになって、トレーラーハウスの屋根にソケットレンチをおきわすれてきたことに気がついたんだな。雨に濡《ぬ》れて錆《さ》びるとまずいっていうんで、ランスはそれをとりに屋根にあがっていき——」

「雷が落ちてきたのか？　なんてこった！」

「雷は落ちたがね、落ちたのは道の反対側だった。ワスプヒル・ロードが六八号線とまじわってるところを通りすぎれば、雷に打ち倒された木の切り株が見えるよ。雷が落ちたとき、ランスはソケットレンチを手にして梯子《はしご》を降りている最中だった。頭の真上で雷が炸裂《さくれつ》した経験でもなけりゃ、あの恐ろしさはわからないね。たとえるなら、酔っぱらい運転の車がいきなり対向車線からこっちにはみだしてきて、あわや衝突という間一髪のときに、またもとの車線に帰っていくようなもんだ。雷がそばに落ちると、髪の毛が逆立っちまう――それだけじゃない、驚くなかれ、ちんぽこだってぴん立ちだ。歯の詰め物からラジオみたいな音がきこえるし、耳はがんがん鳴るし、あたりの空気が焦《こ》げくさくもなる。で、ランスは梯子から転がり落ちた。地面に落ちる前に考える時間があったかどうかはわからないが、もしそんな時間があったら、感電したと思いこんでただろうな。まったく、気の毒なもんだ。あんだけTRに惚《ほ》れこんでいながら、ここじゃ運のめぐりあわせがわるかったとしかいいようがないね」

「首の骨を折ったんだな？」

「そうともさ。雷の音があんまりものすごかったんで、マッティーには亭主の落ちる音も悲鳴も、なんにもきこえなかった。ちょっとして雹が降りだしてもランスが家にもどってこないんで、窓から外をのぞいたら……当の亭主が地べたに大の字になって、目をまん丸に見ひらいたまま、降ってくる雹を見あげてたっていう話だ」

ビルは、さいごにもういちどだけ腕時計に目をやってから、トラックのドアを大きく引きあけた。

「父親は結婚式には来なかったかもしれないがね、息子の葬式には来たし、それ以来ずっとこの町に住んでる。あの若い娘には、なにひとつ要求したわけじゃない——」

「しかし、孫娘は欲しがっている、ということだね」わたしはいった。すでに知っていた事実になにかが追加されたわけではないが、それでも胃の腑《ふ》のあたりがずっしりと重くなるのが感じられた。

《この話を口外しないでください》七月四日の朝、マッティーはわたしにそう頼みこんできた。《カイとわたしにとっては、いまは時期がわるいので》

「デヴォアは、どのくらいまで手続を進めてるんだ?」わたしはたずねた。

「いうなれば、第三コーナーをまわって、いまはゴールまで一直線にさしかかったところだな。今月のおわりか来月頭には、キャッスル郡上位裁判所で審問会がひらかれることになってる。判事はその場で、娘をデヴォアに引きわたせという裁定か、さもなければ手続を秋まで延期する裁定をくだすことになる。どっちに転んでも関係ないと思うね。神さまが統《す》べるこの緑の地球でぜったい実現しないものをひとつあげろといわれりゃ、あのそいつは母親に有利な裁判所の裁定だからね。だから結果がどっちになろうとも、あの女の子は結局カリフォルニアで大人になるんだろうよ」

そんな言い方をされたせいだろう、薄気味のわるい悪寒《おかん》が全身を駆けぬけていった。

ビルはトラックの運転席によじのぼった。「近づくんじゃないぞ、マイク。マッティー・デヴォアとその娘には近づかないようにしろ。もし土曜の朝にふたりと会った件で裁判所から呼びだしをうけたら、せいぜい愛想笑いをたっぷりふりまき、話す言葉はできるだけすくなく切りつめることだ」

「つまりマックス・デヴォアは、マッティーが子どもを育てるには不適格だという訴えを起こしているわけだ」

「ああ、そうだ」

「ビル、わたしはこの目であの女の子を見たんだよ。元気そのものだった」

ビルはにやりと笑ったが、今回そこにはユーモアの片鱗《へんりん》もなかった。

「ああ、そうだろうとは思うよ。でも、肝心なのはそこじゃない。連中の問題には、かかわらないのがいちばんんだ。あんたに釘《くぎ》を刺すのも、ま、おれの仕事だな――ジョーがいなくなったいま、あんたを〝管理〟するのは、本物の管理人のおれだけなんだから」

ビルはトラックのドアを音高く閉めると、エンジンをかけ、ギアシフトに手を伸ばしたが、そこでふとべつのことを思いついた顔で、その手を下におろした。

「機会があったら、梟《ふくろう》をさがしてみるといい」

「なんだ、その梟というのは？」

「この家のどこかに、プラスティックでできた梟の置物がふたつあるはずなんだ。地下室にあるか、さもなけりゃジョーのスタジオだな。ジョーが死ぬ前の年の秋に、通信販売の会社からとどけられてね」

「一九九三年の秋に？」

「そうともさ」

「そんなはずはない。一九九三年の秋には、わたしたち夫婦は〈セーラ・ラフス〉に来なかったんだから」

「だけど、そういうことなんだよ。おれが鎧戸《よろいど》のとりつけに来たら、ちょうどジョーが姿を見せたんだ。ふたりでちょっと話をしてたら、UPSのトラックが来てね。おれは荷物の箱を玄関に運びこんで、コーヒーをご馳走《ちそう》になった――当時はまだコーヒーを飲んでたんだ――そのあいだジョーは荷物の箱をあけて、中身の二羽の梟をおれに見せてくれた。いやまあ、本物そっくりだったよ！　で、ジョーはそれから十分もしないうちに帰っていった。なんだか、その荷物をうけとるためだけに来たみたいだったな。ま、二個のプラスティックの梟をうけとるために、なんでわざわざデリーから車を飛ばしてくる人間がいるのかは、おれにはわからないがね」

「秋のいつごろのことなんだ？　覚えてるか？」

「十一月の第三週だね」ビルは打てば響くように答えた。「その日は午後から、ルイストンに行ったんだ。イヴェットの妹の家にね。妹の誕生日だったんだよ。で、帰り道に〈キャッスルロック・アグウェイ〉に寄って、イヴェットが感謝祭のご馳走用に七面鳥を買ったんだ」そういって、ビルは怪訝《けげん》なまなざしをむけてきた。「それじゃ、ほんとうに梟のことはなんにも知らなかったと？」

「ああ」

「そいつはちょっと変な話だ——そう思うだろう？」

「まあ、ジョーから話をきいてはいたが、わたしが忘れていただけかもしれないな。どのみち、いまとなっては、もうどうでもいいことなんだし……」とは答えたものの、これは重要なことに思えた。些事《さじ》といえば些事だが、重要なことだ、と。「だいたい、ジョーはなぜプラスティック製の梟の置物を買おうと思ったんだろう？」

「鴉《からす》が家の材木部分に糞《ふん》をひっかけていくのを防ぎたかったんだろうな。ほら、さっきのベランダにも鴉が糞を落としてたじゃないか。ところが鴉も、あの手のプラスティックの梟を目にすると、すぐに逃げていくんだよ」

困惑はしたものの、わたしは思わず爆笑していた……いや、困惑していたからこそだったか。「ほんとうに？　それで効き目があるのかい？」

「ああ——ただし、ときどき置物を動かして、鴉に怪しまれないようにする必要はあるがな。鴉って鳥は、じつに頭がいいんだ。さがしておくといい——あちこち汚されるのを防げるからな」

「わかった」わたしは答えた。鴉を追いはらうためのプラスティック製の梟とは——たしかにジョーはよくこの手の豆知識を仕入れてきては（その意味で、妻は鴉に似ていた。ぴかぴか輝く情報の断片に目をひかれると、それをくわえこんできたのだ）、わたしにわざわざ話すことなく実行にうつしていた。ふいに、またジョーのいない寂しさがこみあげてきた——心の底からジョーが恋しくてならなかった。

「それがいい。いずれもっと時間のあるときには、いっしょにここの敷地をすっかり歩いてみるとしようか。あんたさえよければ、森のなかかもな。あんたも手入れには満足すると思うよ」

「そりゃもう確実だね。デヴォアはどこに滞在してるんだ？」

もじゃもじゃの眉毛《まゆげ》が吊《つ》りあがった。「〈ウォリントンズ〉だよ。あんたとは、隣人同士といってもいいくらいだ。だから、当然知ってるもんだとばかり思ってたがな」

わたしはこの前見かけた女——黒い水着に黒いショートパンツという服装が、なぜか異国風のカクテルパーティーむきの服装を連想させたあの老女——を思い出しながら、うなずいた。「そういえば、デヴォアの女房には会ったよ」

ビルは腹をかかえて笑いだしたばかりか、その途中でハンカチをつかう必要にも駆られていた。ダッシュボードからハンカチを引きだすと（フットボールのペナントほども大きな青いペイズリー柄のハンカチだった）、ビルは目もとの涙をぬぐった。

「なにがそんなにおかしいんだ？」わたしはたずねた。

「あの痩《や》せこけた女だろう？　白髪頭の？　子どもがハロウィンにかぶるマスクみたいな顔をしたあの女だな？」

こんどはわたしが笑う番だった。「ああ、そうだよ」

「あの女はデヴォアの女房なんかじゃない。あの女は……なんといえばいいんだか……ああ、そう、個人秘書みたいなもんだ。ロゲット・ホイットモアって名前だよ」ビルはその名前を〝ロ・ゲット〟という感じで発音した。「デヴォアの女房になった女はみんな死んだよ。いちばん最近の女房でも、もう二十年前に死んでるな」

「ロゲットとは不思議な名前だな。フランス人なのかい？」

「カリフォルニアさ」ビルはそういい、そのひと言ですべての説明がつくといいたげに肩をすくめた。「町には、あの女をおっかながってる連中もいるよ」

「ほんとうに？」

「ああ」ビルはいったん口ごもってから、〝自分が馬鹿なことをいっているのは重々承知のうえだよ〟と話相手につたえたいときに顔に貼《は》りつける、あの手の笑みを顔に貼りつけてつづけた。「ブレンダ・ミザーヴなんぞは、あの女は魔女だと信じこんでるくらいでね」

「で、そのふたりはもうかれこれ一年も〈ウォリントンズ〉に滞在していると？」

「そうともさ。ホイットモアって女は出たりはいったりしてるが、まあ、だいたいここにいるね。こんどの監護権をめぐる裁判の片がつくまではこっちにいて、そのあと全員デヴォアの自家用機に乗ってカリフォルニアに帰るんだろうっていうのが、町の連中の見立てだよ。あとにオスグッドを残して、〈ウォリントンズ〉を売却させ――」

「売却？　どういう意味なんだ、売却というのは？」

「あんたのことだから当然知ってると思ったんだが」ビルはギアをドライブに入れながら答えた。「ヒュー・エマースン老から、感謝祭のあとでロッジを閉鎖するという話をきかされても、デヴォアは出ていくつもりはない、と答えたんだ。自分はいまいる場所に心から満足しているし、このまま滞在しつづけたい、とね」

「デヴォアはあそこを買ったんだな」過去二十分のあいだ、わたしは驚き、愉快な気持ちになり、怒りをかきたてられてきたが、心底あきれ果てることはなかった。いまわたしは、心底あきれ果てていた。「デヴォアは〈ウォリントンズ〉を買ったのか――キャッスルビューのルックアウトロック・ホテルに移動したり、どこかに家を借りたりする手間をはぶきたい一心で」

「そうともさ。買ったんだよ。本館と〈サンセット・バー〉をふくむ九棟の建物。五へクタール近い森林、六ホールのゴルフコース、それにストリートぞいの百五十メートルにもおよぶ湖岸。さらに二レーンのボウリング場とソフトボール場もだ。総額で四百二十五万ドル。売買取引を手がけたのはデヴォアの友人のオスグッドで、金はデヴォアが個人名義の小切手で支払った。それだけたくさん0《ゼロ》を書くスペースが、よくも小切手にあったもんだよ。じゃな、マイク」

それだけいうと、ビルはバックでドライブウェイから車を出していった。残されたわたしは裏口ポーチに立ったまま、口をあんぐりとあけて、トラックを見おくっていた。

プラスティック製の梟。

ビルが腕時計を見る合間に教えてくれた話のなかには、ざっと二ダースばかりの興趣つきない情報がふくまれていたが、その山のてっぺんの座を占めていた事実はといえば（そう、わたしはそれを事実だとうけとめていた。あれほど断定的な口調できかせられたら、事実だとしか思えなかったのだ）、ジョーがこの別荘までひとりでやってきて、配達されてきたふたつのプラスティック製の梟をうけとっていた、というものだった。

ジョーがそんな話をわたしにしたことがあっただろうか？

話していたかもしれない。そんな記憶はないし、きいていれば覚えているはずだとは思うものの、ジョーはよく、〝あっちの世界〟に行ってしまったわたしには、なにを話しかけても生返事しか返ってこない、といっていた。右の耳からはいった言葉が、左の耳から流れ落ちていくのだ。だから、ときにはジョーが小さなメモ——使いの用やかけるべき電話——を、一年生の名札のようにわたしのシャツにピンで留めることさえあった。しかしかりにジョーが、「これから〈セーラ・ラフス〉に行ってくるわ。UPSが配達してくれる品を自分でうけとりたいから。どう、ご婦人といっしょに行く気はない？」といったとして、それを忘れることがあるだろうか？　そんな話をされれば、いっしょに行くと返事をしたに決まっているではないか？　わたしはいつだって、TRに来る口実をさがしていた。ただし映画の脚本仕事をしているときだけは例外で……それが予定よりも若干遅れていたのかもしれず……わたしのシャツの袖《そで》にはメモがピンで留められていたのか……《仕事がおわって出かけるのなら、牛乳とオレンジジュースを買ってきて》……。

わたしは七月の日ざしに首すじを殴りつけられながら、ほとんど姿をとどめていないジョーの家庭菜園を調べて歩き、頭では梟のことを——いまいましいプラスティック製の梟のことを考えていた。かりにジョーが〈セーラ・ラフス〉に来ることを、わたしにほんとうに話したと仮定しよう。そしてわたしは——執筆という〝あっちの世界〟にはいりこんでいたために——その誘いをろくにきかないで、即座にしりぞけたとも仮定しよう。このふたつの仮定をうけいれたとしても、まだ疑問は残る。だれかに電話一本かけて、配達トラックが来るのをここで待っていてもらうだけで用は足りたのに、なぜジョーが自分ひとりでわざわざ〈セーラ・ラフス〉に来たのか、という謎《なぞ》だ。ケニー・オースターならこころよく引きうけたはずだし、ブレンダ・ミザーヴも同様だ。おまけに、この別荘の管理人であるビル・ディーンその人がいたではないか。ここから、さらにいくつかの疑問がみちびかれてくる。最初の疑問は、なぜジョーがその謎の品物をデリーの自宅に配達させなかったのか、というものだ。そこまで考えて、わたしはようやく、問題になっているプラスティック製の梟とやらをこの目で見ないでは夜も寝られなくなる、と思いいたった。家に引きかえしながら、わたしは思った——ドライブウェイにシボレーをとめておくときには、その置物のひとつを車のルーフにおいておくのもいいかもしれない。こんご襲ってくるはずの空爆を先まわりして防げるのだから。

ドアをくぐってすぐの場所で、ふっとあることを思いついたわたしは、ウォード・ハンキンズに電話をかけた。ウォーターヴィル在住のこの男は、わたしの税金関係の仕事と、数は多くないものの、小説関係以外の仕事の管理をゆだねている。

「やあ、マイク」ウォードは明るい声でいった。「湖はどうだい？」

「湖は冷たく、空気は熱い——だれもが望んでいるとおりにね」わたしはいった。「ウォード、きみのところには、過去五年間わたしが送った書類がすべて保管されているんだったね？　国税庁がわたしたちを悲しませる事態にそなえて？」

「五年ぶんの書類保管というのは慣例でね」ウォードは答えた。「ただし、そちらの場合には七年間ぶんの書類を保管してあるんだ——税務署連中から見たら、あんたはたっぷり肥えた鳩《はと》だからな」

《肥えた鳩のほうがプラスティックの梟《ふくろう》よりましだろう》そうは思ったものの口には出さず、代わりにわたしはこういった。「書類のなかには、デスクカレンダーもあったな？　わたしのと、ジョーの死ぬまでのカレンダーが？」

「あるとも。あんたたちは日記をつけてないからね。領収書と申告経費をきっちり関連づけるためには、デスクカレンダーがいちばんの良策で——」

「だったら、ジョーの一九九三年のデスクカレンダーを見て、十一月の第三週になにをしていたのかを調べてもらえるかな？」

「ああ、喜んで。いったいなにをさがしてるんだい？」

ほんの一瞬だったが、鰥夫《やもめ》となった最初の夜、デリーの家のキッチンテーブルの前にすわりこんでいた自分の姿が脳裡《のうり》に浮かんできた。あのときわたしは、ノルコ社製の妊娠判定キットの箱を手にしていた。この期《ご》におよんで、わたしはいったいなにをさがしているのか？　ジョーを愛していたこと、そのジョーの死からすでに四年がたっていることなどを考えあわせれば、わたしはなにをさがしているのか？　そう、トラブル以外になにを？

「ふたつのプラスティック製の梟だよ」わたしはそう答えた。ウォードはこれを自分への返答だと思ったかもしれないが、わたし自身はウォードに話しかけていたかどうかはわからない。「妙ちきりんな話にきこえるかもしれないが、じっさいそのとおりなんだ。調べおわったら電話をくれるか？」

「ああ、一時間以内には」

「よろしく頼む」わたしはそういって電話を切った。

さて、つぎは梟の置物の現物をさがす番だ。そのような興味ぶかいふたつの品物を保管するために適切な場所といったら、さて、どこだろう？

わたしの目は地下室の扉に吸いよせられた。初歩的なことだよ、ワトソンくん。

地下室に通じる階段は暗く、空気はかすかに湿気をはらんでいた。わたしが階段の降り口に立って照明のスイッチを手さぐりでさがしていると、いきなり背後でドアが音をたてて閉まった——わたしが驚きの声をあげたほど勢いよく。そよ風も吹かず、突風が吹きこんできたわけでもない。空気は完全に静まりかえっていた。それなのに、ドアがいきなり閉まったのだ。あるいは、吸いこまれるように閉まったのか。

わたしは階段のいちばん上の闇《やみ》のなかに立ちすくんでスイッチを手さぐりでさがしながら、基礎部分をつくるコンクリートがどれほど上質であっても、適切に空気を入れ替えなければ、いずれかならず地下室にこもってくる泥めいた臭気を嗅《か》いでいた。扉の内側は、外側とはくらべものにならないほど涼しく、冷えきっていた。わたしはひとりきりではなかったし、そのことはわかっていた。怖かった——怖くなかったといえば嘘《うそ》になる。しかしその一方では、魅せられてもいた。なにかがそばにいる。なにかがいま、わたしのそばにいるのだ。

　わたしはスイッチがあるはずの壁から手を放し、両手を体の側面にだらりと垂らしたまま、じっと立っていた。しばしの時間が流れた。どれだけの時間かはわからない。胸の奥では、心臓が激しい鼓動を刻んでいた。こめかみに搏動《はくどう》が感じられた。寒かった。

「きこえるか?」わたしはたずねた。

　なにも応答してこなかった。下のほうにあるパイプの一本が結露しているのだろう、水滴が不規則にしたたるかすかな音がきこえてきた。自分の息づかいもきこえた。そしてかすかに——はるか遠く、太陽が出ている別世界から——鴉《からす》の勝ち誇ったような鳴き声がきこえてきた。いや、この鴉はたったいまわたしの車のボンネットにお土産を投下していったところかもしれない。

《これはいよいよ、梟が必要だな》わたしは思った。《はっきりいって、これまで梟なしでどうやって暮らしてきたのか、さっぱりわからないくらいだ》

「きこえるか?」わたしはまたたずねた。「話せるのか?」

無。

唇を舌先で湿らせる。本来なら、自分が馬鹿《ばか》に思えるところだ——暗闇に立って、幽霊に呼びかけているのだから。ところがそんな気分はしなかった。これっぽっちも。湿気がなくなり、代わって肌に感じられるくらいの冷気があらわれてきて、わたしはひとりではなかった。そう、まちがいない。

「だったら、なにかを叩《たた》いて音を出せるか？　ドアを閉められるのなら、なにかを叩くことだってできるんじゃないのか？」

その場に立ったまま、わたしはパイプから離れては落ちていく水滴の音に耳をかたむけていた。それ以外には、なんの音もきこえてこなかった。もういちど照明のスイッチに手をかけたそのとき、はるか下のほうから静かな物音がきこえた。〈セーラ・ラフス〉の地下室は天井が高くなっている。コンクリートの壁の上から約一メートルほど——反対側が霜のおりる地表と接している部分——には、〈インシュガード〉という名前をもつ銀色の大きなパネル状の断熱材が貼りつけてある。いまでもはっきり断言できる——このときききこえてきたのは、その断熱材を拳《こぶし》で殴ったときの音だった。

拳がたった一回、断熱材のわずかな一部を殴っただけ——それなのに、内臓と筋肉のすべてがばらばらにほどけたような気分にさせられた。髪の毛が逆立った。眼窩《がんか》がどんどん大きくなり、眼球がそこから押しだされるような気がした——まるでわが頭部が、ただの髑髏《どくろ》になると勝手に決めたかとさえ思えた。全身の皮膚がくまなく鳥肌で覆《おお》いつくされた。なにものかが、いまわたしといっしょにここにいる。十中八九、すでにこの世での生をおえたものだろう。もはやわたしは――かりに望んだとしても――照明のスイッチを入れられなくなっていた。もう腕をあげるだけの力も残っていなかったのだ。

わたしは懸命に言葉を押しだそうとした。ようやく、自分自身の声とも思えないような、かすれたささやき声で、わたしはいった。「ほんとうにそこにいるのか?」

どすっ。

「おまえはだれなんだ?」あいかわらず、かすれたささやき以上の声は出せなかった――それは死の床に横たわって、家族にさいごの指示をくだす男の声そのままだった。今回の質問には、下からはなんの返答もなかった。

わたしは脳みそをふりしぼった。必死にもがく頭のなかに浮かびあがってきたのは、トニー・カーティスがハリー・フーディニを演じた昔の映画だった。あの映画によれば、フーディニは霊能盤《ウィージャ・ボード》愛好家たちのディオゲネス的な存在であり、空《あ》き時間を利用して本物の霊媒者をさがし歩いていたという。そのフーディニが出席したある降霊会で、死者との意志疎通《そつう》のために採用されていた方法といえば――

「答えがイエスだったら一回叩いて、ノーだったら二回叩いてくれ」わたしはいった。

「できるな?」

どすっ。

この音は、わたしの足もとの階段の下からきこえてきた……それほど離れてはいなかった。五段ほど下がったあたりか、多く見積もっても六段か七段下からきこえてきた。しかし、わたしが手を伸ばし、黒々とした地下室の空気のなかで手を左右にふったところで、とどくほどの近さではない……そうした行動を想像することはできたが、じっさいにしている場面となると想像がつかなかった。

「おまえは……」わたしの声が途切れた。ただ単純に、横隔膜に力がはいらなかったのだ。ぞっとするほどの冷気が、アイロンのように胸に押しつけられてきた。わたしはありったけの意志の力をふりしぼって、ふたたび声を出そうとした。「おまえはジョーなのか？」

どすっ。断熱材を軽く叩く音。間《ま》があってから、さらに——どすっ-どすっ。

イエスでありノーでもある。

それから、なぜこんな馬鹿げた質問をするのかもわからないまま——「梟は地下室にあるのか？」

どすっ-どすっ。

「梟のありかをおまえは知っているのか？」

どすっ。

「わたしは梟をさがしだすべきなのか?」

どすっ! すこぶる強い音。

《ジョーが梟を欲しがった理由は?》そうたずねることもできたが、この質問には階段の下にいるものは答えられない——

いきなり目もとに熱い指先の感触が走って、わたしは悲鳴をあげそうになり、すんでのところで、それが汗だと気がついた。闇のなかでわたしは両手をもちあげ、手首の裏側で顔を髪の生えぎわまでこすりあげた。手は、まるで油の上を滑っているかのようだった。寒かろうと寒くなかろうと、わたしは全身びっしょりと汗にまみれている状態だった。

「おまえはランス・デヴォアなのか?」

すかさず——どすっ-どすっ。

「〈セーラ・ラフス〉にいても、わたしは安全なのか? わたしは安全か?」

どすっ。間。これが間だということも、階段の下にいるものが、さいごまで答えを返していないということも、わたしにはわかっていた。それから——どすっ-どすっ。そう、わたしは安全だ。いや、わたしは安全ではない。

わたしは完全ではないものの、腕の力をとりもどしていた。手を伸ばし、壁を手さぐりして、照明のスイッチを見つけだした。指をスイッチの上におく。いまや顔を濡《ぬ》らしている汗が、氷に変じたかのように冷たく感じられた。

「ではおまえは、夜中に泣き声をあげていた当人なのか？」わたしはたずねた。

どすっ-どすっ。下から音がきこえてきた。そのふたつの音のちょうど狭間《はざま》で、わたしはスイッチをはじいた。地下室の裸電球がともった。同時に階段の上に吊《つ》られていたまばゆい電球――すくなくとも百二十五ワットはあったにちがいない――もまぶしいほどの光を発した。だれかが身を隠す時間はおろか、逃げだそうとする時間もなかった――そして、そんなことをした人間はひとりもいなかった。さらに、多くの面で賞賛すべき逸材であるミセス・ブレンダ・ミザーヴは、地下室に通じる階段の埃《ほこり》を払うという仕事をなまけていた。断熱材を叩く音がきこえてきたとおぼしきあたりまで降りていくあいだ、わたしの足はうっすら積もった埃に足跡を残していた。しかし、階段についているのは、わたしの足跡だけだった。

顔の前にふうっと息を吐きだすと、その息が白く見えた。それではあの寒さは現実のものであり、まだ寒いのだ……しかし、あたりの温度は急速に上昇していた。二回めに吐きだした吐息はひと筋の霧のようにしか見えず、三回めの吐息はもうまったく見えなかった。

それからわたしは、断熱材のパネルのひとつに手のひらを這《は》わせてみた。表面はなめらかだった。指を一本押しつけてみる。さほどの力を入れて押したわけでもないのに、その銀色の表面には窪《くぼ》みが残っていた。ちょろいもんだ。もしだれかがここに拳を叩きつけていたのであれば、断熱材にはへこみができていたはずだし、薄っぺらい銀色の肌が裂け、内側のピンク色の詰め物がのぞいていたとしても不思議はない。しかし、断熱材はどこを見てもまったくの無傷だった。

「おまえはまだいるのか？」わたしはたずねた。

答えはなかったが、わが訪問者がまちがいなくまだここにいることは肌で感じとれた。どこかに。

「明かりをつけたことで、気をわるくしないでもらえるとありがたいな」わたしはそういいながら、自宅の地下室に通じる階段に立ち、蜘蛛《くも》に説教をする人間よろしく声を出していることに気づき、いささか面はゆい気分を味わった。「できることなら、おまえの姿をこの目で見たいと思ったんだよ」そういったものの、これが本心かどうかは自分でもわからなかった。

わたしはいきなり——それこそ体のバランスを崩して階段を転げ落ちそうになるほど唐突な動きで——身をひるがえした。あの屍《し》衣をまとった怪物が背後にいるにちがいない、と思ったのだ。あの怪物が断熱材を叩いていたんだ……あれが……M・R・ジェイムズの小説に出てくるようなお上品な幽霊などではなく……世界の縁から這いあがってきたような恐怖の化身が……。

なにもいなかった。

わたしはふたたび前にむきなおって二段か三段ばかり降り、それから息づかいをととのえながら残りの階段を降りきって地下室までたどりついた。階段の下には、すぐにもつかえる状態のカヌーがパドルもいっしょにそろえて、おいてあった。片隅には、この家を買ったあとで新品と交換した古いガスレンジ台があり、それといっしょにジョーが（わたしの反対を押し切ってまで）プランターに転用したいと主張していた猫足のバスタブもおかれていた。トランクが見つかった——なかには、漠然とした見覚えだけはあるテーブルクロスがあり、黴《かび》の生えたカセットテープが詰まった箱があり（ザ・デルフォニックスやファンカデリック、それに38スペシャルといったグループのテープだった）、古い食器をおさめた箱がいくつかあった。たしかに生活といえるものがあったが、興味をかきたてられるものではなかった。ジョーのスタジオから感じとれたのは、唐突に断ち切られた生活だったが、ここにある生活は断ち切られたわけではなく、時間の流れとともに外に押しだされたもの、いうなれば脱皮にともなって脱ぎ捨てられた皮だ。それはそれでいい。じっさい、それがこの世界の習いだからだ。

こまごました飾りの品のおかれた棚に、一冊の写真アルバムがあった。わたしは好奇心に駆られつつも胸騒ぎを感じながら、アルバムを手にとった。しかし、中身は爆弾などではなかった。写真のほとんどは、わたしたち夫婦が買った当時の〈セーラ・ラフス〉の姿をとらえたものだったのだ。しかし、ベルボトムのジーンズをはいたジョーの写真が一枚あり（髪の毛をまんなかからわけて左右に垂らし、唇には白い口紅を塗っていた）、花柄のシャツを着て、もみあげと一体になったあごひげをたくわえたマイル・ヌーナンの写真も出てきた。これを見たときは、思わず身がすくんだ（写真のなかの独身者マイクは、ソウル・シンガーのバリー・ホワイトを髣髴《ほうふつ》させる男で、できれば認めたくなかったが、ひと目で自分だとわかった）。

そのほか見つかったのは、ジョーが昔つかっていて壊れた踏み車、秋になってもまだここに滞在していれば必要になるであろう熊手《くまで》、冬になっても滞在していれば、それ以上に必要になるはずの噴射式除雪機《スノーブロウアー》、それに数個のペンキの缶などだった。見つからなかったのは、プラスティック製の梟である。わが断熱材叩きの友人が教えてくれたとおりだった。

上の部屋で、電話の呼出音が鳴りはじめた。

電話に出ようと思ったわたしは、急いで地下室に通じるドアを通りぬけ、そのあとで、扉の内側に手を伸ばし、照明のスイッチを切った。わたしにはこれが愉快に思えた一方で、にもかかわらず完璧《かんぺき》に正常な行動にも思えた……子どものころ、歩道のひび割れを踏まないように気をつけて歩くことが完璧に正常な行動に思われたのと、まったくおなじ意味あいで。さらにいうなら、もしこれが正常でないとして、なにが問題になるか？

〈セーラ・ラフス〉にもどってからまだ三日しかたっていなかったが、わたしはすでに、〈奇行にまつわるヌーナンの第一法則〉を自明のこととしていた。すなわち——自分ひとりのときには、奇矯な行動もまったく奇矯に思えなくなる。

わたしはコードレス電話の子機をつかみあげた。「はい？」

「やあ、マイク。ウォードだ」

「ずいぶん早く調べてくれたんだな」

「文書保管室は、廊下のすぐ先だからね」ウォードはいった。「ちょろいもんだよ。ジョーのデスクカレンダーを見たが、一九九三年十一月の第三週に書いてあったのは、これだけだ。ええと……〝メインSK、フリーポ、午前十一時〟。書いてあったのは、十六日の火曜日だ。これで役に立ったか？」

「ああ」わたしは答えた。「恩に着るよ。ほんとうに助かった」

わたしは電話を切ると、子機を充電機の上にもどした。しかし、大いに役立つ情報だった。〝メインSK〟というのは、〝メイン州無料給食所《スープ・キッチン》〟の略だ。〝フリーポ〟はフリーポートの町のこと。ジョーは一九九二年から死ぬまで、この組織の委員会メンバーだった。委員会があったにちがいない。おそらくこの日、委員会メンバーは近づく感謝祭にどうやってホームレスたちに食事をふるまうかを話しあったのだろう……そしてジョーは、ふたつのプラスティック製の梟《ふくろう》をうけとるためだけに、TRまで百十キロ以上も車を走らせた。これだけですべての疑問に答えが出るわけではないが、愛する人が死んだあとには、いくつもの疑問がかならず残っているものではないか？　そうした疑問が浮かびあがってくれれば、法律で決められた出訴期限は関係なくなる。

そして、例のUFO声がまた語りかけてきた。《そうやって電話のそばにいるのなら、ものはついでだ、ボニー・アムードスンに電話をかけたらどうだ？　やあ、元気かい？　調子はどうだ？　そんな感じで》

九〇年代にはいってから、ジョーは四つの異なる組織の運営委員会のメンバーになっていた。どれも福祉関係の組織だった。無料給食所の運営委員会に空席ができたときには、友人のボニーのすすめでその任についた。ふたりは、よくつれだってあちこちの会議に出席していた。しかし、どうやら一九九三年の十一月におこなわれたある会議だけは、ふたりがいっしょでなかったようだ。いまから五年近くも前の特定の会議のことを、ボニーがいまでもはっきりと記憶しているかどうかは疑わしいが……もし昔の議事録のたぐいを引っぱりだしてもらえれば……。

いったい、わたしはなにを考えていたのか？　ボニーに電話をして挨拶《あいさつ》の言葉をかわし、おもむろに一九九三年十二月に作成された議事録を調べてくれと頼む？　出席者報告で、わたしの妻が十一月の会議を欠席したと記載されているかどうか見てくれと、そんなことを頼むつもりだったのか？　人生さいごの一年にさしかかっていたジョーが、いつもとちがうようすを見せていたかどうかを質問する？　それでボニーから、なんでそんなことを知りたがっているのかと逆に質問されたら、いったいどう答えるつもりだったのか？

《早く返してよ》夢で見たジョーは、歯を剝《む》きだしてわたしにうなりかかっていた。あの夢に出てきたジョーは、ジョーとは似ても似つかぬ女だった。まったくべつの女、たとえるなら聖書の箴言《しんげん》に出てくる〝よその女〟、唇からは蜜《みつ》をしたたらせているものの、心には胆汁と苦《にが》よもぎが詰まった女に似ていたといえるかもしれない。霜がおりたあとの小枝のように冷たい指をした見知らぬ女。《早く返してよ。その本はわたしの埃よけなんだから》

わたしは地下室に通じる扉の前に引きかえし、把手《とって》に手をふれた。握って……まわし……手を放す。闇《やみ》を見おろしたくはなかったし、なにものかがまたしても断熱材を叩《たた》きはじめる危険をおかしたくないというのが本音だった。このドアは閉めておくのが賢明だろう。いま欲しいのは、冷たい飲み物だ。わたしはキッチンに行って冷蔵庫のドアに手を伸ばし……その手をとめた。マグネットがまた輪をつくっていたが、今回はアルファベットのマグネットが四個と数字のマグネットがひとつ、その輪の内側にならべて配置されていた。五つのマグネットは、小文字だけでこんな単語を形づくっていた。

hel1o

この家にはなにかがいる。燦々《さんさん》たる日ざしのなかに引きかえしたときにも、わたしはそう信じて疑わなかった。さっき、この家にいても安全なのかという質問には、黒白はっきりしない返事しかもらえなかった……しかし、そんなことは関係ない。いま〈セーラ・ラフス〉を出ても、わたしには行き場所がないのだ。むろんデリーの家の鍵《かぎ》はもっているが、ここでの問題を解決しないわけにはいかない。そのこともわかっていた。

「ハロー」わたしはいい、冷蔵庫をあけて清涼飲料をとりだした。「あんたがだれなのか、なんなのかはともかく――ハロー」

11

翌朝、夜明け前の暗い時間にふと目が覚めたとたん、北翼棟の寝室には自分以外にもぜったいにだれかがいるにちがいない、という確信が胸を突きあげてきた。枕《まくら》を背もたれ代わりに上体を起こして目をこすると、自分と窓のあいだに、黒々とした肩のラインを浮かびあがらせて立つ人影が見えてきた。

「だれだ？」そう問いただしながらも、わたしは相手が言葉で答えるはずはないと考えていた。その代わりに壁を叩《たた》くはず。イエスだったら一回、ノーだったら二回——なにを考えているんだ、フーディニ？　しかし窓べにたたずむ人影は、なにも答えなかった。わたしは手を伸ばし、ベッドの上にある明かりのスイッチ紐《ひも》をさぐりあてると、強く引っぱった。唇は派手にねじくれ、腹のあたりはすっかり緊張して、飛来してきた弾丸さえはじきかえせるほど固くなっていた。

「なんてこった」わたしは毒づいた。「くそ、くそっ、おれはとんでもない馬鹿者《ばかもの》だ」

わたしがカーテンレールにかけたハンガーに、わたしの昔のスエードジャケットが吊《つ》られていただけだった。荷物をほどいているときにそこに吊るし、それっきりクロゼットにしまうのを忘れていたのである。笑おうとしたが笑えなかった。午前三時という時間に、こんなことがおかしく感じられるものではない。

わたしは明かりを消すと、目をあけたまま横になって、バンターの鈴が鳴る音か、子どもの泣き声がきこえてこないものかと耳をそばだてて待っていた。そうやって耳をすましているうちに、いつしかわたしは寝入っていた。

それから七時間ばかりたったころ、これからジョーのスタジオに行って、前日調べていなかった収納スペースをのぞき、プラスティック製の梟《ふくろう》があるかどうかを確認しようと思って支度をしていたときのことだった。一台の最新型のフォードがわが家のドライブウェイを走ってきて、わたしのシボレーと鼻先を突きあわせるように停止した。わたしはすでに家とスタジオをつなぐ短い小径《こみち》に立っていたが、これを見て引きかえした。まともに息もできないほど暑い日で、わたしはカットオフジーンズと白いゴムサンダルだけの服装だった。

以前ジョーは、〝おめかし〟をあらわす〝クリーヴランド・スタイル〟はふたつに分類できる、と主張していた。クリーヴランド・フォーマルと、クリーヴランド・カジュアルである。この火曜日の朝の訪問者は、クリーヴランド・カジュアルの服を身につけていた。パイナップルと猿が描かれたアロハシャツ、〈バナナリパブリック〉の品らしいカーキ色のチノパンツ、靴は白いローファー。靴下はあってもなくてもいいが、白い靴はクリーヴランド・スタイルの必須《ひっす》条件だし、また派手な金の装身具を最低ひとつは身につけることも条件のひとつだ。この男は、後者の条件を完璧《かんぺき》に満たしていた。片手の手首にロレックスの時計を光らせ、首に金のチェーンネックレスを光らせていたのである。シャツの裾《すそ》はスラックスから引きだされて垂れ下がり、背中側には不自然なふくらみがあった。銃かポケットベルだろうが、ポケットベルにしては大きすぎる。わたしは視線を車にもどした。ブラックウォール・タイヤ。そしてダッシュボードの上には――これはびっくり――青い覆《おお》いをかけられた半球状の物体が載っているではないか。赤ずきんちゃんの話ではないが、相手の不意をつくように忍び寄るのがいいんだよ、お祖母《ばあ》ちゃん。

「マイクル・ヌーナンだね？」男は、ある種の女たちを引き寄せるという意味あいにおいてはハンサムだといえた――身のまわりで男がちょっと声を高めただけで反射的に身をすくめるたぐいの女や、家のなかで問題が起こっても、哀れにもそうした問題の責任は自分にあるとひそかに心の底で思いこむため、めったに警察に通報することのない女だ。そうした問題の結果、女たちは目のまわりに黒い痣《あざ》を負い、肘《ひじ》を脱臼《だっきゅう》し、乳房にタバコの焼け焦《こ》げをもらうことも珍しくない。そのたぐいの女たちは夫や恋人を、よく

〝父ちゃん〟などと呼ぶ――「ビールをもってきてあげようか、父ちゃん?」「きょうの仕事はつらかったのかい、父ちゃん?」などと。

「ああ、マイクル・ヌーナンはわたしだが。で、どのようなご用件で?」

きょうここにあらわれた〝父ちゃん〟は体をひねって上体をかがめ、助手席の上に散らばった書類から、なにかをつかみあげた。ダッシュボードの下で送受信両用の無線機がいちどだけ、かん高い音を短くあげ、それっきり黙りこんだ。こちらにむきなおった男の片手には、細長い淡黄褐色のファイルが握られていた。そのファイルをこちらにさしだす。「あんたに、これをとどけにきたんだ」

わたしがうけとろうとしないのを見て、男は一歩前に進みでてくると、それをわたしの両手の手のひらにねじこもうとしてきた。わたしが一種の条件反射めいた動きで、ファイルをうけとると踏んだのだろう。ところがどっこい、わたしは両手を肩の高さまですばやくもちあげた――男がたったいま〝手をあげな、マグシー〟というギャングの常《じょう》套句《とうく》をむけてきたかのように。

男は忍耐づよい顔つきで、わたしを見つめていた。アーレン兄弟とおなじようにアイルランド系の顔だちだったが、アーレン兄弟にそなわっている親切心やあけっぴろげな心根や好奇心はかけらもなかった。代わってその顔にあったのは、苦虫を嚙《か》みつぶしながらも、おもしろがっているような表情――いうなれば、自分は世界じゅうのろくでなしを見てきた、それもいちどならず二度ずつ見てきた、と主張する男の顔つきだった。片方の眉毛《まゆげ》は、ずっと大昔に分断され、頬は風焼けを起こしたように赤くなっていた——すこぶる健康であることを示す血色のよさなのか、あるいは穀物を原料としたアルコール飲料への耽溺《たんでき》を示唆《しさ》するものなのか。この男は人を殴り倒して側溝に寝かせ、そればかりか逃げないように相手の体の上にすわりこむタイプに見えた。あたい、いい子にしてたじゃないの、父ちゃん、だから痛いことはしないでよ。

「ことをややこしくするな。どうせあんたは、この書類を送達されることになるんだ。おたがい、それは百も承知のはずだな。だから、ことをややこしくするんじゃない」

「その前にまず、身分を証明するものを見せてもらおうか」

男はため息をつき、ぎょろりと白目を剝《む》きだしてから、シャツの胸ポケットのひとつを手でさぐった。それから革の折りたたみ式財布をとりだし、さっとふってひらいた。バッジと写真いりの身分証明書が出てきた。わが新しい友人は、ジョージ・フットマンという名前のキャッスル郡の保安官助手だった。平板で影のない写り方の写真は、暴行の被害者が見せられる手配写真ファイルにでも載っていそうな雰囲気だった。

「これで満足かい?」フットマンはたずねた。

わたしは、相手がふたたびさしだした淡黄褐色のファイルを自分の手でつかみとった。わたしが中身に目を通しているあいだ、フットマンは怒りの混じった満足感を全身から放射させて立っていた。中身は罰則付召喚令状だった。わたしは、一九九八年七月十日——言い方をかえるなら金曜日——の朝十時に、キャッスルロックにある弁護士エルマー・ダーギンの事務所への出頭を命じられていた。書類にはダーギンが、未成年者カイラ・エリザベス・デヴォアの〝訴訟のための後見人〟として裁判所から選任されている人物である、とあった。そしてこのダーギンは、カイラ・エリザベス・デヴォアについてのわたしの知識のうち、その福祉にかかわる知識すべてにかんしての証言録取をおこなう、という。この証言録取は、キャッスル郡上位裁判所とランコート判事閣下の名のもとにおこなわれるものである。訴訟手続記録者も同席の予定。そしてわたしを安心させるために、これはあくまでも裁判所による証言録取であり、《原告》とも《被告》とも関係するものではない旨《むね》の記載があった。

フットマンがいった。「おれの職務からすると、ここであんたが出頭しなかった場合の罰則を説明することに——」

「うれしいね。でも、この場ではすっかり話をしたことにしようじゃないか。いいだろう？　ちゃんと出頭するとも」そういってわたしは、フットマンの車にむかって、もう行けというしぐさをした。心の底からむかついていた……それればかりか、レイプされたような気分にもなっていた。これまで召喚状を送達された経験はなかったし、されたいとも思っていなかった。

フットマンは自分の車まで引きかえすと、そのまま乗りこむ動作を見せたが、体の動きをとめ、ひらいたままのドアの上に毛むくじゃらの腕を載せた。かすんだ日ざしをうけて、ロレックスの時計が光っていた。

「老婆心《ろうばしん》ながら、ひとつだけ助言をしてやる」フットマンはいった。このひとことで、わたしはこの男についてそれ以外に知る必要のあることを一瞬のうちにすべて悟っていた。「ミスター・デヴォアに手出しは無用だ」

「でないと、あの男はわたしを虫けらみたいに叩《たた》き潰《つぶ》す……そうだな？」

「どうだかね」

「じゃ、あんたがいうべき正しい科白《せりふ》はこうだ――〝あんたにひとつ助言をくれてやろう――ミスター・デヴォアに手出しは無用だ。でないと、あの人はおまえを虫けら同然に叩き潰すことになるぞ〟」

フットマンの表情――困惑の段階を通りすぎて、激怒に近づきつつあった――を見れば、それに近い言葉を吐くつもりだったことがありありと読みとれた。どうやらわたしたちは、おなじような映画を見てきたらしい――そのなかには、ロバート・デ・ニーロが精神異常者を演じた映画もあったはずだ。ついで、フットマンの顔が晴れた。

「ああ、そうか、あんたは作家なんだ」

「人からはそう呼ばれているよ」

「そんな口が叩けるのも、あんたが作家だからってわけか」

「まあ、ここは自由の国だからね」

「口の減らない男だな」

「ときに、いつごろからマックス・デヴォアの下働きをしているんだね？　郡保安官事務所の連中は、きみが内職に精を出している事実を知っているのか？」

「知ってるとも。なんの問題にもなってないさ。どっちかといえば、あんたのほうが問題をかかえこまされてるみたいじゃないか、減らず口の作家先生」

そろそろ会話を切りあげる潮時だ——と、わたしは思った。そうでないと、わたしたちはこのまま坂道を転がり落ちて、年端《としは》もいかないガキ同士の悪罵《あくば》の投げあいをはじめることになる。

「うちのドライブウェイから出ていってくれ。お願いだ」

そのあともフットマンは、しばしわたしをにらみつけていた——きわめつきの決め科白をさがしていたのだが、どうやら見つけられなかったらしい。しょせん、減らず口の作家先生が手伝わなくてはだめということか。

「金曜日には、あんたの姿をさがしてやるからな」フットマンはいった。

「じゃ、昼食をおごってくれると解釈していいんだな？　いや、心配は無用だ。デート相手としては、わたしはきわめて安あがりな人間だからね」

ただでさえ赤らんでいたフットマンの頰が、また一段階どす黝《ぐろ》くなってきた。近いうちに強い酒をあきらめなければ、六十歳になったらどんな頰になるかという見本だった。フットマンはフォードに乗りこむと、タイヤが空回りするほどの勢いでわが家のドライブウェイをバックしていった。わたしはずっとおなじ場所に立って、去っていくフットマンを見つめていた。フットマンの車が四二番道路を引きかえしていくのを見とどけてから、家のなかにもどった。ふと、ロレックスの時計を買えるくらいなのだから、フットマン保安官助手の秘密の内職はさぞや高給なのだろうという思いが浮かんできた。いや、あれはただのコピー商品なのかもしれないが。

《落ち着きなさいよ、マイクル》ジョーの声が助言をしてきた。《もう赤い布は消えてるのよ。あなたのまえで、布きれをひらひらさせている人は、もうだれもいないの。だから落ち着いて——》

わたしはジョーの声を締めだした。落ち着きたくなどなかった——その反対に激昂《げきこう》したかった。なにせわたしは、レイプされたのだから。

わたしは、以前ジョーとわたしがいつも未処理の書類をおいておくのにつかっていた廊下のデスクに近づくと（考えてみれば、ふたりのデスクカレンダーもここにおいてあった）、召喚状の淡黄褐色のファイルの片隅に画鋲《がびょう》を刺して伝言板にとめた。その仕事をすませると、わたしは片手の拳《こぶし》を目の前にもちあげ、しばらく結婚指輪を眺めたのち、その拳を書棚の横の壁に思いきり叩きつけた。ならんだペーパーバックが、いっせいに飛び跳ねるほどの力だった。マッティー・デヴォアのぶかぶかのショートパンツと〈Kマート〉スモックのことを思い、〈ウォリントンズ〉を買収するのに四百二十五万ドルをぽんと出したマッティーの義父のことを思った。個人名義のクソったれ小切手を書いたというあの男。それからビル・ディーンの言葉を思った——どちらに転ぶにせよ、あの女の子は結局カリフォルニアで大人になるんだろうよ、という言葉を。

わたしは頭から湯気が噴きあがる思いで家のなかをあちこち歩きまわり、さいごに冷蔵庫の前で足をとめた。マグネットの輪はそのままだったが、内側の文字が変わっていた。前は——

hel1o

だったのに、いまは——

help r

になっていた。

「ヘルパー?」と口にして、その言葉をみずから耳にした瞬間、わたしは事情を理解した。冷蔵庫に貼《は》ってあるアルファベットのマグネットは、一文字につき一個しかない(いや、よく見るとそれ以下だ——gとxがどこかに消えていた)。このぶんでは、追加を仕入れてくる必要がありそうだ。わが家のケンモア製冷蔵庫の扉が霊能盤《ウイージャ・ボード》になったのなら、かなり大量の文字を買いこんでこなくてはなるまい。それも母音を。そんなことを考えながら、わたしはhとeの二文字をrの前に移動させた。これでメッセージはこうなった。

lp her

わたしは手のひらで果物と野菜のマグネットを散らかし、文字のマグネットをばらばらにすると、また家のなかを歩きはじめた。デヴォアとその義理の娘のあいだには立ち入らないと決心したにもかかわらず、結局は巻きこまれる結果になった。クリーヴランド・スタイルの保安官助手がドライブウェイに姿を見せて、そうでなくても問題だらけの生活をさらにややこしく複雑なものに変えていき……そのうえ、わたしにちょっとばかり怖い思いまで味わわせた。しかしこちらは、理由も性質も頭でわかる恐怖ではある。ふいに、幽霊や泣き叫ぶ子どもたちのことで気を揉《も》んだり、四、五年前に妻がいったいなにをしていたのかをつきとめよう（といっても、これはほんとうに妻がなにかをしていた場合にかぎった話だが）とするだけでなく、それ以上のことをして夏を過ごしたい欲求に駆られた。小説を書くことは無理だが、だからといって、かさぶたをつつく以外は無為に過ごすべしという法はあるまい。

《彼女を助けろ《ヘルプ・ハー》》

せめて、その方向で努力だけはしてみよう——わたしは思った。

「ハロルド・オブロウスキー著作権エージェンシーです」

「ノーラか。わたしといっしょに、カリブ海のベリーズに行ってくれないか」わたしはいった。「きみが必要なんだ。満月が砂浜を骨のような白さに輝かせる真夜中に、ふたりで忘れがたい愛をかわそう」

「こんにちは、ミスター・ヌーナン」ノーラは答えた。ユーモアのセンスのかけらもない女性だった。ついでにロマンスのセンスもない。ある意味では、だからこそオブロウスキー・エージェンシーにとって完璧な人材であるともいえる。「ハロルドとお話になりたいのですね？」

「ああ、会社にいればね」

「おります。少々お待ちを」

ベストセラー作家であることの利点のひとつ——ふだん、十五位まであるベストセラー・リストにしか作品が登場しない作家であっても——それは、自分のエージェントがほとんどいつも会社にいる、ということだ。ふたつめは、エージェントがナンタケット島に休暇旅行に行っていた場合でも、かならず連絡がとれるという点。そして三つめは、エージェントに電話をかけたとき、待たされる時間がきわめて短いというところだ。

「マイク！」ハロルドは大声でいった。「湖はどうかな？　この週末のあいだは、ずっときみのことを考えていたんだよ」

《そうだろうよ》わたしは思った。《だったら、豚が口笛を吹いてもおかしくないぞ》

「暮らしは毎日おおむね良好といったところだけどね、厄介ごとがひとつだけあるんだ」わたしはいった。「それで弁護士に相談をする必要が出てきた。最初はウォード・ハンキンズに電話をして、心あたりの弁護士を推薦してもらおうと思ったんだが、わたしに必要なのはウォードの知りあい連中よりも、もっと凄腕《すごうで》の弁護士だと思いなおしてね。鋭い牙《きば》のような歯をもっていて、人間の肉を食べるのが大好きだという弁護士だったら、なおさら歓迎なんだ」

今回ハロルドは、あのお得意の〝長時間の沈黙〟作戦を採用しなかった。「どうしたんだ？　トラブルに巻きこまれたのかね？」

《イエスだったら一回、ノーだったら二回》わたしはそう思い、ほんとうに実行してやろうかという常軌を逸した思いがちらりと頭をかすめた。脳性麻痺《まひ》をわずらったクリスティ・ブラウンの回想録、『思い起こすすべての日々』を読みおえたときのことが思い出されてきた――あのときは、左足の指のあいだにペンをはさんで一冊の本を書きあげるというのはどんな体験なのかと考えたものだ。そしていまは、他者との意志疎通《そつう》の手段を〝地下室の壁叩き〟だけに限定された状態で、未来永劫《えいごう》ひとつところに閉じこめられるのはどんなものか、と思った。それも、〝壁叩き〟をきいて理解してくれるのはある特定の人間にかぎられ……その特定の人間も、特定の時間だけにかぎられるとなったら……。

《ジョー、あれはきみだったのか？　もしそうなら、どうしてどっちつかずの答えを返してきた？》

「マイク？　まだそこにいるのか？」

「ああ、いるとも。いや、わたし個人のトラブルじゃない。だから、そう逸《はや》りたたなくてもいいよ。ただし、問題をかかえているのは事実だ。きみの会社の筆頭顧問弁護士はゴールドエイカーだったな？」

「ああ。いますぐにでも電話をしようか――」

「しかし、ゴールドエイカーはもっぱら契約法を手がけている弁護士だね」わたしはいまや、内心の考えをそのまま口に出していた。わたしが口をつぐんでも、ハロルドが言葉をさしはさむことはなかった。こんなふうに、じつにつきあいやすい男になることもある。いや、おおむねつきあいやすい男なのだが。「とにかく、ゴールドエイカーに電話をかけてもらえるかな？　じつをいうと、児童監護権の分野の法律で実践的な知識をそなえている弁護士が必要なんだ。その分野でいちばん優秀で、かつすぐ依頼を引きうけてくれる弁護士をわたしに紹介してくれるよう、ゴールドエイカーに頼んでほしい。それと、もし必要になったら、今週の金曜日にわたしに付き添ってくれる弁護士もだ」

「まさか……親権がらみの事件か？」ハロルドはいった――敬意と恐れがないまぜになった口調だった。

「いや、監護権だ」話の一切合財は、〝いずれ選任されるはずの弁護士〟から根掘り葉掘りききだせばいいだろう――そういおうかと思ったが、ハロルドは説明をしてしかるべき相手だ。それに当の弁護士からどんな話をきかされようとも、ハロルドなら、いずれはわたしの口から一件をすっかりききだそうとするはず。そこでわたしは、七月四日の朝とその余波について、わたしなりの話をハロルドにきかせた。話はデヴォアがらみのものだけに限定し、妙な声や子どもの泣き叫ぶ声や、暗闇《くらやみ》で壁を叩く音のことについては黙っていた。ハロルドが途中で口をはさんできたのは、たった一回――この物語の悪役の正体が判明したときだった。

「自分からトラブルを招きよせているようなものじゃないか」ハロルドはいった。「それくらい、わかってるんだろうな？」

「たしかに、ある程度までは確実にトラブルにはまりこんではいるな」わたしは答えた。「だから、そのトラブルをわずかなりとも、おすそわけしようと思いたったんだ」

「そんなことをすれば、作家が最上の作品を書くために必要な平穏や静けさと無縁になるぞ」ハロルドは、わざと乙《おつ》にすました声を出していった。

いっそ、〝それでもいいんだ。どうせジョーが死んでからは、食料品リスト以外には波瀾万丈《はらんばんじょう》の物語なんかひとつも書いてないんだからね。これがいい刺戟《しげき》になるかもしれないし〟といってやったら、ハロルドはどんな反応を示すだろう？　そうも思ったが、わたしはなにもいわなかった。心配ごとがあっても人に見せるな──それがヌーナン一族のモットーである。一族用の地下墓地の扉には、だれかが《心配いらない、元気だよ》という文句を彫りこむべきだ。

ついで、わたしは冷蔵庫の文字を思い出した──《彼女を助けろ《ヘルプ・ハー》》。

「その若い女性は友人を必要としているんだ」わたしはいった。「ジョーが生きていたら、きっとわたしに友人になってやれというに決まってる。昔からジョーは、小さな子どもが踏みつけにされるのに我慢がならない性質《たち》だったからね」

「ほんとうにそう思うんだな？」

「ああ」

「よし、弁護士をさがしてみよう。それから……金曜日の証言録取のことだが、わたしがいっしょに行ったほうがいいかな？」

「いや」その返答は不必要なほど即座に口にされたように響き、そのあとには計算ずくのものではない、心を傷つけられたことからくる沈黙がつづいた。「いいかな、ハロルド。うちの管理人の話によれば、本物の審問会が近々予定されているらしいんだ。もし審問会が現実のものになって、そのときもまだ来てくれる気があるようだったら、電話で知らせるよ。昔から、きみの精神的な支えがあってこそのわたしだからね」

「ま、わたしの場合には精神的というより物質的な支えかもしれないな」ハロルドはそういったが、その口調は明るさをとりもどしていた。

わたしたちは別れの挨拶《あいさつ》をかわした。そのあとわたしは冷蔵庫に引きかえし、マグネットを見つめた。マグネットはあいかわらず秩序もないまま乱雑になっており、それがなぜか一種の安らぎをもたらしてくれた。精霊たちでさえ、ときには休息をとるのだ。

わたしはコードレス電話の子機を手にしてベランダに出ていき、七月四日の夜にすわった椅子《いす》、デヴォアからの電話をうけたときにすわっていた椅子に腰をおろした。〝父ちゃん〟の訪問をうけたいまですら、あのときの会話が現実だったとは信じられなかった。デヴォアはわたしを嘘《うそ》つき呼ばわりした。わたしはデヴォアに、ここの電話番号を紙に書いてケツに突っこんでおけ、という意味の言葉を返した。隣人同士のつきあいの幕あけとしては、最高というほかはない。

わたしは椅子を、いくらかベランダのへりに近づけた。ベランダは地表から十二メートルばかりの目もくらむほどの高さにあり、真下は〈セーラ・ラフス〉と湖にはさまれた斜面にあたっている。わたしは馬鹿《ばか》な真似《まね》をするなと自分にいいきかせながらも、泳いでいるときに目にした緑色の女を目でさがしていた。そもそもあの手のしろものは、たまたまある角度から目をむけた場合にだけ見えてくるものであって、左右どちらかに三メートルほど移動すれば、なにも見えなくなるのがつねだ。しかし今回ばかりは、〝例外のない規則はない〟という規則の正しさが証明された。山側から見たストリートぞいの例の白樺《しらかば》の木が、湖から見たときとおなじように、女の立ち姿そっくりであることに気づいて、愉快な気持ちになった反面、わずかに不安をかきたてられた。そう見える理由のひとつは、すぐうしろの松の木にあった——すっかり葉が落ちた枝が突きだしており、それが北にむけて伸ばされた骨ばった腕のように見えるのだ。しかし、理由はそれだけではなかった。裏側から見ているいまでさえ、白樺の白い樹幹とすっきりした葉叢《はむら》は女の立ち姿をつくっており、吹きゆく風に木の下半分の葉叢が揺さぶられると、緑色と銀色が渦を巻いてロングスカートのように見えてきた。

ハロルドが好意からの申し出を口にしてくれたにもかかわらず、その申し出の言葉が完全に形をなしもしないうちから、わたしは即座に断わりの返事を口にしていた。いま、こうして幽霊のようにさえ見える女の形の木を見つめていると、そんな返事をした理由がわかってきた。ハロルドは声高な男であり、およそ微妙なニュアンスへの感受性をもたない男だ。ハロルドが来たりすれば、ここにいるもの——その正体はなんであれ——が怖がって退散してしまうかもしれない。そんな事態を避けたかったのだ。なるほど、わたしは怯《おび》えていた——地下室に通じる暗い階段に立って、すぐ下からきこえてくる断熱材を叩く音に耳をすましているときは、目茶苦茶に怯えきっていた。しかし、一方ではここ何年も感じなかったほど生き生きとした気分を味わってもいた。いまわたしは〈セーラ・ラフス〉にいるなにか、みずからの経験でははかり知ることのできない存在との絆《きずな》を手にしている。そのことに、わたしは魅了されていた。

膝《ひざ》の上でいきなり子機から呼出音が鳴り響いて、わたしは驚きに飛びあがった。マックス・デヴォアか、金の装飾過多な子分のフットマンからの電話だろう——そう思いながら、わたしは子機をつかみあげた。しかし電話をかけてきたのは、ジョン・ストロウという名前の弁護士だったことがわかった。声の感じからすると、ロースクールをごく最近——たとえば、そう、先週あたりに——卒業した男のようだった。しかしストロウは、ニューヨークはパーク・アヴェニューにある〈エイヴァリー、マクレイン&バーンスタイン法律事務所〉で働いていた。パーク・アヴェニューというのは、弁護士種族にすれば立派な住所ではある——たとえその弁護士の口に、まだ乳歯が残っていても。もしヘンリー・ゴールドエイカーがストロウに優秀な弁護士だという太鼓判を捺《お》したのであれば、おそらくそのとおりなのだろう。しかもストロウは、監護権関連の案件が専門とのことだった。

「さて、ではそちらの情勢をお話しいただけますか？」それぞれの自己紹介がすみ、それぞれの背景をざっと描きあう会話がおわると、ストロウはいった。

わたしは精いっぱい話した――いきさつを物語っていくうちに、気分が高揚してくるのが感じられた。報酬請求時間をはかる時計がひとたび動きだしたあとで、こうして弁護士に話をするという行為には、不思議な鎮静作用がある――ただの弁護士が、〝顧問弁護士〟になる魔法の瞬間を越えるからだ。顧問弁護士は愛想がよく、顧問弁護士は同情を寄せてくれ、顧問弁護士は黄色い法律用箋《ようせん》にメモをとり、顧問弁護士はここぞという勘所で、きちんとうなずいてくれる。顧問弁護士の質問は、おおむねあなたが答えられるものばかり。おまけに、もしあなたが方法を見つけられなくても、顧問弁護士なら見つけだしてくれる。顧問弁護士はいつでもあなたの味方。あなたの敵は、顧問弁護士にとっても敵だ。顧問弁護士が、あなたを敵のクソ野郎とまちがえることはぜったいにない。

わたしが一部始終を話しおえると、ジョン・ストロウはいった。「すごい話だ。これまで新聞が飛びつかなかったのが驚きですよ」

「そんなことは思ってもみなかったな」しかし、ストロウのいいたいことは理解できた。デヴォア一族のサーガは、ニューヨーク・タイムズ紙やボストン・グローブ紙といった一流新聞向きではないし、デリー・ニューズ紙のような地方新聞向きでさえないだろうが、ナショナル・インクワイアラー紙とかインサイド・ビュー紙といった、スーパーマーケットにならぶ週刊タブロイド新聞にはうってつけの素材だ。キングコングが若い女に目もくれず、その女の幼い娘を奪って、エンパイアステート・ビルのてっぺんによじのぼろうとしているのだから。一刻も早く幼女を解放しろ、このけだものめ！　血痕《けっこん》も有名人の死体写真も関係ない記事なので第一面には掲載されないだろうが、九面に大見出しとともに掲載するには最高だ。頭のなかでわたしは、〈ウォリントンズ〉とマッティーの錆《さび》だらけになったトレーラーハウスの写真を左右にならべた上にかぶせる大見出しを考えていた――《コンピュータの帝王、贅沢三昧《ぜいたくざんまい》のかたわら若き美女のひとり娘強奪を画策！》。いや、これでは長すぎる。小説を書かなくなったいまでも、わたしには編集者が必要らしい。あらためて考えてみれば、これはまことに悲しむべきことだ。

「とすると、いずれ新聞社にこのネタを教えてやるという手もありますね」ストロウはおもしろがっている声でいった。これで――さしあたり怒りに燃えている目下の状態でなら――結びつきを深めるのもわるくない相手だということがわかった。ストロウはきびきびした口調になってつづけた。「で、わたしはだれの代理人になるんですか？　あなたですか？　それとも、その若い女性？　わたしとしては、若い女性の代理人になるべきだと思いますがね」

「その女性は、わたしがきみと電話で話していることもまだ知らないんだ。わたしの行為が、いささかやりすぎだと思われる可能性もあるしね。それどころか、その女性から、こっぴどく怒られるかもしれないな」

「なんで怒るんです？」

「その女性がヤンキーだからだ——なかでも最悪の種族であるメイン・ヤンキーだからだよ。どんな日をえらんだところで、メイン・ヤンキーの前ではアイルランド系の人間さえ論理的に見えるほどでね」

「それもそうでしょうが、シャツにピンで標的を留められているのは、その女性本人なんですよ。ですから、あなたからその女性に電話をかけて、この件を話したらどうです？」

わたしはそうする、と約束した。それほど困難な約束ではなかった。フットマン保安官助手の手で召喚状を送達されて以来、いずれマッティーに連絡をとらなくてはいけないことがわかっていたからだ。「で、金曜日の証言録取の席では、だれがマイクル・ヌーナンの代理人をつとめてくれるのかな？」

ストロウは乾いた笑いを洩《も》らした。「だれか地元の弁護士をさがしておきます。その人物はあなたといっしょに、このダーギンという弁護士の事務所にいき、膝にブリーフケースを載せて静かにすわったまま、すべてを耳にしていることになります。そのころまでには、わたしもそちらの町に行けるかもしれません——ミズ・マッティー・デヴォアと話をしないことには、なんとも断言できませんが。かりに行けたとしても、ダーギンの事務所には行きませんよ。ただし監護権についての審問会が近づいたら、あなたにお目にかかることになりますが」

「ああ、それでいい。その新しい弁護士が決まったら、電話で名前を教えてくれ。もうひとりの新しい弁護士、というべきかな」

「そんなところですかね。ではそれまでに、ミズ・デヴォアに話をしておいてください。わたしが、ちゃんと仕事をとれるようにね」

「努力はするとも」

「それからもうひとつ。人目のないところでミズ・デヴォアとふたりきりになることは、ぜったいに避けてください」ストロウはいった。「汚い真似をする隙《すき》をあたえれば、悪人どもは汚い真似をすると相場が決まっています。おふたりのあいだには、とくになにもないんですね？　汚い手段に利用されそうなことは？　こんなことをおたずねするのは心苦しいのですが、仕事上おうかがいする必要があるんです」

「なにもないとも」わたしはいった。「もうかなり長いあいだ、どんな相手ともその種

考えるなら――」

「それはお気の毒に……といいたいところですが、ミスター・ヌーナン、いまの情況を考えるなら――」

「マイク。わたしのことはマイクと呼んでくれ」

「うれしいですね。わたしもそうしたかった。では、こちらのことはジョンと。どちらにせよ、あなたがミズ・デヴォアに肩入れをすることについては、人の噂《うわさ》になりますよ。その点はおわかりですか？」

「もちろん。世間の連中には、わたしが金の力できみを引き入れたことがわかっている。そこで世間は、マッティーがなにを支払ってわたしを仲間に引き入れたのか、あれこれと臆測《おくそく》をめぐらすはずだな。若くして夫をうしなった美女と男鰥夫《おとこやもめ》の中年作家……ならば、代償はセックスだったにちがいない、という具合にね」

「あなたも、なかなかの現実家ですな」

「そうだとは思えないが、それなりに世間の常識もそなえているのでね」

「そうであることを祈りますよ。この先はかなり揺れの激しい道のりになると思います。なんといっても、わたしたちの敵はとんでもない大金持ちですからね」その言葉とは裏腹に、ストロウの口調に怯えはききとれなかった。その口調は、まるで……欲の皮を突っぱらせているようにさえ響いた。冷蔵庫のマグネットがふたたび輪の形をつくっているのを見たとき、わたしの心の一部が感じたあの気持ちに通じる気持ちを、いまストロウが感じているかのようだった。

「デヴォアが金持ちだというのは知っているとも」わたしはいった。

「知っていても、法廷ではなんの意味もありませんよ。相手方には、それだけの金があるんですから。それに判事も、この裁判が火薬の樽《たる》同然のものだと強く意識するようになるでしょうしね。それも、こちらの有利な材料につかうことができます」

「こっちの材料のうち、裁判でいちばん有利につかえそうなものは？」そうたずねながら、わたしはカイラの傷ひとつない薔薇色《ばらいろ》の頰や、母親を前にしても恐れるようすひとつなかった態度などを思い出していた。こうたずねながら、わたしはストロウが〝相手の告発がまったく無根拠であることこそ最上の材料だ〟と答えるものと思っていた。その予想はまちがっていた。

「いちばんの好材料はデヴォアの年齢ですね。あの男は神その人よりも年寄りでしょうから」

「週末のあいだにききこんだ話によれば、八十五歳のはずだったな。だとすれば、神のほうが年上ということになる」

「たしかに。しかし父親候補として見れば、テレビの《おかしなカップル》で主役を演じたトニー・ランドールも十代の若者に思えるほどの高齢者ですよ」ストロウはいった。

その口調に、ほくそえんでいるような響きが混じりはじめた。「考えてごらんなさい、マイクル。その幼女がいずれハイスクールを卒業するころには、デヴォアは百歳だ。さらに、策士として知られるこの老人が、かえって策に溺《おぼ》れている可能性さえあるんです。〝訴訟のための後見人〟というのがどういうものか、ご存じですか?」

「いや」

「簡単にいうなら、児童の利益を守るために法廷から選任された弁護士のことです。この仕事のための報酬も裁判所から支払われますが、金額は微々たるものですね。訴訟のための後見人になることに同意する弁護士は、その大半が純粋に愛他心から仕事を引きうけているんですよ。どんな場合でも、訴訟のための後見人は、その案件についての見解を述べます。判事はかならずしもその助言をききいれる必要はないのですが、ほぼ例外なく、ききいれますね。自分が選任した弁護士の助言をはねつければ、判事は間抜け面《づら》をさらすことになるじゃないですか。判事という人種がなによりきらっているのは、まさにみずから間抜け面を満天下にさらすことなんです」

「デヴォアには弁護士がついているんだろうか?」

ストロウは笑った。「じっさいの監護権審問会のときには、そうですね、ざっと半ダースの弁護士が来るでしょうよ」

「冗談じゃなく?」

「あの男はもう八十五歳です。フェラーリを乗りまわせる年じゃないし、チベットでバンジージャンプができる年齢でもなければ、よっぽど精力絶倫でもないかぎり、娼婦《しょうふ》を買ってもしょうがない年齢です。だとすれば、ありあまる金の使い道として、なにが残っていると思います？」

「弁護士か」

「ええ」

「で、マッティー・デヴォアは？　マッティーにはどんな材料がある？」

「あなたのご尽力のおかげで、ミズ・デヴォアにわたしがついたことですね」ストロウはいった。「まるでジョン・グリシャムの小説みたいな話だ。まじりっけなしにね。それと同時に、例の後見人をつとめている弁護士のダーギンにも興味がありますね。もしデヴォアが本物のトラブルなんて起こらないとたかをくっているのなら、かえってダーギンの仕事をやりにくくしている可能性もあります。さらにダーギンが、愚かにもデヴォアの差し金に屈服した可能性さえある。ええ、調べてみれば、なにが出てきても不思議はないでしょう？」

しかしわたしは、話を蒸しかえした。「マッティーにはきみがついている。わたしの尽力でね。しかし、もしわたしがよけいな世話を焼かなかったとすれば？　マッティーにはなにがもたらされたと？」

「バ、バ、バブケスですね。これはイディッシュ語で、その意味は――」

「知っているよ」わたしはいった。「話にならないほどくだらないもの、という意味だ」

「いいえ、この場合にはアメリカの司法制度という意味なんです。あの秤《はかり》をもった女神を知ってますか？　たいていの都市の裁判所の前には、あの女神の像が立ってますよね？」

「ああ、そうだな」

「あの女の手首に手錠をかけ、最初からされている目隠しにくわえて、口もテープでふさぎ、レイプしたあとで、ぬかるみに転がしてやったらどうです？　そんな光景を見せられて楽しくなれますか？　わたしはなれません……しかし、原告が裕福で被告が貧しい監護権訴訟の現状は、じっさいこんなものなんです。おまけに男女平等の大原則が、こと志《こころざし》と異なって事態を悪化させている――母親たちは以前同様に貧しい境遇にありがちだというのに、男女不平等だった昔とちがって、もはや監護権を自動的にあたえられる存在だとみなされなくなったんです」

「マッティー・デヴォアには、きみがついているはずじゃなかったのか？」

「ええ」ストロウはあっさりといった。「あしたお電話をいただけるときには、その言葉が現実になっていることを期待してます」

「そうなるといいんだが」

「わたしもおなじ気持ちです。ええと、それから……もうひとつ、お話があります」

「なんだい？」

「あなたは電話で、デヴォアに嘘《うそ》をつきました」

「なにを馬鹿《ばか》な！」

「いえいえ、妹の贔屓《ひいき》作家のご当人に異をとなえるのは心苦しいのですが、あなたは嘘をついたし、ご自分でもそのことはご存じのはずですよ。あなたはデヴォアに、母親と子どもがいっしょに外出していた、子どもは花を摘んでいた、なにも問題はなかったと話した。つまりあなたは、バンビと兎《うさぎ》のとん助《サンパー》がいないだけで、それ以外は申しぶんない光景を描きだしたわけです」

いまやわたしは、デッキチェアに腰かけたまま背すじをまっすぐに伸ばしていた。サンドバッグになった気分だった。そればかりか、自分の如才なさが過小評価されている気分も味わっていた。「ちょっと待て。考えてもみてくれ。わたしはいちども明言したわけじゃないし、なにかをはっきり話しもしなかった。あくまでも〝思う〟といっただけだぞ。そう口にしたのも、一度や二度じゃない。そのことは、ちゃんと覚えてるんだ」

「なるほど。もしデヴォアがあなたとの会話を録音していれば、あなたが〝思う〟という単語を何回口にしたのかを数える機会もあるでしょうね」

　最初、わたしはなにも答えなかった。デヴォアとの会話の一部始終を思いかえしていると、電話線から低いうなりがきこえていたのを思い出した。これ以前に〈セーラ・ラフス〉で過ごした夏にも、かならず電話からきこえていた低いうなりだ。あの決して揺れることのない〝ぶうん〟という低い音が、あの土曜日の夜にかぎっては、ひときわはっきりときこえていたのではあるまいか？

「テープに録音されていたとしても不思議はないな」わたしは不承不承いった。

「なるほど。で、デヴォアの弁護士がそのテープを訴訟のための後見人のところにもちこんで再生したとしたら、あなたの言葉がどう響くと思いますか？」

「慎重な口ぶりにきこえるだろうね。あるいは、なにか隠しごとのある人間のように」

「あるいは、作り話をしている人間のようにね。しかも、作り話はあなたの十八番《おはこ》なのでは？　なにせ作り話で生計を立ててる人なんですからね。デヴォアの弁護士は、まずまちがいなく監護権審問会にテープをもちだしてくるでしょうよ。そのうえ、ミズ・デヴォアが到着した直後に現場を通りかかった人間を証人として出してきたら……その証人が、ミズ・デヴォアはあわてふためき、狼狽《ろうばい》しているように見えたと証言したら……ご自分がどのようにうけとめられると思います？」

「嘘つきに思われるだろうな」わたしはいい、つけくわえた。「ちっくしょう」

「怖がってはいけません。前向きに考えてください」

「で、わたしはどうすればいい？」

「連中が引金を引く前に、弾丸を抜きとってやればいいんです——機先を制することですよ。ダーギンには、ありのままを話してください。証言録取の場できちんと記録させることです。その幼女が自分は安全に歩いていると思いこんでいた、という部分をとくに強調して。例の〝おうらんほろう〟の部分は、忘れずに言及してくださいよ。あそこは気にいりましたから」

「連中がテープを握っていて、わたしの証言のあとで再生したりすれば、わたしは話をころころと変える信用ならない人間に見えはしないかな」

「そうは思いませんね。まずデヴォアと電話で話をしたときには、あなたは宣誓の上で証言をする証人だったわけではない。そうでしょう？　あなたは自宅のベランダの椅子《いす》に腰かけて、ひとり考えごとをしながら、花火を見物していた。そこにいきなり、気むずかし屋の老人が電話をかけてきて、暴言を吐き散らしはじめた。そもそも、デヴォアには電話番号を教えてさえいなかった——そうですね？」

「ああ、そうだ」

「そもそもが電話番号は非公開だった」

「そのとおり」

「電話の相手は、たしかにマックス・デヴォアを自称してはいたものの、当人であるという保証はなにもなかった。だれかが名前を騙《かた》っていたとしても不思議はなかった」

「そのとおり」

「イラン国王だったとしてもおかしくなかった」

「いや、イラン国王は死んだじゃないか」

「だったら、国王だった可能性は除外されますね。しかし、穿鑿《せんさく》好きの隣人だったかもしれないし……あるいは、いたずら好きの人物だったかもしれません」

「そうだな」

「そしてあなたは、そういった可能性すべてを念頭においたうえで、電話の相手に応答した。しかし、こうやって正式な裁判手続に関係させられた以上、あなたは真実を、ただ真実のみを話している——そういうことですね？」

「そのとおりだよ」あのすばらしい〝わが顧問弁護士〟気分がちょっと薄れかけていたが、いまはまた完全に復活していた。

「真実を述べること以上の良策はありませんよ、マイク」ストロウは重々しくいった。

「もちろん案件によって若干の例外がありますが、これはそうではありません。その点はご理解いただけましたね？」

「わかった」

「けっこう。話はこれでおわりです。では、あしたの午前十一時前後に、あなたかミズ・デヴォアからの電話を待ってます。できれば、ミズ・デヴォア自身から電話をいただきたいのですがね」

「努力するよ」

「もしミズ・デヴォアが尻《しり》ごみをした場合、なにをするべきかはわかっていますね？」

「わかっていると思うよ。ありがとう、ジョン」

「結果がどちらになろうとも、近いうちにお話しすることになりますね」ストロウはそういって、電話を切った。

わたしは、しばらくそのままおなじ場所にすわっていた。いったんはコードレス電話の子機の通話ボタンを押して電話をかけられる状態にしたものの、もういちど押して回線を切った。マッティーに話をしなくてはならないのだが、まだ心の準備がととのっていなかった。だから、その前にまず散歩に行こうと思った。

《もしミズ・デヴォアが尻ごみをした場合、なにをするべきかはわかっていますね？》

もちろんわかっていた。後生大事に誇りをかかえている余裕などないことを、マッティーに思い起こさせるのだ。骨の髄からのヤンキー気質《かたぎ》を剝《む》きだしにする余裕はないし、『ふたり』や『赤いシャツを着た男』、近刊の『ヘレンの約束』の著者であるマイクル・ヌーナンからのほどこしを拒む余裕はまったくない、という事実を。誇りをかかえていることも無理ではないし、娘を手もとにおいておくことも無理ではないが、ふたつの願いを同時にかなえることは無理な相談だ、ということを思い起こさせるのだ。
いいか、マッティー、どっちかひとつをえらびたまえ。

わたしは四二番道路をずっと歩いていき、湖の一部がカップのように眼下にのぞめ、さらに対岸のホワイト山脈までもが一望のもとに見わたせる〈ティドウェルの草地〉で足をとめた。薄曇りの空の下で、湖水が夢見ていた——頭を一方にかたむければ、湖面が灰色に見えて、反対側にかしげれば青く見える。例の謎《なぞ》の雰囲気が、わたしの心に深くとり憑《つ》いていた。あの〈マンダレイ〉の雰囲気が。
マリー・ヒンガーマンによれば（および、郡制施行二百周年にあたる一九七七年に出版された『キャッスル郡とキャッスルロックの歴史』というずっしり重い大著によれば）、世紀の変わり目のころ、ここには四十人を越える黒人たちが住みついていた——とにかくこのあたりを活気づかせていたのである。彼らはまた、きわめて特異な黒人たちでもあった。そのほとんどが血縁者であり、そのほとんどが才能のある人々であり、そのほとんどが当初はザ・レッドトップ・ボーイズという名前で、のちに〝セーラ・ティドウェルとレッドトップ・ボーイズ〟と改称したミュージシャン集団の一員でもあった。黒人たちは、ダグラス・デイという名前の男から、この草地と湖に面したかなり広大な土地を買い入れた。売買取引を担当したサニー・ティドウェルによれば、土地代金は十年間貯めてきたお金だったという（レッドトップ・ボーイズの一員としてのサニー、愛称〝サン〟は、〝チキンスクラッチ・ギター〟と呼ばれていた楽器の担当だった）。

　町では彼らの土地購入に反対の気運が高まり、〝群れをなして流れこむ有色人種の到来〟に抗議する集会までもがひらかれた。そして大方の騒ぎの例に洩《も》れず、この騒ぎもしだいに落ち着いていった。町の住民は、くだんの〈デイの丘〉（一九〇〇年にサン・ティドウェルが一族郎党を代表して土地を購入した時点では、〈ティドウェルの草地〉はまだこう呼ばれていた）に粗末な掘ったて小屋の集落が出現するものと思いこんでいたが、そんなことはなかった。そこに立ちあらわれたのは、いくつもの瀟洒《しょうしゃ》な白い小屋だった。この多数の小屋が、ひとつの大きな建物をとりかこんでいた。ここはおそらくグループの集会場や練習場所、リハーサル用の場所として想定されていたらしく、ある時期にはここでコンサートがひらかれもした。

セーラとレッドトップ・ボーイズ（ボーイズといいながら、女性メンバーが参加することもあった。楽団の顔ぶれはつねに流動的であり、コンサートのたびにメンバーが入れ替わっていた）は約一年間、ことによれば二年近く、メイン州のあちらこちらを演奏旅行でまわった。西の州境にそって散らばる街々――ファーミントン、スコウヒーガン、ブリッジトン、ゲイツフォールズ、キャッスルロック、モットン、フライバーグ――に行けば、納屋《なや》を会場にひらかれるバザーや蚤《のみ》の市《いち》のたぐいでおこなわれる公演を知らせる古いポスターに、いまでもお目にかかれる。公演旅行に出れば、セーラとレッドトップ・ボーイズはどこでも歓迎されたし、本拠地TRでも周囲との軋轢《あつれき》が生じることはなかった。これは意外な事実ではない。いろいろな事情を考えあわせてみるなら、あのロバート・フロスト——実利主義者であると同時に、しばしば不愉快にも思える詩人——の言葉は的を射たものだった。つまりわれわれアメリカ北東部の人間は、きちんとした垣根がきちんとした人間関係をつくると信じているのだ。われわれは声高に不平をわめきたてるものの、しばらくすると不本意ながらの平和を確立する——目を鋭く光らせ、口をへの字に曲げながらの平和だ。「連中はつけをきちんと支払う」われわれはいう。「連中の犬を撃ち殺さなくちゃならない目には、いちどもあっていない」われわれはいう。「連中は自分たちの分《ぶん》をわきまえている」われわれはいう——人種による分離がまるで美徳であるかのように。そして、もちろん美徳を定義するこの言葉——「連中はほどこしをうけない」

そしていつの時点からか、セーラ・ティドウェルは〝セーラ・ラフス〟——セーラは笑う——と呼ばれるようになった。

ところが最終的には、ここTR-九〇は彼らのもとめていた地ではなかったようだ。というのも、一九〇一年の晩夏に一、二の郡共進会で演奏を披露したのち、一族はこの地をあとにしたのである。彼らが残した小さくて瀟洒な小屋は夏のあいだの貸し別荘となり、一九三三年までデイ家に収入をもたらした。しかし一九三三年の夏に湖の東側と北側を焼く山火事が起こり、小屋はすべて全焼した。物語のおわり。

しかし、セーラの音楽はおわらなかった。セーラの音楽は、その後も生きつづけたのだ。

わたしはそれまで腰かけていた岩から立ちあがると、両腕と背中を伸ばし、道を歩いて家まで引きかえした――セーラの歌のひとつを口ずさみながら。

道を歩いて家まで引きかえしていくあいだ、わたしは強《し》いて頭を空《から》っぽにしようとしていた。わたしの最初の編集者の口癖は、小説家の頭を流れる思考の八十五パーセントまでが仕事とは関係のないことだ、というものだった。この意見が、小説家だけに限定されたものだとはいちども信じたことはない。いわゆる〝高尚な思考〟なるものは、一般的にいえばかなりの過大評価をうけている。トラブルが起こって対策を講じる必要に迫られると、わたしはいつも一歩わきにしりぞき、地下室の男たちにその仕事をゆだねることにしている。地下室にいる例のブルーカラー労働者たち、筋肉と刺青《いれずみ》をたっぷりそなえた、組合に所属していない働き手たちだ。彼らの専門は本能。彼らが上の階に問題をまわして、真剣な思考をもとめてくることもあるが、それはさいごの手段である。

マッティー・デヴォアに電話をかけようとしたとき、奇妙と形容するほかはないことが起こった。わたしが見たかぎり、この出来ごとには幽霊はいっさい関係していない。

コードレス電話の子機の通話ボタンを押しても、いつもならきこえてくるダイアルトーンがまったくきこえず、無音状態がつづくばかりだった。そのあと、ひょっとすると北翼棟の寝室にある電話の受話器をきちんともどすのを忘れていたのかもしれない、と思うと同時に、わたしはそれが完全な無音状態ではないことに気づいた。宇宙のはるか彼方《かなた》からの電波のように、かなりブルックリン訛《なま》りの強い男性の歌声が——アニメに出てくるアヒルの声なみに陽気で金属的なものだった——ほんのかすかにきこえてきたのだ。「ある日羊は学校へ、学校へ。あの子を追って学校へ、学校へ。ある日羊は学校へ、規則違反と知りながら……」

電話の向こうにいる人間に名前をたずねようと口をひらいたその瞬間、「もしもし」という女の声がきこえてきた。困惑と疑いの念もあらわな声の響きだった。

「マッティーかい？」混乱していたせいだろうか、ミズ・デヴォアとかミセス・デヴォアといった礼儀正しい呼びかけを口にしようという思いはいちども頭をかすめなかった。それに、前回のふたりの会話がごく短時間だったにもかかわらず、〝もしもし〟というひとことで相手がマッティーだとわかったことについても、それを奇妙に感じはしなかった。もしかしたら地下室の男たちが電話のうしろに流れている曲の題名をつかんで、それをカイラと結びつけたのかもしれない。

「ミスター・ヌーナンですか？」マッティーは、これ以上はないほどうろたえた声を出した。「だって……呼出音は一回も鳴ってないのに」
「きみからの電話が通じるのと同時に、わたしが子機の通話ボタンを押していたようだね」わたしはいった。「たまにそういうことがあるんだよ」
しかし——と、わたしは考えた——ある人物がもうひとりの人物に電話をかけており、そのおなじ瞬間に相手もその当人に電話をかけようとしていたなどということが、どのくらいの確率で起こるというのか？　現実にはかなりの割合で起きているのかもしれない。テレパシーか偶然か？　生中継か録音か？　どちらにせよ、これはまるで魔法のように思えた。わたしは細長く天井の低い居間に目を走らせ、篦鹿《へらじか》バンターのガラスの目をのぞきこみ、こう思った。
《たしかに。しかし、もしかしたらこの家は魔法の統《す》べる場所になっているのかもな》
「だとしたら」マッティーは心もとなげな口調でいった。「そもそも電話をしたことをあやまらなくては——無礼ですよね。そちらの電話番号は非公開なんですから」
《ああ、そんな心配なら無用だよ》わたしは思った。《いまじゃもう、この昔ながらの番号はだれでも知ってるんだから。いやね、そろそろこの番号を職業別電話帳に載せて宣伝しようかと思っていたくらいさ》
「図書館にあったあなたの人物ファイルで、この番号を見つけたんです」マッティーは困ったような口調でつづけた。「あの……図書館で働いてるものですから」

背景にきこえていた〈メリーさんの羊〉が、〈谷間のお百姓さん〉に変わった。

「いや、いいんだよ」わたしは答えた。「こっちが受話器をとりあげたのは、まさしくきみに電話をしようと思ったからなんだしね」

「わたしに？　なぜです？」

「レディファーストといこうじゃないか」

マッティーは短く不安げに笑った。「あなたを夕食にご招待しようと思って。その……わたしとカイのふたりで、あなたを招待しようと思ったんです。もっと早くにご招待するべきでしたね。だって、先日はあんなにご親切にしてもらったんですから。来てもらえます？」

「もちろん」わたしは一抹のためらいもなく即答していた。「それはもう喜んで。どのみち、きみと話しあいたいことがあるしね」

一瞬の間《ま》があった。背景では歌が先に進んで、鼠《ねずみ》がチーズをかじっていた。子どものころは、その手のことがすべて〈谷間のお百姓さん〉の歌に出てくるハイホー・デイリー・オーという名前の巨大な灰色の工場で起こっているものとばかり思っていた。

「マッティー？　まだいるかい？」

「あいつに引きずりこまれたのね？　あのいやらしい老いぼれに」その声にはもう不安の響きはなかった——死んだような響きになっていたのだ。

「そうともいえるし、そうでないともいえるな。運命が引きずりこんだともいえるし、偶然や神が引きずりこんだという説も、あながちまちがいじゃない。あの日わたしがあの場にいあわせたのは、マックス・デヴォアのせいじゃないしね。そう、わたしはただ逃げ足の早いヴィレッジバーガーを追いかけていただけなんだ」

マッティーは笑わなかったが、声が若干明るくなったことで、わたしはひと安心した。さっきのような感情のこもらぬ死んだ響きの声で話をする人間は、だいたいにおいて怯《おび》えた人間である。心の底から怯えきっている場合もある。

「それでもやっぱり、わたしのトラブルに引きこんでしまったことは申しわけなく思ってます」マッティーはそういった。

ジョン・ストロウについての話をきかせたあとでなら、だれがだれをトラブルに引きこんだかという問題をマッティーが考えなおすだろうという気がしたし、その問題にかんする会話をこの電話でしなくてもすむことがありがたく思えた。

「どのみち、夕食には喜んでお呼ばれするとも。で、いつかな?」

「今夜では急すぎますか?」

「いや、そんなことはないよ」

「よかった。ただ、夕食は早めの時間にしなくてはならないんです——でないと、うちのちびがデザートを食べながら眠りこんでしまうので。六時ではどうです?」

「いいとも」

「カイがきっと大喜びします。うちにはあまりお客が来ないから」

「あれ以来、あの子はもう無断外出なんかしてないだろうね？」

この言葉に、マッティーが気をわるくするかもしれないと思った。しかし、今回マッティーはついに笑い声をあげた。「もちろん、してませんとも。土曜日の騒ぎで、すっかり怖くなったみたいで。いまじゃ横手の庭にあるブランコに乗ってから、裏手にある砂場に遊びにいくときにも、いちいちわたしに報告してきますし。でも、あなたのことはよく話題にしてます。〝あたしをしゅくってくれた背の高い人〟なんていって。あなたから怒られていると思いこんでるみたいですね」

「じゃ、わたしが怒ってなんかいないと伝言してくれ」わたしはいった。「いや、いまのは取り消しだ。やっぱり自分でいうことにするよ。なにかもっていこうかな？」

「ワインを一本もってきてもらえますか？」マッティーはおずおずといった。「いや、やっぱりワインなんて大げさかな。だってハンバーグを焼いて、ポテトサラダをつくるだけなんですから」

「じゃ、大げさじゃないワインを見つくろっていくよ」

「ありがとうございます」マッティーはいった。「なんだか、わくわくしてきた。だって、うちにお客さんが来たことはないんですもの」

こちらも胸がときめいているよ、なんといっても四年ぶりのデートだからね——あやうくそう口にしかけた自分に気がついて、わたしはぞっとした。「わたしのことを、そんなに考えてくれてありがとう」

電話を切りながら、わたしは町のゴシップ製造工場にさらなる材料をあたえないためにも、マッティー・デヴォアといっしょになるときには人目のある場所を心がけるように、というジョン・ストロウの助言を思い出していた。マッティーがバーベキューをするというのなら、通りかかった人たちが服を着ているわたしたちの姿を見ることもあるだろう……夜の時間のすべてではないが。それでも、いずれマッティーは礼儀正しく、うちのなかを見ていかないかとわたしを誘うはずだ。わたしも礼儀にのっとって、家に足を踏み入れる。マッティーが天鵞絨《びろうど》でつくったエルヴィスの肖像を褒めたり、フランクリンミント社製の記念の飾り皿を褒めたり、それ以外にもマッティーがトレーラーハウスの飾りつけに利用しているものを片はしから褒めることになる。それからカイラに寝室を見せてもらい、必要とあれば、さまざまな動物のぬいぐるみやお気にいりの人形コレクションに驚嘆の声をあげてみせる。人生にはあらゆる種類の優先事項がある。なかには弁護士から理解を示してもらえる優先事項もあるかもしれない——とはいえ、その数はあまり多くなさそうだが。

「わたしの決断は正しかったのかな、バンター？」わたしは篦鹿の頭部の剥製《はくせい》にたずねた。「イエスだったら一回だけ、ノーだったら二回鳴き声をあげてくれないか?」

そのあと冷たいシャワーをあびること以外にはなにも考えず、北翼棟に通じる廊下を半分ほど行ったときだった——バンターの首にかかった鈴の鳴る音が、ごくごくかすかに一瞬だけ、背後からきこえてきた。わたしは足をとめて、片手にシャツをもったまま小首をかしげ、つぎに鳴るはずの二回めの鈴の音を待った。鈴は二度と鳴らなかった。一分ばかりそうしていたあと、わたしはバスルームまで行ってシャワーのコックをひねった。

〈レイクビュー・ジェネラル〉の一コーナーには、さまざまな種類のワインがならべられていた——地元の人間の需要はそれほどないだろうが、おそらく避暑客がかなり買っていくのだろう。わたしは、ナパ・バレーのロバート・モンダヴィ社製の赤ワインをえらんだ。わたしは、マッティーが念頭においているワインよりも多少高価かもしれないが、値札を剝《は》がしてからもっていけば、そのちがいには気づかれずにすむだろう。レジ前には行列ができていた——客の大半は水着の上に濡《ぬ》れたTシャツを着て、足には公共遊泳場の砂粒がついたままになっている人々だった。順番を待っているとき、衝動買いを狙《ねら》ってレジカウンターの近くに常備してある品物のラックに目がとまった。そのなかに、〈マグナベット〉という名前のビニール袋いりの商品があった。どの袋にも、冷蔵庫の扉に

《BACK SOON》(すぐに帰る)という文字が貼りつけてあるところを描いた漫画風の絵が描かれていた。袋の説明書きによれば、この〈マグナベット〉には子音がそれぞれ二個ずつはいっているほか、《おまけの母音つき》とのことだった。わたしは二セット手にとったあと、マッティー・デヴォアの娘がこういった玩具にふさわしい年齢かもしれないと思って、三つめを手にとった。

　雑草の生えた庭に車を乗り入れたわたしを目にするなり、カイラはトレーラーハウスのすぐ横の壊れかけたような小さなブランコから飛びおりて母親に駆けより、その背中に身を隠した。コンクリートブロックづくりの玄関前階段のとなりには、すでにバーベキュー用のコンロがセットされており、わたしがそこまで歩きついたときには、このあいだの土曜日に恐れ気ひとつ見せずに話しかけてきた少女の体でわたしの目に見えているのは、こちらをこっそり見あげる青い瞳《ひとみ》と、母親のサンドレスの腰から下の部分をしっかりとつかむ、肉づきのいい片方の手だけになっていた。

　しかし、それから二時間もたつと、情況は大幅に変わっていた。暮色がどんどん深まっていくころには、カイラはトレーラーハウスの居間でわたしの膝《ひざ》の上にすわり、いまも昔も変わらぬ魅力をもつシンデレラの物語に熱心に――まあ、だんだんと眠気が強まりつつはあったが――ききいっていた。わたしたちがすわっているソファは、ディスカウントストア以外での販売が法律で禁止されていてもおかしくないような茶色で、体が沈みこみすぎる欠点もあったが、わたしはそれまでトレーラーハウスの内装についていだいていた先入観を恥じてもいた。うしろの壁の上のほうには、エドワード・ホッパーの絵——例の深夜のものさびしい軽食堂のカウンターを描いた絵——が飾られ、部屋の向かい側、キッチンスペースにおかれた合成樹脂のテーブルの上のあたりには、ヴィンセント・ヴァン・ゴッホの『ひまわり』のシリーズの一枚が飾ってあった。この絵はホッパーの作品以上に、マッティー・デヴォアのトレーラーハウスにしっくり馴染《なじ》んでいるように思えた。なぜそれが真実に思えるのかはわれながら不明だったが、しかし事実そのとおりだった。

「ガラスの靴なんて履いたら、足が切れちゃう」カイが眠気で朦朧《もうろう》となりながらも、考えこんでいる口調でいった。

「それが切れないんだよ」わたしは答えた。「ガラスの靴はね、グルモアー王国で特別につくられていたんだ。なめらかで、ぜったいに割れない靴でね——靴を履いたまま、すごく高い声でわめきちらせば話はべつだけど」

「あたしも欲しいな」

「残念だね、カイ。いまでは、ガラスの靴の作り方を知っている人がいなくなってしまったんだよ。トレドの刀鍛冶《かたなかじ》とおんなじで、〝うしなわれた技術〟のひとつなんだ」

トレーラーハウスのなかは暑かったし、カイの上半身が押しつけられているシャツのあたりは、それ以上に暑くなっていたが、子どもの姿勢を変えさせるつもりはまったくなかった。子どもを膝に載せているのは、すばらしく気分のいいものだった。外ではカイラの母親が歌を口ずさみながら、わたしたちがピクニックにつかった食器やカードテーブルの片づけをしていた。マッティーの歌をきいているのも、すばらしく気分のいいものだった。

「早く、早く、つづきを読んでよ」カイラが、床磨きをしているシンデレラの絵を指さしながらせがんできた。母親のうしろに隠れて足の横からこっそり見あげてきた少女は、もうどこにもいなかった。土曜日の朝に会った、〝あたしはぜったい湖に行くんだもん〟の少女もいなかった。ここにいるのは、愛らしく利発、人を信じきって疑わぬ無垢《むく》な心をもち、いまは眠気に襲われている少女だけだった。「早く読んでくれないと、ほんとに寝ちゃいそうなんだもん」

「トイレで〝ちぃ〟してこなくていいのかい?」

「うん、大丈夫」カイラはわずかに人を軽蔑《けいべつ》したような目をむけてきた。「それに、〝ちゃんと〝おしっこ〟っていわなくちゃだめ。マッティーにいつもいわれてるの――〝ちぃ〟なんて、赤ちゃんのするものよって。だいたい、もうトイレは行ったもん。でも、おじさんが早くお話の先を話してくれないと、あたし寝ちゃうかも」

「魔法の出てくるお話は、人間の都合で早送りはできないんだ」

「じゃ、できるだけ早く話して」

「わかったよ」わたしはページをめくった。いい子になろうとしているシンデレラが、ディスコにいる女優の卵なみに着飾って舞踏会に出かける意地わるな姉たちを手をふって送りだしているところだった。「シンデレラが、タミー・フェイとヴァンナに〝行ってらっしゃい〟をいったとたん――」

「それって、お姉さんたちの名前？」

「そうだよ――おじさんが名前をつけてあげたんだ。いいね？」

「うん」カイはそう答えると、わたしの膝の上でこれまで以上にくつろいだ姿勢をとり、またわたしの胸に頭をもたせてきた。

「シンデレラが、タミー・フェイとヴァンナに〝行ってらっしゃい〟といったとたん、台所の片隅にまぶしい光があらわれました。光のなかから、銀色のドレスを着た、とてもきれいな女の人が出てきました。女の人の髪の毛には、星のように輝く宝石が飾られていました」

「妖精《ようせい》の女王さまね」カイが当たり前のような口調でいった。

「そうだよ」

ワインが半分残っているモンダヴィのボトルと、黒い焦《こ》げで汚れたバーベキュー用品をもって、マッティーが家のなかにはいってきた。サンドレスはまばゆい赤。足に履いているロートップのスニーカーは、薄暗がりのなかで輝いているように見えるほどまっ白だった。髪の毛はうしろで束ねられている——以前に一瞬だけ思い描いたような美貌《びぼう》のカントリークラブの女王ではなかったものの、それでもかなりの美人だった。家にはいってきたマッティーはまずカイラを見てからわたしに視線をうつし、両手で子どもを抱きあげる動作をしながら、たずねかけるように眉毛《まゆげ》を吊《つ》りあげてみせた。わたしは頭を左右にふって、わたしも少女もまだ準備がととのっていない旨《むね》を無言で伝えた。

わたしがお話のつづきを読んでいるあいだ、マッティーは調理用具のたぐいを洗っていた。あいかわらずハミングをしながら。マッティーがスパチュラを洗いおえるころには、カイの体はそれまで以上に安らかにくつろいでいた。その意味するところはすぐにわかった——この少女は深い眠りに落ちていたのだ。わたしは『よい子のおとぎ話全集』のページをとじると、コーヒーテーブルの上に積んである数冊の本——これはマッティーの読んでいるものだろう——の横にそっとおいた。それから顔をあげると、ちょうどキッチンからこちらを見ているマッティーと目があった。わたしは勝利のVサインをかかげた。

「第八ラウンド、ヌーナン、テクニカルノックアウトで勝利をおさめました——という感じかな」わたしはいった。

マッティーがふきんで手をぬぐって、わたしたちに近づいてきた。「その子をわたして」

しかしわたしは、カイラを抱きかかえて立ちあがった。「わたしが運んでいくよ。どこだい？」

マッティーが指さした。「左の部屋よ」

わたしはカイラを抱きかかえたまま廊下を歩いていったが、かなり幅が狭いため、右の壁に少女の足をぶつけたり、左の壁に頭をぶつけたりしないように気をつかう必要があった。廊下の突きあたりのバスルームは、とことん清潔にたもたれていた。右側のドアは閉まっていたが、その先はおそらくかつてマッティーがランス・デヴォアと寝ていた寝室、いまはベッドでひとり眠る寝室になっているのだろうと思った。ここに泊まっていくボーイフレンドもいるかもしれないが、かりにいるとしても、マッティーはその男の痕跡《こんせき》をトレーラーハウスから見事に消し去っていた。

わたしは慎重な動作で左のドアをくぐって、室内を見まわした。小さなベッドでは花弁の多いフレンチローズの絵柄のカバーがくしゃくしゃになっており、テーブルにはドールハウスが載っていた。壁にはオズの国のエメラルドの都を描いた絵が飾られ、反対側の壁には——ぴかぴかのアルファベット・シールで——《CASA　KYRA》（カイラのおうち）と書いてあった。デヴォアはカイラをここ、このなにひとつ不具合のない場所から——それどころか、これ以上ないほどにすべてが正常なこの部屋から——連れ去ろうとしている。〈カイラのおうち〉は、すこやかに育ちつつある少女の部屋の見本のような場所だった。

「カイラをベッドに寝かせたら、あっちでワインを飲んでいてくれる?」マッティーがいった。「この子をパジャマに着替えさせたら、すぐにもどるから。話しあわなくちゃいけないことがあるんでしょう?」

「わかった」わたしはカイラを横たえると、鼻の頭にキスをしようと思って顔をもうすこし近づけた。いったんは思いとどまりかけたものの、結局わたしはキスをした。部屋を出ていくときに見ると、マッティーが笑顔を見せていた。とすると、わたしのしたことはまちがっていなかったのだろう。

わたしはすこしだけワインのお代わりをグラスにそそぐと、そのグラスを手にしたまま、居間に引きかえし、カイのおとぎ話全集の本の横にあった二冊の本を調べてみた。前々から他人が読んでいる本には興味があった。本以上に相手の内面を教えてくれるのは薬品戸棚の中身だが、客として招かれた家で処方薬や売薬をしげしげと調べるのは、上流階級の人々から眉をひそめられる行為ではある。

二冊の本は、〝精神分裂〟と断じてもさしつかえないほどにかけ離れていた。一冊は

——最初から四分の三あたりの場所に、栞《しおり》がわりのトランプがはさみこまれていた——リチャード・ノース・パタースンの『サイレント・ゲーム』のペーパーバック。いい趣味だ、と思った。当代人気作家からすぐれた作家をふたりえらべといわれたら、わたしはパタースンとネルソン・デミルの名前をあげる。もう一冊のかなり重くぶ厚いハードカバーは、『ハーマン・メルヴィル作品集』だった。リチャード・ノース・パタースンとこれほどかけ離れた本もないだろう。本の背に捺《お》された色褪《いろあ》せたスタンプによれば、この本はフォーレイクス・コミュニティ図書館の蔵書だった。この図書館はダークスコア湖から南に八キロほど行ったところ、州道六八号線がTRを出てモットンにはいったあたりに建っている、小ぶりの美しい石づくりの建物だ。マッティーの職場はその図書館なのだろう。栞のはさまっていた場所——こちらの本でもトランプが代用されていた——をひらくと、マッティーが中篇『バートルビー』を読んでいたことがわかった。

「その話がよくわからないの」

いきなりうしろから声をかけられて心底驚いたせいで、わたしは本をとり落としそうになった。

「気にいったのよ——すごくよくできた小説だから。でも、なにがいいたいのかがさっぱりわからない。もう一冊のほうは、そこまで読む前に犯人がわかったというのに」

「並行して読み進めるにしては、かなりおもしろいとりあわせだね」わたしはそういいながら、二冊の本をテーブルにもどした。

「パタースンのほうは、ただの娯楽で読んでるの」マッティーはそういうと、キッチンにはいっていき、ワインのボトルに一瞬だけ目をむけてから（しかしその目には、飲みたそうな光がのぞいた気がした）、冷蔵庫の扉を引きあけて、〈クールエイド〉のはいったピッチャーをとりだした。冷蔵庫の扉には、マッティーの娘が早くも〈マグナベット〉を袋からとりだして作成した文字が貼《は》りつけてあった。《KI》（カイ）と《MATTIE》（マッティー）、それに《HOHO》（このさいごの単語は、どうやらプレゼントをもってきたサンタクロースのことらしい）。「というか、どっちも楽しみのために読んでるのは変わりないわ。でも『バートルビー』については、わたしが参加してる小人数のグループで意見を交換することになってるのよ。毎週木曜の夜に図書館であつまって。まだあと十ページくらい読み残してるんだけど」

「読書サークルだね」

「そんなところ。中心になってるのはミセス・ブリッグズなの。わたしが生まれるずっと前に、このサークルをつくったんですって。ミセス・ブリッグズというのは、フォーレイクス図書館の主任司書の人よ——知ってるでしょうけど」

「ああ、知ってるよ。リンディ・ブリッグズは、うちの管理人の義理の妹だからね」

マッティーはほほえんだ。「世界は狭いわ」

「いや、世界は広いよ——この町が狭いだけでね」

マッティーは〈クールエイド〉のグラスを手にしたままキッチンカウンターに寄りかかろうとしたが、途中で考えを変えた。「どうせなら、外に出て、すわって話をしない？　そうすれば外を通りかかった人たちにも、わたしたちがちゃんと服を着ていて、家のなかで妙なことをしているわけじゃない、ってわかってもらえるから」

わたしが驚いて顔を見つめると、マッティーは皮肉っぽい上質なユーモアとでもいうべき表情で見かえしてきた。それは、マッティーの顔にことさらふさわしいとは思えない表情だった。

「たしかにまだ二十一歳の小娘かもしれないけど、まったくの馬鹿《ばか》じゃないのよ」マッティーはつづけた。「あの男はわたしを監視してる。そのことは知ってるし、あなたも当然知ってるでしょう？　これがもし今夜じゃなくて、あの男がジョークをうけながせないのなら、〝クソ食らえ〟のひとつもいってやりたい気分になったかもしれないけど、今夜は外のほうが涼しいし、コンロからまだ煙があがってるせいで、いちばん性質《たち》のわるい虫も近づいてこないわ。驚かせちゃった？　だったら、ごめんなさい」

「いや、そんなことはないよ」と答えたものの、ほんとうは驚いていた——ほんのすこしだが。「だから、あやまる必要はないとも」

わたしたちはそれぞれのグラスをもって、あまり安定しているとはいえないコンクリートブロック製の階段を降り、となりあわせにおいてあったローンチェアに腰かけた。わたしたちの左側では、しだいに迫りくる暮色のなかでコンロの石炭が薔薇色《ばらいろ》の輝きをはなっていた。マッティーは背もたれに深く体をあずけると、よく冷えたグラスのカーブした部分をひたいに押しあててから、残っていた中身のほとんどをひと息に飲んだ。氷が涼しげな音をたてながら、その歯の上を転がり落ちていく。トレーラーハウスの裏や道路の反対側の木立ちのなかで、蟋蟀《こおろぎ》がさかんにすだいていた。州道六八号線にそって視線を動かしていくと、〈レイクビュー・ジェネラル〉のガソリンスタンドを上から照らしている、まばゆく白い蛍光灯の光がよく見えた。椅子《いす》の座面はすこしたるんでおり、交互に編みあわされたストラップはへりがいささかほつれ気味で、しかもこの年代物の椅子はかなり左にかたむいてはいたが、それでもこの瞬間、ほかの場所に腰をすえていたいとは毫《ごう》も思わなかった。今夜の展開は、静かでささやかな奇跡そのものだった……ここまでのところは。しかし、これからジョン・ストロウの問題をふたりで話しあわなくてはならない。

「火曜日に来てもらえて、ほんとうにうれしかった」マッティーが口をひらいた。「火曜日の夜が、一週間でいちばんつらいの。〈ウォリントンズ〉でおこなわれているソフトボールの試合のことを、いつもあれこれ考えてしまうのね。いまごろ選手たちは道具――バットやベースやキャッチャーマスクなんかを片づけて、ホームベースの裏にある用具入れにしまいこんでるころね。さいごのビールを飲みおわり、さいごのタバコを吸ってるはず。わたしが夫に出会ったのは、そのソフトボール場なの。そういう話は、もうすっかり人からきかされてるでしょうけど」

マッティーの顔ははっきり見えなかったが、その声にかすかな苦々しさの棘《とげ》が入り混じってきたのはききとれたし、そこからマッティーが例の皮肉っぽい表情を浮かべている察しもついた。若い女性にはふさわしくない老いた表情だったが、そんな表情を見せるようになったのも無理からぬ話だろう。ただし、もし気をつけていなければ、そんな表情がすっかり根を張って、どんどん増殖することにもなりかねない。

「たしかに、ビル・ディーンから話はきいたよ——さっき話に出たリンディの義理の兄のね」

「ああ、やっぱり——わたしたちの身の上話はあちこちで売られてるから。あの店でも、〈ヴィレッジカフェ〉でも買えるし、例のおしゃべりな年寄りがやってる整備工場でも仕入れられるわ……話は変わるけど、わたしの義父はあの整備工場をウエスタン貯蓄銀行から助けてやったのよ。銀行が工場を差し押さえる寸前に手をまわしたのね。いまじゃディッキー・ブルックスとその一族は、マックス・デヴォアこそ歩いて口をきくイエス・キリストだと信じこんでる。ミスター・ディーンが、あの整備工場ではきけないような、いくらか公平な話をあなたにきかせたことを祈りたい気分ね。いいえ、きっと公平な話をきいてきたはず——でなければ、イゼベルなみの悪女とハンバーグを食べるなんていう危ない真似《まね》をするわけがないもの」

できることなら、この話題をおわりにしたかった——マッティーが怒るのも無理はないが、怒りはなんの役にも立たない。もちろん、そのあたりの事情については、わたしのほうがよく見える。綱引きのロープのまんなかに結びつけられたハンカチになっているのが、わたしの子どもではないからだ。

「いまでもまだ、〈ウォリントンズ〉でのソフトボールの試合はつづいてるのかい？」わたしはいった。「デヴォアがあそこを買収したあとも？」

「ええ、つづいてるわ。毎週火曜日の夜になると、デヴォアが電動車椅子で外に出て、試合を見物しているくらいよ。この町に居をうつしてからこっち、あの男は自分に有利な世論を金で買おうとすること以外にも、いろんなことをやってはいるけど、ソフトボールの試合見物については純粋に好きなんだと思う。そのときには、あのホイットモアという女も付き添ってるわ。白い線のはいったタイヤつきの小さな赤い手押し車に、予備の酸素タンクを積んでね。その手押し車には、外野手用のグラブも積んである——ファウルボールがバックネットで試合を見ているデヴォアのところに落ちてきたときにそなえてるのよ。シーズンの最初のころ、ほんとうに一回ボールをとったそうよ。しかもそのときは、選手や地元の見物客たちがいっせいに立ちあがって、デヴォアに拍手を送ったんですって」

「デヴォアが試合を見にいくのは、自分の息子との絆《きずな》を維持できるからだと?」

マッティーは昏《くら》い笑みを浮かべた。「あの男がランスのことをよく思い出してるとは思えないわ。ソフトボール場でもね。〈ウォリントンズ〉での試合はかなり荒っぽいのよ――ホームベースにはスパイクを立ててスライディングするし、フライをとるのにジャンプして灌木《かんぼく》の茂みに飛びこみもするし、だれかがどじを踏んだときには罵《のの》しりあいにもなる。あの老いぼれのマックス・デヴォアは、そういうのが大好きなのよ。だからこそ、火曜日の試合は欠かさずに観戦してるんだわ。スライディングした選手が、血を流しながら立ちあがるのを見たい一心なのよ」

「ランスも、試合ではそんなプレーをしてたのかい?」

マッティーはこの質問に、じっくりと考えをめぐらせていた。「たしかに荒っぽい真似はしてたけど、正気をうしなうことはなかったわね。あの人は、ただ楽しみのためだけに試合に出てたから。わたしたち、みんながそうだった。わたしたち女も――いえ、いたのは女の子だけね。バーニー・テリオールトと結婚したシンディだって、まだたった十六歳だったし。で、わたしたち女の子は一塁側の金網フェンスの裏に立ち、タバコを吸ったり、安いマリファナをふりまわして虫を追いはらったりしながら試合を見てた……だれかがファインプレーをすれば大声で歓声をあげ、だれかがどじをすれば笑ったものよ。ソーダの缶を交換しあったり、一本のビールをわけあって飲んだりもね。わたしがヘレン・ギアリーの双子を褒めると、ヘレンはカイのあごの下にキスしてくれて、カイは我慢できずに笑いだしたものよ。試合のあと、みんなで〈ヴィレッジカフェ〉に行くこともあった。バディがピザをつくってくれて、勘定は負けたチームもち。試合がおわれば、またみんな友だちになるのよ。みんなで店にすわって笑ったり、大声で叫んだり、ストローの包み紙を飛ばしあったりしたわ。ちょっと酔っぱらう人もいるにはいたけど、本気で喧嘩《けんか》をする人なんてひとりもいなかった。喧嘩をするような闘争心は、グラウンドですっかり吐きだしてたのね。それなのにどうなったと思う？　いまじゃ、だれひとりわたしに会いにこない。あのころいちばんの友だちだったヘレン・ギアリーもね。ランスの親友だったリッチー・ラティモアも来ないわ――ふたりでいつも、湖周辺の岩石や鳥や木のことを何時間でも飽きずに話しあっていたのに。たしかにお葬式には来てくれたし、そのあともしばらくは来てくれたけど……どんな感じか、あなたにわかる？　子どものころ、うちの井戸が涸《か》れたのよ。すこしのあいだは、蛇口をひねれば水滴がぽつぽつ落ちてきたけど、さいごはただ空気だけになった。空気だけよ」

マッティーの声から皮肉の響きが消え、残ったのは心の傷もあらわな響きだけになった。

「クリスマスにヘレンと会って、そのとき双子の誕生日はいっしょにお祝いしようって約束したのに、結局なにもしなかったわ。きっと、わたしに近づくのが怖いのね」

「あの老人のせいで？」

「ほかにだれがいると？　でも、それはもういいの。人それぞれの人生があるんだから」マッティーは上体を起こすと、残った〈クールエイド〉を飲み干し、グラスを横においた。「あなたはどうなの、マイク？　こっちにもどってきたのは、本を書くため？　それとも、ＴＲにちゃんとした名前をつけてくれるの？」

この地元で昔からあるジョークを思い出すと、いつでも胸に痛いほどの郷愁の思いがこみあげてきた。壮大な計画をいだいている地元名士たちは、ＴＲに正式な名称をつける意向にかたむきつつある、という噂《うわさ》もあった。

「いや」わたしは答え、つぎの言葉にわれながら腰が抜けるほど驚かされた。「もうなんにも書いてないんだよ」

どうもわたしは、マッティーが弾《はじ》かれたように立ちあがって椅子を蹴《け》り倒し、あわてふためきながら鋭い否定の言葉を口にするものと予想していたようだ。きっとわたしを盛大に褒めそやす言葉だろうし、そのひとつとして口先だけのお世辞ではないだろう、と。

「引退したの？」マッティーはたずねた。落ち着きはらった、驚くほどあわてふためいた調子のない声だった。「それともライターズ・ブロック？」

「まあ、自分から望んで決めた引退でないことは確実だね」会話の筋道がおもしろい方向に変わったことを、わたしは意識していた。ここに来た第一の目的は、ジョン・ストロウを売りこむことにあった——必要とあれば、マッティーの口に無理やりジョン・ストロウを押しこもうとさえ思っていたのだ。それなのに、気がつくとわたしははじめて、自分が小説を書けなくなった問題を口に出して話しはじめていた。そもそもこの問題を他人の前で話したのは、まったくはじめてだった。

「じゃ、ライターズ・ブロックなのね」

「わたしも前はそう思っていたよ。でも、いまはもう自信がない。思うに小説家は、語るべき物語の数をあらかじめ決められているんじゃないかな——ソフトウエアにそういったことが組みこまれているんだよ。で、その在庫がつきたら、すべてがおわるわけだ」

「そうかしら」マッティーは答えた。「こっちに来たんだから、また書けるようになっているかもしれないでしょう？　あなたがまたここに来た理由のひとつは、そこにあるのかもしれないし」

「きみのいうとおりかもね」

「怖いの？」

「たまに怖くなるよ。ほとんどは、このあと死ぬまでなにをすればいいのかということにまつわる恐怖だね。ボトルシップをつくるのは不得手だし、ガーデニングの才能があったのは妻のほうだったから」

「わたしも怖いのよ」マッティーはいった。「とんでもなく怖いの。いまではもう、四六時中怖い思いをしてるみたい」

「監護権の裁判でデヴォアが勝つかもしれないと思って？　マッティー、きょうわたしが来たのは、そのことを話しあう──」

「監護権の裁判もたしかにひとつの理由よ」マッティーはいった。「でもいまは、ここ、TRに住んでいるというだけで怖い思いをしてるの。最初にそんな気持ちになったのは、夏がはじまったばかりのころ──デヴォアがカイをわたしからとりあげようとしていることも、もうとっくに知ってたわ。で、それ以来、恐怖はつのる一方なの。ある意味では、ニューハンプシャーの空に入道雲が湧《わ》きあがって、それが湖をわたって近づいているのを、ただじっと見ているだけのような感じ。手も足も出ないという点では、この恐怖心もおんなじだけど、でも……」

マッティーは姿勢を変えて足を組むと、上体をかがめてドレスのスカート部分の裾《すそ》を引っぱり、寒さに襲われでもしたように向こう脛《ずね》に布地をかぶせた。

「でも最近は、寝室にいるのは自分だけじゃないと思いこんで、夜中に目を覚ますことが何回かあったの。ベッドにいるのは自分だけじゃない、とまで思ったことも一回あるくらい。そんな気分がするだけのことも――頭痛とおなじで、ただ神経の作用だけでそんな感覚をおぼえているだけのこともある。でも、ささやき声や泣き声がきこえてくることもあるの。ある晩、ケーキを焼いたのね――そう、二週間くらい前かな――で、小麦粉をしまいわすれたの。で、そのこぼれた小麦粉にだれかが《ハロー》と書きこんでいたの。最初はカイのしわざとばかり思ったけど、あの子は自分じゃないといったわ。そもそもあの子の書いた字じゃなかった――あの子の字は、まだまだ金釘《かなくぎ》流だから。だいたい、二文字の《ハイ》なら書けても……でも……まさか……デヴォアがわたしの頭をひっかきまわそうとして、だれかを家に忍びこませてるとか、そんなことはないと思うでしょう？　そんな馬鹿な話はないわね？」

「わからないな」わたしは答えながら、階段に立っていたときに暗闇《くらやみ》で断熱材を叩《たた》いた存在に思いをはせていた。さらに冷蔵庫の扉にマグネットで書かれていた《ハロー》の文字を思い、闇でむせび泣いていた幼児のことを思った。肌はもはや冷えているどころではなかった――冷えすぎて無感覚になっていたのだ。神経性の頭痛――それならいい。それこそ、現実世界の壁の反対側からなにものかが手を伸ばしてきて、うなじに指先をあててきたときに感じる気分だ。

「幽霊なのかもしれないわね」マッティーは心もとなげな口調でいった――おもしろがっているというより、怯《おび》えている口調だった。

わたしは〈セーラ・ラフス〉で起こっている怪異を話そうとして口をひらきかけ、またその口を閉ざした。この先、わたしたちがとるべき道はふたつある。このまま脱線するにまかせて、超常現象について話しあうか。あるいは、目に見える世界に引きかえすか。そう、マックス・デヴォアがひとりの幼児を盗みとろうとしている世界に。

「そうだな」わたしはいった。「霊たちが話しかけようとしているんだ」

「あなたの顔が、もっとはっきり見えればよかったのに。いま、その顔になんともいえない表情が浮かんだわ。なんなの？」

「さあ、わからない」わたしはいった。「しかし、さしあたりいまはカイラのことを話しあったほうがいいと思うんだ。いいかい？」

「ええ」コンロが投げかける薄明かりのなかで、マッティーが姿勢をなおしたのが見えた――打撃に身がまえるかのように。

「金曜日にキャッスルロックで証言録取に応じるように、という罰則付召喚令状をうけとったよ。エルマー・ダーギンの事務所に来いというんだ。ほら、カイラの訴訟のための後見人になっている弁護士で――」

「あんないばり屋のちび蛙《がえる》、カイラの後見人でもなんでもないわ！」マッティーはいきなり爆発した。「あいつはね、デヴォアに金で買われた小判鮫《こばんざめ》。デヴォア子飼いの不動産屋のオスグッドとおんなじ！　オスグッドとエルマー・ダーギンは、〈メロウタイガー〉でいっしょに酒を飲む間柄なのよ――すくなくとも、今回の件がはじまるまで飲み友だちだったの。でもだれかに、ふたりでつるんでるところを人に見られてはまずいと警告されてからは、あの店に行かなくなったけど」

「召喚状を送達してきたのは、ジョージ・フットマンという保安官助手だったな」

「あいつもおなじ穴の貉《むじな》よ」マッティーはかぼそい声でいった。「リチャード・オスグッドが蛇みたいに狡猾《こうかつ》な男だとすると、ジョージ・フットマンは廃車置場の番犬みたいな男。これまでにも二回、保安官事務所から停職処分を食らってるわ。あと一回、おなじ目にあったら、マックス・デヴォアの下でフルタイムの仕事につくことになるわね」

「とにかく、その男にはぞっとさせられたよ。顔には出さないようにしたけど、とにかく怖い思いをさせられたのは事実だ。わたしはだれかに怖い思いをさせられると腹が立ってならない性質《たち》でね。だからニューヨークにいるエージェントに電話で相談して、弁護士を雇った。それも監護権関連の案件の専門家をね」

　この話をマッティーがどううけとめるかを見さだめようとしたのだが、かなり近くにすわっていたにもかかわらず、なにもわからなかった。しかしマッティーは、いまもまだ例のこわばった表情を見せていた。それは、強烈な打撃に襲われることを予期している女の顔つきだった。いや、マッティーはすでにいくつもの打撃をうけはじめているのかもしれない。

それからわたしは、ともすれば焦《あせ》りたくなる心に手綱をかけながら、強いてゆっくりと、ジョン・ストロウとの会話を再現していった。とりわけ強調したのは、ストロウが男女平等について話した部分である。つまり男女平等がマッティーの主張にとっては不利に働く一方で、ランコート判事がカイラを母親からとりあげる決定をくだしやすい情況をつくっている、という部分である。おなじように強調したのは、デヴォアは望むかぎりの弁護士を味方につけられるはずだが——さらに、デヴォアがリチャード・オスグッドにTRじゅうを走りまわらせて金をばらまいているため、味方になる証人もたやすくあつめられることはいうまでもない——だからといって法廷にはマッティーを壊れ物のようにあつかう義務はない、という事実だ。それからわたしは、ストロウが明朝十一時にわたしたちのどちらかと電話で話したがっており、その役はマッティー自身が果たすべきだと話して、口をつぐみ、じっと待った。沈黙の時間が長くつづいた。その静寂を破るのは、蟋蟀《こおろぎ》の声と、どこかの若者が乗りまわしている消音器《マフラー》をはずしたトラックのエンジン音の遠いかすかな響きだけ。州道六八号線ぞいでは、〈レイクビュー・ジェネラル〉がいつもと変わりない夏の商売の一日をおえ、白い蛍光灯がかき消えた。マッティーがかたくなに沈黙を守っていることが気になった——爆発する前の前奏曲に思えたのだ。それもヤンキーならではの爆発。わたしもまた口をつぐんだまま、マッティーの言葉を待った――いったいなんの権利があって、他人の事情に嘴《くちばし》を突っこんでくるのか、という言葉を。

ようやく口をひらいたとき、マッティーの声は低く、打ちひしがれたような響きをたたえていた。マッティーにそんな声で話されると胸が痛んだが、これも先ほどの皮肉っぽい顔つきとおなじく意外なものではなかった。わたしもまた、自分のほうの備えを精いっぱい固めた。いいかい、マッティー、浮世はつらいものと昔から決まってる。さあ、どちらかひとつをえらぶんだ。

「なんでそんなことをしてくれるの？」マッティーはたずねてきた。「どうしてニューヨークのお金のかかる弁護士を雇って、わたしの代理人をさせようとするの？　つまりこれは、あなたからの助力の申し出なんでしょう？　そうに決まってる――だって、わたしにはそんな弁護士を雇えっこないんだもの。たしかにランスが死んだときには、三万ドルの保険金をもらえたわ。それだって運がよかっただけ。だって、もともとランスが〈ウォリントンズ〉でのソフトボール仲間のひとりにいわれて、冗談みたいに加入した保険だったんですもの。でもそのお金がなかったら、去年の冬にはこのトレーラーハウスを手放す羽目に陥っていたはずね。ウエスタン貯蓄銀行の連中はディッキー・ブルックスには情けをかけるくせに、マッティー・スタンチフィールド・デヴォアのことなんか、鼠《ねずみ》のクソほども気にかけてやしないから。図書館で働いてもらってる週給は、税引き後で百ドルばかりよ。だから、あなたは弁護士費用の肩代わりを申し出ている。そうね？」

「そうだ」

「どうして？　わたしたちのことをよく知りもしないのに」

「なぜなら……」

　わたしの言葉が途切れた。いまにして思えば、わたしはこの段階でジョーが手を貸してくれることを期待し、ジョーがその声でわたしの頭を満たしてくれることを期待していたようだ。それなら、ジョーの言葉をわたしの声でマッティーにつたえるだけでいい、と。しかしジョーはあらわれなかった。わたしは単独飛行を強いられていた。

「なぜなら、いまのわたしはなにかを変えるようなことを、なにひとつやっていないからだよ」しばらくしてわたしはそういい、ここでもまた自分の言葉に驚かされていた。

「それに、きみたちのことならよく知っているとも。きみの手料理をごちそうになったし、カイにはお話の本を読んであげたうえ、この膝《ひざ》で寝つかせたんだから……それだけじゃない、このあいだカイを道路から連れだしたとき、もしかしたらわたしはあの子の命を救ったのかもしれない。それが事実だったかどうかはわからないけれど、それでもあの子の命を救った可能性はあるんだ。その手のことを、中国人たちがどういっているか知ってるかい？」

答えは、最初から予期していなかった。じっさいの質問というよりも、形ばかりの質問だったからだ。しかし、マッティーはわたしを驚かせた。マッティーから驚かされるのも、これがさいごではなかった。「だれかの命を助けたら、その人についてはすべての責任を背負うことになる——とかいう言葉ね」

「そうだ。なにが正義で、なにが正しい行動かという点もわたしの動機のひとつだ。でも動機の大半は、さっき話したようなこと——つまり、なにかを変えるような行動の一翼をになないたいという気持ちなんだよ。妻が死んでからの四年間をふりかえっても、そこにはなにもない。内気なタイピストのマージョリーが見知らぬハンサムな男と出会うという筋立ての本さえないんだ」

マッティーはじっくりと考えをめぐらす顔で、うなりをあげて州道を走っていくパルプの原料を満載したトラックをながめていた。トラックはヘッドライトをぎらつかせ、山と積まれた丸太は太りすぎの女の腰のように、右に左に揺れをくりかえしていた。

「お願いだから、デヴォアがソフトボール場で〝今週の贔屓《ひいき》チーム〟を応援するみたいに、わたしたちを応援するのはやめて。たしかにわたしには助けが必要だし、自分でもそのことはいやというほどわかってる。でも、その申し出をうけるつもりはないの。うけるわけにはいかないのよ。これは……カイとわたしは、なにかのゲームじゃないんだから。そのことはわかってる？」

「ああ、これ以上ないほどね」

「そんなことをしたら、町の口さがない連中がなにをいうかも？」

「わかってるとも」

「わたしって、なんて運のいい女かしら。そうは思わない？　まず最初にとてつもない大金持ちの息子と結婚した。で、結婚相手が死んだあとには、またべつの金持ち男がパトロンについてくれるっていうんですもの。このぶんだと、つぎは不動産王のドナルド・トランプのところに引っ越していけそうね」

「馬鹿《ばか》をいうもんじゃない」

「わたしだって反対の立場にいたら、いまの話を信じたかもしれないわ。でも、こうも思うの——その幸運なマッティーがいまだにモッドエア社製のトレーラーハウスに住んでて、健康保険料の支払いにもこと欠くありさまだってことに、あの連中の何人が気づいているかな、って。あるいは、運のいい女のひとり娘が、たいていの予防接種を郡立病院でうけていることでもいい。わたしの両親は、わたしが十五歳のときに死んだわ。両親は兄と姉がいるけれど、年がずっと離れているし、おなじ州には住んでないのよ。両親はふたりとも酒飲みだった——両親から肉体的に虐待《ぎゃくたい》されたわけじゃないけど、もうひとつの虐待はたっぷりあったわ。なんというか……ゴキブリ用の罠《わな》のなかで育ったようなものね。父さんはパルプ原料を伐採する樵夫《きこり》で、母さんはバーボンぴたりの美容師。母さんの夢といったら、〈メアリーケイ〉の化粧品みたいなピンク色のキャディラックを手に入れることだった。父さんはキーワディン湖で溺死《できし》したし、母さんのほうはその半年後、自分のげろをのどに詰まらせて窒息死。どう、これまでの話は気にいってもらえた？」

「そうともいえないな。はっきりいうのは心苦しいけど」

「母さんの葬式がおわって、兄貴のヒューがロードアイランド州の家に帰るとき、いっしょに来ないかと誘ってくれたのね。でも兄貴の嫁さんは、十五歳の女の子をいきなり家族の一員として迎えるのに気がすすまないそぶりを露骨に見せてたの。無理もないと思ったわ。それに、わたしはちょうど学校のチアリーダーの二軍チームのメンバーになれたばっかりだったのよ。いまふりかえれば、ほんとにくだらないことだと思うけど、あのころは一大事に思えたわ」

もちろん一大事に決まっている。両親がアルコール中毒者だったとすればなおさらだ。両親とさいごまで実家で同居していた末っ子。アルコール中毒の毒牙《どくが》がしだいに両親の肉体深くに食いこんでいくのを、ひとりだけ残った子どもの立場で見ているしかない……世界広しといえども、これほど孤独な境遇はあるまい。聖なる安酒場のさいごのお客さま、お帰りのさいは明かりを消すのをお忘れなく。

「そのあと結局、家の前の道路の三キロばかり先にあったフローレンス叔母さんの家に住むことになったの。三週間いっしょに住んではじめて、おたがいあまり好きではないとわかったけど、なんとか二年はいっしょに暮らしたわ。で、ハイスクールの二年生をおえて三年生になる前の夏休みに、〈ウォリントンズ〉でアルバイトをして、そこでランスに出会った。ランスからプロポーズをされて、叔母から結婚の許可をもらおうと思ったけど、許すわけにいかない、といわれたわ。それで妊娠していることを話すと、叔母はいちいち許可がなくてもわたしが結婚できるように、親権を正式に放棄して、わたしを独立させてくれたの」

「じゃ、ハイスクールは中退したのか？」

マッティーは渋面になってうなずいた。「だって、風船みたいにふくらんだお腹《なか》を半年間も人にじろじろ見られていたくなかったから。ランスがわたしを助けてくれたの。高卒資格取得試験をうければいいといってくれたのよ。ちなみに、その試験は去年うけたわ。楽勝だった。いまはカイとふたりで、ほかの人の助けをうけずに暮らしてるわ。もし叔母がうちを援助したいといってくれたとして、なにができるというの？　叔母はキャッスルロックにあるゴアテックス工場で働いて、年収はせいぜい一万六千ドル程度だもの」

わたしはまたうなずきながら、フランスからとどいた最新の印税の小切手がほぼ同額だったことを思い出していた。それも、わずか四半期ぶんの印税である。それから、最初に会った日にカイが口にしたひとことが、ふっと思い出されてきた。

「わたしが道路から外に連れだしたとき、カイラはもしきみが怒っていたら、白いばあやのところに行くと話していたんだ。きみの両親が死んでるなら、あのばあやというのは——」

そう口にはしたものの、質問する必要はなかった——ひとつかふたつの要素をつなぎあわせただけで、答えはおのずとわかってきたのだ。

「白いばあやというのは、ロゲット・ホイットモアのことなのか？　デヴォアの個人秘書の？　しかし、だとすると……」

「カイがあのふたりに会ったことがあるかって？　ええ、そのとおりよ。先月までは、あの子が祖父に会うのを——ということは、もちろんロゲットも同席するんだけど——よく許可していたから。一週間に一回とか二回とか。たまには外泊も許してたし。カイラは白いじいやが大好きだし——というか、まあ最初のうちだけだったけど——あの不気味な女秘書のことは、心から尊敬してるのよ」

夜の空気にはかなりの熱気がわだかまっていたが、闇《やみ》のなかでマッティーが体をふるわせるのが見えた気がした。

「前にデヴォアから電話がかかってきて、ランスの葬式で東部に行くから、こっちにいるうちに孫娘に会わせてくれ、といってきたのよ。いとも気軽な調子でね。ランスとの結婚話が進んでいたあいだは、金の力でわたしを追いはらおうとしたくせに、そのことにはすっかり頬かぶりを決めこんで」

「ほんとうにそんなことを？」

「ええ、そう。最初は十万ドル出すという話だった。一九九四年の八月よ。ランスが電話をかけて、九月中旬に結婚するという話をつたえたあと。そんな話をされたことは黙ってた。一週間後、向こうの付け値は二十万ドルになったわ」

「で、向こうが出してきた条件は？」

「ランスといっさいの縁を切り、引っ越し先を教えないで完全に姿を消すこと。二度めのときには、ランスに話したわ。あの人、かんかんに怒ってた。父親に電話をかけて、〝あんたに賛成されようとされまいと、ぼくたちはぜったいに結婚する〟っていったの。それから、生まれてくる孫に会いたかったら、馬鹿な真似《まね》は金輪際やめて、これからは慎重にふるまえ、ともいってたわ」

もしふつうの親が相手なら、これはランス・デヴォアにとっていちばん理性的な当然の反応だったといえるだろう。その点でわたしは、ランスへの敬意をいだいた。しかし、問題があった――ランスの相手が理性的な男ではなかったことだ。ランスが相手にしていたのは、子どものころスクーター・ラリビーの新品の橇《そり》を盗んだ男だったのである。

「どっちのときも、デヴォア本人が電話をしてきて金額を口にしていたわ。二回とも、ランスがそばにいないときよ。そのあと結婚式まであと十日ばかりになったころ、こんどはリチャード・オスグッドがたずねてきたの。デラウェア州のある人に電話をしろといわれたわ。で、かけてみたら……」マッティーはかぶりをふった。「正直に話しても、信じてもらえそうにないわね。それこそ、あなたの本に出てきそうな話よ」

「当ててみせようか？」

「その気があれば」

「子どもを金で買おうとしたんだろう？　金にものをいわせて、カイラを買おうとしたんだ」

マッティーが目を大きく見ひらいた。細い月が空にのぼってきたおかげで、マッティーの顔に浮かんだ驚きの表情もはっきりと見てとれた。

「いくらで？」わたしはいった。「知りたいんだ。きみが子どもを生み、その赤ん坊をランスのもとに残して姿を消すことの代償として、デヴォア側はいくら出すといってきた？」

「二百万ドル」マッティーはささやき声で答えた。「ミシシッピから西の銀行ならどこでも、わたしが指定する銀行の口座に金を振りこむといわれたのよ。その代わり、二〇一六年の四月二十日までは、子どもには――ランスにも――ぜったいに近づかないという同意書に署名しろ、といわれたわ」

「それは、カイが二十一歳になる年だね」

「ええ」

「オスグッドのほうは、そこまでこまかい事実を知らされていなかった。そうすれば、この町でのデヴォアの名声に傷がつかないから」

「そんなところ。しかも二百万ドルは、第一回めの支払いにすぎないという話だったわ。カイの五歳と十歳、十五歳と二十歳の誕生日には、それぞれ百万ドルを進呈する、とまでいわれたのよ」マッティーは信じられない話だといいたげに、かぶりをふった。「キッチンのリノリュームはすぐに浮きあがってくるし、シャワーヘッドはしじゅうバスタブに落ちるし、このごろじゃトレーラーハウス全体が東にむかってかたむいてる……でもね、わたしはその気になれば六百万ドルの女になれたってわけ」

《その提案をうけようと思ったことはあったかい、マッティー？》わたしはそう思ったが……この疑問を口に出しはしなかった。あまりにもぶしつけな好奇心丸出しの質問であり、どれだけ弁解したところで相手に納得してもらえそうになかったからだ。

「その話はランスに教えた？」

「教えないようにしてたわ。それでなくてもあの人は父親に激怒していたから、それ以上ことを荒だてたくなかったのよ。これから結婚生活がはじまるというしょっぱなから、そこまで憎しみをいだいてはほしくなかった……たとえその憎しみに、どれほどまっとうな理由があってもね。それに、ずっとあとになってからランスにいわれたくはなかったし……ほら……」

マッティーは両手をいったんかかげてから、その手をすぐ腿《もも》に落とした。疲れがにじんでいながら、同時に魅力的でもある動作だった。

「きみは十年後にランスから食ってかかられたくはなかったんだ……〝ぼくと父親の縁を切ったのはおまえじゃないか〟などといってね」

「まあ、そんなところね。でもさいごには、自分ひとりの胸にしまっておけなくなって。ただの僻地《へきち》育ちの小娘だったし、十一歳になるまでパンティストッキングひとつもっていなかった……十三歳までは三つ編みかポニーテール以外の髪型をしたこともなかったし、ニューヨーク州というのはニューヨーク・シティのことだと思ってた……そこにあの男……実体もよくわからない幽霊みたいな父親が出てきて……六百万ドルをくれてやる、といわれたのよ。怖くてたまらなかった。夢を見たわ……デヴォアが夜陰に乗じて小鬼みたいな姿で家に忍びこんできて、揺籃《ゆりかご》から赤ちゃんを盗んでいくという夢。あいつは蛇みたいに体をくねらせて、窓から家に這《は》いずりこんでくると……」

「きっと、うしろに酸素タンクをずるずる引きずっているんだろうね」

マッティーはほほえんだ。「そのころはまだ、酸素タンクのことを知らなかったわ。

ロゲット・ホイットモアのこともね。なんの話かというと、わたしはまだやっと十七歳になったところで、秘密を隠しとおすのが下手だったっていうこと」

わたしは必死で、自分の顔に浮かんできた笑みを押し隠した。マッティーの言い方がおもしろく思えたのだ。そのころの世間知らずで怯えているだけの少女と、いまここにいる通信教育で取得した資格をもった女のあいだには、数十年におよぶ人生経験の差があるかのようないいぐさだったからだ。

「それでランスは怒ったんだな」

「ものすごく怒ったわ——電話ではなく電子メールで父親に返事を書いたくらい。あの人は言葉につかえがちなところがあったから。怒れば怒るほど、それがますますひどくなったの。だから、電話で会話をするのは不可能だったんでしょうね」

ここに来てようやく、すべての事情が見とおせたような気がした。ランス・デヴォアは、父親あてにふつうでは考えられないような手紙を書き送った——〝考えられない〟というのは、手紙を送られた当人がマックス・デヴォアだった場合にかぎられるのだが。その手紙には、ランスがもう二度と父親から連絡してほしくないと思い、またマッティーも同様に思っていることが書いてあった。自分たちの家にも来てほしくないし（モッドエア社製のトレーラーハウスは、グリム童話に出てくる樵夫のひなびた丸太小屋とおなじではないものの、それでもキスをしているも同然の距離にまで接近することになる)、赤ん坊が生まれたあとでもやはり家には来てほしくないし、生まれたときだろうとそのあとだろうと、あつかましくプレゼントなどを送ってよこせば、すぐに返送してやる。とにかく、ぼくの人生にはもういっさい干渉するな、父さん。あんたもこんどばかりは、許しがたい一線を踏みこえたんだ。

世の中にはまずまちがいなく、傷ついた子どもをうまくとりあつかう外交術というものが存在する。叡知《えいち》に満ちた方法もあれば、いささか悪だくみめいた方法もあるだろう。しかし、ちょっと考えてみよう。そもそも外交術に長《た》けた父親が、そんなふうにわざわざ自分を窮地に追いこむような真似をするだろうか？　わずかなりとも人間性への洞察をもちあわせていたなら、息子の婚約者に賞金をさしだし（しかもその賞金の金額たるや、あまりにも莫大《ばくだい》で、婚約者の女性にとっては現実味もなければ、なんの意味もないほどだ）、その金と引きかえに初産《ういざん》の子どもを手放せ、などと迫ったりするだろうか？

しかも、こんな悪魔の取引をもちかけた当の相手は、少女と女の端境期《はざかいき》の十七歳、いってみれば人生をロマンティックに考える傾向が最高潮に達している年齢だったのである。せめてデヴォアはしばらく待ってから、マッティーに最終提案を示すべきだった。もちろん、待つだけの時間の余裕があるとは当時のデヴォアにはわからなかった、という異論はあるだろうが、その議論にはあまり説得力がない。わたしにはマッティーが正しく思えた――当人にとっては心臓の働きをしている、しなびきった古いプルーンの奥底で、マックス・デヴォアは自分が永遠に生きると信じこんでいるにちがいないのだ。しまいには、デヴォアは完全に自制がきかなくなった。欲しくて欲しくてたまらない橇がある……手に入れずには我慢できない橇だ。橇があるのは窓の反対側。だったら、ガラスを叩《たた》き割って盗みだすだけのこと。これまでの人生は、ずっとそんな行為の連続だった。そんなわけで——デヴォアほどの年齢で能力のある男なら、息子からそんな電子メールを送りつけられても、さらに悪だくみめいた策で応じてしかるべきだったにもかかわらず——この男は怒りにまかせて反応した。いうなればそれは、窓ガラスを叩き割っても拳《こぶし》に傷を負う心配がないとわかった子どもがとるような態度だった。ランスがもうちょっかいを出すなといってきた？　けっこう！　それなら漫画のリル・アブナーとデイジー・メイよろしく、どこぞの山出しの田舎女といっしょに、テントでもトレーラーハウスででも、いっそクソまみれの牛小屋ででも暮らすがいい。楽なわりに実入りのいい地所検査の仕事もあきらめて、ほんとうの仕事をさがしてみるがいい。おまえとは種類のちがう〝庶民〟とやらの暮らしぶりを、たっぷり味わうがいい！　息子よ。いいかえるなら——〝おまえがわたしをお払い箱にするのは無理な話だぞ、こっちがおまえを馘《くび》にしてやる〟だ。

「葬式でおたがい、相手の胸に泣きくずれるようなことはなかったわ」マッティーがいった。「そんなことを考えないでね。でも——意外なことに——デヴォアはわたしに鄭《てい》重《ちょう》な接し方をしてきたし、わたしも鄭重に接するように心がけはしたの。デヴォアからは年金のような形で定期的に生活費を出そうという申し出をうけたけど、これは断わった。そこから法律がらみのいざこざが発生するんじゃないかと思ったから」

「そうはならなかったと思うけど、その用心ぶかさは気にいったな。デヴォアが最初にカイラを見たときにはなにがあった？　いまでもそのときのことを覚えているかい？」

「ぜったいに忘れないわ」マッティーはサンドレスのポケットに手をいれて潰《つぶ》れかけたタバコの箱をとりだすと、箱をふって一本のタバコを抜きだした。羨望《せんぼう》と嫌悪《けんお》の入り混じった目つきでタバコを見つめながら、マッティーはつづけた。「いちどはタバコをやめたのよ。ランスから、タバコを吸う家計の余裕はないっていわれて。たしかにそのとおりだって思った。でも、いつのまにかまた吸うようになってた。一週間にせいぜいひと箱吸うだけで、それだって多すぎると頭ではわかってる。でも、ニコチンで心を落ち着かせたいときもあるから。あなたも吸う？」

わたしはかぶりをふった。マッティーがタバコに火をつけると、マッチの投げかける一瞬の火明《ほあ》かりのなかにその顔が浮かびあがった。〝愛らしい〟という段階を過ぎ去った顔だった。いったいあの老人は、この女性をどう変えてしまったのか？——わたしはそう思った。

「最初にデヴォアが孫娘に会ったとき、ふたりは霊柩車《れいきゅうしゃ》の横に立っていたのよ」マッテイーはいった。「わたしたち、モットンの〈デイキンズ葬祭場〉にいたの。〝対面の儀式〟でね。どういうものかは知ってるでしょう?」

「ああ、もちろん」ジョーのことを思いながら、わたしは答えた。

「棺のふたは閉じてあるくせに、いまだに〝対面の儀式〟なんて呼んでるのね。気味のわるい話。で、わたしはタバコを吸いに外に出たの。カイには、煙がかからないように葬祭場の玄関前の階段にすわっていなさいといって、わたしは歩道をすこし歩いたわけ。そしたら、大きな灰色のリムジンがすっと近づいてきた。テレビならともかく、じっさいにこの目であんなものを見たのははじめてだったわ。だれが来たかは、すぐわかった。だからすぐにタバコをハンドバッグにしまって、カイを呼び寄せたわ。カイは小走りにやってくると、わたしの手をつかんできた。リムジンのドアがあいて、ロゲット・ホイットモアがまず降り立ってきたわ。片手に酸素吸入用のマスクをもってたけど、デヴォアはそのときはまだマスクを必要としてなかった。で、ホイットモアのあとから、デヴォアが降りてきたの。背の高い人だった――あなたほどじゃないけど、やっぱり背が高いほうね。グレイのスーツを着てて、黒い靴がまるで鏡みたいに光ってたっけ」

マッティーは物思わしげに言葉を切った。そのタバコが一瞬だけ口もとにもちあげられて、すぐにマッティーのすわる椅子《いす》の肘《ひじ》かけにもどっていった――仄白《ほのじろ》い月明かりのなかを飛翔《ひしょう》する赤い蛍。

「最初のうち、デヴォアはなにもいわなかった。それで女秘書がデヴォアの腕をとって、道路と歩道のあいだの三段か四段の階段をあがるのに手を貸そうとしたのね。でも、デヴォアはその手をふりはらったわ。それからまったく自力で、立っているわたしたちのところにやってきたの――といっても、デヴォアの胸の奥の深いところからは、ぜいぜいという苦しげな音がきこえてたけど。油をささなくちゃいけない機械がたてるような音ね。いまはどのくらい歩けるのかわからないけど、そんなに歩けなくなってるはずよ。あのとき五、六歩あるくのだって大変だったんだし、それだってもう一年も前のことだもの。デヴォアはわたしを一、二秒ばかり見つめてから、大きくて骨ばった手を膝《ひざ》にあてて体をささえながら、上体を前に倒したの。デヴォアがカイをじっと見おろし、カイはデヴォアを見あげてたわ」

そう。その光景はわたしにも見えていた……ただしそこに色彩はなかったし、写真のようなはっきりしたイメージもなかった。木版画のようとでもいうか、『グリム童話集』に添えられた荒けずりなタッチの挿画のようとでもいおうか。小さな女の子が目を丸くして、裕福な老人を見あげている――かつて盗んだ橇をすべらせていた少年も、いまは人生のもう一方の端にさしかかり、ありふれた骨の袋になりはてている。わたしの想像のなかで、カイは頭巾《ずきん》のついたコートを着ており、デヴォアがかぶっている〝おじいちゃん〟の仮面はわずかにずり落ちて、房になった狼《おおかみ》の毛皮が隙間《すきま》からのぞいていた。おじいちゃんの目はなんて大きいの……おじいちゃんの鼻はなんて大きいの……それに、おじいちゃんの歯はなんて大きいの。

「それからデヴォアは、あの子を抱きあげた。それが体にどのくらい響いたかはわからなかった……でも、とにかく抱きあげたの。で……なにより奇妙だったのは……カイがおとなしく抱きあげられたこと。あの子がデヴォアを見たのは生まれてはじめてだったし、ふつう小さな子どもは年寄りを前にすると怖がるものじゃない？　でもカイは、おとなしく抱きあげられたの。『わたしがだれか、おまえにわかるかな？』デヴォアからそう質問されて、あの子は首をふった。でもね、デヴォアを見ていたあの子の目つきといったら……まるで……デヴォアのことを知っていてもおかしくないような目つきだった。そんなことがありうると思う？」

「ああ」

「それからデヴォアは、『わたしがおまえのおじいちゃんだよ』といったの。わたし、もうすこしでカイを強引に奪いかえすところだった。だって……どういえばいいかな……突拍子もない考えがいきなり頭に浮かんできて──」

「デヴォアがカイをむしゃむしゃ食べるんじゃないか──そう思ったんだね」

マッティーのタバコが、顔の前でぴたりと静止した。両目が大きく見ひらかれていた。

「なんでわかるの？　どうしてあなたが、そこまで見ぬけるの？」

「なぜかというとね、いまの話がわたしの心の目にまるでおとぎ話のワンシーンのように見えているからだよ。赤ずきんちゃんと年寄りの灰色狼。で、そのあとデヴォアはカイになにをしたんだ？」

「目でカイをむさぼり食べたのよ。あとになってデヴォアは、チェッカーやボードゲームの〈キャンディランド〉やボックスドットの遊び方を、あの子に教えたわ。カイはまだ三歳よ——それなのに、もう足し算と引き算ができるの。〈ウォリントンズ〉にはあの子専用の部屋があって、専用のコンピュータまである。デヴォアがそのコンピュータで、あの子になにを教えこんでいることやら……でも、最初のときは、ただカイを見つめていただけ。生まれてはじめてだった……あそこまでもの欲しげな表情の人間を見たのは。

で、カイのほうもデヴォアを見かえしていたのよ。わずか十秒か二十秒のことだったと思うけど、そのときは永遠につづくように思えたわ。そのあとデヴォアが、カイをわたしに返そうとしてきた。でも、そのときにはもう体力をつかいはたしていたみたい。もしわたしがすぐそばにいなければ、デヴォアはきっとあの子をコンクリートの歩道に落としていたでしょうね。

デヴォアが体をぐらつかせると、あの女秘書のロゲット・ホイットモアが腕をまわして体をささえてたわ。それからデヴォアがロゲットから酸素マスクをうけとって——ゴムのチューブが下がってて、そこに小さな酸素ボトルが接続されてたわ——口と鼻の上にかぶせたの。二度ばかり深呼吸をして、それで多少は気分が回復したみたいだった。酸素マスクをロゲットに返してから、デヴォアははじめて気づいたような顔で、わたしに目をうつしてこういったの——『どうやらわたしは愚か者だったようだな』と。だから、『ええ、わたしもそう思います』と答えてやったわ。その言葉をきくと、デヴォアはものすごく険悪な目つきでわたしをにらんできた。あと五歳若ければ、そんな口をいたことでわたしを殴りつけてきたことでしょうね」

「しかし五歳も若くはなかったし、殴りかかってもこなかった」

「ええ。デヴォアは、『なかにはいりたいんだ。手を貸してもらえるか？』とわたしにたずねてきたの。わたしは、手を貸すと答えた。そのあとロゲットとわたしでデヴォアを両側からささえて、葬祭場の階段をあがっていったの。カイはすぐうしろから歩いてきたわ。なんだか、ハーレムに囲われてる女になった気分だった。あんまりいい気分じゃなかったわね。玄関ホールにはいったところで、デヴォアはいちど椅子に腰をおろしてひと息いれ、また酸素を吸ってた。ロゲットはカイラに顔をむけていた。なんて不気味な顔なんだろう……って思った。どこかで見た絵かなにかを連想して——」

「ムンクの『叫び』という絵じゃないかな？」

「それだと思う」マッティーはタバコを地面に落とすと——フィルターぎりぎりまで灰

にしていた――その上に足を載せ、白いスニーカーで砂利だらけの不毛な地面に押しつけて吸殻を踏み潰《つぶ》した。「でも、カイはロゲットをすこしも怖がってなかったわ。そのときも怖がってなかったし、そのあともね。で、ロゲットはカイラのほうに体をかがめて、こういったの――『貴婦人《レイディ》と韻を踏む単語はなあに？』とね。あの子はすぐに、『薄暗い《シェイディ》！』と答えた。一歳のころから、その手の語呂《ごろ》あわせが大好きだったの。ロゲットはハンドバッグに手を入れて、〈ハーシー・キスチョコ〉をとりだしてきた。カイはわたしを見あげて、食べてもいいかと表情でたずねてきたわ。だから、『ええ、でも一個だけにしなさい。せっかくの服がチョコで汚れたら困るから』といってあげた。カイはチョコレートをひとつ口に入れると、ロゲットにほほえみかけたの――まるで大昔からの大親友同士みたいな感じで。

そのころにはデヴォアの息切れもおさまっていたけど、それでもぐったり疲れた顔をしてたわ。あんなに疲れた顔の人は見たこともないくらい。デヴォアを見ていると、聖書の一節が思い出されてきた……年老いていくと、人はその境地になんの楽しみもないというとか、そんなような言葉よ。なんというか、デヴォアが痛ましく思えたの。デヴォアのほうも、わたしのそんな心境を読みとったんだと思う。わたしの手をとってこういったの――『わたしを遠ざけないでくれ』と。その瞬間、デヴォアの顔にランスの面影が重なったのよ。わたし、泣きだしてしまって……『そちらから追いつめられて、ほかにどうしようもなくならないかぎり、あなたを遠ざけはしません』って答えたわ」

葬祭場の玄関ホールにいるマッティーたちの姿が、まざまざと心の目に見えてきた。デヴォアはすわっている。マッティーは立ち、幼い少女は甘い〈ハーシー・キスチョコ〉を味わいながら、困惑に目をまん丸に見ひらいている。背景に流れるのは、録音されたオルガン演奏。哀れな老マックス・デヴォアは、先立った息子との〝対面の儀式〟のときばかりは、それなりに悪だくみを成功させたようだ——わたしは思った。わたしを遠ざけないでくれ、か。よくいったものだ。

《最初はあんたを買収しようとしたし、それが成功しなかったので、そのつぎには札束をさらに積みあげて赤ん坊を買いあげようとした。それも失敗したので、わたしは息子にいってやった——おまえも女房もおまえたちの赤ん坊も、おまえの決断のせいで野垂れ死ぬがいい、とね。息子は高いところから落ちて首の骨を折ったが、あいつをそんな立場に追いこんだ責任は、ある意味でこのわたしにある。だけど、わたしを遠ざけないでおくれ、マッティー。ほら、わたしはこんな哀れな老いぼれだ、だから、どうかわたしを遠ざけないでおくれ》

「わたし、馬鹿《ばか》な真似をしたのかしら？」

「きみはデヴォアを買いかぶって、もっといい人間になるだろうと期待しただけだよ。それを愚かだというのなら、世界にはいま以上にたくさんの愚か者があふれていることになるね」

「警戒する気持ちはたしかにあったのよ」マッティーはいった。「だから、デヴォアの金は一セントもらわなかった。十月もおわりになるころには、デヴォアも金をうけとってくれといわなくなったし。でも、デヴォアがカイと会うことは許したの。その理由のひとつは……そうね、カイの将来に役立つことがあるかもしれないと思ったからかもしれない。でも、そのときはそんなに深く考えてなかった。カイにとって、父親との血縁者がデヴォアしかいない、というのがいちばん大きな理由だったのよ。ふつうの子どもがお祖父《じい》ちゃんやお祖母《ばあ》ちゃんと楽しい思いをしているように、カイにもおなじ気持ちを味わわせてあげたかった。それに、ランスが死ぬ前に流れていたわるい噂《うわさ》で、カイが傷つけられるようなことは避けたかったし。

最初のうちは、なんの問題もないように思えたの。そのあと、すこしずつすこしずつ、風向きが変わりはじめたわ。たとえば、カイが白いじいやをあまり好きじゃないことに気づいたり。ロゲットへの気持ちは変わらなかったけど、あの子はマックス・デヴォアになにがなし不安な気分にさせられてたのね。具体的にはわからないし、あの子にも説明できないんだけど。前にいちど、デヴォアにどこか妙なところをさわられて、変な気持ちになったことがあったかと質問したことがあるのよ。その場所をちゃんと見せて、とね……でも、そんなことはないという答えだった。その言葉に嘘《うそ》はないとは思うけど……あの男がなにかいったか、なにかをしたのね。それはまちがいないと思う」

「もしかすると、デヴォアの苦しげな息の音がますますひどくなっただけのことかもしれないぞ」わたしはいった。「それだけでも、子どもは充分怖がるからね。あるいは向こうにいっているあいだ、カイがデヴォアの魔力で虜《とりこ》にされているとか、そんなことかもしれないな。で、きみのほうはどうなんだ？」

「そうね……二月のある日にリンディ・ブリッグズから、ジョージ・フットマンが図書館にやってきた、という話をきかされたわ。表向きは、図書館の消火器と火災報知器の点検にきたっていう話だった。それ以外にもフットマンはリンディに、最近ごみ捨て場でビールの空き缶や酒の空き瓶を見つけなかったか、と質問したんですって。ほかには、手製であることが一見して明らかなタバコの吸殻がなかったか、と」

「いいかえれば、やつはゴキブリ仕事をしていたわけだ」

「そんなところね。それからリチャード・オスグッドが、わたしの昔の友だちをたずね歩いているという話も耳にはいってきた。ただのおしゃべりをしながら……砂金をえりわけてた。というか、わたしを中傷するネタをさがしてたのね」

「そういうネタがほんとうにあるのかな？」

「ありがたいことに、ほとんどないと思う」

マッティーの言葉が真実であることを、わたしは祈った。わたしには話せないことがあるにしても、ジョン・ストロウがうまくマッティーからききだすことを、わたしは祈った。

「しかし、そういうことがあっても、きみはずっとカイをデヴォアに会わせていたんだね」

「いったん訪問の習慣ができたあとで、わざわざ騒ぎを起こすのもどうかと思ったから。それにふたりが会うのを許しておけば、デヴォアがどんな策を凝らしていようとも、その実現をすこしでも先延ばしにできると思ったのよ」

それなりに理屈の通った話だ——わたしは思った——痛ましい理屈だが。

「それから春になって……なんだかとっても薄気味がわるくて怖い気分にとり憑《つ》かれるようになったの」

「どんなふうに薄気味がわるい？　怖いというのは具体的には？」

「わからない」マッティーはタバコの箱をとりだしてじっと見つめたあげく、箱をポケットにもどした。「とにかく、義父がうちのクロゼットにもぐりこんで、小汚い秘密はないかと目を皿のようにしていることだけじゃないわ。カイのことよ。カイがあの男とい、い、い、いっ……あのふたりといっしょにいるあいだは、あの子のことが心配でたまらなくなってきたの。ロゲットは——買ったのかレンタカーで借りたのかは知らないけれど——いつもＢＭＷで迎えにくるの。カイは玄関前の階段に腰かけて、ロゲットを待ってるのよ。日帰りでいくときにはおもちゃがはいったバッグをもって、泊まりでいくときには、かならずミニーマウスの絵が描いてあるスーツケースをもって。で、帰ってきたときには、かならず持ち物がひとつ増えているの。あの義父は、とてつもないプレゼント好きなのよ。で、カイが車に飛び乗る前には、ロゲットが例の冷ややかな薄笑いを顔にたたえながら、こういうわけ。『では、帰りは七時になります。その前に早めの夕食を食べさせます』とか、『では、帰りは朝の八時になります。ちょっとした温かな朝食をとらせてから、こちらに送りとどけます』とか。わたしがわかったと答えると、ロゲットはハンドバッグに手を入れて〈ハーシー・キスチョコ〉をとりだし、犬にお手をさせてビスケットをあげるときみたいに、カイにむかってさしだすの。それからロゲットはなにか単語を口にして、カイがちゃんと韻を踏んだ単語を口にすると、ご褒美《ほうび》をあたえて——それを見るたびに、〝よしよし、お利口なワンちゃんだね〟という言葉が頭をよぎるわ——そのあと車は出発していく。帰りが夜の七時だろうと翌朝の八時だろうと、BMWはその時間きっかりに、いまあなたの車がとまっている場所に到着するの。あの女を時報代わりにして時計をあわせてもいいほど。それでも、とにかく心配でたまらないのよ」

「あの連中が法的手続に痺《しび》れを切らせて、カイをそのままさらってしまうんじゃないかと？」わたしには、そう心配するのが当然至極のことだと思えた。そもそもマッティーがあの老人にカイとの面会を許したことが信じられないほど、この心配が当然のものだと思えたのである。監護権がらみの係争では——人生のほかの側面とまったくおなじように——〝現実に所有している者が九分の勝ち目〟という言葉が通用する世界ではある。マッティーが自分の過去や現状について語った言葉のすべてが真実だとするなら、監護権の審問会は裕福なるミスター・デヴォアにとってさえ、やっかいな芝居の場になるだろう。つきつめて考えるなら、誘拐《ゆうかい》というのがもっとも効率のよい手段だということになっても不思議はない。

「そうともいえないのよ」マッティーはいった。「頭ではそれが当然のことだとわかってる。でも、ほんとうにそれが理由じゃない。ただひたすら、怖い気持ちなのよ。どこがどうと、はっきり特定できるわけじゃない。夕方の六時をまわるころになると、わたしはこんなふうに考える……〝こんどこそ、あの白髪女がカイを送りとどけてこないに決まっている。こんどというこんどは、あの女は……〟」

わたしはその先を待った。マッティーがなにもいわないので、わたしはいった。「あの女がなにをすると思うんだ？」

「いったでしょう、わからないって。でも、とにかく今年の春からずっとカイのことが心配でたまらないの。六月になってからはもう耐えきれなくなって、あの子が祖父に会うのをやめさせたくらい。カイラはそれを根にもって、それ以来しじゅうわたしに怒ってばかりいるの。七月四日に家をひとりで脱けだしていった騒動の原因は、そんなところにあると思う。あれ以来お祖父さんの話はほとんどしないけど、『いまごろ、白いばあやはなにしてると思う？』とか『この新しい服、白いばあやに気にいってもらえるかな？』とか、しょっちゅういってるし、いきなりわたしに駆けよってきたかと思うと、『歌《シング》う、輪《リング》、王さま《キング》、もの《シング》』という具合に韻を踏む単語をずらずらならべて、ご褒美をねだったりもするし」

「デヴォアの反応は？」

「激怒そのもの。なんども電話をかけてきたわ。最初のうちは、なにがいけなかったのかと詰問《きつもん》する電話だったけど、そのうち脅迫の電話に変わったの」

「じっさいに危害をあたえてやるという意味での脅迫？」

「監護権を武器にした脅迫よ。なにがなんでもカイをとりあげてやる、おまえの息の根をとめてやる、そうなったらおまえは、不適格な母親として全世界の非難にさらされることになるんだぞ、おまえには万にひとつも勝ち目はない、生き残りたければ抵抗するのをやめて、とにかくわたしを孫娘に会わせることだ、わかったか――そんな感じ」

わたしはうなずいた。「さっきの『わたしを遠ざけないでくれ』という科白《せりふ》は、花火の夜にわたしに電話をかけてきた男にはそぐわない言葉だったが、いまの発言はまさにあの男らしいものだと思うよ」

「ほかにも、リチャード・オスグッドや何人もの地元の人たちが電話をかけてきたわ」

マッティーはいった。「ランスの昔の友だちだったリッチー・ラティモアからも電話があった。リッチーは、わたしがランスの思い出を汚している、といってきたのよ」

「ジョージ・フットマンは？」

「たまに、家の前をパトカーで通ってるわ。監視していることを、わたしに知らせたいのね。電話をかけてきたり、家に立ち寄ったりしたことはいちどもない。さっき、〝じっさいに危害をあたえてやるという意味の脅迫〟っていったわね？　フットマンのパトカーを見せつけられるだけでも、わたしにはそういった脅迫に思えるのよ。あの男を見ると、怖くてたまらなくなる。でもこのごろじゃ、およそあらゆるものに怖い思いをさせられているみたいだけど」

「カイラとデヴォアをもう会わせないようにしていたにもかかわらず、だね」

「ええ、それにもかかわらず。なんだか……雷の前のような気分なの。もうすぐなにかが起こりそうな予感というか。おまけにその気分は、日を追うごとに強まる一方よ」

「ジョン・ストロウの電話番号だが……」わたしはいった。「教えておこうか？」

マッティーは無言ですわったまま、膝《ひざ》に目を落としていた。それからおもむろに顔をあげてうなずくと、「教えてちょうだい。あなたには感謝してるわ。ほんとうに、心の底から」

わたしはシャツの前ポケットから、電話番号の書かれたピンクのメモ用紙をとりだした。マッティーはメモ用紙に手をかけたものの、すぐには自分に引き寄せなかった。指先がふれあった状態のまま、マッティーはこちらが思わず狼狽《ろうばい》するほど真剣なまなざしで、わたしを見つめてきた。それはまるで、わたし以上にわたしの動機を見すかしているかのような視線だった。

「どうやってお礼をしたらいいのかしら?」マッティーはたずねてきた。単刀直入に。

「これまでの話を、ぜんぶストロウにきかせるんだ」わたしはピンクのメモ用紙から手を放して立ちあがった。「それだけでいい。さて、そろそろ帰らないと。あとで電話をかけて、ストロウとの話しあいのようすをきかせてもらえるかな?」

「もちろんよ」

それから、ふたりでわたしの車まで歩いた。車のところにたどりつくと、わたしはマッティーにむきなおった。一瞬マッティーが両腕をわたしの体にまわして、感謝のしるしにわたしを抱きしめるのではないかと思った――そうなったら、いまのムードではどんな展開になっても不思議ではない。なにせメロドラマ同然といっても不思議はないほど、ふたりの気分は盛りあがっていた。しかし、ひるがえってみれば、この情況はまさにメロドラマではないか――片や善人、片や悪人、双方の底流には抑圧されたセックスが大量に流れているという意味では、おとぎ話そのものだからだ。

そのとき、マーケットのある丘の頂上に一台の車のヘッドライトが姿をあらわし、

〈オールパーパス・ガレージ〉の前を通過した。車はライトをぎらつかせて、わたしたちの方向に近づいてくる。マッティーはあとじさってわたしから離れると、叱《しか》られた子どもさながらに、両手を自分の背中にまわしさえした。車が通りすぎていき、わたしたちはまた闇《やみ》にとり残された……しかし、決定的な瞬間もまた過ぎ去っていた。そんな〝瞬間〟なるものが、現実にあったとしたらの話だが。

「夕食をごちそうさま」わたしはいった。「すばらしい食事だったよ」

「こちらこそ、弁護士を紹介してもらってありがとう。この弁護士さんも、きっとすばらしい人だと思うわ」マッティーがいい、ふたりは声をあわせて笑った。空気中に張りつめていた電気がふっと消えていった。「あの人、あなたのことを話してたわ。デヴォアがね」

わたしは驚いてマッティーを見つめた。「あの男がわたしのことを知っていたというだけでも驚きなのにな。いや、もちろん今回の一件の前という意味だけど」

「デヴォアはちゃんと知ってるのよ。あの男があなたのことを話す口調が、わたしにはまぎれもない好意のあらわれに感じられたわ」

「冗談だろう？　そうに決まってる」

「冗談なんかじゃない。デヴォアがいうには、あなたの曾《ひい》お祖父《じい》さんとデヴォアの曾お祖父さんはおなじキャンプで働いていた仕事仲間で、森にいないときには隣人同士だったそうよ――たしか家は、いまボイズ・マリーナがあるあたりから、それほど遠くない場所にあったと話してたっけ。『おなじ穴でクソをひった仲だった』――デヴォアはそういってたわ。しゃれた言い方だと思わない？ それからデヴォアは、TR出身のふたりの樵夫《きこり》の子孫からこうやって百万長者が生まれたのなら、社会があるべき姿で動いているということだ、ともいってた。『たとえそのために三世代かかったとしてもだ』ってね。最初にこれをきかされたときには、ランスのことを遠まわしに非難しているのかと思ったけど」

「デヴォアの意図がどこにあったかは知らないが、そもそも嘘八百の話だぞ」わたしはいった。「うちの一族は沿岸地帯の出身なんだ。プルーツネックだよ。州のまるっきり反対側じゃないか。わたしの父親は漁師だったし、その前には祖父も漁師をやってた。曾祖父《そうそふ》もね。罠漁《なわりよう》でロブスターを獲《と》り、投網《とあみ》を打っていたんだ――木を切り倒していたわけじゃない」

その言葉のどこにも嘘はなかったものの、わたしの頭はなにかを捕捉《ほそく》しようとしていた。マッティーの言葉のどこかに関係している記憶の断片……。たぶんひと晩寝て考えをめぐらせれば、おのずとわかってくるだろうが。

「じゃ、デヴォアがあなたの奥さんの家系のことを話していたという可能性はある？」マッティーがたずねた。

「ないね。たしかに、アーレン姓の人間はメイン州にも多いけど——大人数の一族だからね——いまでもその大半はマサチューセッツ州にいる。一族の人間は、いまではあらゆる職業についてはいるけれど、一八八〇年代までさかのぼれば、ご先祖さまの大多数はモールデンからリンの一帯で石切り工や石割り工をしていたはずさ。きみは、デヴォアにかつがれているんだよ」

とはいったものの、デヴォアが決してマッティーをかついでいるのでないことはわかっていた。話をあちこちまちがって覚えているかもしれないが——ならぶ者のないほど頭が切れる人間でも、八十五歳にもなれば冴《さ》えわたっていた記憶力も鈍りはじめるものだ——マックス・デヴォアは断じて人をかつぐ人間ではない。ふと、ここTRの地中を目に見えない何本ものケーブルが走っている光景が見えてきた——ありとあらゆる方向に張りめぐらされたケーブルは、目には見えないものの、すこぶる強靭《きょうじん》なものだった。

わたしは片手を、車のドアの上にかけていた。マッティーがその手に一瞬だけふれてきた。「帰る前に、ひとつだけ質問してもいい？　いっておくけど、馬鹿な質問よ」

「なんなりと。馬鹿な質問は、なんといってもわたしの得意分野だからね」

「あの『バートルビー』という小説はいったいなにがいいたいのか、あなたにわかる？」

笑いだしたい衝動に駆られたが、マッティーの真剣な表情が見える程度の月明かりはあったし、ここで笑えばマッティーの気持ちを傷つけることになるともわかった。マッティーはリンディ・ブリッグズ主宰の読書サークル（八〇年代にわたしもいちど、そのサークルで講演をしたことがある）のメンバーであり、二番めに若いメンバーとも最低でも二十歳は年が離れていることだろう。それもあってマッティーは、自分が愚かに思われることを恐れているのだ。

「つぎの読書サークルの会合で、いちばん最初に発表しなくちゃいけないの」マッティーはいった。「みんなにちゃんと本を読んだことをわかってもらうためにも、粗筋以外のことも話したいわけ。それで、頭ががんがん痛くなるほど考えたんだけど、なんにも見えてこないの。どう考えても、さいごの数ページですべてが魔法のように解き明かされるような種類の小説じゃないし。それに、ほんとうなら見えて当然だという気はするのよ——話の勘所は、すぐ目の前にあるって、そこまではわかるの」

その言葉に、わたしは先ほどのケーブルを思い出した——ありとあらゆる方向に張りめぐらされたケーブル、人々や土地を相互に結びつけている皮下ネットワーク。そういったケーブルは目に見えなくとも、存在を肌で感じとることはできる。とりわけ、逃げようとしている人間には。そのあいだマッティーは期待と不安の入り混じった表情でわたしを見つめながら、返答をじっと待っていた。

「よし、わかった。しっかりききくんだよ。授業のはじまりだ」

「きいてるわ。ほんとよ」

「文芸批評家の大多数は、『ハックルベリー・フィンの冒険』こそ現代アメリカのはじめての長篇小説だと考えているけれど、もし『バートルビー』があと百ページ長ければ、わたしはこちらの小説がその称号をあたえられたと確信しているんだ。書記という職業を知っているかい？」

「秘書のような仕事？」

「そんな高級なものじゃない。代書屋といえばいいかな。『クリスマス・キャロル』の守銭奴スクルージの店で働いているボブ・クラチットのようなものだ。ただしディケンズは、ボブに過去や家庭生活をあたえている。一方メルヴィルは、主人公バートルビーにそんなものをひとつもあたえていない。その意味でバートルビーは、アメリカの小説史上はじめて出現した実存的登場人物なんだ。つまり、なんの絆《きずな》ももっていない人物……その絆というのは……」

《TR出身のふたりの樵夫の子孫からこうやって百万長者が生まれた。おなじ穴でクソをひった仲だった》

「マイク？」

「なんだね？」

「大丈夫？」

「ああ、なんともないさ」わたしは精いっぱい精神を集中させた。「バートルビーと人生との絆は、ただ仕事しかない。その意味であの主人公は、二十世紀アメリカ人の典型なんだ。スローン・ウィルスンの『灰色の服を着た男』の主人公とおなじようにね。あるいは——もっといかがわしい人物に例をとるなら——マリオ・プーヅォの小説で、映画にもなった『ゴッドファーザー』のマイクル・コルレオーネだな。しかしバートルビーは、中流階級のアメリカ人男性にとっては神にもひとしい仕事そのものにすら、疑問をいだきはじめるわけだ」

マッティーは、いまや目に見えて昂奮《こうふん》した顔つきになっていた。この女性がハイスクールのさいごの一年をうしなったことが、かえすがえすも残念に思えた。マッティー本人にとっても、その教師たちにとっても。「だからバートルビーは、いろんなことを『そうはしたくない』といいはじめるのね？」

「そのとおり。バートルビーという人物を……そうだね、熱気球だと考えるといい。バートルビーを地上につなぎとめているのはたった一本のロープで、そのロープが代書屋の仕事なんだ。ロープが腐りかけている度合いは、バートルビーが『そうはしたくない』という回数から推しはかることができる。そしてさいごにはロープが切れて、バートルビーは大空にただよいだす。読む者の心に不安をかきたてる物語だとは思わないか？」

「ある晩、バートルビーを夢に見たのよ」マッティーはいった。「トレーラーハウスのドアをあけたら、玄関前の階段にすわってたの。古い黒のスーツを着て。痩《や》せてたわ。髪の毛もすくなくって。で、わたしはいったの。『そこをどいてもらえません？　これから外に出て、洗濯物を干さないとならないので』って。そしたらバートルビーは、『そうはしたくないな』というの。ええ、たしかに読む人を不安にさせる物語だと思う」

「だったら、いまも通用する小説ということだね」わたしはそういって車に乗りこんだ。「電話を待ってる。ジョン・ストロウとの話がどうなったかを教えてくれ」

「ええ。それから、わたしにできるお礼があったら、なんでもいってね」

《なんでもいってね》か。そんなふうに白紙の小切手をいとも簡単にさしだすには、人はどれほど若く、どこまで美しく無知であらねばならないのか？

運転席側の窓があいていた。わたしはそこから手を伸ばして、マッティーの手を握った。マッティーは握りかえしてきた——それも強く。

「奥さんのことがいまでも恋しいのね？」マッティーはいった。

「顔に出ているかな？」

「たまにね」マッティーはもうわたしの手を強く握ってはいなかったが、まだ手をとったままだった。「さっきカイに本を読んであげてるときのあなたは、すごくうれしそうな顔をしている反面、寂しそうにも見えたの。あなたの奥さんはいちどしか見てないけど、とてもきれいな人だと思ったわ」

それまでわたしは、ふたりの手がふれあった感触のことばかりを考え、精神をそっちに集中させていた。しかしいま、マッティーの言葉でそのすべてを忘れることになった。

「妻を見かけたって……それはいつのことだ？　どこで？　思い出せるかい？」

マッティーは、そこまで愚かしい質問はめったにないといいたげにほほえんだ。「ええ、覚えてるわ。場所はソフトボール場よ——わたしが夫とはじめて会った日のこと」

わたしはしごく緩慢な動作で、マッティーの手から自分の手を引き離した。これまで知っていたかぎりでは、わたしもジョーも一九九四年の夏にはＴＲ‐九〇に近づかなかったはず……しかし、この知識は明らかにまちがっていたようだ。ジョーは七月上旬の火曜日に、この町に来ていた。そればかりか、ソフトボールの試合を見物しにいったのだ。

「ジョーだったことは確かなんだね？」わたしはたずねた。

マッティーは道路のほうに視線をそらしていた。この女性がいま考えているのは、わたしの妻のことではない。その点には家と土地を——ここの家と土地ばかりか、デリーの家と土地までもふくめて——賭《か》けてもいい気分だった。マッティーが考えていたのはランスのことだ。それはそれでいいことだろう。亡夫のことを思っているのであれば、わたしの表情を詳細に観察する余裕はないだろうから——そしてわたしは、自分の表情を思いどおりに抑えこんでいる自信のかけらもなかった。マッティーに視線をむけられたら、わたしはできれば見られたくない表情まで見られてしまう。

「ええ」マッティーは答えた。「わたし、ジェンナ・マッコイとヘレン・ギアリーのふたりといっしょに立っていたの――ランスがぬかるみにはまったビールの樽《たる》を動かすのに手を貸してくれて、試合がおわったらみんなといっしょにピザを食べにいこうと誘ってきたあとのことよ。で、ジェンナが、『あれ、ミセス・ヌーナンだわ』といったの。そしたらヘレンが、『有名な作家の奥さんよ。見て、かっこいいブラウス着てるわね』っていって。青い薔薇《ばら》の模様が一面に描きこまれたブラウスだったっけ」

わたしもよく覚えているブラウスだった。ジョーがそのブラウスを好きだったのは、一種のジョークだったからだ――自然界だろうと栽培されたものだろうと、青い薔薇は存在しない。昔そのブラウスを着たジョーが両手をわたしの首にまわして情熱的に抱きつき、うっとりした顔でわたしの腰に腰を押しつけながら、わたしはあなたの青い薔薇だ、と叫んだことがあった。そのあと、ジョーの肌が薄紅色に染まるまで体を打ちつけずには気がすまなかった。その記憶が甦《よみがえ》ってくると、胸が痛んだ――激しく。

「奥さんは三塁側の金網フェンスの裏側に立ってたのよ」マッティーがいった。「肘《ひじ》あてのついた古い茶色のスポーツジャケットを着た男の人といっしょにね。ふたりでなにかに声をあわせて笑ってから、奥さんが頭をすこしだけ動かして、わたしに目をむけてきたの」

そういったきり、マッティーは赤いドレス姿でわたしの車のすぐ横にたたずんだまま、しばし黙りこんだ。髪の毛をうなじから掻《か》きあげ、しばらくそのままにしていたかと思うと、また髪の毛をおろす。

「そう、まっすぐにわたしを見つめてきたの。ほんとに、わたしを見ていたのよ。あのときの奥さんの表情といったら……ついさっきまで笑ってたのに、どこか寂しげな顔つきだったの。まるで、わたしのことを知っているみたいだった。それから、いっしょにいた男が奥さんの腰に手をまわし、ふたりでどこかに歩いていったわ」

蟋蟀《こおろぎ》の声と、遠くを走るトラックのかすかなエンジン音以外は、まったくの静寂。マッティーは目をあけたまま夢を見ているかのような風情《ふぜい》で、そのままじっと立っていたが、なにかの気配を感じたのだろうか、またわたしに視線をもどした。

「どうかしたの？」

「いや、なにも。ただ、妻の腰に手をまわしていたという男がだれだったのか、気になっているだけだよ」

マッティーは、いささか心もとなげな笑い声をたてた。「そうね、どう見ても奥さんの恋人という感じじゃなかったと思うけど。だってその人、かなりの年上だったのよ。五十歳は越えていたんじゃないかしら？」

《それがどうかしたか？》わたしは思った。このわたしは四十歳だ。だからといって、ドレスにつつまれたマッティーの体の動きにはあまさず気がついているし、うなじから髪の毛を掻きあげる動作もぬかりなく見ているではないか。

「そんなの……冗談よね？」マッティーはいった。

「本心からわからないんだよ。このごろどうも、はっきりとわからないことが、やたらに多くなっていてね。しかし、わが妻だった女性はすでに死んでいる。だから、もうどうだっていいこと……だろう？」

マッティーは困った顔つきだった。「わたしが口を滑らせて、あなたの気持ちを害したのなら、ほんとうにごめんなさい」

「で、その男はいったいだれだった？　きみの知っている男だったのかい？」

マッティーはかぶりをふった。「夏の避暑客だったと思う——なんというか、そんな雰囲気だったから。夏の暑い夕方なのに、ちゃんと上着を着ていたせいで、そう思うのかもしれない。でも避暑客だったとしても、〈ウォリントンズ〉の滞在客じゃなかった。あそこのお客の顔はだいたい知っていたから」

「で、ふたりはいっしょに歩いていったんだね？」

「ええ」正直に答えるのは気がすすまない、といった口調。

「駐車場のほうに？」

「そうよ」さらに気がすすまない口調。しかも今回、マッティーは嘘《うそ》をついていた。ただの勘という以上に、なにやら一種異様な確信をともなって、これが嘘だとわかった——ほとんど読心術そのままに。

わたしは車の窓から手を出して、もういちどマッティーの手をつかんだ。「さっききみは、自分にできるお礼があったら、なんでもいってくれと話していたね。その言葉に甘えさせてもらうよ。ほんとうのことを話してくれないか、マッティー」

マッティーは唇を嚙《か》みしめながら、自分の手に重ねられたわたしの手を見おろしていた。それからおもむろに顔をあげて、わたしの目を見つめながら口をひらいた。

「がっしりした体格の男だったわ。古びた上着のせいで大学教授みたいに見えたけど、大工だったとしてもおかしくないと思う。髪の毛は黒かった。それに日焼けをしてたわ。ふたりは声をあわせて、ほんとうに楽しそうに笑っていたのに……わたしの顔をひと目見るなり、奥さんの顔から笑いがすうっと消えていったの。そのあと男が奥さんの腰に腕をまわして、ふたりは歩いて去っていった……」マッティーは間《ま》をおいて、つづけた。

「でも、駐車場のほうじゃない。ストリートのほうにむかっていったのよ」

ストリート。そこから湖畔にそって北にむかって歩いていけば、〈セーラ・ラフス〉に行きつくこともできる。そのあとは？　だれが知ろう？

「あの夏、妻はこの町に来たことなど、ひとことも話していなかった……」わたしはいった。

マッティーは、いくつか返事をする言葉を思いついて吟味したものの、気にいった言葉をひとつも見つけられないという顔つきだった。わたしはマッティーの手を、本人に返却した。もう引きあげる潮時だった。はっきりいえば、五分前にここを辞去していればよかったとほぞを噛む気持ちにさえなっていた。

「マイク、断言したっていいと思うけど——」

「いや、断言はできないよ」わたしはいった。「きみには断言できない。わたしも断言できっこない。でもね、わたしは妻を深く愛していたし、この件も水に流すつもりだよ。なんの意味もないことかもしれないしね。そもそも——水に流す以外、いまのわたしになにができるというんだ？　夕食をごちそうさま」

「どういたしまして」マッティーがいまにも泣きそうな顔を見せていたので、わたしはまたその手をとり、唇を手の甲に押しあてた。「なんだか、密告屋になった気分だわ」

「きみは密告屋なんかじゃないとも」わたしはいった。

それからもういちどマッティーの手にキスをすると、わたしは車を発進させた。これが、わたしの四年ぶりのデートの顚末《てんまつ》である。

車で家路をたどるあいだ頭にあったのは、人間がおたがい真の意味で知りあうことなどない、という昔からの言葉だった。この言葉に口先で同意するのはたやすいが、これが自分自身の人生において、まぎれもなく文字どおりの意味で真実だったと知らされるのは強烈なショックだ——その衝撃や不意討ちの度合いは、それまで順調に飛んでいた飛行機がいきなり激烈な乱気流に突っこんだときに比肩《ひけん》する。くりかえし思い出されてきたのは、かつて二年にわたる試行錯誤がことごとく失敗におわり、ふたりで不妊治療の専門医をたずねたときのことだった。医者はわたしたちを前にして、わたしの精子数がすくないと告げてきた——絶望的にすくないわけではないものの、ジョーが妊娠できなかった理由になる程度にはすくない、と。

「もしお子さんが欲しいのであれば、特別な治療をせずとも子宝をさずかる可能性はありますよ」女医はあのときそういった。「その確率や時期となると、やはりあなたしだいですね。あしたになるかもしれないし、いまから四年後になるかもしれません。おたくが赤ちゃんでいっぱいになるようなことはあるかと？　それは望み薄でしょうね。しかし、ふたりなら充分に考えられますし、ひとりはまずまちがいなくさずかります——子どもをつくるための仕事に汗を流しつづけていればね」女医はにやりと笑った。「忘れないでください——喜びは、そこまでの過程にあるんですよ」

たしかに喜びのときはなんどもあった。篦鹿《へらじか》バンターの鈴を鳴らしたことは、なんどもあったのだ。それでも、子どもはできなかった。そしてある炎暑の日、ジョアンナは駐車場を走って横切ろうとして急逝し、買い物袋のなかにはノルコ社製の妊娠検査キットがあった――そんなものを買うとは、あの日ジョーはひとことも口にしていなかったのに。湖に面したベランダに鴉《からす》が糞《ふん》を落としていくのを防ぐため、プラスティック製の梟《ふくろう》の置物をふたつ買ったのに、そのことをわたしに話さなかったのとおなじことだ。

ほかにもジョーは、いったいなにを隠していたのか?

「やめろ」わたしは小声でつぶやいた。「後生だから、そんなことはもう考えるな」

しかし、考えるのをやめることは不可能だった。

〈セーラ・ラフス〉にもどると、冷蔵庫の扉に貼《は》りついた果物と野菜のマグネットは、またしても輪をつくっていた。輪のなかには、三つのアルファベットがあつまっていた。

d　o　g

わたしはoの字を上にずらし、これが属するべきだと思われた場所におきかえた。そうすれば《god》(神)か、あるいは《good》(よい)の箇略版ができるからだった。ときに、これはいったいどういう意味なのか？

「あれこれ推測することはできるが、そうはしたくないな」がらんとした無人の家のなかで、わたしは声に出していった。

わたしはじっと篦鹿バンターの剝製《はくせい》を見つめ、虫に食われた剝製の首にかかった鈴が鳴るように念じた。鈴が鳴らないとわかると、こんどは買ってきたばかりのふたつの〈マグナベット〉の袋をあけ、アルファベットのマグネットを冷蔵庫の扉一面に散らばるように貼りつけた。そのあと北翼棟まで行って服を脱ぎ、歯を磨いた。

鏡にむかって歯を剝《む》きだし、いかにも漫画の登場人物のような自分のしかめ面《つら》を見ながら、わたしはあしたの朝になったら、あらためてウォード・ハンキンズに電話をかけてみよう、と思った。なかなか姿をあらわさぬプラスティック製の梟をさがしもとめるわが探索の旅が、一九九三年十一月から先に進んで、いまは一九九四年七月に達した、と説明しよう。その七月のジョーのデスクカレンダーには、どんな会合に出席したと書いてあるだろう？　どんな口実をつかって、デリーを出ていたのか？　ウォードとの電話をおえたら、いよいよジョーの友人だったボニー・アムードスンに果敢にタックルし、人生さいごの夏となったあのころ、ジョーがどのようなことに関係していたのかを質問してみるのだ。

《おいおい、ジョーの安らかな眠りをかき乱すような真似《まね》はやめろ》そう話しかけてきたのは、例のUFO声だった。《そんなことをして、いったいおまえになんの益がある？　委員会の会合がおわったあとで、ふらりとTRに来ただけだと思えばいい。たぶん、ふとした気まぐれってやつだ。で、昔の友だちに会って、その男を家に連れてきて、軽い夕食でもふるまったんだろうよ。ああ、夕食だけさ》

《それで、わたしには黙っていたと？》わたしは口にいっぱい溜《た》まった歯磨き粉の泡を吐き散らしながらUFO声に食ってかかると、泡を吐きだした。《それで、ただのひとことも話さなかった？》

《どうしてジョーが話さなかったと断言できる？》UFO声の反論に、わたしは歯ブラシを薬品戸棚にしまいかけた姿勢のまま凍りついた。UFO声のいうことにも一理はある。一九九四年の七月、わたしは『頂上からの転落』に身も心も没頭していた。だから、ジョーが仕事部屋にやってきて、さっきロン・チャニー・ジュニアが女王陛下と踊りながら〝ロンドンの狼男《おおかみおとこ》〟を演じるのを見かけた、と話しかけてきても、「そうか、それはよかったね」などとうわの空で答えながら、そのまま原稿の見なおしをつづけていたことさえ考えられる。

「馬鹿《ばか》ばかしい」わたしは鏡のなかの自分にいった。「そんな馬鹿なことがあってたまるか」

ところが、馬鹿ばかしくはないのだ。小説の執筆がしごく調子よく進んでいるときには、わたしは多かれすくなかれ〝あっちの世界〟に足を踏み入れている。スポーツ面にはざっと目を通すものの、それ以外には新聞さえ読まなくなった。だから、たしかにそのとおり——ジョーがルイストンだかフリーポートだかでの会合のあとで、ちょっとTRに足を伸ばしたとわたしに話した可能性はまちがいなくあるし、そこで昔の友だち——おおかた一九九一年にベイツでひらかれ、ジョーが参加した写真講座の同級生あたりか——とばったり顔をあわせたと、わたしに話していた可能性もまちがいなくある。さらにジョーが、その友だちとふたりでこの家のベランダで夕食をとった、夕食には自分が黄昏《たそがれ》どきに採ってきたクロラッパタケを食べたと、そうわたしに話した可能性もまちがいなくある。ジョーがそうした一切合財をわたしに話していたにもかかわらず、わたしが妻の言葉のひとつたりとも意識にとめていなかった可能性もないではない。

それに、ボニー・アムードスンから信頼するにたる情報を得られるなどと、わたしは本気で思っているのだろうか？　ボニーはジョーの友人でこそあったが、わたしの友人ではなかった。だからわたしの妻からなにか秘密を打ち明けられていても、守秘義務はまだ期限切れになっていないと感じているかもしれない。

問題の核心は、荒々しいまでに単純明快だ——ジョーはもう四年も前に死んでいる。だからいちばんいいのはジョーを愛すること、不安をかきたてる疑問は眠りにつかせることだ。わたしはさいごに蛇口に直接口をつけて水をいっぱいにふくみ、口のなかをゆすぐと、その水を吐きだした。

コーヒーメーカーのタイマーを明朝七時にセットしようとしてキッチンに引きかえすと、マグネットが新しい輪をつくっており、輪のなかに新しいメッセージが出来あがっているのが目に飛びこんできた。そのメッセージは――

blue rose liar ha ha

（青い薔薇　嘘つき　ハハ）

これを一、二秒のあいだ見つめながら、なにものが、どんな理由でこのメッセージを残していったのかと考えた。

そればかりか、これが真実なのかどうかも考えていた。

わたしは手を伸ばし、すべての文字のマグネットを広い範囲に散らした。それがすむと、わたしはベッドにはいった。

13

麻疹《はしか》にかかったのは八歳のときだった。かなり重症だった。

「あのときはおまえが死ぬかと思ったよ」前に父から——針小棒大な話をすることとは無縁の男の口から——そうきかされたことがある。父はまた、ある夜は母とバスタブに冷たい水をはり、そのなかに病身のわたしを沈めた、とも教えてくれた。ふたりとも、そんなことをすればわたしの心臓が瞬時に停止するに決まっていると固く信じていながらも、なにひとつしないで手をこまねいていては、息子が目の前で燃えつきてしまうにちがいない、とも固く信じこんでいた、という。熱に浮かされたわたしは、部屋のなかにまぶしく光る人影が見える、と単調な大声で囈言《うわごと》をいうようになっていたし——母は、天使がわが子を連れにやってきたのかと怯《おび》えたらしい——冷水療法をほどこす前、父がさいごにわたしの体温を測ったときには、古いジョンソン・エンド・ジョンソン製の直腸式体温計の水銀が、摂氏四十一度を指していたという話だった。そのあとは——と父はいった——怖くて、もうおまえの体温を測れなくなった、と。

いまではもう光り輝く人影のことは覚えていないが、いくつもの映画が同時に上映されているファンハウスに身をおいているように感じられた、あの奇妙なひとときのことは、いまも記憶にある。世界がゴムのように伸び縮みし、それまで膨らんでいなかった場所が膨張し、それまで堅牢《けんろう》だった場所がゆらゆらと揺らいでいた。人々はだれもみな現実にありえないほど背が高く見え、漫画じみた鋏《はさみ》のような足を動かして、わたしの部屋をせわしなく出たりはいったりしていた。人々の声は、どれも口から出ると同時に反響をともない、割れ鐘の音のように轟《とどろ》いてきこえた。だれかが、顔の前で赤ん坊用の靴をふり動かしていた。さらに兄のシドがシャツのなかに手を入れ、なんども肘《ひじ》を折り曲げては屁《へ》のような音を出していたような記憶もある。時間の経過がばらばらになっていた。すべてが断片か、毒いりの紐《ひも》でつながった不気味なウィンナーのように感じられた。

そのときから、こうして〈セーラ・ラフス〉にもどってきた夏までのあいだには、お決まりの病気や感染症や傷害をそれなりに経験しはしたが、八歳で高熱に魘《うな》されたあのときのような経験は絶えてなかった。また、二度とおなじような経験をするとは思ってもいなかった——そんな経験をするのは子どもたちかマラリアに罹《かか》った人、それにおそらくは精神が壊滅的なまでに崩壊した人に限定されると、心のどこかで信じていたのだろう。しかし七月七日の夜から七月八日の朝にかけて、わたしは少年時代の譫妄《せんもう》状態にきわめてよく似た体験をすることになった。夢を見る、覚醒《かくせい》している、動いている——

その三種の行動が一体となっていたのだ。これからわたしは精いっぱいの力を尽くして書くつもりだが、たとえ千万言ついやしたとしても、あの経験の異様さを他人につたえることはできまい。あれは、この現実世界からちょっとだけ先に行ったところに隠された秘密の通路を見つけ、その通路にそって這《は》い進んでいったようなもの、といえるだろう。

最初は音楽。ディキシーランドではなかった——管楽器の音がしなかったからだ。しかしディキシーランドにそっくりではあった。形のさだまらない原始的なビバップといおうか。アコースティックギターが三、四本、ハーモニカがひとつ、それにスタンダップ・ベースが一本（いや、二本かもしれない）。その楽器の音すべての背景には、強烈で楽しそうなドラムの音が鳴っていたが、本物のドラムが出す音とは思えないような音色だった。きわめて才能のあるパーカッショニストが、いくつもの箱を叩《たた》いているような音だったのだ。そこに女の声がくわわった——低いアルトの歌声……といって男っぽいわけではなく、高音部になると声はざらついた。笑っているようでありながらも、同時にせっぱつまった雰囲気もあり、また不気味な雰囲気をもたたえている声。その歌声が耳にはいるなり、自分が生涯その歌をレコードに吹きこまなかったセーラ・ティドウエルその人の歌をきいていることがわかった。わたしはセーラ・ラフスの歌をきいていた……驚くなかれ、セーラの歌はロックそのものだった。

そうよ、いっしょにもどるの、マンダレイ
踊ろよ、踊ろう、サンダレイ
いっしょに歌うはバンダレイ
乱痴気騒ぎだ、キャンダレイ
踊って楽しめ、ベイビー、イエイ!

ベース——そう、たしかに二本あった——が、エルヴィス・プレスリー版の〈ベイビー・レッツ・プレイ・ハウス〉の間奏部分にも似た俗っぽいシャッフルを叩きだし、ギターのソロがはじまった。サン・ティドウェルが、例のチキンスクラッチ・ギターを演奏していた。

闇《やみ》のそこかしこで光がともり、ふっと五〇年代の歌が思い出されてきた——クローディン・クラークの歌った〈パーティー・ライツ〉。ここにもその〝パーティー・ライト〟があった。家から湖水のほとりに通じる、枕木《まくらぎ》状に木を張りわたしてつくられた階段状の小径《こみち》ぞいの木々に、日本風の提灯《ちょうちん》が吊《つ》られていた。パーティー・ライトは暗闇に神秘的な光の輪を投げかけていた——赤、青、緑。

背後ではセーラが、例のマンダレイ・ソングのブリッジ部分を歌っていた――ママは下品なやり方が好き、ママは強烈なのが好き、ママは徹夜の乱痴気騒ぎが大好きさ――が、その歌声は薄れつつあった。音から察するに、セーラとレッドトップ・ボーイズは演奏壇をドライブウェイに――それもマックス・デヴォアの差し金で罰則付召喚令状を送達するためにやってきたジョージ・フットマンが、まさに車をとめていたあのあたりに――設置しているようだった。わたしは朧《おぼろ》な光の輪を突っきり、柔らかな羽をはばたかせる蛾《が》にとりまかれた提灯をいくつも通りすぎながら、湖にむかって階段を降りていった。一匹の蛾が提灯のなかに潜りこんでいた――蛾は、何本もの細い骨で肋《あばら》状になった紙に、巨大化した蝙蝠《こうもり》もかくやという形の影を内側から投げかけていた。ジョーが階段の横にならべたプランター群には、夜に花を咲かせる種類の薔薇《ばら》が植わっていた。日本風の提灯の光を浴びて、薔薇の花が青く染まっていた。

いまやバンドの楽の音《ね》は、かすかなつぶやき程度に低まっていた。セーラが大声で歌詞を歌いあげる声や、こんなに愉快なことはきいたことがない、とでもいいたげに笑う声などがきこえる。例のマンダレイ‐サンダレイ‐キャンダレイの一節だったが、もはや歌詞のそれぞれの単語をききわけることは不可能だった。それよりも、もっとはっきりした音としてきこえていたのは、通路の終端部分にある岩を叩いている湖の波音や、水泳用の浮き台の下側をつくっているドラム缶を湖水が叩くうつろな音、それに暗闇からただよいでてきた孤独な阿比《あび》の鳴き声などだった。右を見やると、ストリートの湖岸のすぐそばにだれかが立っていた。男の顔は見えなかったものの、茶色いスポーツジャケットは見えたし、その下に着ているTシャツも見えた。Tシャツの文字が一部が襟に隠れていたので、こんなふうに見えた——

ORMA
ER
OUN

それでも、なんと書いてあるかはわかった——夢を見ているときには、どんなことでもたちどころにわかるものではないか？《NORMAL SPERM COUNT》——すなわち〝正常精子数〟と書いてあるのだ。まさしく——そんなTシャツが実在するとすれば——〈ヴィレッジカフェ〉流儀の特製ゲテモノの名前にふさわしい品だ。

わたしはずっと北翼棟の寝室にいて、このすべてを夢に見ていた。そしてこの時点では、自分が夢を見ているとわかる程度には目を覚ましてもいた……ただしそれは、目覚めるなり、べつの夢を見はじめたような感じだった。というのも、バンターの首にかかった鈴がめったやたらと鳴っており、廊下に何者かが立っていたからだ。ミスター正常精子数か？　いや、あの男ではない。ドアに落ちている影の主は、完全な人間の姿形をしているとはいいがたかった。前かがみの姿勢で、腕ははっきり見えない。澄んだ鈴の音が鳴りわたるなかで、わたしは上体をさっと起こし、乱れて丸まっていたシーツを剝《む》きだしの腰のあたりにしっかりと引き寄せた。外の廊下にいるのは、あの屍衣《しい》をまとった妖魔《ようま》にほかならない——わたしはそう確信していた。屍衣をまとった妖魔が墓場から這いでてきて、ついにわたしをつかまえにやってきたのだ、と。

「た、頼む、やめてくれ」わたしは、乾ききったふるえる声でいった。「お願いだ、やめてくれ、お願いだから」

ドアのところに立っている影が両腕を高々とかかげた。

《こんなのはただのバーンダンスよ、シュガー》セーラ・ティドウェルの笑いをふくんだ激しい歌声が炸裂《さくれつ》した。《ふたりでまわっているだけの輪舞なの》

わたしは上体を倒すと、頑是ない子どもがなにかを拒むときのように、シーツを頭の上まで引きあげ……つぎに気がついたときには下着一枚の姿で、わが家のちっぽけな湖畔のプライベートビーチに立っていた。足首まで水につかっていた。湖水は真夏のあいだのように生温かかった。わたしの薄ぼんやりとした影が、ふたつの方向に落ちていた。ひとつは湖の湖面の上の低い空にかかっている細い月の光が投げかける影で、もうひとつは蛾が囚《とら》われの身になっている提灯の光が投げかける影だった。ストリートに立っていた男の姿は消えていたが、男は自分が立っていた場所の目印として、プラスティック製の梟《ふくろう》を道に残していた。梟は金色の輪にとりまかれた凍りついた双眸《そうぼう》で、わたしを凝視していた。

「あら、アイリッシュ！」

その声に、わたしは水泳用の浮き台に顔をむけた。そこに立っていたのはジョーだった。いましがた水からあがったばかりにちがいない――いまだに体からは水滴がしたたっていたし、濡《ぬ》れた髪の毛が頬にぺったりと貼《は》りついていたからだ。ジョーは、わたしが見つけたあの写真そのままに、グレイの地に赤いストライプのはいったセパレート型の水着を着ていた。

「ずいぶんひさしぶりね、アイリッシュ――なにかいうことはないの？」

「なんの話をすればいいんだい？」わたしは叫びかえしたが、答えはすでにわかっていた。

「これの話！」ジョーは左右の乳房を両手で覆《おお》うと、そのまま力強くわしづかみにした。ジョーの指のあいだから水が滲《し》みだし、指の付け根の関節を横切るように筋を引いて流れていった。

「こっちに来なさいよ、アイリッシュ」そのジョーの声が、わたしのすぐ横と真上から響いてきた。「かまわないでしょ、クソったれ。さあ、やりましょう」

ジョーが、睡眠中で力をうしなっているわたしの指からやすやすとシーツを奪いとり、そのまま引き剝《は》がしていくのが如実《にょじつ》に感じられた。わたしは目を閉じたが、ジョーはそんなわたしの手をとって自分の股間《こかん》にみちびいていった。わたしが天鵞絨《びろうど》のようになめらかな肉の裂け目を指先でさぐりあてて、その部分を左右にひらきはじめると、ジョーは指先でわたしのうなじを撫《な》ではじめた。

「おまえはジョーじゃない」わたしはいった。「だれなんだ？」

しかし、その質問に答えるべき人間はひとりもいなかった。わたしは森にいた。あたりは闇に閉ざされ、湖面の上では阿比が鳴き声をあげていた。わたしが歩いているのは、ジョーのスタジオに通じる小径だった。これは夢ではなかった――肌に冷たい空気がふれるのも感じたし、ときおり裸足《はだし》の足の裏や踵《かかと》に岩肌が食いこんでくるのも感じられたからだ。一匹の蚊が羽音をたてて耳のまわりを飛び、ついと遠ざかっていった。わたしはタイトなジョッキーショーツ一枚の姿だった。足を踏みだすたびに、隆々と勃起《ぼっき》して脈打つ陰茎を押さえつけている布地がぴんと張りつめるのが感じとれた。

「いったいなんだ？」風雨にさらされて古びた材木でつくられたジョーの小さなスタジオが闇のなかに見えてくると、わたしはそう口にした。ふりかえると、セーラの姿が丘の上に見えた――いや、セーラ・ティドウェルではなく〈セーラ・ラフス〉だ。細長く伸びた別荘は、夜陰に支配された湖にむかって突きだしていた。「わたしはどうしたというんだ？」

「なにも問題はないのよ、マイク」ジョーがいった。ジョーは浮き台に立ち、泳いで近づくわたしを見つめていた。カレンダーのモデルのように両手をうなじにあてがい、濡れたトップのなかで豊満な乳房が盛りあがっている。例の写真とおなじように、布地の上からも乳首が突き立っているのがはっきりわかった。泳いでいるわたしは下着一枚で、先ほどとおなじように猛烈に勃起していた。

「なにも問題はないわ」マッティーが北翼棟の寝室でいい、わたしは瞼《まぶた》をひらいた。マッティーはベッドでわたしの横にすわり、仄暗《ほのぐら》い常夜灯の光にすべらかな裸身をさらしていた。髪の毛はおろされて、肩にとどいている。乳房はティーカップほどの小ぶりなサイズだったが、乳首は大きく膨張していた。両足のあいだ——まだわたしの手がさまよっているあたり——には、鳥の綿羽《わたばね》を思わせるブロンドの柔毛《にこげ》が生えていた。裸身をすっぽりつつみこむ影は、蛾の羽根のようであり、薔薇の花弁のようでもある。腰かけているマッティーの姿態には、抵抗できないほど魅力的な雰囲気があった。たとえるなら、サーカスの射的場や郡品評会の輪投げで、ぜったいに獲得できっこないとわかっている賞品のようなもの。いちばん上の棚におかれた賞品のたぐい。マッティーはシーツの下に手をもぐりこませ、わたしの下着の引き伸ばされた布地に指を這わせてきた。

《なにも問題はないし、これはふたりでまわっているだけの輪舞だ》妻のスタジオにむかって階段をあがっていくわたしに、UFO声が語りかけてきた。ポーチに立ち、マットの下に手を入れて鍵《かぎ》をさぐり、その鍵をとりだす。

わたしは濡れた体から水滴をしたたらせ、梯子《はしご》をつかって浮き台にあがった。極限まで怒張した性器が、わたしの露払いをする形になった。この世の中に、意図せずして性的昂奮《こうふん》に駆られた男の姿ほど滑稽《こっけい》なものがあるだろうか？　ジョーは濡れた水着姿で、床板の上に立っていた。わたしはマッティーを自分のベッドに引きずりこんだ。わたしはジョーのスタジオのドアをあけた。このすべてが同時の出来ごとだった――三つの出来ごとが異国風のロープかベルトよろしく、たがいに撚《よ》りあわされていたのだ。いちばん夢らしく感じられたのは、ジョーとの行為だった。そしてスタジオでの出来ごと――床を歩いていき、自分の古い緑色のＩＢＭセレクトリックを見おろしたこと――が、いちばん夢から遠いものに思えた。北翼棟の寝室にいるマッティーは、その中間だった。

浮き台の上でジョーはいった――「やりたいことをやって」。北翼棟の寝室でマッティーはいった――「やりたいことをやって」。スタジオでは、だれもなにも話しかけてはこなかった。ここではわたしは、自分がなにをやりたがっているかを正確に心得ていた。

浮き台の上でわたしは頭をさげ、ジョーの片方の乳房に口をつけると、布地に覆われた乳首を口のなかに吸いこんだ。湿った布とじめついた湖の味。わたしの下着が突きあげられている場所にむかってジョーが手を伸ばしてきたが、わたしはその手を払いのけた。ジョーがさわろうとしている箇所にさわられたら、たちまち達してしまいそうだった。わたしはなおも吸い、コットンがふくんでいた水をすこしずつ飲みこみながら、ジョーのヒップを愛撫《あいぶ》し、それからおもむろに水着のボトム部分を引きおろした。ボトムを完全に脱がせると、ジョーは膝立《ひざだ》ちの姿勢になった。わたしもようやく、濡れて肌にからみついていた下着をとり去り、ジョーのビキニの上に投げだした。そんなふうにして——わたしは全裸で、ジョーは裸身同然の格好で——わたしたちは見つめあった。

「いっしょに試合を見にいった男はだれなんだ？」わたしは息を切らせてたずねた。

「だれだったんだ？」

「なんでもない人よ、アイリッシュ。ただの、ありふれた骨の袋というだけ」

ジョーは声をあげて笑うと、うずくまるようにすわってから、上体をうしろに反らせてわたしを見つめてきた。臍《へそ》は小さな黒いカップ。その蛇めいた姿態には、一種異様な魅力がたたえられていた。

「この下にあるのは死ばかりよ」ジョーはそういって、わたしの頬に冷たい手のひらと、淫《みだ》らに動く白い指を押しあててきた。それからジョーはわたしの顔の向きを変えさせ、さらに下に押しつけ、わたしが湖を見おろせるようにした。水面《みなも》からのぞきこむと、腐敗しかけた人間の死体がいくつも、水面深くを流れる水の流れに引きずられながら浮かびただよっている光景が見えてきた。死体はどれも、ふやけた目を見ひらいていた。魚につつかれたのだろう、鼻があった箇所が穴だけになっている死体もある。白くなった唇のあいだで、水草の蔓《つる》のように舌がゆらゆら揺れている。なかには、水母《くらげ》のような膨張した内臓をうしろに引きずっている死体もあったし、ほとんど骨格だけになった死体もあった。しかし、水中を浮遊していく納骨堂の百鬼夜行を目にしても、いま感じている欲望がそがれることはなかった。わたしは頭をふり動かしてジョーの手をふりほどくと、床板の上にジョーを押し倒し、猛々《たけだけ》しいまでに硬く奮いたっていたものを深々と沈めた。月影を反射して銀色に光るジョーの瞳《ひとみ》がわたしを見つめ、わたしを見すかして背後を見つめていた。よくよく見ると、瞳の大きさが不ぞろいだった。あの日、デリーの郡死体公示所のモニター画面で見たジョーの目そのままに。ジョーは死んでいる。わが妻はすでに息たえ、いまわたしは死体とファックしているのだ。そうわかっていても、自分をとめられなかった。

「あの男はだれだ?」わたしは濡れた板の上に横たわるジョーの冷えきった肢体におおいかぶさりながら、大声でわめいた。「だれなんだ、ジョー、とっとと答えろ!」

そして北翼棟の寝室では、わたしはマッティーを自分の上に引きあげて、胸にあたる小ぶりの乳房の感触や、すらりと伸びてからみついてくる両足の感触を玩味《がんみ》していた。そのあとマッティーの体をベッドの反対側に転がす。マッティーが手を伸ばしてきたのが感じられ、わたしはその手を払いのけた——マッティーがさわろうとしている箇所にさわられたら、たちまち達してしまうことだろう。

「早く足を広げるんだ」わたしの命令に、マッティーはすぐ従った。わたしは目を閉じると、ほかのあらゆる感覚器官を遮断し、ただ一点の愉悦だけをぞんぶんに享受《きょうじゅ》しようとした。体を前に進め、いったん動きをとめる。怒張したペニスを手の側面で横から押して、わずかに位置を調節してから腰を突きだすと、わたしは絹の内ばりがなされた手袋に指をすべりこませるときのように、なめらかにマッティーのなかにはいっていた。マッティーは大きく見ひらいた目でわたしを見あげ、片手をわたしの頬にあてがって顔の向きを変えさせた。

「この外にあるのは死ばかりよ」マッティーは、わかりきったことを説明する口調でいった。

窓から外に目をやると、そこに見えていたのはニューヨークの五番街——五十丁目通りと六十丁目通りのあいだだった。〈ビジャン〉〈バリー〉〈ティファニー〉〈バーグドルフ・グッドマン〉、それに〈スチューベン・グラス〉などの高級店がずらりと見えている。そしてハロルド・オブロウスキーが見えてきた。北にむかって歩きながら、手にした豚革のブリーフケースを勢いよくふっている（これはジョーが死ぬ前の年のクリスマスに、夫婦でハロルドにプレゼントした品だ）。その横を〈バーンズ＆ノーブル書店〉の紙袋をもって歩いているのは、ハロルドの秘書で豊満な体つきをした美女ノーラ。しかしいま、その豊満さは影も形もない。いま歩いているのは、〈ダナ・キャラン〉のスーツを着こなして鰐革《わにがわ》のパンプスを履き、にたにた笑いを見せているだけの黄ばんだ骸骨《がいこつ》だ。紙袋の把手《とって》をつかんでいたのは指ではない――ひょろ長く指輪のはまった骨だけ。ハロルドは例のエージェントならではの笑い方で歯を剝きだしているものの、いまやその歯は卑猥《ひわい》にさえ思えるほどだった。お気にいりのスーツ――〈ポール・スチュアート〉のグレイのダブルのスーツ――が、爽快《そうかい》なそよ風にはためく帆さながら、ぱたぱたとはためいている。ふたりのまわりにいる人々も、左右両側の歩道に見えるのも、ひとり残らず生ける屍《しかばね》だった。ミイラとなった母親が骸骨の幼児の手をひいたり、高価な乳母車に乗せて押したりしている。ゾンビのドアマン。墓場からよみがえったスケートボーダー。そして背の高い黒人男がやってきた――顔にはかろうじて残った肉が何本かの筋になって、傷が治りかけた鹿《しか》の尻《しり》のようにぶらさがっている。男は骸骨のシェパードを散歩させていた。タクシーの運転手たちは、インド音楽のラーガにあわせて腐敗中。通りかかるバスから外をのぞく顔はどれも髑髏《どくろ》で、それぞれがハロルドのように自前の笑みをたたえていた――《やあ、元気かい？　奥さんはどうだ？　子どもたちはどうしてる？　最近いい本を書いてるか？》。ピーナツの屋台の売り子は腐りかけている。しかしそのどれを見ても、欲望が冷めることはなかった。わたしは燃えに燃えていた。マッティーの尻の下に手をこじいれて体をもちあげ、マッティーの首すじや乳房をはじめ、歯がとどく箇所ならところかまわず噛《か》みそうになるのをこらえるために、シーツをぎりぎりと噛んで（シーツの絵柄が青薔薇《あおばら》だとわかっても意外ではなかった）、ついにはシーツをマットレスから引き剝がした。

「その男の正体を教えろ！」わたしはマッティーに叫んだ。「知ってるんだろう？ おまえが知ってることはお見とおしなんだ！」口いっぱいにシーツをふくんでいたせいで声はくぐもり、たとえ声がとどいたにしても、わたし以外の余人にはとうてい理解できそうにもなかった。「とっとと教えろ、この売女《ばいた》！」

ジョーのスタジオと家をつなぐ通路の途中で、わたしは両手でタイプライターをかかえたまま闇《やみ》に立ちすくんでいた。タイプライターの金属製の筐体《きょうたい》の下では、夢のあいだずっと持続している勃起が小刻みにふるえていた。すべての準備はととのい、意志をもったものはひとつもなかった。いや、かすかな夜風だけは例外かもしれない。ついでわたしは、自分がもはやひとりでないことに勘づいた。あの屍衣につつまれた妖魔が、パーティー・ライトに惹《ひ》かれる蛾《が》のように、背後からわたしに忍び寄っていたのだ。亡霊が笑った。耳ざわりな笑い声、タバコの煙でしわがれた笑い声——そんな笑い声をたてる女はひとりしかいない。片手が腰から前にまわってきて、わたし自身をつかんだ。手は見えなかったが——タイプライターが邪魔をしていたからだ——いちいち見ずとも、その肌が茶色いことはわかった。手はわたし自身を握って力をこめ、その指を蠢《うごめ》かせはじめた。

「なにが知りたいの、シュガー？」女が背後からたずねかけてきた。あいかわらず笑いながら。あいかわらずからかい口調で。「ほんとうにすべてを知りたいの？　ほんとうに知りたい？　それとも感じたい？」

「やめろ、わたしを殺す気か！」わたしは大声をあげた。腕でかかえているタイプライターが——十三キロ以上はあるIBMセレクトリックが——前後左右に揺れていた。筋肉がギターの弦のようにびりびりとふるえているのが感じられた。

「あの男がだれだったかを知りたいの、シュガー？　あのいやらしい男のことを？」

「黙って、とっととやれ、この売女！」わたしは悲鳴をあげた。女はまた笑い声を——あの耳ざわりな、まるで咳《せき》のような笑い声を——あげると、握りしめられると最高の快感が得られる場所を握りしめてきた。

「いいからじっとしてなさい」女がいった。「じっとしてるのよ、坊や。怖い思いをしたくなければ……大事なものをこの場でひっこ抜かれたくなかったら……」

そこからあとの部分は、もう耳にはいっていなかった——全世界がオーガズムに爆発したからだ。その快感はあまりにも深く強烈で、思わず肉体が引き裂けるのではないかと思ったほどだった。わたしは絞首刑《こうしゅけい》にされた男のように思いきり顔をうしろにのけぞらせ、星空を見あげながら射精した。悲鳴が洩《も》れた——抑えることもできなかった。湖上で二羽の阿比が、返事代わりの鳴き声をあげた。

同時にわたしは、浮き台の上にいた。ジョーの姿はもうなかったが、バンドの演奏はかすかにきこえていた。セーラとサンとレッドトップ・ボーイズが、〈ブラック・マウンテン・ラグ〉を奏《かな》でていた。わたしは上体を起こした。頭が朦朧《もうろう》として体力が消耗しきった、ファック後の脱け殻そのものだった。家に通じている通路は見えなかったが、折りかえしをくりかえして斜面をのぼっていくそのコースを、日本風の提灯《ちょうちん》の列から見てとることができた。すぐ横に、下着が濡《ぬ》れた小さな布地の塊になって転がっていた。手にとって身につけはじめたものの、それはたんに下着を手にしたまま泳いで岸辺に帰りたくないという気持ちからだった。わたしは下着を両膝のあいだで引き伸ばした格好のまま、動きをとめて指を見おろした。両手の指は、腐りかけの屍肉《しにく》でぬるついていた。何本かの指の爪《つめ》の下には、抜け落ちた髪の毛の細い束がはいりこんでいた。死体髪。

「まいったな」わたしはうめいた。全身から力が抜け、わたしは濡れたもののなかにへたりこんだ。わたしは北翼棟の寝室にいた。へたりこんだところが熱く感じられて、最初はてっきり精液だと思った。しかし、常夜灯の淡い光はもっと黒っぽいものを照らしていた。マッティーの姿は消え失《う》せ、ベッドは血の海だった。そしてこの血の海のまんなかに、なにかが転がっていた——最初はそれが肉塊か、内臓の一片だと思ったが、よくよく目を凝らしてみると、それが動物のぬいぐるみだということがわかった。ふさふさした黒いぬいぐるみが、いまは血糊《ちのり》で赤く染まっていた。わたしは横向きに寝ころがって、ぬいぐるみをじっと見つめていた。本心では一刻も早く起きあがって寝室から逃げだしたかったが、体がまったく動かなかった。全身の筋肉が気絶状態にあった。わたしはこのベッドで、いったいだれとセックスをしたのか？　相手の女にいったいなにをしたのか？　いったいぜんたい、どんな行為を？

「こんな嘘《うそ》は信じるものか」気がつくとわたしはそう口走り、そのひとことが魔法の文句だったかのように、わたしは一瞬にして、〝ぴしゃり〟とひとつになった。正確にはそうともいえないのだが、じっさいの出来ごとを精いっぱいありのままにつたえようとすると、ほかの表現は思いつかない。それまでわたしは三人にわかれていたように思えた。浮き台の上のわたし、北翼棟寝室にいたわたし、そして小径《こみち》に立っていたわたし。そしてその三者が同時に、風がいきなり拳骨《げんこつ》にでもなったように、〝ぴしゃり〟と殴られるのを感じたのだ。闇《やみ》が奔流となって猛然と流れこみ、そのなかでバンターの首にかかった鈴の玲瓏《れいろう》な音が途切れずに響いていた。ついでその音が薄れていき、わたしの意識も薄れていった。しばらく、わたしはどこでもない場所にいた。

ふっと気がつくと夏の休暇シーズン中のありふれた鳥たちのおしゃべりの声がきこえ、閉じた瞼《まぶた》の上に直射日光が当たっていることを示す、あの独特の赤みがかった闇が見えた。首はこわばり、頭は妙な角度でねじ曲がり、両足が体の下でぎこちなく折りたたまれていた。そのうえ暑かった。

顔をしかめながら頭をもたげたが、目をあける前から自分がもうベッドにいないことはわかっていたし、水泳用の浮き台の上にもいなければ、家とスタジオをつなぐ小径に立っていないこともわかっていた。わたしの下にあるのは床板——すべての妥協を拒否するほど硬い床板だった。

日ざしは目もくらむほどまぶしかった。わたしはあわてて目をぎゅっとつぶると、ふつか酔いの人のようにうめいた。わたしは両手で目もとを覆《おお》ってから、ゆっくりと——光に慣れるための時間を目にあたえながら——瞼をあけていき、それから注意ぶかくそろそろと手をさげて、上体を完全に起こすと、まわりを見まわした。わたしは二階の廊下、それも故障したエアコンのすぐ前に寝ていた。ブレンダ・ミザーヴが書いたメモが、いまもまだ貼《は》ってあった。そしてわたしの仕事部屋のドアの前には緑色のＩＢＭセレクトリックがおいてあり、ローラーに一枚の紙がはさみこまれていた。足に目をむけると、両足とも汚れていた。踵《かかと》には松葉が刺さり、一本の爪先《つまさき》に切り傷があった。わたしは立ちあがり、ちょっとよろけ（右足はまだ完全に眠っていた）、ついで壁に手をついて体をささえながら、しっかりと立った。自分の体を見おろす。ベッドにはいったときとおなじジョッキーショーツ姿だったし、この下着になにか異常がふりかかった兆候は見あたらなかった。ゴムバンドを引っぱって、下着の内側をのぞきこむ。わたしのコックは、いつもどおりのようすだった——小さくて柔らかく、陰毛の巣のなかで丸まって眠っている。夜のあいだに〈ヌーナンの愚息〉が大冒険をしたとしても、いまはそんな気配をまったく見せていなかった。

「たしかに大冒険みたいな感じだったな」わたしはかすれる声でいい、ひたいの汗を腕でぬぐった。息づまるほどの暑さだった。「まあ、〈ハーディボーイズ〉のシリーズで昔読んだような冒険じゃなかったが」

ついで、北翼棟の寝室の血まみれになったベッドと、その血だまりに転がっていたぬいぐるみの動物のことが思い出されてきた。その記憶は、安心感——とりわけひどい悪夢を見たあとに感じる、〝ああ、ありがたや、あれは夢だったのか〟という気持ち——をともなってはいなかった。この記憶は、麻疹《はしか》の高熱で魘《うな》されたときの経験にも負けない現実感を帯びていた——そして麻疹のときに見たのは夢ではなく、わたしの過熱した脳によって変形させられていたとはいっても、まぎれもない現実だったのだ。

わたしはよろめく足で階段にたどりつくと、痺《しび》れの残る足がよろけたときのために、しっかり手すりを握りしめながら、足を引きずって一階まで降りていった。階段を降りきったところで、わたしは茫然《ぼうぜん》とした気分で居間を見わたした——ここをはじめて見るような気分だった。それからまた足を引きずって、北翼棟の廊下を進んでいった。

寝室のドアはわずかにあいていた。しばし、そのドアを完全に押し広げて室内に足を踏み入れることが、どうしてもできなかった。すさまじい恐怖を感じていたし、頭はくりかえし、《アルフレッド・ヒッチコック劇場》の昔のエピソード――アルコールの作用で意識をうしなっていたあいだに、自分の妻を絞殺《こうさつ》した男の物語――を再生しようとしていた。あのドラマでは、主人公の男が三十分をついやして妻をさがしたあげく、食品庫のなかで全身が膨張し、目をかっと見ひらいた妻の変わりはてた姿を発見するのだ。最近顔をあわせた人間のうち、ぬいぐるみと遊ぶ年頃なのはカイラ・デヴォアひとりだが、そのカイラはわたしが母親のもとを去って家路についた時点では、フレンチローズ柄のベッドカバーの下で安らかに眠っていた。わたしが――おそらくはジョッキーショーツ一枚の姿のまま――ワスプヒル・ロードまで車を走らせたというのは馬鹿《ばか》げた話だし、あの家まで引きかえして――

《なにをした？　あの女をレイプした？　そのあと幼女をこの家まで連れてきた？　寝ているあいだに？》

《寝ているあいだに、タイプライターを運んできたんじゃないのか？　タイプライターはいまこの瞬間にも、二階の廊下にあるんだぞ》

《森のなかを三十メートルばかり歩くのと、八キロも車を走らせるのは大ちがいだ――》

頭のなかで、ああでもないこうでもないと口論をつづける声には、これ以上耐えられなかった。このまま正気をうしなわないとしても——うしなうとは思っていなかったが——いずれ劣らぬ独善的なクソ野郎どもの声をきかされていれば、正気をうしなった者の国に送りこまれることになる。それも超特急に乗せられて。わたしは手を伸ばすと、寝室のドアを押しあけた。

一瞬だったが、蛸《たこ》のような形の血の染《し》みがシーツに広がっているのが、わたしの目に、ほんとうに飛びこんできた。わたしの恐怖がいかに真正のもので、しかも一点に集束していたかというあかしだ。わたしは瞼をぎゅっとつぶり、もういちど目をあけ、あらためて室内に視線をむけた。シーツは乱れきっていた。ボトムシーツは、マットレスからほとんど引き剝《は》がされていた。そのせいで、シルクのキルトでできたマットレスカバーが見えていた。枕《まくら》がひとつ、ベッドのいちばん端のほうにまで押しやられている。もうひとつは足もとのほうで、潰《つぶ》されていた。小型のラッグラグ——ジョーの手づくり品——はななめになり、ナイトテーブルの上ではわたしの水のグラスが倒れていた。寝室は、まるで乱痴気騒ぎか乱交パーティーの会場になったかのような様相だった。しかし、殺人現場となったわけではない。血は一滴も落ちておらず、黒い柔毛《にこげ》をもった小さな動物のぬいぐるみも見あたらなかった。

床に膝《ひざ》をついて、ベッドの下をのぞきこむ。なにもない——ブレンダ・ミザーヴの尽力の成果で、ベッドの下には埃《ほこり》の塊ひとつなかった。もういちどボトムシーツに目をやり、乱れた地形図のような表面に手をすべらせてから、シーツを引っぱり、ゴムがはいったコーナー部分をマットレスの隅に元どおりかぶせた。偉大なる発明品ではないか、この手のシーツは。いまは文民にあたえられる最高の栄誉である自由勲章が、生涯いちどもベッドメーキングをしたこともなければ、山積みの衣類を洗濯したこともないような白人政治家どもがあたえているが、女たちが受勲者をえらぶようになれば、あのちっぽけなブリキの勲章は、シーツをマットレスに簡単にセットできるこの種のシーツの発明者にさずけられるだろう。ホワイトハウスのローズガーデンでの儀式で。

シーツをきっちりと敷きおわると、わたしはもういちど目をやった。血のあとは見あたらない——ほんのひとしずくも。さらに精液が乾いて、布がごわごわになった箇所もなかった。前者については本気で予期していたわけではなかったが（というか、早くもそう自分にいいきかせていただけだが）、後者についてはどうか？　これ以上はないほど控えめないいかたになるが、わたしは世界最高の独創性あふれる淫夢《いんむ》を見た——自分が三人に分裂し、そのうちふたりがべつべつの女とファックしたうえに、三人めの自分は三人めの女から手による奉仕をうけたのだ。しかも、すべて同時に。そのうえわたしは、〝あの翌朝〟気分を味わっているようにも思えた。これは、あまりのことに頭が破裂しそうな思いをさせられるセックスの翌朝だけに感じる気分だ。しかし、昨夜もし巨大な花火を打ちあげたのなら、燃えつきた火薬の滓《かす》はどこにあるのか？

「いちばんありそうなのが、ジョーのスタジオだな」わたしは、日ざしの燦々《さんさん》とあふれる無人の部屋でそういった。「あるいは、ここからスタジオに通じる小径か。そんなものを、マッティー・デヴォアのなかにぶちまけてこなかっただけでも幸運だぞ。思春期をおえたばかりの女との情事は、どう考えても必要とはいえないからな」

それに異論をとなえている部分も、わたしのなかにあった――マッティー・デヴォア、いまのわたしが必要としているものだ、という声がきこえた。しかし、ゆうべはこそ、マッティーとセックスをしたわけでもないし、同様に水泳用の浮き台の上で死んだ妻とセックスをしたわけでも、セーラ・ティドウェルの手の奉仕をうけたわけでもない。そして、自分があの愛らしい幼女を殺したわけでもないとわかったいま、思いはふたたび例のタイプライターにむかった。なぜあんなものを家にもってきたのか？　なぜそんな手間をかけたのか？

いやはや。愚問のきわみだ。わが妻にはわたしに隠していた秘密があったかもしれないし、こっそりと不倫していたかもしれない。この家には幽霊がいるのかもしれない。ここから南に一キロも離れていない場所にはひとりの老人が住んでおり、その老人はわたしの体に鋭い杭《くい》を打ちこんで、しかるのちに杭をへし折りたがっているのかもしれない。それをいうなら、わがささやかな屋根裏部屋には、おもちゃがいくつか転がっているのかもしれない。しかし、こうしてまばゆい陽光の柱のなかに立ち、反対側の壁に映ったおのれの影を見つめているいま、真に重要に思える思考はひとつしかなかった。すなわち——わたしは妻のスタジオまで出かけていって昔のタイプライターをここまで運んできたし、そんなことをする理由はたったひとつしかない、という思考である。

わたしはバスルームにいった。行動を起こす前に、なにはさておき体の汗と足の汚れを洗い流したかったのである。わたしはシャワーハンドルに手を伸ばしかけ、その動きをとめた。バスタブには、なみなみと水が張られていた。昨夜わたしが夢中歩行をしていたあいだに、なんらかの理由で水を入れたか……さもなければ、なにものかが水をここに流しこんだのだ。排水レバーに手を伸ばしたわたしは、また動きをとめた。州道六八号線の路肩に立っていたとき、口のなかにいきなり冷たい水の味があふれてきた記憶が思い出されたからだ。ふと気がつくと、わたしはおなじ現象が起こるのを待ち望んでいた。そんな現象が起こらないとわかると、わたしはバスタブの排水口をあけて、シャワーを浴びはじめた。

その気になればIBMセレクトリックを一階まで運びおろせたはずだし、湖面をわたって微風が吹きつけてくるベランダにもちだしてもよかったはずだが、わたしはそうしなかった。わたしはタイプライターを、自分の仕事部屋のドアの前まで運んでいった。

仕事部屋、その名のとおり書き物仕事をする場所だ……まだものを書く力があれば、、、、の話だが。そしてわたしは、この部屋で仕事をするつもりだった。たとえ屋根の頂上部分の真下にあるこの部屋の気温が摂氏五十度近くになろうとも……午後の三時ともなれば、そんな温度になっても不思議はないのだが。

タイプライターにはさみこまれていた用紙は、キャッスルロックの写真用品店〈クリック！〉のピンク色をしたカーボン複写式の領収書だった。こちらに来たおりには、ジョーはよくこの店で消耗品を買いこんでいた。わたしは、裏の白紙部分がクーリエの活字ボールにむかいあうような形で、この領収書をはさみこんでいた。その白紙部分に、わたしはわがささやかなハーレムに属する女性たちの名前を打っていた――自分が三カ所に同時に存在していたあの夢がまさに進行中だったというのに、その夢の内容を必死になって書きとめようとしていたかのように。

　ジョー　セーラ　マッティー　ジョー　セーラ　マッティー
　　マッティー　マッティー　セーラ　セーラ
ジョー　ジョアンナ　セーラ　ジョー　マッティーセーラジョー

そこからもっと下には、こんな文字があった。

正常　精子　数　精子　正常
すべては　薔薇色《ばらいろ》

わたしは仕事部屋のドアをあけてタイプライターを運びこむと、リチャード・ニクソンのポスターの下という、昔ながらの場所に設置した。ローラーからピンク色の用紙を抜き出してくしゃくしゃに丸め、屑《くず》かごに投げこむ。それからセレクトリックのプラグを手にとり、壁の腰板にあるコンセントに差しこんだ。心臓は猛烈なスピードで激しい鼓動を刻んでいた——十三歳のとき、YMCAのプールの飛びこみ板まで梯子《はしご》でのぼっていったときとおなじように。その前、十二歳のときにはおなじ梯子を三回のぼり、三回とも飛びこめずに梯子をつたって降りてきていた。しかし十三歳になったからには、もう怖《お》じ気《け》づいて引きかえすわけにはいかなかった——やるしかなかったのだ。

ふっとクロゼットの片隅、《機械類》と書かれた段ボール箱のうしろで扇風機を見かけたような気がして、いったんそちらに歩きかけたものの、わたしはすぐに小声でざらついた笑いを洩《も》らしながら、体の向きを変えて引きかえした。つい先ほど、自信の念がこみあげてくる瞬間を経験したのではなかったか？　そのとおり。そして、鉄の帯が胸を締めつけてもきていた。わざわざ扇風機を運びだしたあとになって、仕事部屋にはなんの用もなかったとわかったというのでは、愚かしいにもほどがある。

「落ち着け」わたしはいった。「気を楽にしろ」

しかし、楽な気持ちにはなれるものではなかった──痩《や》せこけた貧弱な胸をして滑稽《こっけい》な紫色の水着をはいた少年、飛びこみ板の先端まで歩いていったあの少年のときの気持ちと、なんら変わることはなかった。あのときは下に目をむけると、プールの水が信じられないほどの緑色に見えていたし、上を見あげている少年少女たちの顔がすごく小さく、信じられないほど小さく見えていた。

デスクの右袖《みぎそで》の抽斗《ひきだし》のひとつにかがみこんで、抽斗をあけようとした。かなりの力を入れて引いたので、抽斗がそっくり飛びだしてきた。間一髪で裸足《はだし》の足を抽斗の落下点からかわすことに成功すると、思わず乾いたおもしろみのない笑い声が洩れてきた。抽斗には、半束のタイプ用紙がはいっていた。用紙のへりは、長く放置されていた紙によく見られるように、かすかに反りかえっていた。わたしはタイプ用紙をここにもってきたことを、しかも、それがもっと新しいことを思い出して、用紙から目をそらした。用紙の束をとりださずに、わたしは抽斗をもとの場所に押しこめた。抽斗をガイドレールに嵌《は》めこむには、二、三度やりなおしが必要だった──そのくらい手がふるえていたのだ。

とうとう意を決してデスク前の椅子《いす》に腰をおろすと、わたしの体重をうけとめた椅子が昔とおなじきしみをあげた。椅子を前に転がしてデスクの下に足を入れるときには、昔ながらの〝ごろごろ〟という音がした。ついで、しとどの汗を流しながらタイプライターのキーボードにむきなおると、またしてもプールの飛びこみ板に立ったときのことが思い出されてきた。裸足の足で先端まで歩くあいだ、その板がどれほど弾力をもっているように感じられたかがあざやかに記憶によみがえり、下からきこえてくる声がどれほど反響をともなっているように思えたかが思い出され、さらには消毒用の塩素のにおいや、循環装置の途切れることのない低い動悸《どうき》のような音も思い出されてきた――〝ぶあん－ぶあん－ぶあん〟というあの音は、プールの水が隠しもっている秘密の心臓の鼓動のようにきこえていた。そして飛びこみ板の先端に立ったわたしは（しかも、それがはじめてではなかった！）、水面に達したときに打ちどころがわるければ、全身麻痺《まひ》の身になるのではないかと考えていた。そんなことはあるまい――だが恐怖で死ぬことは充分考えられた。八歳から十四歳のあいだ、わたしにとって科学書の役割を果たしてくれた『リプリーの信じようと信じまいと』には、そういった例がちゃんと記載されていたのだから。

《さあ、早くしなさい！》ジョーの声が叫んだ。わたしの頭にきこえてくるジョーの声は、いつもは冷静で落ち着いたものだった。しかしこのときは金切り声だった。《怖じ気づくのは切りあげて、とっととはじめるの！》

ＩＢＭの電源スイッチにむけて手を伸ばすと、愛用していた〈ワード6〉を〈パワーブック〉のゴミ箱に落としこんだ日のことが思い出されてきた。《さらば、旧友よ》あのときはそう思ったものだ。

「うまくいきますように」わたしはいった。「お願いですから」

わたしは手を下げて、スイッチを入れた。タイプライターが息を吹きかえした。クーリエの活字ボールが作動準備の回転をした――出番を目前に控えて舞台の袖に立っているバレエ・ダンサーのようだった。紙を一枚とりあげると、指が紙に汗の染みをつけたことに気づいたが、わたしは気にしなかった。用紙をタイプライターにさしこみ、中央をあわせると、わたしはまず

第一章

と書き、嵐《あらし》の到来を待ちうけた。

14

電話の呼出音は――より正確にいうならば、わたしなりの電話の呼出音の感じ方というべきだが――椅子《いす》のきしみや、旧型のＩＢＭセレクトリックの機械音とおなじような意味でなつかしいものに感じられた。音は最初遠くからきこえてくるように思え、それから踏切に近づいてくる列車の警笛のように近づいてきたのだ。

わたしの仕事部屋にもジョーの仕事部屋にも、切替電話はなかった。二階には旧式のダイヤル型の機種が一台、ふたつの仕事部屋にはさまれた廊下のテーブルの上――ジョーはここを〝敵と味方の中間地帯〟と呼んでいた――にあるだけだった。廊下の気温は摂氏三十度以上はあったはずだが、仕事部屋から出てきたわたしの肌には、それでも空気が涼しく感じられた。わたしは全身汗まみれだった――スポーツクラブに行くと目にする筋骨隆々とした男たちが、若干太鼓腹気味になったところといえば、当たらずといえども遠からずの姿ではあった。

「はい？」

「マイク？　起こしちゃったかしら？　まだ寝てた？」マッティーだった——しかし、ゆうべのマッティーとは別人だった。きょうのマッティーは怯《おび》えてもいなければ、ためらいがちでさえなかった——うれしさのあまり、口から流れだす言葉を堰《せ》きとめられなくなっている。これこそ、ランス・デヴォアが心惹《ひ》かれたマッティーにちがいない。

「いや、寝てたわけじゃないよ」わたしはいった。「ちょっと文章を書いていたんだ」

「ほんとに！　あなたはもう引退したものと思ってたのに」

「自分でもそう思っていたんだよ」わたしは答えた。「でも、もしかしたら早合点《はやがてん》だったのかもしれなくてね。で、どうしたんだい？　うれしさのあまり、月にでも飛んでいきそうな口ぶりじゃないか」

「ついさっきまで、ジョン・ストロウと電話で話していたんだけど——」

ほんとうに？　それでは、二階にあがってきてから、どのくらいの時間が流れたのだろう？　手首に目をやったが、そこだけ日焼けしていない青白い皮膚が見えただけだった。子どものころはこんなときおどけて、〝手首時そばかす分〟などといったものである。腕時計は、北翼棟の一階にある寝室においてきていた——いまごろは、ひっくりかえった夜用のグラスの水のなかにでも転がっていることだろう。

「——年齢もあるし。それで、もうひとりの息子に召喚令状を送りつけてやるって！」

「ちょっと待った」わたしはいった。「話がさっぱりわからない。もういっぺん最初から、ゆっくり話してくれないか」

マッティーはそうしてくれた。ニュースの核心部分をつたえるには長い時間は必要ではなかった（必要になることはめったにない）。ストロウがあしたこちらに来る、という。キャッスル郡空港に到着後は、キャッスルビューのルックアウトロック・ホテルに滞在の予定。ストロウとマッティーのふたりは金曜日の大半をついやして、今回の訴訟について話しあうことになった。

「ああ、それからストロウはあなたの弁護士も見つけてくれてたわ」マッティーはいった。「証言録取に付き添ってくれる弁護士よ。たしかルイストンにいる人だと思ったけど」

すばらしい話ずくめに思えたが、それよりももっと重要だったのは、マッティーが闘志をとりもどしたという事実そのものだった。きょうの朝になってはじめて（これは、いまがまだ午前中だと仮定しての話だ――故障しているエアコンの上の窓から射《さ》しこむ陽光を見るかぎり、午前中だとしても、まもなく正午になりそうに思えた）、赤いサンドレスと小ざっぱりした白いスニーカー姿のゆうべの若い女性がどれだけ憂鬱《ゆううつ》に沈んでいたかがわかった。そう、自分の子どもをうしなうことになると、マッティーがどれほど深く信じきっていたかが。

「最高だな。うれしく思うよ、マッティー」

「なにもかもあなたのおかげね。あなたがいまそばにいたら、人生で最大のキスをしてあげたい気分よ」

「ストロウから、まちがいなくきみが勝つという話をきかされたんだね？」

「ええ」

「で、きみはその話を信じたわけだ」

「もちろん！」それからマッティーの声が若干低くなった。「でもゆうべあなたを夕食に招いた話をしたときには、あまりうれしそうな声じゃなかったけど」

「だろうな」わたしはいった。「ストロウが喜んでくれるとは思ってなかったよ」

「食事は外ですませたといったら、あの人はこんなことをいったわ——たった六十秒間でもふたりきりで部屋にこもれば、噂話《うわさばなし》の火種になるには充分だ、と」

「わたしにいわせれば、あの男は愛すべきヤンキーたちを不当に低く評価しているようだね」わたしはいった。「しかしまあ、しょせんはニューヨーク出身の男だからな」

マッティーがあげた笑い声は、わたしのつまらない冗談への反応としてはいささか大げさに思えた。守護者がふたりもついたことで、安堵《あんど》のあまりいささかヒステリックな状態になっているのか？　セックスの問題が、いきなり慎重を要するものになったからら？　あまり推測をこらさないほうが無難だろう。

「そのことでストロウから厳しく叱《しか》られたわけじゃないけど、おなじことをくりかえしたら、そのときは厳しく叱るとはっきりいわれたわ。でも、この件がすっかり片づいたら、そのときはあなたを本物の食事でもてなすつもりよ。あなたの好きなものをぜんぶそろえて、あなたが好きなようにごちそうしてあげる」

《あなたの好きなものをぜんぶそろえて、あなたが好きなようにごちそうしてあげる》か。おまけにマッティーは、この自分の言葉にまるっきりちがう意味があることなど、毛ほども気づいていない——その点は断言してもいい、と思った。わたしはつかのま目を閉じ、口もとをほころばせた。笑うしかないではないか。マッティーの言葉はどれもこれも、完璧《かんぺき》なまでにすばらしくきこえた——ひとたびマイクル・ヌーナンの下劣な精神の軛《くびき》から解放されれば、なおさらすばらしく耳に響いた。その言葉だけきいていると、もしこのまま勇気を胸にいだいて前進しつづければ、おとぎ話のようなハッピーエンドをふたりで迎えられるかもしれないとさえ思えた。そのための条件はほかにもある——このわたしが、実の娘であってもおかしくないほど年下の若い女に手を出さずに我慢しつづけられれば、という条件だ……夢の世界でではなく。我慢できなくなれば、わたしはそれ相応の報いをうけることになる。だが、カイラはちがった。あの子は、いってみれば車のボンネットの飾りのようなものだ——どこであれ、車が行く場所に行くしかない運命にある。妙な勘ちがいをしかけたら、そのことをしっかり肝に銘じるとしよう。

「もし判事がデヴォアをから手で送りかえしたら、そのときはきみをポートランドにある〈ルノワールナイト〉に誘って、九品からなるフランス料理のフルコース・ディナーを奢《おご》るよ」わたしはいった。「ストロウもいっしょにね。金曜にわがデート相手をつとめる辣腕《らつわん》弁護士も、まとめて奢ってやる。どうだ、わたし以上にすばらしい人間がいるか？」

「わたしの知りあいにはいないわね」マッティーは真剣な口調になっていった。「このお金は、いつかきっと返すわ、マイク。いまは落ちぶれてるけど、ずっと落ちぶれたままでいる気はないの。たとえ一生かかったとしても、このお金はきっと返すから」

「マッティー、そんな必要は――」

「ぜったいに返すわ」マッティーは驚くほど強い語調でいった。「ほんとに返すから。それに、きょうはほかにもやらなくちゃいけないことがあるの」

「というと？」たしかに、この日の朝のような口調で話すマッティー――たったいま恩赦が決定して釈放された囚人のように、幸福と自由にあふれた口調で話すマッティー――の声をきいているのは喜ばしいことではあったが、わたしは早くも仕事部屋のドアに熱望のまなざしをむけていた。どのみち、きょうはもうさして仕事はできそうもない。努力しても、焼き林檎《りんご》のような状態になるのがおちだ。しかし、せめてあと一ページか二ページは書き進めたかった。やりたいことをやって――夢に出てきた女のうち、ふたりまでもがそう口にした。やりたいことをやって、と。

「キャッスルロックの〈ウォルマート〉に行って、カイラに大きなテディベアを買ってやらなくちゃいけないのよ」マッティーはつづけた。「いい子にしてたから、そのご褒《ほう》美《び》だというつもり——だって、まさかあなたの車が反対方向から来てるのに、道路のまんなかを歩いたから、そのご褒美だなんていえないでしょ？」

「頼むから、黒い熊《くま》だけはやめてくれ」わたしはいった。頭に浮かぶよりも先に、その言葉が舌先から転がりでていたのだ。

「え？」驚きと怪訝《けげん》の念をいっぱいにたたえた声。

「わたしにもひとつ買ってきてくれ、といったんだよ」わたしはいった——この言葉も、頭に思いつくよりも早く口から出て、電話線を転がっていった。

「じゃ、買ってこようかな」マッティーは愉快そうな声音だった。それからまた真剣な声にもどって言葉をつづけた。「あの……もしゆうべ、わたしが口にしたことであなたが気分を害したのなら、ここであやまっておきたいの。誓っていうけど、なんの他意もなかったし——」

「心配はいらないよ」わたしはいった。「気分を害してなんかいないから。まあ、ちょっと混乱しただけでね。それどころか、いまはジョーの謎《なぞ》のデート相手のことをほとんど忘れかけていたくらいだよ」

嘘《うそ》だった——しかしわたしには、大義名分のある嘘に思えた。

「それがいちばんかもしれないわね。これ以上は引きとめないわ——またお仕事をつづけてちょうだい。やりたいことをやるのがいちばんでしょう?」

わたしは度肝を抜かれた。「なんでそんなことをいうんだ?」

「わからないけど、ただ——」マッティーは黙りこんだ。その瞬間、ふたつのことがわかった。マッティーがなにを話そうとしていたかがわかり、それを口にすることはないということもわかったのである。

《ゆうべ、あなたの夢を見たの。夢のなかでわたし、あなたといっしょにいたわ。で、これから愛しあおうというときになって、ふたりのどっちかが「やりたいことをやって」っていったのよ。もしかしたら、ふたりともそういったのかも》

もしかすると、ときに幽霊はほんとうにあらわれるのかもしれない。肉体から切り離された精神や欲望、それに鎖を解かれた衝動などが、目に見えぬまま、あたりを飛びまわっているのかもしれない。本能的衝動の源泉であるイドから立ちあらわれる幽霊、奥深いところから出てくる霊魂。

「マッティー、まだそこにいるかい?」

「ええ、もちろん。これからも、ちょくちょく連絡したほうがいい? それとも、必要な話はジョン・ストロウからきくことにする?」

「きみから連絡がなくなったりしたら、わたしはきみに怒り狂うだろうね。まちがいなく」

マッティーは笑った。「だったら、また電話するわ。でも、お仕事中は遠慮する。じゃね、マイク。ほんとに、いろいろとありがとう。心から感謝してるわ」

わたしはマッティーに別れの言葉を告げると、相手が電話を切ったあとも、しばしその場にたたずんだまま、ベークライト製の旧式の受話器をただ見つめていた。マッティーはこれからも電話をかけて最新情報をつたえるが、わたしが仕事中のときには電話を遠慮する、といっていた。わたしが仕事中かどうかを、どうやってマッティーが知るのか？　ただわかるだけ、そうなのだろう。ゆうべマッティーが、ジョーと肘《ひじ》あてつきジャケットを着た男がソフトボール場から駐車場の方向に歩いていったと話したとき、わたしがその嘘を見ぬいたのとおなじように。電話をかけてきたとき、マッティーは白いショートパンツとホールタートップ姿だった。きょうはワンピースもスカートも必要とされない。なぜならきょうは水曜日で、水曜日は図書館の休館日だからだ。

《そんなこと、ひとつも知らないくせに。なにもかも、勝手な想像だろうが》

ところが、これは勝手な想像ではなかった。もし勝手な想像なら、わたしはマッティーにもうちょっと煽情《せんじよう》的な服を着せていたはずである——たとえば、そう、セクシーな下着で有名な〈ヴィクトリアズシークレット〉が〝陽気な未亡人《メリー・ウイドウ》〟の名前をつけて売っているような下着を。

ついで、べつの思いが浮かんできた。《やりたいことをやって》女たちはそういった。ジョーもマッティーも。《やりたいことをやって》

そしてこの言葉を、わたしはそれ以前に知っていた。キーラーゴ島に滞在していたとき、わたしはあるフェミニストがポルノグラフィを論じたエッセイをアトランティック・マンスリー誌で見かけて目を通していた。筆者の名前ははっきりと覚えていないが、ナオミ・ウルフやカミール・パーリアといった大御所ではなかった。筆者は保守的な立場の女性論者であり、先ほどの言葉はこのエッセイのなかでつかわれていたものだった。サリー・ティスデイルだったか？　いや、セーラ・ティドウェルの名前が、そんなふうにひずんだ谺《こだま》となって心に響いてきただけか？　だれだったにせよ、このエッセイの筆者はこんなことを書いていた——女性の心をとらえるエロティカの基本は〝わたしのやりたいことをして〟であり、男性の心をとらえるエロティカの基本は〝あなたがやりたいことをして〟にある。女は自分が性的な場面におかれて、〝わたしの思うとおりにして〟という意味の言葉を口にしているところを想像する。そして男は、性的な場面におかれた自分が、女から〝あなたがやりたいようにして〟といわれている場面を想像する。そして——と、エッセイの筆者は論を進めているのだが——実生活でのセックスが失敗におわったケース（暴力沙汰《ざた》になることもあれば、恥辱の場面になることもあり、女の視点からは不首尾におわったセックスもここにふくまれる）を見ると、往々にしてポルノグラフィが起訴されざる共犯者になっている場合が多い。そんなとき男は、怒りもあらわに女に食ってかかりがちだ。「してほしいといったのは、そっちだろう！　嘘はあきらめて、正直に認めるんだな！　してほしがったのはそっちだぞ！」

筆者は、〝あなたがやりたいことをして〟という言葉こそ、すべての男が寝室でききたがっている言葉だ、と主張していた。わたしを噛《か》んで……肛門性交《こうもん》をして……足の指のあいだを舐《な》めて……お臍《へそ》にワインを入れて飲んで……わたしにヘアブラシをちょうだい、お尻《しり》をあげてくれたら、心おきなく叩《たた》いてあげる……どんなことでもいいのよ……。あなたがやりたいことをして。ドアは閉まって、室内にはわたしたちふたりきり。いや、じっさい部屋にいるのはあなただけ。わたしはただ、あなたの願望が形となっただけの存在、だから、ここにいるのはあなただけ。わたしには自分なりの願望もないし、自分なりの欲望もないし、なんのタブーもない。この影に……この幻想に……この幽霊に……あなたがしたいことをして。

読んだときには、このエッセイのすくなくとも五割がでたらめの嘘八百だと思った。男が真の性的快感を得られるのは、相手の女を一種の〝ズリねた〟につくりかえたときに限定されるという主張は、セックスの実践者たちについての論議どころか、セックスを観察している当人の内実をあからさまに露呈した文章としか思えなかった。この女性はたっぷりと専門用語を盛りこんで、それなりにウィットにも富んだ文章を書きあげてはいる。しかしその奥底ではサマセット・モーム——生前のジョーのご贔屓《ひいき》作家——が、いまから八十年前に書いた短篇「雨」のなかでサディー・トンプスンにいわせた科白《せりふ》をくりかえしているにすぎない——男はみんな豚だ、不潔で下劣な豚だ、ひとりの例外もありはしない。しかし、われわれ男は豚ではないし、一般的にいってけだものでもない。いや、ぎりぎりの極限状態を無理やり強《し》いられないかぎりは、という限定条件はつくかもしれない。そして男が極限状態に押しやられることがあるとするなら、その原因がセックスであることはめったにない。原因はおおむね縄ばりだ。フェミニストたちが、男にとってセックスと縄ばりのふたつは交換可能なものだと主張しているのを耳にしたことがあるが、これほど真実からかけ離れた言葉もあるまい。

仕事場までもどってドアをあけたところで、背後の電話機がまた呼出音を鳴らしはじめた。と同時に、なじみぶかい感情がこみあげてきた——四年の空白をおいて、またこの感情がもどってきたのだ。それは電話への怒りであり、電話機を壁からきれいさっぱり引きちぎり、そのまま部屋の反対側に投げつけたいという衝動だった。なぜわたしが書いているときに、全世界がわざわざ電話をかけてくる必要がある？　どうしてなにもせずにおとなしく、わたしに……その……したいことをさせてくれないのか？

わたしは疑いの念もあらわな笑い声をあげながら、電話にむきなおった。先ほどの電話中に汗でつけた手のあとが目についた。

「はい？」

「いったはずですよ。あの女性のところをたずねるときには、かならず人目につく場所にいるようにと」

「やあ、おはよう、わが弁護士のストロウ先生」

「どうやら、そっちとこっちは時間帯がちがうようですね。ここニューヨークでは、いま午後の一時半ですから」

「マッティーとはいっしょに夕食をとったよ」わたしはいった。「外でね。それから小さな娘におとぎ話を読んでやり、そのあとその子を寝かすのに手を貸したのは事実だけれど、それ以上は——」

「いまごろ町の人の半分は、あなたたちが完全にデキていると思ってるでしょうし、わたしがミズ・デヴォアの代理人として出廷すれば、残りの半分の人もそう思うはずですよ」とはいうものの、ストロウは本気で怒っている口調ではなかった。それどころか、きょうは笑顔の一日を過ごしているようにさえ思える口調だった。

「だれから法的業務の報酬を払ってもらっているのかをきかれたら、きみは明かすほかないのかな？」わたしはいった。「監護権の審問会で、という意味だが」

「まさか」

「では、金曜日のわたしの証言録取の席では？」

「そんなことにはなりませんとも。もしダーギンがその方向に話を進めたら、その時点で訴訟のための後見人としての信頼をすっかりなくすことになりますからね。それに相手方には、セックスの側面を回避したい理由もあるんです。向こうの主張の要点は、マッティーが養育義務を怠っており、おそらくはわが子を虐待《ぎゃくたい》してもいる母親だ、という点に絞られています。〝この母親は、《クレイマー、クレイマー》が公開されたころに仕事をやめて尼僧になったような立派な女性ではない〟と証明したいわけですよ。そしてこの点に関連していうなら、相手方のかかえている問題はそれだけではないんです」ストロウは心の底から楽しげな語調でいった。

「というと……」

「マックス・デヴォアは当年八十五歳で、離婚歴があります。事実をはっきりいえば、二回の離婚歴があります。これほど高齢の独身男性に監護権をあたえるとなれば、二次的監護権の問題を考慮する必要が出てきます。これこそが唯一《ゆいいつ》の重要な問題なんですよ──養育義務を怠ったとか、虐待をしていたという母親に狙《ねら》いをさだめた主張をべつにすればね」

「その相手方の主張についてだが、きみはなにか具体的に知っているのか？」

「いいえ。マッティー・デヴォアも知りませんよ。なぜかというと、そんなものは完全なでっちあげだからです。ところで、マッティーはすばらしい女性ですね――」

「ああ、そのとおり」

「――そればかりか、あの人ならすばらしい証人になってくれるでしょうよ。直接顔をあわせるのが、いまから待ちきれないくらいだ。それはさておき、話をそらさせないでくれますか。いまは、二次的監護権の話をしているんですから」

「そうだったね」

「デヴォアには娘がひとりいますが、この娘は精神的無能力者という診断をくだされて、現在はカリフォルニア州内の――州中部のモデストあたりでしたか――施設に収容されています。監護権をあたえるには、どうにもふさわしからぬ人物ですね」

「ああ、そう思えるな」

「息子のロジャーですが……」ストロウがノートのページをめくっている音が、かすかにきこえてきた。「……現在五十四歳。つまり息子のほうも、もう若いわけではありません。もちろん昨今では、このくらいの年齢にしてはじめて父親になる人もすくなくない――すばらしき新世界ですからね。ところが、このロジャーは同性愛者なんです」

それをきいて、ビル・ディーンの言葉が思い出されてきた。《カマ掘り屋だったんだな。カリフォルニアのほうにはその手の連中がうようよいるっていうから、わからない話じゃない》

「さっきは、セックスは問題にならないといったじゃないか」

「ああ、むしろ異性愛者のセックスは問題にならない……といったほうが適切でしたね。たしかにアメリカの州のなかには、同性愛者のセックスが問題にならない州もあります。しかし、それほど問題にならない州もあります。カリフォルニアはその一例でしょう。しかし、今回の係争は、カリフォルニアで審理されるわけではない。メイン州で審理されるんです。そしてメイン州の人々は、ふたりの結婚している男性が――ええ、男性同士で結婚しているふたりという意味です――幼い少女を養育できるかどうかという問題について、それほど進歩的な考え方をしないのではありませんか？」

「ロジャー・デヴォアが結婚しているだって？」よろしい、この点は認めよう――わたしは、ある種の強烈な忌まわしい歓喜の念を感じていた。われながら恥ずべきだとは思った――ロジャー・デヴォアは自分なりの生活を送っている男にすぎないし、高齢に達した父親がいま推し進めている仕事にはなんの関係もないからだ。それでも、わたしは喜びを感じていた。

「ロジャー・デヴォアと、モリス・リディングという名前のソフトウエアプログラマーは、一九九六年に結婚手続をとっています」ストロウはつづけた。「最初にコンピュータでざっと調べたときに、すぐわかりましたよ。この件が法廷に出るとなったら、最大限の効果をもたらすような形でもちだしてやります。どれほどの効果をもたらすかはわかりません。いまの時点では、予測不可能ですね。しかし、もしそんな機会があったら……ふたりの中年男……生活時間の大半はネットのチャットルームに入りびたり、《スター・トレック》のカーク船長とミスター・スポックが消灯時間を過ぎた士官専用区域でどんな痴戯にふけっているか、あれこれ想像をたくましくしている中年男のカップルのもとで、目を輝かせた元気な少女が育っていくさまを法廷で述べる機会が、もしあったら……ええ、飛びつきますとも」

「いささか卑劣な手段のような気がするがね」わたしはいった。われながら発言の撤回をもとめてほしがっているような、あるいは笑い飛ばしてほしがっているような人間の口調にきこえたが、そんなことにはならなかった。

「ええ、もちろん卑劣な手段ですとも。車でいきなり歩道に乗りあげて、罪もない無関係な通行人をふたりばかり押し倒すような手段ですからね。ロジャー・デヴォアとモリス・リディングのふたりはドラッグを売買しているわけでも、未成年の少年たちと関係しているわけでも、老婦人たちから金品を強奪しているわけでもない。しかし、これは監護権がらみの係争です。しかも監護権がらみの係争は、離婚裁判よりもひどいんです――なにしろ、人間を昆虫のレベルにまで引きさげますから。この係争は、落ちるところまで落ちているわけじゃない――でも、もう充分落ちているともいえるんです。あまりにもあからさまですからね。マックス・デヴォアがわざわざ自分の生まれ故郷の町にまで足を運んできた理由は、たったひとつ――ひとりの子どもを金で買うためです。それを思うと、腹が立ってならないんですよ」

わたしは思わず笑みを誘われた。昔のアニメーションに出てきたエルマー・ファッドにそっくりな弁護士が、《デヴォア》という表札の出ている兎《うさぎ》の穴にむかって、ショットガンをかまえている光景が脳裡《のうり》に浮かびあがってきたからだ。

「わたしからデヴォアへのメッセージは、しごく単純なものになりますよ――あの子の値段は跳ねあがった、というものにね。もしかしたら、さしものデヴォアでさえ手がとどかないほど高額になったのかもしれない、と」

「もしこの問題を法廷にもちだす機会があれば――きみは二回ばかりそういったね。ということは、デヴォアが素直に訴えを取り下げて引きさがる可能性もあると見ているのかい？」

「ええ、その可能性はかなりあります。デヴォアがあれほど高齢ではなく、あれほど自分の流儀を押しとおすことに慣れきっていなければ、その可能性が大幅にあるといいたいところですね。さらに、自分の最大の利益がどこにあるかを識別できるだけの頭の冴《さ》えを、デヴォアがいまでも維持しているかどうかという疑問もあります。そちらに滞在しているあいだに、わたしもデヴォアと弁護士に会ってみるつもりですが、いまのところ秘書の壁さえ突破できないありさまでしてね」

「ロゲット・ホイットモアか？」

「いいえ。その女性は階段のもうすこし上の存在だと思います。まだホイットモアとも話をしてないんですよ。しかし、いずれは話をするつもりです」

「だったらリチャード・オスグッドとか、ジョージ・フットマンという連中とも話をするといいぞ」わたしはいった。「そのどちらかが、デヴォアやデヴォアの首席弁護人にあたりをつけてくれるかもしれないからな」

「どちらにせよ、ホイットモアとは話をしたいんですよ。デヴォアのような人間は年をとるにしたがって、どんどん身近にいる側近役の人間に依存する傾向がありますからね。事態を進めるための鍵《かぎ》を握っているのは、この女性かもしれません。その一方で、ホイットモアがわたしたちの頭痛の種になる可能性もあります。あくまでも戦えとデヴォアをけしかけるかもしれません――本気でデヴォアが勝つと思いこんでいるのか、それとも騒ぎを見物したいだけなのかにかかわらずね。さらに、ホイットモアがデヴォアと結婚するかもしれません」

「あいつと結婚する？」

「ありえない話ではないでしょう？　デヴォアがもう、ホイットモアに婚姻前契約書へのサインをさせていてもおかしくない。まあ、わたしはこの点を法廷にはもちだせませんがね――デヴォア側の弁護士が、マッティーの弁護士に報酬を払っている人間の問題を法廷にもちだせないのとおなじです。で、結婚ということになれば、デヴォアの力が増すことになりますね」

「ジョン、わたしはホイットモア当人を見たんだぞ。デヴォアよりは若いといっても、七十歳にはなってるだろうな」

「しかし幼い少女が関係している監護権がらみの係争では、ホイットモアは有力な女性関係者ということになりますし、年老いたデヴォアと結婚したゲイのカップルのあいだにホイットモアという存在がいるということは、忘れてはいけません」

「わかった」わたしは再度仕事部屋のドアに目をむけたが、今回はそれほど強い切望の念を感じなかった。本人が望もうと望むまいと、一日の仕事は〝これでおわり〟という地点がある。どうやらわたしは、その地点に達していたようだった。たぶん、また夜にでも……。

「あなたのために見つけた弁護士ですが、ロメオ・ビッソネットという名前なんです。これが実名だなんて信じられますか？」

「ルイストン出身の男かな？」

「ええ。なんでわかったんです？」

「なぜかというとね、メイン州では――なかでもルイストンでなら、それが本名でも不思議はないからさ。で、わたしからその弁護士のもとに出向くことになっているのかな？」

本音をいえば、わざわざ出向いて会いたくはなかった。ルイストンまでは二車線道路で八十キロもの道のりであるうえに、いまの季節はその道路がキャンパーたちのキャンピングカーで大渋滞を起こしているからだ。それよりいまは、ひと泳ぎして、ゆっくりと昼寝をしたい。夢を見ない昼寝を。

「その必要はありませんよ。電話をかけて、ちょっと打ちあわせをしてください。ビッソネットは、いってみればただの安全ネットです――相手の質問が七月四日の出来ごとから逸《そ》れたときに、異議を申し立てるんです。その出来ごとについては、あなたは真実を、ただ真実のみを、真実にかぎって述べることになります。わかりますか？」

「ああ」

「事前に電話で話をしたあと、金曜日には待ちあわせをしてください。場所は……ええと……ああ、ここに書いてありました」またしてもノートのページをめくる音。「朝九時十五分に、〈ルート一二〇ダイナー〉で待ちあわせです。コーヒーを飲みがてら話をして、たがいのことを知りあうなり、コインをはじいてどっちが勘定を払うかを決めるなりしてください。そのあいだわたしはマッティーと話をして、できるだけ情報をかきあつめます。それから、私立探偵を雇う必要が出てくるかもしれません」

「きみの口から、その手の下賤《げせん》な話をきくのは大好きだよ」

「なるほど。で、請求書はあなたもご存じのゴールドエイカーに送るようにしましょう。ゴールドエイカーからあなたのエージェントあてに送らせ、エージェントは――」

「いや、ゴールドエイカーには請求書を直接ここに送るように指示してくれ。ハロルドはユダヤ家庭の肝っ玉かあちゃんなみに世話好きなんでね。で、わたしの出費はどのくらいになる？」

「七万五千ドル――これが最低額です」ストロウはためらいもみせずにいった――恐縮している響きもまったくなかった。

「マッティーにはいうなよ」

「わかりました。もう楽しい思いはされたんですか？」

「まあ、いまでも楽しんでいるとも」わたしは、さも意味深にきこえる口調でいった。

「七万五千ドルなら、お楽しみがあって当然でしょうな」

それからわたしたちは別れの挨拶《あいさつ》をしあい、ストロウが電話を切った。

受話器をもどしているとき、ふっとこんな思いが頭をかすめた――過去四年間をあわせたよりも、このところのわずか五日間のほうが、自分はずっと充実した人生を過ごしている、という思いが。

今回は仕事部屋まで引きかえしたときにも、電話が鳴るようなことはなかったが、自分がきょう一日ぶんの仕事をやりつくしたことはわかっていた。わたしはＩＢＭの前にすわって二、三回ほどリターンキーを押し、電話が鳴ったときに書きかけていた用紙のいちばん下のほうに、今後のための心覚えを書きはじめた。電話機というのはなんと小《こ》癪《しゃく》な機械であることか！　しかもその電話から得られる吉報のすくなさといったら！　しかし、きょうばかりは例外だったし、これならにっこり笑って仕事を切りあげられそうだった。なんといっても仕事をしていたのだ――そう、執筆という仕事を！　こうしてデスクにつき、やすやすと呼吸をしていること、胸の奥で心臓が乱れもせずに鼓動を刻んでいること、わたしの内的世界をとりかこむ〝事象の地平線〟に不安の発作が攻撃をしかけてこないこと――そういったことすべてに、いまもって驚嘆している部分もわたしのなかにあった。わたしはこう書いた――

〔つぎの展開：ドレイクがライフォードに行く。途中、野菜を売っている屋台の前で立ちどまり、店の主人と立ち話。昔ながらの情報源。まっとうで、いかにもカラフルな名前が必要。麦わら帽子。〈ディズニーワールド〉のＴシャツ。ふたりの話題はシャックルフォード〕

わたしはローラーをまわして用紙をタイプライターからとりだすと、原稿の束の上に

おき、さいごのメモを手書きで書きとめた——《ライフォードの件でテッド・ローゼンクリーフに電話のこと》

このローゼンクリーフというのは、デリー在住の海軍を退役した男だった。これまでにも何冊かの本で、背景調査のアシスタントを依頼したことがある。ある本では製紙法について調べてもらい、つぎの本ではありふれた種類の鳥の渡りの習性について調べてもらい、さらにつぎの本ではピラミッドの埋葬室の建築学的特性をすこしばかり調べてもらった。わたしがもとめるのはつねに〝ほんのすこし〟であって、〝なにからなにまで一切合財〟ではない。作家としてのわたしのモットーは昔から変わらず、〝事実でおのれを混乱させてはならない〟である。綿密で広範な調査の上に組み立てられるアーサー・ヘイリー流の小説は、わたしの手にあまる——書くことはもちろん、読むこともできないのだ。わたしはただ、きらびやかな嘘《うそ》をつくために必要な、ほんのちょっとの事実が知りたいだけだ。ローゼンクリーフはそのあたりの事情がわかっており、これまでの共同作業はつねに快適なものだった。

今回わたしは、フロリダのライフォード刑務所と、そこにある現実の死刑囚舎房がどんな場所かということについて、ほんのすこしの事実を必要としていた。さらに、連続殺人犯人の心理についても、ほんのすこしの事実が知りたかった。わたしが電話をかければ、ローゼンクリーフは喜ぶにちがいない……ようやく電話をかける用事ができたことを喜んでいる、このわたしにも負けないほど。

それからわたしは、ダブルスペースのタイプ文字で文章が打たれた八枚の用紙をとりあげると、扇状に広げ、そんなものが存在することにあらためて驚嘆の念を感じた。さては、旧式のＩＢＭのタイププライターとクーリエの活字ボールがずっと秘密を握っていたのだろうか？　どうやら、そのように思えた。

そして、出てきた結果もまた驚嘆すべきものだった。四年におよぶサバティカル休暇のあいだも、わたしはいくつものアイデアを思いついていた——その面にかんしては、ライターズ・ブロックなど存在しなかったのである。そのうちひとつは〝最高のアイデア〟だった——すなわち小説を書く能力をうしなってさえいなければ、立派な長篇になったほどのアイデアだったのだ。さらに、わたしの分類では〝そこそこのアイデア〟となるものが、半ダースから一ダースほどはあった。〝そこそこ〟というのは、苦境に陥ったときにつかうアイデア……ジャックの豆の木よろしく、一夜にして思いがけず謎《なぞ》の大成長を遂げた場合に小説に採用するアイデアのことである。いや、じっさいアイデアがそんな成長をすることもあるのだ。そして大半は、ほんのちょっとしたひらめき、〝もしかするとアイデア〟だった。車の運転中や散歩のあいだ、あるいは夜になってベッドに横たわって寝るのを待っているあいだ、まるで流れ星のようにふっとあらわれては、すぐに消えていくアイデアのことである。

『赤いシャツを着た男』は、もともと〝もしかするとアイデア〟だった。ある日わたしは、デリーの〈J・C・ペニー〉の店で赤いシャツの男がショーウィンドウを磨いている光景を見かけた——〈J・C・ペニー〉がショッピングモール内に移転する直前のことだった。窓拭《ふ》き男がつかっている脚立《きゃたつ》の下を、若い男女のカップルが歩いていた——昔の迷信にしたがうなら、これはきわめて不吉な行為である。そしてこのカップルは、自分たちがどんな場所を歩いているのかも知らなかった——ふたりは手を握りあい、おたがいの目を夢中になって見つめあっていたからだ。世界史上のどんな二十歳同士のカップルにも負けないほど、深く愛しあっていたわけである。カップルの男は背が高く、わたしが見まもっているそのときにも、男の頭頂部が窓拭き男の靴の爪先《つまさき》にあわや衝突するところまで近づいていた。もし衝突していたら、窓拭き男の仕事がすべておじゃんになっていたはずだ。

このすべては、わずか五秒間の歴史だった。『赤いシャツを着た男』を書くには五カ月かかった。しかし正直に真実を述べるなら、この作品は〝もしかするとアイデア〟が生まれた瞬間には完成していたのである。現実ではニアミスでおわったが、わたしはそこで衝突が起こった場合を想像した。すべてはそこからはじまった。じっさいの執筆は、それを文字にしていくだけの秘書仕事にすぎなかった。

現在とりかかっているのは、〈マイクのほんとうに最高のアイデア〉（ジョーの声が注意ぶかく、この表現を括弧でくくった）ではなかったが、〝もしかするとアイデア〟でもなかった。さらにいえば、以前書いていたようなゴシック風味を添えたサスペンス小説でもなかった――〝ペニスのついたV・C・アンドリュース〟は、今回まったく見あたらなかった。しかしこのアイデアには、本物ならではの手ごたえがずっしりと感じられた。しかもこのアイデアは、きょうの午前中、それこそ呼吸とおなじようにごく自然に頭から生まれてできたものだった。

主人公アンディ・ドレイクは、キーラーゴ島在住の私立探偵。当年四十歳、離婚歴あり、三歳の女の子の父親である。冒頭のシーンで、ドレイクはレジーナ・ホワイティングという名前の女のキーウエストの家にいる。ホワイティングにも娘がひとり――こちらは五歳――いる。ミセス・ホワイティングの夫は大富豪の土地開発業者だが、この夫が知らない事実をアンディ・ドレイクはつかんでいる。レジーナ・テイラー・ホワイティングは、以前ティファニー・テイラーという名前をもち、マイアミで高級コールガールをしていた、という事実だ。

そこまで書いたところで、電話の呼出音が鳴った。だからその時点以前でわかっていたことを、以下に書きとめておく。驚異的な復活を遂げたわが執筆能力がこの先も持続するとしたら、わたしはこれから数週間にわたり、この線で秘書仕事をつづけることになる。

カレン・ホワイティングが三歳のある日、母親とパティオのホットタブにはいっていたとき、一本の電話がかかってきた。最初レジーナは庭師に電話をとってもらおうと思うが、思いなおして自分が出ることにする――いつも頼んでいる庭師が流感で休みをとっており、代役として来ている見知らぬ男に頼みごとをするのは気がひけたからだ。レジーナは娘に静かにすわっていろといいおくと、電話に出ようと急いで飛びだしていった。バスタブを出ていく母親があげた水しぶきをよけようとして手をあげた拍子に、カレンはいっしょにバスタブに入れてやっていた人形を落とした。カレンは浴槽のなかで身をかがめて人形を拾おうとしたが、そのとき強力な湯の吸入口に髪の毛を引きこまれてしまう（頭のなかでこの物語をスタートさせたのは、類似の事故で死者が出たという二、三年前に読んだある記事だった）。

　庭師――人材派遣業者のお仕着せのカーキ色の作業服を着た、名前の知られていない男――が、この事態に気づいた。庭師はすぐさま芝生を横切って駆けよると、頭からバスタブに身を躍りこませ、少女をバスタブの底から引っぱりあげた――そのせいで、髪の毛とかなりの頭皮がジェット水流の吸入口にからみついたまま残された。そのあと庭師が懸命に人工呼吸をほどこすうちに、少女は息を吹きかえす（ここはすばらしくサスペンスが盛りあがるシーンになるはずで、いまから早く書きたくてたまらなかった）。あわてふためき、娘の無事に安堵《あんど》した母親は、どんなお礼でもすると申し出たが、庭師はすべてを断わった。それでも、あとで夫からも連絡がつくようにと乞《こ》われた庭師は、レジーナに住所だけを教えて立ち去っていった。しかしのちに住所は架空のものであり、ジョン・サンボーンという名前も偽名だと判明する。

その二年後、元売春婦でいまは世間から尊敬される地位にいる女は、マイアミの新聞の第一面でかつて自分の娘の命を助けた男の顔を目にした。新聞には、男の名前はジョン・シャックルフォードであり、九歳の少女をレイプして殺害した罪で逮捕されたと書いてあった。さらに記事はつづけて、シャックルフォードがそれ以外にも約四十件の殺人事件——犠牲者のほとんどは児童だった——の容疑者になっていることも述べていた。

「〈野球帽の男〉をつかまえたんですか？」記者会見で、ひとりの記者がそう叫ぶことになる。「ジョン・シャックルフォードが〈野球帽の男〉だったんですか？」

「まあね」わたしは階段をおりて一階にむかいながら、ひとりつぶやいた。「たしかに警察はそう思いこんでいるわけだよ」

きこえてくる音から判断するに、きょうの午後は全裸で泳ぐにはいささか不都合なほどたくさんのボートが湖に出ているようだった。そこでわたしは水着に着替え、肩にタオルをひっかけた姿で小径《こみち》——夢のなかでは、朧《おぼろ》に光る提灯《ちょうちん》がならんでいたあの小径——を降りて、悪夢と思いもかけない午前中の労働でかいた汗を流しに湖へとむかっていった。

〈セーラ・ラフス〉から湖までの小径には、枕木《まくらぎ》状に板を張りわたした階段がぜんぶで二十三段ある。その階段をわずか三段か四段降りたところで、いきなりたったいま起こった出来ごとの重さがわたしを殴りつけてきた。口もとがわななきはじめた。両目に涙がこみあげてきて、木々の色と空の色がひとつに混ざりはじめる。口からなにか声が洩《も》れでていた——くぐもったうめき声だった。両足から力が抜けていき、わたしは枕木の上にどさりとへたりこんだ。これでおわりか、だとしたら拍子抜けだな——そう思ったとたん、わたしは大声をあげて泣きはじめた。泣き声が最高に高まったときには、タオルを口に押しこめた。湖でボートを漕《こ》いでいる人々が万一わたしの声をききつけたなら、だれかが殺されかけていると思いこむのではないか、と思ったからだ。

わたしはジョーがいないまま、友人もいないまま、そしてなんの仕事をしないまま過ごした空虚な歳月を思って、その悲しみに泣いた。それはまた感謝の涙でもあった——仕事をしない歳月がおわったように思えたからだ。速断は禁物だ。燕《つばめ》が一羽来たからといって夏になるわけではないのと同様に、原稿を八ページ書いたからといって作家生命が復活したわけではないのだ——それでも、ほんとうに空虚な歳月がおわったのかもしれない、とは思えた。さらに——恐ろしい経験を強《し》いられた時間がようやくおわったときや、間一髪ですさまじい大事故をかわしたあとで人が泣くように——このときの涙は恐怖の涙でもあった。わたしは泣いた——ジョーが死んで以来、自分がいままでずっと白いセンターラインの上を、道路のどまんなかを危っかしく歩いていたことに、突然気づいたがゆえの涙だった。いわばわたしは、なんらかの奇蹟《きせき》の介入によって、危険な場所から救いだされたのだ。だれがわたしを運びだしてくれたのかは皆目わからなかったが、それはかまわない。これは、翌日まで答えを先延ばしにできる種類の疑問だった。わたしは涙が涸《か》れるまで、ぞんぶんに気がすむまで泣いた。それから階段を降りて湖にたどりつくと、湖水にわけいっていった。火照《ほて》りすぎた肌に湖の水がひんやり冷たく感じられたが、それだけではなかった——水は死からの復活のようにも感じられた。

15

「記録のために姓名を述べてください」

「マイクル・ヌーナン」

「住所は？」

「自宅はデリーのベントン・ストリート十四番地ですが、ＴＲ‐九〇のダークスコア湖の湖畔にも住居があります。郵便物の送付先は私書箱八三二号。こちらの住居があるのは、州道六八号線から四二番道路をはいっていった先です」

カイラ・デヴォアの訴訟のための後見人をつとめる弁護士、エルマー・ダーギンは、その肉づきのいい手を顔の前で左右にふった――小うるさい虫を追いはらっていたのか、それともわたしにむかって〝答えはそれで充分だ〟といっているのだろうか。わたしも同意見だった。なんだかソーントン・ワイルダーの戯曲、《わが町》の登場人物の少女になったような気分だったのだ。自分の住所を問われて、「神の御心《みこころ》、天の川銀河、太陽系、第三惑星地球、北半球、アメリカ合衆国、ニューハンプシャー州グローヴァーズコーナー」と答える少女である。わたしはかなりの不安に苛まれていた。四十歳にもなっていながら、法廷での訴訟手続という分野はわたしにとって未開の処女地であり、一同があつまっていたのはキャッスルロックのブリッジ・ストリートにある〈ダーギン、ピーターズ&ジャーレット法律事務所〉の会議室ではあれ、これはあくまでも法廷による正式な訴訟手続だったからだ。

今回のお祭り騒ぎには、ひとつだけ特筆すべき奇妙な点があった。速記者が例のキーボードの各キーが杭《くい》の上に載っている、旧式の計算機のような外観の速記タイプをつかわず、その代わりに顔の下半分にぴったりかぶせる仕掛けの〈ステノマスク〉をつかっていたことだ。以前にも見かけたことはあったが、それはモノクロの犯罪映画のなかだけのことだった。ダン・デュリエやジョン・ペインといった役者がいつも仏頂面《ぶっちょうづら》をしてキャメルをふかしながら、側面に銃眼用の穴があいたビュイックを乗りまわしているような映画である。部屋の隅に目をむけると、世界最高齢の戦闘機パイロット然とした男がぽつねんとすわっている光景が見えるのも不気味ではあったが、その男が他人の発言を一語もあまさずにききとり、しかもすぐにその場で発言をくぐもった単調な声でくりかえすのをきかされるのは、さらに不気味な体験ではあった。

「ありがとう、ミスター・ヌーナン。うちの妻はあなたの作品を残らず読んでましてね、あなたがいちばんの贔屓《ひいき》作家だ、といってますよ。ただ、そのことを記録にとどめておきたくてね」ダーギンは平板なふくみ笑いを洩《も》らした。当然ではないか。この男は太っていた。だいたいにおいて、わたしは太った人間に好意をいだいている――おおらかなウエストラインに見あうおおらかな心のもちぬしが多いからだ。しかしなかには、わたしが個人的に〈邪悪なちびでぶ族〉と名づけているサブグループに属する者もいる。できることなら、この連中には手出しを控えるほうがいい。口実を半分でもあたえ、チャンスの四分の一でもさしだそうものなら、連中は人の家に火をつけて、愛犬をレイプする。この連中には身長が百五十五センチ以上ある者はほとんどいないし（ダーギンはおそらくその百五十五センチくらいだろうと思われた）、大多数は百五十センチ以下だ。しじゅう笑顔を見せはするものの、目だけは決して笑わない。〈邪悪なちびでぶ族〉は全世界を憎んでいる。なかでも彼らがいちばん憎んでいるのは、まっすぐ下を見おろしたときに、自分の足がちゃんと見える人間たちだ。そこにはわたしも――きわどいところだったが、かろうじて――ふくまれた。

「では、わたしからの感謝を奥さまにつたえてください、ミスター・ダーギン。奥さまにきけば、最初にどの本を読めばいいかを教えてもらえると思います」

ダーギンがふくみ笑いをたてた。その右隣にいるダーギンの助手――愛らしい若い女で、十七分ほど前にロースクールを卒業したように見えた――もまた、ふくみ笑いを洩らした。わたしの左隣では、ロメオ・ビッソネットがふくみ笑いをした。部屋の隅では、世界最高齢のＦ‐一一一パイロットが、それまでどおり〈ステノマスク〉の内側で低くつぶやきつづけているだけだった。

「わたしは、あなたの作品を大きなスクリーンで拝見できる日を待ちますよ」

ダーギンはいいながら、小さく醜悪な光で目を輝かせた。わたしの作品が一冊も映画化されていないことを知っているかのような顔つきだった。わたしの作品では『ふたり』がテレビ映画化されただけだし、この番組は全国ソファ張り替えチャンピオンシップ優勝決定戦の中継と同程度の視聴率しか稼げなかった。わたしとしては、この小太りの下衆《げす》男の考える〝顔あわせの挨拶《あいさつ》〟が以上で完了したと思いたかった。

「さて、わたしはカイラ・デヴォアの訴訟のための後見人です」ダーギンはつづけた。「これがどういう意味かはおわかりになりますか？」

「ええ、わかっていると思います」

「これはすなわち——」ダーギンはかまわずつづけた。「監護権についての裁決が必要となった場合、どのような形がカイラ・デヴォアにとって最善の利益となりうるのかを——わたしに決定できるのであれば——決定するために、ランコート判事より指名をうけたということです。こうした案件の場合、ランコート判事にはわたしの結論に沿った裁定をくだす義務はありませんが、大多数の案件ではそのようになるのが通例です」

ダーギンはなにも書かれていない法律用箋《ようせん》の上で手を組んだまま、わたしを見つめてきた。対照的に愛らしい助手は、憑《つ》かれたようにメモをとっていた。おそらく例の戦闘機乗りを信用していないのだろう。ダーギンはと見れば、拍手喝采《かっさい》を期待しているような顔を見せていた。

「それは質問ですか、ミスター・ダーギン?」わたしがたずねると、ロメオ・ビッソネットが修練の賜物のような小さい動作で、わたしの踝《くるぶし》を軽く蹴った。ビッソネットに顔をむけなくとも、これが偶然の出来ごとでないことはわかった。

ダーギンは、透明なリップグロスでも塗っているように見える異様になめらかで湿り気をたたえた唇を引き結んだ。ぴかぴか光っている頭頂部には、ざっと二十本ばかりの髪の毛の筋が櫛《くし》できれいになでつけられ、なめらかで小さな弧をつくっている。ダーギンは忍耐もあらわな顔で、値踏みするような目をわたしにむけていた。そのすべての裏側から、〈邪悪なちびでぶ族〉ならではの決して妥協しない依怙地《いこじ》な性根がのぞいていた。顔あわせの挨拶はおわったのだ。まちがいなく。

「いいえ、ミスター・ヌーナン、質問ではありません。わたしはただ、あなたがこんな気持ちのいい午前中だというのに、どうしてあの美しい湖畔から引き離されて、こんなところに呼びだされているのか、その理由を知りたがっているのではないかと思っていただけです。どうやらそれは、わたしの勘ちがいだったようですな。さて――」

ドアに高圧的なノックの音が響き、つづいて万民とあの男の友であるジョージ・フットマンが入室してきた。きょうは〝クリーヴランド・カジュアル〟ではなく、カーキ色の保安官助手の制服を着ており、帯銃《たいじゆう》用のサムブラウンベルトにはきちんと拳銃がおさまっていた。フットマンはだれにいわれずとも、助手の青いシルクのブラウスを押しあげているバストのラインでたっぷり目の保養をしてから、助手に一冊のファイルとカセット・テープレコーダーを手わたした。それからフットマンは、わたしをちらりと一瞥《いちべつ》して部屋を出ていった。

《ああ、おまえのことは覚えているからな》その視線は雄弁に物語っていた。《減らず口の作家先生。安あがりなデートのお相手さんよ》

ロメオ・ビッソネットが、わたしのほうに頭をわずかにかたむけた。それから手の側面をつかって自分の口とわたしの耳をつなぐと、小声でささやいた。「デヴォアのテープです」

わたしはうなずいて、わかっていることを態度でしめすと、ダーギンに顔をむけた。

「ミスター・ヌーナン、あなたはカイラ・デヴォアとその母親であるメアリー・デヴォアの両名と会ったことがありますね？」

どうすれば、メアリーの愛称がマッティーになるというのだろうか。わたしは首をひねり……つづいて白いショートパンツとホールタートップについて理解したように、これについても理解していた。カイは最初にメアリーといおうとして、それをマッティーと発音したのだ。

「ミスター・ヌーナン、わたしの話に眠気を催されましたか？」

「なにも皮肉をいう必要はないでしょう」ビッソネットがいった。その口調はあくまでも穏やかなものだったが、ダーギンは、いずれ〈邪悪なちびでぶ族〉が世界を征服した暁には、ビッソネットを強制収容所への最初の直通列車に乗せてやると決意しているかのような目つきをしてみせた。

「すいません」わたしがダーギンが返答を口にする前にいった。「ほんの一、二秒ですが、べつの考えごとをしていたもので」

「新しい小説のアイデアですかね？」ダーギンが、例のぬらぬら光る笑みを見せた。まるでスポーツジャケットを着た蟾蜍《ひきがえる》といったところだ。ついでダーギンは老パイロットにむきなおって、さいごの発言を削除するように指示してから、カイラとマッティーについての質問をくりかえした。

会ったことはある、とわたしは答えた。ふたりと会ったことがある、と。

「一回だけですか？　それとも二回以上？」

「二回以上です」

「では、ふたりにはこれまで何回会っているんです？」

「三回です」

「メアリー・デヴォアと電話で話をしたことはありますか？」

早くも質問が、わたしにとって不穏な方向に移動しつつあった。

「はい」

「電話で話したのは何回ですか？」

「三回です」

三回めの電話は、この前日にかかってきた。街の中央公園でジョン・ストロウとピクニックがてらの昼食をとるので、証言録取がおわったら来ないかという誘いの電話だった。神をはじめあらゆる人々に見まもられながら、街のまんなかで昼食をとる……ただし、ニューヨークの弁護士がお目付役として付き添うのだから、なんの不都合があるだろう？

「カイラ・デヴォアと電話で話をしたことはありますか？」

なんとまあ奇妙な質問だろうか！　それに、だれからも答え方を教わってこなかった質問でもあった。おそらくダーギンがこんな質問をしてきた裏には、それもひと役買っていたのだろう。

「ミスター・ヌーナン？」

「ええ、いちど話したことがあります」

「そのときの会話の内容をお教え願えますか？」

「そうですね……」わたしは心もとない思いでビッソネットを見やったが、やはり助力は得られなかった。たぶんこの弁護士も答えを知らないのだ。「マッティーが——」

「失礼ですが、いまなんと？」ダーギンが精いっぱい体を前に乗りだしてきた。ピンク色の肉のポケットの奥で、その目が真剣な光をたたえていた。「マッティーですか？」

「マッティー・デヴォア。メアリー・デヴォアのことです」

「あなたはメアリー・デヴォアをマッティーと呼んでいると？」

「はい」そう答えると同時に、こんなふうに——《ベッドでな！　ベッドではそんなふうに呼ぶんだよ。『ああ、マッティー、お願いだからやめないでくれ！』って叫ぶんだ》——いってやりたいという常軌を逸した衝動がこみあげてきた。「最初に会って自己紹介をされたとき、その名前をきかされたんです。最初に会ったのは——」

「その話はいずれきかせていただきますが、いまのところわたしの関心は、カイラ・デヴォアとあなたの電話の内容にあります。それはいつのことでしょう？」

「きのうです」

「つまり、一九九八年七月九日だと？」

「ええ」

「電話をかけたのはだれだったんです？」

「マッ……いえ、メアリー・デヴォアです」

《さあ、いよいよあいつは、マッティーが電話をかけてきた理由を知りたがるぞ。きかれたら答えてやろうじゃないか。マッティーがマラソン・セックスをもう一回したがったんだ、ってな。前戯のときには、フリークスたちの全裸写真をふたりでながめながら、チョコレートをまぶした苺《いちご》を食べさせあうんだぞ、とね》

「カイラ・デヴォアはどういった事情で、あなたと話をするにいたったのですか？」

「わたしと話をしてもいいか、と本人がたずねたんです。カイラが母親にむかって、ぜひとも話したいことがあるとせがんでいる声がきこえました」

「その〝ぜひとも話したいこと〟とはなんだったんです？」

「生まれてはじめて泡風呂《あわぶろ》にはいったという話でした」

「咳《せき》が出るという話はしていましたか？」

わたしはなにもいえず、ただダーギンを見つめていた。その瞬間、わたしは人々が弁護士を——有能な弁護士からやりこめられている場合にはなおさら——憎む理由をすっかり理解していた。

「ミスター・ヌーナン、もういちど質問をくりかえしたほうがよろしいですかな？」

「いえ」わたしは、ダーギンがどこでその情報を仕入れてきたのかと思いながらいった。この人でなしどもは、マッティーの家の電話を盗聴しているのか？　それともわたしの電話を？　両方か？　たぶん、このとき生まれてはじめて、五億ドル以上の資産をわがものにしているということの意味が、わたしにもはっきりと見えてきた。それだけの金があれば、山ほどの電話の盗聴も思いのままだろう。「カイラは母親から顔に泡を押しつけられて、それで咳をしたといっていました。しかしカイラは——」

「ありがとうございます、ミスター・ヌーナン。さて、話題を変えまして——」

「ミスター・ヌーナンにさいごまで話をさせてもらえませんか？」ビッソネットが口を出した。これまでにもビッソネットは、本来期待されている以上に大きな役割をこの証言録取の席で果たしているように思えていたが、本人にそれを気にかけているふしはうかがえなかった。この弁護士は猟犬を思わせる悲しげで信頼のおける顔つきの、一見したところ眠たげな男だった。「ここは法廷ではありませんし、あなたもミスター・ヌーナンを反対尋問しているわけではないのですよ」

「わたしは、ひとりの少女の福祉を第一に考えなくてはいけない立場です」ダーギンはいった。高慢でありながらも同時にへりくだってきこえるその口調は、アイスクリームコーンにかけたチョコレートソースのように絶妙にマッチしていた。「わたしはこの責任をすこぶる真剣にとらえています。もしご気分を害されたのでしたら、ミスター・ヌーナンに謝罪したいと思います」

謝罪をうけいれる意味の言葉を、わざわざ口にする気はなかった——そんな言葉を口にすれば、ダーギンもわたしも偽善者に見えたことだろう。「わたしがいいたかったのは、そのことを話してくれたときに、カイが笑っていたということだけです。カイは、母親と泡戦争をした、と話していました。そのあとまた母親に電話を代わったときには、母親も笑っていました」

わたしが話しているあいだ、ダーギンはまったくきいていない顔で、フットマンがもってきたファイルをひらき、中身をすばやくめくって目を通していた。「カイラの母親のことですが……あなたはマッティーと呼んでいるのですね」

「ええ。マッティーと呼んでいます。そもそも、わたしたちの個人的な電話の内容を、どうしてご存じなのかを教えてもらえませんか？」

「それは、あなたとは関係のないことです、ミスター・ヌーナン」ダーギンは一枚の書類をえらんで抜きだし、ファイルを閉じた。それからレントゲン写真を検分する医者よろしく、その書類をかかげてちらりと目をむけた。シングルスペースのタイプライターで打たれた文章がぎっしりとならぶ書類だということがわかった。「ではつぎに、あなたがメアリー・デヴォアとカイラのふたりと、最初に会ったときのことをおたずねします。七月四日の出来ごとでしたね？」

「はい」

ダーギンはうなずいていた。「最初にカイラと会ったのは、母親がその場にいなかったからですね？」

「非常に誤解を招きかねないいまわしの質問ではありますが、ええ、答えはイエスです」

「いやいや、高名なるベストセラー作家の先生に文法をご教示いただくとは、まことに恐悦至極ですな」ダーギンは薄笑いを見せながらいった。その薄笑いは、強制収容所直通の一番列車で、ロメオ・ビッソネットのとなりにすわるわたしをぜひ見たいと、雄弁に物語っていた。「では、カイラ・デヴォアと出会い、そのあとメアリー・デヴォアと会ったときのことを話してください。いや、あなたが話しやすければマッティーでけっこうですが」

そこでわたしは、一部始終を物語った。わたしがすべてを話しおえると、ダーギンは自分の真正面にテープレコーダーをおいた。ダーギンの爪《つめ》も、唇に一歩もひけをとらないほどぬらぬら光っていた。

「ミスター・ヌーナン、あなたがカイラを轢《ひ》くことになっても不思議はなかったというのは事実ですか？」

「いえ、断じてそんなことはありませんね。わたしの車は時速約五十五キロほどのスピードでした——あの店のあるあたりの制限速度の範囲を守っていたんです。ですから、カイラを見かけてから車を停止させる時間は充分にありました」

「しかし、もしあなたが反対側から車を走らせていたとすれば？　南ではなく、北にむかっていたとしたら？　それでもカイラを見かけたあとで、充分な時間の余裕はあったでしょうか？」

嘘《うそ》かと思われるかもしれないが、これでもダーギンの二、三の質問よりはまだ公平な質問ではあった。反対方向から車を走らせてきた人物がいたとすれば、反応するまでの時間の余裕はすくなかったはず。それでも――

「ええ、あったはずです」わたしは答えた。

ダーギンは両の眉《まゆ》をいぶかしげに吊《つ》りあげた。「断言できますか？」

「はい、できますとも。多少強くブレーキを踏む必要はあったかもしれませんが、しかし――」

「あなたは時速五十五キロ前後で車を走らせていた」

「ええ、五十五キロです。先ほどもいいましたように、それがあのあたりの制限速度で――」

「そう、州道六八号線のあの近辺での制限速度ですね。そのことはうかがいました。たしかにね。ではあなたの経験からいって、あのあたりの道路を通る車は一般的にその制限速度を守っていますか？」

「一九九三年以来、ＴＲにはほとんど来ていなかったので、その質問には――」

「よしてください、ミスター・ヌーナン。これはあなたの小説のワンシーンではないんですよ。そんな答え方をされた日には、午前中いっぱいかかってしまいそうです」

「わたしは最善をつくそうとしているんです」わたしは答えた。

ダーギンは困りはてたようにため息を洩《も》らした。「あなたは八〇年代から、ダークスコア湖の湖畔に別荘をおもちですよね？　そして〈レイクビュー・ジェネラル〉や郵便局、それにディッキー・ブルックスの〈オールパーパス・ガレージ〉などがあるあたり——すなわちノース・ヴィレッジと呼ばれている地域一帯の道路の制限速度は、その八〇年代から変わってはいないでしょう？」

「ええ、たしかに」わたしは認めた。

「では、最初の質問にもどります。あのあたりの道路を走っている車は、一般的にいって時速五十五キロという制限速度を遵守《じゅんしゅ》していますか？」

「交通量についての調査をおこなったわけではないので、一般的なことはいえませんが、制限速度にしたがわない車が多いとだけはいえます」

「必要ならキャッスル郡保安官事務所所属のジョージ・フットマンに、郡内で速度違反切符がもっとも多く発行されるのはTR-九〇だと証言してもらいましょうか？」

「いえ、けっこうです」わたしは本心からいった。

「あなたが最初にカイラ・デヴォアと、つづいてメアリー・デヴォアと会って会話をかわしていたあいだ、ほかの車がそばを通りかかりましたか？」

「はい」

「何台でしたか？」

「正確にはわかりません。二台ほどだったでしょうか」

「三台ということもありうる？」

「ありうるとは思います」

「五台ということは？」

「いや、それほど多くはなかったと思います」

「しかし、正確にはわからないのでは？」

「ええ、わかりません」

「カイラ・デヴォアが動顚《どうてん》していたからですか？」

「いや、じっさいあの子はしっかりしていました。あの年齢にしては――」

「あなたの前でカイラ・デヴォアは泣きましたか？」

「それは……はい」

「母親が泣かせたのですか？」

「それは不当な表現ですね」

「不当とおっしゃいますが、あなたのご意見は？　祝日の午前中の交通量の多い幹線道路に、三歳児がさまよいでていく事態を見のがすのと同程度には不当なことでしょうか？　それとも、そこまで不当なことではない？」

「まいったね、これは。勘弁してくれ」ビッソネットが静かな声でいった。猟犬じみた顔に倦《う》んだ表情がのぞいていた。

「では、質問を撤回します」ダーギンがいった。

「どの質問ですか？」わたしはたずねた。

ダーギンは〝自分はいつでも、おまえのような下衆《げす》のことを我慢しているし、おまえらのふるまいには慣れっこだ〟といいたげに、疲れはてた顔をわたしにむけてきた。

「では、あなたが少女を抱きあげて安全な場所に避難させてから、あなたとデヴォア親子が別れるまでのあいだに、そのそばを何台の車が通過していきましたか？」

この質問の〝安全な場所に避難させた〟という部分に引っかかりを感じはしたが、わたしが答え方を考えているあいだにも、すでに例の老人が〈ステノマスク〉にむかって小声でダーギンの質問をくりかえしていた。そもそも、わたしはたしかにカイラを〝安全な場所に避難させた〟のである。そこに言い抜けの余地はない。

「先ほどもいったように、はっきりとはわかりません」

「では、当て推量でけっこうですから、答えてください」

当て推量。あらゆる単語のなかで、わたしがもっともきらっている単語のひとつ。ニュース・コメンテイターのポール・ハーヴィー愛用の単語でもある。「三台というところが適切だと思いますが」

「メアリー・デヴォア本人の車をふくめてですか？　ええと——」そういって先ほどファイルから抜きだした書類に目を落としてから、「——一九八二年型のジープ・スカウトですね？」

わたしはあの日カイが《マッティーったら、いつもスピード出しすぎ》と話していたことを思い出し、ダーギンがどの方面に話をもっていこうとしているかを察した。しかし、わたしにはなすすべがなかった。

「ええ、運転していたのはマッティーですし、車はマッティーのスカウトでした。年式までは知りませんでしたが」

「あなたがカイラを両腕に抱いて立っていた場所の横を走りすぎたとき、メアリー・デヴォアの運転する車は制限速度以下で走っていましたか？　それとも制限速度ちょうど？　あるいは制限速度を越えるスピードで？」

あのときマッティーは最低でも八十キロは出していたが、わたしはダーギンにはっきりとはいえないと答えた。ダーギンは当て推量をするようにわたしをうながしたが——《ええ、ミスター・ヌーナン。あなたが絞首刑用《こうしゆけい》のロープの結び方をご存じないことは知っています。しかしあなたが本気になれば、ちゃんと結べるはずですよ》——わたしは精いっぱい鄭重《ていちよう》な口調で、わからないと答えた。

ダーギンは、またおなじ書類を手にとった。「ミスター・ヌーナン、ふたりの目撃証人――ひとりは〈オールパーパス・ガレージ〉の所有者であるディッキー・ブルックスで、もうひとりは引退した元大工のロイス・メリルです――が、あなたの居場所の横を通過したとき、ミセス・デヴォアの運転する車が制限速度の五十五キロをはるかに上まわるスピードを出していたと証言していますが、これはあなたにとって意外なことですか?」

「わかりません」わたしは答えた。「わたしは少女のほうにすっかり気をとられていましたから」

「ロイス・メリルは、ミセス・デヴォアの車の速度を時速百キロと推測していますが、これはあなたにとって意外なことでしょうか?」

「そんな馬鹿《ばか》な。それだけのスピードで急ブレーキを踏んだとすれば、車が横滑りして横転し、側溝に落ちこんでいたはずでしょうが」

「フットマン保安官助手が計測したブレーキによるタイヤ痕《こん》の長さからは、車が最低でも時速八十キロに達していたことが明らかになっています」

ダーギンはいった。質問ではなかったものの、この弁護士は悪党めいた顔でわたしを見つめてきた――わたしにむかって、もうすこしじたばたもがき、この底意地のわるい泥沼にあとすこし沈みこんでみろ、と誘いかけているような表情だった。わたしは無言だった。ダーギンは肉づきのいい小さな手を組みあわせ、そのままわたしにむかって顔を突きだしてきた。悪党めいた表情は消えていた。

「ミスター・ヌーナン、もしあなたがカイラ・デヴォアを道路ぎわまで運んでいかなければ——あなたがカイラを救出していなければ——カイラ自身の母親が、あの少女を轢き殺すことになっても不思議はなかったのではないですか？」

これはまぎれもない誘導尋問だった。どう答えればいいというのか？　ビッソネットは、わたしの助けになるようなサインをひとつも出していない。どうやらこの男は、美人の助手と意味深に視線をかわしあおうと躍起になっているようだった。ふと、マッティーが『バートルビー』と並行して読んでいた本を思い出した。リチャード・ノース・パタースンの『サイレント・ゲーム』。グリシャムの描く弁護士たちとは異なり、パタースンの作品に出てくる弁護士たちは、いつでも自分たちのなすべき仕事を充分に心得ているように思える。《異議あり。裁判長、これは証人に推測をもとめる質問です》

わたしは肩をすくめた。「申しわけありません、弁護士の先生。占い用の水晶球を家に忘れてきたもので」

またしてもダーギンの目に、例の醜悪な光が閃《ひらめ》いた。「ミスター・ヌーナン、はっきりと申しあげておきますよ——この質問にいま答えてもらわないかぎり、あなたがつぎの傑作のご執筆のためにたとえマリブやファイアアイランドにいようと——いや、それこそどこに行かれていても、いずれはおなじ質問に答えていただくために、こちらに呼びもどされることになりますからね」

わたしは肩をすくめた。「先ほどすでに、少女のほうに気をとられていたと答えましたよ。カイラの母親がどのくらいのスピードで車を走らせていたのか、わたしにはわかりませんし、ロイス・メリルの視力がどの程度なのかも知りません。フットマン保安官助手が計測したというタイヤ痕が該当する車のものだったかどうかもわかりません。道路のあのあたりには、かなり多数のタイヤの痕跡《こんせき》がつけられていますからね。かりにマッティーがほんとうに時速八十キロで車を走らせていたとしたら？ 九十キロ近いスピードだったとしてもいい。マッティーはいま二十一歳です。二十一歳というのは、一生で運転能力が最高に達する時期ですよ。だからそのスピードであっても、マッティーがカイラをうまく――しかもやすやすと――かわした可能性は充分にあります」

「いまのお答えで充分だと思いますね」ダーギンはいった。

「どうしてです？ 目あての答えがわたしから引きだせそうにないからですか？」ビッソネットの靴がまた踝をつついてきたが、わたしは無視した。「もしあなたがカイラの利益を代弁する立場にあるのなら、いったいなぜそうもカイラの祖父の味方のような口ぶりなんです？」

ダーギンの口もとに、悪意のしたたるような薄笑いが浮かんできた。《そうかい、この減らず口男め。本気で勝負したいのか？》といっているような笑み。ダーギンはテープレコーダーをわずかに自分のほうへ引き寄せた。「あなたの口から、カイラの祖父であるパームスプリングズ在住のミスター・マックスウェル・デヴォアの話題が出たことですので、これからその祖父のことを話題にしましょう。よろしいですか？」

「ご随意に——あなたが主役ですから」

「マックスウェル・デヴォアと話をしたことはありますか？」

「ええ」

「直接顔をあわせて？　それとも電話で？」

「電話でです」非公開にしているわが家の電話番号を、マックスウェル・デヴォアがどこかつきとめた事実をいいそえようとも思ったが、考えればマッティーもおなじことをしていた。そこでわたしは、その件については口を閉ざすことにした。

「それはいつのことでしたか？」

「この前の土曜日の夜です。四日の夜でした。わたしが花火見物をしているときに電話がかかってきたのです」

「その電話での話題は、午前中のちょっとした冒険のことでしたか？」そう質問しながら、ダーギンはポケットに手を入れてカセットテープをとりだしてきた。いかにも、これ見よがしな動作だった——この瞬間ダーギンは、シルクのハンカチの裏と表を観客に見せているマジシャンの趣きをただよわせていた。おまけにこの男は、はったりをかけていた。むろん断定はできないものの……わたしには確実に思えた。たしかにデヴォアは会話を録音していたのだろう——電話線に流れていた〝ぶうん〟という背景雑音はふだんよりも大きすぎたし、まさにあの電話の最中にも、心のあるレベルでそのことに勘づいてもいた——それに、いまダーギンがテープレコーダーに挿入しているテープに、そのときの会話がすっかり録音されていることもまちがいない。それでも……これははったりだった。

「記憶にありません」わたしは答えた。

カセットテープ装塡《そうてん》用の透明なプラスティックのふたを閉めようとしていたダーギンの手が、そのまま凍りついた。ついでダーギンは、これが現実だとは信じられない思いもあらわな顔でわたしを見つめた……そこには、またほかの感情もあった。わたしにはそれが、不意を討たれたがゆえの怒りに思えた。

「記憶にないと？　しっかりしてください、ミスター・ヌーナン。作家というのは人との会話を記憶するようにおのれを訓練すると決まっているのではありませんか？　それにこれは、つい一週間前のことなんですよ。さあ、なにを話しあったのかを教えてください」

「まったく記憶にありません」わたしは生彩を欠いた平板な声でいった。

つかのま、ダーギンはパニックを起こしそうな表情をのぞかせたが、すぐ如才ない顔をとりもどした。それから、《巻戻し》《早送り》《再生》それに《録音》などと書かれたボタンの上に、きれいに爪の磨かれた指を一本滑らせながら、ダーギンは質問を口にした。「ミスター・デヴォアは、最初にまずなにをいいましたか？」

「もしもし、といっていました」わたしは静かにいった。〈ステノマスク〉の陰から、くぐもった短い音がきこえた。老人が咳《せき》ばらいをしたにちがいあるまい——いや、笑い声を噛《か》み殺していた声だとしてもおかしくはない。

ダーギンの頬のそこかしこが赤く染まりはじめた。「もしもしのあとは？　そのあとはどういう話になったんです？」

「記憶にありません」

「その日の朝の出来ごとについて、ミスター・デヴォアから質問がありましたか？」

「記憶にありません」

「あなたはミスター・デヴォアに、メアリー・デヴォアと娘がいっしょにいたと話しましたか？　母と娘のふたりが花を摘んでいたと？　七月四日のあの日、町じゅうの噂《うわさ》になっていた出来ごとを耳にして心配に気を揉《も》んでいた祖父から質問されて、あなたはそのように答えたのではありませんか？」

「なにをいうかと思えば」ビッソネットがいい、テーブルの上で片手を立てた。それから立てた指先に反対側の手のひらをあてがい、レフェリーの〝T〟の形をつくった。

「休憩にしましょう」

ダーギンがビッソネットに視線をうつした。頬の赤らみはますます目だつようになり、引き結ばれた唇のあいだからは、きれいに金冠をかぶせられた小さな歯の先端がちらりとのぞいていた。

「いったいなにが目あてなんです？」嚙みつくような剣幕で、ダーギンはいった。これだけきくと、ビッソネットがモルモン教か、ひょっとしたら薔薇《ばら》十字会あたりの布教活動におとずれてきたものと錯覚しそうだった。

「わたしはあなたに、ミスター・ヌーナンへの誘導尋問をやめてほしいだけです。さらにいえば、いまの〝花を摘む〟云々《うんぬん》のくだりを記録から完全に削除することを要求します」ビッソネットはいった。

「理由は？」ダーギンが鋭くいいかえした。

「証人が話そうとしていないことを、あなたが無理に記録にとどめさせようとしているからですよ。あなたさえよければ、ここでいったん休憩にして、ランコート判事もまじえて電話で話しあい、判事の意見をうかがいましょう」

「いまの質問を撤回します」ダーギンはそういうと、やり場のない怒りに駆られた顔でわたしを見つめた。「ミスター・ヌーナン、わたしの仕事の手助けをしてもらえますかな?」

「できるなら、カイラ・デヴォアの手助けをしたいと思いますが」わたしは答えた。

「けっこう」ダーギンは、両者の立場にはひとつもちがいがないような顔でうなずいた。

「でしたら、あなたとミスター・デヴォアの会話の内容を話してください」

「記憶にありません」わたしはダーギンの視線をとらえ、そのまま相手の目をにらみつづけた。「おそらく……あなたなら、わたしの記憶を呼び起こすことができるかもしれませんね」

ひとときの静寂――それはいちかばちかのポーカーの試合でさいごの賭《か》けがなされてすぐ、参加者が手札をさらす直前におとずれてくるような静寂の瞬間だった。老戦闘機パイロットでさえ黙りこみ、マスクの上の目はまばたきひとつしていなかった。ついでダーギンは手首の裏側でテープレコーダーを横に押しやると(その口もとは、わたしがよく電話機にいだく感情を、いまこのときダーギンがテープレコーダーにいだいていることを如実《によじつ》に物語っていた)、七月四日の話題をまた蒸しかえしてきた。火曜の夜にわたしとマッティーとカイの三人がいっしょに夕食をとった件にまつわる質問は出なかったし、デヴォアとの電話での会話についての質問があらためて出てくることもなかった――わたしが軽はずみで、あっけなく論駁《ろんばく》されるような言葉を山ほど口にしたあの電話の件は。

そのあとも十一時半まで質問に答えつづけてはいたものの、この証言録取は先ほどダーギンが手首の裏でテープレコーダーをわきに押しやった時点で終了していた。わたしにはそれがわかっていたし、ダーギンにもわかっていたにちがいないと思う。

「マイク！　マイク！　こっちよ！」

マッティーは、広場の演奏壇の裏側にもうけられたピクニックエリアのテーブルのひとつから、わたしに手をふっていた。元気で幸せそのものの顔つきだった。わたしは手をふりかえすと、鬼ごっこをしている小さな子どもたちのあいだを縫い、芝生の上でいちゃつく十代のカップルを迂回《うかい》し、ジャーマンシェパードがジャンプしては巧みにつかまえているフリスビーの下を頭をかがめて通りながら、テーブルのほうに歩いていった。マッティーと同席していたのは、背の高い赤毛の痩《や》せた男だったが、わたしにはその男に目をむけているひまもなかった。わたしがまだ砂利の敷かれた通路に立っているうちからマッティーが迎えに出てきたかと思うと、両腕をまわしてわたしを抱きしめ——腰だけがうしろに引けている、つつましやかな抱擁ではなかった——唇に唇を重ねてきたからだ。それも、わたしの唇が歯に押しつけられるほどの激しさで。唇が離れていくときには、かなり大きな湿った音がした。マッティーは上体をのけぞらせて顔を離すと、喜びを隠そうともしないでわたしを見つめた。

「どう、生涯最高に熱いキスだった？」

「すくなくとも、この四年間では最高に熱いキスだったね」わたしは答えた。「この答えで満足してもらえるかな？」

それにマッティーがあと数秒のうちに体を離していかないことには、わたしはこのひとときを楽しんでいるという物的証拠を押さえられそうだった。

「満足するほかはないみたいね」マッティーはそういうと、ユーモアたっぷりの挑戦的な態度で赤毛の男にむきなおった。「どう？　いまのは安全圏内だった？」

「いや、そうはいえないでしょうね」男は答えた。「しかし、おふたりはいま、〈オールパーパス・ガレージ〉にたむろする老人たちの目のとどかない場所にいますから。マイク、ぼくがジョン・ストロウです。お会いできて光栄ですよ」

わたしは即座に、ストロウに好感をもった。その理由はおそらく、ストロウがニューヨーク臭ふんぷんたる三つぞろいのスーツを着て、ピクニックテーブルの上に几帳面《きちようめん》に紙皿をおいていながら、そのカールした巻毛が巨大な海草のように頭のまわりで揺らめいていたからだろう。顔の肌は白く、そばかすが散っていた——こういった肌は、日焼けしても決して褐色にはならない。まっ赤になったかと思うと、皮がぼろぼろ剝《は》がれて、湿疹《しつしん》のようになるのだ。握手をかわすと、ストロウの手は関節しかないような感触だった。すくなくとも三十歳にはなっているはずだが、外見はマッティーと同年齢にも見える。この男が運転免許証を呈示せずに酒が飲めるようになるには、あと五年はかかるだろう。

「さあ、おかけください」ストロウはいった。「〈キャッスルロック・バラエティ〉のおかげで、五品のフルコースの準備ができていますから。不思議なことにあの店では〝イタリアン・サンドイッチ〟なる名称がついているサブマリン・サンドイッチ……モッツァレラチーズのスティック……ガーリック風味のフライドポテト……スナック菓子の〈トウインキーズ〉です」

「それじゃ四品にしかならないぞ」とわたし。

「いけない、ソフトドリンクを忘れていました」ストロウはそういって、茶色い紙袋から首の長いバーチビールの瓶を三本とりだした。「さあ、食事にしましょう、マッティーは金曜日と土曜日は、二時から八時まで図書館で働いていますし、いまは欠勤してはまずい時期にあたっていますからね」

「そういえば、ゆうべの読書会はどんな具合だった？」わたしはマッティーにたずねた。「リンディ・ブリッグズに食われるようなことはなかっただろう？」

マッティーは声をあげて笑い、両手を組みあわせて頭の上に高々とかかげた。「見事に大当たりだったわ！文句ない大成功！もちろん、わが最上の洞察はすべてあなたに教えてもらったものだとは伏せたけど――」

「ちょっとした好意のなんとありがたいことか」ストロウはそういいながら、サンドイッチの包装の紐《ひも》をほどいて、包み紙をあけていた。注意ぶかく、また若干警戒しているような手つきで、両手の指先だけをつかうように心がけてもいる。

「——ただ、二、三の参考書を調べたら手がかりが見つかった、とだけ話したのよ。すごくいい気分だった。ほんものの女子大生になったみたいな気持ちだったわ」

「それはよかった」

「ビッソネットは？」ストロウがたずねてきた。「あの男はどこにいるんです？　これまでロメオなんていう名前の人間には会ったことがないんですよ」

「なんでも、ルイストンにとんぼ帰りしなくちゃいけないと話してたよ。残念だったね」

「でも、まあ、とりあえず最初は少人数ではじめたほうがいいんですがね」ストロウはサンドイッチをひと口かじり——包みのなかにはロールパンがいくつも詰めこまれていた——驚き顔をわたしにむけた。「これはわるくないな」

「四つ以上食べると、死ぬまでやめられなくなるから」マッティーがそういって、自分のサンドイッチをたっぷりと噛みちぎった。

「証言録取のことを話してください」ストロウがいい、ふたりが食べているあいだ、わたしは話をした。すっかり話しおえると、わたしは自分のサンドイッチを手にとり、遅れを挽回《ばんかい》しはじめた。イタリアン・サンドイッチのおいしさを、わたしはすっかり忘れていた——甘く、酸《す》っぱく、しかも同時に油っこくもあるのだ。もちろん、これほど美味なるものが健康にいいわけはない——当然すぎる話だ。法的問題の泥沼におちいっている若い女性に体をぴったりくっつけて抱擁されることにも、おなじような公理を編みだせるのではないか——わたしはそう思った。

「非常におもしろい。いや、ほんとうにおもしろい話です」ジョン・ストロウはそういいながら、油染《あぶらじ》みだらけの紙袋からモツァレラチーズのスティックをとりだしてふたつにへし折り、内側の半分固まりかけた白いぬるぬるとした粘液に恐怖の視線をむけた。

「こっちの人たちは、ほんとうにこんなものを食べるんですか？」

「ニューヨークの人たちは魚の膀胱《ぼうこう》を食べてるぞ」わたしはいった。「しかも生《なま》でね」

「一本とられましたな」ストロウは手にしたスティックを、プラスティック容器にはいったスパゲッティ・ソース（メイン州西部でこの文脈でもちいる場合には、〝チーズ・ディップ〟と呼ばれるソース）につけると、口に入れた。

「どうかな？」わたしはたずねた。

「わるくありませんね。もっと熱ければ、ずっとおいしいとは思いますが」

そのとおり。このストロウの発言は正しかった。冷えたモツァレラチーズ・スティックを食べるのは、冷えきった鼻汁を食べるのにちょっと似ているのだ——ただし、天気のいい夏の金曜日ともなれば、この意見は胸ひとつにしまっておくべきものだった。

「テープが手もとにあったのなら、どうしてダーギンが再生してみせなかったの？」マッティーがいった。「わたしにはわからないけど」

ストロウは両腕を前に伸ばして指の関節を鳴らしながら、やさしげな目をマッティーにむけた。「それについては、きっと永遠にわからないでしょうね」

この男はデヴォアが訴訟を取り下げるにちがいない、と考えていた――その思いが、あらゆるボディランゲージの行間やあらゆる声の抑揚から読みとれた。なるほど、希望的観測ではあるものの、マッティーが過度に希望をいだくようにならないかぎり、歓迎すべき見方だった。ジョン・ストロウは見た目ほど若くはないし、おそらく見た目ほど正直ではないのかもしれない（というか、わたしは心からそうであってほしいと願っていた）。しかし、それでも若いことに変わりはなかった。それにストロウもマッティーも、スクーター・ラリビーの橇《そり》にまつわる逸話を知らないし、その話をしたときのビル・ディーンの表情を目にしてもいないのだ。

「理由として考えられる事情を話してもいいでしょうか？」

「もちろん」わたしはいった。

ストロウはサンドイッチを下におくと指先をぬぐい、その指を一本ずつ折りながら話をしていった。「その一。電話をかけたのがデヴォアであること。そういった事情のもとでは、録音された会話に価値があるかどうかはすこぶる疑わしいものです。第二に、電話でのデヴォアは子ども向け番組のやさしいおじさん、キャプテン・カンガルーとは大ちがいだった。そうですね？」

「ああ」

「第三に、あなたのでっちあげた話で非難されるのはあなたであって、マッティーが非難されるいわれはないからです。ところで、マッティーがカイラの顔に泡を押しつけたというくだりは、ほんとうに気にいりましたよ。いくらがんばっても、その程度の話しかもちだせないのであれば、向こうはいますぐあきらめるべきでしょうな。そしてさいごに――まあ、真実はこのあたりだと思いますが――デヴォアが〝ニクソン病〟にかかっているからです」

「ニクソン病？」マッティーがたずねた。

「ダーギンがもっていたテープが、唯一《ゆいいつ》のテープとは考えられません。そんなことがあるわけはない。あなたの義父は恐れているんですよ。〈ウォリントンズ〉にどんな機械仕掛けがあるかは知りませんが、その機械で作成したテープの一本をもちだしたら、逆にこちらが裁判所から令状をとって、テープを一本残らず提出しろと迫ってくるのではないか、とね。まあ、わたしはその作戦も辞さないですが」

マッティーは困惑顔を見せた。「テープがあるとして、なにが録音されているの？

それに都合がわるいものなら、さっさと捨てればいいだけじゃないの？」

「捨てられないのかもしれないぞ」わたしはいった。「なんらかの理由があって、捨てられないということも考えられるし」

「そんなことは、どうだっていいんです」ストロウがいった。「ダーギンがはったりをかけていた――重要なのはその点だけでね」そういって掌底で、ピクニックテーブルを軽く叩《たた》く。「このぶんでは、いずれデヴォアは訴訟を取り下げますよ。ええ、心底そう思います」

「そんなふうに考えるのは、いささか早合点《はやがてん》じゃないかな」わたしはあわてていったが、マッティーの顔――これまでなかったほど明るく輝いていた――を見れば、すでに実害が発生したことはありありとわかった。

「それ以外に、あなたがなにをしていたかをマイクに教えてあげて」マッティーはストロウにいった。「話がすんだら、わたしは図書館に行くから」

「そういえば、仕事のある日はカイラをどこに預けてるんだ？」わたしはたずねた。

「ミセス・アーレン・カラムのところよ。ワスプヒル・ロードの三キロばかり先に住んでるの。それに七月中は、十時から三時までVBSがあるし。VBSというのは、〈休暇中聖書学校〉のこと。カイはこの学校が大好きなの。いちばんのお気にいりは歌を歌うことと、紙芝居風のフランネルボードでノアやモーゼのお話を見せてもらうことね。

そのあとあの子は、バスでアーレンの家の近くまで送ってもらうの。わたしはだいたい、九時十五分前に迎えにいくわ」つかのま、マッティーは思いを馳《は》せるような笑みを見せた。「その時間には、もうあの子はたいていソファの上で寝てるわね」

それからほぼ十分のあいだは、ストロウの独壇場だった。この仕事にかかってからそれほど時間はたっていなかったが、ストロウはすでにかなり多くの方面で動きを開始していた。カリフォルニアでは、知人がロジャー・デヴォアとモリス・リディングについての事実を収集中（〝事実を収集する〟という表現は、〝身辺を嗅《か》ぎまわる〟にくらべると、ずっと上品そうだ）。ストロウがことのほか関心を寄せていたのは、ロジャー・デヴォアと父親の関係の内実を知ることと、ロジャーがメイン州在住の幼い姪《めい》の身を案じていることが正式に記録されているかどうか、という点だった。さらにストロウは、TR－九〇に帰ってきてからのマックス・デヴォアの行動を可能なかぎり詳細に把握する作戦も立てていた。この作戦に関連して、ストロウはひとりの私立探偵の名前をあげた。わたしが借りうけた弁護士、ロメオ・ビッソネットから推薦された探偵だという。

ストロウが上着の内ポケットからとりだした小さな手帳のページをせわしなく繰りながら話しているあいだ、わたしはこの弁護士との電話で話に出た正義の女神のことを思い出していた。

《あの女の手首に手錠をかけ、最初からされている目隠しにくわえて、口もテープでふ

さぎ、レイプしたあとで、ぬかるみに転がしてやったらどうです？》

いまわたしたちのやっていることにくらべれば、これはいささか誇張が過ぎる比喩《ひゆ》だろうが、女神をちょっと押したり小突いたりする程度のことはしているだろう、と思った。ついで、哀れなロジャー・デヴォアが証人席についている光景を想像した――はるばる五千キロも飛行機で旅をしてやってきたかと思えば、性的嗜好《しこう》について質問されるだけなのだ。わたしはなんども自分に、ロジャーをそんな立場に追いこんでいるのはあくまでも父親のマックス・デヴォアであって、マッティーやわたしやジョン・ストロウではない、といいきかせなくてはならなかった。

「デヴォアやその首席弁護人と話しあいをもつ話は、すこし進んだのかな？」わたしはたずねた。

「なんともいえませんね。釣糸は垂れたとでも、申しこみはなされたとでも、ホッケー用のパックは氷の上におかれたとでも、お好みの比喩をえらんでください。お望みなら、この三つをいかように混ぜあわせてもけっこうです」

「アイロンは火にかけた、とか？」マッティーが口を出した。

「チェッカーのコマはボードにならんだ、とか？」わたしも調子をあわせていいそえた。

わたしとマッティーは顔を見あわせて声をあげて笑い、ストロウは悲しげな目つきでわたしたちをながめ、ため息を洩《も》らし、自分のサンドイッチを手にとって食べはじめた。

「だけど、デヴォアと会うとなったら、どうしても、おかかえ弁護士というとりまきも同席させないといけないのかい？」わたしはストロウにたずねた。

「では、今回の訴訟に勝ったはいいが、メアリー・デヴォアの弁護士が倫理に悖《もと》る行動をとったことを楯《たて》にとられて、すべてを一からやりなおす羽目になってもいいんですか？」ストロウはそういいかえしてきた。

「冗談でもそんな話はやめて！」マッティーが声を高めた。

「冗談ではありません」ストロウはいった。「デヴォアと会うときには、かならず相手の弁護士を同席させなくてはならないんです。ただし今回の出張では、そんな会合が実現するとは思っていません。ぼくはまだ、問題の老人を見たことさえないんですからね――もう好奇心で死にそうなほどですよ」

「デヴォアを見るだけで幸福な気分になれるのなら、つぎの火曜日の夜、ソフトボール場のネット裏に行ってみるといいわ」マッティーがいった。「高級な車椅子《くるまいす》にすわって、だいたい十五分にいちど酸素を吸いこみながら、大声で笑ったり、拍手をしたりしているはずだから」

「わるくないですね」ストロウは答えた。「ぼくは週末にはニューヨークに帰らないとなりません――オスグッドにならって週末は家に帰るんです。でも、火曜にはこっちに来られるかもしれない。ああ、野球のグラブをもってきてもいいですね」

そういってストロウはちらかったごみを片づけはじめ、わたしはまたしても、この男がとりすました雰囲気をもちながらも、同時に愛すべき人物らしさをもっていると思った。たとえるなら、ローレル&ハーディのスタン・ローレルのエプロン姿といったところ。マッティーがストロウの片づけの手をとめさせ、その仕事を引き継ぎはじめた。

「だれももう〈トゥインキーズ〉を食べないのね」マッティーは、かすかに悲しげな声でいった。

「家にもって帰って、娘さんへのお土産にしたらどうです？」ストロウがいった。

「だめよ。この手の甘いお菓子は食べさせないようにしてるの。いったいわたしを、どんな母親だと思ってるの？」

マッティーはわたしたちふたりの表情をまじまじと見つめ、たったいま口にした言葉をくりかえすと、いきなり大声で笑いはじめた。わたしたちも、声をあわせて笑った。

マッティーの古いスカウトは、戦歿者《せんぼっしゃ》記念碑の裏側の傾斜地にとめてあった。キャッスルロックの記念碑は第一次世界大戦時の歩兵像で、パイ皿形のヘルメットに鳥がたっぷりと糞《ふん》を落としていた。スカウトのとなりには、車検シールの上にレンタカー会社の〈ハーツ〉のステッカーが貼《は》ってある新車のトーラスがとまっていた。ストロウはトーラスの後部座席に、ブリーフケースを投げこんだ——ブリーフケースは思わず安心するほど薄く、見た目もおどろおどろしくなかった。

「火曜日にまた来られるようなら電話をします」ストロウはマッティーにいった。「それにオスグッドという男を通して、お義父《とう》さんと会える見とおしが立ったら、それも電話でお知らせします」

「そのときには、イタリアン・サンドイッチを買っておくわ」マッティーはいった。

ストロウはにやりと笑うと、片手でマッティーの腕を、もう一方の手でわたしの腕をつかんだ。その姿は、叙階されたばかりの新米神父がはじめて男女を結婚させているところを思わせた。

「必要があれば、おふたりが電話で話をするのはかまいません」ストロウはいった。

「ただしどちらかの電話、あるいは両方の電話が盗聴されているかもしれない、ということをくれぐれもお忘れなく。会う必要があったら、スーパーマーケットで会うようにしてください。マイク、あなたが調べものをする必要があるといって、地元の図書館にふらりと立ち寄るのも手かもしれません」

「でもその前に、ちゃんと貸出カードを更新しなくちゃね」マッティーがわざと上品ぶった笑みを見せながらいった。

「しかし、二度とマッティーのトレーラーハウスには行かないこと。わかりましたか？」

わたしはわかったと答え、マッティーもわかったと答えた。ジョン・ストロウは、その答えに心底納得した顔は見せていなかった。その顔を見てわたしは、この弁護士がわたしとマッティーの顔や体に本来あるべきでないものを見たのだろうか、と思った。

「相手方がいま採用している攻撃方法は、おそらく効を奏さないと思われます」ストロウはいった。「ぼくたちとしては、敵に攻撃方法の変化をうながすような危険は避けたいんです。つまり、あなたがたふたりの関係をあてこする、という意味です。またマイクとカイラのあいだになにかあるのではないか、というあてこすりも考えられますね」

マッティーがショックもあらわな表情を見せた——そのせいで、またしても十二歳に若返ったかに見えた。「マイクとカイラですって！　いったいそれは、なんの話なの？」

「どんな手段にでも訴えるところにまで追いつめられた人々は、そんなふうに幼児虐《ぎゃく》待《たい》があったと主張しかねない、という話ですよ」

「馬鹿《ばか》ばかしい」マッティーはいった。「もし義父がそんな泥を投げつけてこようとしたら——」

ストロウはうなずいた。「ええ、こちらもその泥を投げかえすほかはありませんね。そうなれば、東海岸から西海岸まで、アメリカ全土の新聞で今回の訴訟が大々的に報じられるばかりか、〈コートTV〉で審問会が生中継されるようになって、うまくいけば、ぼくたちを救ってくれるはずです。避けられるようなら、そんな事態はぜったいに避けたい。そんな事態は大人にとっては望ましくないものですし、子どもにとっても望ましいとはいえない。いまだろうと、あとあとになっても、です」

ストロウは体をかがめて、マッティーの頬にキスをした。

「こんなことになって残念です」そういったストロウは、心から残念に思っている声音《こわね》だった。「監護権の争いというのは、こういうものなんですよ」

「あなたが事前に警告してくれたことはわかるの。でも……ただ……ほかに勝つ手段がないとなったら、人間はそんなことまででっちあげてくるのかと思うと……」

「もう一回だけ警告させてください」ストロウはいった。その若々しく性格のよさそうな顔だちが許すかぎり、精いっぱい真剣な表情を形づくっていた。「ぼくたちが相手にしているのは、とてつもなく薄弱な根拠しかない主張をふりかざす、とんでもない金持ちの男なんです。そしてこの組みあわせは、古いダイナマイトのような効果を発揮することがあるんですよ」

わたしはマッティーにむきなおった。「いまでもカイのことが心配かい？　あの子が危険にさらされているような感じがする？」

マッティーが、この質問をうまく受け流そうと思っていることはわかったし——おそらく、昔ながらの単純なヤンキー気質《かたぎ》のなせるわざだったのだろう——ついで、受け流すまいと決心したことがわかった。これは推測だが、質問を受け流すことはいまの自分に許されない贅沢《ぜいたく》だとでも考えたのではあるまいか。

「ええ。でも、ただそんな感じがするだけよ」

ストロウは眉《まゆ》をひそめていた。目あてのものを手に入れるためなら、デヴォアが超法規的手段にさえ訴えるかもしれないという思いが、この弁護士の頭にも浮かんだのだろう。「できるだけ、カイラから目を離さないようにしてください。ぼくは直感を重んじています。あなたのその気分ですが……なにか確固たる裏づけでも？」

「なにもないわ」マッティーはそう答え、すばやくわたしを一瞥《いちべつ》して、〝口を閉じていろ〟というメッセージを無言でつたえてきた。「裏づけはなんにもないのよ」

それからマッティーはスカウトのドアをあけ、〈トゥインキーズ〉のはいった紙袋を投げこんだ――結局はもち帰ることに決めたのだ。それからマッティーは、怒りに近い表情でわたしとストロウに顔をむけた。

「でも、どうすればいまの助言どおりにできるかがわからない。いまだって週に五日は仕事に出てる。八月にはいればマイクロフィルムの更新作業がはじまるから、週に六日は出勤することになるわ。いまのところカイは、〈聖書学校〉でお弁当を食べる。で、夕食はアーレン・カラムの家で食べる。朝のうちはあの子を見ていられるけれど、それ以外の時間は……」マッティーがあとをつづけないうちから、わたしにはどんな言葉が出てくるかがわかった。昔ながらの言いまわしだった。「……ＴＲにいるわけ」

「きみがハウスメイドを雇う手助けをしてあげてもいいよ」わたしはいった。ジョン・ストロウとはくらべものにならないほど安あがりだろう、と思いながら。

「だめよ」

「だめです」

マッティーとストロウのふたりがまったく同時にそういい、顔を見あわせて笑いはじめた。しかし笑っているときですら、マッティーは緊張し、暗い気分に苛《さいな》まれているように見えた。

「のちのちダーギンやデヴォアおかかえの監護権チームにさぐられるような、書類上の痕跡《こんせき》を残すわけにはいきませんからね」ストロウがいった。「ぼくの弁護士報酬をだれが支払っているのかということと、マッティーが払うべき養育費をだれが出しているのか、というのは、まったくの別問題です」

「それに、あなたからはもう充分にしてもらっているし」マッティーはいった。「いまだって、それを思うと落ち着かない気分になるほどよ。ちょっとばかり気分が落ちこんだからといって、これ以上深みにはまるわけにはいかないの」

それだけいうと、マッティーはスカウトに乗りこんでドアを閉めた。

わたしはスカウトのあいている窓に手をかけた。目の高さがおなじになったいま、視線のぶつかりあいは、思わずどぎまぎするほど強いものになった。「マッティー、わたしにはほかに金の使い道がないんだよ。ほんとうにね」

「ジョンへの弁護士報酬なら、わたしにも素直に受けとれるの。なぜなら、ジョンへの報酬はカイのためだから」そういってマッティーはわたしの手に手を重ね、一瞬だけ力をこめて握った。「でもこっちの話は、わたしのためのお金になる。そうでしょう?」

「ああ。でもベビーシッターの人や聖書学校の関係者には、いま監護権関係の問題をかかえていて、その争いがかなりの泥仕合になりそうだから、きみの許可がないかぎりは、どんな人が来ても——たとえ顔見知りであっても——カイラを連れていかせないよう、きちんと話をしておく必要はあるね」

　マッティーはほほえんだ。「もう話してあるわ。ジョンの助言にしたがってね。また連絡してちょうだい、マイク」

そういってマッティーはわたしの手をもちあげ、派手に唇を鳴らして手の甲にキスをすると、車を発進させて去っていった。

「きみはどう思う?」わたしはストロウにたずねた。わたしたちはその場に立ったまま、スカウトがオイルを垂らしながら、架けられたばかりのプルーティ橋の方向にむかっていくのを見おくっていた。この橋はキャッスル・ストリートの上をまたぎ、街から外にむかう車を州道六八号線へとみちびいている。

「マッティーに裕福な出資者と頭の回転の速い弁護士がついたのは、すばらしいことだと思いますよ」ストロウはそういって、いったん間《ま》をおいてから言葉をついだ。「しかし、ひとつ話しておきたいんですが——なぜかぼくには、あの人が幸運に恵まれたとは思えないんです。そんな感じがしたというだけで……よくわからないんですが……」

「つまりマッティーのまわりを雲がとりまいているのに、その雲がいまひとつはっきり見えない、とでもいうわけか」

「そうかもしれません。ええ、そうなのかもしれませんね」ストロウは、落ち着きなく揺れているもじゃもじゃの赤毛を手で梳《す》きあげた。「ただ、なにか寂しいことがあるんじゃないかとは感じました」

ストロウのいいたいことは、わたしも完璧《かんぺき》にわかった……ただしわたしには、それ以上の思いがあった。悲しかろうと悲しくなかろうと、正しいことだろうと正しくなかろうと、わたしはマッティーとベッドに行きたくてたまらなかった。マッティーの両手がわたしを引っぱったり押したり、軽く叩《たた》いたり撫《な》でたりする感触を味わいたくてたまらなかった。マッティーの素肌の香りを吸いこみ、髪の毛を味わいたかった。耳にマッティーの唇を押しあててほしかったし、マッティーの吐息で耳の奥の細い毛をくすぐられながら、あなたがやりたいことをしていい、やりたいことはなんでもしていい、という言葉をささやかれたくてたまらなかった。

〈セーラ・ラフス〉に帰りついたのは午後二時のすこし前で、わたしは仕事部屋とクーリエの活字ボールのついたＩＢＭのタイプライターのこと以外にはなにも考えずに、家のなかにはいっていった。わたしはふたたび小説を書いていた――そう、小説を書いていたのだ。いまもって信じられない気分だった。六時まで仕事をしたら（四年間の業務停止期間のあとだけに、あまり〝仕事〟とは感じられなかった）、ひと泳ぎして、そのあと〈ヴィレッジカフェ〉に出かけ、コレステロールたっぷりのバディ特製料理に舌鼓《したつづみ》を打とう――わたしはそう考えていた。

ドアをくぐったとたん、箆鹿《へらじか》バンターの鈴が耳ざわりな音で鳴りはじめた。ノブにかけた手が凍りついたまま、わたしは玄関ホールで棒立ちになった。家のなかは暑く、まぶしく、どこにも影ひとつ見あたらなかったが、わたしの前腕には真夜中を思わせる鳥肌が立っていた。

「だれだ？」わたしは声をあげた。

鈴の音がとまった。つかのまの静寂につづいて、かん高い女の悲鳴が響きわたった。声はあらゆる方向から同時に響いてきた――熱く灼《や》けた人の腕から汗がほとばしるように、埃《ほこり》がはっきり見えるほど燦々《さんさん》たる日ざしにあふれた空気から、声があふれだしてきたのだ。それは憤激と瞋恚《しんい》、そして悲嘆の叫び声だったが……いちばん多くを占めていたのは恐怖の感情だったと思う。それに応《こた》えるかのように、わたしも悲鳴をふりしぼって、地下室に通じる闇《やみ》に閉ざされた階段に立っていた。抑えようにも抑えられなかった。地下室に通じる闇に閉ざされた階段に立って、目に見えぬ拳《こぶし》が断熱材を叩く音をきいていたときにも恐怖は感じたが、このときの恐怖はその比ではなかった。

　悲鳴は、いきなり途切れたりしなかった――子どもの泣き声がだんだん小さくなっていったのとおなじように、しだいにかぼそくなっていったのだ。何者かによって、悲鳴をあげている人間が長い廊下をわたしと反対の方向にすばやく引き立てられていくかのように、声はどんどん細くなっていった。

　そしてさいごに、悲鳴はふっつりきこえなくなった。

　わたしは手のひらをTシャツに押しあてたまま――Tシャツの下では心臓が奔馬のごとく脈を刻んでいた――書棚によりかかった。激しく息が切れ、ものすごく恐ろしい思いをしたあとの例に洩《も》れず、全身の筋肉が奇妙な爆発をしたかのように感じられた。

　一分が経過した。心臓の鼓動はしだいに落ち着き、それにつれて呼吸もゆっくりしたペースをとりもどしてきた。体を起こし、ふらつく足を一歩進めてみる。両足が体を支えられることを確かめると、さらに二歩あるいた。それからキッチンに通じる戸口に立って、その先の居間に目をむけた。煖炉《だんろ》の上から、篦鹿バンターがどんよりしたガラスの目でわたしを見かえしてきた。首にかかった鈴はぴくりとも動かず、なんの音もたててはいない。鈴の側面に日ざしがあたり、見るからに熱そうに光っていた。あたりにきこえる物音といえば、キッチンにある例の馬鹿らしいフィリックス・ザ・キャットの時計の音だけ。

そんなときでさえ、わたしの頭にとり憑《つ》いて離れなかった思い――それは、悲鳴をあげていたのはジョーだ、〈セーラ・ラフス〉はわが亡妻が出没する場であり、妻はいま苦しんでいる、という思いだった。死んでいようといまいと、いま妻は苦しみにあえいでいる……。

「ジョー?」わたしは静かにたずねかけた。「ジョー、きみは――」

またもや泣き声がきこえはじめた――あの怯《おび》えきった子どもの泣き声が。と同時に、わたしの口のなかにまたしても湖の水の金《かな》くさい味が一気にあふれかえってきた。わたしはむせかえり、怯えながら、片手をのどにあてがうと、かがみこんでシンクに顔を沈めて吐いた。今回も、結果は前と変わらなかった――たっぷりした量の水が吐きだされるようなことはなかった。口から出てきたのは、わずかな量の唾《つば》だけだった。口のなかが水であふれかえった感覚は、片鱗《へんりん》すらとどめず、嘘《うそ》のように消えていた。

わたしはカウンターを両手でつかみ、シンクに顔を沈めた姿で、そのまま立っていた。見る人がいれば、前の晩にしこたま飲んだ瓶づめのごちそうの大半を吐きもどして、ようやくパーティーにけりをつけた酒飲みに見えたことだろう。いや、じっさいそんな気分ではあった――あまりの衝撃に朦朧《もうろう》として、頭が過負荷におちいり、現実になにが起きているのかさえ把握できないありさまだった。
しばらくしてようやく体を起こしたわたしは、食器洗い機のハンドルにかかっていたタオルを手にとり、顔の汗をぬぐった。冷蔵庫にアイスティーがあったはずだった。なにはさておき、たっぷり氷を詰めこんだトールグラスでアイスティーを飲みたくてたまらなくなった。冷蔵庫の扉に手を伸ばしかけ——そこでわたしは凍りついた。果物と野菜のマグネットが、またしても輪をつくっていた。その中央に、こんな文字がならんでいた。

help im drown
（助けて溺《おぼ》れちゃう）

《もうたくさんだ》わたしは思った。《この家を出ていくぞ。ああ、いますぐ出ていってやる。きょうのうちに》
しかし一時間後、わたしは息づまる暑さの仕事部屋にトランクス形の水着一枚の姿ですわり、横のデスクにアイスティーのグラスをおいたまま（氷はとうの昔にすっかり溶けていた）、自分が創作した世界に没頭していた——アンディ・ドレイクという名前の私立探偵が、ジョン・シャックルフォードと〈野球帽の男〉という仇名《あだな》の連続殺人鬼が同一人物でないことを立証すべく奮闘している世界に。

これが人間の暮らしだ。いちどに一日ずつ、いちどに一食ずつ、いちどにひとつの苦しみを味わい、いちどに一回ずつ息をする。歯科医が根管治療をするときも一回に一本ずつだし、船大工はいちどにひとつの船体をつくっていく。本を書くとすれば、いちどに一ページずつ書いていくしかない。わたしたちは知っているものすべて、恐れているものすべてから顔をそむける。カタログを検分し、フットボールの試合を見物し、AT&Tとスプリントというふたつの電話会社を比較して後者をえらぶ。空を飛ぶ鳥の数をかぞえ、背後の廊下からなにかが近づく足音がきこえたら、決して窓からふりかえったりしない。そうとも――わたしたちはそう答える。なるほど、雲はしじゅういろいろな物に見えてくる。魚に見えることもあれば、ユニコーンや人を乗せた馬に見えることもある。しかし、実体はあくまでも雲だ。たとえ雲のなかで稲光が閃《ひらめ》いているそのときでも、わたしたちはあれはただの雲だといって、注意をつぎの食事に、つぎの苦しみに、つぎの息に、つぎのページにふりむける。これが、わたしたち人間の暮らしなのだ。

16

よろしいか、こんどの作品はぶ厚いものになる。大作になるのだ。

わたしはタイプライターと、書きはじめたばかりのまだ薄い原稿をまとめてデリーに帰ることはおろか、〈セーラ・ラフス〉のほかの部屋にうつることさえ恐れていた。それが、幼児を嵐《あらし》のなかに連れだすのにひとしい危険きわまる行為に思えた。そこでわたしは、事態があまりにも不気味な展開を見せたらすぐに出ていくという選択肢を保持したまま（喫煙者が、あまりにも咳《せき》がひどくなったら禁煙するという選択肢を、つねに手もとにおいておくようなものだ）〈セーラ・ラフス〉に滞在しつづけ、そうして一週間が過ぎた。この一週間にはさまざまなことがあったが、つぎの金曜日——七月十七日のことになる——にストリートでマックス・デヴォアその人に会うまでのいちばん重要なことは、いずれ完成のときが来れば『わが少年時代の友』という題名で呼ばれるはずの長篇をひたすら執筆していた、ということに尽きるだろう。わたしたち人間はいつでも、すでにうしなわれたものを最上のものだと思いこんだり……あるいは最上のものになるはずだったと思いこんだりするのかもしれない。わたしにはどうとも断言できない。わたしが確かなこととして知っているのは、その一週間の現実世界での自分の生活が、もっぱらアンディ・ドレイクとジョン・シャックルフォード、および背景にたたずむ謎《なぞ》めいた人影にかかわっていた、ということだけだ。この人影はレイモンド・ギャラティといい、ジョン・シャックルフォードの少年時代の友人である。そしてこの男こそ、ときおり野球帽をかぶる男でもあった。

　その週のあいだも、家のなかでの顕現現象《マニフェステイション》はつづいていたが、どれも控えめなレベルのものばかりだった——血も凍るような悲鳴の絶叫などはなかった。ときおり篦鹿《へらじか》バンターの鈴が鳴り、ときおり冷蔵庫の扉に張りつけてある野菜と果物のマグネットが、ひとりでに輪をつくりなおすことはあっても……輪のなかに単語が出現することはなかった。またある朝は、起きてみると砂糖の容器がひっくりかえされており、それを見てわたしはマッティーの小麦粉の話を思い出した。こぼれた砂糖にはなにも書かれておらず、こんな曲線があっただけだった——

──まるでだれかが、なにかを書こうとして失敗したように見えた。もしそうならば、わたしは心から同情する。それがどういった気分のものか、わたしもよく知っていたからだ。

手ごわい敵のエルマー・ダーギンが主催したわたしの証言録取は、七月十日の金曜日のことだった。そのつぎの火曜日には、ストリートを歩いて〈ウォリントンズ〉のソフトボール場まで足を運んだ。このわたしにも、マックス・デヴォアをひと目見る機会があるか、という気持ちからだった。叫び声や応援の声、ボールを打つバットの音などがきこえる範囲に近づくころには、午後の六時近くなっていた。ひなびた道案内（オーク材の矢印に、飾りの多い書体でWの字が焼印で捺《お》されている）のとおりに道を歩いていくと、廃屋となったボートハウスの横を通り、物置小屋をふたつばかり通りすぎて、さらにブラックベリーの蔓《つる》に半分埋もれたような四阿《あずまや》の横を通った。やがてわたしは、センターの裏にたどりついた。ポテトチップの袋やキャンディの包装紙やビールの空き缶などのごみがちらかっているところから察するに、この見晴らしのいい場所で試合を見物するのは、わたしが最初ではないようだった。いやでもジョーと謎の友人のことが思い出されてきた──古びた茶色いスポーツジャケットの男、ジョーの腰に手をまわし、笑いながら妻を試合から遠ざけて〈ストリート〉のほうに連れだしていったという恰幅《かっぷく》のいい男。週末のあいだに二回ばかり、ボニー・アムードスンに電話をかける寸前までいった。この謎の男を追いつめて、名前をあたえることができないかと思ってのことだったが、二回ともすんでのところで思いとどまった。藪蛇《やぶへび》だぞ——二回とも、わたしは自分にそう語りかけた。藪蛇になるようなことはやめろよ、マイクル。

この晩センターの裏にいたのは、わたしひとりだった。ホームプレートからこのくらい離れているのが安全に思えた——バックネット裏に車椅子《くるまいす》をすえて試合を観戦している男はわたしを嘘《うそ》つき呼ばわりした当人であり、わたしはといえば、わが家の電話番号のメモを、ふだんはめったに直射日光にふれない場所に突っこんでおけとその男に提案した当人なのだ。

どのみち、心配は杞憂《きゆう》におわった。デヴォアは試合見物に来ていなかったし、愛らしきロゲット・ホイットモアの姿もなかった。

簡単な補修しかなされていない一塁側の金網フェンスの反対側に、マッティーがいるのが目にとまった。そのとなりにいるのは、ジーンズとポロシャツという服装で、赤毛の大半をニューヨーク・メッツの野球帽の下に押しこめたジョン・ストロウだった。ふたりは立ったまま試合を見物しては、旧友同士のようにおしゃべりをかわしていたが、二イニングが過ぎたころ、ふたりはようやくわたしの存在に気がついた。ストロウの立場にわずかな羨望《せんぼう》をいだき、さらにわずかな嫉妬《しっと》までも感じるには充分な時間だった。

ようやく選手のひとりが、センター方面にフライを高く打ちあげた。このあたりでは、木立ちの周縁部分がフェンスの役目を果たしているにすぎなかった。センターを守る外野手が後退したが、ボールはその頭上高くを飛び越えて、わたしの右側、かなり深いところにまで飛んできた。わたしはなにも考えずにボールの方向へと走りだし、外野の芝生と木立ちのあいだにできている灌木《かんぼく》の茂みのなかを、毒漆《どくうるし》に足を踏みこむことのないよう祈りながら、高く足をあげて走っていった。わたしがいっぱいに伸ばした手でソフトボールをとらえると、観客から歓声があがり、わたしも声をあげて笑った。センターを守っていた外野手がグラブの中央を右の素手で叩《たた》きながら、わたしに声をかけてきた。一方、打者はグラウンドルールによって打球がホームランになることを心得ているのだろう、悠然《ゆうぜん》とした足どりで塁をまわっていた。

外野手にボールを投げかえし、キャンディの包装紙とビールの空き缶のあいだという守備位置に引きかえしていく途中で、また目をむけると、こちらを見つめているマッティーとストロウの姿が目に飛びこんできた。

人間はほかの動物よりもいくぶん大きな頭脳をもち、大宇宙の枠組における自分たちの重要性をとんでもなく大きく考えてはいるが、その人間もしょせんは動物の一種にすぎない、という考え方がある。この考え方をなによりも裏づけてくれるのは、わたしたち人間が必要に迫られた場合に、どこまでしぐさで意志を通じあえるか、ということではあるまいか。マッティーは胸の前で両手を組んで、左に小首をかしげ、両眉《りょうまゆ》を吊《つ》りあげた──《わたしのヒーローさん》わたしは両手で左右の肩を押さえると、手のひらを空にむけてひらひら動かした──《なにを馬鹿《ばか》な。どうってことないさ》そしてストロウは顔を伏せ、そのあたりが痛むかのように、ひたいに指を一本突き立てた──これは《幸運なクソったれめ》という意味か。

一連のコメントのやりとりがすむと、わたしはバックネット裏を指さしながら肩をすくめて、質問を投げかけた。マッティーとストロウの両方が、おなじように肩をすくめてきた。それから一イニングののち、ひとつの巨大なそばかすが爆発したような外見の少年が、わたしのところまで走って近づいてきた。マイケル・ジョーダンの名前がはいった大きすぎるジャージが、少年の向こう脛《ずね》のあたりでドレスのようにはためいていた。

「あっちにいた人が、ぼくに五十セントくれたんだ──あとでキャッスルロックのホテルに電話をくれれと、あんたに伝言してくれってね。いますぐ返事をするのなら、あんたからあと五十セントもらって、その返事をきいてこいっていわれたよ」少年はストロウを指さしていった。

「じゃ、九時半ごろ電話をするとつたえてくれるかな」わたしは答えた。「でも、いま小銭が手もとになくてね。一ドルで勘弁してくれるか?」

「うん、そりゃもう、あったり前だよ」少年は紙幣をひったくるなりわたしに背をむけて歩きかけ、すぐ足をとめてふりかえると、第一幕と第二幕のあいだの段階にある歯を見せて、にやりと笑った。ソフトボールの選手たちが背景にいることもあって、少年はわれらアメリカの国民的画家、ノーマン・ロックウェルの描く典型的な人物に見えた。

「あの男の人、あんたはボールをとるのが下手くそだっていってたよ」

「じゃ、やつにこうつたえてくれ。ウィリー・メイズも人からいつもおなじことをいわれていた、とね」

「ウィリー……だれだって？」

ああ、これが若さか。これが大衆か。「とにかく、あの男にそういうんだ。あいつならわかるから」

わたしはもう一イニング見物していたが、このころには試合が酔いどれ状態になっていたうえ、依然としてデヴォアが姿を見せないこともあり、来た道をまた歩いて引きかえしはじめた。途中でひとりの釣人が岩の上に立っている横を通り、しっかりと手を握りあったままストリートを歩いている若いカップルともすれちがった。ふたりが〝こんばんは〟をいってよこし、わたしもおなじ言葉を返した。孤独でありながら、同時に満ちたりた気分でもあった。これは、きわめて珍しい種類の幸福にちがいない。

世の中には、外出から帰ると欠かさず留守番電話の伝言を確認する人々がいる。この夏、わたしはいつも冷蔵庫の扉を確かめていた。ど・れ・に・し・よ・う・か・な――アニメの《空飛ぶロッキーくん》に出てくる大鹿のブルウィンクルがよく口にしていた科白《せりふ》ではないが、精霊たちがいまにも話をしようとしているのだから。その夜は精霊たちはなにも話していなかったが、野菜と果物のマグネットは一見したところ蛇とも、ひょろりとしたSの字とも見える曲がりくねったこんな線を形づくっていた――

そのすこしあとで、わたしはストロウに電話をかけて、今夜デヴォアがどこにいたのかをたずねた。ストロウは、先ほど簡単な動作で効率よくつたえてくれた情報をくりかえしただけだった。

「あの男がこの町に帰ってきて以来、試合見物に出てこなかったのは今夜がはじめてなんです」ストロウはそう語った。「マッティーが何人かの人に、デヴォアが無事かどうかをたずねようとはしたんですが、無事だということで意見の一致を見ていたようですね……すくなくとも外部の人間にわかっているかぎりは」

「どういう意味なんだ、マッティーが何人かの人に〝たずねようとはした〟というのは？」

「マッティーと話をしようともしない人が何人かいたからです。うちの両親の世代の言いまわしを借りれば、〝村八分にする〟ってやつですかね」

《口に気をつけろよ》わたしは口には出さずに、そう思った。《わたしだって、世代でいえばきみの母親とは半歩しかちがわないんだから》

「ようやく、昔の友だちのひとりが話の相手になってくれていましたが、それがマッティー・デヴォアへの一般的な態度のようでした。例のオスグッドとかいう男はセールスマンとしてはからきし無能ですが、デヴォアの金のばらまき屋としては優秀な仕事をしていますね。なにせマッティーを、町のほかの住民から完全に孤立させたんですから。ときに〝町〟といっていいんでしょうか？　そのあたりが、まだよくわからないんです」

「ここはただのTR――いくつかの村を併合した地区にすぎないんだ」わたしはぼんやりといった。「しかし、それだけじゃ説明がつかないな。まさかきみは、デヴォアが住民全員に賄賂《わいろ》をわたしたと本気で信じてるのか？　昔のワーズワースあたりの〝田園の無垢《むく》と善〟とかいう考え方とは、まるっきり一致しないようじゃないか」

「デヴォアは金をつぎこみ、オスグッドを――おそらくはフットマンも――つかって、噂話《うわさばなし》を広めてます。おまけにこの近辺の住民たちの正直さときたら、せいぜい政治家たちなみですね」

「買収されている人間ということか?」

「ええ。ああ、そういえばきょう、ペリー・メイスン流にいうなら〝放蕩娘《ほうとうむすめ》の事件〟の審理で、デヴォア側の花形証人になるはずの人物を見かけましたよ。ロイス・メリルです。何人かの仲間たちといっしょに、ソフトボールの用具入れになっている物置小屋の近くに立ってました。気がつきましたか?」

わたしは、気がつかなかったと答えた。

「どう見たって、百三十歳にはなってますね」ストロウはつづけた。「杖《つえ》をついてましたが、金でできた握りの部分ときたら象のケツの穴ほどの大きさでしたよ」

「あれは、ボストン・ポスト紙が寄贈した杖なんだ。郡や併合地区ごとの最高齢者に代々受けつがれるんだよ」

「あの男にその杖をもつ資格が充分あることはまちがいないですね。もしデヴォアの弁護士がメリルに証言させるとなったら、ぼくがあの男の肉をきれいさっぱり骨からこそげ落としてやりますとも」

ジョン・ストロウの陽気そうな自信たっぷりの口ぶりに、なにがなし背すじが寒くなるものを感じた。

「そうなると思っているよ」わたしは答えた。「ところで、旧友たちから〝村八分にされた〟マッティーの反応はどうだった？」

そういいながらわたしは、マッティーが火曜日の夜は大きらいだ、と話していたことを思い出していた――いまは亡《な》き夫と最初に出会ったときのまま、いまもソフトボールの試合がおこなわれているが、そんなことを考えるのもいやだ、と話していたことを。

「気丈なものでしたよ」ストロウは答えた。「思うにマッティーは、もう見こみがないとわかって、あの人たちのことをあきらめたんじゃないですかね」

その意見には同意しかねる気持ちもあったが――だれかを〝見こみがないとあきらめる〟ことが特別な意味をもっていた二十一歳のころを、あざやかに思い出したせいだろう――わたしはなにも口にしなかった。

「マッティーは踏んばってるんですよ」ストロウはつづけた。「これまではずっと孤独で怯《おび》えていた……もしかしたら心のなかでは、すでにカイラを手放す方向で考えはじめていたのかもしれません。でも、いまはもう自信を回復しています。そのきっかけをつくったのは、あなたとの出会いだといえるでしょうね。ええ、ありえないほど幸運なタイミングで、あなたがブレーキを踏んだおかげですとも」

なるほど、そうかもしれない。頭のなかに、かつてジョーの兄のフランクが口にしていた言葉がさっと閃《ひらめ》いた。自分は幸運なんか信じない、信じるのは運命と天啓を得たうえでの選択だけだ、という言葉だった。それにつづいて、ＴＲじゅうに張りめぐらされている目に見えないケーブルのイメージが思い出されてきた――目には見えなくても、このケーブルがつくる関係は鋼鉄の強靭《きょうじん》さをそなえている。

「ジョン、じつはこのあいだ証言録取のあとで、いちばん肝心な質問をするのをうっかり忘れていたんだ。わたしたちみんなの懸案事項である監護権審問会のことだが……すでに開催日時が決まっているのかね？」

「いい質問ですね。日曜までに三通りの方向から調べましたし、おなじことをビッソネットもしてくれました。デヴォアとその一味が小癪《こしやく》な手をつかっていなければ――たとえば、ちがう司法管轄《かんかつ》区の裁判所に提訴したりしていなければ――いまだに正式な開催が決まっているわけではありません」

「そんなことができるのか？　ちがう司法管轄区に提訴するような真似《まね》が？」

「可能性はあります。しかし、わたしたちに勘づかれずにするのは無理ですね」

「で、その意味するところは？」

「デヴォアがもうあきらめる寸前だということですよ」ストロウは即座に答えてきた。

「いまの時点では、それ以外の説明が思いつきません。ぼくはあしたの朝一番でニューヨークにもどりますが、連絡は絶やさないようにします。もしこちらでなにか起こったら、あなたのほうからも連絡してください」

わたしはそうすると約束して、ベッドにはいった。わたしとひとつの夢を共有する女性の訪問者はいなかった。そのことでは、ある種の安堵《あんど》を感じた。

水曜日の昼近い時刻になって、アイスティーをお代わりしようと一階に降りていくと、ブレンダ・ミザーヴが裏口ポーチに回転式の物干し台を立てて、わたしの洗濯物を干していた。この仕事をするにあたって、ブレンダは十中八九母親から教えられたにちがいない方法を採用していた――ショートパンツやシャツを外側に干し、下着を内側に干していたのだ。こうすれば近くを通る穿鑿《せんさく》好きな人々に、自分が素肌にいちばん近い場所にまとっている衣類を見られずにすむ。

「四時ごろになれば、もう洗濯物をとりこめますからね」ブレンダは帰りじたくをしながらいった。それから、生涯にわたって裕福な男の〝お世話〟をしてきた女ならではの、きらきらと皮肉っぽい光をたたえた瞳《ひとみ》でわたしを見つめながら、言葉をつづけた。「入れ忘れて、ひと晩じゅう外に出しっぱなしなんてことがないようにしてください。いったん夜露で湿った服は、もういちど洗いなおさないかぎり、さっぱりした感じがしなくなっちゃいますから」

わたしは精いっぱいへりくだった口調で、ぜったいに忘れないようにすると話した。それから――大使館のパーティーで情報あつめに精を出すスパイになった気分を感じながら――この家に妙な雰囲気を感じないか、とブレンダにたずねた。

「妙な雰囲気ってどういうことです？」ブレンダは、もじゃもじゃの眉毛の片方を吊りあげていった。

「いや、二、三回だけど妙な物音を耳にしたのでね。それも夜のあいだに」

ブレンダはふんと鼻を鳴らした。「ここは丸太づくりでしたよね？　いってみれば、材木を継ぎはぎして建てられたも同然ですよ。翼棟同士が押しあってるものだから、それで材木が動いて、落ち着くところに落ち着いてくんです。先生がきいたって物音は、たぶんその音でしょうね」

「じゃ、幽霊じゃないのか？」わたしは、さも失望した口調をよそおった。

「あたしは幽霊なんぞ見たことはありませんね」ブレンダは当然の事実を述べる会計係のような口ぶりで答えた。「でもあたしの母親は、このへんには幽霊がたくさんいるって話してましたっけ。この湖全体が、幽霊の出る場所になってる、って。ウィング将軍に追い散らされるまで、このへんに住んでた先住民のミクマク族の幽霊やら、このあたりから南北戦争に出征していって、戦地で死んだ人たちの幽霊やらがいるという話でした。この地区からは六百人以上の男たちが兵隊になって出ていって、故郷に帰ってきたときには、それが百五十人もいなかったっていうんですから……まあ、生きて帰ってきた連中という意味ですけど。母はほかにも、ダークスコア湖のこっち側には、ここで死んだかわいそうなニグロの男の子の幽霊が出るって話してました。ほら、例のレッドトップ・ボーイズの一員だった子ですよ。ご存じでしょう?」

「いや——セーラとレッドトップ・ボーイズのことは知っていたけど、そのことは知らなかったな」わたしはいったん言葉を切った。「その子は溺《おぼ》れ死んだのかな?」

「いやいや、動物用の罠《わな》にかかって死んだんです。丸一日近く逃げようともがいて、助けをもとめる悲鳴をあげてたって。ようやく見つかって足から罠をはずしてもらったんですが、それがかえって仇《あだ》になったんですね。男の子は敗血症を起こして死にました。一九〇一年の夏のことでした。あの連中がここを去っていったのは、その事件が理由だと思いますよ。つらすぎて、ここに住むのが耐えられなかったんでしょうね。でもうちの母はずっと、その小さな子、死んだ男の子だけはここにとどまっている、と話してました。あの子はまだTRにいる、というのが母の口癖だったんです」

デリーからここに来たときに、どうやらその男の子がわたしを出迎えてくれたばかりか、そのあとも二、三度ここに足を運んでくれている——いまそんな話をしたら、ブレンダ・ミザーヴはなんというだろうか?

「そのあと、ケニー・オースターのお父さんの話がありましたね。ノーマル・オースターの」ブレンダはつづけた。「あの話はご存じでしょう? ねえ、ほんとうに悲惨な話ですもの」

　そういいながらも、その顔には満足げな表情が浮かんでいた――そんな悲惨な話を知っていることがうれしいのか、あるいは悲惨な話を語るチャンスが到来したことがうれしいのだろう。

「いや、知らないな」わたしは答えた。「だけど、ケニーのことは知ってるよ。大型の猟犬を飼っている男だね。犬の名前はブルーベリーだ」

「そうですよ。大工仕事をちょびっとやり、別荘の管理人仕事をちょびっとやってます――以前にお父さんがやってたようにね。で、そのお父さんっていうのが、昔はたくさんの別荘の管理人をしてたんですよ。第二次大戦がおわってすぐのころですがね、そのノーマル・オースターがケニーの弟を、じぶんちの裏庭で溺死《できし》させたんです。そのころ一家はワスプヒル・ロードに住んでました――道が二叉《ふたまた》にわかれて、片方は昔のボート用の船着き場に通じてて、もういっぽうはマリーナに通じてる、あのあたりです。でもノーマルは、男の子を湖で溺れさせたわけじゃなかった。揚水ポンプの下の地面に男の子を押さえつけて、あの子が水をたっぷり飲みこんで息が絶えるまで、そのまま体を押さえこんでたんですよ」

　わたしはその場に立ちすくんだまま、ブレンダを見つめていた。背後では物干し台の洗濯物がはためいていた。わたしは口も鼻ものども、すべてがミネラル臭のする水で満たされたときのことを思い、あれは湖の水でもおかしくないが、井戸の水であったとしてもおかしくない、と考えていた。このあたりでは、湖と井戸のどちらもおなじ帯水層から水を供給されている。ついでわたしの思いは、冷蔵庫の扉のメッセージにおよんだ──《助けて 溺れちゃう》というあのメッセージに。

「そのあとノーマルは死んだ男の子をその場におきっぱなしにしたんです。当時あの男は新車のシボレーに乗ってましてね、その車でここの四二番道路に来たんです。ショットガンをもって」

「まさかケニー・オースターの父親が、わたしの家で自殺したなんて話になるんじゃないだろうね、ミセス・ミザーヴ?」

ブレンダはかぶりをふった。「いいえ。あの男は、ブリッカーさんの別荘の湖側のベランダで自殺したんですよ。ぶらんこ椅子に腰かけて、自分の息子を殺すようなろくでもないことを考えついた頭を弾丸で吹っ飛ばしたんです」

「ブリッカーの別荘? どこのことだか、わたしには──」

「そりゃ、わかりっこありませんよ。ブリッカーさんは、六〇年代をさいごにこの湖には来てませんからね。デラウエアに住んでたんです。上品で立派なご一家でね。ウォッシュバーンさんの別荘といえば、先生にもおわかりですね? そのウォッシュバーンさん一家も、もうここには来てませんけど。だから、いまあの別荘は空き家なんです。ときどき、生まれついての薄ら馬鹿《ばか》のオスグッドが客を連れてきて別荘を見せてますがね、あんな値段をつけていちゃ、買手が出るわけはありませんよ。ええ、決まってますとも」

ウォッシュバーン一家なら、以前に知っていた——一、二度はいっしょにブリッジに興じたこともある。気だてのいい人たちだったが、ブレンダが僻地《へきち》のスノッブ趣味で冠した〝上品で立派〟という形容詞がふさわしい人たちだったとは思えなかった。問題の別荘は、わたしの家からストリートぞいに二百メートルほど北に行った場所だ。そこを過ぎると、あとは事実上なにもなくなるといえる。湖に通じる土地は急勾配《きゅうこうばい》になり、まわりの森も、原生林が破壊されたあとの再生林とブルーベリーの藪《やぶ》がからみあうだけになっている。ストリートそのものはダークスコア湖の北端にあるハーロー・ベイまで通じているが、州道に通じている四二番道路への入口になったカーブを通りすぎた先となると、そんなところを歩くのはもっぱら夏にブルーベリー狩りがてらのハイキングをする人々と、秋のハンターだけだ。

〝正常《ノーマル》〟か——わたしは思った。裏庭の揚水ポンプの水で、まだ小さい息子を溺死させた人間としては、とんでもない名前もあったものだ。

「遺書のようなものはあったのか？　自分の行動を説明するようなものは？」

「いいえ、なんにも。でもこの湖にノーマルの幽霊も出るっていう話は、いずれ人から耳にはいるはずですよ。小さな町には、たいてい幽霊がどっさりいるといいますけどね、それが本当かどうかってことは、あたしにはいえません。感受性の鋭い人間じゃないもんでね。先生のおうちのことであたしにいえるのは、いくら風通しをよくしようとしても、湿っぽいにおいがぜんぜん抜けない、ってことだけですね。まあ、丸太のせいだと思いますよ。丸太が湿り気を吸いこむんですね」

ブレンダは〈リーボック〉を履いた両足のあいだにバッグをおいており、ここで体をかがめてバッグを手にとった。いかにも、田舎の女が愛用しそうなバッグだった――黒く、飾り気のいっさいない（把手《とって》部分を固定するための金色の綱輪だけが例外だった）、まことに実用一辺倒の品である。おそらく必要とあれば、かなりの数の調理用具もバッグにおさめてもち運びできるのだろう。

「いつまでもここでおしゃべりしていたいのは山々だけど、そうもいかないんですよ。あとひと仕事すませないことには、きょうの仕事がおわりにならないんでね。ほら、このあたりだと夏はかき入れどきですから。とにかく、くれぐれも暗くなる前に洗濯物をとりこんでくださいね、ヌーナン先生。ぜったいに夜露で湿らせちゃいけませんよ」

「忘れないとも」わたしはそう答え、じっさいその言葉を守った。しかしトランクス形の水着と、仕事部屋という名前のオーブンでたっぷり流した汗（エアコンを修理する必要があった、なんとしても修理する必要が）だけをまとった体で外に出ると、わたしはブレンダが干した洗濯物のようすが変わっていることに気がついた。ジーンズやシャツが、物干し台の中央ポール近くに吊《つ》られていたのだ。そして、ブレンダが古いフォードをドライブウェイに走らせて去っていったときには、つつましく内側に干されていた下着や靴下が、いちばん外側に吊りさげられていた。それはまるで、わたしのもとにやってくる目に見えない訪問者が――訪問者のひとりが――〝あははは〟と笑っているかのような光景だった。

翌日わたしは図書館まで足を運び、なにはさておき最初に貸出カードの更新をすませた。リンディ・ブリッグズその人はわたしから四ドルうけとって、わたしの名前をコンピュータに入力しながら、まずジョーの死を耳にして自分がどれほど悲しい気持ちになったかを話しはじめた。ビル・ディーンのときと同様に、相手の声にはかすかな非難の響きがききとれた。おそらく、悔やみをうける機会をわたしがぐずぐず先延ばしにしたことを責めているのだろう。責められて当然だという思いもあった。

「ところで、この町の歴史を書いた本はあるかな？」妻にまつわる挨拶《あいさつ》をすませると、わたしはリンディにたずねた。

「二冊ありますよ」リンディはそう答えて、デスクごしにわたしのほうへ身を乗りだしてきた。暴力的といえるほどお決まりの形をしたノースリーブのワンピースを着た小柄な女性。髪の毛は頭を覆《おお》う灰色の埃《ほこり》の玉のようで、きらきら輝く瞳が遠近両用レンズのうしろで右に左に泳いでいた。リンディは秘密めかした口調でいいそえた。「どちらも、あまりいい本じゃありませんけどね」

「どっちがましかな？」わたしもおなじような口調でたずねた。

「たぶん、エドワード・オスティーンの本でしょうね。五〇年代のなかばまではここを別荘にしていて、仕事から引退したあとは、こっちに住みついた人なんです。一九六五年だか六六年だかに、『ダークスコア湖での日々』という本を出版しました。ただし原稿を引き受けてくれる出版社が見つからなかったもので、自費出版でしたけどね。この地方の小出版社からも断わられたんです」リンディはため息をついた。「地元の人は買いますけど、それじゃたいした部数にはなりませんから」

「ああ、そうだろうね」わたしは答えた。

「あまり文章のうまい書き手じゃなかったんですよ。おまけに、カメラマンとしての腕もわるかったんですね――本に載っている小さなモノクロ写真を見ていると、目が痛くなってきます。それでも、オスティーンは読むに値する話をいくつか書き残していますよ。ミクマク街道のことや、ウィング将軍がつかった囮《おとり》の馬のこと、一八八〇年代の大竜巻のこと、それに一九三〇年代の山火事のこと……」

「セーラ・ティドウェルとレッドトップ・ボーイズのことは書いてあるかな？」

リンディは笑顔でうなずいた。「あなたもようやく、自分の住んでいるところの故事来歴を知ろうという気になったようですね。いいことだと思います。オスティーンは昔のセーラたちの写真を見つけてきて、本に収録してますよ。一九〇〇年の〈フライバーグ・フェア〉という共進会のときの写真ではないか――というのが著者の推測です。そういえばオスティーンはよく、自分はあのグループのレコードをきくためなら、いくら大金を積んでもいいといってましたっけ」

「わたしもおなじ気持ちだけれど、レコードはつくらなかったんだね」ギリシアの詩人、イオルゴス・セフェリアデスが俳句形式でつくった詩が、ふいに頭に浮かんできた――《あの声は死せるわれらが朋友《ほうゆう》か／それともただの蓄音機？》。「ミスター・オスティーンはその後どうなったのかな？　はじめてきく名前だが」

「あなたとジョーがあの湖畔の別荘を買う、わずか一、二年ばかり前に死にました」リンディはいった。「癌《がん》でね」

「本を書いた歴史家はふたりいたとかいう話だったね？」

「もう一冊の本は、たぶんご存じだと思いますよ。『キャッスル郡とキャッスルロックの歴史』です。郡制施行二百周年を記念してつくられた本で、無味乾燥そのものですね。エディ・オスティーンはあまり巧みな文章の書き手ではありませんけど、無味乾燥なところはありません。その点だけは認めてあげないと。どちらの本も、あの棚にありますー」そういってリンディは、《メイン州関連書籍》という標識が上についている書架を指さした。「あそこの本はどれも貸出はしていないんです」そういってから、リンディはふいに顔を輝かせた。「でも、あなたが図書館のコピー機にコインを食べさせてあげたいとお思いなら、ええ、喜んで頂戴《ちょうだい》しますよ」

マッティーは部屋のいちばん突きあたりで、野球帽を逆向きにかぶった少年のとなりに腰かけ、少年にマイクロフィルム・リーダーの操作法を教えていた。マッティーは顔をあげて笑みを見せると、口の動きだけで《ナイス・キャッチ》とわたしに話しかけてきた。たぶん、〈ウォリントンズ〉でわたしが幸運にもフライをとったことをいっていたのだろう。わたしは控えめに小さく肩をすくめると、《メイン州関連書籍》の書架にむきなおった。しかし、マッティーのいうとおりだった。幸運だったかどうかはいざ知らず、あれはたしかにナイス・キャッチではあった。

「なにをさがしてるの？」

書架で見つけた二冊の歴史書に深く没頭していたせいだろう、いきなり耳に飛びこんできたマッティーの声にわたしは思わず飛びあがった。笑顔でうしろをふりかえったわたしは、まずマッティーが心地よい仄《ほの》かな香りの香水をつけていることに気づき、ついでメインデスクについているリンディ・ブリッグズが、愛想のよい笑みをすっかり引っこめた顔で、じっとわたしたちを見まもっていることに気がついた。

「自分の住んでいるあたりの歴史を調べてたんだ」わたしは答えた。「昔の話をね。メイドの話をきいて興味をかきたてられたんだよ」ついで、もっと声を低くしていいそえた。「先生がこっちを見てるぞ。きょろきょろするなよ」

マッティーは驚いた顔を見せた——そこにはまた、いささか心配の色もあったように思えた。いずれわかったことだったが、心配する充分な理由があったのだ。マッティーは低いことは低いものの、メインデスクにまではとどくような計算を織りこんだ声音《こわね》で、その二冊の本を代わりに書架にもどしてきましょうか、とたずねてきた。わたしは二冊の本をマッティーに手わたした。本をうけとりながら、マッティーはまるで囚人同士が会話をしているように押し殺した声でいった。

「先週の金曜にあなたの代理人をつとめた弁護士が、ジョン・ストロウに私立探偵を紹介したの。ジョンの話だと、訴訟のための後見人氏について、なにやらおもしろい事実が発見できたらしいわ」

わたしはマッティーをトラブルに引きこんでいないことを祈りながら、いっしょに《メイン州関連書籍》の書架まで歩いていき、その途中で〝おもしろいこと〟とはなにかと質問した。マッティーはかぶりをふると、プロの司書らしい小さな笑みを送ってきた。わたしは図書館をあとにした。

家まで帰る道すがら、わたしは自分の読んだものについて考えをめぐらそうとしたが、たいした量ではなかった。オスティーンは文章も下手くそなら写真も下手くそな男であり、その物語はたしかに多彩ではあったものの、背景調査の面ではかなり心もとなかった。たしかにセーラとレッドトップ・ボーイズへの言及はあったが、そこには〝八人編成のディキシーランド楽団〟と書いてあり、わたしでさえこれがまちがいだと知っていた。レッドトップ・ボーイズがディキシーランドを演奏したことはあったかもしれないが、彼らはまず第一にブルース・グループであり（金曜日と土曜日の夜）、またゴスペル・グループでもあった（日曜日の午前中）。TR滞在中のレッドトップ・ボーイズについての二ページの要約を読めば、ほかの歌手がカバーしたセーラの曲をオスティーンがいっさい耳にしていないことは明らかだった。

またオスティーンによって、例の男の子が動物用の罠《わな》にかかったことによる敗血症で死んだことも裏づけられた。その書きぶりはブレンダ・ミザーヴの話とよく似ていたが……それも当然ではあるまいか？　オスティーンはこの話を、ブレンダの父親か祖父の口からきかされたのだろう。さらにオスティーンは、この少年がサン・ティドウェルのひとり息子であり、ギターを弾いていたこの男の本名がレジナルド——愛称レジー——だったとも書いていた。ティドウェル一族はニューオーリンズの紅灯街——安売春宿と飲み屋が軒をつらねていた有名な一角であり、世紀の変わり目ごろにはストーリーヴィルの名前で知られていた——をふりだしに、ゆっくりと北部に流れてきたらしい、とのことだった。

キャッスル郡の歴史をもっと正統的に述べた本のほうには、セーラとレッドトップ・ボーイズについての記載はなかったし、またケニー・オースターの溺死《できし》させられた弟についての記載は、どちらの本にもなかった。

すこし前、わたしは突拍子もないことを思いついていた――マッティーが近づいてきて話しかけてくるラ・ティドウェルは夫婦であり、例の幼い男の子（オスティーン――サン・ティドウェルとセーていなかった）はふたりの息子だったのではないか。本にはリンディが口にしていた写真が掲載されており、わたしはその写真を綿密に検分した。写真には、共進会とおぼしき会場の前で、ぎっしりと窮屈そうに立ちならんでいる十人近い黒人たちが写っていた。背景には、古風な観覧車が見えている。話に出た〈フライバーグ・フェア〉のときに撮影されたものにちがいなかったし、色褪《いろあ》せた古い写真とはいえ、オスティーンが手ずから撮影した写真が束になってもかなわぬ素朴で原初的なパワーをそなえてもいた。たとえば西部開拓時代や大恐慌《きょうこう》期の山賊の写真を見れば、これと同様に不気味な真実の表情をたたえた人々が見られるだろう――きつく締めたネクタイとカラーの上にはいかめしい顔があり、古めかしい帽子のつばが影を落としていても、目の光は消えずに見えている、というような。

セーラは黒いドレスを着てギターを手にした姿で、前列中央に立っていた。この写真でのセーラはおおっぴらな笑みを見せてはいなかったものの、目には笑いの光がのぞいていた。ある種の肖像画の目……つまり、部屋のどこにいても自分を見つめているように思える種類の目と似ているように思えた。写真を見ていると、夢に出てきたセーラが悪意に満ちているとさえ思える口調でいった言葉が思い出されてきた。

《なにが知りたいの、シュガー？》

たぶんわたしは、セーラやほかの人々のことを知りたかったのだろう――彼らは何者で、歌や楽器の演奏をしていないときには、たがいにどういう関係だったのか、なぜこの町を去っていったのか、そしてどこに行ったのか、ということを。

セーラの両手ははっきり見えていた。片手はギターの弦の上におかれ、もう片方の手はフレットを押さえていた――一九〇〇年十月のこの共進会で、セーラはGのコードを押さえていた。指はいかにも音楽家を思わせるように長く、指輪はひとつもしていなかった。だからといって、サン・ティドウェルと結婚していなかったということには、もちろんならないし、かりにふたりが夫婦ではなかったとしても、罠にかかった幼い少年が庶子として生まれた可能性もある。とはいえ、サン・ティドウェルの目にもおなじ種類の笑みの亡霊が浮かんでいた。ふたりは驚くほどよく似ていた。そこでわたしは、ふたりが夫婦ではなく、兄妹だったのではないか、と思った。わたしはまた、目には家に帰る道すがら考えていたのは、そんなようなことだった。

見えないが肌では感じられるケーブルのことも思っていた……しかし、気がつくといちばんよく考えていたのは、リンディ・ブリッグズのことだった。わたしにむけていたあの笑顔……すこしあとになって、ハイスクールの卒業認定証書をもつ聡明《そうめい》な若い司書を見つめていたときの、あの笑みの片鱗《へんりん》さえない顔つき。それが、わたしの心に不安の影を投げかけた。

そして家に帰ると、わたしの心配はすべてわが小説とその登場人物たちのことにふりむけられた——骨の袋たちは、日一日と肉を獲得しつつあった。

マイクル・ヌーナンとマックス・デヴォア、それにロゲット・ホイットモアの三人は、金曜日の夜に恐るべき小喜劇を演じた。それに先立つ出来ごとで書いておくべきことが、さらにふたつある。

ひとつは、木曜日の夜にかかってきたジョン・ストロウからの電話だ。わたしは野球中継を放映しているテレビの前にすわっていた。テレビは無音にしてあった(大多数のテレビのリモコン装置についている消音《ミュート》ボタンこそ、二十世紀の最良の発明品ではないだろうか)。考えていたのは、セーラ・ティドウェル、それにサン・ティドウェルの幼い息子のこと。またストーリーヴィルのことも、作家ならだれしも愛さずにはいられない〝物語の街《ストーリーヴィル》〟という名前の街のことも考えていた。そして心の奥底では、妻のことを……妊娠したまま世を去った妻のことを思っていた。

「もしもし」わたしはいった。

「マイク、すばらしいニュースです」ストロウはいった。いまにも破裂しそうなほどの意気ごみだった。「ロメオ・ビッソネットというのは珍妙な名前ですが、ビッソネットが紹介してくれた探偵には珍妙なところはひとつもありませんでしたよ。探偵の名前はジョージ・ケネディ——ええ、俳優とおんなじです。じつに優秀でしてね、おまけに仕事が速い。あの男なら、ニューヨークでも仕事ができますね」

「それが、きみに考えつく最高の褒め言葉だとしたら、きみはこれまで以上にあの街を出る必要があるな」

ストロウは、わたしの言葉も耳にはいらないようすで先をつづけた。「ケネディは警備会社の社員なんです——探偵仕事はまったくの副業というわけでね。いや、これは才能の損失ですよ、ええ。ほとんど電話をかけるだけで、大半をさぐりだしたんですからね。信じられないような話ですよ」

「で、その信じられない話を具体的に教えてもらえるかな？」

「大当たりでしたよ、ベイビー」またしてもストロウは、わたしを不安にさせると同時に安心させてもくれるあの口調で話をするようになっていた。「これから、今年の五月以降にエルマー・ダーギンがしたことを数えあげてみます。まずダーギンは、車のローンを完済しました。つぎにランゲリー湖畔の別荘のローンを完済。さらに九十年ぶんの児童養育費を完全に支払い――」

「九十年も養育費を払う人間がいるものか」とはいったものの、これはただ口を動かしてみただけ……真実を打ち明けるなら、高まりつつあった昂奮《こうふん》を一部でも吐きだすための言葉にすぎなかった。わたしは昔のラジオとテレビのコメディ番組で、口から出まかせばかりいっている夫に妻がいう決まり文句で応じた。「そんなことがあるわけないでしょ、マッギー」

「子どもが七人いれば、ありうる話なんですよ」ストロウはいい、大声で笑いはじめた。

わたしは、ひとり悦にいった表情を見せていた丸ぽちゃの顔や、二重になった弓形のキューピッド人形を思わせる唇、それに磨きあげられて、とりすましたような印象の爪《つめ》を思い浮かべた。「そんな馬鹿《ばか》な」

「ところが、現実に七人の子もちなんですよ」ストロウはまだ笑いながらいった。とこ
とんいかれた人間のような口調――それも、鬱《うつ》状態を抑えこんでいる躁《そう》病患者の口調だった。「ほんとに七人の子どもがいるんです。ええ、十四歳の子を頭《かしら》に、す、す、末っ子はな、な、なんと三歳ですよ！　さぞや、き、勤勉で、ぜ、絶倫のちびっこい一物をぶらさげてるんでしょうな！」抑えようもない馬鹿笑いがなおもつづいた。そしてわたしも、ストロウに声をあわせて高笑いをあげていた――おたふく風邪のように笑いの発

作が感染してきたのだ。「も、もうすぐ、ケネディから、やつのか、家族全員のしゃ、写真が送られてくるんです！」

そしてわたしたちは、長距離電話の回線をはさんで同時に大爆笑した。ジョン・ストロウがパーク・アヴェニューのオフィスにひとりすわって正気をうしなったとしか思えぬ高笑いをあげ、それに清掃係の女性が怯《おび》えている光景が、まざまざと脳裡《のうり》に浮かんできた。

「しかし、そんなことは重要じゃありません」ようやくまともに話のできる状態に復活すると、ストロウはそういった。「なにが重要か、あなたにもわかりますか？」

「ああ」わたしは答えた。「いったいどうすれば、やつはそこまで愚かしくなれるんだ？」

これはもちろんダーギンのことだったが、同時にデヴォアのことでもあった。〝やつ〟という代名詞がふたりの人物を同時に意味していることを、ストロウもきちんと理解していたと思う。

「エルマー・ダーギンは、しょせんメイン州西部の大森林の奥深くにあるちっぽけな田舎町出身の、ちっぽけな田舎弁護士だということですよ。それだけです。知恵も金もそなえた守護天使がマッティーのもとにあらわれて、自分が燻《いぶ》りだされるとは、あの男に予測できたはずがありません。ときにダーギンは、それ以外にボートも購入しています。

二週間前にね。船外モーターが二基ついたプレジャーボートですよ。ばかでかい船です。これで一巻のおわりですね、マイク。九回裏、わがチームはすでに九点を稼いでる。クソったれ優勝旗はこっちのものですとも」

「きみがいうなら、まちがいないんだろうな」しかしわたしの手は勝手にさまよいだし、軽く拳《こぶし》を握って、コーヒーテーブルのかなり堅牢《けんろう》な表面をこつこつと叩《たた》きはじめていた。

「それにね、例のソフトボールの試合だって、まったくの出かけ損というわけじゃなかったんですよ」このときもストロウはまだ、ヘリウムを詰めた風船が破裂するようなくすくす笑いの発作のあいまに話している状態だった。

「というと？」

「あの人に心を奪われたんです」

「あの人？」

「マッティーですよ」ストロウはじれったそうにいった。「マッティー・デヴォアです」

間《ま》。それから――「マイク？　まだそこにいますか？」

「ああ」わたしは答えた。「受話器がちょっと滑ってね」

じっさいには受話器は一センチたりとも滑ってはいなかったが、それなりにもっともらしく響いた口実に思えた。たとえ嘘《うそ》くさく響いたとしても、それがどうしたというのか？　マッティーにかんするかぎり、わたしは――すくなくともストロウの頭のなかでは——疑うべき存在でさえあるまい。アガサ・クリスティの小説に出てくるカントリーハウスの従業員のようなものだ。ストロウは二十八歳か、せいぜい三十歳といったところ。自分より十二歳も年上の男がマッティーに性的に惹《ひ》かれているなどという考えは、ストロウの頭をよぎりもしないはず……いや、一秒か二秒ばかり考えたかもしれないが、それでも馬鹿らしい考えだとしてすぐに頭からふり払ったはずだ。ちょうどマッティーが、ジョーと茶色いスポーツジャケットの男にまつわる考えを、その場ですぐさま却下したように。

「マッティーの代理人をしているあいだは、求愛ダンスを踊ったりはできませんね」ストロウはつづけた。「弁護士の倫理規範にひっかかりますから。それに安全とはいえない。でも、これがおわれば……ええ、どうなるかはわかりませんよ」

「そうだな」わたしはいった。その声は、完璧《かんぺき》に虚をつかれたときに経験するような響きを帯びていた——まるっきりの別人の口から発せられた言葉のように響いたのだ。ラジオかレコードからきこえてくる声、といってもよいだろう。あの声は死せるわれらが朋友《ほうゆう》か、それともただの蓄音機？　ストロウの手が脳裡に浮かんできた——指はすらりと細長く、どこにも指輪は見あたらなかった。昔の写真にあったセーラの手とおなじように。「そうだな、先のことはわからないね」

わたしたちは別れの言葉を口にして電話を切り、わたしはすわったまま、音を消したテレビの野球の試合中継を見つづけた。立ちあがってビールをとりにいこうかとも思ったが、冷蔵庫があまりにも遠くにあるように感じられた——それどころか、その行為がサファリにも匹敵すると思えた。わたしが感じていたのは、鈍い心の痛みだった——そのあとから、もっとましな感情が追いかけてきた。寂しさまじりの安堵感《あんどかん》である。まあ、そう形容してもいいのではないか。ストロウでは、マッティーよりも年上すぎるか？　いや、そうは思わない。ちょうどいいくらいだ。そして、すてきな理想の王子さま第二号——今回は三つぞろいのスーツ姿の王子さまだ。マッティーの男運の風向きがようやく変わりはじめた。もしそうなら、わたしは喜んで当然だろう。もちろん喜ぶはずだ。それに安堵も感じるはず。なぜなら、わたしは小説を書かなくてはならず、冥々《めいめい》と深まる宵闇《よいやみ》のなか、赤いサンドレスの下で白《しら》らかに閃《ひらめ》くスニーカーや、惣闇《つつやみ》に踊るタバコの先端の熾《おき》の光に心をふりむける余裕はないからだ。

それでもわたしは、水着とゴムサンダルだけのカイラが州道六八号線の白線の上を歩いているのに出くわして以来、はじめて本格的な寂しさを味わっていた。

「きみもおかしなちび助だな、ストリックランドはいった」わたしは、がらんとした部屋にむかっていった。自分でも言葉を口にすると思ってもいないうちに、その言葉がふっと口をついて出たとたん、テレビのチャンネルが変わった。野球中継からホームコメディの《オール・イン・ザ・ファミリー》に変わり、さらにアニメーションの《レン＆

スティンピー》の再放送へと切り替わった。わたしはリモコン装置に目を落とした。先ほどわたしがおいたまま、まだコーヒーテーブルの上にあった。テレビのチャンネルはまた変わり、こんどはハンフリー・ボガートとイングリッド・バーグマンが登場してきた。背景には飛行機が見えている——わざわざリモコンで音量をあげずとも、ボガートがバーグマンにむかって、きみはあの飛行機に乗るんだ、と話していることはわかった。妻がいちばん好きな映画だった。この映画を見るたびに、妻は結末でかならず涙を流していた。

「ジョー？」わたしはたずねた。「ここにいるのか？」

篦鹿《へらじか》バンターの鈴がいちどだけ鳴った。ごくごく控えめな音で。これまでこの家では何回も、さまざまな魑魅《すだま》じみたものの存在が感じられてきた。それには確信がある……しかし今夜ばかりは、いまいっしょにいるのがジョーにまちがいないという思いがあった。

「あの男はいったいだれだったんだ？」わたしはたずねた。「ソフトボール場できみといっしょにいた男は、いったいだれなんだ？」

バンターの鈴はまったく動かず、音を立てなかった。しかし、ジョーはいまこの部屋にいる。息を殺しているかのような妻の存在感が肌に感じとれた。

マッティーとカイの親子と夕食をともにしたあとで、冷蔵庫の扉に残されていた、人

を小馬鹿にするような、ちょっとした意地のわるいメッセージが思い出されてきた——《青い　薔薇《ばら》　嘘つき　ハ　ハ》

「あの男はだれだったんだ？」わたしの声はいまにも泣きだしそうなときのように、不安定なものになっていた。「あんなところで、男とふたりっきりでなにをしていたんだ？　まさかきみは……？」

　わたしに嘘をついていたのか、わたしを裏切っていたのか……その質問の言葉を口にすることが、わたしにはできなかった。よくよく現実を直視すれば、いま肌で感じている存在が頭のなかの妄想にすぎない可能性もあったが、それでもその質問を口にできなかった。

　テレビは《カサブランカ》から、古いドラマの再放送専門局が放映している、万民から愛される弁護士ペリー・メイスンを主人公にした番組に変わった。メイスンの敵役である地区首席検事のハミルトン・バーガーが、憔悴《しょうすい》しきった顔つきの女を尋問していた。いきなりテレビから大きな音が飛びだしてきて、わたしは飛びあがった。

「わたし、嘘つきなんかじゃありません」大昔のテレビ女優が叫んでいた。一瞬、この女優がわたしをまっすぐに見つめたかと思うと——モノクロ画面に映った五〇年代の女の顔にまぎれもなくジョーの目がのぞき、わたしの息がとまった。「嘘をついたことはいっぺんもありません、バーガー検事。ほんとうです！」

「お言葉ながら、あなたは嘘をおつきだ！」バーガーはそう逆襲すると、吸血鬼のようなせせら笑いを浮かべながら女に近づいていった。「お言葉だが、あなたは嘘――」

テレビの電源がいきなり切れた。バンターの鈴が一回だけ、すばやくふり動かされたかと思うと……正体はなんであれ、怪異《けい》の気配がここからふっとかき消えた。しかし、わたしの気分はずっとよくなっていた。

《わたし、嘘つきなんかじゃありません。嘘をついたことはいっぺんもありません、ほんとうです！》

自分の胸ひとつで、信じることもできた。

胸ひとつ、で。

わたしはベッドにはいり、夢も見ないで眠った。


わたしは朝早いうちに、熱気が仕事部屋を本格的に占拠しはじめる前から仕事にかかる習慣を身につけていた。ジュースを飲み、トーストをがつがつと貪《むさぼ》ると、そのまま正午近くまでＩＢＭの前に腰をすえ、クーリエの活字ボールがくるくると回転する踊りを演じ、文字が打たれたタイプ用紙がつぎつぎに機械から吐きだされてくるのを眺めてすごしていた。昔ながらの魔法、それは奇妙であり、すばらしいものでもあった。仕事と呼んではいたが、この言葉につきまとう苦役めいた気分はいっさい感じなかった――ある種のおかしげな精神のトランポリンの上で、飛んだり跳ねたりしているように感じられたのである。そのトランポリンのスプリングが、つかのまとはいえ世界の重みのすべてを消し去ってくれた。

昼になると仕事をひと休みして、バディ・ジェリスン経営の油じみた食堂まで車を走らせ、そこで野卑というほかない料理を食べ、また家にもどって一時間ばかり仕事をする。それがすむとひと泳ぎしてから、北翼棟の寝室で夢を見ないまま昼寝。南翼棟の寝室に足を運ぶことはめったになかった。ブレンダ・ミザーヴはこれをいぶかしく思っていたかもしれないが、その気持ちを表に出すことはなかった。

十七日の金曜日には、家に帰る途中でシボレーにガソリンを給油するため、〈レイクビュー・ジェネラル〉に立ち寄った。〈オールパーパス・ガレージ〉にもガソリンポンプはあったし、単価も一、二セントは安かったが、あそこの雰囲気は好きになれなかった。そしてこの日、ポンプに自動給油をさせながら店の前に立ってはるかな山々に視線を投げていたそのとき、ビル・ディーンの運転するダッジ・ラムがわたしのつかっていた給油ポンプ台の反対側に近づいてきた。ビルはトラックから降りてくると、わたしに笑みをむけてきた。

「やあ、調子はどうだい？」

「万事順調だよ」

「ブレンダからきいたんだけど、あんたはものすごい勢いで小説を書いてるってね」

「そのとおり」わたしはそう答えた。二階の故障しているエアコンの修理についての最新情報をたずねる言葉が、いったんは舌の先まで出かかった。そして、その言葉はそのまま舌先にとどまった。わたしは、ようやく再発見できた執筆能力に、このときもまだかなり不安を感じており、そんなこんなで仕事環境を変えるのは気がすすまなかったのだ。愚かしいことかもしれない——しかし、こちらがそう予想したというだけの理由で、物事がその予想どおりになることもある。これは、どんなものにも負けないほどすぐれた信条の定義だ。

「いやまあ、それをきいてうれしいよ。本気でうれしいな」ビルはいった。

その言葉に嘘はないとは思ったが、どこかビルらしからぬ口ぶりでもあった。なにがどうあれ、わたしがこっちに帰ってきたのを歓迎してくれた、あのビルではなかった。

「このところ、湖畔の〈セーラ・ラフス〉があるあたりの昔のことを、あれこれ調べていたんだ」わたしはいった。

「セーラとレッドトップ・ボーイズかい？　あんたは昔から、連中に興味をもっていたじゃないか」

「あの連中にも関心はあるけれど、それだけじゃないんだ。もっといろいろな歴史を知りたくなってね。ブレンダと話したときには、ノーマル・オースターの話を教えてもらったよ。ケニーの父親のね」

　ビルの顔には笑みがそのまま浮かんでいたし、ガソリンタンクのキャップをはずしていた手の動きもほんの一瞬しか静止しなかったものの、わたしにはビルが内面で体を凍りつかせたことが、このうえなく明瞭《めいりょう》に感じとれた。「まさか、その手のことを小説に書こうとしてるわけじゃあるまいな？　なぜって、そんなことを書けば、不愉快に思ったり、変に誤解したりする連中がこのへんに大勢いるからさ。ジョーにもおんなじことをいったんだ」

「ジョーに？」わたしは二基のポンプのあいだを抜けて反対側に行き、ビルの腕をつかみたい衝動に駆られた。「いったい、ジョーがこの話にどう関係していると？」

　ビルは警戒しているまなざしで、わたしを長いことじっと見つめた。「奥さんから、なんにもきいてなかったのかい？」

「なんの話か、さっぱりわからないな」

「ジョーはね、地元の新聞にセーラとレッドトップ・ボーイズの話を書くのもいいかもしれない、と考えてたんだよ」ビルはゆっくりと、言葉をえらびながら話していた。そのことは、これを書いているいまでもはっきりと思い出せる――それに首すじに叩きつけてくる陽光がどれほど熱く感じられたかも、アスファルトに落ちていたふたりの影がどれほどくっきりしていたかも。ビルがガソリンを給油しはじめ、そのポンプの音もまたくっきりと響いていた。「それにジョーは、ヤンキー誌の名前も口にしてたよ。おれの勘ちがいってこともあるが、いや、そうは思わないな」

わたしは絶句していた。ささやかな地方史の分野に筆を進めようという考えを、なぜジョーは自分だけの胸に秘めていたのか？　それがわたしの縄ばりを侵犯する行為に思えたからか？　そんな馬鹿な。わたしを知っているジョーが、そんなことを思うはずがない……ではないか？

「その話をしたのはいつのことだ？　思い出せるかい？」わたしはビルにたずねた。

「思い出せるとも」ビルは答えた。「プラスティックの梟《ふくろう》の配達をうけとりにきた日のことさ。ただ、その話題を出したのはおれのほうだよ。ジョーがあちこちで、いろんな人に話をききまわってるって耳にしたもんだから」

「穿鑿《せんさく》してまわっていたと？」

「おれは、そんなことといっちゃいない」ビルはかたくなな口調でいった。「あんたがいったんだからな」

おっしゃるとおり。しかし、ビルが本心では〝穿鑿してまわっている〟といいたかったことは察しとれた。「先をきかせてくれ」

「これ以上話すことなんてありゃしないよ。おれはただ、このＴＲにもほかの町や村とおんなじように、踏みつければ痛い爪先《つまさき》があっちこっちにある、だから、できることなら、人の爪先を踏んだり魚《うお》の目《め》をほじったりして、人の気持ちを害するような真似《まね》はしないほうが無難だ、と話してきかせたんだ。ジョーは、わかったといってくれたよ。わかってくれたのかもしれないし、わからなかったのかもしれない。おれが知ってるのは、そのあともジョーがあれこれ質問してまわってたことだけだ。ぼけた年寄りたちから、見さかいなくいろんな話を仕入れてたんだ」

「それはいつのことだ？」

「一九九三年の秋、明けて一九九四年の冬と春だな。ジョーは町じゅうをまわってた――それどころか、モットンやハーロウにまで足を伸ばしてたっけ。手帳と小さなテープレコーダー持参でね。とにかく、おれが知ってるのはそれだけだ」

衝撃的な事実に気がついた――ビルは嘘《うそ》をついている。この日以前に人からそんな話をきかされたら、わたしはただ笑い飛ばして、ビルはとうてい嘘のつける人間ではないと断言したことだろう。たしかに、ビルが嘘をついた経験はきわめて乏しいものだったにちがいない――なぜならビルの嘘は、とてつもなく下手くそだったからだ。

嘘を指摘してやろうかとも思ったが、なんになるというのか？　わたしには考える必要があったし、この場ではそれは無理だ――頭がじりじりと焼けついていたからだ。時間をおいて轟音《ごうおん》がおさまったときなら、じっさいにはこの一件がとるにたらぬ瑣末《さまつ》なことだとわかるかもしれないが、それにはまず時間が必要だった。しばらく前に世を去った愛する人間について意外な事実を不意討ちのように知らされれば、人は動揺するものだ。わたしの言葉を信用してほしい、これは真実だ。それまでわたしの目からそらされていたビルの目だったが、このときにはもう、ふたたびわたしを見すえていた。真剣な表情ではあったが、そこにはまた――誓って断言できるが――いささかの怯えも入り混じっていた。

「ジョーはちいちゃなケリー・オースターのこともききまわってた。おれのいう〝痛む爪先〟の話には、もってこいの例だな。あの話は、新聞や雑誌に記事として載せていい話じゃない。ノーマルは、ただ頭のネジがぶっ飛んだだけだ。理由なんぞ、だれにもわかるもんじゃない。あれは、無意味でそら恐ろしい悲劇でね、だからこそ、いまだにあの事件のことで胸を痛めてる住人だっているわけだ。こういう小さな町では、いろんなことが地面の下でつながりあってるし――」

そのとおり――目には見えないケーブルのように。

「――過去はなかなか消えていかないと決まってる。セーラやあの連中のこととなると、またちょっと事情がちがうんだ。しょせん連中は、どこか遠い土地からやってきた……流れ者でしかない。ジョーだってあの連中のことを調べてもよかったんだし、それならそれで問題なんかなかった。それに、まあ――おれにわかったかぎりじゃ、ジョーには話がわかってもらえたみたいだな。なぜって、ジョーが書いた文章はまったく、ただのひとつも目にしてないからさ。もし書いていたのなら、の話だけどな」

これについては、ビルが真実を口にしているという感触があった。しかし、わかったことがほかにもあった——仕事が休みの日にマッティーが電話をかけてきたとき、白いショートパンツをはいていることがわかったのと同様に、まちがいないという確信もそこにはあった。《しょせんセーラとあの連中は、どこか遠い土地からやってきた流れ者でしかない》とビルはいった。しかし、この言葉を口にする途中でビルの思考が一瞬ためらいを見せた——そして、ごくごく自然に頭に浮かんできたある単語を〝流れ者〟といいかえたのだ。ビルが口にしなかった単語は〝黒んぼ《ニガー》〟という差別語にちがいない。《しょせんセーラとあの連中は、どこか遠い土地から流れてきた黒んぼでしかない》と、そう言いたかったのではあるまいか。

いきなりわたしは、レイ・ブラッドベリの昔の短篇「火星は天国だ」を思い出していた。火星に到着した最初の宇宙旅行者が、火星がじっさいにはイリノイ州グリーンタウンであり、自分たちの親しい友人や親戚《しんせき》がひとり残らずそろっていることを発見する。しかし友人や親戚の人々と見えたものは、ほんとうは邪悪な火星のモンスターなのだ。やがて夜になり、この天国そのものとしか思えない地で、宇宙旅行者たちが死んで久しい友人たちの家のベッドで安らかな眠りにつくと、モンスターたちは彼ら宇宙旅行者をひとり残らず惨殺《ざんさつ》するのである。

「ビル、ジョーが夏でもないのに何回もTRにやってきたというのは、まちがいのない話なんだな？」

「そうともさ。三、四回とか、そんな程度じゃなかったよ。十回以上はこっちに来てたんじゃないかな。いつも日帰りだったはずだがね」

「ジョーが男といっしょにいるのを見かけたことは？　がっしりした体格で、黒髪の男といっしょにいたことは？」

　ビルはこの質問に考えこんだ。わたしは息をとめることのないよう努めた。しばらくして、ビルはようやくかぶりをふった。「何回か見かけたことはあるが、いつもジョーはひとりだったな。しかし、ジョーがここに来たときには、欠かさず姿を目にしてたわけじゃない。ジョーがもう引きあげたあとになってから、TRに来ていたんだよという話を人からきいたこともある。おれが見かけたのは、九四年の六月だな。いつも乗ってたあのちっこい車で、ハーロー・ベイのほうに行くところだった。ジョーが手をふり、おれも手をふって返事をしたよ。その日の夕方になってから、ジョーになにか入り用の物でもないかと思って別荘に行ってみたんだが、もういなくなったあとだった。それっきり、ジョーの姿を目にすることはなかったな。おんなじ年の夏にジョーが死んだって話をきいて、おれも女房のイヴェットも、そりゃショックでね」

《ジョーがなにをさぐっていたにせよ、文章の形では結局なにひとつ残さなかったにち

がいない。もし残していたのなら、わたしが原稿を見つけたはずではないか》

しかし、そういえるものだろうか？　ジョーは何回もTRにひとりで足を運んでおり、しかも自分が町にいることを隠そうとしていたふしはまったくない。あろうことか、そのうちの一回では、見知らぬ男といっしょにいる姿を人に見られてさえいる。おまけにジョーのTR訪問のことをわたしが知ったのは、ちょっとした偶然の結果だった。

「話しにくいことなんだが」ビルはいった。「いったんつらい話をはじめたからには、さいごまで話したほうがよさそうだ。TRに住むっていうのは、いってみりゃ、一月のほんとに寒い時期に、ひとつのベッドに四、五人で寝るようなものなんだ。全員がすやすや寝ていれば、それでなんの問題もない。でも、もしひとりでも寝つけなくて、なんども寝がえりを打ったりすれば、全員が眠れなくなる。いまのところ、あんたはその寝つけない人間なんだ。町の連中はそう見てるんだよ」

ビルは、わたしがどんな返事をするかを待っていた。わたしが無言のまま二十秒近い時間が経過すると（ハロルド・オブロウスキーには褒めてもらえそうだ）、ビルは足の位置を変えて口をひらいた。

「たとえば、あんたがマッティー・デヴォアに関心をいだいていることで、落ち着かない気分を味わってる向きも町にはある。いや、おれはあんたたちのあいだになにかあるとか、そんな話をしてるんじゃない――そういう仲だとはっきり話してる人間もいるがね——しかし、もしあんたがこの先もＴＲに住もうというのなら、あんたは自分で自分をつらい立場に追いこんでるんだよ」

「どうして？」

「おれが一週間半前にいったことのくりかえしだよ。あの女は歩く厄介ごとなんだ」

「わたしの記憶が正しければ、あんたはマッティーが厄介ごとにはまりこんでいると話していたよ。たしかにそのとおりだった。だからわたしは、マッティーを厄介ごとから引きだしてやろうとしているんだよ。わたしたちのあいだには、それ以上のものはなにもない」

「おれの記憶だと、マックス・デヴォアの頭がとことんいかれてるってことも話したはずだ」ビルはいった。「もしあんたがデヴォアをかんかんに怒らせたら、おれたちみんなが代償を支払う羽目になる」ポンプが〝かちり〟と鳴って停止し、ビルは給油口からポンプを引き抜くとため息をついて両手をあげ、すぐに降ろした。「まさか、おれがこんな話を気軽にできると思っちゃいまいな？」

「わたしがこんな話を、気軽にきけるとでも？」

「ああ、そうだな、たしかに。おれたちは、おんなじ船に乗ってるんだから。しかし、ＴＲでかつかつの暮らしに追われてるのは、なにもマッティー・デヴォアだけじゃない。悩みをかかえている人間だって、ほかに大勢いる。そんなこともわからないのか？」

ビルは、わたしがあまりにも深く充分に理解していることを見てとったようだ——というのも、がくりと肩を落としたからだ。

「もしそれが、舞台裏に引っこんで、マックス・デヴォアがマッティーの娘をとりあげるのを手をこまねいて見ていろ、という頼みだったら……そんな話は金輪際忘れてくれ」わたしはいった。「それがあんたの本意じゃないことを願うよ。なぜなら、ほかの男にそんな頼みごとをしてくる人間とは、つきあいを断ち切るしかないからね」

「そんな頼みごとなんぞ、このおれがするものか」ビルはいった。そのアクセントは、いまや軽蔑《けいべつ》の意ともとれるほど濁ったものになっていた。「どうせいまからいったって、手遅れなんだろうしな」それからビルは、意外にも語調をふいにやわらげた。「まったく……いいか、おれが心配してるのはあんたのことなんだ。とりあえず、それ以外の話はほったらかしておくとしよう。ああ、高い木の上にでも投げあげて、鴉《からす》につつかせておけばいい」

ビルはまた嘘をついていたが、今回はさほど気にとめなかった。ビルが自分自身にたいしても嘘をついていると思えたからだ。

「だけど、あんたは気をつけなくちゃいけないな。おれがデヴォアはいかれているといったら、そいつは言葉のあやなんかじゃない。裁判所をつかってでも欲しいものが手にはいらないとなったら、デヴォアがわざわざまた裁判所を頼ると思うか？　一九三三年の夏の大火事じゃ、何人もの人が死んだよ。いい人たちばっかりだった。おれの親戚だってひとりいた。このクソったれな郡の半分を焼いた火事だぞ。その火をつけたのがマックス・デヴォアだ。TRへの置き土産、行きがけの駄賃ってやつだ。きちんと立証はされなかったが、犯人はあいつだ。当時のあいつはまだ若くて無一文、二十歳にもなっていなかったから、法律を思いのままに動かすなんぞ夢のまた夢だった。そんな男が、いまはいったいなにをしでかすと思う?」

ビルはすくいあげるような目でわたしを見つめてきた。わたしは黙っていた。

それからビルは、わたしがほんとうに答えたかのようにうなずいた。「そのあたりを考えることだな。それから、こいつも忘れちゃいけない——あんたのことを心配していない人間なら、おれみたいにこんな率直な物言いはしないってことだ」

「どのくらい率直に話してくれたんだ?」そうたずねながらも、わたしはヴォルヴォに乗ってきた観光客らしい男が店に近づきながら、わたしたちに怪訝《けげん》な視線をむけていることをぼんやり意識していた。このときの光景をあとからふりかえると、わたしとビルは素手の殴りあいをはじめる寸前の男たちに見えていたにちがいない、と思いいたった。このときのわたしは悲しみと困惑、それに明確には定義できないものの、裏切られたという漠とした気分を感じて泣きだしそうだったが、目の前の痩《や》せこけた老人に無性に腹が立ってならなかったことも覚えている——輝くほどに清潔なコットンの下着を着て、口のなかを義歯でいっぱいにした老人に。だから、もしかするとわたしたちはほんとうに殴りあいをはじめる寸前だったのかもしれない。ただし、そのときにはわからなかった。

「おれなりに精いっぱい率直に話してるさ」ビルはそういって体の向きを変え、ガソリンの代金支払いのために店のほうへ歩きだした。

「うちには幽霊が出るんだ」わたしはいった。

　ビルは背中をわたしにむけたまま足をとめ、衝撃にそなえるかのように両肩をすぼめると、わたしにむきなおった。

「〈セーラ・ラフス〉に幽霊が出るのは、いまにはじまった話じゃない。あんたが静かな水たまりをかきまぜるような真似をして、寝た子を起こしたんだ。やっぱりあんたはデリーにもどって、あの家の魑魅《すだま》どもを静かにしておくのがいちばんかもしれん。それがいちばんいいのかもな」ビルはそこで間《ま》をおき、さいごの言葉を頭のなかでくりかえして自分が自分の言葉に同意しているかどうかを確かめている顔を見せてから、ひとつうなずいた。そのうなずきは、体の向きを変える動作にも負けないほどゆっくりしたものだった。「そうともさ、それがいちばんいいことかもしれんよ」

〈セーラ・ラフス〉にもどったわたしは、まず税務関係で世話になっているウォード・

ハンキンズに電話をかけた。それから、とうとうボニー・アムードスンに電話をかけた。心のなかには、ボニーがオーガスタに共同で所有している旅行代理店のオフィスにいなければいいのに、と思っている部分もあったのだが、ボニーはちゃんといた。ボニーとの会話が半分ほど進んだあたりで、ジョーが予定を書きとめていたデスクカレンダーのコピーがファックスから吐きだされてきた。ウォードは最初の一枚に、《これで役に立てば幸甚《こうじん》》というメモを走り書きしていた。

ボニーにどう話すかということについては、事前にリハーサルなどいっさいしていなかった。あらかじめ台本を練ったりすれば、大災害を招くことになると感じたからだ。そこでわたしはボニーに、どうやらジョーがわたしたち夫婦の夏別荘がある町の歴史について、なにかの文章を――新聞や雑誌の記事かもしれないし、シリーズものの記事かもしれない――書こうとしており、町の住人のなかにはジョーの穿鑿《せんさく》じみた質問に不快な思いをした向きもあるらしい、と話した。なかには、いまでも怒りさめやらぬ者がいる。そんな話をきかされてはいなかっただろうか？　草稿を見せてもらったようなことはなかっただろうか？

「いいえ、そんなことはなかったわ」ボニーは心からの驚きもあらわな声で答えた。「写真はよく見せてもらったし、ハーブの標本なんかは、もうけっこうといいたくなるほど見せてもらったけど、文章はいっぺんも見せてもらったことがないのよ。それどころかジョーは、こんなことを話していたっけ——文章を書く仕事は、ぜんぶあなたにまかせることに決めて、わたしは——」

「——それ以外のあらゆることを、ちょっとずつたしなむことにする、だろう？」

「ええ」

わたし個人はここで会話に終止符を打つのが適切だと考えていたのだが、地下室の男たちはまたちがう意見をもっていた。「ジョーはだれかと会っていたのかい？」

電話線の反対側に沈黙が降りた。わたしの腕の先端、すくなくとも六キロは遠くにあるように思えた手で、わたしはファックスの記録紙の束をとりあげた。ぜんぶで十枚——一九九三年の十月から一九九四年の八月まで。いたるところに、ジョーの丁寧な手書きの文字が書きこまれている。そういえばジョーが死ぬ前から、うちにはファックスがあっただろうか？　思い出せなかった。思い出せないことが癪《しゃく》にさわるほどたくさんあった。

「ボニー？　もしなにか知っていたら、ぜひ教えてほしいんだ。ジョーは死んでいるが、わたしはまだ生きている。必要とあればジョーを許すことはできるけれど、なにも知らなくては許すも許さないも——」

「ごめんなさいね」ボニーはそういって、心もとなげに小さく笑った。「最初はよく、あなたの話がわからなかっただけなの。その……〝だれかと会っていた〟というのが……ジョーにはあんまりそぐわなかった……わたしの知っていたジョーにはね……だから、あなたがなにを質問しているのかがわからなかったわけ。もしかしたら精神分析医にかかってたかとか、そういう意味かもしれないけど、でもそうじゃないんでしょう？〝だれかと会っていた〟というのは、〝特定の男と会っていた〟という意味ね。ボーイフレンドと」

「ああ、そういう意味で質問したんだよ」ファックスで送信されてきたカレンダーを指でめくってはいたものの、手はいまなお目からの正常な距離にまでもどってきていなかったが、着々と正常になりつつあった。ボニーの声が嘘《うそ》ではない困惑をあらわにしていたことでは安堵《あんど》を感じたものの、期待していたほどの安堵は感じなかった。なぜなら、すでに答えを知っていたからだった。その点では、《ペリー・メイスン劇場》の女優にわざわざ声を大にして主張してもらう必要さえなかった。なんといっても、わたしたちがいま話題にしているのはジョー、あのジョーなのだから。

「マイク」ボニーは、わたしが正気をうしなっているとでも思っているのか、ひどくやさしげな声で語りかけてきた。「ジョーはあなたを愛していたのよ。あなただけを愛していたの」

「そうだね。そう思うよ」

カレンダーのページは、わたしの妻がいかに多忙な人間だったかを如実《にょじつ》に物語っていた。そして、どれほど生産的な生活を送っていたかも。《メイン州ＳＫ》……これは無料給食所《スープ・キッチン》。《女救護》……これは虐待《ぎゃくたい》された女性を対象とする、複数の郡にまたがった救護所ネットワークの略。《青少年救護》の文字もある。《メイ図友》……これは〈メイン州図書館の友人たち〉だ。ジョーは、ひと月にふたつから三つの会議に出席していた——週に二、三の会議に出ていた時期もあった——それなのに、当時わたしはほとんど意識していなかった。自作の小説に登場する〝窮地におちいったわが女性主人公たち〟に、あまりにもかまけていたせいだ。

「わたしも、ジョーのことは深く愛していたんだ……でもジョーは、生涯さいごの十カ月間というもの、なにかに打ちこんでいたようでね。いったいなにに打ちこんでいたのか、ジョーからなにかヒントでもきかなかったかな？　ジョーといっしょに、無料給食所の運営委員会の会合や〈メイン州図書館の友人たち〉の会合にむかう車のなかなんかで」

電話線の反対側に沈黙が降りてきた。

「ボニー？」

わたしはいったん子機を耳から話し、充電池のバッテリー切れを示す赤いライトがともっているかどうかを確かめた。そのとたん、かぼそくかん高い声がわたしの名を呼んだ。あわてて子機をまた耳にもどす。

「ボニー、なんだって?」

「さいごの九カ月から十カ月のあいだ、ジョーといっしょに長距離のドライブをしたことはいっぺんもないのよ。電話で話したことは一回あったし、ウォーターヴィルの街で昼食をいっしょにとったこともある。でも、長距離ドライブはいっぺんもしてないわ。だって、ジョーは辞めていたから」

わたしはまた、ファックス用紙をめくりはじめた。どこを見ても、ジョーの几帳面《きちょうめん》な文字で会合の予定が書きつけられている。そのなかに、〈メイン州無料給食所〉の文字もあった。

「話がよくわからないな。ジョーが無料給食所の仕事を辞めていたって?」

またしても、ひとときの沈黙がおとずれた。ついで、ボニーは慎重に慎重を期した口ぶりで話しはじめた。「そうじゃないの。ジョーはぜんぶ辞めていたということ。女性救護所と青少年救護所の仕事は、一九九三年の末で辞めていたわ——ちょうど任期切れにあたっていたから。あとのふたつ、無料給食所と〈メイン州図書館の友人たち〉の委員会だけど……このふたつには、一九九三年の十月か十一月に辞表を出したのよ」

ウォードからファックスで送ってもらったカレンダーには、一枚残らず会合の予定が書きこまれていた。数十もの会合。一九九三年にも会合、一九九四年にも会合。その時点では、もはやジョーが委員として参加していなかった組織の会合。とすると、そのあいだジョーはここに来ていたのだ。会合があるというふれこみの日には、欠かさずＴＲに足を伸ばしていたにちがいない。それが真実であることに、命を賭《か》けてもいい気分だった。

しかし、いったいなんのために？

S・キング
白石 朗 訳
ドリームキャッチャー（1～4）
エイリアンと凶暴な寄生生物が跋扈する森で、幼なじみ四人組は人類生殺の鍵を握ることに……。巨匠畢生のホラー大作！　映画化。

S・キング
白石 朗 訳
アトランティスのこころ（上・下）
初めてキスした少年の夏の日、狂騒の大学時代、過去の幻影に胸疼く中年期……時間の残酷さを呪い、還らぬあの季節を弔う大作。

S・キング
山田順子 訳
デスペレーション（上・下）
ネヴァダ州にある寂れた鉱山町。神に選ばれし少年と悪霊との死闘が、いま始まる……人間の尊厳をテーマに描くキング畢生の大作！

S・キング
白石 朗 訳
グリーン・マイル（一～六）
刑務所の死刑囚舎房で繰り広げられた驚くべき出来事とは？　分冊形式で刊行され世界中を熱狂させた恐怖と救いと癒しのサスペンス。

S・キング
吉野美恵子 訳
デッド・ゾーン（上・下）
ジョン・スミスは55カ月の昏睡状態から奇跡的に回復し、人の過去や将来を言いあてる能力も身につけた――予知能力者の苦悩と悲劇。

S・キング
深町眞理子 訳
ファイアスターター（上・下）
十二年前少女の両親は極秘の薬物実験に参加した――〝念力放火〟の能力を持って生れた少女の悲哀と絶望、そして現代の恐怖を描く。

C・カッスラー他
土屋晃訳
白き女神を救え
世界の水系を制圧せんとする恐るべき組織。その魔手から女神を守るべく、オースチンとザバーラが暴れまくる新シリーズ第2弾！

C・カッスラー
中山善之訳
マンハッタンを死守せよ（上・下）
メトロポリスに迫り来る未曾有の脅威。石油権益の独占を狙う陰謀を粉砕するピットの秘策とは？　全米を熱狂させたシリーズ第16弾。

C・カッスラー
中山善之訳
アトランティスを発見せよ（上・下）
消息不明だったナチスのU-ボートが南極に出現。そして、九千年前に記された戦慄の予言。ピットは恐るべき第四帝国の野望に挑む。

C・カッスラー他
中山善之訳
コロンブスの呪縛を解け（上・下）
ダーク・ピットの強力なライバル、初見参！カート・オースチンが歴史を塗り変える謎に迫る、NUMAファイル・シリーズ第1弾。

C・カッスラー
中山善之訳
暴虐の奔流を止めろ（上・下）
米中の首脳部と結託して野望の実現を企む中国人海運王にダーク・ピットが挑む。全米で爆発的セールスを記録したシリーズ第14弾！

C・カッスラー
C・ダーゴ
中山善之訳
沈んだ船を探り出せ
自らダーク・ピットとなってNUMAを設立し、非業の艦船を追いつづける著者——。全米第1位に輝いた迫真のノンフィクション。

T・クランシー
S・ピチェニック
伏見威蕃訳

国連制圧

テロリストが国連ビルを占拠。緊急会議が招集されるが、容赦なく人質一人が射殺された。フッド長官は奇襲作戦の強行を決意する。

T・クランシー
S・ピチェニック
伏見威蕃訳

自爆政権

過激派による民族間の衝突が激化するスペイン。史上最悪の内戦を阻止すべく完全武装した米国の戦術打撃部隊は王宮内へ突入する！

T・クランシー
S・ピチェニック
伏見威蕃訳

流血国家（上・下）

トルコ最大のダム破壊、米副領事射殺、ダマスカス宮殿爆破——テロリストの真の狙いとは？　好評の国際軍事謀略シリーズ第四弾！

T・クランシー
S・ピチェニック
伏見威蕃訳

欧米掃滅（上・下）

ドイツでネオナチの暴動が頻発。ネット上には人種差別を煽るゲームが……邪悪な陰謀に挑むオプ・センター・チームの活躍第三弾！

T・クランシー
田村源二訳

大戦勃発（1〜4）

財政破綻の危機に瀕し、孤立した中国は、シベリアの油田と金鉱を巡り、ロシアと敵対する。J・ライアン戦争三部作完結編。

T・クランシー
S・ピチェニック
伏見威蕃訳

ノドン強奪

韓国大統領就任式典で爆弾テロ発生！　米国の秘密諜報機関オプ・センターが、第二次朝鮮戦争勃発阻止に挑む、軍事謀略新シリーズ。

フリーマントル
松本剛史訳
シャングリラ病原体（上・下）

黒死病よりも黒い謎の疫病が世界規模で蔓延！ 感染源不明、致死まで5日、感染者250万人。原因は未知の細菌か生物兵器か？

フリーマントル
戸田裕之訳
待たれていた男（上・下）

異常気象で溶けた凍土から発見された、大戦当時のものと見られる三名の銃殺体は何を物語る？ チャーリー・マフィン、炎の復活！

フリーマントル
新庄哲夫訳
ユーロマフィア（上・下）

理想のヨーロッパを目指す欧州連合。そこにはびこる巨大悪〝ユーロマフィア〟の恐るべき全貌が明らかに。衝撃のルポルタージュ！

フリーマントル
幾野　宏訳
虐待者（上・下）
―プロファイリング・シリーズ―

小児性愛者たちが大使令嬢を誘拐！ 交渉人を務める女性心理分析官は少女を救えるのか？ 圧倒的筆致で描く傑作サイコスリラー。

フリーマントル
松本剛史訳
英雄（上・下）

口中を銃で撃たれた惨殺体が、ワシントンで発見された！ 国境を超えた捜査官コンビの英雄的活躍を描いた、巨匠の新たな代表作。

フリーマントル
稲葉明雄訳
再び消されかけた男

米英上層部を揺がした例の事件から二年、姿を現わしたチャーリーを、かつて苦汁を飲まされた両国の情報部が、共同してつけ狙う。

R・ウェストブルック
新藤純子訳
インソムニア

毎朝夜明けに鳴る電話のベル。勝ち誇る犯人の非情な声は、腕利き刑事の不眠症を加速し、罪悪感と恐怖が彼を狂気の淵に追い詰める。

P・エディ
芹澤恵訳
フリント（上・下）

身も心も粉砕したあの男を追え——。危険な状況を渇望するロンドン警視庁のタフなニュー・ヒロイン、グレイス・フリント登場！

J・カンピオン
A・カンピオン
齋藤敦子訳
ホーリー・スモーク

孤立した空間で、美女の洗脳を解こうとする脱会カウンセラー。『ピアノ・レッスン』のカンピオンが再び贈る、官能と狂気の衝撃作。

G・G＝マルケス
野谷文昭訳
予告された殺人の記録

閉鎖的な田舎町で三十年ほど前に起きた幻想とも見紛う事件。その凝縮された時空に共同体の崩壊過程を重層的に捉えた、熟成の中篇。

J・F・ガーゾーン
沢木耕太郎訳
孤独なハヤブサの物語

罪の意識に目覚めたハヤブサ・カラの生涯に託し、自分を変えるための生き方を問いかける。乾いた心の奥に沁み込む、大人の絵本。

K・グリムウッド
杉山高之訳
リプレイ

世界幻想文学大賞受賞

ジェフは43歳で死んだ。気がつくと彼は18歳——人生をもう一度やり直せたら、という窮極の夢を実現した男の、意外な、意外な人生。

S・ハンター
染田屋茂訳
真夜中のデッド・リミット（上・下）
難攻不落の核ミサイル基地が謎の部隊に占拠された！　ミサイル発射までに残されたのは十数時間。果たして、基地は奪回できるか？

S・ハンター
染田屋茂訳
クルドの暗殺者（上・下）
かつてアメリカに裏切られたクルド人戦士が、復讐を果たすべく米国内に潜入した。標的は元国務長官。ＣＩＡ必死の阻止作戦が始まる。

S・ハンター
佐藤和彦訳
極大射程（上・下）
大統領狙撃犯の汚名を着せられた伝説のスナイパー・ボブ。名誉と愛する人を守るため、ライフルを手に空前の銃撃戦へと向かった。

S・ハンター
玉木亨訳
魔弾
音もなく倒れていく囚人たち。闇を切り裂く銃弾の正体とその目的は？『極大射程』の原点となった冒険小説の名編、ついに登場！

B・ヘイグ
平賀秀明訳
極秘制裁（上・下）
合衆国陸軍特殊部隊にセルビア兵35名虐殺の疑惑――法務官の孤独な闘いが始まる。世界中が注目する新人作家、日米同時デビュー！

B・ヘイグ
平賀秀明訳
反米同盟（上・下）
韓国兵のレイプ殺人容疑で合衆国陸軍大尉が逮捕された。米軍に対する憎悪が日に日に増すなか、法務官はどんな戦略を駆使するのか。

骨《ほね》の袋《ふくろ》(上)

新潮文庫　キ - 3 - 31

Published 2003 in Japan
by Shinchosha Company

平成十五年九月一日発行

訳者　白《しら》石《いし》朗《ろう》

発行者　佐藤隆信

発行所　株式会社 新潮社

郵便番号 一六二―八七一一
東京都新宿区矢来町七一
電話 編集部(〇三)三二六六―五四四〇
読者係(〇三)三二六六―五一一一
http://www.shinchosha.co.jp

価格はカバーに表示してあります。

乱丁・落丁本は、ご面倒ですが小社読者係宛ご送付ください。送料小社負担にてお取替えいたします。

印刷・二光印刷株式会社　製本・憲専堂製本株式会社

ISBN4-10-219331-6 C0197